## Über dieses Buch

Die ›Novellen der hochberühmten und hochgeschätzten Prinzessin Margarete von Valois, Königin von Navarra‹, wie das Mitte des 16. Jahrhunderts entstandene ›Heptameron‹ im vollen Titel hieß, sind im wörtlichen Sinn königliche Geschichten; Reisende, die von einem Unwetter überrascht wurden, erzählen sie sich in sieben aufeinanderfolgenden Tagen. Hauptthema fast aller Erzählungen ist die Liebe in ihren verschiedensten Spielarten – von der derben Lüsternheit bis hin zur reinen und vollkommenen Hingabe. Obwohl Margarete von Navarra ihr Vorbild, das ›Decamerone‹ Boccaccios, nicht verleugnete, verlieh sie ihren Novellen einen ganz eigenen Reiz: Im Anschluß an jede Geschichte diskutieren die Reisenden über deren Aussage und ihren moralischen Wert, geleitet natürlich von den christlichen Idealen der überaus gebildeten und feinsinnigen Autorin. Der so entstehende Kontrast zwischen den schlüpfrigen Geschichten und der ständigen Gegenwart eines christlichen Gewissens läßt den zeitbezogenen Hintergrund deutlich aufscheinen. So enthalten auch alle Geschichten reichhaltige Schilderungen des Lebens der damaligen Zeit; Margarete zeigt die Verschiedenheit der sozialen Klassen, die zwischen Ritterlichkeit, Eleganz und Rohheit pendelnden Sitten am Hof Franz I., die Anfänge mondänen Lebens, das ganz der Liebe und dem Vergnügen geweiht war. Eingehend werden auch die Gefühle analysiert und die Handlungen psychologisch motiviert.

Diese Sammlung war lange Zeit als unzüchtig verpönt, ehe sie in viele Sprachen übersetzt und in zahlreichen Auflagen verbreitet wurde. Sie steht heute ebenbürtig neben Boccaccios Novellen und nimmt kulturgeschichtlich einen hohen Rang ein.

Dunker del: et fec: a. f:

Zuhler

Margarete von Navarra

# Das Heptameron

Mit 218 Illustrationen

Deutscher Taschenbuch Verlag

Vollständige Ausgabe. Aus dem Französischen übertragen von Walter Widmer auf der Grundlage der von Michael François herausgegebenen kritischen Ausgabe (Paris 1943). Mit einem Nachwort von Peter Amelung und den Illustrationen von Dunker und Freudenberg der Ausgabe Bern 1780/81.

Titel der Originalausgabe:
›Histoire des Amans fortunez‹ (Paris 1558; Teilausgabe).
›L'Heptaméron des Nouvelles de tresillustre et tresexcellente Princesse Marguerite de Valois, Royne de Navarre‹ (Paris 1559).

Mai 1979
Deutscher Taschenbuch Verlag GmbH & Co. KG, München
Lizenzausgabe des Winkler Verlags, München
ISBN 3-538-05156-9
Umschlaggestaltung: Celestino Piatti unter Verwendung einer Illustration der Ausgabe Bern 1780/81
Gesamtherstellung: Friedrich Pustet
Graphischer Großbetrieb, Regensburg
Printed in Germany · ISBN 3-423-02047-4

*S. Freudenberg. inv.* *De Longueil, Sculp.*

Am ersten Tag im September, um die Zeit, da die Bäder in den Pyrenäen ihre wirksamste Heilkraft auszuüben beginnen, hielten sich in Caudères etliche Badegäste aus Frankreich wie auch aus Spanien auf, die einen einer Trinkkur halber, andere, um zu baden, und manche wiederum erhofften sich Heilung oder doch Linderung ihrer Leiden von dem Moorschlamm, was alles so treffliche Mittel sind, daß viele Kranke, die bereits von ihren Ärzten aufgegeben sind, hernach die Bäder gesundet wieder verlassen.

Doch ist es nicht meine Absicht, euch Beschaffenheit und Wirkung obgenannter Bäder zu schildern, sondern ich will nur so weit darauf eingehen, als es meinem Stoff und dem Buch, das ich zu schreiben vorhabe, zustatten kommt.

In jenen Bädern nämlich verweilten alle Kranken mehr denn drei Wochen, bis sie nach Hause heimkehren konnten. Doch gerade um den Zeitpunkt dieser Heimreise brachen so unglaubliche und gewaltige Regengüsse los, daß es schien, Gott habe das Versprechen vergessen, das er einst dem Noah gegeben hatte: nämlich die Welt nicht ein zweitesmal in Wasserfluten zu ertränken. Alle Hütten und Behausungen in besagtem Caudères liefen dermaßen voll Wasser, daß man unmöglich darinnen bleiben konnte. Die Leute nun, die aus Spanien hergereist waren, kehrten über die Berge dorthin zurück, so gut sie es vermochten, und wer im Gebirge Weg und Steg kannte, entrann dem Unheil am ehesten. Aber die Damen und Herren aus Frankreich, die glaubten, sie könnten ebenso leicht nach Tarbes zurückkehren, wie sie gekommen waren, fanden die kleinen Bäche so wild angeschwollen, daß sie kaum hindurchwaten konnten. Und als es galt, den Gave Béarnois zu überschreiten, der auf ihrer Herreise keine zwei Fuß tief gewesen war, fanden sie ihn so mächtig und reißend, daß sie einen Umweg einschlugen, um die Brücken zu finden, die, weil sie nur aus Holz erbaut waren, von den reißenden Wassern fortgespült worden waren.

Und etliche, die glaubten, sie könnten der Gewalt des Wassers trotzen, wenn sie zu mehreren vereint hindurchwateten, wurden so jählings davongeschwemmt, daß den andern, die ihnen folgen wollten, jeder [illegible] ging und alle Macht abhanden kam, es ihnen nachzutun. Und so ging denn jeder seine eigenen Wege, teils [illegible] einen neuen Pfad ausfindig machen wollten, teils auch, weil sie verschiedener Meinung über die Rettungsaussichten waren. Die einen erklommen den Kamm des Gebirges, reisten über Aragon und gelangten so in die Grafschaft Roussillon und von da nach Narbonne. Die andern begaben sich geradewegs nach Barcelona, wo manche zur See nach Marseille, manche aber nach Aiguemorte fuhren.

Doch eine Dame, eine lebenserfahrene Witwe namens Oisille, entschloß sich, alle Furcht vor den ungangbaren Wegen hintanzusetzen, bis sie nach Notre-Dame de Serrance gelangt wäre. Nicht etwa daß sie so abergläubisch gewesen wäre anzunehmen, die hochheilige Gottesmutter hätte ihren Sitz zur Rechten ihres gebenedeiten Sohnes verlassen und wäre in diese Einöde herniedergestiegen, sondern einzig und allein aus Verlangen, diesen frommen Ort zu sehen, von dem sie schon soviel gehört hatte. Auch vertraute sie darauf, daß die Mönche, wofern es eine Möglichkeit gab, der Gefahr zu entrinnen, sie gewißlich finden würden. Und sie rastete nicht, bis sie dort hingelangte, wenngleich sie durch so unwirtliche Gegenden gehen und über so gefährliche Pfade bergauf und talwärts reisen mußte, daß auch ihr Alter und ihre Schwerfälligkeit sie nicht davor bewahrten, den größten Teil des Weges zu Fuß zurückzulegen. Das leidigste aber war, daß ihre meisten Leute und Pferde unterwegs, von der beschwerlichen Reise erschöpft, tot liegenblieben, und sie gelangte allein, mit nur einem

# Prolog

Am ersten Tag im September, um die Zeit, da die Bäder in den Pyrenäen ihre wirksamste Heilkraft auszuüben beginnen, hielten sich in Caudères etliche Badegäste aus Frankreich wie auch aus Spanien auf, die einen einer Trinkkur halber, andere, um zu baden, und manche wieder erhofften sich Heilung oder doch Linderung ihrer Gebrechen von dem Moorschlamm, was alles so treffliche Mittel sind, daß viele Kranke, die bereits von ihren Ärzten aufgegeben sind, hernach die Bäder gesundet wieder verlassen.

Doch ist es nicht meine Absicht, euch Beschaffenheit und Wirkung obgenannter Bäder zu schildern, sondern ich will nur so weit darauf eingehen, als es meinem Stoff und dem Buch, das ich zu schreiben vorhabe, zustatten kommt.

In jenen Bädern nämlich verweilten alle Kranken mehr denn drei Wochen, bis sie nach Hause heimkehren konnten. Doch gerade um den Zeitpunkt dieser Heimreise brachen so unglaubliche und gewaltige Regengüsse los, daß es schien, Gott habe das Versprechen vergessen, das er einst dem Noah gegeben hatte: nämlich die Welt nicht ein zweitesmal in Wasserfluten zu ertränken. Alle Hütten und Behausungen in besagtem Caudères liefen dermaßen voll Wasser, daß man unmöglich darinnen bleiben konnte. Die Leute nun, die aus Spanien hergereist waren, kehrten über die Berge dorthin zurück, so gut sie es vermochten, und wer im Gebirge Weg und Steg kannte, entrann dem Unheil am ehesten. Aber die Damen und Herren aus Frankreich, die glaubten, sie könnten ebenso leicht nach Tarbes zurückkehren, wie sie gekommen waren, fanden die kleinen Bäche so wild angeschwollen, daß sie kaum hindurchwaten konnten. Und als es galt, den Gave Béarnois zu überschreiten, der auf ihrer Herreise keine zwei Fuß tief gewesen war, fanden sie ihn so mächtig und reißend, daß sie einen Umweg einschlugen, um die Brücken zu finden, die, weil sie nur aus Holz erbaut waren, von den reißenden Wassern fortgespült worden waren.

Und etliche, die glaubten, sie könnten der Gewalt des Wassers trotzen, wenn sie zu mehreren vereint hindurchwateten, wurden so jählings davongeschwemmt, daß den andern, die ihnen folgen wollten, jede Lust verging und alle Macht abhanden kam, es ihnen nachzutun. Und so ging denn jeder seine eigenen Wege, teils weil sie einen neuen Pfad ausfindig machen wollten, teils auch weil sie verschiedener Meinung über die Rettungsaussichten waren. Die einen erklommen den Kamm des Gebirges, reisten über Aragon und gelangten so in die Grafschaft Roussillon und von da nach Narbonne. Die andern begaben sich geradewegs nach Barcelona, wo manche zur See nach Marseille, manche aber nach Aiguemorte fuhren.

Doch eine Dame, eine lebenserfahrene Witwe namens Oisille, entschloß sich, alle Furcht vor den ungangbaren Wegen hintanzusetzen, bis sie nach Notre-Dame de Serrance gelangt wäre. Nicht etwa daß sie so abergläubisch gewesen wäre anzunehmen, die hochheilige Gottesmutter hätte ihren Sitz zur Rechten ihres gebenedeiten Sohnes verlassen und wäre in diese Einöde herniedergestiegen, sondern einzig und allein aus Verlangen, diesen frommen Ort zu sehen, von dem sie schon soviel gehört hatte. Auch vertraute sie darauf, daß die Mönche, wofern es eine Möglichkeit gab, der Gefahr zu entrinnen, sie gewißlich finden würden. Und sie rastete nicht, bis sie dort hingelangte, wenngleich sie durch so unwirtliche Gegenden gehen und über so gefährliche Pfade bergauf und talwärts reisen mußte, daß auch ihr Alter und ihre Schwerfälligkeit sie nicht davor bewahrten, den größten Teil des Weges zu Fuß zurückzulegen. Das leidigste aber war, daß ihre meisten Leute und Pferde unterwegs, von der beschwerlichen Reise erschöpft, tot liegenblieben, und sie gelangte allein, mit nur einem gen sei. Denn in einem der Gastgemächer seien zwei edle Frauen untergebracht, die ähnlicher, wenn nicht größerer Gefahr entronnen seien, zumal sie mit Tieren und nicht mit Menschen zu schaffen gehabt hätten. Selbige Damen nämlich seien eine halbe Meile diesseits Peyrehitte von einem Bären angefallen worden, der von den Bergen heruntergekommen sei, und hatten vor ihm in solcher Hast die Flucht ergriffen, daß ihre Pferde am Klostertor tot unter ihnen zusammenbrachen. Und zwei von ihren Zofen, die erst lange nach ihnen eintrafen, hätten ihnen erzählt, daß der Bär alle ihre Diener erwürgt habe.

Da traten die beiden Damen und die drei Edelleute zu ihnen in die Kammer, wo sie weilten, und sie fanden sie in Tränen aufgelöst und erkannten, daß sie Nomerfide und Ennasuitte vor sich hatten. Diese fielen ihnen um den Hals und erzählten, was ihnen zugestoßen war, und sie fanden allgemach, durch die ermahnenden Worte des Abtes neu gestärkt, Trost darin, daß sie einander so unverhofft wiedergefunden hatten. Vor Mittag hörten sie die Messe mit großer Andacht und dankten Gott dafür, daß er sie aus so großer Gefahr errettet hatte.

Während sie alle der Messe beiwohnten, kam plötzlich ein Mann hereingestürzt, nur mit einem Hemd bekleidet. Er floh, als wäre jemand hinter ihm her, und schrie laut um Hilfe. Unverweilt liefen ihm Hircan und die andern Edelleute entgegen, um zu sehen, was das bedeuten mochte, und sie gewahrten zwei Männer, die ihm mit gezückten Degen nachsetzten und die Flucht ergreifen wollten, als sie eine so große Gesellschaft versammelt sahen. Doch Hircan und seine Freunde blieben ihnen dicht auf den Fersen, und die beiden mußten ihr Leben lassen. Als Hircan zurückkam, erkannte er in dem Mann im Hemd einen von ihren Gefährten, Geburon mit Namen; der erzählte ihnen, er habe in einem Bauernhaus unweit Peyrehitte genächtigt, und da hätten ihn drei Männer im Bett überfallen. Er aber, im bloßen

Hemd, habe sich mit seinem Degen zur Wehr gesetzt und einen von ihnen so schwer verwundet, daß er auf dem Platze geblieben sei. Und während die beiden andern ihre Zeit damit verloren hätten, den toten Spießgesellen aufzulesen, habe er gedacht, in Anbetracht seiner Blöße und ihrer bewaffneten Übermacht könne er ihnen nur durch die Flucht entrinnen, zumal er weniger von seiner Kleidung behindert sei. Nun aber danke er dafür Gott und auch ihnen, die Rache für ihn geübt hätten.

Nachdem sie die Messe gehört und auch gespeist hatten, schickten sie einen Diener auf Kundschaft aus, ob es möglich sei, über den reißenden Fluß zu setzen, und als sie erfuhren, daß nicht daran zu denken sei, ihn zu durchwaten, gerieten sie in große Furcht, wennschon ihnen der Abt zu öfteren Malen anbot, sie könnten bei ihm wohnen bleiben, bis das Hochwasser gesunken sei. Doch für diesen einen Tag nahmen sie sein Anerbieten gerne an.

Des Abends, als sie sich schlafen legen wollten, traf ein alter Mönch ein, der Jahr für Jahr im September unfehlbar zum Fest Unserer Lieben Frau nach Serrance kam. Da man ihn fragte, wie es ihm auf der Reise ergangen sei, berichtete er, er sei des Hochwassers wegen über die Berge gekommen, über die schlechtesten Wege, die er zeitlebens begangen habe; doch habe er etwas Jammervolles mit angesehen. Er habe nämlich einen Edelmann namens Symontault getroffen, der sich, voll Ungeduld über das langsame Sinken des Wassers, im Vertrauen auf sein treffliches Pferd entschlossen hatte, den Übergang zu erzwingen; er hatte alle seine Diener rings um sich geschart, damit sie die Wucht der Wassermassen brechen sollten. Als er aber in die reißende Strömung geriet, wurden alle, die schlecht beritten waren, Mann und Roß, unaufhaltsam von den Wogen mit fortgerissen und wurden nie wieder gesehen. Als der Edelmann sich allein sah, wandte er sein Pferd dorthin, von wo er gekommen war, doch konnte es sich nicht hurtig genug ans Ufer retten und versank unter ihm. Aber nach Gottes Fügung war der Edelmann dem Uferhang so nahe, daß er sich auf allen Vieren, und nicht ohne reichlich Wasser zu schlucken, ans Land zu schleppen vermochte und auf das harte Geröll emporkroch, so ermattet und schwach, daß er sich kaum aufrecht halten konnte. Zu seinem Glück trieb ein Schäfer am Abend seine Schafe heimwärts und fand ihn ganz durchnäßt auf den Steinen sitzend, voll Trauer über den Tod seiner Leute, die vor seinen Augen ertrunken waren. Der Schafhirt, der nach seinem Aussehen eher noch als aus seinen Worten begriff, was ihm not tat, nahm ihn bei der Hand und führte ihn in seine ärmliche Hütte, wo er ihn an einem Reisigfeuer trocknete, so gut er's vermochte. Und am selben Abend schickte ihm Gott den guten Mönch, der ihm den Weg zum Kloster Unserer Lieben Frau von Serrance wies und ihm versicherte, dort werde er bessere Unterkunft finden als sonstwo und auch eine bejahrte Witwe namens Oisille treffen, eine Leidensgefährtin, die Ähnliches erlebt habe wie er.

Als die versammelte Gesellschaft die Namen der guten Dame Oisille und des edeln Ritters Symontault nennen hörte, freute sie sich unsäglich, lobte den Schöpfer, der es beim Tode der Diener hatte bewenden lassen und den Herrn wie auch die Herrin verschont hatte, und mehr als alle andern lobte Gott aus vollem Herzen dafür Parlamente; denn seit langem schon war er ihr in treuer Liebe zugetan.

Sie erkundigten sich nunmehr angelegentlich nach dem Wege bis Serrance, und wie beschwerlich ihn der Alte auch schilderte, so ließen sie sich doch nicht abhalten, dorthin aufzubrechen. Noch am selben Tage machten sie sich auf den Weg, wohlversehen mit allem; denn der Abt hatte sie mit Wein und reichlicher Wegzehrung versorgt und ihnen auch verläßliche Begleiter mitgegeben, die sie sicher über die Berge führten, und sie kamen denn auch, freilich mehr zu Fuß als zu Pferde, wohlbehalten hinüber. Unter großen Mühsalen und Fährnissen gelangten sie endlich zum Kloster Unsrer Lieben Frau von Serrance, wo der Abt, wiewohl er ein recht ungastlicher Mann war, ihnen ein Obdach nicht zu verweigern wagte, aus Furcht vor dem Herrn von Béarn, wußte er doch, daß sie bei diesem in hohen Gnaden standen. Da er aber ein rechter Gleisner war, zeigte er ihnen, so gut er's fertigbrachte, ein freundliches Gesicht und führte sie zu der gütigen Dame Oisille und dem Edelmann Symontault.

Die Freude dieser auf wundersame Art vereinten Gesellschaft war so groß, daß ihnen die Nacht zu kurz vorkam, um Gott für die Gnade zu danken, die er ihnen allen erwiesen hatte. Und nachdem sie sich gegen Morgen ein wenig ausgeruht hatten, hörten sie die Messe und empfingen das heilige Sakrament, in dem alle Christen vereint sind, und flehten andächtig zu Gott, er möge, nun er sie wieder zusammengeführt habe, in seiner Güte ihrer Reise zu seinem Ruhm und Preis ein glückliches Ende bereiten.

Nach dem Mittagsmahl ließen sie abermals nachsehen, ob sich das Wasser noch nicht verlaufen habe, und da sich herausstellte, daß es eher noch angeschwollen war und daß sie in absehbarer Zeit nicht würden gefahrlos übersetzen können, beschlossen sie, auf zwei Felskuppen, die einander nahe gegenüberlagen, eine Brücke zu schlagen, an einer Stelle, wo sich noch heute ein Brettersteg für die Fußgänger befindet, die von Oleron kommen und nicht den Weg durch die Furt nehmen wollen. Dem Abt war es hoch willkommen, daß sie diese Kosten auf sich nehmen wollten; und da er sich davon eine Zunahme der Wallfahrer und Pilgerinnen versprach, versah er sie mit den nötigen Arbeitskräften; aber er gab keinen Heller dafür her, denn sein Geiz ließ es nicht zu. Und weil die Arbeiter erklärten, sie könnten die Brücke nicht vor zehn oder gar zwölf Tagen fertigbauen, begann sich die Gesellschaft, die Männer so gut wie die Frauen, arg zu langweilen. Doch Parlamente, Hircans Gattin, die nie einen Augenblick müßig oder trübsinnig war, erbat sich von ihrem Gatten die Erlaubnis zu sprechen und sagte zu der betagten Dame Oisille: »Madame, ich wundere mich, daß Ihr bei Eurer großen Lebenserfahrung, und da Ihr doch zur Zeit an uns Frauen Mutterstelle vertretet, nicht auf einen Zeitvertreib bedacht seid, mit dem wir uns die Zeit verkürzen können; denn sie wird uns recht lang werden, da wir nun doch geraume Weile werden hierbleiben müssen. Wenn wir keine unterhaltsame und vernünftige Beschäftigung haben, laufen wir Gefahr, krank zu werden.« Auf diese Worte versetzte die junge Witwe Longarine: »Was aber noch schlimmer ist: wir werden sauertöpfisch und griesgrämig, und das ist eine Krankheit, gegen die kein Kräutlein gewachsen ist. Denn unter uns ist keiner, Weib oder Mann, der nicht im Gedenken an das, was er verloren hat, Anlaß zu bitterer Trauer hätte.« Unter Lachen erwiderte ihr darauf Ennasuitte: »Nicht jede hat, wie Ihr, den Gatten verloren. Und was den Verlust treuer Verehrer anlangt, so braucht man darob nicht zu verzweifeln, findet man doch ihrer übergenug andere. Desungeachtet bin auch ich der Meinung, daß wir uns mit einer vergnüglichen Beschäftigung die Zeit vertreiben sollten, sonst überleben wir den morgigen Tag nicht.«

Die Edelleute stimmten samt und sonders ihrer Ansicht zu und baten die edle Frau Oisille, sie möge anordnen, was sie zu tun hätten. Sie antwortete ihnen: »Liebe Kinder, ihr verlangt da etwas von mir, was mir recht schwerfällt. Ich soll euch einen Zeitvertreib vorschlagen, der euch über die Langeweile hinweghilft. Mein Leben lang habe ich danach gesucht und immer nur ein Mittel gefunden: das Lesen in den Heiligen Schriften. In ihnen findet sich die wahre und vollkommene Freude des Geistes, aus welcher leibliche Ruhe und Gesundheit hervorgehen. Und fragt ihr mich, welche Lebensweise mich in meinem hohen Alter noch so heiter und gesund erhält, so laßt euch sagen: es ist nur meine Gewohnheit, sogleich, wenn ich erwache, die Heilige Schrift zur Hand zu nehmen und darin zu lesen. Und wenn ich dann Gottes Güte sehe und erwäge, daß er für uns seinen Sohn auf Erden gesandt hat, damit er uns dieses heilige Wort und die frohe Botschaft verkünde, durch welche er Vergebung aller Sünden, Tilgung aller Schuld durch das Gnadengeschenk seiner Liebe, seiner Leiden und seines Opfertodes verheißt, dann erfüllt mich diese Betrachtung mit so tiefer Freude, daß ich mein Psalmbuch nehme und demutvoll mit Herz und Mund die schönen Psalmen und Lieder singe, die der Heilige Geist David, dem Psalmisten, und den andern Dichtern eingegeben hat. Und die Zufriedenheit, die ich daraus schöpfe, tut mir so wohl, daß mir alles Leid, das mir tagsüber widerfahren mag, zum Segen ausschlägt, dieweil ich den, der es für mich erduldet hat, gläubig im Herzen trage. Desgleichen ziehe ich mich vor dem Nachtmahl zurück, um meine Seele mit einem Bibelabschnitt zu erquicken; und abends halte ich dann Rückschau auf alles, was ich am vergangenen Tag getan, bitte um Vergebung all dessen, worin ich gefehlt habe, und danke Gott für seine Gnade. In seiner Liebe, seinem Frieden und seiner Furcht schlafe ich ein, gefeit vor allem Bösen. Dies also, liebe Kinder, ist der Zeitvertreib, den ich mir erwählt habe, nachdem ich lange Zeit in allen andern Unterhaltungen Befriedigung meines Geistes gesucht, doch nicht gefunden habe. Mir scheint, wenn ihr allmorgendlich eine Stunde mit der Heiligen Schrift verbringen und hernach in der Messe fromm euer Gebet verrichten wolltet, dann würdet ihr hier in dieser Einöde solche Schönheit finden, wie alle Städte sie euch nicht zu bieten vermögen. Denn wer Gott kennt, sieht in ihm alle Dinge schön und ohne ihn alles häßlich. Darum bitte ich euch: nehmt meinen Rat an, wenn ihr frohen Herzens leben wollt.«

Da ergriff Hircan das Wort und sprach: »Madame, wer die Heilige Schrift gelesen hat, wie wir alle, glaube ich, getan haben, wird bekennen, daß Ihr die lautere Wahrheit gesprochen habt. Doch müßt Ihr eines bedenken: wir sind noch so erschüttert, daß uns körperliche Kurzweil und Leibesübung not tun; denn daheim brauchen wir die Jagd und die Vogelbeize, die uns über tausenderlei törichte Gedanken hinweghelfen; und die Damen haben ihren Haushalt, ihre Handarbeit und zuweilen ein Tanzvergnügen, an dem sie sich ehrbar ergötzen. Das veranlaßt mich, im Namen aller Männer vorzuschlagen, daß Ihr uns als die Älteste aus dem Leben unseres Heilands Jesus Christ und von den großen wunderbaren Werken, die er für uns vollbracht hat, vorlest. Nach dem Mittagsmahl bis zur Vesper sollten wir einen Zeitvertreib wählen, der nicht der Seele schadet und den Leib erquickt. Und so werden wir den Tag frohen Mutes verbringen.«

Die edle Frau Oisille erwiderte ihnen hierauf, es koste sie so große Mühe, alle die weltlichen Eitelkeiten zu vergessen, daß sie fürchte, sie könnte für diesen Zeitvertreib eine schlechte Wahl treffen. Man müsse vielmehr in dieser Sache die Mehrheit der Meinungen den Ausschlag geben lassen, und sie bat Hircan, als erster seine Ansicht zu äußern.

»Ich für mein Teil«, sagte er, »wüßte schon, was ich möchte. Könnte ich annehmen, der Zeitvertreib, den ich wählte, wäre den übrigen ebenso lieb wie mir, dann fiele mir die Entscheidung nicht schwer. Für diesmal will ich aber dazu schweigen und mich der Meinung der andern fügen.« Da bekam seine Frau Parlamente einen roten Kopf, denn sie dachte, er spiele damit auf sie an; und so sagte sie denn halb im Zorn und halb lachend zu ihm: »Hircan, vielleicht hätte diejenige, die nach Euerm Ermessen am meisten darüber betrübt sein müßte, noch am ehesten Gelegenheit, sich schadlos zu halten, wenn ihr der Sinn danach stünde. Doch lassen wir jede Kurzweil, bei der nur zwei allein mithalten können, und sprechen wir lieber von einer Lustbarkeit, die für uns alle taugt.«

Hircan, zu den Damen allen gewandt, sprach nun: »Da meine Frau so trefflich den Sinn meiner Rede gedeutet hat und ihr ein Zeitvertreib selbzweit nicht behagt, so meine ich, sie wird besser als sonstwer einen Zeitvertreib zu nennen wissen, bei dem jeder sein Vergnügen findet. Und von Stund an will ich mich ihrer Meinung anschließen und keine andere mehr gelten lassen.« Damit war die ganze Gesellschaft einverstanden.

Da nun Parlamente sah, daß das Los des Spieles sie getroffen hatte, sprach sie zu ihnen wie folgt: »Wenn ich mich für zuständig hielte wie die Alten, die Schöpfer der schönen Künste, ich würde wohl irgendeinen Zeitvertreib oder ein Spiel ausdenken können, um dem Amt gerecht zu werden, das ihr mir übertragt. Da ich aber mein Wissen und Können hinlänglich kenne, das kaum ausreicht, die wohlgelungenen Leistungen anderer im Gedächtnis zu behalten, würde ich mich glücklich schätzen, mich denen anzuschließen, die bereits eurem Wunsch Genüge getan haben. Unter anderem ist, glaube ich, keiner unter euch, der nicht die hundert Novellen des Boccaccio gelesen hat, die jüngsthin aus dem Italienischen ins Französische übersetzt worden sind und von denen der König Franz, seines Namens der Erste, der gnädige Herr Dauphin und Madame Marguerite so viel Aufhebens machen, daß Boccaccio, könnte er sie im Grabe hören, bei den Lobsprüchen solch erlauchter Personen von den Toten auferstehen müßte. Und neulich hörte ich, daß die beiden obgenannten Damen und mit ihnen mehrere andere vom Hof erwogen, ebensolche Geschichten zu schreiben, doch sollte zum Unterschied von Boccaccio keine Novelle aufgezeichnet werden, die nicht auf einer wahren Begebenheit beruhte. Und die genannten Damen wie auch der Herr Dauphin versprachen, daß sie jeder zehn Novellen verfassen und insgesamt bis zu zehn Personen zusammenbringen wollten, lauter Leute, die sie für die würdigsten hielten, etwas zu erzählen. Doch sollten Gelehrte und Schriftkundige davon ausgeschlossen sein; denn der gnädige Herr Dauphin wollte nicht, daß ihre Kunst darin zutage trete. Auch fürchtete er, die Schönheit der kunstvollen Rede könnte an manchen Stellen der Wahrhaftigkeit der Geschichte Abbruch tun. Die großen Ereignisse jedoch, die seither über den König gekommen sind, des fernern der Friedensschluß zwischen ihm und dem König von England, die Niederkunft der Madame Dauphine und verschiedene andere Vorkommnisse, die der Teilnahme des gesamten Hofes würdig waren, brachten es mit sich, daß dieses Vorhaben gänzlich in Vergessenheit geriet; wir aber, wir können dank unserer langen Muße, bis unsere Brücke vollendet ist, das Werk in zehn Tagen zu einem Ende führen. Und wenn es euch recht ist, gehn wir alle Tage um die Mittagszeit bis um vier Uhr auf die schöne Wiese längs des Gaveflusses, wo die Bäume so dichtes Laub tragen, daß die Sonne nicht durch den Schatten dringen noch die Kühle erwärmen kann. Dort setzen wir uns gemütlich hin, und jeder erzählt eine schöne Geschichte, die er selbst erlebt oder doch von einem vertrauenswürdigen Manne gehört hat. Nach zehn Tagen werden wir dergestalt das Hundert vollendet haben, und wenn nach Gottes Ratschluß unsere Arbeit würdig befunden wird, den obgemeldeten Herren und Damen unterbreitet zu werden, so machen wir sie ihnen bei unserer Rückkehr von dieser Reise statt Heiligenbildern und Rosenkränzen zum Geschenk. Aber natürlich werde ich, falls jemand etwas Unterhaltsameres findet, als was ich vorschlage, mich willig seiner Meinung fügen.« Doch gab ihr die ganze Gesellschaft zur Antwort, einen bessern Vorschlag hätte sie nicht machen können, und sie könnten den nächsten Tag kaum erwarten, um gleich damit zu beginnen.

So verbrachten sie froh und heiter diesen Tag und riefen einander in Erinnerung, was sie zu ihrer Zeit alles erlebt hatten. Sobald der Morgen gekommen war, begaben sich alle in Madame Oisilles Zimmer und trafen sie schon in frommem Gebet. Und als sie eine gute Stunde lang ihrer Vorlesung aus der Heiligen Schrift zugehört und hernach andächtig der Messe beigewohnt hatten, gingen sie um zehn Uhr zum Mittagsmahl, und hierauf zog sich jeder in sein Schlafgemach zurück und beschäftigte sich dort, wie er es für gut und richtig hielt. Um die Mittagszeit aber fanden sie sich nach ihrer Vereinbarung auf der Wiese ein, die so schön und reizend war, daß nur ein Boccaccio sie der Wirklichkeit gemäß hätte schildern können. Ihr aber müßt euch mit der Versicherung zufriedengeben, daß noch nie eine schönere gesehen wurde. Als die Gesellschaft auf dem grünen Anger versammelt war, der so weich und zart war, daß sie weder Kissen noch Teppiche nötig hatten, fragte Symontault: »Wer von uns soll nun den Anfang machen?« Hircan antwortete ihm: »Habt Ihr als erster Euch zum Wort gemeldet, so mögt Ihr füglich über uns gebieten; denn im Spiel sind wir alle gleich.« – »Wollte Gott«, versetzte Symontault, »daß auf Erden nur eines mir zustände: die Macht, über diese ganze Gesellschaft zu gebieten!« Bei diesen Worten, die Parlamente sehr wohl verstand, begann sie zu husten; so fiel Hircan die Röte nicht auf, die ihr in die Wangen stieg. Er bat vielmehr Symontault anzufangen, und der tat es.

# DER ERSTE TAG

*Am ersten Tage wird von den argen Streichen erzählt, welche die Frauen den Männern und die Männer den Frauen gespielt haben*

Freudenberg inv. Carl Guttenberg sc.

## Erste Geschichte

*Die Frau eines Prokurators erhört aus Habgier den Bischof von Séez und findet zudem Mittel und Wege, sich den Sohn des Generalstatthalters von Alençon als Liebhaber zu halten, läßt ihn aber nach einiger Zeit durch ihren Mann umbringen. Dieser wurde seither mit einem Geisterbeschwörer namens Gallery auf die Galeeren geschickt*

Edle Frauen, ich habe so schlechten Lohn für meine ausdauernden Dienste erhalten, daß ich, um mich an der Liebe und an der Frau, die mich so grausam verschmäht, zu rächen, mit Fleiß eine Sammlung aller argen Streiche anlegen will, die ihren Männern die Frauen gespielt haben, und doch werde ich nur die lautere Wahrheit sagen.

In der Stadt Alençon wohnte zu Lebzeiten des Herzogs Charles, des letzten Herzogs, ein Prokurator namens Sainct-Aignan; der hatte eine anmutige Frau aus der Umgegend geheiratet. Doch war sie mehr schön als tugendhaft, und um ihrer Schönheit und Leichtfertigkeit willen stellte ihr der Bischof von Séez eifrig nach und verstand es, um ans Ziel seiner Wünsche zu gelangen, so trefflich, dem Ehemann den Bart zu kraulen, daß er nicht nur das lasterhafte Treiben seiner Frau und des Bischofs nicht wahrnahm, sondern daß er ihn, was noch mehr heißen will, die Ergebenheit, die er allezeit im Dienste seines Herrn und seiner Herrin bewiesen hatte, vergessen ließ, so daß er aus einem treuen Diener zu ihrem Todfeind wurde und zuletzt sogar die Herzogin durch Zauberei ums Leben bringen wollte.

Nun lebte der Bischof lange Zeit mit dieser unseligen Frau, die ihm mehr aus Habgier denn aus Liebe zu Willen war, und auch weil ihr Mann sie beständig anhielt, ihn sich warmzuhalten. In Alençon lebte aber auch ein junger Mann, der Sohn des Generalstatthalters; den liebte sie so heftig, daß sie darob halb den Verstand verlor. Und oftmals ließ sie ihrem Gatten mit Hilfe des Bischofs einen Auftrag erteilen, damit sie den Sohn des Statthalters, der Du Mesnil hieß, nach Herzenslust sehen konnte. Dieses Leben führte sie lange Zeit: zu ihrem Nutzen hielt sie sich den Bischof, zum Vergnügen aber den genannten Du Mesnil, welchem sie hoch und heilig schwor, sie erweise dem Bischof nur darum soviel freundliche Willfährigkeit, damit sie desto ungestörter weiterhin mit ihm Umgang pflegen könne. Was auch immer geschehen sei, der Bischof habe von ihr stets nur leere Worte erhalten, und niemals werde ein Mann außer ihm bei ihr etwas anderes erreichen.

Als ihr Mann eines Tages zum Bischof ging, bat sie ihn um Erlaubnis, aufs Land zu gehen, und behauptete, die Stadtluft bekomme ihr nicht; und als sie auf ihrem Meierhof angelangt war, schrieb sie unverweilt an Du Mesnil, er möge nicht verfehlen, sie um zehn Uhr abends aufzusuchen. Das tat der arme junge Mann auch. Doch als er hinkam, fand er an der Tür die Kammerfrau, die ihn sonst immer einzulassen pflegte, und sie sagte zu ihm: »Lieber Freund, geht anderswohin, denn Euer Platz ist besetzt.« In der Meinung, der Gatte sei unerwartet gekommen, fragte er sie, was denn vorgefallen sei. Da hatte die gute Frau Erbarmen mit ihm; sie sah, wie hübsch, jung und arglos der Jüngling und wie groß seine Liebe war und wie wenig er wiedergeliebt wurde, und darum offenbarte sie ihm das sündhafte Treiben ihrer Herrin, im Glauben, wenn er das vernehme, werde es ihm seine große Liebe verleiden. Sie erzählte ihm, der Bischof von Séez sei gerade erst gekommen und liege jetzt mit ihr im Bett; sie habe nicht mit dessen Besuch gerechnet, denn er hätte erst morgen nacht kommen sollen. Doch der Bischof habe ihren Mann in seinem Hause zurückgehalten und sich fortgestohlen, um sie insgeheim zu besuchen. Darüber war nun Du Mesnil ganz verzweifelt. Er konnte es immer noch nicht fassen und versteckte sich in einem Hause in der Nähe; dort lag er bis um die dritte Stunde nach Mitternacht auf der Lauer, bis der Bischof herauskam, den er, da er sich nicht so gut vermummt hatte, besser, als ihm lieb war, erkannte.

In solcher Verzweiflung kehrte er nach Alençon zurück, und nicht lange danach kam auch seine arglistige Freundin dorthin und suchte ihn auf, im Vertrauen, sie werde ihn wie bisher hinters Licht führen können. Er aber sagte ihr, sie sei, nun da sie an geweihte Dinge gerührt habe, zu heilig, um mit einem Sünder wie ihm zu sprechen, wennschon seine Reue so groß sei, daß er hoffe, die Sünde werde ihm in Bälde verziehen. Als die Frau hörte, daß ihr doppeltes Spiel entdeckt war und daß weder Ausflüchte noch Schwüre und das Versprechen, es nie wieder zu tun, etwas ausrichteten, beklagte sie sich bei ihrem Bischof. Sie ratschlagten lange zusammen, und das Ende vom Lied war, daß die Frau ihrem Gatten weismachte, sie könne nicht länger in der Stadt Alençon leben, weil der Sohn des Statthalters, den er unter allen seinen Freunden immer besonders hochgehalten habe, ihrer Ehre unablässig nachstelle, und sie bat ihn, nach Argentan zu ziehen, um jeglichen Verdacht zu vermeiden. Der Mann, der sich von ihr am Gängelband führen ließ, war es zufrieden. Sie waren aber noch nicht lange in dem erwähnten Argentan, so ließ die Unselige dem Du Mesnil hinterbringen, er sei der niederträchtigste Ehrabschneider von der Welt, und es sei ihr zu Ohren gekommen, daß er öffentlich über sie und den Bischof von Séez Übles geredet habe; sie werde dafür sorgen, daß ihn das noch gereue.

Der Jüngling, der außer mit ihr nie mit einer Menschenseele darüber gesprochen hatte und fürchtete, er könnte beim Bischof in Ungnade fallen, eilte mit zweien seiner Diener nach Argentan und traf seine vormalige Geliebte bei den Jakobinern in der Vesper. Er kniete an ihrer Seite nieder und sprach zu ihr: »Madame, ich bin gekommen, um Euch vor Gott zu schwören, daß ich niemals mit einem Menschen außer mit Euch über Eure Ehre gesprochen habe. Ihr habt mir so übel mitgespielt, daß ich Euch noch nicht einmal die Hälfte der Schmähworte gesagt habe, die Ihr verdient. Und wenn jemand, Mann oder Frau, behaupten will, ich hätte jemals eine solche Äußerung getan, so bin ich zur Stelle und kann ihn augenblicks vor Euren Augen der Lüge zeihen.« Die Frau sah, daß viel Volks in der Kirche war und daß er zwei wehrhafte Diener bei sich hatte, und so tat sie sich Zwang an und redete so freundlich, wie sie nur konnte, mit ihm und sagte ihm, sie zweifle nicht im geringsten an der Wahrhaftigkeit seiner Worte; auch halte sie ihn für einen zu anständigen Menschen, als daß er irgendwem Schlechtes nachsagen könnte, am wenigsten ihr, da sie ihm ja so in Liebe zugetan sei. Doch habe ihr Mann allerlei munkeln hören; deswegen bitte sie ihn, in seinem Beisein zu wiederholen, daß er keine solchen Äußerungen getan habe und daß er dem Gerede nicht glauben solle. Dazu war er gerne bereit; und er reichte ihr den Arm, um sie nach Hause zu geleiten. Aber sie hielt ihm entgegen, es wäre nicht gut, wenn er mit ihr käme, und ihr Gatte könnte meinen, sie habe ihn gedrängt, ihm dies zu sagen. Dann faßte sie einen seiner Diener am Wamsärmel und sagte: »Laßt mir diesen hier, und sobald es Zeit ist, lasse ich Euch durch ihn holen. Mittlerweile aber ruht Euch in Eurer Unterkunft aus.« Er ahnte nichts von ihrem Anschlag und ging.

Sie gab dem Diener, den sie zurückbehalten hatte, sein Abendbrot; er aber fragte sie immer und immer wieder, wann es nun Zeit sei, seinen Herrn abzuholen. Sie gab ihm jedesmal zur Antwort, er werde noch früh genug hinkommen. Und als es Nacht geworden war, schickte sie heimlich einen ihrer Diener zu Du Mesnil, damit er ihn herbeihole. Der Jüngling ahnte nicht, was man gegen ihn im Schilde führte, und ging kühnlich mit ihm in das Haus der obgenannten Sainct-Aignan, wo die arglistige Frau seinen Diener zurückhielt, so daß er nur einen einzigen Begleiter bei sich hatte. Und als er vor dem Eingang des Hauses angelangt war, bedeutete ihm der Diener, der ihn geholt hatte, seine Herrin möchte gerne mit ihm sprechen, noch ehe er ihren Gatten gesehen habe, und sie erwarte ihn in einem Gemach, wo nur der eine von seinen Dienern bei ihr sei. Es wäre deshalb ratsam, wenn er den andern durch die Vordertür heimschicke. Dies tat er; und als er eine schmale, dunkle Treppe emporstieg, hörte der Prokurator Sainct-Aignan, der in einer Kleiderkammer Leute in den Hinterhalt gelegt hatte, seine Tritte und fragte, was es da gebe. Man sagte ihm, es wolle sich ein Mann heimlich ins Haus einschleichen. Im selben Augenblick fiel ein gewisser Thomas Guérin, ein Mann, der das Morden berufsmäßig betrieb und den der Prokurator für diese Meucheltat gedungen hatte, den bedauernswerten Jüngling hinterrücks an und versetzte ihm so viele Degenstiche, daß er trotz tapferer Gegenwehr zuletzt tot liegen blieb.

Der Diener, der bei der Frau geblieben war, sagte zu ihr: »Ich höre meinen Herrn draußen auf der Stiege sprechen. Ich will zu ihm.« Doch die Frau hielt ihn zurück und begütigte ihn: »Macht Euch keine Sorgen; er wird gleich kommen.« Kurz darauf hörte er seinen Herrn ächzen: »Ich bin des Todes und befehle meine

Seele Gott!« Er wollte ihm zu Hilfe eilen; aber sie ließ ihn nicht fort und sagte: »Kümmert Euch nicht drum. Mein Mann straft ihn für seine Jugendverfehlungen. Gehn wir nachsehen, was los ist.« Sie beugte sich über das Treppengeländer und fragte ihren Gatten: »Und jetzt? Ist es vollbracht?« Der antwortete: »Kommt und schaut ihn Euch an. Jetzt habe ich Euch an dem Manne gerächt, der Euch soviel Schande zugefügt hat.« Und bei diesen Worten stieß er dem Toten, den er lebend niemals anzugreifen gewagt hätte, seinen Dolch zehn- oder zwölfmal in den Leib.

Nachdem die Mordtat vollbracht war und die beiden Diener des Getöteten die Flucht ergriffen hatten, um dem bemitleidenswerten Vater die Trauerkunde zu überbringen, sagte sich Sainct-Aignan, der Meuchelmord werde nicht geheimgehalten werden können, und er überlegte, daß das Zeugnis der beiden Diener des Toten keinen Glauben finden werde und daß niemand in seinem Hause Augenzeuge der Tat gewesen sei außer den Mördern, einer betagten Kammerfrau und einem jungen fünfzehnjährigen Mädchen. Er wollte deshalb die Alte heimlich ergreifen lassen, aber es gelang ihr, zu entkommen und bei den Jakobinern Zuflucht zu finden, und sie war später der verläßlichste Zeuge in diesem Mordfall. Die junge Zofe blieb noch wenige Tage in seinem Hause; doch brachte er es zuwege, daß einer von den Mördern sie schändete, und dann schaffte er sie nach Paris in ein öffentliches Haus, auf daß man ihrer Zeugenschaft nicht mehr Glauben schenken sollte. Um vollends alle Spuren des Mordes zu tilgen, verbrannte er den Leichnam des armen Toten. Die Knochen, die nicht verbrannt waren, ließ er an einem Ort, wo in seinem Hause gebaut wurde, unter den Mörtel mischen. Dann sandte er eilends ein Gnadengesuch an den Hof und ließ wissen, er habe mehr denn einmal sein Haus einem jungen Manne verboten, den er im Verdacht gehabt habe, daß er seiner Frau nachstelle. Der aber sei trotz seinem Verbot nächtlicherweile auf verdächtigen Wegen ins Haus geschlichen, um mit ihr zu sprechen, und so habe er ihn vor der Tür zu ihrem Schlafgemach betroffen und im Zorn, seiner Sinne nicht mehr mächtig, umgebracht.

Aber noch ehe sein Brief in der Hofkanzlei anlangte, hatten der Herzog und seine Gemahlin durch den beklagenswerten Vater von dem Fall erfahren und dem Kanzler Weisung erteilen lassen, diese Gnade nicht zu gewähren. Als der Unselige sah, daß er keine Gnade zu gewärtigen hatte, entfloh er, und mit ihm seine Frau und mehrere von seinen Verwandten, nach England. Doch bevor er das Weite suchte, sagte er dem Mörder, der auf sein Ansinnen die Tat begangen hatte, er habe ein ausdrückliches Schreiben des Königs gesehen, in dem seine Festnahme und Hinrichtung befohlen würden; doch wolle er um der Dienste willen, die er ihm erwiesen habe, sein Leben retten, und er gab ihm zehn Taler, damit er außer Landes gehen könne. Das tat er und ward seither nie wieder gesehen.

Die Mordtat wurde von den Dienern des Getöteten, von der Kammerfrau, die zu den Jakobinern geflüchtet war, und auch durch die Gebeine, die im Mörtel gefunden wurden, so einwandfrei bewiesen, daß der Prozeß in Abwesenheit des besagten Sainct-Aignan und seiner Frau durchgeführt und das Urteil verkündet wurde. Das Urteil wurde in contumaciam gefällt; sie wurden beide zum Tode verurteilt, ihr Hab und Gut wurde eingezogen, und dem Vater sprach man für die Kosten des Prozesses fünfzehnhundert Taler zu.

Als nun der genannte Sainct-Aignan in England sah, daß er durch das Urteil in Frankreich ein toter Mann war, erreichte er es durch die Dienste, die er einigen großen Herren geleistet hatte, wie auch dank der Fürsprache der Verwandten seiner Frau, daß der König von England den König von Frankreich ersuchte, ihn zu begnadigen und wieder in Besitz und Ehren einzusetzen. Der König aber, der von dem abscheulichen und ungeheuerlichen Fall vernommen hatte, sandte die Akten des Prozesses an den König von England und bat ihn, selbst zu entscheiden, ob dieser Fall Gnade verdiene; er schrieb ihm auch, daß allein der Herzog von Alençon in seinem Königreich das Vorrecht habe, in seinem Herzogtum Gnade zu gewähren. Doch so viele Einwände er auch vorbrachte, er konnte den König von England doch nicht beschwichtigen; dieser betrieb vielmehr die Angelegenheit so eifrig weiter, daß zu guter Letzt der Prokurator auf sein Ersuchen hin begnadigt wurde und heimkehren konnte. Um das Maß seiner Bosheit vollzumachen, ließ er sich nunmehr mit einem Schwarzkünstler namens Gallery ein; er hoffte nämlich, durch dessen Kunst von der Zahlung der fünfzehnhundert Taler an den Vater des Ermordeten befreit zu werden.

Zu diesem Behufe begaben er und seine Frau sich wohlvermummt nach Paris. Da aber seine Frau sah, daß er so lange in einem Zimmer mit dem genannten Gallery eingeschlossen blieb und ihr den Grund nicht sagen wollte, weshalb er das tat, lauerte sie ihm eines Morgens auf und beobachtete, wie Gallery ihm fünf hölzerne Figuren zeigte, von denen drei herabhängende Arme hatten, zwei aber sie zum Himmel emporhoben. Und er sagte zu dem Prokurator: »Wir müssen gleiche Figuren wie diese aus Wachs anfertigen, und die mit den herabhängenden Armen werden wir ums Leben bringen, die mit den erhobenen Armen aber sollen die sein, deren Gunst und Liebe Ihr gewinnen möchtet.« Darauf versetzte der Prokurator: »Diese hier soll der König sein, an dessen Huld mir viel gelegen ist, und diese andere mein gnädiger Herr Brinon, der Kanzler von Alençon.« Gallery sagte nun zu ihm: »Die Bilder müßt Ihr unter den Altar stellen und ihnen eine Messe lesen lassen, und zwar mit Worten, die ich Euch nachher vorsprechen werde.« Als nun die Rede auf die Figuren mit den herabhängenden Armen kam, sagte der Prokurator, die eine sei Herr Gilles Du Mesnil, der Vater des Ermordeten;

denn er wußte wohl, daß der ihn zeit seines Lebens ohne Unterlaß verfolgen werde. Und eine der Frauen mit den herabhängenden Armen war die Frau Herzogin von Alençon, des Königs Schwester, weil sie diesen alten Diener so sehr liebte und bei so mancher andern Gelegenheit des Prokurators Schlechtigkeit kennengelernt hatte, so daß er seines Lebens nicht sicher sein konnte, wenn sie nicht starb. Die zweite Frauenfigur mit herabhängenden Armen dachte er seiner Gattin zu, denn sie sei an allem Unglück schuld, und er sei sicher, daß sie ihren argen Lebenswandel nie aufgeben werde.

Als die Frau, die das alles durch das Schlüsselloch mit ansah, hörte, daß er sie den Todgeweihten zuzählte, nahm sie sich vor, ihn zuerst ins Jenseits zu schicken. Sie gab vor, bei einem Oheim namens Neaufle, der beim Herzog von Alençon über die Bittgesuche zu berichten hatte, Geld entleihen zu wollen, und erzählte ihm, was sie von ihrem Gatten gesehen und gehört hatte. Der besagte Neaufle begab sich als alter, treuer Diener zum Kanzler von Alençon und meldete ihm die ganze Geschichte. Und weil der Herzog und die Herzogin von Alençon an jenem Tage nicht am Hofe weilten, ging der Kanzler zur gnädigen Frau Regentin, der Mutter des Königs und der genannten Herzogin, und erzählte ihr den seltsamen Fall. Sie ließ augenblicklich den Profos von Paris, La Barre, holen, und dieser handelte so rasch und tatkräftig, daß er den Prokurator samt seinem Geisterbeschwörer aufgriff, welche beide ohne Folter und Nötigung aus freien Stücken ihre Schuld eingestanden. Es wurde ihnen der Prozeß gemacht und dem König darüber Bericht erstattet. Etliche, die ihnen das Leben retten wollten, hielten ihm vor, die zwei hätten mit ihrer Zauberei ja nur seine Gunst gewinnen wollen; der König jedoch, dem das Leben seiner Schwester ebenso teuer war wie sein eigenes, befahl, man solle das Urteil so fällen, als hätten sie auf ihn selber einen Anschlag verüben wollen.

Indessen bat ihn seine Schwester, die Herzogin von Alençon, inständig, dem Prokurator das Leben zu schenken und sein Todesurteil in eine andere harte Strafe umzuwandeln; das wurde ihr zugestanden, und der Prokurator und Gallery wurden nach Marseille auf Sainct Blanchards Galeeren geschickt, wo sie ihr Leben in strenger Gefangenschaft beschlossen und Muße hatten, die Schwere ihrer Verfehlungen zu erkennen.

Das schlechte Weib aber führte in Abwesenheit ihres Mannes ihr sündiges Leben schlimmer denn zuvor weiter und starb eines elenden Todes.

»Ich bitte euch, meine Damen, zieht in Betracht, was für Unglück von einem bösen Weibe kommt und wieviel Unheil um der Sünde dieser einen Frau willen geschehen ist. Ihr werdet finden, daß seit damals, als Eva den Adam zur Sünde verleitete, alle Frauen die Macht erhalten haben, die Männer zu quälen, in den Tod zu treiben und der Verdammnis auszuliefern. Ich selber habe ihre Herzlosigkeit so gründlich erfahren, daß mir Tod und Verdammnis einzig aus der Verzweiflung drohen, in welche mich eine ihres Geschlechts versetzt hat. Und meine Narrheit geht so weit, unverhohlen zu bekennen, daß die Hölle, die ihre Hand mir darreicht, mir weit mehr behagt als das Paradies, von der Hand einer andern bereitet.«

Parlamente stellte sich, als hätte sie nicht verstanden, daß diese Worte auf sie gemünzt waren, und sagte zu ihm: »Ist also die Hölle so vergnüglich, wie Ihr sagt, dann werdet Ihr doch wohl den Teufel nicht fürchten, der Euch darein versetzt hat.« Doch zornig antwortete er: »Würde mein Teufel so schwarz, wie er schlecht an mir gehandelt hat, dann setzte er die Gesellschaft ebenso in Schrecken, wie mir sein Anblick Wonne bereitet. Aber die Glut der Liebe läßt mich das höllische Feuer vergessen. Ich möchte mich jedoch nicht weiter darüber auslassen und bitte Madame Oisille, die zweite

Geschichte zum besten zu geben, und ich bin sicher, sie würde meiner Ansicht beipflichten, wenn sie über die Frauen alles ausbringen wollte, was sie von ihnen weiß.«

Alsbald wandte sich die ganze Gesellschaft ihr zu, und alle baten sie, mit der Geschichte zu beginnen. Dies schlug sie ihnen nicht ab und hob unter Lachen an zu sprechen: »Mir scheint, der mir seine Stimme gegeben, hat mit der wahrhaften Geschichte einer Unseligen so viel Schlechtes über die Frauen vorgebracht, daß ich mir alle meine verflossenen Jahre wieder in Erinnerung rufen muß, um eine Frau zu finden, die seine schlechte Meinung widerlegen könnte. Und da mir nun eine Geschichte eingefallen ist, wert, der Vergessenheit entrissen zu werden, will ich sie euch erzählen.«

S. Freudenberg inv.; De Longueil Graveur du Roi Sculp;

Zweite Geschichte

*Die Frau eines Maultiertreibers aus Amboise wollte lieber von der Hand ihres Knechtes eines grausamen Todes sterben als seinen bösen Gelüsten zu Willen sein*

In der Stadt Amboise lebte ein Maultiertreiber im Dienste der Königin von Navarra, der Schwester des Königs Franz, des Ersten dieses Namens, welche nach ihrer Niederkunft mit einem Söhnlein in Blois weilte. In diese Stadt war der Maultiertreiber gegangen, um den Lohn für ein Vierteljahr Dienst in Empfang zu nehmen. Und sein Weib blieb zu Amboise in ihrer Wohnung jenseits der Brücken.

Nun aber liebte seit langem ein Knecht ihres Mannes sie so verzweifelt, daß er's eines Tages nicht länger für sich behalten konnte und ihr sein Herz aufschloß. Sie jedoch war eine wahrhaft pflichttreue Frau; sie schalt ihn deswegen mit bitterbösen Worten und drohte ihm, sie werde ihn von ihrem Gatten verprügeln und fortjagen lassen, so daß er seither nie wieder wagte, ihr seine Liebe anzutragen oder sie sich auch nur anmerken zu lassen.

Und er bewahrte dies Feuer wohlverborgen in seinem Herzen bis zu dem Tage, da sein Herr außer Haus weilte und seine Herrin zur Vesperandacht nach Saint Florentin, der Schloßkirche, gegangen war, die weitab von ihrem Haus lag.

Als er nun allein geblieben war, kam ihm in den Sinn, er könnte mit Gewalt erzwingen, was er weder durch Bitten noch durch Dienste hatte erreichen können. Und er brach aus der Wand zwischen der Kammer, in der er schlief, und dem Schlafgemach seiner Herrin ein Brett. Da aber der Vorhang am Ehebett seines Herrn und auf der andern Seite ein solcher am Bett der Diener die Wand so gut verdeckte, daß man die Öffnung nicht sehen konnte, die er gemacht hatte, kam seine Arglist nicht eher an den Tag, als bis seine Herrin zusammen mit einem etwa elf- oder zwölfjährigen Mädchen zu Bett gegangen war.

Sowie nun die arme Frau im ersten Schlafe lag, zwängte sich der Knecht durch das Loch in der Wand und stieg, im bloßen Hemd und mit dem blanken Degen in der Hand, zu ihr ins Bett. Doch kaum spürte sie ihn neben sich, als sie aus dem Bett sprang und ihm alle Vorhaltungen machte, die eine tugendhafte Frau nur erdenken konnte. Er aber in seiner viehischen Brunst hätte die Sprache der Maultiere eher verstanden als ihre verständigen, züchtigen Ermahnungen und erwies sich tierischer als die Tiere, mit denen er lange Zeit gelebt hatte. Denn als er sah, daß sie flink um einen Tisch herumlief und er sie nicht fassen konnte, daß sie überdies kräftig war und sich ihm zweimal hatte entwinden können, verzweifelte er daran, sie jemals lebend in seine Gewalt zu bekommen, und stieß ihr aus Leibeskräften den Degen in die Hüfte; denn er dachte sich, wenn Furcht und Gewalt sie nicht hatten zum Nachgeben zwingen können, so werde es der Schmerz vermögen. Doch das gerade Gegenteil trat ein; denn wie ein tapferer Kriegsmann, wenn er sein Blut rinnen sieht, noch hitziger darauf brennt, sich an seinen Feinden zu rächen und Ehre zu erwerben, so gab ihr keusches Herz ihr verdoppelte Kraft, zu laufen und den Händen dieses Unseligen zu entrinnen. Zugleich redete sie ihm, so gut sie konnte, zu, glaubte sie doch, sie könne ihn dadurch zur Einsicht seines sündhaften Verlangens bringen. Aber er raste in so sinnloser Wut, daß er keiner Ermahnung zugänglich war. Und abermals versetzte er ihr mehrere Stiche, denen sie auszuweichen versuchte. Solange ihre Füße sie trugen, rannte sie um ihr Leben. Und als sie viel Blut verloren hatte und den Tod herannahen fühlte, hob sie die Augen zum Himmel, faltete die Hände und dankte Gott, den sie ihre Kraft und Stärke, ihre Tugend, Geduld und Keuschheit nannte, und flehte ihn an, gnädig ihr Blut anzunehmen, welches sie, seine Gebote befolgend, in Ehrfurcht vor dem Blute seines Sohnes vergossen habe, im festen Glauben, daß alle ihre Sünden darin abgewaschen und ausgetilgt seien aus dem Gedächtnis seines Zorns.

Dann rief sie: »Herr im Himmel, dir befehle ich meine Seele, die durch deine Allgüte erlöst worden ist!« und fiel auf ihr Gesicht zu Boden, wo der Unhold ihr noch mehrere Stiche versetzte. Und nachdem sie die Sprache und alle Kraft verloren hatte, tat der Unselige der Wehrlosen noch Gewalt an.

Als er seine arge Brunst gestillt hatte, floh er so eilig, daß man ihn seither, wie eifrig man auch nach ihm fahndete, nie wiedergefunden hat. Das kleine Mädchen, das bei der Frau des Maultiertreibers schlief, hatte sich in ihrer Todesangst unter dem Bett versteckt. Als sie aber sah, daß der Mann das Weite gesucht hatte, kroch sie hervor und trat zu ihrer Herrin und fand sie stumm und regungslos. Da rief sie aus dem Fenster die Nachbarn zu Hilfe, und diese kamen auf der Stelle herbeigeeilt, denn sie liebten und achteten sie wie kaum sonst eine Frau in der Stadt. Und sie brachten Wundärzte mit; die fanden, daß sie fünfundzwanzig tödliche Wunden am

Körper aufwies, und taten, was sie konnten, um ihr zu helfen, doch es war ihnen unmöglich.

Desungeachtet war noch eine Stunde lang Leben in ihr, und sie sprach zwar nicht, machte aber Zeichen mit den Augen und den Händen; damit gab sie zu erkennen, daß sie das Bewußtsein nicht verloren hatte. Als ein Priester sie fragte, ob sie im Glauben an Jesum Christum allein und in der Hoffnung auf die ewige Seligkeit sterbe, gab sie mit so unmißverständlichen Zeichen Antwort, daß keine Worte deutlicher ihre Ansicht hätten ausdrücken können. Und so, freudigen Angesichts, die Augen himmelwärts erhoben, gab dieser keusche Leib seine Seele dem Schöpfer zurück.

Kaum hatte man sie aufgehoben und in den Sarg gebettet und die Leiche vor die Tür gestellt, bis das Trauergeleit für die Beerdigung versammelt war, da kam gerade ihr armer Mann nach Hause. Er sah zuvörderst den Leichnam seiner Frau vor dem Haus, noch ehe er von dem Vorgefallenen etwas gehört hatte. Und als er sich erkundigte, was denn geschehen sei, hatte er zwiefach Grund zum Trauern. Er wollte vor Trauer schier verzweifeln, und wenig fehlte, so hätte er sein Leben gelassen. So ward diese Blutzeugin der Keuschheit in der Kirche von Saint Florentin beigesetzt, und alle Frauen der Stadt verfehlten nicht, ihr pflichtschuldig alle erdenkliche Ehre anzutun, und priesen sich glücklich, daß sie aus einer Stadt waren, in der eine so tugendhafte Frau gefunden wurde. Die buhlsüchtigen und leichtfertigen Weiber aber sahen, welche Ehre man dieser Toten erwies, und nahmen sich vor, künftig ein anderes und besseres Leben zu führen.

»Dies, meine Damen, ist eine wahrhafte Geschichte, die uns wohl vermehrten Mut eingeben mag, die schöne Tugend der Keuschheit zu bewahren. Und wir, die wir aus gutem Hause sind, müßten vor Scham vergehen, wenn wir in unsern Herzen so weltliche Gelüste verspüren, denen zu entgehen eine arme Maultiertreibersfrau solch grausamen Tod nicht gefürchtet hat. Manch eine hält sich für eine tugendhafte Frau und hat nicht, wie diese hier, bis aufs Blut zu widerstehen gewußt. Deshalb müssen wir in Demut verharren; denn Gott verleiht seine Gnaden den Menschen nicht nach ihrem Stand und Reichtum, sondern wie es ihm in seiner Güte gefällt. Er kennt kein Ansehen der Person, vielmehr erwählt er, wen er will, und wen er erkoren hat, den ehrt er mit seinen Tugenden. Und oftmals erwählt er ein niedrig Geschöpf, um die zu beschämen, die in der Welt für hoch und ehrenvoll gelten. Sagt er doch selbst: Freuen wir uns nicht unserer Tugenden, sondern dessen, daß wir eingeschrieben sind in das Buch des Lebens, aus dem uns nicht Tod noch Hölle und Sünde ausstreichen können.«

Es war nicht eine unter den Damen, der nicht aus Mitgefühl mit dem jammervollen und glorreichen Tod dieser Maultiertreibersfrau die Tränen in den Augen gestanden hätten. Jede dachte bei sich, wenn je einmal ihr ein gleiches Schicksal beschieden sein sollte, so würde sie sich nach Kräften bemühen, ihrem Vorbilde zu folgen und den Märtyrertod zu erleiden. Da nun Madame Oisille sah, daß die Zeit mit Lobpreisungen der Toten verstrich, sagte sie zu Saffredent: »Wenn Ihr nicht etwas erzählt, worüber die Gesellschaft lachen kann, dann weiß ich nicht, wer unter euch meinen Fehler, sie zum Weinen gebracht zu haben, wiedergutmachen könnte. Darum gebe ich Euch meine Stimme für die dritte Geschichte.«

Saffredent, der nur allzu gern etwas erzählt hätte, was der Gesellschaft und besonders einer in ihrer Mitte angenehm gewesen wäre, wandte zwar ein, das sei nicht recht, da ja ältere und erfahrenere Leute zugegen seien, die vor ihm erzählen müßten; da nun aber ihn das Los getroffen habe, sei es ihm ebenso lieb, seine Geschichte gleich jetzt anzubringen; denn je mehr gute Geschichten vor ihm erzählt würden, um so schlechter werde man die seine finden.

## Dritte Geschichte

*Die Königin von Neapel rächt sich für die Untreue, die König Alphons, ihr Gatte, gegen sie begeht, mit einem Edelmann, dessen Frau der König zur Geliebten hat; und diese Freundschaft dauerte ihr ganzes Leben lang, ohne daß der König je Verdacht schöpfte*

Dieweil ich mir oft gewünscht habe, meine Damen, am Glück dessen teilzuhaben, dessen Geschichte ich euch jetzt berichten will, möchte ich erzählen, daß in Neapel zur Zeit des Königs Alphons, dessen zügelloses Leben seiner ganzen Herrschaft das Gepräge gab, ein Edelmann lebte, ein so ehrenhafter, wohlgestalter und liebenswerter Junker, daß ihm um seiner vorbildlichen Eigenschaften willen ein betagter Edelmann seine Tochter zur Frau gab, die an Schönheit und edlem Anstand ihrem Gatten in nichts nachstand. Zwischen ihnen beiden herrschte das liebevollste Einvernehmen bis zu einem Karneval, da der König maskiert von Haus zu Haus ging, wo jeder es sich angelegen sein ließ, ihm, so gut er es konnte, den besten Empfang zu bereiten. Und als er in das Haus jenes Edelmannes kam, wurde er besser bewirtet als überall sonst, man wartete ihm mit leckeren Speisen, mit Gesang und Musik auf, und die schönste Frau, die der König, wie ihn dünkte, jemals zu Gesicht bekommen hatte, bediente ihn. Und als das Fest zu Ende ging, sang sie mit ihrem Gatten ein Lied so anmutig, daß ihre Schönheit darob noch höher strahlte. Als der König nun soviel vollkommene Reize in einem Leibe vereint sah, empfand er nicht so sehr Freude an der holden Eintracht der beiden Gatten, sondern viel mehr bewegte ihn der Gedanke, mit welchen Mitteln er dieser Eintracht ein Ende bereiten könnte. Dem stand aber die große Liebe, die beide einander offenkundig entgegenbrachten, im Wege. Darum hielt er seine Leidenschaft, so gut er es vermochte, in seinem Herzen verborgen. Um ihr jedoch wenigstens teilweise Linderung zu verschaffen, gab er allen edlen Herren und Damen von Neapel manches prächtige Fest, und der Edelmann mit seiner Frau wurde jeweils nicht vergessen. Weil nun der Mensch gerne glaubt, was er sieht, wollte den König bedünken, daß die Augen dieser Dame ihm für die Zukunft Gutes verhießen, wenn nur die Gegenwart ihres Gatten nicht hinderlich wäre. Um nun zu erproben, ob sich seine Vermutung bewahrheiten werde, gab er dem Gatten Auftrag, für vierzehn Tage oder drei Wochen eine Reise nach Rom zu unternehmen. Und kaum war dieser abgereist, so wollte seinem Weib schier das Herz brechen; denn sie hatte ihn noch nie so weit fortgehen sehen. Doch der König tröstete sie, sooft es ihm möglich war, durch liebreichen Zuspruch, mit Gaben und Geschenken darüber hinweg, so daß sie nicht nur getrost und guter Dinge war, sondern sich über ihres Gatten Abreise sogar freute. Und ehe noch die drei Wochen verstrichen waren, nach welchen er heimkehren sollte, war sie so in den König verliebt, daß ihr die Rückkehr ihres Gatten nun ebenso unlieb war, wie sie sich über sein Fortgehen gegrämt hatte. Damit sie aber den Umgang mit dem König nicht entbehren mußte, verabredeten sie miteinander, daß sie es jedesmal den König werde wissen lassen, wenn ihr Mann auf seine Landgüter fahre. Er könne sie dann ungefährdet und so heimlich besuchen, daß ihre Ehre, um die sie sich größere Sorgen machte als um ihr Gewissen, dadurch keinen Makel erleide.

In dieser Hoffnung war die Dame heiter und guten Mutes, und als ihr Gatte heimkehrte, bereitete sie ihm einen so liebreichen Empfang, daß er trotz den Gerüchten, die er über ihren Umgang mit dem König vernommen hatte, keinen Argwohn fassen konnte. Doch mit der Zeit begann ihr heimliches Treiben, das sich so schwer verhehlen ließ, mehr und mehr offenkundig zu werden, so daß der Gatte die Wahrheit sehr wohl ahnte, und er paßte so scharf auf, daß er bald nahezu völlige Gewißheit erlangte. Da er aber fürchtete, derjenige, der ihm diese Schmach antat, könnte ihm noch Ärgeres zufügen, wenn er sich etwas anmerken ließe, nahm er sich vor, sein Wissen für sich zu behalten und sich ahnungslos zu stellen. Denn er wollte lieber mit einem solchen Verdruß weiterleben, als sein Leben für eine Frau aufs Spiel zu setzen, die ihn nicht liebte. Jedoch beschloß er in seinem Unmut, es dem König heimzuzahlen, wenn sich ihm nur eine Möglichkeit dazu böte; und da er wußte, daß oftmals Ärger und Enttäuschung bei einer Frau mehr vermögen als die Liebe, zumal bei Frauen, die großherzig und ehrenhaft sind, erkühnte er sich eines Tages, als er mit der Königin sprach, ihr zu erklären, sie tue ihm leid, weil der König, ihr Gemahl, sie nicht gebührend liebe. Die Königin, der die Liebschaft des Königs mit seiner Frau zu Ohren gekommen war, erwiderte ihm: »Ich kann nicht beides, Ehre und Liebeslust, haben. Ich weiß wohl, daß mir die Ehre zuteil wird, eine andere aber die Lust genießt. Dafür hat die Frau, die sich solcher Lust erfreut, nicht die Ehre, die mir erwiesen wird.« Er verstand wohl, auf wen diese Worte gemünzt waren, und gab ihr zur Antwort: »Madame, die Ehre ist mit Euch geboren; Ihr stammt aus so hohem Hause, daß Ihr Euern Adel nicht erhöhen könntet, ob Ihr nun Königin oder Kaiserin seid. Aber Eure Schönheit, Anmut und Sittsamkeit verdienen so viel Sinnenlust, daß diejenige, die Euch wegnimmt, was Euch zusteht, sich selbst mehr zuleide tut als Euch. Denn um eines Ruhmes willen, der sich ihr in Schande kehrt, gibt sie soviel Lust dahin, wie weder Ihr noch jede andere Dame dieses Königreichs jemals erleben könntet. Und ich kann Euch sagen, Madame, nähme der König seine Krone vom Haupte, so hätte er mir nichts voraus, um eine Dame zufriedenzustellen; denn ich bin sicher, um eine so ehrsame Frau wie Euch zufriedenzustellen, täte es ihm not, seine leibliche Beschaffenheit mit der meinen zu tauschen.« Lachend gab ihm die Königin zur Antwort: »Wiewohl der König zarter von Körperbau ist als Ihr, so schafft mir die Liebe, die er mir entgegenbringt, so große Befriedigung, daß ich sie allem andern vorziehe.«

»Wäre es so, Madame«, versetzte der Edelmann, »Ihr würdet mir nicht leid tun. Ich weiß ja wohl, daß die züchtige Liebe Eures Herzens Euch zufriedenstellte, fändet Ihr im Herzen des Königs gleiche Liebe wieder. Davor aber hat Gott Euch wohlweislich bewahrt, auf daß Ihr, in ihm Euer Genügen findend, ihn nicht zu Euerm Gott auf Erden machet.« – »Ich bekenne Euch«, entgegnete die Königin, »die Liebe, die ich für ihn hege, ist so groß, daß in keinem Herzen außer dem meinen ihresgleichen zu finden ist.« – »Um Vergebung, Madame«, widersprach ihr der Edelmann, »Ihr habt nicht aller Herzen ergründet. Ich wage kühnlich zu behaupten, daß einer Euch mit so großer und mannhafter Liebe ergeben ist, daß Eure Liebe, mit der seinen verglichen, sich als ein armseliges Nichts erwiese. Und im gleichen Maße, wie er des Königs Liebe zu Euch schwinden sieht, wächst und erstarkt auch die seine, so daß, wollt Ihr es nur gestatten, Ihr für alles, was Euch entgangen ist, reich entschädigt werden sollt.«

Die Königin erkannte allgemach aus seinen Worten wie aus seinem Verhalten, daß sein Antrag zutiefst aus seinem Herzen kam, und sie entsann sich jetzt auch, daß er schon seit geraumer Zeit ihr mit größter Hingabe zu dienen suchte und darob ganz schwermütig geworden war. Sie hatte solchen Trübsinn dem Kummer über die Treulosigkeit seiner Frau zugeschrieben; jetzt aber war sie fest überzeugt, daß die Liebe zu ihr daran schuld war. Auch gab ihr die Kraft der Liebe, die eine Frau spürt, wenn sie nicht nur vorgetäuscht ist, Gewißheit über das, was aller Welt verborgen war. Und als sie nun den Edelmann ansah, der soviel liebenswerter war als ihr Gemahl, als sie zudem erwog, daß er von seiner Frau verlassen war wie sie vom König, sprach sie, voll Zorn und Eifersucht auf den König und auch von der Liebe des Edelmanns übermannt, mit Tränen in den Augen und unter Seufzen: »O mein Gott! Soll nun die Rache über mich vermögen, was keine Liebe bislang zustande gebracht hat?« Der Edelmann verstand den Sinn ihrer Worte wohl und erwiderte: »Herrin, süß ist die Rache, die, anstatt dem Feinde den Tod zu bringen, einem aufrichtigen Freunde Leben spendet. Es ist, scheint mir, an der Zeit, daß die Erkenntnis der Wahrheit Euch die törichte Liebe austreibt, die Ihr Euerm lieblosen Gemahl entgegenbringt, und daß echte, wahre Liebe Euch jegliche Furcht nimmt, die in einem großen, tugendhaften Herzen nicht bestehen kann. Wohlan denn, Herrin, setzen wir Euern hohen Stand hintan und ziehn wir einzig in Betracht, daß wir beide, Ihr als Frau, ich als Mann, aufs schmählichste von denen hintergangen, verraten und verspottet worden sind, die wir am innigsten liebten. Rächen wir uns denn, Herrin, nicht so sehr, um ihnen nach Verdienst heimzuzahlen, sondern vielmehr um uns nicht gegen die Liebe zu versündigen; denn ich für mein Teil kann sie, soll ich nicht daran sterben, nicht länger ertragen. Und ich meine, wenn Euer Herz nicht härter als ein Kiesel oder Diamant ist, so ist es unmöglich, daß Ihr nicht einen Funken von dem Feuer spürt, das, je mehr ich es zu verbergen suche, um so heißer brennt. Und kann Euch das Mitleid mit mir, auch wenn Ihr seht, daß ich aus Liebe zu Euch sterbe, nicht dazu bewegen, mich zu lieben, so müßte Euch wenigstens Erbarmen mit Euch selbst dazu zwingen; denn Ihr seid so vollkommen, daß Ihr die Herzen aller ehrenwerten Männer auf der Welt verdient, und doch werdet Ihr von dem mißachtet und verschmäht, um des willen Ihr alle andern abgewiesen habt.«

Als die Königin diese Worte hörte, geriet sie dermaßen außer sich, daß sie sich aus Angst, sie könnte durch ihr Verhalten die Verwirrung ihres Geistes verraten, auf den Arm des Edelmanns stützte und in einen Garten nahe ihren Gemächern ging, wo sie lange auf und ab wandelte, ohne einer Erwiderung mächtig zu sein. Doch als der Edelmann sie halbwegs bezwungen sah, bewies er ihr am Ende eines Laubenganges, wo niemand sie sehen konnte, durch die Tat jene Liebe, die er ihr so lange verborgen gehalten hatte; und da sie beide eines Sinnes waren, vollzogen sie die Rache für alle die unerträglichen Leiden, die sie ausgestanden hatten. Dort verabredeten sie auch, jedesmal, wenn der Edelmann in sein Dorf komme und der König von seinem Schloß in die Stadt gehe, solle er sich ins Schloß zur Königin begeben. Auf diese Weise, indem sie die Betrüger betrögen, könnten sie sich alle vier in die Liebeslust teilen, die sonst zwei allein zu genießen meinten.

Als sie diese Vereinbarung getroffen hatten, kehrte die Königin in ihre Gemächer, der Edelmann aber in sein Haus zurück, und beide waren so froh und guter Dinge, daß sie all ihr vergangenes Ungemach vergaßen. Und hatten sie beide zuvor den Zusammenkünften des Königs und der Edelfrau entgegengebangt, so sehnten sie diese nun wahrhaft herbei, und es lockte den Edelmann, öfter als bisher in sein Dorf zu gehen, das nur eine halbe Meile entfernt lag. Sobald aber der König dies erfuhr, suchte er unweigerlich die Edelfrau auf; und wenn dann die Nacht hereingebrochen war, schlich der Edelmann ins Schloß und vertrat bei der Königin die Stelle des Königs, und zwar so heimlich, daß keine Menschenseele jemals etwas davon merkte.

Dieses Leben währte lange Zeit. Da aber das Volk an allem, was der König tat und trieb, Anteil nahm, konnte er seine Liebschaft nicht so gut geheimhalten, daß nicht jedermann sie bemerkt hätte. Und alle redlich gesinnten Leute fühlten Mitleid mit dem Edelmann; denn ein paar nichtsnutzige Buben machten, um ihn zu verhöhnen, hinter seinem Rücken Hörner. Das entging ihm nicht. Aber dieser Hohn dünkte ihn nur spaßig, denn er trug seine Hörner mit ebensolchem Stolz wie der König seine Krone. Als dieser eines Tages bei seiner Geliebten weilte und sie ein Hirschgeweih sahen, das im Hause des Edelmanns aufgehängt war, konnten sie sich beide nicht enthalten, in seinem Beisein darüber zu lachen, und sagten, diese Kopfzier sei in dem Hause am rechten Platz. Der Edelmann, der das Herz nicht minder auf dem rechten Fleck hatte als der König, ließ über das Geweih einen Spruch hinschreiben: *Io porto le corna, ciascun lo vede; ma tal le porta, che non lo crede**.

Als nun der König wieder einmal in sein Haus kam und die neu angebrachte Inschrift las, fragte er den Edelmann, was sie bedeuten solle, und der entgegnete ihm: »Wenn des Königs Geheimnis dem Diener verborgen ist, so ist das kein Grund, daß das Geheimnis des Dieners dem König offenbart werde. Doch laßt Euch gesagt sein, daß nicht allen, die Hörner tragen, die Mütze vom Kopf absteht; denn sie sind so sanft und weich, daß sie sich unter die Kappe schmiegen und sie nicht lüpfen. Und der trägt sie am unbeschwertesten, der keine zu haben meint.«

Diese Worte zeigten dem König deutlich, daß dem

* Ich trage Hörner, und ein jeder sieht es; doch manch einer trägt sie und ahnt es nicht.

Edelmann etwas von seinem Liebesverhältnis zu Ohren gekommen war; nie aber wäre er auf den Gedanken gekommen, die Königin könnte mit dem Edelmann der Liebe pflegen. Je willkommener nämlich der Königin das Leben war, das der König führte, desto betrübter stellte sie sich, daß er ihr soviel Kummer antat. So lebten die beiden Paare noch lange in trauter Liebe mitsammen, bis sie alterten und alles wieder ins rechte Gleis kam.

»Das, meine Damen, ist eine Geschichte, die ich euch hier gerne als Beispiel anführe, damit ihr euren Gatten, wenn sie euch mit Rehgehörn bedenken, mit Hirschgeweihen heimzahlt.« Da sagte Ennasuitte lachend: »Saffredent, ich bin überzeugt, wenn Ihr noch ebenso stürmisch liebtet wie einst, Ihr ertrügt Hörner so groß wie ein Eichbaum, wenn Ihr dafür nach Euerm Gelüste irgendwem ein Geweih aufsetzen könntet. Jetzt aber, da Euer Haar bleicht, ist es an der Zeit, daß Ihr Euren Begierden Ruhe gönnt.« – »Edle Dame«, erwiderte Saffredent, »wiewohl mir die Hoffnung darauf von der Frau, die ich liebe, geraubt wird und das Alter auch das hitzige Verlangen abkühlt, so kann ich doch nicht minder auf mein Wollen verzichten. Da Ihr mich aber wegen eines so ehrlichen Wunsches zurechtgewiesen habt, gebe ich Euch das Wort zur vierten Geschichte, damit wir sehen, ob Ihr mich durch irgendein Beispiel Lügen strafen könnt.« Freilich mußte während dieses Wortstreites eine der Damen hellauf lachen, wußte sie doch, daß jene, die Saffredents Worte zu ihren Gunsten auslegte, von ihm keineswegs so geliebt wurde, daß er ihretwegen hätte Hörner, Schande und Schaden auf sich nehmen wollen. Und als Saffredent innewurde, daß diejenige, die gelacht hatte, ihn verstand, war er es zufrieden und sagte nichts weiter, um Ennasuitte zu Worte kommen zu lassen, und sie hob an wie folgt: »Meine Damen, damit Saffredent und die ganze Gesellschaft erkennen, daß nicht alle Damen der Königin gleichen, von der er uns erzählt hat, und daß nicht alle Narren und Draufgänger an ihr Ziel gelangen, des fernern um nicht die Ansicht einer Dame zu verhehlen, welche die Enttäuschung über das Fehlschlagen ihrer Absichten schlimmer zu ertragen erachtete als den Tod, will ich euch eine Geschichte erzählen, deren Personen ich euch nicht mit Namen nennen möchte, weil die Begebenheit noch in so frischer Erinnerung steht, daß ich befürchten müßte, bei einigen nahen Verwandten Ärgernis zu erregen.«

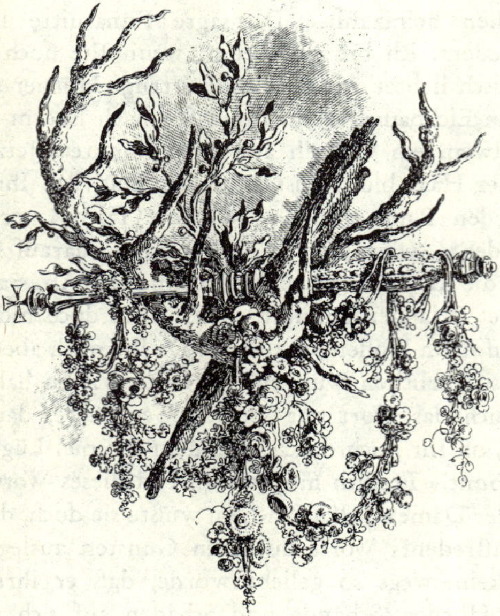

S. Freudenberg inv: De Longueil graveur Du Roy Sculp:

## Vierte Geschichte

*Ein junger Edelmann sieht eine Dame aus vornehmem flandrischem Haus, die Schwester seines Herrn, eine ausnehmend beherzte Frau und zweimal verwitwet, und will vorfühlen, ob ein ehrbarer Liebesantrag ihren Unwillen erregen werde; da er aber eine Antwort erhält, die seine Hoffnungen enttäuscht, versucht er ihr Gewalt anzutun. Doch sie leistet ihm erfolgreich Widerstand, und auf den Rat ihrer Ehrendame läßt sie sich nicht anmerken, was für gewaltsame Absichten der Edelmann an den Tag gelegt hat, und entzieht ihm nach und nach ihre Huld, die sie ihm bis dahin stets bezeigt hatte. So verliert er durch seinen tollen Übermut den ehrbaren und vertrauten Umgang, den er mehr als jeder andere mit ihr hatte pflegen dürfen*

Es lebte im Lande Flandern eine edle Frau aus so vornehmem Haus, daß man ein besseres nicht finden konnte; sie war verwitwet nach zweimaliger Ehe, doch hatte sie von beiden Männern keine Kinder. Während ihrer Witwenschaft lebte sie zurückgezogen bei einem Bruder, einem mächtigen Lehnsherrn, der ihr von Herzen zugetan und mit einer Tochter des Königs verheiratet war. Der junge Fürst war stets auf sein Vergnügen bedacht und vertrieb sich gern die Zeit mit Lustbarkeiten, Jagd und Frauen, wie es so der Jugend Brauch ist. Doch hatte er eine arg griesgrämige Frau, welcher die Kurzweil ihres Gatten wider den Strich ging. Deswegen nahm der Fürst immer nebst seiner Frau auch noch seine Schwester mit; denn sie war die heiterste und verträglichste Gefährtin, die man sich denken kann, dabei aber klug, züchtig und sittsam.

Im Hause des Fürsten lebte ein Edelmann, der an vornehmer Geburt, Schönheit und edlem Anstand alle seine Genossen übertraf. Da nun dieser Edelmann sah, daß die Schwester seines Gebieters eine fröhliche, lachlustige Frau war, fiel ihm ein, er könnte einmal versuchen, ob sie nicht seinen Anträgen, mit ihm ein ehrbares Liebesverhältnis einzugehen, zugänglich sei. Das tat er denn auch. Doch erhielt er von ihr eine Antwort, die zu ihrem sonstigen Verhalten in geradem Gegensatz stand. Und wenngleich ihre Antwort so ausfiel, wie es sich für eine Prinzessin und eine tugendhafte Frau geziemte, so verzieh sie ihm dennoch angesichts seiner Schönheit und edlen Haltung leichtlich seine große Vermessenheit. Sie ließ auch deutlich durchblicken, daß es ihr nicht unlieb wäre, wenn er auch förderhin gesprächsweise mit ihr verkehrte, redete ihm aber streng ins Gewissen, er dürfe nicht wieder solche Dinge zu ihr sagen. Dies versprach er ihr hoch und heilig, um nicht der Herzensweide und Ehre entraten zu müssen, die er im Umgang mit ihr fand.

Trotz allem aber wuchs auf die Dauer seine Leidenschaft so unmäßig, daß er das Versprechen vergaß, das er gegeben hatte. Nicht daß er nun etwa versucht hätte, sich mit Worten vorzuwagen, denn er hatte zu seinem Leidwesen nur allzugut erfahren, welch kluge, treffende Antworten sie zu geben verstand. Allein er dachte sich, wenn er sie nur an einem günstigen Ort treffen könnte, so würde sie vielleicht bei Zeit und Gelegenheit, da sie ja

Witwe, jung, lebenslustig und heißblütig sei, mit ihm wie auch mit sich selber Erbarmen haben.

Um ans Ziel seiner Wünsche zu gelangen, sagte er seinem Herrn, er besitze unweit seinem Haus ein prächtiges Jagdrevier, und falls er Lust habe, im Monat Mai dort drei oder vier Hirsche zu erlegen, werde er den allerschönsten Zeitvertreib erleben. Der Prinz, der sowohl dem Edelmann huldreich zugetan war als auch dem Vergnügen der Jagd mit Leidenschaft frönte, willfahrte seiner Bitte und kam zu ihm in sein Landhaus, das sehr schön und gut unterhalten war, wie es sich für den wohlhabendsten Edelmann des Landes geziemte. Der Edelmann brachte den Prinzen und seine Gemahlin im einen Flügel des Hauses unter und gegenüber in dem andern die Frau, die er mehr liebte als sich selber; ihr Schlafgemach hatte er schön ausgeschmückt, mit Wandbehängen ausgekleidet und mit Teppichen belegt, so daß es unmöglich war, eine Falltür wahrzunehmen, die im Alkoven neben ihrem Bett angebracht war und in das Schlafzimmer seiner Mutter, einer hochbetagten, an einer Erkältung leidenden Dame, hinunterführte; weil diese nun von einem argen Husten geplagt wurde, fürchtete sie, sie könnte die Prinzessin stören, die über ihr schlief, und tauschte das Zimmer mit ihrem Sohn. Jeden Abend brachte die alte Dame der Prinzessin eingemachte Früchte zum Nachtmahl; der Edelmann war jeweils zugegen, denn er war mit ihrem Bruder befreundet und pflog mit ihm vertrauten Umgang, so daß ihm auch nicht verwehrt war, zugegen zu sein, wenn sie sich an- und auskleidete. Und bei dieser Gelegenheit fand er jedesmal Grund genug, seiner Liebe neue Nahrung zu geben.

So kam es, daß er eines späten Abends die Prinzessin so lange noch wachgehalten hatte, bis der Schlaf sie übermannte und er sie allein lassen mußte, um seine Kammer aufzusuchen. Nachdem er das kleidsamste, prächtigste und wohlriechendste seiner Hemden angelegt, dazu die reichstverzierte Nachtmütze aufgesetzt hatte, so daß auch nicht das geringste fehlte, schien ihm, wie er sich im Spiegel besah, keine Frau auf der ganzen Welt würde seiner Schönheit und Anmut widerstehen können. Deshalb versprach er sich einen glücklichen Ausgang seines Vorhabens und legte sich in sein Bett, wo er nicht lange zu verweilen gedachte, im Verlangen und in der sicheren Hoffnung, daß ihm bald eine ergötzlichere und ehrenreichere Lagerstatt werde beschieden sein. Kaum hatte er seine Diener alle hinausgeschickt, stand er wieder auf und schloß die Tür hinter ihnen ab. Dann lauschte er geraume Weile, ob sich in dem Gemach der Prinzessin, das über dem seinen lag, nichts rühre, und als er ganz sicher war, daß alles ruhig blieb, beschloß er, an sein sehnlich begehrtes Werk zu gehen. Behutsam ließ er die Falltür nieder, die so genau eingefügt und mit Tuch ausgekleidet war, daß sie nicht das leiseste Knarren von sich gab; dann stieg er durch die Luke in das Zimmer und den Alkoven seiner Herrin hinauf, die gerade einschlummern wollte.

Unverweilt, ohne sich an die Ehrfurcht, die er seiner Herrin schuldete, noch an ihre hohe Abkunft zu kehren, ohne sie um Erlaubnis zu bitten oder ihr seinen Gruß zu entbieten, legte er sich kurzerhand zu ihr ins Bett. Sie aber wurde seiner erst gewahr, als sie schon in seinen Armen lag. Doch sie war kräftig, entwand sich seinem Zugriff, fragte ihn, wer er sei, und begann ihn zu schlagen, zu beißen und zu kratzen, so daß er, aus Angst, sie könnte um Hilfe rufen, gezwungen war, ihr mit der Bettdecke den Mund zu verschließen. Das gelang ihm aber nicht; denn als sie sah, daß er alle seine Kräfte anstrengte, um ihr Gewalt anzutun, wehrte auch sie sich aus Leibeskräften, um ihn davon abzuhalten, und rief, so laut sie konnte, nach ihrer Ehrendame, einer betagten, ausnehmend klugen Frau, die mit ihr im Zimmer schlief, und diese eilte ihrer Herrin im bloßen Hemd zu Hilfe.

Als nun der Edelmann sah, daß er entdeckt war, befiel

ihn große Furcht, er könnte von seiner Herrin erkannt werden, und er entfloh, so schnell er konnte, durch die Falltür; und so groß sein Verlangen und seine Gewißheit, gut aufgenommen zu werden, gewesen waren, so groß war jetzt seine Verzweiflung, weil er sich so übel zugerichtet davonstehlen mußte. Auf seinem Tisch fand er noch den Spiegel und die Kerze; und als er sein Gesicht betrachtete, das von den Kratzwunden und Bissen, die sie ihm beigebracht hatte, ganz blutig war, so daß ihm das Blut auf sein schönes Hemd rann und es davon mehr blutbesudelt als goldfarben war, hob er an zu sprechen: »O Schönheit, du hast jetzt den verdienten Lohn; denn auf dein eitles Versprechen hin habe ich mich einer unmöglichen Tat unterfangen, die mich vielleicht, anstatt mir größere Befriedigung einzutragen, doppelt unglücklich machen wird. Ich weiß genau, wenn sie erfährt, daß ich entgegen dem Versprechen, das ich ihr abgelegt, diesen tollen Anschlag vollführt habe, dann werde ich des trauten, ehrenvollen Umgangs verlustig gehen, den ich vor allen andern mit ihr pflog. Das hat mein ungenügsamer Hochmut mit Fug verdient. Wollte ich nämlich meine Schönheit und Anmut für mich wirken lassen, so durfte ich sie nicht in finsterer Nacht verbergen, wenn anders mir daran lag, die Liebe ihres Herzens zu gewinnen. Ich durfte es nicht darauf anlegen, ihren keuschen Leib mit Gewalt zu besitzen, vielmehr hätte ich in langem Dienen und mit demutvoller Langmut abwarten müssen, bis die Liebe obgesiegt hätte; denn ohne sie haben alle Kraft und Stärke des Mannes keine Gewalt.«

So verbrachte er die Nacht mit Weinen und Wehklagen und in unbeschreiblicher Pein. Am Morgen aber sah er, wie arg sein Gesicht zerkratzt war, und er stellte sich krank und schützte vor, er könne kein Licht vertragen, bis die Gesellschaft sein Landgut verlassen hatte.

Die Dame, die siegreich geblieben war, wußte, daß am ganzen Hof ihres Bruders kein Mann lebte, der es gewagt hätte, einen so wahnwitzigen Anschlag auf ihre Tugend zu unternehmen, außer dem Edelmann, der sich erfrecht hatte, ihr seine Liebe zu erklären. So stand denn auch alsbald für sie fest, daß ihr Gastgeber der Missetäter gewesen war. Und als sie mit ihrer Hofdame alle Winkel und Ecken des Zimmers durchstöbert hatte, um herauszufinden, wer es gewesen sein mochte, aber nicht die geringste Spur hatte entdecken können, sagte sie voll Zorn zu ihr: »Verlaßt Euch darauf, daß kein anderer als der Herr dieses Hauses der Täter war. Morgen früh will ich bei meinem Bruder dafür sorgen, daß er mit seinem Kopf für meine Keuschheit zeugt.« Da nun die Hofdame sah, wie zornig sie war, sprach sie zu ihr: »Madame, es ist mir eine Freude, daß Euch Eure Ehre so nahegeht und daß Ihr, um sie zu mehren, das Leben eines Mannes nicht zu schonen gedenkt, der es aus übermächtiger Liebe zu Euch allzu kühn aufs Spiel gesetzt hat. Nicht selten aber glaubt man seine Ehre zu erhöhen und schmälert sie doch nur. Darum bitte ich Euch inständig, Madame, sagt mir die Wahrheit: was ist geschehen?« Und als die Prinzessin ihr haarklein alles erzählt hatte, fragte die Ehrendame: »Ihr steht dafür ein, daß er von Euch nichts anderes als Kratzwunden und Faustschläge geerntet hat?« – »Ich schwöre Euch«, erwiderte die Prinzessin, »nein, er hat nichts sonst erreicht. Und wenn er nicht einen guten Wundarzt findet, so werden morgen die Kratzer noch sichtbar sein.« – »Verhält es sich, wie Ihr sagt, Madame«, versetzte die Hofdame, »dann habt Ihr eher Grund, Gott zu loben, als Rachegedanken gegen den Unseligen zu brüten. Ihr könnt mir glauben, da er ein so unerschrockener Mann ist und sich einer solchen Tat vermessen hat, wird er den Tod leichter ertragen als den Verdruß, nicht ans Ziel seiner Wünsche gelangt zu sein. Wollt Ihr an ihm gerächt sein, so laßt Liebe und Scham wirken; die werden ihn ärger quälen, als Ihr es könntet. Tut Ihr es um Eurer Ehre willen, hütet Euch, Madame, in ähnliche Not zu geraten wie er; denn anstatt die höchste Lust zu genießen, die es für ihn geben konnte, hat er das tiefste Leid erfahren, das einem Edelmann widerfahren kann. So würdet auch Ihr, Madame, am Ende, da Ihr doch Eure Ehre zu erhöhen meint, sie womöglich nur verringern; und wenn Ihr Klage über das Vorgefallene erhebt, bringt Ihr ans Licht, was andernfalls niemand weiß. Von sich aus wird er nämlich bestimmt schweigen. Und würde Euer Herr Bruder ihn richten, wie Ihr es verlangt, muß der arme Edelmann sterben; dann wird es überall heißen, er habe an Euch seinen Willen gehabt, und die meisten werden sagen, schwerlich hätte ein Edelmann solch ein Wagnis unternommen, wenn ihm die Dame nicht von Herzen gern Gelegenheit dazu geboten hätte. Ihr seid schön und jung, Ihr freut Euch des Lebens, wo immer Ihr weilt, in jeder Gesellschaft. An diesem Hof ist keiner, der nicht gesehen hätte, wie liebreich Ihr dem Edelmann entgegengekommen seid, den Ihr jetzt verdächtigt. So wird jeder sagen, wenn er diesen tollen Anschlag gewagt habe, so habe er es nicht ohne Eure Mitschuld getan. Dann wird Eure Ehre, die Euch bislang erhobenen Hauptes einhergehen ließ, allerorten in Zweifel gezogen werden, wo man diese Geschichte nur herumerzählt.«

Als die Prinzessin die triftigen Einwände ihrer Hofdame hörte, sah sie ein, daß diese recht hatte und daß sie selbst in Anbetracht des guten und vertrauten Umgangs, den sie seit jeher mit dem Edelmann gepflogen hatte, mit Recht getadelt würde. Sie fragte daher ihre Hofdame, was sie tun solle, und die sagte ihr: »Madame, da Ihr meinen Rat anzunehmen beliebt, der, wie Ihr wohl wißt, aus liebevollem Herzen kommt, so dünkt mich, Ihr solltet Euch von Herzen freuen, daß der schmuckste und gesittetste Edelmann, den ich zeit meines Lebens gesehen habe, weder durch Liebe noch mit Gewalt Euch vom Wege wahrer Ehrbarkeit hat abbringen können. Und darin, Madame, müßt Ihr Euch in Demut vor

Gott beugen und einsehen, daß nicht Eure Tugend dies zustande gebracht hat. Denn manche Frau, die ein züchtigeres Leben geführt hat als Ihr, ist von einem Mann gedemütigt worden, der weniger liebenswert war als er. Und Ihr müßt Euch mehr denn je vor Liebesanträgen in acht nehmen, weil recht viele ein zweitesmal der Gefahr nicht zu entgehen wissen, der sie das erstemal entronnen sind. Vergeßt nicht, Madame: Amor ist blind und verblendet uns so sehr, daß wir oft meinen, der Weg sei völlig sicher, wenn er gerade besonders schlüpfrig ist. Mir will scheinen, Madame, Ihr dürft Euch weder ihm noch andern gegenüber etwas anmerken lassen von dem, was vorgefallen ist. Und auch wenn er darauf anspielen wollte, sollt Ihr tun, als verstündet Ihr ihn nicht; damit geht Ihr zwei Gefahren aus dem Wege: zum ersten vermeidet Ihr es, Euch des Sieges, den Ihr über ihn errungen habt, eitel zu berühmen, und ferner laßt Ihr Euch nicht von dem Kitzel berücken, den die Erinnerung an gewesene Fleischeslust so mächtig erweckt, daß auch die Keuschesten sich seiner nur mit Mühe erwehren können und nur allzu leicht in Versuchung geraten, wie sehr sie die Anfechtung auch fliehen. Des fernern aber, Madame, darf er nicht etwa denken, er habe Euch mit seinem Anschlag gar einen Gefallen getan, und darum bin ich der Ansicht, Ihr solltet nach und nach den gewohnten freundschaftlichen Verkehr mit ihm abbrechen, damit er erkennt, wie gering Ihr seinen Wahnwitz achtet und wie groß Eure Güte ist, habt Ihr Euch doch mit dem Sieg zufriedengegeben, den Gott Euch geschenkt hat, und darauf verzichtet, andere Rache an ihm zu üben. Gebe Euch Gott die Gnade, Madame, daß Ihr auch förderhin in der Ehrbarkeit verharren möget, die er in Euer Herz gelegt hat. Erkennt, daß von ihm alles Gute kommt und daß Ihr ihm besser dient und ihn mehr liebt, als Ihr bisher tatet.«

Entschlossen, dem Rat ihrer Hofdame zu vertrauen, schlief die Prinzessin heiteren Sinnes ein, wohingegen der Edelmann sich in düstern Gedanken schlaflos auf seinem Lager wälzte.

Anderntags wollte der Fürst von dannen reiten und ließ seinen Wirt rufen. Doch man meldete ihm, er sei so krank, daß er das Tageslicht nicht vertrage und auch mit niemandem sprechen könne. Darüber erschrak der Fürst sehr und wollte ihn aufsuchen. Da er aber wußte, daß er schlief, wollte er ihn nicht wecken und ging aus seinem Landhaus fort, ohne von ihm Abschied zu nehmen, und nahm auch seine Gemahlin und seine Schwester mit. Als diese hörte, mit welchen Ausflüchten der Edelmann einer Begegnung mit dem Fürsten und der Jagdgesellschaft auswich, wußte sie mit Gewißheit, daß er ihr soviel Ungemach angetan hatte und jetzt nicht wagte, die Male zu zeigen, die sie ihm ins Gesicht gekratzt hatte. Wiewohl sein Herr verschiedentlich nach ihm schickte, kehrte er doch nicht eher an den Hof zurück, als bis alle seine Wunden verheilt waren, außer denen, die Liebe und Enttäuschung seinem Herzen geschlagen hatten.

Als er an den Hof zurückgekehrt war und vor seiner siegreichen Feindin stand, errötete er tief. Er, sonst der Keckste der ganzen Gesellschaft, war nun mit einmal so befangen, daß er oft in ihrem Beisein gänzlich die Fassung verlor. Dies gab ihr die Gewißheit, daß ihr Argwohn ins Schwarze getroffen hatte, und sie hielt ihn allmählich immer mehr von sich fern, doch nicht so unauffällig, daß er es nicht gemerkt hätte. Er wagte aber nicht, sich etwas anmerken zu lassen, aus Angst, es könnte ihm sonst noch schlimmer ergehen. Er bewahrte diese Liebe in seinem Herzen und ertrug geduldig die Entfremdung, die er verdient hatte.

»Dies, meine Damen, sollte all denen einen heilsamen Schrecken einjagen, die sich nehmen wollen, was ihnen nicht zusteht, und den Frauen muß es höhern Mut erwecken, wenn sie die Tugend dieser jungen Prinzessin ansehen und auch den verständigen Rat der alten Hofdame bedenken. Falls jemals einer von euch Ähnliches zustoßen sollte, wißt ihr jetzt, wie Abhilfe zu schaffen ist.« – »Mir scheint«, sagte Hircan, »der vornehme Edelmann, von dem die Rede war, hat so wenig Herzhaftigkeit bewiesen, daß er es gar nicht wert war, hier erwähnt zu werden. Denn da ihm eine so günstige Gelegenheit winkte, durfte er sich weder daran kehren, was die Alte noch was die Junge tat und sagte, sondern mußte sein Wagnis zu Ende führen. Man muß schon sagen, sein Herz war nicht übervoll von Liebe, dieweil noch Todesfurcht und Scham darin Platz fanden.«

Darauf antwortete Nomerfide: »Was hätte denn der arme Edelmann tun sollen, da er doch zwei Frauen gegen sich hatte?«

»Er hätte die Alte erstechen müssen«, erwiderte Hircan, »und wenn die Junge dann gesehen hätte, daß ihr keine Hilfe noch Beistand kam, wäre sie halbwegs unterlegen gewesen.«

»Erstechen?« begehrte Nomerfide auf. »Ihr möchtet also einen Verliebten zum Meuchelmörder werden lassen? Wenn Ihr dieser Ansicht seid, so muß unsereins wahrlich fürchten, Euch in die Hände zu fallen!«

»Wäre ich einmal so weit gelangt«, versetzte Hircan, »würde ich mir entehrt vorkommen, wenn ich das Ziel aufgäbe, das ich mir gesteckt habe.«

»Findet Ihr es seltsam«, fiel Geburon ein, »daß eine Prinzessin, in aller Ehrbarkeit und in hohen Züchten auferzogen, sich schwerlich von einem einzelnen Manne Gewalt antun läßt? Ihr müßtet Euch dann viel mehr noch über eine arme Frau wundern, die zweien Männern entronnen ist.«

»Geburon«, sagte da Ennasuitte, »ich erteile Euch das Wort für die fünfte Geschichte. Ich glaube nämlich, Ihr wißt eine von dieser armen Frau zu erzählen, die gar nicht übel sein wird.«

»Da ihr mich nun erkoren habt«, sagte Geburon,

»will ich euch eine Geschichte erzählen, die mir bekannt ist, weil ich an Ort und Stelle nachgeforscht habe. Daraus werdet ihr ersehen, daß Frauenklugheit und -tugend nicht nur im Herzen und im Kopf von Prinzessinnen wohnen, wie auch nicht alle Liebe und Schlauheit bei jenen Männern zu Hause sind, bei denen man sie zumeist zu finden glaubt.«

S. Freudenberg inv. Carl Guttenberg sculp.

## Fünfte Geschichte

*Zwei Franziskanermönche, die beim Hafen von Coullon über den Fluß setzten, wollten der Schifferin, die sie übersetzte, Gewalt antun. Sie aber lullte sie, klug und schlau, so trefflich mit Worten ein, daß sie ihnen scheinbar gewährte, was sie verlangten, sie aber betrog und in die Hände der Justiz gab; diese überantwortete sie ihrem Obern, damit er sie so bestrafte, wie sie es verdienten*

Am Hafen von Coullon unweit Nyort gab es eine Fährfrau, die Tag und Nacht jedermann übersetzte. Nun begab es sich, daß zwei Franziskanermönche aus dem genannten Nyort ganz allein mit ihr über den Fluß fuhren. Und weil diese Überfahrt eine der längsten in Frankreich ist, verfielen die beiden, um der Frau die Langeweile zu vertreiben, darauf, ihr Liebesanträge zu machen. Sie aber gab ihnen die gebührende Antwort. Da die beiden weder von ihrer Wanderschaft ermüdet noch von dem kalten Wasser abgekühlt und auch über die Zurechtweisung der Frau nicht beschämt waren, beschlossen sie miteinander, sie sich mit Gewalt gefügig zu machen oder sie, wenn sie eine Klage laut werden ließe, in den Fluß zu werfen.

Sie war aber ebenso schlau und gewitzt, wie die beiden böswillig und verschlagen waren, und sagte zu ihnen: »Ich bin nicht so widerborstig, wie ich mir den Anschein gebe. Aber ich möchte euch um zweierlei bitten; gewährt ihr mir das, so sollt ihr erkennen, daß ich größere Lust habe, euch zu Willen zu sein, als ihr verspürt, mich darum zu bitten.« Die Kuttenträger schworen ihr bei ihrem guten heiligen Franziskus, sie könne verlangen, was sie wolle, es werde ihr zugebilligt, wenn sie ihnen dafür gewähre, was sie von ihr wollten.

»Ich bitte euch fürs erste«, sagte sie, »daß ihr mir schwört und gelobt, niemals zu einer Menschenseele etwas von unserem Handel verlauten zu lassen.« Das versprachen sie ihr aufs bereitwilligste. Ferner sagte sie zu ihnen: »Einer nach dem andern möge seine Lust an mir büßen, denn ich müßte mich allzusehr schämen, wenn ihr mich beide zur gleichen Zeit sähet. Seht nun zu, welcher von euch mich zuerst haben will.«

Sie fanden ihr Ansinnen billig und gerecht, und der jüngere Mönch war einverstanden, daß der ältere den Anfang machen sollte. Und als sie zu einer kleinen Insel heranfuhren, sagte sie zu dem jüngeren: »Hochwürdiger Vater, sprecht hier Eure Gebete; ich will indessen Euern Begleiter da vorne zu einem andern Eiland rudern, und wenn er bei seiner Rückkunft meiner froh geworden ist, lassen wir ihn hier und gehen zusammen fort.«

Der junge sprang ans Land und wartete auf die Rückkehr seines Genossen; den aber ruderte die Fährfrau zu einer andern Insel. Und als sie am Ufer anlegten, tat sie, als bände sie ihren Kahn an einem Baum fest, und sprach zu ihm: »Lieber Freund, seht Euch nach einem Plätzchen um, wo wir uns hinlegen können.« Da ging der ehrwürdige Pater ans Land, um einen Ort zu suchen, der ihm zusagte. Sobald sie aber sah, daß er am Ufer stand, stieß sie aus Leibeskräften mit dem Fuß von dem Baum ab, fuhr mit ihrem Kahn in den Fluß hinaus und ließ die beiden leichtgläubigen Mönche in der Wüstenei zurück, rief ihnen auch, so laut sie konnte, zu: »Harret aus, liebwerte Herren, bis Gottes Engel kommt, euch zu trösten; denn von mir kriegt ihr heute nichts, was euch behagen könnte!«

Als die beiden unseligen Mönche erkannten, daß sie hinters Licht geführt worden waren, fielen sie am Ufer des Flusses auf die Knie und flehten sie an, ihnen diese Schande nicht anzutun, und beteuerten ihr, wenn sie sie ungefährdet zum Hafen rudern wollte, würden sie ihr nicht mehr zu nahe treten. Doch sie fuhr immer weiter von ihnen weg und sagte dabei zu ihnen: »Ich wäre doppelt töricht, wenn ich mich wieder in eure Gewalt begäbe, nachdem ich eben euern Händen entronnen bin!«

Sie rannte ins Dorf und rief ihren Mann und etliche Gerichtsbüttel herbei, damit sie die beiden tollwütigen Wölfe fingen, deren Zähnen sie durch Gottes Gnade entkommen war. Die Leute begaben sich in hellen Haufen dorthin, und alles Volk, groß und klein, lief mit, denn jeder wollte an dieser vergnüglichen Hatz teilnehmen. Als die unglücklichen Kuttenmänner eine so große Meute näherkommen sahen, versteckten sie sich jeder auf seiner Insel, wie einst Adam, als er sich nackt und bloß vor Gottes Angesicht sah. Die Scham malte ihnen ihre Sünde recht deutlich vor Augen, und aus Furcht vor der Strafe zitterten sie so heftig, daß sie halb tot waren. Aber das half ihnen alles nichts; sie wurden ergriffen und gefangengesetzt, und das ging nicht ab, ohne daß sie von Männern und Frauen verspottet und ausgejohlt wurden. Die einen sagten: »Seht, die ehrwürdigen Väter, die uns Keuschheit predigen und dann unsere Weiber zur Unzucht zwingen wollen!« Und andere riefen: »Übertünchte Gräber sind sie, die auswendig hübsch aussehen und inwendig voller Totengebeine und voll Unflat sind!« Und eine andere Stimme schrie: »An ihren

Früchten sollt ihr sie erkennen!« Ihr könnt mir glauben, daß alle Stellen des Evangeliums, in denen die Gleisner angeprangert werden, gegen die armen Gefangenen vorgebracht wurden. Endlich legte sich der Obere ihres Klosters ins Mittel und brachte ihnen Hilfe und Befreiung. Er kam eilends herbei und bat um ihre Auslieferung, versicherte auch den Gerichtsbütteln, er werde sie weit härter bestrafen, als weltliche Richter dies zu tun wagen könnten. Und zur Buße sollten sie so viele Messen und Rosenkränze beten, wie man ihnen auftrage. Der Richter willfahrte seiner Bitte und gab ihm die Gefangenen frei. Sie wurden von ihrem Oberen so gründlich abkapitelt, daß sie seither nie wieder über einen Fluß setzten, ohne das Kreuzeszeichen zu schlagen und ihre Seele Gott zu befehlen.

»Ich bitte euch, meine Damen, bedenkt: wenn diese arme Schifferin klug genug war, zwei so böswillige und schlaue Männer hinters Licht zu führen, was sollen dann erst jene Frauen tun, die soviel schöne Beispiele, in Wort und Bild, vor Augen haben, und wäre es auch nur die Güte der tugendhaften Damen, die an ihnen vorübergezogen sind? Wäre vielleicht also die Tugend der wohlerzogenen Frauen eher Gewohnheit denn Tugend zu nennen? Doch an denen, die ungebildet sind, die im Laufe eines Jahres kaum mehr als zwei gute Predigten hören, die für keinen andern Gedanken Zeit haben, als wie sie ihr armseliges Leben fristen können, und die trotz ihrer Bedrängnis sorgsam ihre Keuschheit hüten — an solchen Frauen erkennt man die Tugend, die von der Natur in ihr Herz gepflanzt wurde. Denn wo Verstand und Kraft des Menschen gemeinhin für geringer gelten, gerade da wirkt Gottes Geist die größten Wunder. Wahrlich, übel beraten ist die Frau, die nicht ängstlich den Schatz hütet, der ihr, wohlbewahrt, soviel Ehre bringt und andernfalls soviel Unehre einträgt.«

Longarine sprach darauf: »Mir scheint, Geburon, es

gehört nicht sonderlich viel Tugend dazu, einen Franziskaner abblitzen zu lassen, mich dünkt, es sei vielmehr unausdenkbar, ihn zu lieben.«

»Longarine«, gab ihr Geburon zur Antwort, »Frauen, die nicht gewöhnt sind, solche Anbeter zu haben wie Ihr, denen sind die Franziskaner nicht so zuwider. Denn sie sind ebenso schmucke, ebenso starke Männer und besser ausgeruht als unsereiner, sind wir doch allesamt im Minnedienst ergraut und ermüdet. Sie aber sprechen mit Engelszungen und sind aufdringlich wie die Teufel; daher sind Frauen, die bislang nur Kleider aus grobem Wolltuch zu Gesicht bekommen haben, wahrlich tugendhaft zu nennen, wenn sie ihren Fängen heil entrinnen.«

Da platzte Nomerfide laut heraus: »Ha! Meiner Seel, sagt, was Ihr wollt, aber ich möchte lieber in den Fluß geschmissen werden, als mit einem Kuttenmönch zu schlafen!« Da stichelte Oisille lachend: »Ihr könnt wohl gut schwimmen?« Dies verübelte ihr Nomerfide sehr, denn sie dachte, Oisille habe von ihr eine schlechtere Meinung, als ihr lieb war, und darum entgegnete sie ihr zornig: »Manch eine hat liebenswertere Männer abgewiesen als einen Franziskanermönch und es doch nicht an die große Glocke gehängt.« Als Oisille sah, wie zornig sie war, mußte sie lachen und sagte: »Noch weniger haben sie ausposaunt, was sie getan und zugestanden haben.«

Da sprach Geburon: »Ich sehe wohl, Nomerfide möchte gar zu gerne ihrem Herzen Luft machen. Deshalb gebe ich ihr meine Stimme, damit sie ihr Herz mit einer guten Geschichte erleichtert.«

»Die Worte, die eben gefallen sind, scheren mich wenig«, erwiderte Nomerfide. »Da ihr mir aber das Wort erteilt, bitte ich euch, mir euer Ohr zu leihen. Ich will euch beweisen, daß manche Frauen zum Guten geführt, andere aber zum Bösen verleitet werden. Und weil wir geschworen haben, die lautere Wahrheit zu sagen, will ich sie euch nicht verschweigen; denn wie die

Tugend der Fährfrau den andern Frauen nicht zur Ehre gereicht, sofern sie nicht ihrem Beispiel folgen, so kann auch die Verderbtheit einer andern ihnen keine Unehre bringen. Hört also!«

*S. Freudenberg, inv.* *De Longueil, G. du R.*

## Sechste Geschichte

*Von der List einer Frau, die ihren Liebsten entweichen ließ, als ihr Gatte, der einäugig war, sie zu ertappen gedachte*

Einst lebte ein alter Kammerdiener Karls, des letzten Herzogs von Alençon, der hatte ein Auge eingebüßt und war mit einer Frau verheiratet, die viel jünger war als er. Und da seine Herrschaft ihm gewogen war wie sonst keinem, der ihrem Hause diente, konnte er nicht so oft seine Frau besuchen, wie er es gerne getan hätte. Deshalb vergaß sie Ehre und Gewissen so weit, daß sie sich mit einem jungen Mann einließ. Das Gerede über ihren Liebeshandel wurde auf die Dauer so arg, daß es ihrem Mann zu Ohren kam. Der konnte es einfach nicht glauben, hatte ihm seine Frau doch zu jeder Zeit Beweise ihrer großen Liebe gegeben. Gleichwohl gedachte er ihr eines Tages auf die Schliche zu kommen und sich an der zu rächen, die ihm solche Schande antat. Zu diesem Behufe gab er vor, für zwei oder drei Tage an einen Ort in der Nähe reisen zu wollen. Und kaum war er fort, da ließ seine Frau ihren Liebhaber holen. Der aber war noch keine halbe Stunde mit ihr zusammen, siehe! da pochte ihr Mann an die Tür. Sie erkannte ihn jedoch und sagte es ihrem Freund, welcher darob so erschrak, daß er sich am liebsten im Leib seiner Mutter verkrochen hätte und sie wie auch die Liebe, die ihn in solche Gefahr gebracht hatten, ins Pfefferland wünschte. Sie redete ihm zu, er möge unbesorgt sein, sie werde schon Mittel und Wege finden, ihn sonder Schimpf und Schaden entkommen zu lassen; er solle sich nur rasch ankleiden. Währenddessen klopfte der Ehemann an die Tür und rief laut nach seiner Frau. Sie aber tat, als erkennte sie ihn nicht, und sagte vernehmlich, als spräche sie zu ihrem Hausherrn: »Warum steht Ihr nicht auf und bringt die Leute, die draußen vor der Tür lärmen, zum Schweigen? Kommt man auch um diese Zeit zu anständigen Leuten ins Haus? Wäre mein Mann hier, er würde Euch schon Beine machen!« Als der Ehemann das hörte, rief er aus Leibeskräften: »Mach mir auf, Frau! Willst du mich bis zum Morgen draußen stehen lassen?« Als sie nun sah, daß ihr Freund bereit war, das Weite zu suchen, öffnete sie die Tür und sprach zu ihrem Mann: »Mein liebster Mann, wie froh bin ich, daß du kommst! Ich habe heute nacht etwas Wunderbares geträumt und mich so darüber gefreut – zeitlebens war ich noch nie so glücklich. Es träumte mir, du habest auf deinem blinden Auge wieder sehen können.« Und dabei umhalste und küßte sie ihn, faßte seinen Kopf mit beiden Händen und deckte ihm mit einer Hand sein gesundes Auge zu und fragte: »Siehst du nicht besser als sonst?« Unterdessen ließ sie ihren Liebsten hinausschlüpfen. Das merkte der Gatte aber sogleich und sagte zu ihr: »Bei Gott, Frau, nie wieder werde ich dir aufpassen. Ich meinte dich täuschen zu können, und dabei habe ich die größte Betrügerei einstecken müssen, die je ausgedacht wurde. Gebe Gott, daß Ihr Euch bessert! Denn es steht in keines Menschen Macht auf Erden, der Arglist einer Frau Einhalt zu tun, es sei denn, er töte sie. Weil jedoch die gute Behandlung, die ich Euch erwiesen habe, nicht vermochte, Euren Sinn zu wandeln, so wird Euch künftig wohl meine Verachtung bessern.« Mit diesen Worten ging er von dannen und ließ sein Weib in untröstlicher Verzweiflung zurück. Doch erreichte sie's durch die Fürsprache ihrer Freunde, und auch weil sie unter Tränen Abbitte leistete, daß er sie wieder zu sich nahm.

»Daraus könnt ihr ersehen, edle Damen, wie schlau und listig eine Frau sich aus einer brenzligen Lage retten kann. Und hat sie so flink und geistesgegenwärtig einen Ausweg zum Vertuschen eines Fehltritts gefunden, so wäre sie, meine ich, noch findiger, ein Mittel zu ersinnen, gleich vorneweg einer Sünde aus dem Wege zu gehen oder gar etwas Gutes zu tun. Denn der Geist des Guten ist stärker.« Darauf erwiderte Hircan: »Redet von Schlauheit, soviel Ihr wollt, ich halte gleichwohl dafür, daß Ihr im gleichen Falle es nicht hättet bemänteln können.« – »Ebensogut könntet Ihr«, versetzte sie, »mich für die allerdümmste Frau der Welt halten!« – »Das will ich nicht sagen«, erwiderte Hircan. »Doch glaube ich, Ihr seid wohl eine Frau, die sich eher über ein Gerede wunderte, als daß sie es listig zum Verstummen brächte.« – »Euch kommt es so vor«, sprach da Nomerfide, »als wäre jeder wie Ihr und wollte durch ein Gerede das andere zudecken. Doch besteht die Gefahr, daß eine Lüge die andere zuschanden macht und das Fundament durch die vielen Hüllen, die es stützen muß, zu sehr belastet wird und das ganze Gebäude einstürzt. Doch wenn Ihr meint, die Listen und Ränke, mit denen Euch ein jeder wohlversehen glaubt, seien durchtriebener als die der Frauen, so überlasse ich Euch meinen Platz, und Ihr könnt uns die siebente Geschichte erzählen. Und wollt Ihr Euch selbst als Beispiel darstellen, werdet Ihr uns, meine ich, mancherlei Arglist lehren können.«

»Ich bin nicht dazu hier«, erwiderte Hircan, »um

mich schlechter zu machen, als ich bin. Denn überdies gibt es Leute, die darüber mehr sagen, als mir lieb ist.« Während er das sagte, blickte er seine Frau an, die sogleich zu ihm sagte: »Seid meinetwegen ja nicht bange, die Wahrheit zu sagen; denn es fällt mir immer noch leichter, Euch Eure hinterlistigen Streiche erzählen zu hören, als sie mit anzusehen, obwohl keiner davon meine Liebe zu Euch verringern könnte.«

Hircan gab ihr zur Antwort: »Ich beklage mich ja auch nicht über die falsche Meinung, die Ihr mehr als nur einmal von mir hattet. Daher ist das, da wir einander kennen, ein Grund, daß wir eins dem andern künftig noch mehr vertrauen. Doch bin ich nicht so dumm, Euch eine Geschichte von mir zu erzählen, deren Wahrheit Euch Verdruß bringen könnte. Ich will dafür ein Stückchen von jemandem berichten, mit dem ich gut befreundet war.«

*S. Freudenberg, inv.* *De Longueil, G. du R.*

## Siebente Geschichte

*Mit Trug und List führt ein Kaufmann eine Alte hinters Licht und rettet die Ehre ihrer Tochter*

In der Stadt Paris lebte ein Kaufmann, der war verliebt in die Tochter seiner Nachbarin, oder besser gesagt, sie liebte ihn mehr, als er sie liebte; denn seine Liebe war nur vorgespiegelt, und wenn er tat, als hielte er sie lieb und wert, so hatte er nur eines im Auge: er wollte damit eine höhere und ehrenvollere Liebe bemänteln. Sie aber ließ sich's gefallen, an der Nase herumgeführt zu werden, und war so verliebt, daß sie alle weibliche Tugend in den Wind schlug und der Frauen übliche Art, sich der Männer zu erwehren, völlig vergaß. Dieser Kaufmann nun hatte sich zuvor lange Zeit die Mühe genommen, sie überall dort aufzusuchen, wo er sie heimlich treffen konnte; jetzt aber ließ er sie dahin kommen, wo es ihm beliebte. Davon bekam ihre Mutter Wind, und da sie eine ausnehmend ehrbare Frau war, verbot sie ihr, jemals wieder mit dem Kaufmann ein Wort zu wechseln, sonst müsse sie ins Kloster gehen. Doch die Tochter, die den Kaufmann mehr liebte, als sie ihre Mutter fürchtete, lief ihm nur noch mehr nach als zuvor.

Eines Tages begab es sich, daß sie ganz allein in einer Kammer war, und da trat der Kaufmann herein, und weil er die Gelegenheit günstig fand, begann er sogleich mit ihr aufs vertraulichste zu plaudern. Doch eine Magd, die ihn hatte hineingehen sehen, ging eilends zu ihrer Mutter und hinterbrachte es ihr, und sie kam in hellem Zorn herbeigelaufen. Als die Tochter sie kommen hörte, sprach sie unter Tränen zu dem Kaufmann: »Ach weh, Liebster, nunmehr werde ich meine Liebe zu Euch bitter büßen müssen! Da kommt meine Mutter, und was sie schon immer gefürchtet und geargwöhnt hat, wird sie jetzt mit eigenen Augen sehen.«

Der Kaufmann, den ein solcher Zwischenfall nicht aus der Fassung bringen konnte, ließ sogleich von ihr ab und ging der Mutter entgegen; er breitete die Arme aus, umfaßte sie aus Leibeskräften und warf die arme alte Frau mit der gleichen Glut, mit der er eben ihrer Tochter zugesetzt hatte, auf ein Ruhebett. Ihr aber kam sein Gebaren so sonderbar vor, daß sie nicht wußte, wie sie ihn zurechtweisen sollte, sondern nur hervorbrachte: »Was wollt Ihr denn? Seid Ihr von Sinnen?« Dem zum Trotz ließ er nicht ab, ihr so hitzig zuzusetzen, als wäre sie das schönste Mädchen auf der Welt, und hätte sie nicht laut um Hilfe gerufen, so daß ihre Diener und Kammerfrauen herbeigelaufen kamen, sie hätte dasselbe Los erlitten, das, wie sie fürchtete, auch ihrer Tochter zuteil geworden war. Indessen befreite man die arme Alte mit Gewalt aus den Armen des Kaufmanns, und sie hat nie erfahren, warum er so übel mit ihr umgesprungen war. Währenddessen entkam die Tochter und floh in ein Nachbarhaus, wo gerade Hochzeit gehalten wurde. Seither haben der Kaufmann und sie noch manchesmal auf Kosten der alten Frau darüber gelacht. Die Mutter aber ist ihnen nie auf die Schliche gekommen.

»Daraus könnt ihr sehen, meine Damen, wie die Schlauheit eines Mannes eine alte Frau hinters Licht geführt und die Ehre einer jungen gerettet hat. Wer euch aber die Personen mit Namen nennte oder wer das dreiste Verhalten des Kaufmanns und das Erstaunen der Alten mit angesehen hätte, müßte wahrlich ein sehr ängstliches Gewissen haben, wenn er nicht laut herausgelacht hätte. Mir genügt es, euch durch diese Geschichte zu beweisen, daß die Männer nötigenfalls ebenso geistesgegenwärtig und schlau sind wie die Frauen, und ihr braucht euch, meine Damen, nicht zu fürchten, in ihre Hände zu fallen; denn wenn ihr nicht mehr aus noch ein wißt, so werden sie dafür besonnen genug sein, eure Ehre zu wahren.«

»Wahrhaftig, Hircan«, versetzte Longarine, »die Geschichte ist ergötzlich und die List groß, das gebe ich zu. Aber was Ihr erzählt habt, ist dennoch kein Vorbild, dem junge Mädchen nachleben sollten. Wohl glaube ich, daß es welche gibt, denen Ihr einreden könntet, es sei nachahmenswert; doch seid Ihr gewiß nicht so töricht, daß Ihr wünschtet, Eure Frau oder eine andere, an deren Ehre Euch mehr gelegen ist als an Liebeslust, möchte sich mit diesem Spiel vergnügen. Ich glaube, keiner würde genauer auf sie aufpassen oder sie besser davor bewahren als Ihr.« – »Fürwahr«, erwiderte Hircan, »hätte die Frau, die Ihr meint, so etwas getan, ich würde sie deshalb nicht geringer achten. Und ich weiß auch nicht, ob manch einer nicht ebenso gute Streiche vollbracht hat, sie aber nicht verrät und auf diese Weise allen üblen Folgen entgeht.«

Parlamente konnte nicht an sich halten und warf ein: »Es kann ja nicht anders sein: ein Mann, der Unrecht tut, traut keinem Menschen. Glücklich aber, wer keinem Anlaß zu Argwohn bietet.« Longarine meinte dazu: »Ich habe noch nie ein großes Feuer gesehen, bei dem kein Rauch aufgestiegen wäre. Aber ich habe schon Rauch gesehen, wo gar kein Feuer war. Denn ebensooft argwöhnen böse Menschen Schlimmes da, wo es nicht ist, wie sie es da erkennen, wo es ist.«

»Wahrhaftig, Longarine«, erwiderte ihr Hircan sogleich, »Ihr habt so trefflich gesprochen und die Ehre der zu Unrecht verdächtigten Damen so wacker verteidigt, daß ich Euch das Wort gebe: Ihr sollt die achte Geschichte erzählen. Nur eines bitte ich mir aus: rührt uns nicht zu Tränen wie Madame Oisille, indem Ihr die ehrbaren Frauen allzusehr lobt.«

Da mußte Longarine hellauf lachen, und sie hob an zu sprechen: »Da euch denn also der Sinn danach steht, daß ich euch zum Lachen bringe, wie ihr's von mir gewöhnt seid, so wird es trotzdem nicht auf Kosten der Frauen geschehen. Ich will etwas erzählen, das euch zeigen soll, wie leicht sie zu täuschen sind, wenn Eifersucht sie anwandelt. Überdies aber werdet ihr daraus ersehen, wie schlau und durchtrieben sie's anstellen, wenn sie ihre Männer hinters Licht führen wollen.«

*S. Freudenberg, inv.* *De Longueil, G. du R.*

## ACHTE GESCHICHTE

*Bornet hält seinem Eheweib die Treue nicht so unverbrüchlich wie sie ihm. Es gelüstet ihn, mit seiner Stubenmagd zu schlafen. Er entdeckt sein Vorhaben einem seiner Freunde, der ihm, in der Hoffnung, er könne sich mit ihm in die Beute teilen, solche Hilfe und Förderung bietet, daß er mit seiner Zofe zu schlafen glaubt, in Wahrheit aber mit seiner Ehefrau schläft und ohne deren Wissen seinen Kumpan an der Lust, die nur ihm zustand, teilnehmen läßt und dergestalt sich selbst zum Hahnrei macht, ganz abgesehen von der Schande, die seiner Frau dabei widerfährt*

In der Grafschaft Alais lebte ein Mann namens Bornet. Der hatte eine hochachtbare und tugendsame Frau geehelicht, und ihre Ehre und ihr guter Ruf waren ihm so teuer, wie, glaube ich, allen Männern, die hier sind, Ehre und Ruf ihrer Frauen am Herzen liegen. Obwohl er aber verlangte, daß sein Weib ihm die Treue halte, war es doch nicht nach seinem Kopf, daß dieses Gesetz für sie beide gleich gelten sollte. Denn er verliebte sich in seine Stubenmagd, gewann aber bei diesem Wechsel nur das Vergnügen, das zuweilen die verschiedene Art der Speisen verschafft.

In der Nachbarschaft wohnte ein Mann von gleichem Stand wie er, Sandras mit Namen, seines Zeichens Trommler und Schneider, und zwischen ihnen beiden bestand eine so dicke Freundschaft, daß sie, außer ihren Frauen, alles miteinander teilten. Daher erzählte er seinem Freund, was er mit der Zofe vorhatte, und der billigte es nicht nur, sondern half ihm auch nach Kräften dabei; denn er hoffte, es werde für ihn auch etwas von der Beute abfallen. Die Stubenmagd war aber keineswegs dafür zu haben, und als sie sich von allen Seiten bedrängt sah, ging sie zu ihrer Herrin, erzählte ihr alles und bat sie um Urlaub, damit sie zu ihren Eltern heimgehen könne; sie möge nicht länger in solcher Drangsal leben. Die Herrin, die ihren Mann von Herzen liebte, wennschon sie des öftern etwas geargwöhnt hatte, war froh, daß sie diesmal die Oberhand gewonnen hatte und ihm ihren Verdacht mit Recht unter die Nase reiben konnte.

So sprach sie denn zu ihrer Stubenmagd: »Laß dich nicht entmutigen und bleib standhaft. Gib meinem Mann nach und nach gute Worte, und später einmal verabredest du dich dann mit ihm, daß er mit dir in meiner Kleiderkammer schlafen soll. Versäume ja nicht, mir zu sagen, in welcher Nacht er kommen wird, und gib acht, daß niemand etwas davon weiß.«

Die Magd tat alles genau, wie ihre Herrin es ihr befohlen hatte, und der Mann war darüber so erfreut, daß er stracks zu seinem Kumpan lief und ihm alles brühwarm erzählte. Der Freund aber bat ihn, da er ja auch an dem Handel beteiligt gewesen sei, ihn Nachlese halten zu lassen. Das versprach ihm der Meister, und als die glückliche Stunde geschlagen hatte, schlich er, wie er meinte, zu seiner Stubenmagd und gedachte mit ihr zu schlafen. Aber seine Frau, die auf ihre Macht zu befehlen verzichtet und dafür die Lust des Dienens eingetauscht hatte, war mittlerweile an Stelle der Magd ins Bett geschlüpft und empfing ihren Gatten nicht wie eine laue Ehefrau, sondern gab sich widerstrebend, ganz wie ein verschämtes Jüngferlein, so daß ihr Mann den Betrug überhaupt nicht merkte.

Ich kann euch gar nicht sagen, wer von den beiden sich mehr freute, er, weil er seine Frau zu betrügen meinte, oder sie, weil sie ihren Mann betrog. Und als er bei ihr gelegen hatte, zwar nicht so lange, wie er gerne gewollt hätte, sondern nur soweit es seine Kräfte zuließen, denn er war nicht mehr der Jüngste, und das merkte man ihm wohl an, da stahl er sich aus dem Hause und suchte seinen Kumpan auf, der viel jünger und kräftiger war als er. Dem erzählte er hell begeistert, er habe da ein Weibchen aufgegabelt, so köstlich, wie er es noch nie gesehen hätte. »Ihr wißt doch, was Ihr mir versprochen habt?« fragte sein Geselle. »So geht denn geschwind hin«, erwiderte der Meister, »sonst steht sie auf, und meine Frau braucht sie für irgendeine Arbeit.« Da ging der Freund dorthin und fand noch die gleiche Stubenmagd vor, die auch der Ehemann fälschlicherweise für das Zöfchen gehalten hatte. Sie aber war des Glaubens, er sei ihr Mann, und verweigerte ihm nichts, was er von ihr verlangte – und wenn ich *verlangte* sage, so meine ich: was er *nahm*, denn er traute sich nicht, den Mund aufzutun. Er blieb viel länger bei ihr als ihr Mann, und darüber wunderte sich die Frau höchlich; denn sie war es nicht gewöhnt, so vergnügliche Liebesnächte beschert zu bekommen. Doch ergab sie sich geduldig darein und tröstete sich mit dem Gedanken an die Strafpredigt, die sie ihm am nächsten Morgen zu halten gedachte, und an den Spott, mit dem sie ihm zusetzen wollte.

Als der Morgen graute, erhob sich der Mann von ihrer Seite, und während er beim Abschiednehmen mit ihr koste, zog er ihr einen Ring vom Finger; den hatte ihr Mann ihr am Hochzeitstage geschenkt. Dortzulande hüten die Frauen ihren Trauring mit abergläubischer Sorgfalt und halten eine Frau, die diesen Ring bis zu ihrem Tode bewahrt, in hohen Ehren. Verliert sie ihn dagegen zufällig, so verfällt sie der Verachtung, weil man annimmt, sie habe ihre Gunst einem andern als ihrem Gatten geschenkt. Sie ließ es willig geschehen, daß er ihr den Ring wegnahm, denn sie dachte, er werde ein unumstößlicher Beweis sein für den Schabernack, den sie ihm gespielt hatte.

Als der Kumpan zu dem Meister zurückgekehrt war, fragte ihn der: »Und was sagst du jetzt?« Der andere antwortete, er sei voll und ganz seiner Ansicht, und er wäre auch jetzt noch bei ihr geblieben, hätte er nicht das Tageslicht gescheut. Darauf legten sich beide zur Ruhe und schliefen bis tief in den Tag hinein. Am Vormittag aber, als sie sich ankleideten, erblickte der Mann den Ring, den sein Buhlgeselle am Finger trug, und er sah, daß er ganz und gar dem gleich war, den er seiner Frau zur Hochzeit geschenkt hatte. Er fragte seinen Freund, wer ihm den gegeben habe. Als er jedoch hörte, daß er ihn fast mit Gewalt dem Zöfchen vom Finger gezogen habe, war er ganz außer sich. Er begann mit dem Kopf gegen die Wand zu schlagen und rief: »Ha! Schockschwerenot! hab ich mich am Ende selber zum Hahnrei gemacht, ohne daß meine Frau etwas ahnt?«

Sein Freund wollte ihn trösten und meinte: »Vielleicht gibt Eure Frau den Ring abends dem Mädchen zum Aufbewahren?« Doch der Mann gab ihm keine Antwort, sondern rannte spornstreichs nach Hause, und dort traf er seine Frau schöner, verlockender, vergnügter als sonst, hatte sie doch die Keuschheit ihrer Kammermagd gerettet und zudem ihren Mann aufs gründlichste erprobt, ohne dabei etwas anderes einzubüßen als den Schlaf einer Nacht. Als der Mann ihr heiteres Gesicht sah, dachte er: Wüßte sie etwas von meiner Liebschaft, sie hätte mich nicht so froh und liebreich empfangen. Und während er mit ihr über dies und das plauderte, nahm er ihre Hand in die seine, und da bemerkte er, daß sie ihren Ring nicht mehr trug. Sonst zog sie ihn doch nie vom Finger! Darüber geriet er völlig aus der Fassung und fragte sie mit zitternder Stimme: »Was habt Ihr mit Eurem Ring gemacht?« Doch sie war froh, daß er auf das zu sprechen kam, was auch ihr so sehr am Herzen lag, und sie brach los: »O du heilloser, böser Mann! Wem glaubst du ihn denn weggenommen zu haben? Du meintest wohl deiner Stubenmagd, der zuliebe du zweimal soviel Kräfte verausgabt hast wie jemals mit mir? Denn als du zum erstenmal bei mir lagst, kamst du mir so verliebt vor, daß es mir unmöglich schien, du könntest noch mehr hergeben. Aber dann gingst du hinaus und kamst zurück, und da hast du's ja getrieben wie ein Teufel, ohne Maß und Grenzen! Unseliger! Bedenke doch nur, was für eine Verblendung dich befallen hat, daß du meinen Leib und meine schwellenden Reize nicht genug preisen konntest, da du dich ihrer doch so lange Zeit hast erfreuen können, ohne daß du viel Rühmens davon gemacht hast! Also haben nicht die Schönheit und die üppigen Formen deiner Zofe dich dieses Vergnügens so angenehm finden lassen, nein, die verdammenswürdige Sünde der häßlichen Fleischesbegierde brennt dir im Herzen und macht alle deine Sinne so blind, daß du in der Wut, in die dich die Liebe zu dieser Magd versetzt hat, sogar eine mit einer Haube aufgeputzte Ziege für eine Frau gehalten hättest. Nun aber ist es höchste Zeit, lieber Mann, daß du dich besserst und dich mit mir ebenso zufriedengibst – bin ich doch dein Weib und eine achtbare Frau–, wie du dich mit mir vergnügt hast, als du meintest, ich sei eine arme Magd. Was ich getan habe, geschah nur, um dich von deiner unseligen Verblendung zu heilen, damit wir auf deine alten Tage in guter Freundschaft und ruhigen Gewissens miteinander auskommen können. Denn wenn du deinen argen Lebenswandel wie bisher fortführen willst, dann möchte ich mich lieber von dir trennen, als täglich mit anzusehen, wie du vor meinen Augen Schaden nimmst an Leib, Seele und Hab und Gut. Wenn du aber in dich gehen und dein irriges Verhalten einsehen willst, wenn du dir vornimmst, einen frommen Wandel zu führen und Gottes Gebote zu halten, dann werde ich über alle deine vergangenen Fehltritte hinwegsehen und dir verzeihen, wie ich auch darum bete, daß Gott mir den Undank vergeben möge, ihn nicht nach Gebühr zu lieben.«

Der arme Ehemann war ganz verzweifelt, als er sah, wie klug, schön und züchtig seine Frau war. Und doch hatte er sie um einer andern willen, die ihn nicht liebte, vernachlässigt, ja noch schlimmer: er hatte sie, der Unselige, unwissentlich zur Sünde verleitet und einen andern an der Liebeslust teilhaben lassen, die nur für ihn allein bestimmt war, und so hatte er sich selber zum ewigen Spott Hörner aufgesetzt. Da er aber sah, daß seine Frau ohnedies wegen seiner Liebschaft mit der Magd schon erbost genug war, hütete er sich wohlweislich, ihr den üblen Streich zu erzählen, den er ihr gespielt hatte. Er bat sie reumütig um Verzeihung, gelobte ihr, seinen schlechten Lebenswandel gänzlich aufzugeben, und erstattete ihr den Ring zurück, den er seinem Gesellen wieder abgenommen hatte. Auch bat er ihn, seine Schande nicht an den Tag zu bringen. Aber wie alles, was man gern für sich behalten möchte, gar bald schon die Spatzen von den Dächern pfeifen, wurde nicht lange danach die Wahrheit ruchbar, und man nannte ihn nur noch den *Hahnrei*, ohne freilich seine Frau zu schmähen.

»Mir scheint, meine Damen, wenn alle Männer, die ihre Frauen je schmählich behandelt haben, eine solche Strafe erhielten, so müßten Hircan und Saffredent arge Ängste ausstehen.« Darauf erwiderte Saffredent sogleich: »Ei der Daus, Longarine, ist denn außer Hircan und mir in unserem Kreise niemand verheiratet?« – »Freilich«, versetzte sie, »doch wäre wohl niemand sonst zu einem solchen Streich fähig.« – »Wo habt Ihr denn schon gesehen, daß wir den Mägden unserer Frauen nachstellten?« fragte Saffredent. – »Wenn die Frauen, die es angeht, die Wahrheit sprechen wollten, würde man wohl die und jene Magd finden, die noch vor dem Ende ihrer Dienstzeit entlassen worden ist«, meinte Longarine. Da warf Geburon ein: »Wahrhaftig, Ihr seid gut! Anstatt, wie Ihr versprochen hattet, die Gesellschaft zum Lachen zu bringen, bringt Ihr diese beiden Männer in Harnisch!« – »Was macht das schon?« versetzte Longarine. »Wenn sie nur ihre Degen nicht zücken, so wird ihr Zorn uns erst recht Spaß bereiten.«

»Aber soviel ist sicher«, hielt ihr Hircan entgegen, »wenn unsere Frauen dieser Dame Glauben schenken wollten, könnte sie wahrlich die allerbeste Ehe, die in dieser Gesellschaft besteht, durcheinanderbringen.« – »Ich weiß schon, vor wem ich spreche«, gab ihm Longarine zurück. »Eure Frauen sind nämlich so züchtig und lieben euch so heiß, daß ihr ihnen Hörner, so mächtig wie die eines Damhirsches, aufsetzen könntet, und sie würden sich selbst und aller Welt einreden, es seien Hüte aus Rosen.«

Da mußte die ganze Gesellschaft, selbst die Männer, auf die das gemünzt war, so herzlich lachen, daß sie nichts weiter darauf erwiderten. Doch Dagoucin, der sich bisher noch nicht gerührt hatte, konnte nicht an sich halten und sagte: »Es ist einer schon ein törichter Mann, wenn er alles hat, wonach sein Herz begehrt, und will doch nach anderem trachten. Ich habe schon oft gesehen, daß einer, der Besseres haben will und sich nicht mit dem zufriedengibt, was für ihn ausreichend sein würde, nur schlimmer fährt und obendrein kein Mitleid erwarten darf; denn Unbeständigkeit wird allezeit getadelt.«

»Aber was wollt Ihr gegen die einwenden, die ihre Ehehälfte noch nicht gefunden haben? Nennt Ihr's

Unbeständigkeit, wenn unsereiner überall da Umschau hält, wo er sie zu finden glaubt?« – »Da der Mensch nicht wissen kann, wo diese Hälfte weilt«, sagte Dagoucin, »die so vollkommen zu ihm paßt, daß beide einander ebenbürtig sind, so muß er eben mit dem vorliebnehmen, wozu ihm die Liebe gebieterisch rät; und er darf, was auch geschehen mag, weder in seinem Herzen noch in seinem Wollen wanken. Denn wenn die Frau, die ihr liebt, euch dermaßen ähnlich ist und von gleichem Willen beseelt, so werdet ihr ja euch lieben und nicht sie.«

»Dagoucin«, erwiderte Hircan, »Ihr verfallt in einen Irrtum. Als ob wir die Frauen lieben müßten, ohne wiedergeliebt zu werden!«

»Hircan«, versetzte darauf Dagoucin, »ich will damit sagen: wenn unsere Liebe auf die Schönheit, Anmut, Liebe und Gunst einer Frau gegründet und unser Ziel nur Lust, Ehre oder Vorteil ist, dann kann diese Liebe nicht lange vorhalten. Denn wenn das, worauf wir sie gründen, fehlt, verfliegt unsere Liebe im Nu. Aber ich beharre bei meiner Ansicht, daß jeder, der liebt und kein anderes Ziel verfolgt, als aufrichtig zu lieben, eher sterben und sein Seelenheil drangeben als diese stetige Liebe aus seinem Herzen schwinden sehen würde.«

»Wahrlich«, sagte Symontault, »ich glaube nicht, daß Ihr jemals verliebt gewesen seid; denn hättet Ihr wie andere das Feuer der Liebe gefühlt, Ihr würdet uns jetzt nicht den Staat Platons schildern. Solche Ideen kann man wohl zu Papier bringen, aber mitnichten in die Tat umsetzen.« – »Freilich habe ich geliebt«, erwiderte Dagoucin, »und liebe auch jetzt noch, werde auch mein Leben lang verliebt sein. Aber ich habe schreckliche Angst, wenn ich es an die große Glocke hänge, so könnte dies der Vollkommenheit meiner Liebe Abbruch tun, und ich fürchte, die Frau, deren gleiche Zuneigung ich ersehnen müßte, würde es hören. Ja, ich wage sogar meine Gedanken nicht zu denken aus Furcht, meine

Augen könnten etwas davon verraten; denn je mehr ich dieses Feuer verhehle und verberge, desto mehr wächst in mir auch die Wonne zu wissen, daß meine Liebe ohne Fehl ist.«

»Ei, wahrhaftig«, rief Geburon, »und doch glaube ich, daß Ihr froh wäret, geliebt zu werden.«

»Ich behaupte auch nicht das Gegenteil«, versetzte Dagoucin. »Doch wenn ich so geliebt würde, wie ich selbst liebe, so könnte dadurch meine Liebe nicht noch mehr wachsen, wie sie auch nicht schwinden könnte, wenn ich nicht so von Herzen geliebt würde, wie ich selbst treu liebe.«

Sogleich wandte Parlamente ein, die wohl ahnte, wer ihm im Sinn lag: »Nehmt Euch in acht, Dagoucin. Ich habe außer Euch schon manch anderen gesehen, der lieber gestorben wäre, als daß er gesprochen hätte.« – »Die, Madame«, sagte Dagoucin, »schätze ich glücklich.« – »Wahrlich«, sagte Saffredent, »sie sind würdig, den unschuldigen Kindlein gleichgestellt zu werden, von denen die Kirche sagt: Non loquendo, sed moriendo confessi sunt – nicht mit Worten, sondern durch ihr Sterben haben sie ihren Glauben bekannt. Ich habe schon soviel von diesen zaghaften und schmachtenden Liebhabern gehört, aber noch nie habe ich einen sterben sehen. Und da ich heil davongekommen bin, trotz all dem Ungemach, das ich deswegen auszustehen hatte, hätte ich auch nie geglaubt, daß andere daran sterben könnten.« – »Ha, Saffredent!« sprach Dagoucin, »so also steht Euch der Sinn nach Liebe? Und Männer, die Euch gleichgesinnt sind, sterben nie? Aber ich kenne recht viele, die an keiner andern Krankheit als an vollkommener Liebe gestorben sind!«

»Da Ihr denn also solche Geschichten kennt«, sprach Longarine, »so gebe ich Euch das Wort, damit Ihr uns eine schöne erzählt, die neunte dieses Tages.«

»Damit euch die Zeichen und Wunder, von denen ich euch wahrheitsgemäß berichte, dazu bringen, daß ihr meine Meinung teilt, will ich euch erzählen, was sich vor noch nicht drei Jahren zugetragen hat«, versetzte Dagoucin.

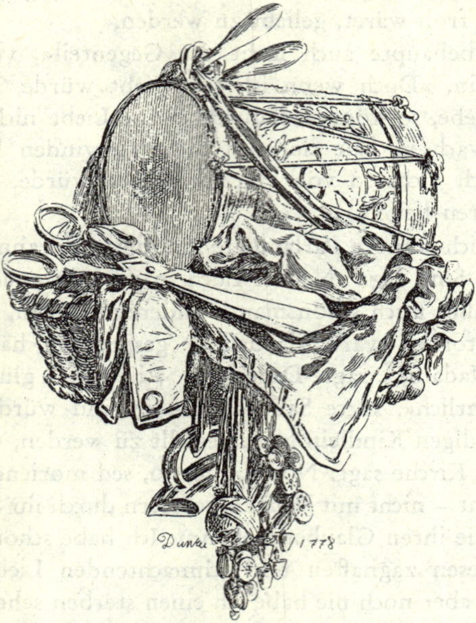

*S. Freudenberg, inv.* *De Longueil, Gr. du Roi Sculp.*

## Neunte Geschichte

*Von der unwandelbaren Liebe, die ein Edelmann für eine edle Frau fühlte und die, weil er sie allzusehr verhehlt hatte, von ihr verkannt wurde und ihn in den Tod trieb, zum großen Leidwesen seiner Geliebten*

Zwischen Dauphiné und Provence lebte ein Edelmann, der reicher an Tugend, Schönheit und Redlichkeit als an anderen Gütern war. Der liebte von ganzem Herzen ein edles Fräulein, dessen Namen ich nicht nennen will, ihren Eltern zuliebe, die aus hochangesehenen und vornehmen Häusern stammten. Seid jedoch versichert, daß die Begebenheit sich wirklich ereignet hat.

Da der Edelmann nicht aus so vornehmem Hause war wie sie, traute er sich nicht, ihr seine Neigung zu offenbaren; denn die Liebe, die er für sie empfand, war so groß und rückhaltlos, daß er lieber gestorben wäre, als daß er etwas hätte tun wollen, was ihr Unehre gebracht hätte. Und da er sich im Vergleich zu ihr von so niedriger Herkunft sah, hatte er keine Hoffnung, sie zu heiraten. Darum kannte seine Liebe auch kein anderes

Ziel, als sie nach besten Kräften zu lieben, so gut er es vermochte. Das tat er so lange, bis sie schließlich etwas merkte; und da sie seine ehrbare Freundschaft sah, die er ihr so tugendreich und achtungsvoll entgegenbrachte, fühlte sie sich geehrt, daß sie von einem so tugendhaften Mann geliebt wurde, und sie vergalt es ihm mit so viel freundlicher Huld, daß er – zumal er niemals Besseres gewärtigt hatte – überglücklich war.

Doch die Bosheit, die Feindin allen Friedens, konnte dieses ehrbare und glückliche Leben nicht ertragen; ein paar mißgünstige Leute gingen zur Mutter des Mädchens und sagten ihr, sie wunderten sich, was der Edelmann so oft in ihrem Hause tue, und man mutmaße, ihre Tochter, mit der man ihn öfters im Gespräch sehe, halte ihn da fest. Die Mutter, die in keiner Weise an der Ehrenhaftigkeit des Edelmannes zweifelte, dessen sie sich ebenso sicher glaubte wie eines jeden ihrer Kinder, war tief betrübt, daß man diesen Umgang so übel deutete. Schließlich fürchtete sie, die Klatschsucht der Menschen könnte zu einem Ärgernis führen, und bat ihn, für eine Weile nicht mehr in ihrem Hause zu verkehren, wie er es bisher gewohnt war. Das dünkte ihn ein hartes Verbot, wußte er doch, daß die züchtigen Reden, die er mit ihrer Tochter führte, eine solche Trennung nicht verdienten. Trotzdem zog er sich, um die bösen Zungen zum Schweigen zu bringen, so lange zurück, bis das Gerede aufhörte. Dann nahm er seine Besuche wieder auf, wie er es gewöhnt war. Sein Fernbleiben hatte aber seine redlichen Absichten nicht im mindesten getrübt.

Doch während er zu Hause saß, hörte er, daß man davon sprach, das Mädchen werde einen Edelmann heiraten müssen, der aber seines Erachtens keineswegs so reich war, daß er ihm zu Unrecht die Geliebte wegschnappen durfte. Er faßte sich also ein Herz und trug auch seinen Freunden auf, sich für ihn zu verwenden und zu seinen Gunsten zu sprechen; denn er dachte, wenn die Wahl dem Fräulein anheimgestellt werde, so werde sie ihm den Vorzug vor dem andern geben. Allein die Mutter und die Verwandten des Mädchens erkoren den Nebenbuhler, weil er viel reicher war. Darob ward der arme Edelmann so bekümmert – zumal er wußte, seine Geliebte werde sich ebensosehr grämen wie er –, daß er, ohne eigentlich krank zu sein, allmählich hinzusiechen begann und binnen kurzem sich derart veränderte, daß es aussah, als hätte er die Schönheit seines Gesichtes mit der Maske des Todes bedeckt, dem er von Stunde zu Stunde freudiger entgegenging.

Jedenfalls konnte er sich nicht enthalten, sooft es nur anging, mit seiner heißgeliebten Freundin zu sprechen. Zuletzt aber, als ihn die Kräfte verließen, mußte er das Bett hüten. Das wollte er die Geliebte nicht wissen lassen, um ihr nicht gleichfalls Kummer zu bereiten. Da er sich nun dergestalt der Verzweiflung und Trauer hingab, mochte er nicht mehr essen und trinken, er fand keinen Schlaf und keine Ruhe mehr, er magerte ab, und sein Gesicht wurde so verändert, daß er nicht wiederzuerkennen war. Irgendwer hinterbrachte es aber doch der Mutter seiner Freundin, einer überaus barmherzigen Dame, die außerdem den Edelmann so hochschätzte, daß alle ihre Verwandten, wären sie derselben Meinung gewesen wie sie und ihre Tochter, seine rechtschaffene Gesinnung dem ganzen Reichtum des andern vorgezogen hätten. Doch die Verwandtschaft väterlicherseits hatte nichts davon hören wollen. Indes besuchte sie mit ihrer Tochter den armen, unglücklichen Mann und fand ihn mehr tot als lebendig. Da er erkannte, daß sein Ende nahe war, hatte er am Morgen gebeichtet und das heilige Sakrament empfangen; denn er dachte, daß er sterben müsse, ohne noch einen Menschen zu sehen. Als er aber, mit einem Fuße schon im Grab, die Frau hereinkommen sah, die ihm Leben und Auferstehung bedeutete, fühlte er sich so gekräftigt, daß er im Bett auffuhr und zu der Dame sprach: »Was hat Euch bewogen, Madame, einen Mann aufzusuchen, der beinahe schon nicht mehr zu den Lebenden zählt und an dessen Tod Ihr schuld seid?«

»Wie?« rief die Dame, »wäre es denn möglich, daß der, dem wir mit solcher Liebe zugetan waren, durch unsere Schuld dem Tode verfallen soll? Ich bitte Euch, sagt mir, weshalb sprecht Ihr so zu uns?« – »Madame«, versetzte er, »wiewohl ich, so gut ich es vermochte, die Liebe, die ich Euerem Fräulein Tochter entgegenbrachte, verhehlte, haben dennoch meine Verwandten, da sie von einer Heirat zwischen ihr und mir sprachen, mehr davon verlauten lassen, als mir lieb war; und so ist mir das Unglück widerfahren, daß ich jede Hoffnung verlor. Das tut mir leid, nicht so sehr, weil ich nun auf sie verzichten muß, sondern weil ich weiß, daß kein anderer Mann sie so gut behandeln und so innig lieben wird, wie ich es getan hätte. Daß ich sehen muß, wie sie den besten und ergebensten Freund, den sie auf der Welt besitzt, verliert, schmerzt mich bitterer als der Verlust meines Lebens, das ich nur ihretwegen bewahren wollte. Doch da es ihr nichts mehr nützen kann, erachte ich es für einen großen Gewinn, es zu verlieren.«

Als die Mutter und ihre Tochter diese Worte hörten, bemühten sie sich nach Kräften, ihm Trost zuzusprechen, und die Mutter sagte zu ihm: »Faßt neuen Mut, lieber Freund, ich verspreche Euch auf Ehre und Gewissen, wenn Gott Euch wieder gesund werden läßt, dann soll meine Tochter nie einen andern Mann bekommen als Euch. Sie ist hier zugegen, und ich befehle ihr, Euch das jetzt selbst zu geloben.« Unter Tränen beteuerte die Tochter eifrig, was ihre Mutter ihm verspreche, sei wahr. Er aber erkannte wohl, auch wenn er wieder gesund würde, könnte er dennoch seine Geliebte nicht heimführen, und alle die tröstlichen Worte, die sie zu ihm gesprochen hatten, hätten keinen anderen Zweck, als ihn wieder ein wenig aufzurichten; und so hielt er ihnen denn entgegen, wenn sie vor drei Monaten so zu ihm gesprochen hätten, wäre er jetzt so gesund und glücklich wie sonst kein Edelmann in ganz Frankreich; jetzt aber komme die Hilfe zu spät, so daß er nicht mehr daran glauben noch daraus Hoffnung schöpfen könne. Und da er sah, daß sie alles taten, um ihm diesen Glauben einzureden, sagte er zu ihnen: »Nun denn, da ich sehe, daß Ihr mir das Glück verheißt, das mir, geschwächt wie ich bin, niemals beschieden sein wird, selbst wenn Ihr's wolltet, so bitte ich Euch um eine weit geringere Gunst, die zu begehren ich mich bisher nie erkühnt habe.« Auf der Stelle schworen ihm beide die Erfüllung seines Wunsches zu; er möge nur unumwunden seine Bitte vorbringen. »Ich bitte Euch«, sagte er darauf, »legt mir die Frau, die Ihr mir zur Gattin versprochen habt, in meine Arme und heißt sie, mich zu umarmen und zu küssen.«

Die Jungfrau, die solche Vertraulichkeiten nicht gewohnt war, wollte sich dagegen sträuben; aber die Mutter gebot es ihr ausdrücklich, denn sie sah, daß in ihm nicht mehr das Gefühl und die Kraft eines Lebenden waren. Auf dieses Gebot hin trat also die Tochter näher, legte sich auf das Bett des bedauernswerten Kranken und sprach zu ihm: »So erfreut Euch denn an mir!« Der sterbensmatte, sieche Mann breitete mit letzter Kraft die ausgemergelten, blutlosen Arme aus und umfing, so stark er's mit seinen abgezehrten Gliedern nur vermochte, die Jungfrau, die an seinem Tode schuld war. Er küßte sie mit seinem kalten, blassen Mund und hielt sie so lange fest umschlungen, wie er konnte. Dann sagte er zu ihr: »Die Liebe, die ich für Euch hegte, war so groß und ehrbar, daß ich außer der Ehe nie ein anderes Glück von Euch begehrte als das, das ich jetzt erlebe. Weil ich das entbehren mußte und es nun habe, werde ich meinen Geist in Gottes Hand geben, welcher die vollkommene Liebe und Gnade ist. Er kennt die Größe meiner Liebe und die Reinheit meines Verlangens, ihn flehe ich an, da ich nun das ersehnte Glück in meinen Armen halte, meinen Geist zu sich zu nehmen.«

Während er das sagte, umarmte er sie abermals so ungestüm, daß sein geschwächtes Herz diese Anstrengung nicht ertragen konnte und ihn alle seine Kräfte und Sinne verließen. Denn vor Freude wurden seine Lebensgeister so übermäßig aufgerührt, daß sein Herz brach und seine Seele zum Schöpfer einging. Und obgleich der arme Leib schon lange Zeit entseelt dalag und seine Beute nicht mehr festhalten konnte, so brach die Liebe, die das Fräulein stets verhehlt hatte, jetzt auf einmal mit solcher Macht hervor, daß die Mutter und die Diener des Toten große Mühe hatten, diese Umarmung zu lösen. Aber schließlich konnten sie mit Gewalt die Lebende, die schlimmer als tot war, aus den Armen des Toten reißen, und den Leichnam ließen sie ehrenvoll bestatten.

Das Ergreifendste bei dem Begräbnis waren die Tränen und das Schluchzen und Wehklagen des bejammernswerten Fräuleins, das seine Liebe um so unverhohlener nach dem Tode offenbarte, als sie sich zu seinen Lebzeiten verstellt hatte. Es war, als wollte sie das Unrecht, das sie ihm angetan hatte, wiedergutmachen. Nachmals – so habe ich gehört – wurde sie einem andern Manne angetraut, damit sie ihren Gram vergessen sollte. Doch nie fand sie Freude und Trost in ihrem Herzen.

»Was dünkt euch nun, ihr Herren, da ihr doch meinen Worten nicht habt glauben wollen? Habt ihr nicht genug an diesem Beispiel? Müßt ihr nicht zugeben, daß vollkommene Liebe die Menschen ins Grab bringt, wenn sie allzusehr geheimgehalten und verkannt wird? Es ist hier keiner unter euch, der nicht die beiderseitigen Verwandten kennte. Deshalb könnt ihr nicht mehr an meiner Geschichte zweifeln; aber glauben kann sie nur, wer Ähnliches selbst durchgemacht hat.« Als die Damen das hörten, traten ihnen allen die Tränen in die Augen. Doch Hircan sagte: »Von einem größeren Narren habe ich noch nie gehört! Ist es denn, aufrichtig gesprochen, vernünftig, daß wir um der Frauen willen unser Leben lassen, wo sie doch einzig für uns geschaffen sind, und daß wir bange sind, sie um das zu bitten, was sie uns nach Gottes Gebot geben müssen? Ich spreche nicht etwa für mich und die bereits Verehelichten; denn ich habe so viele Frauen, wie ich brauche, oder noch mehr. Nein, ich meine damit die Männer, die daran Mangel leiden; mich dünkt, sie seien rechte Narren, wenn sie sich vor den Frauen fürchten, anstatt ihnen, wie sich's gehört, Angst einzuflößen. Und seht ihr denn nicht, wie bitter das arme Fräulein seine Dummheit bedauerte? Denn da sie den Leichnam umarmte und küßte – was doch der Natur zuwider ist –, hätte sie sich gewiß dem Ritter, als er noch am Leben war, nicht verweigert, wäre er nur so kühn vorgegangen, wie er im Sterben Mitleid zu erregen verstand.«

»Immerhin«, warf Oisille ein, »hat ihr der Edelmann doch die redliche Liebe, die er ihr entgegenbrachte, wohl bewiesen, und er wird deswegen für alle Zeit von allen Menschen hoch gepriesen werden. Denn Keuschheit in einem liebenden Herzen zu finden ist eher etwas Göttliches denn etwas Menschliches.« – »Madame«, versetzte Saffredent, »ich neige zu Hircans Ansicht, und um seine Worte zu bekräftigen, bitte ich Euch inständig, mir zu glauben, daß das Glück dem Wagemutigen beisteht und daß jeder Mann, wenn er von einer Dame geliebt wird – sofern er nur klug und liebevoll sein Ziel zu verfolgen weiß –, am Ende von ihr alles erhält, was er nur zum Teil begehrt. Doch Unwissenheit und törichte Furcht bringen die Männer um manches schöne Abenteuer, und dann schreiben sie den Verlust der Tugend ihrer Freundin zu, die sie doch nie auch nur mit der Fingerspitze in Versuchung geführt haben. Denn noch nie gab es eine Festung, die, klug berannt, nicht auch erstürmt worden wäre.« – »Ei«, wandte Parlamente ein, »ich bin baß erstaunt, daß ihr beide solche Reden führt! Entweder waren euch die Frauen, die ihr geliebt habt, nicht treu, oder aber ihr habt eure Fertigkeit an verrufenen Orten erprobt und glaubt nun, alle Frauen seien gleich.« – »Madame«, erwiderte Saffredent, »ich für mein Teil habe so viel Pech, daß ich nicht wüßte, womit ich prahlen könnte; aber ich kann doch mein Unglück nicht so sehr der Tugend der Frauen zuschreiben; es ist vielmehr meine Schuld: ich habe mein Vorhaben nicht klug genug angefangen oder zu ungeschickt durchgeführt. Statt aller gelehrten Doktoren führe ich nur die Alte aus dem *Rosenroman* an, die sagt:

> Wir sind geschaffen, Frau wie Mann,
> Daß jeder jede haben kann.

Darum lasse ich mir um keinen Preis einreden, daß der Mann, wenn die Liebe einmal im Herzen einer Frau Einlaß gefunden hat, danach nicht an sein Ziel gelangte, es sei denn, er stellte es dumm an.« Da hielt ihm Parlamente entgegen: »Wenn ich Euch nun aber eine Frau nennen könnte, eine Frau, die innig liebte und eifrig umworben wurde, die viel bedrängt und behelligt wurde und gleichwohl ehrbar blieb, die ihr Herz, ihre Sinne, ihre Liebe und ihren Freund bezwang, würdet Ihr dann zugeben, daß sich diese wahre Geschichte zugetragen haben könnte?«

»Wahrhaftig«, erwiderte er, »ja.«

»Ihr wäret auch allesamt recht hartgläubig«, versetzte Parlamente, »wenn ihr diesem Beispiel nicht glauben wolltet.«

Da sagte Dagoucin zu ihr: »Madame, dieweil ich Euch an einem Beispiel die lautere Liebe eines Edelmannes bis zu seinem Tode dargetan habe, bitte ich Euch, sofern Ihr eine Geschichte wißt, die ebensosehr zur Ehre einer Dame gereicht, erzählt sie uns zum Abschluß dieses Tages. Habt auch keine Bedenken, wenn sie lang ausfällt, denn es bleibt uns noch Zeit genug, um viele gute Dinge zu sagen.«

»Da mir denn nun die letzte Geschichte zufällt«, versetzte Parlamente, »will ich euch nicht lange mit leeren

Worten hinhalten; denn meine Geschichte ist so schön und wahrhaft, daß ich es kaum erwarten kann, bis ihr sie gleich mir kennt. Wenn ich sie auch nicht selbst erlebt habe, so hat sie mir doch einer meiner besten und vertrautesten Freunde erzählt, zu Lob und Ehre des Mannes, den er auf der Welt am meisten geliebt hat. Doch beschwor er mich, wenn ich sie jemals wiedererzähle, möge ich die Namen der Personen ändern; drum ist alles darin wahr außer den Namen, den Orten und dem Land, in dem sich die Begebenheit zugetragen hat.«

S. Freudenberg .inv. · S. halbou

## Zehnte Geschichte

*Florida widersteht nach dem Ableben ihres Gatten tugendhaft dem Werben Amadours, der ihrer Ehre beharrlich zugesetzt hatte, und geht schließlich als Nonne ins Kloster Jesu*

In der Grafschaft Aranda in Aragon lebte einst eine Dame, die schon in jungen Jahren als Witwe des Grafen von Aranda mit einem Sohn und einer Tochter zurückblieb. Diese Tochter hieß Florida. Die genannte Dame ließ es sich angelegen sein, ihre Kinder in allen Tugenden und edlen Sitten aufzuziehen, die sich für hochgeborene Herren und Edelleute geziemen. So stand denn ihr Haus im Rufe, eines der ehrenvollsten zu sein, das in ganz Spanien zu finden sei.

Sie fuhr oft nach Toledo, wo der König von Spanien Hof hielt, und wenn sie nach Saragossa kam, das nicht weit von ihrer Heimat lag, verweilte sie lange beim König und am Hofe, wo sie hochgeschätzt wurde, wie eine Dame es nur sein konnte.

Als sie einmal nach ihrer Gewohnheit zum König

reiste, der in Saragossa auf seinem Schlosse Aljaferia weilte, kam die Dame durch ein Dorf, das dem Vizekönig von Katalonien gehörte. Dieser rührte sich wegen der großen Kriege, die zwischen den Königen von Frankreich und Spanien geführt wurden, nicht von der Grenze von Perpignan. Doch herrschte zu jener Zeit Friede, so daß der Vizekönig mit all seinen Hauptleuten gekommen war, um dem König seine ehrerbietige Aufwartung zu machen. Als nun der Vizekönig erfuhr, daß die Gräfin von Aranda durch sein Gebiet reise, ging er ihr entgegen, weil sie beide seit langer Zeit befreundet waren, und auch um sie als Verwandte des Königs zu ehren.

Nun hatte er aber in seinem Gefolge mehrere vornehme Edelleute, die an den langen Kriegen teilgenommen und dabei so viel Ehren und Ruhm erworben hatten, daß jeder, der sie sehen und mit ihnen Umgang pflegen konnte, sich glücklich schätzte. Unter manch anderen war auch einer namens Amadour dabei, der zwar erst achtzehn oder neunzehn Jahre alt war, aber so sicher und doch so freundlich aufzutreten verstand und dazu so verständig und klug war, daß man ihn unter Tausenden für würdig erachtet hätte, ein hohes Staatsamt zu versehen. Nun war aber dieser scharfe Verstand mit so großer und angeborener Schönheit vereint, daß jedes Auge mit Wohlgefallen auf ihm ruhte. Und war seine Schönheit auch über jeden Vergleich erhaben, so war es seine Redegabe nicht minder, so daß man nicht wußte, wem man den Preis zuerkennen sollte, seiner liebenswerten Lebensart, seiner Schönheit oder seiner Unterhaltungsgabe. Was ihm aber noch größere Schätzung eintrug, war sein Mut, der ihm trotz seiner Jugend weitherum in der Welt Ruhm eingebracht hatte; denn er hatte schon an so vielen Orten bewiesen, wozu er fähig war, daß nicht nur Spanien, sondern auch Frankreich und Italien seine Tapferkeit hochschätzten. In allen Kriegen, die er mitgemacht, hatte er heldenmütig sein Leben in die Schanze geschlagen; und herrschte Frieden in seiner Heimat, suchte er Kriegsdienste in fremden Landen, wo er von Freund und Feind geachtet wurde.

Dieser Edelmann weilte seinem Feldherrn zuliebe auf dem Besitztum, wohin auch die Gräfin von Aranda gekommen war. Als er nun die Schönheit und holde Anmut ihrer Tochter Florida sah, die damals erst zwölf Jahre zählte, dachte er bei sich selbst, sie sei wohl die züchtigste und schönste Jungfrau, die er zeitlebens gesehen habe; und wenn er ihre Gunst zu erringen vermöchte, wäre er darüber glücklicher als über alle Reichtümer und Wonnen, die eine andere Frau ihm bescheren könnte. Nachdem er sie lange betrachtet hatte, entschloß er sich, ihr seine Liebe zu weihen, obwohl ihm sein Verstand deutlich vor Augen stellte, wie unmöglich sein Vorhaben war, einmal des Hauses wegen, dem sie entstammte, dann aber auch ihres Alters halber, das für derlei Anträge noch kein Verständnis hatte. Doch gegen diese Furcht wappnete er sich mit guter Hoffnung und tröstete sich selbst mit dem Gedanken, daß Zeit und Geduld zu guter Letzt seine Mühen belohnen würden. Von Stund an verhieß die edle Liebe, die ohne jeden Anlaß ganz von selbst in Amadours Herzen Eingang gefunden hatte, ihm jegliche Gunst und Hilfe, damit er an sein Ziel gelangen könnte. Um nun die größte Schwierigkeit zu überwinden, nämlich die weite Entfernung seines Wohnorts und damit die seltene Gelegenheit, Florida zu sehen, gedachte er sich zu vermählen, entgegen der Abrede, die er mit den Damen von Barcelona und Perpignan getroffen hatte, bei denen er so gut angeschrieben war, daß ihm wenig oder nichts abgeschlagen wurde. Er war auch, wie es die Kriegsläufte mit sich brachten, so oft in dieses Grenzland gekommen, daß er eher wie ein Katalone als wie ein Kastilianer wirkte, obwohl er aus der Umgegend von Toledo gebürtig war und einem begüterten und ehrenreichen Haus entstammte. Doch weil er der zweitgeborne Sohn war, blieb ihm sein Erbe vorenthalten. So beschlossen Amor und Fortuna, da sie ihn von seinen Verwandten verlassen sahen, an ihm ihr Meisterwerk zu vollbringen, und verschafften ihm dank seiner Mannheit und Zucht alles, was ihm die Gesetze des Landes versagten. Er war dem Kriegshandwerk mit Leib und Seele ergeben und so beliebt bei allen mächtigen Herren und Fürsten, daß er öfter ihre Gaben ausschlug als es sich angelegen sein ließ, sie zu erbitten.

Die Gräfin, von der ich euch erzähle, kam auch nach Saragossa und wurde vom König und seinem ganzen Hof sehr gut aufgenommen. Der Statthalter von Katalonien kam oft zu ihr auf Besuch, und Amadour verfehlte nicht, ihn jedesmal zu begleiten, einzig um des Vergnügens willen, Florida sehen zu können; denn mit ihr zu sprechen fand er keine Möglichkeit. Um sich nun in solcher Gesellschaft ins rechte Licht zu setzen, wandte er sich an die Tochter eines alten Ritters aus der Nachbarschaft namens Aventurada, die mit Florida so eng befreundet war, daß sie alles wußte, was in deren innerstem Herzen vorging. Teils um der züchtigen Wesensart willen, die er an ihr beobachtete, teils auch weil sie dreitausend Dukaten Rente als Mitgift in die Ehe einbrachte, entschloß er sich, als Anwärter auf ihre Hand aufzutreten. Sie schenkte ihm gerne Gehör, und weil er arm war, ihr Vater aber reich, glaubte sie, dieser würde niemals seine Zustimmung zu dieser Heirat geben, wenn sich nicht die Gräfin von Aranda ins Mittel lege. Sie wandte sich also an Madame Florida und sagte zu ihr: »Madame, Ihr kennt doch sicher den kastilianischen Edelmann, der so oft mit mir Zwiesprache hält. Ich glaube, sein ganzes Trachten geht dahin, mich zur Frau zu bekommen. Ihr wißt ja, wie mein Vater ist, und daß er niemals in eine Heirat willigen wird, wenn nicht die Gräfin und Ihr ihn sehr darum bittet.«

Florida, die das Fräulein wie sich selbst liebte, versprach ihr, sie werde sich der Sache annehmen, als wäre es ihr eigenes Anliegen. Aventurada wußte es einzurichten, daß sie ihr Amadour vorstellen konnte. Er küßte ihr die Hand und meinte vor Wonne zu vergehen. Er, der in ganz Spanien als der redegewandteste Mann galt, brachte kein Wort hervor, als er vor Florida stand. Darüber wunderte sie sich sehr; und obwohl sie erst zwölf Jahre zählte, hatte sie doch schon gehört, daß in ganz Spanien kein Mann zu finden sei, der besser und anmutiger zu sprechen verstünde. Da sie nun aber sah, daß er zu ihr nichts sagte, hob sie an: »Der Ruf, den Ihr in ganz Spanien genießt, Herr Amadour, ist so groß, daß Ihr überall bekannt seid, zumal in dieser Gesellschaft, und daß alle, die Euch kennen, den Wunsch haben, Euch nach besten Kräften gefällig zu sein. Wenn ich Euch also mit irgend etwas dienlich sein kann, verfügt ungescheut über mich.« Amadour, der sich an der Schönheit seiner Dame nicht satt sehen konnte, war so verzückt, daß er ihr kaum zu danken vermochte, und wiewohl Florida sich wunderte, daß er ihr keine Antwort gab, schrieb sie sein Schweigen doch eher einer törichten Schüchternheit zu als dem Übermaß seiner Liebe zu ihr und ging vorüber, ohne weiter mit ihm zu sprechen.

Amadour erkannte die frauliche Tugend, die Florida trotz ihrem kindlichen Alter bereits an den Tag legte, und sagte zu der Jungfrau, die er zu heiraten gedachte: »Wundert Euch nicht, daß ich vor Madame Florida keine Worte gefunden habe; denn die lobenswerten Anlagen und die verständigen Reden, die sich unter ihrer großen Jugend verbergen, haben mich in solches Staunen versetzt, daß ich keine Worte fand. Aber ich bitte Euch, Aventurada, da Ihr doch um alle ihre Geheimnisse wißt, sagt mir, ist's möglich, daß sie an diesem Hof nicht alle Männerherzen für sich gewonnen hat? Denn wer sie kennt und nicht liebgewinnt, muß ein fühlloser Stein oder ein stumpfes Gemüt sein.« Aventurada, die Amadour bereits mehr als alle Männer der Welt liebte, wollte ihm nichts verhehlen und sagte ihm, Madame Florida werde von jedermann geliebt; doch wie es hierzulande Sitte sei, sprächen nur wenige Leute mit ihr, und sie habe noch keinen gesehen, der ihr sonderliche Aufmerksamkeit geschenkt habe, außer zwei spanischen Prinzen, die sich mit ihr zu vermählen wünschten. Der eine sei der Sohn des Infanten, genannt der Glückliche, der andere der junge Herzog von Cardona. »Ich bitte Euch«, sprach da Amadour, »sagt mir doch, welchen liebt sie Eurer Ansicht nach mehr?« – »Sie ist so züchtig«, erwiderte Aventurada, »daß sie um nichts in der Welt einen andern Willen bekunden würde als den ihrer Mutter. Aber soweit wir das beurteilen können, liebt sie eher den Sohn des Infanten als den jungen Herzog von Cardona. Ihre Mutter jedoch möchte sie mehr in der Nähe haben, und so wäre es ihr lieber, sie wohnte in Cardona. Ich halte Euch für einen so klugen und urteilsfähigen Mann, daß Ihr sogleich die Wahrheit herausfinden könntet, wenn Ihr's nur wolltet; denn der Sohn des Infanten ist an diesem Hof aufgewachsen und ist einer der schönsten und vollkommensten jungen Fürsten in der ganzen Christenheit. Und würde die Heirat so geschlossen, wie wir Mädchen es uns denken, dann bekäme er sicherlich Madame Florida, und wir könnten das schönste Paar in ganz Spanien vereint sehen. Ihr müßt wissen, daß sie zwar beide noch blutjung sind, sie erst zwölf und er fünfzehn Jahre alt, daß aber ihre Liebe schon vor drei Jahren begonnen hat. Wollt Ihr ihre Gunst erringen, so rate ich Euch, werdet sein Freund und Diener.«

Amadour war sehr froh, als er hörte, daß seine Dame überhaupt etwas zu lieben fähig war; denn er hoffte, er vermöchte mit der Zeit wenn auch nicht ihr Gatte, so doch ihr Freund zu werden. Seine einzige Sorge war, sie könne in ihrem tugendsamen Sinn überhaupt nichts von Liebe wissen wollen. Nach diesem Gespräch suchte Amadour eifrig Umgang mit dem Sohn des Infanten und erwarb sich auch bald dessen Huld, weil er sich auf jeden Zeitvertreib, den der junge Prinz gerne pflog, trefflich verstand. Vornehmlich wußte er sehr geschickt mit Pferden umzugehen und Waffen aller Art zu handhaben, kurz, er tat sich in jeglicher Kurzweil und in allen Spielen hervor, die ein junger Mann kennen muß.

Da brach der Krieg im Languedoc erneut aus, und Amadour mußte mit dem Statthalter dorthin zurück. Das tat ihm bitter leid, denn er hatte nun keine Möglichkeit mehr, dahin zurückzukommen, wo er Florida sehen konnte. Deshalb sprach er vor seiner Abreise mit einem seiner Brüder, der Majordomus der Königin von Spanien war, und erzählte ihm, welch gute Verbindung er im Hause der Gräfin von Aranda in dem Fräulein Aventurada gefunden habe, bat ihn auch, wenn er fort sei, alles zu tun, was in seinen Kräften stehe, damit die Heirat zustande komme, und dazu den Einfluß der Königin, des Königs und aller seiner Freunde aufzubieten. Der Edelmann, der seinem Bruder sowohl wegen ihrer Verwandtschaft als auch um seiner trefflichen Anlagen willen sehr zugetan war, versprach ihm, dabei alles zu tun, was in seiner Macht stehe. Er hielt auch Wort; so kam es, daß der Vater des Mädchens, ein alter Geizhals, seine angeborene Habsucht vergaß und nur auf die Vorzüge Amadours achtete, die ihm die Gräfin von Aranda und zumal die schöne Florida lebhaft ausmalten, desgleichen der junge Graf von Aranda, der allbereits heranwuchs und im Heranwachsen seine Liebe preislichen Männern zuwandte. Als die Heirat zwischen den Verwandten ausgemacht war, ließ der Majordomus der Königin seinen Bruder kommen, während der Waffenstillstand zwischen den beiden Königen noch andauerte.

Zu dieser Zeit zog sich der König von Spanien nach Madrid zurück, weil er der ungesunden Luft ausweichen wollte, die vielerorts herrschte. Und auf Zureden seiner Ratgeber hin wie auch auf Ersuchen der Gräfin von Aranda ordnete er die Heirat der Erbherzogin von Medina Celi mit dem jungen Grafen von Aranda an, sowohl im Hinblick auf das Gedeihen und die Verbindung ihres Hauses wie auch, weil er der Gräfin von Aranda herzlich zugetan war. Die Hochzeitsfeier wollte er im Schloß zu Madrid abhalten.

Zu dieser Hochzeit fand sich auch Amadour ein. Er betrieb seine eigenen Heiratspläne so zielstrebig, daß er die Jungfrau heimführte, die ihn mehr liebte als er sie. Diese Heirat bedeutete ihm nur einen willkommenen Deckmantel und ein Mittel, um an dem Ort aus und ein gehen zu können, wo seine Gedanken unablässig weilten. Nachdem er nun vermählt war, verkehrte er so ungescheut und vertraut im Hause der Gräfin von Aranda, daß man sich vor ihm ebensowenig in acht nahm wie vor einer Frau. Und obwohl er damals erst zweiundzwanzig Jahre zählte, war er so klug und verständig, daß die Gräfin von Aranda alle ihre Angelegenheiten mit ihm besprach und auch ihrem Sohn und ihrer Tochter befahl, ihn in allem zu Rate zu ziehen und seine Empfehlungen stets zu befolgen. Als er es nun zu dieser hohen Wertschätzung gebracht hatte, benahm er sich so klug und zurückhaltend, daß sogar die Jungfrau, die er liebte, nichts von seiner Neigung ahnte. Doch aus Liebe zu seiner Frau, die ihr näherstand als jede andere, schloß sie sich so vertrauensvoll an ihn an, daß sie ihm keinen ihrer Gedanken verheimlichte; und er erlebte sogar das Glück, daß sie ihm ihre Liebe zu dem Sohn des Infanten gestand. Er aber hatte nur ein Bestreben, sie gänzlich zu gewinnen, und sprach ohne Unterlaß mit ihr von ihrer Liebe; denn es galt ihm gleich, worüber er mit ihr sprach, wenn er sie nur lange ins Gespräch ziehen konnte. Nach seiner Hochzeit verweilte er nicht einmal einen vollen Monat in diesem Kreis, da war er gezwungen, wieder in den Krieg zu ziehen. Dort blieb er mehr als zwei Jahre und konnte nicht ein einziges Mal zu seiner Frau zurückkehren, die sich die ganze Zeit über bei der Gräfin aufhielt, wo sie aufgewachsen war.

Während dieser Zeit schrieb ihr Amadour oft; aber seine Briefe enthielten hauptsächlich Empfehlungen an Florida, und diese verfehlte nicht, sie zu erwidern, und fügte wohl auch ein paar freundliche Worte mit eigener Hand dem Brief hinzu, den Aventurada schrieb. Das war für ihren Mann Anlaß genug, ihr fleißig wiederzuschreiben. Doch trotz alledem ahnte Florida nichts und war ihm zugetan, als wäre er ihr eigener Bruder. Mehrmals unternahm Amadour weite Reisen, so daß er Florida in fünf Jahren keine zwei Monate lang sah. Und gleichwohl, der Entfernung und dem langen Fernbleiben zum Trotz, wuchs seine Liebe mehr und mehr.

Nun geschah es, daß er einmal seine Frau besuchen wollte; und als er eintraf, fand er die Gräfin weit vom Hofe entfernt, denn der König von Spanien hatte sich nach Andalusien begeben und den jungen Grafen von Aranda mitgenommen, der allbereits anfing die Waffen zu tragen. Die Gräfin von Aranda hatte sich in ein Lustschloß zurückgezogen, das sie an der Grenze zwischen Aragon und Navarra besaß, und war hocherfreut, als sie Amadour heimkehren sah, der nahezu drei Jahre ferngeblieben war. Er wurde von jedermann herzlich willkommen geheißen, und die Gräfin gab Befehl, daß man ihn behandle wie ihren eigenen Sohn. Während er bei ihr weilte, vertraute sie ihm alle Angelegenheiten ihres Hauses an und stellte das meiste seinem Urteil anheim. Er gewann so großen Einfluß in diesem Haus, daß ihm allenthalben, wo er hingehen wollte, Tür und Tor offenstanden, und man schätzte seine Redlichkeit so hoch, daß man ihm in allem vertraute wie einem Heiligen oder einem Engel. Florida suchte, da sie ihm und seiner Frau in Freundschaft zugetan war, überall, wo sie seiner ansichtig wurde, seinen Umgang; und sie argwöhnte nicht im geringsten seine Absicht, weshalb sie sich auch nie Zwang antat. Denn ihr Herz empfand keine Leidenschaft für ihn; sie verspürte nur ein Gefühl tiefer Zufriedenheit, wenn er bei ihr war, dachte sich jedoch nichts weiter dabei.

Amadour hatte seine liebe Not, sich den forschenden Augen derer zu entziehen, die aus eigener Erfahrung wissen, wie verschieden die Blicke Verliebter von denen anderer Menschen sind. Wenn nämlich Florida zu ihm trat und traulich und ohne alles Arg mit ihm sprach, flammte das Feuer, das in seinem Herzen verborgen brannte, lichterloh auf, so daß ihm unwillkürlich die Röte ins Gesicht stieg und seine Augen gleichsam Funken sprühten. Damit nun niemand aus seinem regen Verkehr Argwohn schöpfen konnte, begann er einer bildschönen Dame, Polina genannt, den Hof zu machen, einer Frau, die zu ihrer Zeit für so schön galt, daß sich nur wenige Männer, die sie sahen, ihrem Zauber entziehen konnten. Diese Polina hatte gehört, wie Amadour in Barcelona und Perpignan Hahn im Korb gewesen war, so daß ihn die schönsten und vornehmsten Damen des Landes geliebt hatten, allen zuvor eine Gräfin von Palamos, die für die erste Schönheit aller spanischen Damen und auch anderer Länder galt; und sie sagte zu ihm, er tue ihr leid, daß er nach so vielen glückhaften Liebschaften eine Frau geheiratet habe, die so häßlich sei wie die seine. Amadour, der ihre Worte richtig dahin deutete, daß ihr der Sinn danach stand, seiner Not abzuhelfen, sagte ihr die schönsten Dinge, die er nur ersinnen konnte, denn er war des Glaubens, es sei möglich, hinter einer vorgetäuschten Buhlschaft seine wahre Liebe zu verhehlen. Sie aber war gewitzt und in der Liebe wohlerfahren und gab sich nicht mit Worten zufrieden. Sie fühlte wohl, daß die Liebe zu ihr sein Herz nicht genugsam ausfüllte, und sie argwöhnte, daß er sie nur als Deckmantel für eine andere Liebschaft benutzen wollte, und so ließ sie ihn nicht mehr aus den Augen und beobachtete ihn scharf. Doch er wußte sich so geschickt zu verstellen und nahm seine Blicke so gut in acht, daß sie über einen dunklen Argwohn nicht hinauskam. Allerdings geschah dies nicht ohne große Not für den Edelmann; denn Florida, die von all diesen Verstellungskünsten nichts wußte, wandte sich oftmals in Polinas Beisein so vertraulich an ihn, daß es ihn erhebliche Mühe kostete, seinen Blicken Gewalt anzutun und sein Herz nicht zu verraten. Um nun Unbill und Verdruß zu vermeiden, sprach er eines Tages, als er mit Florida am Fenster lehnte und sich mit ihr unterhielt, folgendermaßen zu ihr: »Liebe Freundin, ich bitte Euch inständig, sagt mir, was ist besser: zu reden oder zu sterben?«

Florida antwortete ihm sogleich: »Meinen Freunden werde ich jederzeit raten, zu sprechen und nicht zu sterben; denn nur wenige Worte lassen sich nicht wiedergutmachen, aber das Leben findet man nicht wieder, wenn man es einmal verloren hat.« – »Ihr versprecht mir also«, sagte Amadour, »daß Ihr über das, was ich Euch zu sagen habe, nicht zürnen werdet und daß Ihr auch nicht erschreckt, ehe ich zu Ende gesprochen habe?« Sie gab ihm zur Antwort: »Sagt nur, was Euch beliebt; denn wenn Ihr mich erschreckt, so wird mich kein anderer beruhigen.« Darauf hob er an: »Madame, ich habe Euch bisher von der großen Liebe, die ich für Euch empfinde, aus zwei Gründen nichts sagen wollen: zum ersten weil es mir lieber gewesen wäre, Ihr hättet aus meinen langen, treuen Diensten darauf geschlossen; dann auch weil ich fürchtete, Ihr könntet es für eine Vermessenheit von mir halten, daß ich, ein schlichter Edelmann, meine Augen so hoch erhebe, wie es mir nicht zusteht. Und wäre ich auch wie Ihr aus fürstlichem Geblüt, so würde es doch die lautere Unschuld Eures Herzens nicht zulassen, daß ein anderer als der, welcher davon Besitz ergriffen hat, der Sohn des Infanten, Liebesworte zu Euch spräche. Doch, Madame, genauso wie die Notwendigkeit in einem harten Krieg dazu zwingt, die eigenen Besitztümer zu verwüsten und die Saat auf dem Halm zu vernichten, auf daß der Feind keinen Vorteil daraus schlage, so ergreife ich die Gelegenheit, die Frucht vorzeitig zu brechen, die ich mit der Zeit zu pflücken hoffte, und zu verhüten, daß Eure und meine Feinde zu Euerem Schaden daraus Nutzen ziehen. Vernehmt denn, Madame, daß ich mich seit Eurer frühesten Jugend dermaßen

Eurem Dienst ergeben habe, daß ich unablässig Mittel und Wege suchte, Eure Huld zu gewinnen. Nur darum habe ich mich mit Aventurada vermählt, war ich doch des Glaubens, daß Ihr sie mehr als andere liebt. Und da ich Eure Liebe zum Sohn des Infanten kannte, habe ich mich – wie Ihr ja wißt – bemüht, ihm zu dienen und mit ihm Umgang zu pflegen. Alles, was Euch meines Bedünkens gefallen konnte, habe ich nach Kräften angestrebt. Ihr seht, ich habe die Gunst Eurer Mutter, der Gräfin, Eures Bruders, des Grafen, und all derer, die Euch lieb sind, in solchem Maße gewonnen, daß ich in diesem Hause gehalten bin nicht wie ein Dienender, sondern wie ein Sohn, und all die Mühsal, die ich seit fünf Jahren auf mich genommen habe, hatte nur ein Ziel: mein ganzes Leben mit Euch zu verbringen. Versteht mich recht, Madame, ich gehöre nicht zu den Männern, die auf diesem Wege von Euch Huld oder Freuden erlangen wollen, die mit der Tugend unvereinbar wären. Ich weiß, ich kann Euch nicht heiraten, und selbst wenn ich es könnte, möchte ich es nicht wider die Liebe, die Ihr dem Mann entgegenbringt, den ich Euch zum Gatten wünsche. Desgleichen liegt es mir fern, Euch mit unehrbarer Liebe zu begehren wie jene Männer, die für ihr ausdauerndes Dienen einen Lohn erhoffen, der den Damen Unehre einbringt; solche Leidenschaft ist mir so fremd, daß ich Euch lieber tot sähe, als daß Ihr minder liebenswert wäret und an Eurer Tugend Schaden littet, wie groß auch die Lust wäre, die mir daraus erwüchse. Als Lohn und Dank für meinen Dienst verlange ich nur eins: daß Ihr mir eine verläßliche und hochsinnige Herrin seid und mich nie aus Eurer Gunst verstoßt, sondern sie mir auch weiterhin im selben Maße bewahrt wie jetzt, daß Ihr mir mehr als jedem andern vertraut. Und benötigt Ihr um Eurer Ehre oder irgendeiner andern Sache willen, die Euch angeht, das Leben eines Edelmannes, dann verlaßt Euch darauf, daß ich von ganzem Herzen das meine für Euch einsetzen will, wie Ihr auch darauf bauen könnt, daß ich alles, was ich künftig Ehrenvolles und Tugendhaftes vollbringen mag, einzig Euch zuliebe tun werde. Habe ich je für Damen, die geringeren Standes waren als Ihr, Achtenswertes vollbracht, so seid versichert, daß ich für eine solche Herrin noch weit Größeres unternehmen werde und, was mir bislang unmöglich vorkam, leicht zustande bringe. Wofern Ihr mich jedoch nicht ganz zu eigen nehmt, so bin ich entschlossen, das Waffenhandwerk aufzugeben und Tugend und Tapferkeit zu entsagen, die mir zu nichts nütze gewesen sind. Daher bitte ich Euch kniefällig, Madame, willfahrt meinem gerechten Begehren, können Eure Ehre und Euer Gewissen es mir doch nicht abschlagen.«

Als die junge Dame solch ungewohnte Worte hörte, wechselte sie die Farbe und schlug die Augen nieder, so erstaunt war sie. Doch erwiderte sie ihm verständig: »Da es so steht, Amadour, und Ihr von mir nur verlangt, was Ihr doch schon habt, warum macht Ihr denn so viele und so große Worte? Ich habe schreckliche Angst, daß unter Euern ehrbaren Reden irgendeine Arglist verborgen sei, mit der Ihr meine unerfahrene Jugend täuschen möchtet, und so bin ich denn ratlos, was ich Euch antworten soll. Denn wollte ich die ehrbare Freundschaft zurückweisen, die Ihr mir antragt, so würde ich ja das gerade Gegenteil von dem tun, was ich bisher getan habe, vertraute ich doch Euch mehr als allen andern Menschen. Weder mein Gewissen noch meine Ehre stehen Euerm Verlangen entgegen, auch nicht meine Liebe zum Sohn des Infanten; denn diese ist auf einer Ehe begründet, auf die Ihr ja nicht ausgeht. Ich wüßte nichts, was mich abhalten sollte, Euch nach Eurem Wunsch zu antworten, es sei denn eine leise Furcht, die ich in meinem Herzen verspüre. Sie rührt davon her, daß Ihr wenig Grund habt, so zu mir zu sprechen; denn wenn Ihr schon habt, was Ihr erbittet, was drängt Euch, mit solcher Leidenschaft davon zu sprechen?«

Amadour erwiderte ihr schlagfertig: »Madame, Ihr

sprecht sehr klug und erweist mir so viel Ehre durch das Vertrauen, das Ihr nach Euren Worten zu mir habt, daß ich, wäre ich mit einer solchen Gunst nicht zufrieden, aller andern unwürdig wäre. Vergeßt aber nicht, Madame: wer ein dauerhaftes Gebäude errichten will, der muß darauf sehen, daß er ein sicheres und festes Fundament legt. Daher muß ich, da ich für alle Zeit in Euren Diensten zu verharren vorhabe, nicht nur auf Mittel sinnen, um in Eurer Nähe bleiben zu können, sondern auch verhüten, daß man die große Liebe, die ich für Euch fühle, errate. Denn ist sie auch so keusch und ehrenhaft, daß man sie allerorten offen bekunden könnte, so haben doch jene, die nicht wissen, was in den Herzen Liebender vorgeht, oftmals der Wahrheit zuwider geurteilt, und daher kommt dann die üble Nachrede, als wäre tatsächlich ein Unrecht begangen worden. Warum sage ich Euch all das? Was hat mich bewogen, Euch das zu erklären? Polina hat Argwohn gegen mich geschöpft, fühlt sie doch im innersten Herzen, daß ich sie nicht lieben kann, und nun belauert sie stündlich und in jedem Augenblick mein Verhalten; und wenn Ihr in ihrem Beisein so vertraulich mit mir sprecht, lebe ich in ständiger Angst, ich könnte mich durch irgendein Anzeichen verraten, so daß sie ihren Verdacht bestätigt fände und ich in Ungelegenheiten geriete, die ich mir ersparen möchte. So habe ich gedacht, ich wolle Euch von Herzen bitten, Ihr mögt, wenn sie oder andere Frauen, die Ihr als ebenso arglistig kennt, zugegen sind, mich nicht so unversehens ansprechen; denn lieber wäre ich tot, als daß eine Menschenseele um meine Liebe wüßte. Wäre mir Eure Ehre nicht so teuer, ich hätte mir nicht vorgenommen, Euch all das zu sagen, zumal ich glücklich genug mit Eurer Liebe und Euerem Vertrauen bin, wie Ihr sie mir jetzt entgegenbringt, und nichts mehr verlange, als daß es weiter so bleibe.«

Florida war über alle Maßen froh, und in ihrem Herzen begann sich ein Gefühl zu regen, das ihr bisher unbekannt war. Und angesichts der ehrsamen Gründe, die er ihr anführte, erwiderte sie, Tugend und fromme Denkart würden für sie bürgen, und sie gewährte ihm, worum er sie bat. Darüber freute sich Amadour sehr. Wer selbst liebt, kann daran nicht zweifeln.

Doch Florida beherzigte seinen Rat mehr, als ihm lieb war; denn sie war ängstlichen Gemütes und schüchtern nicht nur in Polinas Gegenwart, sondern auch überall sonst, und sie suchte ihn von nun an nicht mehr auf, wie sie es bisher getan hatte. Während sie sich so von ihm zurückzog, sah sie Amadours häufigen Umgang mit Polina nur ungern, entging ihr doch nicht, wie schön diese war, so daß sie glauben mußte, er liebe sie. Um ihre große Traurigkeit darüber zu verwinden, war sie die ganze Zeit mit Aventurada zusammen, die von heftiger Eifersucht auf ihren Gatten und Polina ergriffen wurde; und Aventurada klagte öfters Florida ihr Leid, und diese tröstete sie, so gut sie es vermochte, war sie doch selbst von der gleichen Krankheit befallen. Amadour nahm bald Floridas verändertes Benehmen wahr und dachte sich, sie meide ihn nicht nur, weil er es ihr geraten habe, sondern sie müsse noch einen andern Grund haben, der ihm abträglich sei.

Als er eines Tages von der Vesper aus einem Kloster zurückkam, fragte er sie: »Madame, weswegen zeigt Ihr mir die kalte Schulter?« – »Damit tue ich nur«, erwiderte Florida, »was Ihr wolltet.« Alsbald ahnte er die Wahrheit; da er aber wissen wollte, ob er richtig geraten habe, sagte er: »Madame, ich habe in der letzten Zeit erreicht, daß Polina nicht mehr auf Euch eifersüchtig ist.« Da gab sie ihm zur Antwort: »Etwas Besseres hättet Ihr für mich und auch für Euch nicht tun können; denn Euch schafft es Vergnügen, und mir macht es Ehre.« Amadour schloß aus diesen Worten, daß sie glaube, er finde Vergnügen am Umgang mit Polina, und er geriet darüber so außer sich, daß er sich nicht beherrschen konnte und zornig zu ihr sagte: »Ach, Madame, das heiße ich beizeiten anfangen, einen treuen Diener zu martern und ihn bis aufs Blut zu quälen; denn ich habe, meine ich, niemals etwas so Mühsames und Lästiges auf mich genommen wie den Zwang, mit der Frau, die ich nicht liebe, zu sprechen. Da Ihr jedoch das, was ich Euch zuliebe tat, falsch auslegt, werde ich nie wieder mit ihr sprechen, mag sich daraus ergeben, was will. Und um meinen Unmut zu verbergen, wie ich zuvor meine Freude verhehlt habe, will ich irgendwohin in der Nähe gehen und abwarten, bis Euch Eure Laune vergangen ist. Doch ich hoffe, daß ich dort Nachricht von meinem Feldhauptmann erhalte und wieder in den Krieg ziehen kann, und dort will ich so lange bleiben, bis Ihr einseht, daß niemand anderes als Ihr mich hier zurückhält.« Sprach's und ging, ohne ihre Antwort abzuwarten, davon. Florida blieb unsäglich bekümmert und traurig zurück, und die Liebe, von ihrem Gegensatz getrieben, begann ihre überwältigende Kraft zu zeigen, so daß sie ihr Unrecht einsah und unablässig an Amadour schrieb und ihn bat, doch zurückzukehren. Das tat er auch einige Tage später, als sein großer Zorn etwas verraucht war.

Ich muß es mir versagen, euch im einzelnen alles zu berichten, was sie miteinander sprachen, um dieser Eifersucht zu steuern. Jedoch er behielt die Oberhand, und sie versprach ihm, daß sie nicht nur nie glauben werde, er liebe Polina, sondern sie werde auch stets überzeugt sein, es wäre ihm eine unerträgliche Qual, mit ihr oder einer anderen zu sprechen, außer wenn es ihr zuliebe geschehe.

Als die Liebe diesen ersten Argwohn überwunden hatte und die beiden Liebenden mehr denn je Freude daran fanden, miteinander zu sprechen, traf die Nachricht ein, der König von Spanien schicke sein ganzes Heer nach Salces. Daher wollte Amadour, der gewohnt war, als erster dabeizusein, gleichfalls Ehre einheimsen; freilich empfand er darüber weit größeres Bedauern als sonst, weil er dadurch sowohl den ihm liebgewordenen

Umgang verlor als auch fürchtete, bei seiner Rückkehr alles verändert vorzufinden, sah er doch, daß Florida von mächtigen Fürsten und hochmögenden Herren umworben wurde und auch schon fünfzehn oder sechzehn Jahre alt geworden war. Darum dachte er, wenn sie sich vermähle, während er fern sei, so habe er künftig keine Gelegenheit mehr, sie zu sehen, es sei denn, die Gräfin von Aranda gäbe ihr seine Frau Aventurada zur Gesellschafterin. Er betrieb sein Anliegen bei seinen Freunden so geschickt, daß die Gräfin und Florida ihm versprachen, seine Frau Aventurada solle, wohin sie sich auch verheirate, mit ihr gehen. Obwohl damals gerade die Rede davon war, Florida nach Portugal zu verheiraten, war doch beschlossen, daß Aventurada sie niemals verlassen solle; und mit dieser Zusicherung schied Amadour, wenn auch mit unsagbarem Bedauern, und ließ seine Frau bei der Gräfin zurück.

Als Florida sich nach der Abreise ihres treuen Dieners allein fand, tat sie all ihre Pflichten so gut und tugendhaft, daß sie hoffen durfte, dadurch den Ruf einer der vollkommensten Damen zu erlangen und eines solchen Dieners wie Amadour würdig befunden zu werden. Als dieser in Barcelona angelangt war, wurde er von den Damen umschwärmt, wie er es gewohnt war; aber sie fanden ihn alle ganz verändert, und sie hätten es nie für möglich gehalten, daß die Ehe auf einen Mann solchen Einfluß haben könnte, wie es bei ihm der Fall war. Denn es erregten sichtlich Dinge, die er früher heiß begehrt hatte, sein Mißfallen; und selbst die Gräfin von Palamos, die er so sehr geliebt hatte, vermochte ihn mit keinem Mittel dazu zu bewegen, daß er auch nur ihr Haus betrat. So kam es, daß er sich nur so kurz wie möglich in Barcelona aufhielt, konnte er es doch kaum erwarten, bis er dort war, wo man alle Hoffnung in ihn setzte. Als er in Salces eintraf, begann der große und grausame Krieg zwischen den beiden Königen. Doch will ich hier nicht darüber berichten, auch nicht die heldenhaften Taten schildern, die Amadour vollbrachte, denn sonst würde meine Geschichte so lang, daß ein ganzer Tag darüber verginge. Wißt aber, daß er größeren Ruhm errang als alle seine Kampfgenossen. Der Herzog von Nagera, dem zweitausend Mann unterstanden, kam nach Perpignan und bat Amadour, als sein Feldhauptmann auszuziehen, und er tat mit dieser Schar so wacker seine Pflicht, daß man in allen Scharmützeln nur immer das Feldgeschrei »Nagera!« hörte.

Nun aber geschah es, daß der König von Tunis, der schon lange Zeit mit den Spaniern in Fehde lag, vernahm, die Könige von Frankreich und Spanien bekriegten sich an der Grenze von Perpignan und Narbonne. Da meinte er, er könne zu keiner gelegeneren Zeit dem König von Spanien unliebsam zusetzen, und schickte eine große Zahl Fleutschiffe und andere Fahrzeuge aus, die sollten alles, was sie an der Küste Spaniens nicht gut bewacht fänden, plündern und zerstören. Als die Bewohner von Barcelona eine so große Menge Segel vorbeiziehen sahen, meldeten sie es dem Vizekönig, der sich in Salces aufhielt, und der sandte unverweilt den Herzog von Nagera nach Palamos. Als die Mauren sahen, daß der Ort so gut bewacht war, fuhren sie zum Schein daran vorbei; aber um Mitternacht kehrten sie zurück und landeten so viel Kriegsvolk, daß der Herzog von Nagera von seinen Feinden überrumpelt und als Gefangener fortgeschleppt wurde.

Amadour, der wachsam auf der Lauer lag, hörte den Kampflärm, sammelte unverzüglich so viele von seinen Leuten um sich, wie er zusammenbrachte, und setzte sich so tapfer zur Wehr, daß die Übermacht seiner Feinde ihm nichts anhaben konnte. Doch als er schließlich erfuhr, daß der Herzog von Nagera gefangen sei und daß die Türken entschlossen seien, Palamos in Brand zu stecken und ihn in dem Haus zu verbrennen, in dem er sich verschanzt hatte, wollte er sich lieber ergeben als am Untergang der braven Leute schuld sein, die an seiner Seite kämpften. Auch hoffte er, wenn er ein Lösegeld zahle, werde er Florida wiedersehen. So ergab er sich auf der Stelle einem Türken, Dorlin mit Namen, dem Statthalter des Königs von Tunis, der ihn zu seinem Herrn führte, wo er sehr gut empfangen und noch besser bewacht wurde. Denn der König glaubte, wenn er ihn in seiner Hand habe, dann halte er den Achill von ganz Spanien gefangen.

So blieb Amadour an die zwei Jahre im Dienst des Königs von Tunis. Die Kunde von dieser Gefangennahme drang nach Spanien, und die Verwandten des Herzogs von Nagera bezeigten darüber große Trauer. Wer aber die Ehre des Landes hochhielt, empfand Amadours Verlust weit härter. Das Gerücht gelangte bis in das Haus der Gräfin von Aranda, wo zur Zeit die arme Aventurada schwerkrank darniederlag. Die Gräfin, die sehr wohl ahnte, daß Amadour ihrer Tochter in Liebe zugetan war, die diese Liebe jedoch um ihrer trefflichen Eigenschaften willen, die ihr wohlbekannt waren, duldete und verhehlte, rief ihre Tochter beiseite und erzählte ihr die jammervolle Nachricht. Florida, die sich gut zu verstellen wußte, erwiderte ihr, das sei ein herber Verlust für ihr ganzes Haus, und vor allem dauere ihn seine arme Frau, die zu allem andern Leid noch krank sei. Da sie aber ihre Mutter bitterlich weinen sah, vergoß auch sie ihr zur Gesellschaft ein paar Tränen, denn sie wollte sich nicht allzusehr verstellen, damit nicht gerade dadurch ihr Trug an den Tag käme. Seitdem sprach die Gräfin oft mit ihr davon, doch niemals konnte sie aus ihrem Verhalten einen sicheren Schluß ziehen.

Ich muß es mir versagen, von den Bittfahrten, Gebeten, Fürbitten und Fasten zu erzählen, die Florida regelmäßig zum Heil Amadours auf sich nahm. Dieser hatte, sobald er in Tunis war, ohne Verzug Nachricht an seine Freunde gesandt und durch einen zuverlässigen Mann Florida zu wissen getan, er sei wohlauf und hoffe, sie wiederzusehen. Das war für die bedauernswerte Frau der einzige Trost, daß sie ihr Leid ertragen konnte. Ihr könnt euch denken, daß sie, nun ihr ja gestattet war zu schreiben, dies so emsig tat, daß es Amadour keineswegs am Trost ihrer Briefe und Episteln gebrach.

Nun fügte es sich, daß die Gräfin von Aranda nach Saragossa entboten wurde, wo der König eingetroffen war. Dort weilte auch der junge Herzog von Cardona; der lag dem König und der Königin so lange an, bis sie die Gräfin baten, ihn mit ihrer Tochter zu vermählen. Die Gräfin wollte ihnen in nichts ungehorsam sein und willigte ein; denn sie war des Glaubens, ihre Tochter, die ja noch so jung war, kenne keinen andern Willen als den ihren. Als alles vereinbart war, sagte sie ihrer Tochter, sie habe für sie die Wahl getroffen, die ihr am ratsamsten scheine. Die Tochter wußte, daß bei einer bereits geschehenen Sache jeder Rat überflüssig war, und antwortete ihr, sie preise Gott für alles, was er ihr schicke. Da sie sich von ihrer Mutter so lieblos behandelt sah, wollte sie ihr lieber gehorchen als sich selbst bemitleiden. Und um das Maß ihres Unglücks vollzumachen, vernahm sie, daß der Sohn des Infanten auf den Tod krank sei. Doch sie ließ es sich niemals, weder vor ihrer Mutter noch vor sonstwem, anmerken und bezwang sich so sehr, daß die Tränen, die sie mit Gewalt in ihr Herz zurückdrängte, ihr das Blut in solchen Strömen aus der Nase trieben, daß ihr Leben in Gefahr war, gleichzeitig zu verströmen; und um wieder zu Kräften zu kommen, heiratete sie den Mann, dem sie willig den Tod vorgezogen hätte.

Nach der Hochzeit begab sich Florida mit ihrem Gatten in das Herzogtum Cardona und nahm Aventurada mit sich, der sie unter vier Augen ihr Leid klagte, sowohl über die Strenge, die ihre Mutter ihr bewiesen hatte, als auch über den Gram, daß sie den Sohn des Infanten verloren hatte. Doch von ihrem Schmerz um Amadour sprach sie nur, als wollte sie Aventurada trösten.

So beschloß denn die junge Dame, sich stets Gott und die Ehre vor Augen zu halten, und verbarg ihren Kummer so gut, daß keiner ihrer Angehörigen jemals innewurde, wie sehr ihr Gatte ihr mißfiel.

Es verging eine lange Zeit, und Florida lebte ein Leben, das ärger war als der Tod. Sie verfehlte auch nicht, das ihrem Diener Amadour zu schreiben. Der kannte ihr großmütiges und redliches Herz, wußte auch um ihre Liebe zum Sohn des Infanten und dachte, sie werde unmöglich lange weiterleben können. So trauerte er um sie, als wäre sie schlimmer denn gestorben. Dieses Leid vermehrte noch seine andern Kümmernisse, und er wäre gerne sein Leben lang Sklave geblieben, wie er es jetzt war, wenn Florida dafür einen Gatten nach ihrem Herzen gehabt hätte. Er vergaß sein Unglück über dem Herzeleid, das seine Freundin, wie er wohl fühlte, durchmachte.

Da er von einem Freund, den er sich am Hofe des Königs von Tunis erworben hatte, eines Tages erfuhr, der König sei entschlossen, ihn pfählen zu lassen, wofern er nicht seinem Glauben abschwöre – so groß war sein Verlangen, ihn bei sich zu behalten, wenn er ihn zu einem guten Türken machen könnte –, erreichte er es bei seinem Gebieter, der ihn gefangengenommen hatte, daß dieser ihn auf sein Ehrenwort hin ziehen ließ. Er forderte aber ein so hohes Lösegeld, daß es ein so wenig begüterter Mann seiner Meinung nach niemals aufbringen konnte. So ließ ihn sein Herr auf sein Ehrenwort ziehen, ohne dem König etwas davon zu sagen.

Kaum war Amadour an den Hof zum König von Spanien gelangt, als er auch schon wieder aufbrach, um bei allen seinen Freunden das Lösegeld aufzutreiben, und er begab sich geradewegs nach Barcelona, wohin der junge Herzog von Cardona, seine Mutter und Florida in Geschäften gegangen waren. Sobald seine Frau Aventurada gehört hatte, daß ihr Gatte nach Spanien zurückgekehrt sei, berichtete sie Florida davon, die sich darüber freute, aber so tat, als geschähe es ihretwegen. Da sie jedoch fürchtete, die Wiedersehensfreude könnte ihr das Blut in die Wangen treiben, und wer sie nicht kenne, möchte eine schlechte Meinung von ihr bekommen, trat sie an ein Fenster, um ihn schon von weitem kommen zu sehen. Und sowie sie ihn erblickte, stieg sie über eine dunkle Treppe hinab, so daß niemand bemerken konnte, ob sie sich verfärbte. Dort umarmte sie Amadour und führte ihn in ihr Gemach und von da zu ihrer Schwiegermutter, die ihn noch nie gesehen hatte. Aber er war noch keine zwei Tage in ihrem Hause, so war er schon bei allen so beliebt wie seinerzeit im Hause der Gräfin von Aranda.

Ich überlasse es euch auszudenken, was Florida und er miteinander sprechen mochten und wie bewegt sie ihm das Leid klagte, das sie in seiner Abwesenheit auszustehen gehabt hatte. Nachdem sie viele Tränen vergossen hatte aus Kummer darüber, daß sie entgegen dem Zug ihres Herzens verheiratet worden war, wie auch darüber, daß sie den heißgeliebten Mann, den jemals wiederzusehen sie nicht hoffen konnte, verloren hatte, beschloß sie, ihren Trost in der Liebe und im Vertrauen, das sie Amadour entgegenbrachte, zu suchen. Das wagte sie ihm freilich nicht zu gestehen; er aber ahnte wohl, was in ihr vorging, und ließ keine Gelegenheit vorübergehen, ihr seine große Liebe kundzutun.

Gerade als sie drauf und dran war, ihn nicht als ihren Diener, sondern als ihren wahren, verläßlichen Freund anzunehmen, trat ein unseliges Mißgeschick ein. Der König entbot nämlich um einer wichtigen Angelegenheit willen Amadour zu sich; darüber grämte sich seine Frau so sehr, daß sie in Ohnmacht fiel, als sie diese Nachricht vernahm. Sie stürzte von einer Treppe, auf der sie stand, herunter und verletzte sich so schwer, daß sie nicht wieder aufstand. Florida, die durch diesen Todesfall jeden Trost einbüßte, betrauerte sie, als hätte sie alle ihre Anverwandten und Freunde verloren. Doch noch näher ging es Amadour. Zum ersten verlor er eine der trefflichsten Frauen, die je gelebt hatten, und andrerseits hatte er nun keine Möglichkeit mehr, Florida jemals wiederzusehen. Darob befiel ihn solche Traurigkeit, daß ihm war, er müsse auch jählings von hinnen scheiden. Die alte Herzogin von Cardona besuchte ihn des öftern und führte ihm alle Trostgründe der alten Weisen an, damit er den Tod seiner Gattin geduldiger ertrüge. Doch nichts wollte verfangen; denn quälte ihn einerseits das Leid um den Tod seiner Frau, so litt er andrerseits noch mehr an seiner Liebe. Als seine Gattin im Grabe ruhte und sein König ihn zu sich entbot, er also keinen Grund zu längerem Verweilen mehr hatte, überkam ihn in seinem Herzen solche Verzweiflung, daß er den Verstand zu verlieren glaubte. Florida, die meinte ihn trösten zu können und doch selbst der Anlaß seiner hoffnungslosen Stimmung war, redete ihm einen ganzen Nachmittag lang zu, so gut sie es vermochte, und sagte ihm alles Gute, das sie ersinnen konnte, um seinen tiefen Gram zu lindern; und sie versicherte ihm auch, sie werde gewiß Mittel und Wege finden, ihn öfter zu sehen, als er glaube. Und weil er am nächsten Morgen aufbrechen sollte und doch so schwach war, daß er sich nicht von seinem Bett erheben konnte, bat er sie inständig, ihn am Abend, wenn alle andern fortgegangen seien, noch einmal zu besuchen. Das versprach sie ihm, wußte sie doch nicht, daß verzweifelte Liebe keine Vernunft kennt.

Amadour, der jede Hoffnung aufgegeben hatte, sie jemals zu eigen zu bekommen, nachdem er ihr so lange gedient hatte und nie anders behandelt worden war, als wie ihr gehört habt, wurde von seiner Liebe, die er verhehlen mußte, und von der Verzweiflung, die ihn alle Möglichkeiten, mit ihr zu verkehren, übersehen ließ, so sehr gepeinigt, daß er beschloß, alles auf eine Karte zu setzen und sie entweder ganz zu verlieren oder völlig für sich zu gewinnen und sich im Lauf einer Stunde das Glück zu erringen, das er verdient zu haben glaubte. Er ließ rings um sein Bett Vorhänge anbringen, so daß die Leute, die in das Zimmer kamen, ihn nicht sehen konnten, und fing noch lauter zu klagen und zu stöhnen an als sonst, so daß alles im Haus meinte, er habe keine vierundzwanzig Stunden mehr zu leben.

Nachdem jeder ihn besucht hatte, kam, auf Ersuchen ihres Gatten, des Abends auch Florida zu ihm. Sie hoffte ihn damit trösten zu können, daß sie ihm ihre Neigung erklärte und ihm gestand, ihn von Herzen lieben zu wollen, wie ihre Ehre es zulasse. Sie setzte sich auf einen Sessel am Kopfende seines Bettes und weinte zuerst mit ihm, bevor sie ihm Trost zusprach. Als Amadour sah, wie tief ihr Mitgefühl war, dachte er, solange ihr das Herz so schwer sei, könne er leichter an das Ziel seiner Wünsche gelangen, und erhob sich von seinem Bett. Florida glaubte, er sei noch zu schwach, und wollte ihn daran hindern. Er ließ sich vor ihr auf beide Knie nieder und sagte: »Soll ich Euch denn nie wiedersehen?« Dann ließ er sich, wie ein Mann, dem die Kräfte versagen, in ihre Arme fallen. Die arme Florida umfing ihn und hielt ihn lange aufrecht; sie tat alles, was in ihren Kräften stand, um ihn zu trösten. Aber die Medizin, die sie ihm gab, um seinen Schmerz zu stillen, machte ihn nur noch viel unerträglicher; und während er tat, als wäre er schon halb tot, versuchte er wortlos zu erreichen, was die Ehre den Frauen zu gewähren verbietet.

Als Florida seine böse Absicht merkte, konnte sie es nicht glauben, weil er zu ihr doch stets so ehrbare Reden geführt hatte; sie fragte ihn, was er denn wolle. Amadour aber, der ihre Antwort fürchtete und wohl wußte, daß sie nur keusch und züchtig lauten konnte, verfolgte sein Ziel, ohne ihr etwas zu erwidern, mit aller Kraft, die ihm zu Gebote stand. Florida wunderte sich darüber und vermutete eher, er habe den Verstand verloren, als daß sie glaubte, er wolle ihr die Ehre rauben. Daher rief sie laut schreiend einen Edelmann herbei, der, wie sie wußte, im gleichen Zimmer war. Außer sich vor

Verzweiflung, warf sich Amadour so jäh auf sein Bett zurück, daß der Edelmann glaubte, er sei gestorben. Florida war von ihrem Sessel aufgesprungen und sagte zu ihm: »Geht und holt mir doch schnell ein wenig starken Essig.« Das tat der Edelmann. Da sprach Florida sogleich zu ihm: »Amadour, was für ein Wahnsinn ist Euch in den Kopf gestiegen? Was ist Euch in den Sinn gekommen? Und was habt Ihr tun wollen?« Amadour, der vor übergroßer Liebe den Verstand verloren hatte, antwortete: »Verdient so langer Dienst einen so grausamen Lohn?« – »Wo ist denn hier die Ehre, die Ihr mir so oft gepredigt habt?« fragte Florida. – »Ach, Madame«, entgegnete Amadour, »niemand kann mehr auf Eure Ehre bedacht sein als ich; denn vor Eurer Heirat habe ich mein Herz so gut zu bezwingen gewußt, daß Ihr mein Verlangen nicht habt erkennen können. Jetzt aber, da Ihr verheiratet seid und Eure Ehre gedeckt ist – was tue ich Unrechtes, wenn ich verlange, was mir zukommt? Denn kraft meiner Liebe habe ich Euch zu Recht gewonnen, hat doch der Mann, der als erster Euer Herz besaß, so wenig nach dem Besitz Eures Leibes getrachtet, daß er füglich verdient hat, alle beide zu verlieren. Der Euren Leib besitzt, ist nicht würdig, Euer Herz sein eigen zu nennen; demzufolge gehört ihm auch der Leib nicht. Ich aber, Madame, habe durch fünf oder sechs Jahre Euretwegen so viele Mühsale und Beschwerden ertragen, daß Ihr wissen müßt, nur mir allein gehören der Leib und das Herz, deretwegen ich das meine hintangesetzt habe. Und wenn Ihr Euch hinter Eurem Gewissen verschanzen wollt, so könnt Ihr versichert sein, daß von Sünde keine Rede sein kann, wenn die Liebe Leib und Herz erfaßt hat. Sogar wer sich aus Raserei den Tod gibt, kann keine Sünde begehen, was er auch tun mag; denn die Leidenschaft läßt keine Vernunft zu. Ja, wenn die Leidenschaft der Liebe die unerträglichste von allen ist und alle Sinne verblendet, welcher Sünde wolltet Ihr den zeihen, der sich von einer unbezwinglichen Macht leiten läßt? Ich gehe jetzt fort und kann nicht hoffen, Euch jemals wiederzusehen. Doch hätte ich vor meiner Abreise noch die Gewißheit von Euch, die meine große Liebe verdient, so wäre ich stark genug, mit Langmut die Qualen dieser langen Trennung auszuhalten. Wenn es Euch aber nicht beliebt, meiner Bitte zu willfahren, werdet Ihr bald hören, daß Eure Härte mich in einen unseligen und grausamen Tod getrieben hat.«

Florida war nicht weniger betrübt als erstaunt, als sie solche Worte aus dem Munde dessen hörte, dem sie solches nie zugetraut hätte, und sprach unter Tränen zu ihm: »Ach, Amadour, sind das nun die tugendhaften Reden, die Ihr mir in meiner Jugend gehalten habt? Sind das die Ehre und das Gewissen? Wie oft habt Ihr mir nicht geraten, ich müsse eher sterben, als daß ich an meiner Seele Schaden nähme! Habt Ihr die guten Beispiele vergessen, die Ihr mir von tugendsamen Damen angeführt habt, von Frauen, die einer aberwitzigen Liebe nicht nachgaben? Habt Ihr vergessen, mit welcher Verachtung Ihr jederzeit die liebestollen Frauen bedacht habt? Ich kann nicht glauben, Amadour, daß Ihr Euch so gänzlich verändert habt, daß Gott, Euer Gewissen und meine Ehre Euch so gar nichts mehr bedeuten. Aber wenn es so ist, wie Ihr sagt, so preise ich die gütige himmlische Vorsehung, daß sie dem Unglück vorgebeugt hat, in das mich zu stürzen ich im Begriffe war, indem sie mir durch Euere Worte das Herz, das ich so sehr verkannt habe, offenbart hat. Als ich den Sohn des Infanten verlor, nicht nur weil er mit einer andern vermählt wurde, sondern auch weil ich weiß, daß er eine andere liebt, und als man mich mit einem Mann verheiratete, den ich all meinem Bemühen zum Trotz nicht lieben und gern haben kann, hatte ich bedacht und beschlossen, mein Herz und meine Neigung ausschließlich und rückhaltlos der Liebe zu Euch zu weihen. Diese Freundschaft gründete ich auf die Tugend, die ich stets an Euch kannte und die ich dank Euch erreicht zu haben glaube: nämlich meine Ehre und mein Gewissen höher zu halten als mein eigenes Leben. Auf diesen Fels der Ehrbarkeit bauend, war ich hierhergekommen, fest entschlossen, mich blindvertrauend darauf zu verlassen. Doch Ihr, Amadour, habt mir in einem Augenblick gezeigt, daß die Fundamente meines Gebäudes anstatt auf sicherem, festem Stein auf leichtem Sand oder auf schmutzigem Morast erbaut wären. Obwohl ich schon einen großen Teil der Wohnstätte, in der ich für alle Zeit unterzukommen hoffte, aufgeführt hatte, habt Ihr alles plötzlich zunichte gemacht. Deswegen müßt Ihr Euch aller Hoffnung entschlagen, die Ihr jemals in mich gesetzt habt, und Euch damit abfinden, daß Ihr, wo immer ich auch sei, nicht mit Worten noch durch Euer Verhalten um mich werben könnt noch hoffen dürft, ich könne oder wolle jemals anderen Sinnes werden. Es schmerzt mich bitter, Euch solche Dinge zu sagen; doch wäre ich dahin gekommen und hätte Euch vollkommene Liebe geschworen, so wäre mein Herz – das fühle ich wohl – bei diesem Anlaß gebrochen. Doch ist die Erschütterung darüber, daß ich so enttäuscht worden bin, so groß, daß ich für gewiß weiß, sie wird mein Leben verkürzen oder verbittern. Und damit sage ich Euch Lebewohl – aber es gilt für immer!«

Ich will gar nicht versuchen, euch den Schmerz zu schildern, den Amadour empfand, als er diese Worte hörte; denn er läßt sich unmöglich in Worten ausdrükken, nicht einmal ausdenken, es sei denn von denen, die Ähnliches durchgemacht haben. Da er sah, daß sie nach diesem grausamen Abschluß weggehen wollte, hielt er sie am Arm zurück, wußte er doch wohl, wenn er ihr jetzt nicht die schlechte Meinung nehme, die sie von ihm gefaßt hatte, so werde er sie auf ewig verlieren. Deshalb sagte er ihr mit der arglosesten Miene, die er aufsetzen konnte: »Madame, mein ganzes Leben lang habe ich mir gewünscht, eine ehrsame Frau zu lieben, und da ich ihrer so wenige gefunden habe, wollte ich Euch auf die Probe stellen und sehen, ob Ihr vermöge Eurer Tugend würdig seiet, ebenso geachtet wie geliebt zu werden. Das weiß ich jetzt für gewiß und lobe Gott, der mein Herz dahin gelenkt hat, solche Vollkommenheit zu lieben, und ich flehe Euch an, verzeiht mir dieses tolle und kühne Unterfangen. Ihr seht ja, daß es am Ende zu Eurer Ehre und mir zu großer Befriedigung ausgeht.«

Florida, die durch ihn die Arglist der Männer zu erkennen begann, war, wie sie vorher nicht hatte an das Böse glauben wollen, wo es vorhanden war, nunmehr noch mehr abgeneigt, an das Gute zu glauben, wo es fehlte, und sagte zu ihm: »Wollte Gott, Ihr hättet die Wahrheit gesagt! Aber ich bin nicht mehr so unwissend, und der Ehestand, in dem ich lebe, läßt mich klar erkennen, daß übermächtige Leidenschaft und Verblendung Euch zu dem gezwungen haben, was Ihr getan habt. Denn hätte Gott mich schwach werden lassen, Ihr hättet mich bestimmt nicht zurückgehalten. Wer ein Weib in Versuchung führt, um ihre Tugend zu erproben, schlägt gewöhnlich einen andern Weg ein, als Ihr ihn gewählt habt. Doch genug: wenn ich leichtfertig bei Euch Gutes angenommen hatte, so ist es an der Zeit, daß ich jetzt erkenne, was daran Wahres ist, und diese Wahrheit erlöst mich nun aus Euren Händen.«

Mit diesen Worten verließ Florida das Zimmer, und solange die Nacht währte, weinte sie ohne Unterlaß. Sie empfand so tiefen Schmerz bei dieser Wandlung, daß ihr Herz Mühe hatte, dem Ansturm des Kummers standzuhalten, den ihr die Liebe bereitete. Denn obwohl sie, wie der Verstand ihr riet, fest entschlossen war, ihn nie wieder zu lieben, so wollte sich doch das Herz, das ja unserem Willen nicht gehorcht, nicht darein fügen. Weil sie ihn also nicht weniger lieben konnte als bisher und auch wußte, daß die Liebe an seiner Übeltat Schuld trug, nahm sie sich vor, der Liebe genugzutun und ihn von ganzem Herzen zu lieben und zugleich der Ehre zu gehorchen, indem sie weder ihn noch sonstwen etwas merken ließe.

Am Morgen zog Amadour fort, tief betrübt, wie ihr vernommen habt. Doch sein Herz, das so hochgemut war, daß es auf Erden seinesgleichen nicht gab, ließ ihn nicht verzweifeln, sondern gab ihm einen guten Einfall ein, wie er Florida nochmals wiedersehen und ihre Huld gewinnen könnte. Während er also unterwegs zum König von Spanien war, der in Toledo weilte, nahm er seinen Weg durch die Grafschaft Aranda, wo er eines Abends spät eintraf. Er fand die Gräfin ganz krank vor Traurigkeit über das Fernsein ihrer Tochter Florida. Als sie Amadour erblickte, küßte und umarmte sie ihn, als wäre er ihr eigen Kind; denn sie hatte ihn gern und ahnte auch, daß er Florida liebe. Nach ihr erkundigte sie sich angelegentlich, und er gab ihr Auskunft, so gut er es vermochte; doch sagte er ihr nicht die ganze Wahrheit. Er gestand ihr die Freundschaft, die zwischen ihnen beiden bestand und die Florida stets verheimlicht hatte, bat sie auch, ihm behilflich zu sein, daß er oft Nachricht von ihr bekomme, und sie möchte Florida doch recht bald zu sich nehmen.

Schon am Morgen danach brach er wieder auf; und nachdem er seine Geschäfte beim König erledigt hatte, zog er in den Krieg, so traurig und in jeder Hinsicht verändert, daß ihn die Damen und Heerführer und alle, mit denen er Umgang gepflogen hatte, nicht wiedererkannten. Er kleidete sich nur noch in Schwarz; doch trug er grobes Wolltuch, das viel rauher war, als es die Trauer um seine Frau erfordert hätte. Damit verbarg er die Trauer, die er in seinem Herzen trug. So verbrachte Amadour drei oder vier Jahre, ohne an den Hof zurückzukehren.

Als die Gräfin von Aranda vernahm, Florida habe sich so verändert, daß es ein Jammer sei, sie anzusehen, schickte sie zu ihr, denn sie hoffte, sie werde wieder zu ihr kommen. Aber das Gegenteil trat ein; denn als Florida erfuhr, daß Amadour ihrer Mutter die Liebe gestanden hatte, die sie beide füreinander fühlten, und daß die sonst so kluge und tugendhafte Frau diese Liebe guthieß und Amadour vertraute, war sie ratlos und verlegen. Einerseits – das sah sie wohl – schätzte ihre Mutter sie so hoch, daß es für Amadour, wenn sie ihr die Wahrheit sagte, übel hätte ausgehen können, und das wollte sie um jeden Preis vermeiden, fühlte sie sich doch stark genug, ihn selbst für seine Torheit zu strafen, ohne ihre Verwandten zu Hilfe zu rufen. Andererseits sah sie ein, wenn sie das Schlechte, das sie von ihm wußte, verheimlichte, würde sie von ihrer Mutter und allen ihren Freunden genötigt werden, mit ihm zu sprechen und ihm freundlich zu begegnen, und dadurch fürchtete sie ihn in seinen üblen Absichten zu bestärken. Da sie jedoch wußte, daß er ferne weilte, ließ sie sich nichts anmerken und schrieb ihm, wenn die Gräfin es ihr gebot. Es waren jedoch Briefe, aus denen er deutlich ersehen konnte, daß sie mehr aus Gehorsam als aus gutem Willen geschrieben worden waren; und wenn er sie las, verdrossen sie ihn ebensosehr, wie ihn die früheren jedesmal erfreut hatten.

Nach zwei oder drei Jahren, in denen er so viele Heldentaten vollbracht hatte, daß sie alles Papier Spaniens nicht fassen könnte, dachte er sich eine sinnreiche List aus, nicht um Floridas Herz zu gewinnen, denn das hielt er für verloren, sondern um über seine Feindin – denn so verhielt sie sich gegen ihn – den Sieg davonzutragen. Alles, was ihm die Vernunft riet, schlug er in den Wind, ja, sogar die Furcht vor dem Tode, dem er sich aussetzte, achtete er für nichts. Was er sich überlegt hatte, beschloß er ins Werk zu setzen. Er wußte es beim Großstatthalter durchzusetzen, daß er als Gesandter zum König abgeordnet wurde, um mit ihm über einen geheimen Anschlag zu sprechen, der gegen Leucate geplant war. Er ließ sich auch Befehl geben, seinen Auftrag zuerst der Gräfin von Aranda zu eröffnen, ehe er mit dem König darüber spräche, und ihren guten Rat einzuholen. Er kam geradewegs und eilends in die Grafschaft

Aranda, wo, wie er wußte, Florida weilte, und sandte insgeheim einen seiner Freunde zur Gräfin, der ihr seine Ankunft melden sollte. Er bat sie, diese geheimzuhalten, und ließ gleichzeitig anfragen, ob er sie zur Nacht sprechen könne, ohne daß jemand davon erführe.

Die Gräfin war hocherfreut über sein Kommen, sagte es Florida und schickte sie in das Zimmer ihres Gatten. Dort sollte sie sich auskleiden, damit sie bereit wäre, wenn sie sie holen ließe und jedermann zu Bett gegangen wäre. Florida, die ihren ersten Schrecken noch nicht verwunden hatte, ließ sich vor ihrer Mutter nichts anmerken, sondern begab sich in eine Hauskapelle, um sich dort Gott dem Herrn zu empfehlen; und während sie zu ihm betete, er möge ihr Herz vor jeder bösen Neigung bewahren, dachte sie daran, daß Amadour oftmals ihre Schönheit gelobt hatte, die ungeachtet ihrer langen Krankheit nicht abgenommen hatte. Darum, weil sie lieber ihr Gesicht verunstalten wollte, als zu dulden, daß ihretwegen das Herz eines so ehrenhaften Mannes in so arger Brunst brenne, nahm sie einen Stein, der in der Kapelle lag, und schlug sich so heftig damit mitten ins Gesicht, daß Mund und Nase und Augen ganz entstellt wurden. Damit man nun aber nicht argwöhnte, sie habe es selbst getan, ließ sie sich, als die Gräfin nach ihr schickte und sie die Kapelle verließ, mit dem Gesicht auf den Boden fallen und schrie laut auf. Die Gräfin kam dazu und fand sie in diesem jammervollen Zustand; sie wurde sogleich verbunden, und ihr ganzes Gesicht wurde mit Binden umwickelt.

Hernach führte die Gräfin sie in ihr Gemach und bat sie, in ihr Kabinett zu gehen und Amadour die Zeit zu vertreiben, bis sie ihre Gesellschaft losgeworden sei. Das tat Florida, denn sie dachte, es seien noch andere Leute bei ihm.

Doch als sie die Tür geschlossen hatte und sich mit ihm allein fand, war sie ebenso betrübt, wie Amadour froh war; denn er hoffte, er werde aus Liebe oder durch Gewalt erlangen, was er so sehr ersehnte. Als er zu ihr gesprochen und sie auf ihrem früheren Vorsatz beharrt hatte und als er sah, daß sie um keinen Preis der Welt ihre Meinung ändern werde, sagte er, außer sich vor Verzweiflung, zu ihr: »Bei Gott, Florida, der Lohn für meine Mühen soll mir um Eurer Bedenken willen nicht entgehen; denn da Liebe, Langmut und demütige Bitten nichts nützen, werde ich meine ganze Kraft daransetzen, das Glück zu erringen, ohne dessen Besitz sie mir doch verlorenginge.«

Als aber Florida sein Gesicht und seine Augen derart verändert sah, daß seine Haut, die ihresgleichen auf der Welt nicht hatte, feuerrot war und sein sonst so sanfter und liebreicher Blick nun vor schauriger Wut loderte, als lohte ein heißes Feuer in seinem Herzen und seinem Angesicht, als sie sah, wie er in dieser Raserei mit einer seiner kräftigen, nervigen Hände ihre beiden zarten schwachen Arme packte, und merkte, daß sie sich nicht zur Wehr setzen und nicht fliehen konnte, weil ihre Hände und Füße gefangen waren, da wußte sie kein anderes Mittel, als zu versuchen, ob nicht in ihm noch ein Fünkchen seiner einstigen Liebe glimme, um deretwillen er von seinem grausamen Tun abließe. Daher sagte sie zu ihm: »Amadour, wenn Ihr mich jetzt für Eure Feindin anseht, dann bitte ich Euch flehentlich um der aufrichtigen Liebe willen, die ich einst in Eurem Herzen lebendig glaubte, hört mich an, ehe Ihr mich quält!« Und als sie sah, daß er ihr Gehör schenkte, fuhr sie fort: »Ach, Amadour, wie kommt Ihr dazu, etwas zu erstreben, was Euch keine Freude, mir aber solchen Verdruß bereiten kann wie sonst nichts auf der Welt? Ihr habt meinen Willen so oft erprobt, als ich noch jung war und in der Blüte meiner Schönheit stand, die Eure Leidenschaft entschuldigen mochte, daß ich mich wundere, wie Ihr jetzt noch, da ich alt und häßlich bin und dazu von tiefem Kummer gebeugt – daß Ihr jetzt noch immer nach dem trachtet, was Ihr doch – das wißt Ihr wohl – nicht erlangen könnt. Ich bin sicher, Ihr zweifelt nicht daran, daß ich immer noch wie früher gesonnen bin; daher werdet Ihr auch mit Gewalt Eure Lust an mir nicht büßen. Und wenn Ihr mein Gesicht anschaut, wie übel es zugerichtet ist, so werdet Ihr vergessen, wie schön es Euch einstmals vorkam, und kein Verlangen mehr verspüren, ihm näher zu kommen. Wenn in Euch noch ein Restchen Euerer früheren Liebe lebt, so muß gewißlich das Erbarmen über Eure Raserei siegen. Und ebendieses Mitleid rufe ich jetzt an, habe ich es doch bei Euch wohl kennengelernt; ich bitte Euch um Gnade, daß Ihr mich in Frieden und in Ehrbarkeit leben laßt, die ich nach Eurem Rat zu wahren entschlossen bin. Ist aber Eure Liebe in Haß umgeschlagen, und wollt Ihr mich mehr aus Rachedurst denn aus Liebe zur unglücklichsten Frau auf Erden machen, so versichere ich Euch, daß Euch das nicht gelingen wird. Ihr werdet mich gegen meinen Willen zwingen, Eure böse Absicht der Frau kundzutun, die soviel Gutes von Euch hält; und nun, da Ihr das wißt, könnt Ihr Euch wohl denken, daß Euer Leben nicht mehr sicher wäre.«

Da fiel ihr Amadour in die Rede und sprach: »Wenn ich denn sterben muß, so bin ich wenigstens meine Qual los. Euer verunstaltetes Gesicht aber – und ich meine, Ihr habt das mit Absicht getan – wird mich nicht abhalten, meinen Willen durchzusetzen. Denn wenn ich von Euch nichts weiter besitzen könnte als Eure Gebeine, ich möchte sie dennoch stets in meiner Nähe haben.«

Als Florida sah, daß weder Bitten noch verständiges Zureden noch Tränen etwas ausrichteten, daß er grausam und unbarmherzig sein böses Gelüst zu stillen trachtete und daß sie auch nicht die Kraft hatte, ihm Widerstand zu leisten, da griff sie zu dem letzten Mittel, das sie ebensosehr fürchtete wie den Tod, und schrie mit trauriger und kläglicher Stimme nach ihrer Mutter, so laut sie konnte. Als diese ihre Tochter so herzzerreißend schreien hörte, befiel sie Todesangst, und sie lief so schnell, wie sie ihre Beine trugen, in die Kleiderkammer. Amadour, der nicht so zum Tode bereit war, wie er gesagt hatte, ließ so rechtzeitig von seinem Unterfangen ab, daß die Gräfin, als sie die Tür zum Kabinett öffnete, ihn bei der Tür und Florida ziemlich weit von da fand. »Amadour, was geht hier vor?« fragte ihn die Gräfin. »Sagt mir die Wahrheit!« Er, der nie um Ausflüchte verlegen war, antwortete ihr mit bleichem, vor Schreck versteinertem Gesicht: »Ach, Madame, was ist denn mit Madame Florida vorgegangen? Noch nie war ich so erstaunt wie jetzt; denn wie ich Euch sagte, glaubte ich an ihrer Gunst teilzuhaben; doch jetzt sehe ich wohl, daß ich sie gänzlich verscherzt habe. Mich dünkt, Madame, zur Zeit, als sie bei Euch erzogen wurde, war sie nicht weniger verständig und tugendreich als heute, aber damals machte sie sich kein Gewissen daraus, mit jedem zu sprechen und zu verkehren. Jetzt aber, als ich sie anschauen wollte, mochte sie's nicht leiden. Als ich dieses sonderbare Verhalten sah, meinte ich, es sei ein Traum oder eine Sinnestäuschung, und ich bat sie, ihr, wie es hierzulande Brauch ist, die Hand küssen zu dürfen; doch das hat sie mir rundweg abgeschlagen. Wahr ist, Madame, ich habe unrecht getan und bitte Euch deswegen um Verzeihung. Ich habe nämlich ihre Hand fast mit Gewalt ergriffen und habe sie ihr geküßt, und eine andere Gunst habe ich nicht von ihr begehrt. Sie aber hat, glaube ich, meinen Tod beschlossen und hat, wie Ihr ja gesehen habt, Euch herbeigerufen. Warum, wüßte ich nicht zu sagen, es sei denn, sie habe gefürchtet, ich hegte andere Absichten, als ich sie in der Tat hatte. Doch wie dem auch sei, Madame, ich gestehe, daß das Unrecht bei mir liegt. Denn obwohl sie alle Eure treuen Diener lieben müßte, will es doch das Schicksal, daß ich allein als der anhänglichste von ihrer Huld ausgeschlossen bin. Doch ich werde mich stets gegen Euch und sie ebenso verhalten, wie ich behandelt werde, und bitte Euch inständig, mir Eure Gunst zu erhalten, da ich die ihre ohne mein Verschulden verloren habe.« Die Gräfin, die ihm halb glaubte, halb auch an seinen Worten zweifelte, trat zu ihrer Tochter und fragte sie: »Warum hast du mich so laut gerufen?« Sie habe sich gefürchtet, antwortete Florida. Und obschon die Gräfin ihr immer wieder mit Fragen zusetzte, gab sie ihr doch keine andere Antwort; denn da sie sich den Händen ihres Feindes entronnen sah, glaubte sie ihn bestraft genug, daß sie sein Vorhaben vereitelt hatte.

Nachdem die Gräfin lange mit Amadour gesprochen hatte, ließ sie ihn noch in ihrem Beisein mit Florida sprechen, um zu beobachten, wie er sich verhalten werde. Er sagte jedoch nicht viel, sondern dankte ihr nur dafür, daß sie ihrer Mutter nicht die Wahrheit gesagt hatte, und bat sie, da er nun ja in ihrem Herzen nichts mehr gelte, doch wenigstens keinem andern seinen Platz einzuräumen.

Auf seine ersten Worte erwiderte sie: »Hätte ich eine andere Möglichkeit gehabt, mich Euer zu erwehren, so hätte ich gewiß nicht gerufen. Schlimmeres aber wird Euch von mir nicht widerfahren, wenn Ihr mich nicht wie vorhin dazu zwingt. Fürchtet auch nicht, daß ich einen andern lieben könnte; denn da ich in dem Herzen, das ich als das tugendreichste auf der Welt kannte, das ersehnte Glück nicht gefunden habe, kann ich nicht glauben, daß irgendein Mann es mir zu schenken vermöchte. Dieses Unglück wird mich für die Zukunft gegen alle Leidenschaften feien, die mir die Liebe eingeben könnte.« Mit diesen Worten nahm sie von ihm Abschied.

Die Mutter, die ihr Verhalten genau beobachtet hatte, konnte daraus nichts folgern; doch erkannte sie seit dieser Zeit klar, daß ihre Tochter keinerlei Zuneigung für Amadour mehr empfand. Sie glaubte im Ernst, Florida sei so bar aller Vernunft, daß sie alles hasse, was sie, die Mutter, liebe. Von Stund an lebte sie mit ihr in heftigem Streit und sprach sieben Jahre nicht mit ihr, außer wenn sie sehr zornig war, und das alles Amadours wegen.

Während dieser Zeit wurde Florida andern Sinnes; war sie früher nur sehr ungern bei ihrem Gatten geblieben, so wollte sie jetzt nicht mehr von seiner Seite weichen, weil ihre Mutter sie so streng behandelte. Da sie aber sah, daß ihr das nichts nützte, beschloß sie, Amadour zu täuschen. Für einen Tag oder zwei gab sie es auf, ihm ein mißlauniges Gesicht zu zeigen, und riet ihm, Freundschaft mit einer Frau zu schließen, der sie angeblich von ihrer beider Liebe erzählt hatte. Diese Dame weilte bei der Königin von Spanien und hieß Lorette. Amadour glaubte ihr und hoffte, auf diesem Wege wieder ihre Gunst gewinnen zu können. So machte er denn Lorette den Hof, welche die Frau eines Feldhauptmanns war, eines hohen Statthalters des Königs von Spanien. Lorette war hocherfreut, einen solchen Anbeter gefunden zu haben, und tat so verliebt, daß sich die Sache überall herumsprach. Sogar die Gräfin von Aranda erfuhr am Hofe davon; daher quälte sie seitdem Florida nicht mehr so sehr, wie sie's bisher getan hatte.

Eines Tages hörte Florida, der Feldhauptmann, Lorettes Gatte, sei so eifersüchtig geworden, daß er beschlossen habe, Amadour, gleichgültig auf welche Art, umzubringen. Da sie, ungeachtet ihres verstellten Gesichts, Amadour nicht übelwollen konnte, warnte sie ihn unverzüglich. Er aber, der von Herzen gern wieder wie früher mit ihr gelebt hätte, antwortete ihr, wenn sie sich bereit finde, ihm jeden Tag drei Stunden Gesellschaft zu leisten, dann werde er nie wieder mit Lorette sprechen. Das wollte sie ihm jedoch nicht zugestehen.

»Da Ihr mich also nicht wollt leben lassen«, sagte Amadour zu ihr, »warum wollt Ihr mich dann vor dem Tod bewahren? Es sei denn, Ihr wolltet mich, solange ich noch lebe, noch mehr quälen, als tausend Tode es vermöchten. Doch wenn mich der Tod auch flieht, so werde ich ihn so lange suchen, bis ich ihn gefunden habe. Denn erst an diesem Tage werde ich Ruhe haben.«

Während sie dieses Gespräch führten, traf die Nachricht

ein, daß der König von Granada zu einem großen Krieg gegen den König von Spanien rüste. Daraufhin sandte der König den Prinzen, seinen Sohn, dorthin und mit ihm den Konnetabel von Kastilien und den Herzog von Alba, zwei betagte und weise Edelleute. Der Herzog von Cardona und der Graf von Aranda wollten nicht zurückstehen und baten den König inständig, ihnen irgendein Amt zu übertragen. Das tat er auch, wie es dem Rang ihrer Häuser entsprach, und gab ihnen Amadour als verläßlichen Begleiter mit. Dieser verrichtete im Verlauf des Krieges so unerhörte Heldentaten, daß sie ebensosehr aus Verzweiflung wie aus Tollkühnheit vollbracht schienen.

Um zum Ende meiner Geschichte zu kommen, will ich euch sagen, daß er seine allzu große Kühnheit mit dem Tode bezahlen mußte. Denn als die Mauren sich zur Schlacht aufstellten, sahen sie, wie gewaltig das Heer der Christen war, und wandten sich scheinbar zur Flucht. Die Spanier setzten ihnen nach. Aber der alte Konnetabel und der Herzog von Alba durchschauten ihre Kriegslist und hielten gegen seinen Willen den Prinzen von Spanien zurück, damit er nicht über den Fluß setzte. Der Graf von Aranda und der Herzog von Cardona jedoch gingen trotz dem Verbot hinüber. Als die Mauren nun sahen, daß sie nur von wenigen Leuten verfolgt wurden, machten sie kehrt und streckten den Herzog von Cardona mit einem einzigen Säbelhieb entseelt zu Boden und verwundeten den Grafen von Aranda so schwer, daß er für tot auf der Walstatt liegenblieb. Auf diese Niederlage hin eilte Amadour herbei, so rasend vor Wut und so rachegierig, daß er sich durch das Getümmel Bahn brach. Er ließ die beiden Gefallenen aufheben und ins Feldlager des Prinzen tragen, der um sie wie um seine leiblichen Brüder Leid trug. Doch als man ihre Wunden untersuchte, zeigte es sich, daß der Graf von Aranda noch am Leben war. Er wurde auf einer Sänfte in sein Haus geschafft, wo er lange krank darniederlag. Und die Leiche des Herzogs wurde nach Cardona überführt.

Als Amadour mit letzten Kräften die beiden Leiber aus dem Getümmel gerettet hatte, dachte er so wenig an sich selbst, daß er sich mit einemmal von einer großen Schar Mauren umzingelt sah. Er wollte sich aber so wenig gefangennehmen lassen, wie er seine Freundin nicht hatte erobern können, noch gedachte er seine Treue gegen Gott zu brechen, wie er ihr gegenüber wortbrüchig geworden war, da er wußte, er werde, wenn er vor den König von Granada gebracht würde, entweder eines grausamen Todes sterben oder aber dem Christenglauben abschwören müssen. So beschloß er, den Feinden weder den Ruhm seines Todes noch seiner Gefangennahme zu lassen. Er küßte sein Schwertkreuz, befahl Leib und Seele Gott und versetzte sich einen so mörderischen Stich, daß jede Hilfe sinnlos gewesen wäre.

So starb der arme Amadour, und er wurde betrauert, wie seine lobenswerten Eigenschaften es verdienten. Die Kunde von seinem Tode lief durch ganz Spanien. Auch Florida, die in Barcelona weilte, wo ihr Gemahl seinem Wunsch gemäß beigesetzt worden war, kam das Gerücht zu Ohren. Nachdem sie ihn ehrenvoll bestattet hatte, trat sie, ohne ihrer Mutter und Schwiegermutter ein Wort davon zu sagen, als Nonne in das Kloster Jesu ein und nahm zum Gatten und Freund den, der sie von einer so heftigen Liebe wie der Amadours und von dem großen Verdruß des Zusammenlebens mit einem solchen Mann erlöst hatte. So wandte sie ihr ganzes Herz in inbrünstiger Liebe zu Gott und trachtete danach, ihn in vollkommener Hingabe zu lieben, so daß sie nach einem langen Klosterleben ihm ihre Seele mit solcher Freude anheimgab, wie eine Braut sie empfindet, wenn sie ihrem Bräutigam entgegengeht.

»Ich weiß wohl, meine Damen, daß diese lange Geschichte mancher unter euch ein Dorn im Auge sein mag; doch hätte ich sie zur Zufriedenheit dessen erzählen wollen, der sie mir berichtet hat, so wäre sie noch länger, ja allzu lang ausgefallen. Ich bitte euch, nehmt euch ein Beispiel an Floridas Tugend, seid aber nicht so grausam wie sie und traut den Männern nicht soviel Gutes zu, damit ihr ihnen, wenn ihr sie anders kennenlernt, nicht einen grausamen Tod und euch ein trübseliges Leben bereitet.«

Alle hatten Parlamente lange und aufmerksam zugehört. Nun wandte sie sich an Hircan: »Dünkt Euch nicht, daß diese Frau bis zum Äußersten bedrängt worden ist und daß sie tugendhaft widerstanden hat?«

»Nein«, erwiderte Hircan; »denn das wenigste, was eine Frau tun kann, um sich zu wehren, ist, daß sie schreit. Wäre sie aber an einem Ort gewesen, wo man sie nicht hätte hören können, ich weiß nicht, was sie dann getan hätte. Und wäre Amadour mehr verliebt als zaghaft gewesen, so hätte er nicht so leicht von seinem Beginnen abgelassen. Um dieses Beispiels willen werde ich nicht von meiner festen Überzeugung abgehen, daß noch nie ein Mann, der wahrhaft liebte oder von einer Dame geliebt wurde, nicht an das Ziel seiner Wünsche gelangt wäre, wenn er so, wie sich's gehört, um sie warb. Und zudem muß ich Amadour dafür loben, daß er wenigstens zum Teil seine Pflicht tat.«

»Welche Pflicht?« versetzte Oisille. »Heißt Ihr das seine Pflicht tun, wenn ein Liebhaber seine Herrin mit Gewalt besitzen will, der er doch alle Ehrfurcht und vollen Gehorsam schuldet?«

Da ergriff Saffredent das Wort und sprach: »Madame, wenn unsere Herrinnen in Gemächern oder Sälen ihren gebührenden Sitz einnehmen und wie unsere Richter vor uns thronen, dann liegen wir auf den Knien vor ihnen, wir führen sie mit Bangen zum Tanz, wir dienen ihnen so eifrig, daß wir ihren Wünschen zuvorkommen, wir scheinen so ängstlich, sie zu kränken, und so beflissen, ihnen zu dienen, daß jeder, der uns sieht, Mitleid mit uns fühlt und uns oft für dümmer als Tiere hält, für überspannt oder närrisch. Und man gibt unseren Damen den Ruhm, die sich so kühn gehaben und so ehrbar reden, daß sie von denen, die nur das Äußere sehen, gefürchtet, verehrt und geliebt werden. Sind wir aber miteinander allein und ist einzig die Liebe Maßstab unseres Verhaltens, dann wissen wir recht gut, daß sie Frauen und wir Männer sind, und augenblicks sind sie nicht mehr unsere Herrinnen, sondern unsere Geliebten, und wir sind ihre Freunde statt ihre Diener. Das meint auch das landläufige Sprichwort, wenn es sagt:

Manch einer wird vom Knecht zum Herrn,
Nur weil er ehrlich dient und gern.

Sie haben ihre Ehre so gut wie die Männer, die sie ihnen geben und nehmen können, und sehen, was wir mit Langmut ertragen; aber es ist auch nur recht und billig, daß unser Dulden belohnt werde, wenn dabei die Ehre nicht verletzt wird.«

»Ihr sprecht nicht von der wahren Ehre«, versetzte Longarine, »die uns hienieden Zufriedenheit schenkt. Denn wenn alle Welt mich eine tugendhafte Frau nennte, und ich wüßte allein das Gegenteil, so würde das Lob meine Scham noch verschlimmern und mich innerlich verwirren; und wenn jedermann mich tadelte, ich mich aber unschuldig wüßte, so würde der Tadel der Umwelt mir zur Befriedigung ausschlagen; denn keiner wird anders denn durch sich selbst zufrieden.«

»Was ihr auch alle vorgebracht haben mögt«, sprach Geburon, »mir scheint, Amadour war ein mannhafter und aufrechter Ritter, wie es seinesgleichen kaum mehr gibt, und da alle Namen bloß angenommen sind, glaube ich ihn zu erkennen. Weil Parlamente ihn aber nicht hat nennen wollen, werde ich es auch nicht tun. Gebt euch damit zufrieden, daß – wenn es der ist, den ich meine – sein Herz Furcht nie gekannt hat noch daß es ihm jemals an Liebe und Kühnheit fehlte.«

Da sagte Oisille zu ihnen: »Mir scheint, dieser Tag ist recht fröhlich vergangen, und wenn wir auch die andern so verbringen, dann werden wir uns die Zeit mit ehrbaren Reden verkürzen. Doch seht, die Sonne geht unter, und hört die Glocke der Abtei. Sie ruft uns schon lange zur Vesper. Ich habe euch nicht gemahnt; denn mein Herz begehrte mehr danach, das Ende der Geschichte zu hören, als der Vesper beizuwohnen.«

Bei diesen Worten erhoben sich alle, und als sie in die Abtei kamen, fanden sie die Mönche, die seit einer guten Stunde auf sie warteten. Sie hörten die Vesper und gingen dann zum Nachtmahl, und den ganzen Abend sprachen sie von den Geschichten, die sie gehört hatten. Sie erforschten auch mit Fleiß ihr Gedächtnis, um zu sehen, ob sie den nächsten Tag gleichfalls so vergnüglich verbringen könnten wie den ersten. Nachdem sie noch lange auf der Wiese gespielt und allerlei Kurzweil getrieben hatten, gingen sie zu Bett und beschlossen froh und zufrieden den ersten Tag.

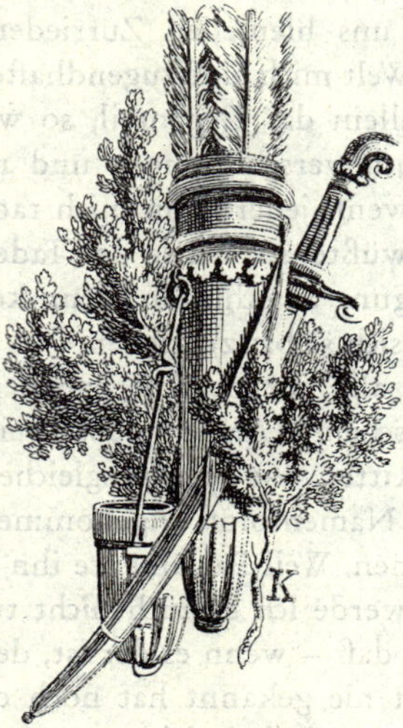

# DER ZWEITE TAG

*Am zweiten Tag erzählt jeder, was ihm gerade durch den Kopf geht*

Am andern Morgen standen sie voll Verlangen auf, an den Ort zurückzukehren, wo sie tags zuvor soviel Vergnügen genossen hatten; denn jeder hatte seine Geschichte bereit und konnte es kaum erwarten, bis er sie vorbringen durfte. Nachdem sie die Morgenandacht von Madame Oisille und die Messe gehört hatten, wo jeder Gott seine Seele anbefahl, auf daß er ihnen in seiner Gnade erlaube, weiter in ihrem edlen Kreis beisammen zu bleiben, gingen sie zum Mittagsmahl, und dabei brachten sie einander manche Begebnisse aus früherer Zeit in Erinnerung.

Nach dem Essen ruhten sie in ihren Zimmern und begaben sich dann zur vereinbarten Stunde auf die Wiese, wo der Tag und das Wetter ihr Vorhaben zu begünstigen schienen. Nachdem sie alle auf den natürlichen Sitzen des grünen Rasens Platz genommen hatten, sagte Parlamente: »Da ich gestern abend mit der zehnten Geschichte den Beschluß gemacht habe, ist es an mir, die zu wählen, die heute beginnen soll. Und weil gestern Madame Oisille als die Klügste und Älteste zuerst von den Frauen gesprochen hat, gebe ich meine Stimme heute der Jüngsten – damit meine ich nicht die Törichtste. Ich bin gewiß, wenn wir alle ihrem Beispiel folgen, werden wir nicht so verspätet zur Vesper kommen wie gestern. Deshalb sollt Ihr, Nomerfide, heute als erste das Amt des Erzählers übernehmen. Aber ich bitte Euch, laßt uns nicht wieder den Tag mit Tränen beginnen.«

»Darum brauchtet Ihr mich gar nicht zu bitten«, erwiderte Nomerfide, »denn eine aus unserer Gesellschaft hat mich darauf gebracht, eine Geschichte zu wählen, die ich jetzt so gut im Kopf habe, daß ich keine andere erzählen könnte; und wenn sie Euch traurig macht, müßt Ihr schon recht schwermütig veranlagt sein.«

*S. Freudenberg inv.* *De Longueil Graveur du Roi Sculp.*

## Elfte Geschichte

*Madame de Roncex, die bei den Franziskanern von Thouars weilt, verspürt ein so dringendes Bedürfnis, daß sie sich, ohne nachzusehen, ob der Sitz des Abortes auch sauber sei, an einem so schmutzigen Ort hinsetzt, daß ihr Gesäß und ihre Kleider davon ganz besudelt werden. Sie ruft um Hilfe und verlangt nach einer Frau, die sie säubern könnte; doch wird sie von Männern bedient, die sie nackt und im übelsten Zustand sehen, den eine Frau aufweisen kann*

Im Hause der Madame de La Trémouille lebte eine Dame, Roncex mit Namen, die eines Tages, als ihre Herrin bei den Franziskanern zu Thouars weilte, dringend Not hatte, den Ort aufzusuchen, wohin man nicht gut seine Zofe schicken kann. Sie rief ein Mädchen namens La Motte herbei, die sollte ihr Gesellschaft leisten; weil sie jedoch schamhaft und züchtig war, ließ sie besagte Motte in der Stube zurück und trat ganz allein in einen ziemlich finsteren Abort. Dieser war allen Mönchen des Klosters gemeinsam, und sie hatten an diesem

Ort so genaue Rechenschaft über Speise und Trank abgelegt, daß das ganze verschwiegene Örtchen, der Sitz und der Boden und alles, was darin war, über und über mit der Hefe des Bacchus und der Göttin Ceres aus den Bäuchen der frommen Klosterbrüder verschmiert war.

Die arme Frau hatte es so eilig, daß sie kaum Zeit fand, ihre Röcke hochzuheben, um sich auf den Ring hinzusetzen, und ließ sich auf gut Glück gerade am schmutzigsten Fleck nieder, der im Abort überhaupt zu finden war. Da klebte sie nun fester als an Vogelleim, und ihre armen Hinterbäckchen, ihre Kleider und auch ihre Füße waren so gräßlich besudelt, daß sie keinen Schritt mehr zu machen noch sich da- oder dorthin zu drehen wagte, aus Angst, sie könnte sich noch ärger bekleistern. Drum hob sie aus vollem Hals zu schreien an: »La Motte, meine Liebe, ich bin verloren und entehrt!«

Das arme Ding, das so manches Mal tolle Stücklein von der Arglist der Barfüßer hatte erzählen hören, meinte allen Ernstes, es hätten sich ein paar von diesen Burschen da drinnen versteckt und wollten nun ihrer Herrin Gewalt antun. Sie rannte, so schnell sie konnte, durch das Haus und sagte zu jedem, der ihr in den Weg lief: »Kommt und helft Madame de Roncex! Die Mönche wollen ihr im Abort Gewalt antun!« Und alle liefen in größter Eile dorthin und fanden die arme Madame de Roncex, wie sie um Hilfe schrie und nach einer Frau rief, die sie säubern könnte. Sie hatte ihren Hintern so breit wie lang entblößt und traute sich nicht, die Röcke herunterzulassen, weil sie fürchtete, sie könnte sie sonst beschmutzen. Auf ihr Geschrei hin traten die Edelleute ein und sahen das schöne Schauspiel, fanden aber keinen andern Barfüßermönch, der sie plackte und behelligte, außer dem Unflat, mit dem sie sich das ganze Sitzfleisch beschmiert hatte. Das ging nicht ohne gewaltiges Gelächter von seiten der Herren ab, und sie ihrerseits schämte sich fast zu Tode, weil sie keine Frauen hatte, die sie säuberten, sondern von Männern bedient wurde, die sie nackt und im schlimmsten Zustande sahen, in dem sich eine Frau zur Schau bieten kann. Daher verdreckte sie bei ihrem Anblick vollends, was noch sauber war, und ließ die Röcke herunter, um ihre Blöße zu bedecken, und dabei vergaß sie über der Scham vor den Männern, die sie auf einmal vor sich sah, den Kot, in dem sie steckte. Als sie aber aus dem garstigen Ort draußen war, mußte man sie fasernackt entkleiden und ihr alle Kleider wechseln, bevor sie aus dem Kloster weggehen konnte. Sie hatte nicht übel Lust, wegen der Hilfe zu zürnen, die ihr die verängstigte La Motte herbeigeholt hatte; doch als sie hörte, daß das arme Mädchen geglaubt hatte, sie wäre noch weit schlimmer dran, verrauchte ihr Zorn, und sie stimmte in das Gelächter der andern ein.

»Mir scheint, meine Damen, diese Geschichte war weder lang noch sonderlich traurig, und ihr habt von mir bekommen, was ihr erhofftet.«

Darüber mußte die ganze Gesellschaft von Herzen lachen, und Oisille sprach zu ihr: »Wenn die Geschichte auch arg schmutzig und unflätig war, kann man sich doch nicht daran stoßen, sind doch die Personen, denen sie widerfahren ist, allen bekannt. Wie gern hätte ich La Mottes Miene und auch das Gesicht der Frau gesehen, der sie so treffliche Hilfe herbeigeholt hatte! Aber da Ihr so schnell zu Ende gekommen seid«, sagte sie zu Nomerfide, »gebt Eure Stimme jetzt einem, der es nicht nur so obenhin und kurz abtut.«

Da erwiderte Nomerfide: »Wenn Ihr wünscht, daß mein Fehler wiedergutgemacht werde, so gebe ich meine Stimme Dagoucin. Er ist so verständig, daß er lieber stürbe, als daß er eine Torheit sagte.«

Dagoucin dankte ihr für die gute Meinung, die sie von seinem gesunden Verstand habe, und begann: »Die Geschichte, die ich mir vorgenommen habe euch zu erzählen, soll euch zeigen, wie die Liebe auch die großmütigsten und redlichsten Herzen verblendet und wie Bosheit schwer zu besiegen ist, durch welche Wohltat oder Güte es auch sein möge.«

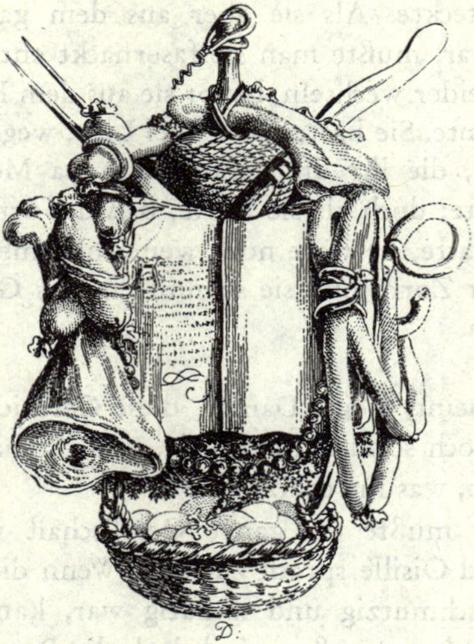

*S. Freudenberg, inv.* *DeLongueil, Gr. du Roi Scul.*

Dunker 1778

## Zwölfte Geschichte

*Der Herzog von Florenz, der einer Dame die Zuneigung, die er für sie empfand, nie hatte erklären können, entdeckt seine Gefühle einem Edelmann, ihrem Bruder, und bittet ihn, ihm zu einer Liebesnacht mit ihr zu verhelfen; dieser sagt ihm das mündlich zu, bringt ihn aber in seinem Bett um, gerade als er hofft, sich die Frau, die er für unbesieglich gehalten hatte, gefügig zu machen. Und so befreite er seine Heimat von einem Tyrannen und rettete sein Leben und die Ehre seines Hauses*

Vor zehn Jahren lebte in Florenz ein Herzog aus dem Hause der Medici, der mit Madame Marguerite, einer natürlichen Tochter des Kaisers, vermählt war. Weil sie aber noch so jung war, daß ihm nicht erlaubt war, bei ihr zu schlafen, behandelte er sie, solange sie nicht zur Frau herangereift war, mit größter Sanftmut. Um sie zu schonen, hatte er Liebschaften mit einigen andern Damen in der Stadt, die er nachts, während seine Frau schlief, aufzusuchen pflegte.

Unter andern war er in eine sehr schöne, kluge und ehrbare Dame verliebt, die Schwester eines Edelmanns, den der Herzog liebte wie sich selbst und dem er in seinem Hause so viel Einfluß einräumte, daß sein Wort wie das des Herzogs befolgt und gefürchtet ward. Er hatte in seinem Herzen kein Geheimnis, das er ihm nicht offenbarte, so daß man ihn mit Fug sein zweites Ich nennen konnte.

Da nun der Herzog sah, daß dessen Schwester eine so tugendhafte Frau war und daß er keine Möglichkeit hatte, ihr seine Liebe zu erklären – denn er hatte nichts unversucht gelassen, um zu ihr zu gelangen –, kam er zu diesem Edelmann, den er so sehr liebte, und sprach zu ihm: »Gäbe es irgend etwas in der Welt, mein Freund, das ich nicht für Euch täte, so würde ich mich scheuen, Euch zu erklären, wonach mir der Sinn steht, ja, mehr noch: Euch zu bitten, mir dabei behilflich zu sein. Doch seid Ihr mir so lieb, daß, hätte ich eine Frau, Mutter oder Tochter und müßte ich sie opfern, um Euer Leben zu retten, ich sie viel eher dahingäbe, als Euch in Qualen sterben zu lassen. Ich glaube, Eure Liebe zu mir ist ebenso groß wie die meine, und wenn ich, Euer Gebieter, für Euch eine solch aufrichtige Zuneigung empfinde, so müßt Ihr sie zumindest mit gleicher Liebe vergelten. Daher will ich Euch ein Geheimnis offenbaren, das ich bisher für mich behalten habe. Deswegen bin ich auch in den Zustand geraten, in dem Ihr mich jetzt seht und von dem ich mir keine Besserung erhoffe, es sei denn durch den Tod oder durch den Dienst, den Ihr mir erweisen könnt.«

Als der Edelmann die Worte seines Herrn hörte und sein Gesicht ehrlich betrübt und tränenüberströmt sah, erfaßte ihn so großes Mitleid mit ihm, daß er zu ihm sprach: »Herr, ich bin Euer Geschöpf. All mein Hab und Gut, meine ganze Ehre in dieser Welt habe ich von Euch. Ihr könnt zu mir sprechen wie zu Eurer eignen Seele und gewiß sein, daß ich alles für Euch tun werde, was in meiner Macht steht.«

Alsbald hob der Herzog an, ihm die Liebe zu erklären,

die er für seine Schwester fühle; sie sei so groß und stark, daß er nicht wisse, wie er weiterleben solle, wenn der Edelmann ihm nicht dazu verhelfe, ihre Huld zu genießen. Er wisse genau, daß Bitten und Geschenke bei ihr nichts ausrichteten. Darum bitte er ihn, wenn ihm sein Leben so lieb sei wie ihm, dem Herzog, das seine, möge er einen Weg finden, ihm das Glück zu verschaffen, das er ohne ihn nie zu gewinnen hoffen könne.

Der Bruder, dem seine Schwester und die Ehre seines Hauses teurer waren als das Vergnügen des Herzogs, wollte ihm erst ins Gewissen reden und flehte ihn an, ihn für jeden anderen Dienst zu verwenden, nur nicht in einer Sache, die ihm so schwerfalle und in der es darum gehe, auf die Unehre seines Blutes hinzuarbeiten; denn sein Herz, sein Blut und seine Ehre könnten sich niemals dazu verstehen, ihm diesen Dienst zu leisten.

Da geriet der Herzog in maßlosen Zorn. Er biß sich auf die Fingernägel und antwortete ihm in schäumender Wut: »Wohlan denn, da ich bei Euch keine Freundschaft finde, weiß ich, was ich zu tun habe.« Der Edelmann kannte die Grausamkeit seines Herrn wohl und bekam Angst. »Gnädiger Herr«, sprach er zu ihm, »da es Euch so beliebt, will ich mit ihr sprechen und werde Euch über ihre Antwort Bescheid geben.« Der Herzog erwiderte ihm beim Abschied: »Wenn Euch mein Leben lieb ist, werde ich auch das Eure schonen.«

Der Edelmann verstand recht gut, was diese Worte zu bedeuten hatten; er ließ sich einen oder zwei Tage nicht beim Herzog blicken und überlegte, was er nun tun sollte. Einerseits dachte er an die Dankespflicht, die er seinem Herrn schuldete, an die Güter und Ehren, die er von ihm empfangen hatte. Dann wieder kam ihm die Ehre seines Hauses in den Sinn, die Züchtigkeit und Keuschheit seiner Schwester, die, wie er wußte, niemals in eine so frevelhafte Schandtat einwilligen würde, wofern sie nicht durch seinen Verrat oder mit Gewalt übermannt wurde, und dies war etwas derart Unvorstellbares, daß er und die Seinen für alle Zeit entehrt gewesen wären. Daher beschloß er in diesem Zwiespalt, lieber sterben zu wollen, als seiner Schwester, einer der züchtigsten und tugendreichsten Damen in ganz Italien, einen so schmählichen Streich zu spielen. Vielmehr müsse er, so sagte er sich, sein Land von einem solchen Tyrannen befreien, der mit Gewalt seinem Haus diese Schande antun wollte; denn er hielt es für ausgemacht, daß sein Leben und das seiner Angehörigen bedroht wären, solange der Herzog nicht von seiner Hand gestorben wäre. Daher entschloß er sich, ohne seiner Schwester oder sonstwem ein Wort zu sagen, sein Leben zu retten und zugleich die Schmach, die ihm drohte, zu rächen. Nach zwei Tagen kam er zum Herzog und sagte ihm, er habe so lange und eindringlich seiner Schwester zugeredet, daß er sie schließlich, wenn auch mit großer Mühe, dazu gebracht habe, ihm seinen Willen zu tun, vorausgesetzt, daß er die Sache geheimhalte und niemand außer ihm, ihrem Bruder, davon erfahre.

Der Herzog, der diese Nachricht sehnlich erwartet hatte, schenkte ihr leicht Glauben. Er umarmte den Überbringer und versprach ihm alles, was er nur verlangen wolle, bat ihn auch, sein Vorhaben tunlichst bald ins Werk zu setzen, und sie verabredeten Tag und Stunde miteinander. Ob der Herzog froh war, braucht man nicht zu fragen, und als er die heißersehnte Nacht herankommen sah, in der er über die vermeintlich Unbesiegbare den Sieg davonzutragen hoffte, zog er sich zeitig mit dem Edelmann ganz allein zurück und vergaß auch nicht, sich nach bestem Vermögen mit Nachtmützen und wohlriechenden Hemden zu versehen. Als nun alles schlafen gegangen war, begab er sich mit dem Edelmann in die Wohnung seiner Dame, wo er in ein wohnlich ausgestattetes Gemach geführt wurde.

Der Edelmann nahm ihm seinen Schlafrock ab, brachte ihn zu Bett und sprach zu ihm: »Gnädiger Herr, ich gehe jetzt und hole Euch diejenige her, die, nicht ohne zu erröten, dieses Zimmer betreten wird. Doch hoffe ich, daß sie, noch ehe der Morgen graut, mit Euch vertraut ist.« Damit ließ er den Herzog allein und ging in seine Kammer. Dort fand er nur einen seiner Leute und sagte zu ihm: »Wärest du wohl beherzt genug, mir an einen Ort zu folgen, wo ich mich an dem ärgsten Feind, den ich auf Erden habe, rächen will?« Der andere, der nicht wußte, was der Edelmann im Schilde führte, gab ihm zur Antwort: »Gewiß, Herr, und ginge es gegen den Herzog selbst.« Alsbald nahm ihn der Edelmann so unerwartet mit sich, daß er nicht Zeit hatte, andere Waffen zu sich zu stecken als einen Dolch, den er bei sich trug. Als der Herzog ihn zurückkommen hörte, dachte er, nun bringe jener ihm die Jungfrau, die er so sehr liebte, und schlug den Vorhang zurück und öffnete weit die Augen, um das Glück zu sehen und zu empfangen, das er so sehnlich erwartet hatte. Doch anstatt der Jungfrau, von der er sich seines Lebens Heil erhoffte, sah er seinen nahen Tod in dem blanken Degen, den der Edelmann gezückt hatte. Damit stach er auf den Herzog ein, der nur mit dem Hemd bekleidet war. Der aber, zwar waffenlos, doch keineswegs feig, setzte sich im Bett auf, packte den Edelmann um den Leib und schrie: »So also haltet Ihr Euer Versprechen?« Und da er keine andern Waffen hatte als seine Zähne und Nägel, biß er den Edelmann in den Daumen und setzte sich mit der Kraft seiner Arme so heftig zur Wehr, daß sie beide zwischen Bett und Wand zu Boden fielen. Der Edelmann, dem nicht ganz geheuer war, rief seinen Diener herbei. Der fand den Herzog und seinen Herrn so eng umschlungen, daß er nicht wußte, welchen er erstechen sollte, und so zog er sie beide an den Füßen mitten ins Zimmer und versuchte mit seinem Dolchmesser dem Herzog die Kehle durchzuschneiden. Dieser verteidigte sich, bis ihn der Blutverlust so sehr schwächte, daß er nicht mehr konnte. Da legten ihn der Edelmann und sein Diener auf das Bett und machten ihm mit Dolchstößen vollends den Garaus. Hierauf zogen sie die Bettvorhänge zu, schlossen die Leiche in dem Zimmer ein und machten sich aus dem Staub.

Als er nun seinen mächtigen Feind besiegt sah, durch dessen Tod er dem Staat die Freiheit wiederzugeben meinte, dachte er, sein Werk wäre nur halb vollbracht, wenn er nicht noch fünf oder sechs nahe Verwandte des Herzogs umbrächte. Zu diesem Behufe befahl er seinem Diener, er solle sie einen nach dem andern herholen, damit er mit ihnen verfahre, wie er mit dem Herzog getan hatte. Doch der Diener, der nicht besonders mutig, aber auch nicht auf den Kopf gefallen war, hielt ihm entgegen: »Mir scheint, Herr, Ihr habt jetzt genug getan und tätet besser daran, auf die Rettung Eures Lebens bedacht zu sein, als es andern rauben zu wollen. Denn brauchen wir ebenso lange, um jeden von ihnen ins Jenseits zu befördern, wie beim Herzog, so würde die Sonne unsere Tat an den Tag bringen, bevor wir sie noch zu Ende geführt hätten, selbst wenn wir unsere Feinde unbewaffnet fänden.« Der Edelmann, den sein schlechtes Gewissen ängstlich machte, glaubte seinem Diener und ging mit ihm zu einem Bischof, der das Amt hatte, die Stadttore zu öffnen und den Befehl über die Wachen zu führen. Zu dem sagte der Edelmann: »Ich habe heute abend Nachricht erhalten, daß einer meiner Brüder im Sterben liegt. Ich habe eben vorhin den Herzog um Urlaub gebeten, und er hat ihn mir gewährt. Darum bitte ich Euch, befehlt den Wachen, mir zwei gute Pferde zu geben, und dem Stadtpförtner, mir das Tor zu öffnen.« Der Bischof, der seine Bitte als einen Befehl des Herzogs ansah, gab ihm unbedenklich einen Passierschein, demzufolge ihm das Tor aufgetan und die Pferde gegeben wurden, wie er es verlangte. Doch statt seinen Bruder zu besuchen, begab er sich geradeswegs nach Venedig, wo er die Bißwunden ausheilen ließ, die ihm der Herzog beigebracht hatte. Danach zog er weiter in die Türkei.

Als die Diener des Herzogs ihn am andern Morgen so lange nicht zu Gesicht bekamen, argwöhnten sie wohl, er habe die Nacht bei einer Dame zugebracht; als sie aber sahen, daß er allzu lange ausblieb, begannen sie ihn überall zu suchen. Die arme Herzogin, die ihn von Herzen liebte, war in großer Angst, als sie erfuhr, daß man ihn nirgends finde. Doch als sich der Edelmann, dem er so sehr gewogen war, ebensowenig blicken ließ wie er, suchte man ihn in dessen Haus. Da fand man Blutspritzer vor der Tür seiner Kammer und trat ein; doch da war keiner von seinen Leuten oder Dienern, der hätte Auskunft geben können. Die armen Diener des Herzogs folgten den Blutspuren und kamen an die Tür des Gemachs, in dem ihr Herr lag, fanden sie aber verschlossen. Sie hatten sie jedoch bald aufgebrochen. Als sie den Raum ganz voll Blut sahen, zogen sie den Bettvorhang zurück und fanden auf dem Bett den Toten, der den ewigen Schlaf schlief, aus dem noch keiner wieder erwacht ist.

Ihr könnt euch denken, wie die armen Diener trauerten, als sie den Leichnam des Herzogs in seinen Palast trugen. Dorthin kam auch der Bischof. Er erzählte ihnen, wie der Edelmann nächtlicherweile eilends die Stadt verlassen habe, unter dem Vorwand, er wolle seinen Bruder besuchen. Daraus ging deutlich hervor, daß er diesen Mord begangen hatte. Aber es wurde auch zweifelsfrei erwiesen, daß seine unglückliche Schwester von allem nicht das geringste gehört hatte. Wiewohl sie über das Vorgefallene tief erschrocken war, liebte sie doch gerade darum ihren Bruder noch mehr, hatte er doch sein Leben aufs Spiel gesetzt, um sie von einem so grausamen fürstlichen Feind zu befreien. Sie lebte auch fürderhin ehrbar und tugendhaft, so daß sie zwar verarmte, weil ihre Güter eingezogen wurden, sie und ihre Schwester aber gleichwohl so rechtschaffene und begüterte Gatten fanden, wie es sonst in ganz Italien keine mehr gab. Seither lebten sie allezeit wohlbeleumdet und hochangesehen.

»Daraus, meine Damen, könnt ihr lernen, wie sehr ihr diesen kleinen Gott fürchten müßt, dem es Spaß macht, Fürsten so gut wie Bettler, Starke wie Schwache zu quälen, und der sie so verblendet, daß sie Gott und ihr Gewissen vergessen und zuletzt ihr eigenes Leben mißachten. Es müssen sich also die Fürsten und alle, die Einfluß und Macht besitzen, davor hüten, daß sie Untergebenen und Geringeren Unrecht tun; denn jeder kann schaden, wenn Gott an dem Sünder Vergeltung üben will, und es ist keiner so groß, daß er dem, der in seiner Hut steht, Böses zufügen könnte.«

Diese Geschichte wurde von der ganzen Gesellschaft aufmerksam angehört, aber sie rief einander widersprechende Meinungen hervor. Denn die einen behaupteten, der Edelmann habe nur seine Pflicht getan, indem er sein Leben und die Ehre seiner Schwester rettete und zugleich seine Vaterstadt von einem solchen Tyrannen befreite. Die andern hielten dem entgegen, nein, es sei ein schmählicher Undank, seinen Wohltäter umzubringen, der einem soviel Gutes erwiesen und so große Ehre gebracht habe. Die Damen erklärten, er habe als guter Bruder und vorbildlicher Bürger gehandelt, die Männer hingegen meinten, er sei ein Verräter und böswilliger Diener gewesen. Es war vergnüglich, die beiderseitigen Ansichten, die dazu geäußert wurden, anzuhören. Doch sprachen die Damen wie üblich nicht so sehr, wie es ihnen die Vernunft riet, sondern eher wie es ihnen die Leidenschaft eingab. So sagten sie, der Herzog habe den Tod verdient, und sein Mörder sei glücklich zu preisen.

Daher sprach Dagoucin, als er den großen Wortstreit, den er hervorgerufen hatte, sah, zu ihnen: »Um Gottes willen, meine Damen, streitet euch doch nicht um eine Sache, die längst vergangen ist, sondern laßt es euch eher angelegen sein, daß eure Schönheit nicht noch grausamere Mordtaten zeitigt als die, von der ich euch erzählt habe.«

»Die *Schöne Dame ohne Erbarmen** hat uns doch gelehrt, daß eine so anmutige Krankheit den Menschen nicht den Tod bringt«, erwiderte Parlamente.

»Wollte Gott, Madame«, versetzte darauf Dagoucin, »daß alle Damen in dieser Gesellschaft wüßten, wie irrig diese Ansicht ist! Ich glaube, sie würden es nicht gern sehen, wenn man sie unbarmherzig schölte, noch möchten sie dieser Ungläubigen gleichen, die einen treuen Diener sterben ließ, weil sie ihm keine huldvolle Antwort vergönnte.«

»Ihr möchtet also«, versetzte Parlamente, »daß wir, um das Leben eines angeblich in uns Verliebten zu retten, unsere Ehre und unser Gewissen in Gefahr bringen?«

»Das habe ich nicht behauptet«, entgegnete Dagoucin; »denn wer wahrhaft liebt, würde sich noch mehr scheuen, die Ehre einer Dame zu verletzen, als sie selbst. Deshalb scheint mir, eine ehrbare und huldreiche Antwort, wie sie eine vollkommene Freundschaft in Züchten und Ehren heischt, könnte die Ehre nur erhöhen und das Gewissen beruhigen; denn wer das Gegenteil erstrebt, ist kein wahrer Diener.«

»Immerhin«, sprach nun Ennasuitte, »ist das bei euch doch stets das Ende vom Lied. Ihr fangt mit der Ehre an und hört mit dem Gegenteil auf; und wenn alle Männer, die hier zugegen sind, darüber die Wahrheit sagen wollen, so will ich's ihnen auf ihren Eid glauben.«

Hircan schwor, er jedenfalls habe nie eine andere Frau geliebt als seine eigene, und er hätte auch nicht gewünscht, daß sie sich seinetwegen schwer gegen Gott versündige. Dasselbe sagte Symontault und setzte hinzu, er habe oftmals gewünscht, es möchten alle Frauen außer der seinen böswillig sein.

»Ihr verdientet wahrhaftig«, hielt ihm Geburon entgegen, »daß Eure Frau so wäre, wie Ihr Euch die andern

*** Berühmtes Gedicht in Dialogform von Alain Chartier; der Liebende stirbt, weil ihn seine Dame nicht erhören will (Anmerkung des Übersetzers).**

wünscht. Was aber mich anlangt, so kann ich Euch schwören, ich habe eine Frau so sehr geliebt, daß ich lieber gestorben wäre, als daß sie um meinetwillen etwas getan hätte, deswegen ich sie weniger hätte achten können. Meine Liebe war so sehr auf ihre Tugenden gegründet, daß ich trotz allem Glück, das sie mir hätte gewähren können, doch niemals einen Makel an ihr hätte sehen wollen.«

Da schlug Saffredent ein Gelächter an und sagte zu ihm: »Geburon, ich glaubte, die Liebe zu Eurer Frau und Euer gesunder Menschenverstand hätten Euch vor der Gefahr bewahrt, Euch noch zu verlieben. Aber ich sehe, daß ich mich geirrt habe; denn Ihr verwendet noch immer die Ausdrücke, mit denen wir sonst stets auch die Gewitztesten hinters Licht führten und uns selbst bei den Klügsten Gehör verschafften. Welche Frau würde uns ihr Ohr verschließen, wenn wir mit der Ehre und der Tugend anfangen? Doch zeigten wir ihnen unser Herz so, wie es ist, dann würde mancher, der sonst bei den Damen Liebkind ist, nicht mehr viel gelten. Aber wir verstecken den Teufel in uns unter dem schönsten Engel, den wir finden können, und unter diesem Deckmantel heimsen wir, bevor wir richtig erkannt werden, manch köstliches Liebespfand ein; und vielleicht verführen wir die Herzen der Frauen so weit, daß sie im Glauben, sie seien auf dem geraden Weg zur Tugend, nicht mehr Zeit und Möglichkeit haben, ihre Füße zurückzuziehen.«

»Fürwahr«, erwiderte Geburon, »ich habe mich in Euch getäuscht und meinte, die Tugend sei Euch angenehmer als Sinnenlust.«

»Wie denn?« sagte Saffredent. »Gibt es eine größere Tugend, als zu lieben, wie es Gottes Gebot ist? Mich dünkt, es sei weit besser, eine Frau als Frau zu lieben, als mehrere zu vergöttern wie ein Heiligenbild. Ich für mein Teil halte an der Ansicht fest, es sei besser, sie zu brauchen, als sie zu mißbrauchen.«

Die Damen hielten es alle mit Geburon und zwangen Saffredent zu schweigen. Dieser sagte: »Es fällt mir nicht schwer, nicht mehr darüber zu sprechen; denn es ist mir bei den Frauen so übel ergangen, daß ich keine Lust mehr habe, wieder mit ihnen zu schaffen zu haben.«

»Eure böse Zunge ist schuld an Eurer schlechten Behandlung«, antwortete ihm Longarine. »Welche Frau, die etwas auf sich hält, möchte Euch wohl zum Diener haben nach den Reden, die Ihr geführt habt?«

»Die Frauen, die an mir kein Ärgernis genommen haben, würden ihre Ehrbarkeit nicht gegen die Ehre tauschen«, erwiderte Saffredent. »Doch lassen wir das; ich könnte sonst zornig werden, und ich möchte nicht, daß ich oder sonstwer sich ärgern soll. Sehen wir lieber, wem Dagoucin seine Stimme gibt.«

»Ich gebe sie Parlamente«, sagte der; »denn ich glaube, sie weiß besser als jeder andere, was aufrichtige und vollkommene Freundschaft ist.«

»Da ich nun also erwählt bin, die dritte Geschichte zu erzählen«, sprach Parlamente, »so will ich Euch eine berichten, die einer Dame begegnet ist, die seit jeher mit mir befreundet war und aus ihren Gedanken nie ein Hehl gemacht hat.«

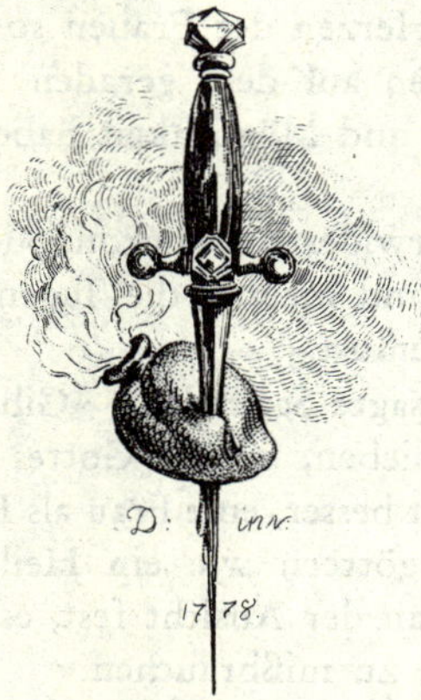

S. Freudenberg inv.  T.te Le Roy sculp.

## Dreizehnte Geschichte

*Ein Galeerenkapitän, der einer Dame den Hof macht, schickt ihr einen Diamanten. Sie aber gibt ihn an seine Frau weiter und macht einen so geschickten Gebrauch davon, daß er dem Kapitän Gelegenheit gibt, sein Gewissen zu erleichtern. Dank ihrer Vermittlung leben die beiden Gatten schließlich wieder in gutem Einvernehmen zusammen*

Im Hause der Frau Regentin, der Mutter des Königs Franz, lebte eine ausnehmend fromme Dame, die mit einem ebenso gesinnten Edelmann verheiratet war. Wiewohl ihr Gatte schon betagt, sie aber noch jung und schön war, liebte sie ihn doch und diente ihm, als wäre er der jüngste und schönste Mann von der Welt. Um ihm jeden Anlaß zu Verdruß und Kummer zu benehmen, begann sie sogar wie eine Frau seines Alters zu leben, floh alle Geselligkeit, mied Putz, Tänze und Spiele, woran doch sonst junge Frauen ihre Freude haben, und fand Erholung und Vergnügen einzig im Dienste Gottes. Daher faßte ihr Gatte solche Liebe und so großes Vertrauen zu ihr, daß sie ihn und sein ganzes Haus lenkte, wie sie wollte.

Es begab sich aber, daß ihr der Edelmann eines Tages sagte, er habe schon seit seiner Jugend stets den Wunsch gehabt, einmal nach Jerusalem zu reisen, und sie fragte, was sie davon hielte. Sie hatte keinen andern Wunsch, als ihm gefällig zu sein, und sagte: »Lieber Freund, da Gott uns ja keine Kinder geschenkt und uns mit irdischen Gütern reich gesegnet hat, wünschte ich wohl, daß wir einen Teil darauf verwendeten, diese heilige Reise auszuführen; denn hier wie überall, wohin Ihr auch gehen mögt, bin ich entschlossen, Euch niemals zu verlassen.« Der wackere Mann war darüber so froh, daß er schon auf dem Kalvarienberg zu stehen meinte.

Während sie noch darüber Rats pflogen, kam an den Hof ein Edelmann, der oft gegen die Türken im Kampf gestanden hatte. Jetzt versuchte er, den König von Frankreich zu einem Unternehmen gegen eine ihrer Städte zu bewegen, woraus der ganzen Christenheit großer Vorteil erwachsen könnte. Der betagte Edelmann erkundigte sich nach seiner Reise, und als er gehört hatte, was jener plante, fragte er ihn, ob er nach seiner Fahrt wohl noch eine andere Reise nach Jerusalem unternehmen würde, wohin seine Frau und er sehr gern einmal gegangen wären. Der Kapitän war hocherfreut, diese löbliche Absicht zu vernehmen, und versprach ihm, ihn dorthin zu führen und die Sache geheimzuhalten. Der Edelmann mochte es kaum erwarten, bis er seiner guten Frau erzählen konnte, was er getan hatte, und sie verspürte nicht weniger Lust als ihr Gatte, die Reise zu unternehmen. Zu diesem Behufe sprach sie mehrmals mit dem Kapitän, der mehr auf sie selbst als auf ihre Worte achtete und sich so heftig in sie verliebte, daß er öfters, wenn er von seinen Meerfahrten erzählte, den Hafen von Marseille mit dem Archipel verwechselte oder daß er, wenn er von einem Schiff sprechen wollte, von einem Gaul redete, gerade als wäre er verzückt oder völlig von Sinnen. Aber sie gab sich stets so hoheitsvoll, daß er nicht wagte, sich etwas anmerken zu lassen. Die Verstellung jedoch entzündete ein solches Feuer in seinem Herzen, daß er des öfteren krank wurde. Darüber war die genannte Dame sehr besorgt, sollte er doch ihr Leitstern und Führer auf der Reise sein. Sie ließ sich auch so häufig nach seinem Befinden erkundigen, daß er, als er ihre Besorgnis um ihn sah, ohne andere Arznei genas.

Verschiedene Leute aber wunderten sich, daß die Dame mit dem Kapitän, der mehr im Ruf eines verwegenen und fröhlichen Gesellen als eines guten Christenmenschen stand, so vertrauten Umgang hatte. Als sie jedoch sahen, daß er alle seine früheren Unarten abgelegt hatte, regelmäßig in die Kirche, zur Predigt und zur Beichte ging, da vermuteten sie, das tue er nur, um die Gunst der Dame zu gewinnen, und konnten sich nicht enthalten, ihm gegenüber darauf anzuspielen.

Der Kapitän fürchtete, die Dame werde ihn, wenn ihr etwas davon zu Ohren käme, nicht mehr um sich dulden, und sagte zu ihrem Mann und ihr, er werde demnächst vom König abgefertigt und werde dann gleich weggehen, müsse aber zuvor noch manches mit ihm besprechen. Um jedoch die Angelegenheit besser geheimzuhalten, wolle er künftig mit ihm und seiner Frau nicht mehr im Beisein anderer sprechen, sondern bitte sie, ihn holen zu lassen, wenn sie beide allein seien. Der Edelmann fand diesen Vorschlag gut und ging jeden Abend zeitig zu Bett und hieß auch seine Frau sich auskleiden.

Wenn alle ihre Leute schlafen gegangen waren, ließen sie den Kapitän holen und besprachen mit ihm die Reise nach Jerusalem, und dabei schlief der gute Ehemann oft in frommer Ergriffenheit ein. Wenn dann der Kapitän den Edelmann im Bette schlafen sah, während er selbst in einem Sessel neben der Frau saß, die für ihn die schönste und ehrsamste Dame der Welt war, krampfte sich ihm das Herz zusammen vor Angst und zugleich vor Verlangen, mit ihr zu sprechen, so daß ihm oft die Sprache versagte. Damit sie jedoch nichts merken sollte, hob er an, ihr von den heiligen Stätten in Jerusalem zu erzählen, wo die Kennmale der großen Liebe zu finden seien, die Jesus Christ voreinst am Kreuze besiegelt habe. Und derweil er von dieser göttlichen Liebe redete, verbarg er darunter seine eigene Leidenschaft und blickte die Dame seufzend und unter Tränen an, ohne daß sie es jemals bemerkte. Da sie aber sein frommes Gebaren sah, hielt sie ihn für einen heiligen Mann, so daß sie ihn schließlich bat, er möge ihr doch sagen, was für ein Leben er geführt habe und wie er zu dieser großen Gottesfurcht gekommen sei. Er gestand ihr, er sei ein armer Edelmann und habe, um zu Reichtum und Ehren zu gelangen, wider besseres Wissen eine nahe Verwandte geheiratet, die alt und häßlich, aber reich sei und die er nicht liebe. Nachdem er dann ihr Geld durchgebracht habe, sei er zur See gefahren und habe Abenteuer gesucht, und er habe es mit Fleiß und Arbeit auch dazu gebracht, daß er eine ehrenvolle Stellung einnehme. Doch seit er sie kennengelernt habe, sei sie ihm durch ihre heiligen Worte und durch ihr gutes Vorbild Ansporn gewesen, daß er sein Leben von Grund auf geändert habe, und er sei fest entschlossen, wenn ihm von seinem Unternehmen heimzukehren vergönnt sei, ihren Gatten und sie nach Jerusalem zu führen und so einen Teil seiner schweren Sünden abzubüßen. Zwar sei es damit vorbei, doch habe er noch seine Frau nicht zufriedengestellt, hoffe aber, sich bald mit ihr auszusöhnen.

Alle diese Reden gefielen der Dame ausnehmend, und vor allem freute sie sich darüber, daß sie einen solchen Mann zur Liebe und Furcht Gottes zurückgeführt hatte. Und bis er den Hof verließ, setzten sie Abend für Abend ihre langen Zwiegespräche fort, ohne daß er jemals gewagt hätte, ihr seine Liebe zu erklären. Er schenkte ihr auch ein Kruzifix der erbarmenden Gottesmutter und bat sie, jedesmal seiner zu gedenken, wenn sie es anschaue.

Die Stunde seiner Abreise kam, und als er von dem Mann Abschied genommen hatte, der schon am Einschlafen war, kam er auch zu der Dame, um ihr Lebewohl zu sagen. Da sah er Tränen in ihren Augen schimmern, denn sie war ihm in aufrichtiger Freundschaft zugetan. Dadurch wurde seine Leidenschaft so unerträglich, daß er aus Kleinmut, und weil er seine Liebe nicht zu gestehen wagte, beim Abschiednehmen wie ohnmächtig hinfiel. Der Schweiß brach ihm aus allen Poren, so daß nicht nur seine Augen, sondern sein ganzer Körper Tränen zu weinen schien. Und so schied er von ihr, ohne ein Wort zu sagen, und die Dame blieb ganz erstaunt zurück, denn noch nie hatte sie einen solchen Schmerz erlebt. Gleichwohl änderte sie aber ihre gute Meinung von ihm nicht, und ihre frommen Wünsche und Gebete begleiteten ihn.

Einen Monat später, als die Dame in ihre Wohnung zurückkehrte, fand sie dort einen Edelmann, der ihr im Auftrag des Kapitäns einen Brief brachte und sie bat, sie möge ihn lesen, wenn sie allein sei. Er erzählte ihr auch, er sei dabeigewesen, als er sich einschiffte, fest entschlossen, für den König und die Ausbreitung des Christenglaubens zu wirken; er, der Überbringer des Briefes, gedenke nach Marseille zurückzukehren und dort die Geschäfte des Kapitäns zu ordnen.

Die Dame trat abseits an ein Fenster, erbrach den Brief, der aus zwei beidseitig eng beschriebenen Blättern bestand, und las wie folgt:

»Mein langes Hehlen, mein beharrlich Schweigen,
Sie haben mich in solche Not gebracht,
Daß ich mir keinen andern Rat mehr weiß,
Als Euch's zu klagen oder dran zu sterben.
Dies offne Wort, dem ich verboten hatte,
Sich Euch zu offenbaren, hat bisher gewartet,

Bis ich allein war und dem Beistand fern;
Nun aber sagt es mir, es sei die höchste Zeit,
Daß ich es wirken lasse, wie's sich schickt;
Es müsse an den Tag, sonst bring's mich um.
Ja, mehr noch: mitten hier in meinem Brief
Hat es sich eingedrängt und sagt mir keck –
Da doch mein Auge, ach, die Frau nicht sehen kann,
Die Leib und Leben hält in ihrer Macht,
An deren Blick ich schon allein Genügen fand,
Wenn ihrer Rede meine Ohren lauschten –,
Nun werd es mit Gewalt vor deine Augen treten
Und ohne Zögern dir die Klagen und die Schmerzen
Enthüllen, derentwegen ich wohl sterben muß.
Ich wollte es aus diesem Brief verbannen,
Aus Furcht, du werdest es nicht hören wollen,
Dies töricht Reden, das sich nur hervorwagt,
Wenn fern du bist, doch zagt und furchtsam schweigt,
Sowie du gegenwärtig bist und dich erkennen läßt;
Ich sagte: ‚Besser ist's, ich schweige, bis ich sterbe,
Als daß ich meinem Leben weiterhülfe,
Nur um der Frau Verdruß zu schaffen, die ich liebe
So sehr, daß ich mit Freuden ihr zuliebe stürbe!'
Doch andrerseits vermöchte wohl mein Tod, so fürchterlich,
Die edle Frau in tiefster Seele zu betrüben,
Für die ich doch mein Leben heil zu wahren hoffte,
Weil ihretwegen nur mein Leben einen Sinn hat.
Hab ich dir nicht versprochen, hohe Frau,
Daß ich, sobald ich meine Reise wohl beendet,
Zu dir zurückzukehren eilends streben werde,
Um dich und deinen Gatten an den Ort zu führen,
Wo du voll Andacht und mit frommem Sinn zu beten
Gedenkst, zum Berge Zion hin, dem Heiligtum?
Denn stürbe ich, so führt' dich keiner hin.
Mein Tod brächt allzu große Trauer in dein Haus,
Wenn nun dein Plan sich jäh zerschlägt, den du gefaßt
Und mit so großer Hoffnung hast gehegt.

So will ich also leben bleiben und hernach
Dich dort hinführen. Sei getrost, ich werde
In kurzer Zeit zu dir nach Hause kehren.
Der Tod, so mein ich, wär das Beste wohl für mich,
Doch werde ich um deinetwillen weiterleben.
Damit ich leben kann, muß ich mein armes Herz
Erleichtern und die Last mir von der Seele wälzen,
Die unerträglich mich bedrückt und grausam quält,
Muß meine Liebe, wie sie wahrhaft ist, dir zeigen,
So groß, so stark und dauerhaft, so treu und fest,
Wie nie bisher auf Erden sie gesehen ward.
Was wirst du sprechen, unbescheidnes Wort?
Was willst du sagen, sprich? Ich laß dir freien Lauf.
Wirst du ihr wohl von meiner Liebe Kundschaft bringen?
Ach weh, du hast ja nicht die Macht, sie zu besingen,
Auch nur ein Tausendstel davon zu offenbaren.
Kannst du nicht wenigstens bezeugen, daß ihr Blick
Mein Herz mit solcher Kraft mir hat entfremdet,
Daß jetzt mein Leib nichts mehr als eine morsche Rinde,
Ein totes Ding ist, gibt sie mir nicht Kraft und Leben?
Ach, schwaches, mattes Wort, wie sehr gebricht es dir
An Wortgewalt, ihr ausdrucksvoll zu schildern,
Wie sehr ihr Auge kann ein wackres Herz bezwingen!
Noch weniger bist du geschickt, ihr kluges Wort
Zu preisen. Ach, wie wirkst du dürr, armselig, schwach!
Oh, könntest du ihr doch bedeuten, daß sie mich
Gar oft in ihrer Anmut, ihrer Tugend Reiz
Ganz stumm und dumm gemacht und außer mich [gebracht,
Und meine Augen, die sie angeschaut,
Verströmten Tränen, die aus großer Liebe flossen,
Und auch mein Mund sprach anders, als er hätte sollen.
Fürwahr, statt ihr zu sagen, daß ich sie geliebt,
Hab ich von Himmelszeichen ihr gefaselt, habe ihr

Von Monden vorgeschwärmt, vom Stern des Südens und
Vom Stern des Nordens, dem Polarstern in der Arktis.
O du mein Sprechen, du bist nicht geübt zu schildern,
In welche Qual mich meine Liebesglut versetzte,
Ihr auch mein Leiden, meinen Kummer vorzuhalten!
Du hast nicht soviel Kraft in dir, beredt zu zeigen,
Wie heiß und stark ich liebe und wie treu ich bin.
O nein, du kannst mir diesen Dienst wohl gar nicht leisten.
Doch wenn du ihr nicht alles treulich sagen kannst,
Beginne irgendwo, wie sich's grad trifft, und sprich zu ihr:
Aus Furcht, dir zu mißfallen, hab lange ich geschwiegen,
Ganz gegen meinen Willen hab ich meine Liebe
Verborgen, die vor deinem Wert nicht kann bestehen,
Auch nicht vor Gott, so groß und treu sie immer ist:
Denn deine Tugend ist davon das Fundament,
Die meine herbe Qual in süße Wollust kehrt,
Weil solchen Schatz man jedem offenbaren darf
Und auch sein Herz damit der Umwelt auftun kann.
Wer dürfte denn solch Liebenden zu tadeln wagen,
Der sich erkühnt und vorgenommen, diese Dame,
In welcher alle Tugend, alle Ehre wohnen,
Sich zu gewinnen und sich zu erhalten?
Im Gegenteil, man müßte jeden heftig tadeln,
Der solch ein Glück sieht, ohne es zu lieben.
Nun aber habe ich's gesehn und liebe es
So sehr, daß Liebe ganz und gar mein Herz beherrscht.
Ach, Leichtsinn oder Trug kennt diese Liebe nicht,
Sie gründet nicht auf falscher Schönheit eitler Pracht,
Noch weniger strebt diese Liebe, die mich bindet,
Nach toller Leidenschaft und bloßer Sinnenlust.
Auch nähr ich nicht die frevle Hoffnung, daß ich einst
Mich deines holden Leibes werd erfreuen können;
Denn nichts hat mein Verlangen je in mir erweckt,

Was wider deinen Willen mir Genuß verschafft.
Weit eher möchte ich auf dieser Reise sterben,
Als daß ich minder tugendreich und keusch dich sähe,
Noch daß um meinetwillen etwa Schaden litte
Die Tugend, die an Leib und Seele dich verklärt.
Ich will dich lieben als die tugendsamste Frau,
Die je gelebt, als die vollkommenste der Welt.
Darum begehr ich nichts, was so vollkommne Art –
Die Ursach und das Ziel der Liebe, die mich quält –
Zuschanden machen könnte jetzt und immerdar.
Je tugendhafter und je keuscher ich dich achte,
Um so vollkommener wirst du von mir geliebt.
Ich bin nicht einer, der sich leichthin trösten kann
Mit seiner Liebe und mit seiner holden Frau.
Sehr weise und verständig ist mein Liebeswerben;
Hab ich es doch auf eine edle Frau gesetzt,
So liebenswert, daß männiglich, ob Gott, der Herr,
Ob seiner Engel einer, wenn er dich erblickt,
Das gleiche sagen muß, was ich behauptet habe.
Und kann ich Liebe auch von dir nicht wohl erwarten,
So ist es mir genug, daß ich im Rufe stehe,
Ich sei der treuste Diener, den du je gehabt.
Das wirst du sicher glauben, ich steh dir dafür,
Denn auf die Dauer wirst du schon erkennen,
Daß dich zu lieben mir die erste, höchste Pflicht.
Und kann ich Gleiches nicht von dir gewärtig sein,
Bedeutet es mir Glück allein schon, dich zu lieben,
Und ich versichre dir, daß ich nichts andres will,
Als daß du Herz und Leib von mir entgegennimmst,
Die ich in deinem Dienste glühend opfern will.
Glaub kühnlich mir, wenn lebend ich nach Hause komme,
Sollst du mich wieder treu und dir ergeben finden,
Und sterbe ich, so stirbt mit mir dein treuer Knecht,
Wie niemals eine Frau ihn wieder finden wird.
So trägt in ferne Lande nun des Meeres Welle
Dir weit davon den besten, treusten Diener.

Wohl kann das Meer den Leib von dannen führen,
Doch nicht mein Herz, das nichts dir je entfremden
Denn dir ist es verfallen, dir gehört es ganz [kann.
Und will nicht mehr zurück zu mir, nicht einen Tag.
Könnt ich im Tausch dafür ein Stück vom deinen
Du reiner, lichter Engel, ach, so wäre mir [haben,
Um meinen Sieg nicht bang, und aller Ruhm davon,
Er fiele wahrlich einzig deinem Herzen zu.
Nun komme denn, was immer kommen mag!
Der Würfel ist gefallen, und mein Wollen bleibt
Bei diesem Vorsatz unbeirrt und ohne Wanken.
Damit du aber besser meinen Worten glaubst,
An meine Redlichkeit, mein standhaft treues Herz,
So bitt ich dich, nimm diesen Diamanten an
Als Sinnbild meiner treuen, felsenfesten Liebe
Und trag ihn stets an deinem lilienweißen Finger.
So kannst du mich zum frohsten aller Menschen
machen.
O Diamant, sprich so zu ihr: ‚Mich schickt ein Mann,
Ein Liebender, der diesen zweifelhaften Weg
Beschritt, um so durch seine Werke, seine Taten
Den wahrhaft Tugendsamen einstmals zugezählt
zu werden,
Auf daß er schließlich eines Tages seinen Platz
In deiner heißersehnten Huld erlangen kann.‘«

Die Dame las den Brief vom Anfang bis zum Ende durch und wunderte sich um so mehr über die Liebe des Kapitäns, als sie von ihr nichts geahnt hatte. Sie betrachtete den großen, schönen Diamanten in dem schwarz emaillierten Ring und war in arger Verlegenheit, was sie damit anfangen sollte. Die ganze Nacht dachte sie hin und her und war sehr froh, daß sie keine Gelegenheit hatte, ihm eine Antwort zu schicken; denn sie hatte keinen Boten, der sie hätte bestellen können. Sie dachte aber bei sich, es gehe nicht an, daß sie ihn zu den vielen Beschwerlichkeiten, die er für seinen Herrn ausstehe, auch noch mit einer abschlägigen Antwort kränke, die sie ihm zu erteilen entschlossen war, und verschob das also bis zu seiner Rückkehr. Doch war sie wegen des Diamanten in großer Verlegenheit, denn sie war nicht gewohnt, sich auf Kosten anderer Männer als ihres Gatten zu schmücken. Deshalb verfiel sie, verständig wie sie war, auf den Gedanken, diesen Ring zu Nutz und Frommen des Kapitäns und seines Gewissens zu verwenden. Sie entsandte einen ihrer Diener zu der untröstlichen Frau des Kapitäns und gab sich den Anschein, als wäre sie eine Nonne aus Tarascon, die ihr folgenden Brief schreibe:

»Madame, Euer Herr Gemahl ist, kurz bevor er sich einschiffte, hier vorbeigekommen. Er hat gebeichtet und als guter Christ den Leib des Herrn empfangen. Dann hat er mir etwas gestanden, das sein Gewissen bedrückte: Es tue ihm leid, daß er Euch nicht so geliebt habe, wie es seine Pflicht gewesen wäre. Er bat und beschwor mich bei seiner Abreise, Euch diesen Brief samt diesem Diamanten zu schicken, und ich bitte Euch, ihn aus Liebe zu ihm aufzuheben, und versichere Euch, wenn Gott ihn gesund und wohlauf heimkehren läßt, werdet Ihr so gut behandelt werden, wie nie zuvor eine Frau besser behandelt wurde. Dieser Stein, Sinnbild der Festigkeit, soll Euch für ihn bürgen. Ich bitte Euch, schließt ihn in Eure frommen Gebete ein, denn ich will mein Leben lang für ihn beten.«

Dieser Brief, geschrieben und unterzeichnet im Namen einer Nonne, wurde von der Dame der Frau des Kapitäns übersandt. Ihr braucht nicht zu fragen, wie die gute Alte, als sie den Brief und den Ring sah, vor Freude und Sehnsucht darüber weinte, daß sie von ihrem guten Gatten so sehr geliebt und geschätzt wurde und nun seinen Anblick entbehren mußte. Sie küßte den Ring mehr als tausendmal, netzte ihn mit ihren Tränen und segnete Gott dafür, daß er ihr auf ihre alten Tage die Liebe ihres Mannes wiedergeschenkt habe, die sie lange Zeit verloren geglaubt hatte; und sie dankte der Klosterfrau, die an all dem Glück schuld war. Sie antwortete ihr so freundlich, wie sie nur konnte; der Bote überbrachte in größter Eile den Brief seiner Herrin, und sie las ihn und hörte sich den Bericht ihres Dieners unter herzhaftem Lachen an. Sie war es zufrieden, den Diamanten losgeworden zu sein, noch dazu auf eine so nutzbringende Art, wodurch Mann und Frau in guter Freundschaft wieder vereint wurden. Es war ihr, als hätte sie ein Königreich gewonnen.

Bald danach trafen Nachrichten von der Niederlage und dem Tod des armen Kapitäns ein; man erfuhr, daß er von denen, die ihm hätten beistehen sollen, im Stich gelassen und sein Unternehmen von den Rhodesiern, die es hätten geheimhalten sollen, verraten worden war. Auf diese Weise wurden er und mit ihm alle, die an Land gegangen waren, achtzig an der Zahl, niedergemacht. Unter ihnen waren auch ein Edelmann namens Jehan und ein Türke, dessen Taufpatin die genannte Dame gewesen war. Diese beiden hatte sie dem Kapitän als Begleiter auf seiner Reise mitgegeben. Der Edelmann starb an seiner Seite; der Türke jedoch, von fünfzehn Pfeilen getroffen, rettete sich schwimmend zu den französischen Schiffen.

Durch ihn allein erfuhr man, wie sich alles in Wahrheit zugetragen hatte; denn ein Edelmann, den der unglückliche Kapitän zum Freund und Gefährten genommen und beim König und bei den mächtigsten Herren Frankreichs gefördert hatte, zog, sobald er sah, daß der erwähnte Kapitän an Land gegangen war, seine Schiffe weit hinaus aufs Meer zurück. Als nun der Kapitän sein Unternehmen verraten und sich mehr denn viertausend Türken gegenübersah, wollte er sich zurückziehen, wie es ihm geboten schien. Aber der Edelmann, in den er so großes Vertrauen gesetzt hatte, hoffte, wenn der Kapitän umkomme, werde ihm allein der Befehl über dieses große Heer und aller Nutzen zufallen. Er gab also allen Edelleuten zu bedenken, man dürfe die Schiffe des Königs nicht aufs Spiel setzen und auch nicht so viele wackere Menschen, die sich auf ihnen befänden, gefährden, um nur hundert Leute zu retten, und alle jene, die nicht allzu kühn waren, teilten seine Ansicht.

Als nun der Kapitän sah, daß sie sich, je dringender er nach ihnen rief, nur immer weiter entfernten, wandte er sich wieder gegen die Türken, und bis an die Knie im Sand eingesunken, verrichtete er so heldenhafte Waffentaten, daß es aussah, als wollte er allein alle seine Feinde niedermachen. Sein verräterischer Gefährte aber fürchtete seinen Sieg mehr, als er ihn wünschte.

Schließlich trafen ihn trotz seiner heldenhaften Gegenwehr so viele Pfeile derer, die nur auf Bogenschußweite an ihn herankommen konnten, daß er sein ganzes Blut zu verlieren begann. Als jetzt die Türken diese wahren Christen so geschwächt sahen, fielen sie mit gewaltigen Säbelhieben über sie her. Sie aber verteidigten sich, solange ihnen Gott Kraft und Leben ließ, bis zum Letzten.

Da rief der Kapitän den Edelmann namens Jehan, den ihm seine Dame mitgegeben hatte, und auch den Türken zu sich, steckte den Degen mit der Spitze in die Erde, fiel daneben auf die Knie, küßte und umfaßte das Degenkreuz und sprach: »Herr, empfange in deine Hände die Seele dessen, der sein Leben nicht geschont hat, um deinen Namen zu verherrlichen!« Der Jehan genannte Edelmann sah, daß er bei diesen Worten den Geist aufgab, umfing ihn und das Kreuz des Degengriffes, das er festhielt, und wollte ihm auf diese Weise Hilfe bringen; aber ein Türke hieb ihm von hinten beide Schenkel durch, und mit lautem Ruf: »Kommt, Kapitän, laßt uns ins Paradies eingehen und den schauen, für den wir sterben!« begleitete er den armen Kapitän in den Tod, wie er auch im Leben sein treuer Gefährte gewesen war.

Als der Türke gewahr wurde, daß er weder dem einen

noch dem andern beistehen konnte, zog er sich, von fünfzehn Pfeilen getroffen, zu den Schiffen zurück und bat, ihn an Bord zu nehmen; und obwohl er als einziger von den achtzig entronnen war, wurde es ihm von dem verräterischen Genossen verwehrt. Doch da er ein guter Schwimmer war, sprang er ins Meer und wurde schließlich von einem kleinen Schiff aufgenommen und nach einiger Zeit von seinen Wunden geheilt. Durch diesen beklagenswerten Fremdling kam die volle Wahrheit zu Ehren des Kapitäns und zur Schande seines Gefährten an den Tag. Der König und alle Edelleute, denen dieses Gerücht zu Ohren kam, erachteten dieses bösartige Verhalten für eine solche Freveltat gegen Gott und die Menschen, daß keine Todesart nach ihrer Ansicht schwer genug war, sie zu sühnen. Als er aber zurückkehrte, verstand er es, so viele falsche Berichte vorzubringen, und verteilte auch so viele Geschenke, daß er nicht nur der Strafe entging, sondern sogar das Amt dessen erhielt, dessen Diener zu sein er nicht einmal würdig war.

Als diese schmerzliche Botschaft an den Hof gelangte, trauerte die Frau Regentin, die ihn hochgeschätzt hatte, über die Maßen um ihn, desgleichen der König und alle rechtschaffenen Leute, die ihn kannten. Auch die Frau, die er über alles geliebt hatte, hörte von seinem seltsamen, jammervollen und christlichen Tode, und statt der harten Worte, die sie ihm zu sagen vorgehabt hatte, weihte sie ihm nun Tränen und Wehklagen. Ihr Gatte trauerte mit ihr, da sie sich beide um die Hoffnungen auf ihre Reise betrogen sahen.

Ich will nicht vergessen zu berichten, daß ein Fräulein, die zum Hause der Dame gehörte und den Edelmann namens Jehan mehr als sich selbst liebte, am selben Tage, als die beiden Edelleute ums Leben kamen, zu ihrer Herrin lief und ihr erzählte, sie habe im Traum ihren Geliebten gesehen, ganz weiß gekleidet, und er habe ihr Lebewohl gesagt und erklärt, er gehe nun mit seinem Kapitän ins Paradies ein. Als sie aber erfuhr, daß ihr

Traum wahr sei, erfüllte sie solche Trauer um ihn, daß ihre Herrin genug zu tun hatte, sie zu trösten.

Kurze Zeit später begab sich der Hof in die Normandie, woher der Edelmann gebürtig war. Seine Frau machte, wie es sich gehörte, der Frau Regentin ihre Aufwartung, und um ihr vorgestellt zu werden, wandte sie sich an die Dame, die ihr Gatte so sehr geliebt hatte. Während sie in einer Kirche warteten, bis die anberaumte Stunde schlug, begann sie ihren Mann zu beklagen und sein Lob zu singen und sagte unter anderem zu ihr: »Ach, Madame, so großes Unglück hat noch nie eine Frau getroffen, denn gerade als er mich mehr liebte als je zuvor, hat ihn Gott von mir genommen.« Und während sie dies sagte, zeigte sie ihr den Ring, den sie als Zeichen seiner vollkommenen Liebe am Finger trug, und brach in bittere Tränen aus. So leid der Dame auch die Ärmste tat, überkam sie eine unbändige Lachlust, weil ihr Betrug solches Glück bewirkt hatte. Sie wollte sie daher der Frau Regentin nicht vorstellen, sondern gab sie in die Obhut einer andern Dame und zog sich in eine Kapelle zurück, bis ihr Lachanfall vergangen war.

»Mir scheint, meine Damen, daß alle Frauen, denen solche Geschenke angetragen werden, den Wunsch haben müßten, damit etwas zu tun, das zu einem ebenso guten Ende führt wie das, was die gutherzige Dame getan hat; denn sie würden erfahren, daß Wohltaten die Freuden der Wohltuenden sind. Und man darf diese Dame nicht des Betrugs zeihen, sondern muß sie um ihrer verständigen Handlungsweise willen bewundern, die etwas, was an sich nichts wert war, zum Besten wandte.«

»Wollt Ihr damit sagen«, sprach Nomerfide, »ein schöner Diamant, der zweihundert Dukaten gilt, sei nichts wert? Ich versichere Euch, wäre er in meine Hände gefallen, weder seine Frau noch seine Verwandten hätten ihn je wiederzusehen bekommen. Nichts gehört einem so sicher wie etwas, das man geschenkt erhalten hat. Der

Edelmann war tot, und niemand wußte etwas davon. Sie hätte die arme Alte nicht so zum Weinen zu bringen brauchen.«

»Wahrhaftig«, meinte darauf Hircan, »da habt Ihr recht; denn es gibt Frauen, die besser als die andern erscheinen wollen und darum Werke tun, die sichtlich wider ihre Natur sind. Wir wissen ja alle, daß es nichts Habgierigeres gibt als eine Frau. Doch oft ist ihre Ruhmsucht stärker als ihre Habgier und zwingt ihre Herzen, etwas zu tun, was sie eigentlich gar nicht wollen. Und ich glaube, daß die Frau, die den Diamanten so leichten Herzens fortgab, nicht würdig war, ihn zu tragen.«

»Nur sachte, sachte!« rief Oisille, »ich ahne wohl, wer sie ist. Darum bitte ich Euch: verdammt sie nicht unbesehen.«

»Madame«, versetzte Hircan, »ich verdamme sie ganz und gar nicht; aber wenn der Edelmann so tugendhaft war, wie Ihr sagt, so war es eine Ehre für sie, einen solchen Diener zu haben und seinen Ring zu tragen. Doch vielleicht hielt sie einer, der minder würdig war geliebt zu werden, so fest am Finger, daß der Ring nicht darangesteckt werden konnte.«

»Fürwahr«, sagte da Ennasuitte, »sie hätte ihn schon behalten können, da ja niemand etwas davon wußte.«

»Wie?« wandte Geburon ein, »ist denn Liebenden alles erlaubt, wofern man nur nichts davon weiß?«

»Meiner Seel«, meinte Saffredent, »noch nie sah ich eine Missetat bestraft außer der Dummheit. Ist ein Mörder, Dieb oder Ehebrecher nur ebenso schlau wie schlecht, so wird er niemals von der Gerechtigkeit ereilt noch von den Menschen getadelt. Oft aber ist ihre Bosheit zu groß und macht sie blind, so daß sie dumm werden und es ihnen ergeht, wie ich gesagt habe. Nur die Dummen werden gestraft und nicht die Lasterhaften.«

»Ihr könnt sagen, was Ihr wollt«, erwiderte ihm Oisille, »Gott mag über das Herz dieser Dame richten. Ich aber finde ihre Handlungsweise ehrenhaft und tugendsam. Doch wollen wir nicht länger darüber streiten, und ich bitte Euch, Parlamente, gebt Eure Stimme einem andern.«

»Ich gebe sie sehr gerne Symontault«, sagte diese; »denn nach diesen beiden traurigen Geschichten wird er uns gewiß eine erzählen, die uns nicht zum Weinen bringt.«

»Ich danke Euch«, versetzte Symontault; »wenn Ihr mir Eure Stimme gebt, so heißt das beinahe, daß Ihr mich einen Witzbold nennt, und dieser Name ist mir ein Greuel. Um mich dafür zu rächen, will ich euch beweisen, daß es Frauen gibt, die wohl gewissen Männern gegenüber oder für eine gewisse Zeit tun, als wären sie keusch; aber zu guter Letzt zeigen sie ihre wahre Natur, wie euch diese wahrhafte Geschichte lehren wird.«

S. Freudenberg. inv. DeLongueil Graveur du Roi, Sculp.

## Vierzehnte Geschichte

*Der Herr von Bonnivet will sich für die Lieblosigkeit einer Mailänder Dame rächen und freundet sich mit einem italienischen Edelmann an, den sie liebt, der aber außer freundlichen Worten und der Gewißheit, daß er geliebt werde, noch nichts erreicht hat. Um an das Ziel seiner Wünsche zu gelangen, bringt er es mit klugem Rat so weit, daß die Dame ihrem Geliebten gewährt, worum er so lange gebeten hatte. Das erzählt der Edelmann Bonnivet, und der läßt sich Haare und Bart stutzen, kleidet sich in gleiche Gewänder wie der Edelmann und geht um Mitternacht in ihr Haus, um seine Rache auszuführen. So verspricht die Dame – nachdem sie von ihm vernommen hat, durch welche List er sie zu besitzen hoffte –, nie wieder einen Mann ihrer Nation zu lieben*

Im Herzogtum Mailand lebte zur Zeit, als der Großmeister von Chaumont dort Statthalter war, ein Edelmann, Herr de Bonnivet mit Namen, der später um seiner Verdienste willen Admiral von Frankreich wurde. Während er sich in Mailand aufhielt, war er beim Großmeister und aller Welt wegen der löblichen Eigenschaften, die er besaß, sehr beliebt, fand sich auch gerne auf den Festen ein, wo alle Damen beisammen waren. Er stand bei ihnen in so hoher Gunst wie nie zuvor ein Franzose, sowohl wegen seiner Schönheit, seiner feinen Lebensart und Unterhaltungsgabe, als auch weil er allgemein im Rufe stand, er sei einer der gewandtesten und kühnsten Kämpfer seiner Zeit.

Eines Tages führte er maskiert auf einem Karnevalsfest eine der reichstgeputzten und schönsten Damen der Stadt zum Tanz; und als die Hoboisten eine Pause machten, verfehlte er nicht, ihr allerlei verliebte Dinge zu sagen, denn darauf verstand er sich besser als irgendwer sonst. Sie aber blieb ihm die Antwort nicht schuldig, fiel ihm sogleich ins Wort und brachte ihn rasch zum Schweigen. Sie versicherte ihm rundheraus, sie liebe allein ihren Gatten und werde auch stets nur ihn lieben, und er solle sich gar keine Hoffnungen machen. Mit dieser Antwort gab sich der Edelmann aber nicht geschlagen und stellte ihr eifrig nach bis Mittfasten. Doch fand er sie unerschütterlich in ihrem Vorsatz, weder ihn noch einen andern zu lieben. Das konnte er einfach nicht glauben, war doch ihr Gemahl häßlich und unansehnlich, sie aber eine bildschöne Frau. Er beschloß also, da sie sich offenbar verstellte, sie auch seinerseits hinters Licht zu führen, und von Stund an ließ er davon ab, ihr nachzustellen, und erkundigte sich so angelegentlich nach ihrer Lebensweise, daß er herausfand, sie liebe einen klugen und rechtschaffenen italienischen Edelmann.

Der genannte Herr de Bonnivet freundete sich nach und nach mit diesem Edelmann an und ging dabei so schlau und unauffällig vor, daß der Italiener nicht merkte, worauf er hinauswollte, sondern ihn so liebgewann, daß er ihn nächst seiner Dame am meisten liebte. Der Herr de Bonnivet wollte ihm das Geheimnis seines Herzens entreißen. Er tat also, als wollte er ihm seines anvertrauen. Er erzählte ihm, er liebe eine Dame – woran er nie gedacht hatte –, und bat ihn auch, das für sich zu behalten; sie seien ja ein Herz und ein Gedanke.

Der arme Edelmann wollte ihm daraufhin ebensolche Freundschaft bezeigen und erzählte ihm des langen von seiner Liebe zu der Dame, an der Bonnivet Rache zu üben gedachte. Einmal am Tage kamen sie beide an einem bestimmten Ort zusammen und erstatteten einander gegenseitig Bericht von dem Liebesglück, das sie im Laufe des Tages erlebt hatten; dabei log der eine, und der andere sprach die Wahrheit. Der Edelmann gestand ihm, er habe diese Dame seit drei Jahren geliebt, aber niemals etwas anderes von ihr erlangt als freundliche Worte und die Versicherung, daß er geliebt werde.

Der Herr de Bonnivet gab ihm alle erdenklichen Ratschläge, wie er an sein Ziel gelangen könne, und sie kamen ihm so gut zustatten, daß seine Dame ihm schon nach wenigen Tagen alles gewährte, worum er sie bat. Nun ging es nur noch darum, eine günstige Gelegenheit zu finden, und auch das war auf Herrn de Bonnivets Rat hin recht bald geschehen. Eines Tages vor dem Nachtmahl sagte der Edelmann zu ihm: »Herr, ich bin Euch mehr zu Dank verpflichtet als irgendwem sonst auf Erden; denn dank Eurem guten Rat hoffe ich heute nacht zu erlangen, was ich so viele Jahre ersehnt habe.«

»Ich bitte dich, mein Freund«, erwiderte ihm Bonnivet, »erzähle mir, wie es um dein Vorhaben steht. Wer weiß, ob nicht Betrug oder Gefahr dabei ist, und dann kann ich dir als guter Freund beispringen.« Da erzählte ihm der Edelmann, daß sie einen Weg gefunden habe, das große Haustor offenzulassen, angeblich weil einer ihrer Brüder krank sei und man zu jeder Tages- und Nachtzeit jemanden müsse in die Stadt schicken können, um alles, was der Kranke etwa brauche, holen zu lassen. So könne er unbehelligt in den Hof gelangen, müsse sich aber hüten, die große Treppe hinaufzugehen; vielmehr solle er eine kleine Stiege rechter Hand benutzen und so die erste Galerie betreten, auf die alle Türen der Zimmer ihres Schwiegervaters und ihrer Schwäger hinausgingen; dann solle er die dritte Tür nächst der Treppe wählen, und wenn er leicht dagegendrücke und sie geschlossen finde, solle er wieder weggehen; denn er könne sicher sein, daß ihr Gatte zurückgekehrt sei, obschon er erst in zwei Tagen zurückerwartet werde. Finde er sie aber offen, so solle er leise, leise eintreten und sie kühn hinter sich verriegeln; dann wisse er, daß nur sie allein in dem Gemach sei. Vor allem aber solle er nicht vergessen, sich Filzschuhe anfertigen zu lassen, damit er unhörbar auftreten könne. Auch solle er sich hüten, früher als zwei Stunden nach Mitternacht zu kommen, weil sich ihre Schwäger, leidenschaftliche Spieler, nie vor ein Uhr oder noch später zur Ruhe begäben.

Der Herr de Bonnivet gab ihm darauf zur Antwort: »Geh, mein Freund, und Gott geleite dich. Ich bete zu ihm, daß er dich vor Unheil bewahren möge. Wenn meine Begleitung dir irgendwie nützen kann, so werde ich alles tun, was in meiner Macht steht.«

Der Edelmann dankte ihm von Herzen und sagte, in dieser Angelegenheit könne er nicht allein genug sein. Dann ging er, um seine Maßnahmen zu treffen.

Der Herr de Bonnivet seinerseits legte sich auch nicht auf die faule Haut; und da er sah, daß die Stunde, sich an seiner hartherzigen Angebeteten zu rächen, gekommen war, zog er sich zeitig in seine Wohnung zurück und ließ sich den Bart so lang und so breit stutzen, wie ihn der Edelmann trug, desgleichen ließ er sich die Haare schneiden, damit man auch, wenn man sie berührte, keinen Unterschied erkennen konnte. Zudem vergaß er nicht die Filzschuhe und die übrige Gewandung, die er der Kleidung des Edelmanns tunlichst anglich.

Da der Schwiegervater jener Frau ihm sehr zugetan war, trug er keine Bedenken, schon zeitig hinzugehen; denn er dachte, wenn ihn jemand sehe, so werde er geradeswegs in das Zimmer des alten Herrn gehen, mit dem er ohnedies mancherlei zu bereden hatte.

Gegen Mitternacht betrat er das Haus der Dame, wo er noch viele Leute traf, die aus und ein gingen; aber er schritt zwischen ihnen hindurch, ohne erkannt zu werden, und gelangte zu der Galerie. Als er nun behutsam an den beiden ersten Türen rüttelte, fand er sie verschlossen, die dritte war jedoch offen. Er stieß sie leise auf. Sowie er im Zimmer der Dame stand, riegelte er die Tür hinter sich zu. Er sah, daß das ganze Gemach mit weißem Linnen bespannt war, desgleichen Boden und Decke, und er gewahrte auch ein mit feinstem Leinenstoff überzogenes Bett, das so wunderschön weiß bestickt war, daß man es sich schöner nicht denken konnte. Darin lag die Dame ganz allein, ihre Nachthaube auf dem Kopf und in einem Hemd, das mit Perlen und edlen Steinen besetzt war. Das alles erspähte er durch eine Ecke des Vorhangs, noch bevor sie ihn erblickte; denn es stand in dem Gemach eine große Kerze aus weißem Wachs, die das Zimmer taghell erleuchtete. Damit er nicht von ihr erkannt wurde, löschte er zuerst die Kerze, kleidete sich dann aus und legte sich zu ihr ins Bett.

Sie glaubte, er sei der Mann, der sie so lange schon liebte, und empfing ihn so liebevoll, wie sie nur konnte. Er aber wußte, daß diese Liebkosungen einem andern galten, und hütete sich, auch nur ein einziges Wort zu ihr zu sprechen, und dachte nur daran, seine Rache zu vollziehen, das heißt, ihr Ehre und Keuschheit zu rauben, ohne ihr dafür Dank zu wissen. Doch gegen seinen Willen und wider seine Absicht war die Frau von dieser Rache so befriedigt, daß sie ihn für all seine Mühsale belohnt wähnte, als es ein Uhr nach Mitternacht schlug und es Zeit war, Abschied zu nehmen. Da fragte er sie so leise wie möglich, ob sie mit ihm ebenso zufrieden sei wie er mit ihr. Sie aber war immer noch im Glauben, er sei ihr Freund, und antwortete, sie sei nicht nur zufrieden, sondern hoch verwundert über die Größe seiner Liebe, die ihn eine volle Stunde lang so gebannt gehalten habe, daß er ihr nicht einmal Antwort habe geben können. Da lachte er laut auf und sagte: »Nun denn, Madame, werdet Ihr mich ein andermal auch wieder verschmähen, wie Ihr's bisher stets getan habt?« Jetzt erst erkannte sie ihn an seinen Worten und an seinem Lachen und geriet aus Verdruß und Scham in solche Verzweiflung, daß sie ihn tausendmal einen Schurken, Verräter und Betrüger schalt. Sie wollte aus dem Bett springen und ein Messer suchen, um sich den Tod zu geben, weil sie unseligerweise ihre Ehre für einen Mann verloren hatte, den sie nicht liebte und der, um sich an ihr zu rächen, die Sache überall herumerzählen könnte.

Er aber hielt sie in seinen Armen zurück und beteuerte ihr mit guten, sanften Worten, er liebe sie mehr als der andere, der sie zu lieben behaupte, und er werde alles, was ihre Ehre angehe, so gut geheimhalten, daß ihr daraus niemals ein Tadel erwachsen könne. Das glaubte ihm die arme Närrin; und als sie von ihm vernahm, was für einen listigen Streich er ausgesonnen und welche Mühe er sich gegeben hatte, um sie zu gewinnen, da schwor sie ihm, daß sie ihn mehr lieben werde als den andern, der sein Geheimnis nicht hatte für sich behalten können. Sie wisse jetzt, daß die Franzosen zu Unrecht in einem schlechten Rufe stünden; denn sie seien verständiger, ausdauernder und verschwiegener als die Italiener. Daher gebe sie künftig das Vorurteil ihrer Landsleute auf und wolle nur noch ihm angehören Doch bitte sie ihn, er solle sich um Gottes willen eine Zeitlang an den Orten und Festen, wo sie ebenfalls weile, nur maskiert zeigen; denn sie wisse, sie würde sich so schämen, daß ihr Verhalten sie aller Welt verraten müßte.

Das versprach er ihr und bat sie auch, wenn sein Freund um zwei Uhr komme, solle sie ihn aufs liebreichste aufnehmen, und dann könne sie ihn sich nach und nach vom Halse schaffen. Dazu wollte sie sich aber nur sehr schwer verstehen, und hätte sie nicht eine so große Liebe zu ihm gefaßt, hätte sie es um keinen Preis der Welt zugestanden. Doch als er von ihr Abschied nahm, stellte er sie so zufrieden, daß es ihr sehr lieb gewesen wäre, wenn er noch länger bei ihr verweilt hätte.

Nachdem er aufgestanden war und sich wieder angekleidet hatte, verließ er geschwind das Gemach und ließ die Tür angelehnt, wie er sie gefunden hatte. Und da es bald zwei Uhr war und er fürchtete, der Edelmann könnte ihm in den Weg laufen, zog er sich oben auf die Treppe zurück, von wo er ihn bald darauf vorbeigehen und das Zimmer der Dame betreten sah. Er aber begab sich nach Hause, um sich von seiner Anstrengung auszuruhen, und das tat er so gründlich, daß ihn die neunte Morgenstunde noch im Bett fand. Als er eben aufstand, kam der Edelmann zu ihm und erzählte ihm von seiner Liebesnacht, die freilich nicht so glücklich verlaufen war, wie er es gehofft hatte. Als er nämlich das Gemach seiner Angebeteten betrat – so berichtete er –, fand er sie nicht mehr im Bett. Sie war aufgestanden und hatte ihren Nachtmantel umgenommen. Sie hatte hohes Fieber, einen erregten Puls, ein feuerrotes Gesicht, und der Schweiß brach ihr aus allen Poren. So bat sie ihn denn, unverweilt wieder nach Hause zu gehen; denn aus Furcht vor Ungelegenheiten habe sie nicht gewagt, ihre Frauen herbeizurufen, und jetzt fühle sie sich so schlecht, daß sie gar nicht an Liebe denken möge, eher noch sei es ihr ums Sterben zu tun, und sie wolle lieber von Gott reden als von Cupido hören. Es tue ihr arg leid, daß er sich ihretwegen in Gefahr begeben habe, denn es stehe nicht in ihrer Macht, es ihm hienieden zu vergelten, doch sie hoffe es bald im Jenseits tun zu können. Darüber sei er so erschrocken und betrübt gewesen, daß seine Liebesglut und seine Freude sich jählings in Eiseskälte und Traurigkeit verwandelt hätten, und er sei unverzüglich weggegangen. Am Morgen habe er sich in aller Frühe nach ihrem Befinden erkundigt und erfahren, sie sei in Wahrheit ernstlich krank. Und während er seinem Schmerz Luft machte, weinte er so heftig, daß es war, als müßte seine Seele mit seinen Tränen sich verströmen.

Bonnivet, dem ebenso zum Lachen war wie dem

andern zum Weinen, tröstete ihn, so gut es ging, und sagte ihm, Liebe, die lange dauern solle, habe anfangs immer Schwierigkeiten zu überwinden, und die Liebe halte ihn nur darum hin, damit ihm die Lust um so köstlicher vorkomme, und unter solchen Reden schieden sie.

Die Dame hütete ein paar Tage das Bett, und als sie wieder genesen war, gab sie ihrem ersten Liebhaber den Laufpaß. Sie begründete das mit der Angst, die sie vor dem Sterben gehabt habe, und mit ihren Gewissensnöten. Sie hielt sich an Herrn de Bonnivet, dessen Liebe, wie es zu gehen pflegt, so lang währte wie die Schönheit der Blumen auf den Feldern.

»Mir scheint, meine Damen, die Listen des Edelmannes halten wohl der Gleisnerei der Dame die Waage, die so lange die züchtige Frau spielte und sich nun mit einmal so liebestoll entpuppte.«

»Ihr könnt von den Frauen sagen, was Ihr wollt«, erwiderte Ennasuitte, »aber dieser Edelmann hat ihr einen schuftigen Streich gespielt. Ist es denn gesagt, wenn eine Dame einen Mann liebt, daß ein anderer sie dann dank einer List besitzen darf?«

»Glaubt mir«, warf Geburon ein, »solche Waren können nicht zum Verkauf feilgeboten werden, ohne daß sie dem zufallen, der am meisten bietet und den höchsten Preis zahlt. Denkt doch ja nicht, daß Männer, die den Damen so eifrig den Hof machen, alle diese Mühen nur ihretwegen auf sich nehmen. Das tun sie nämlich bloß sich selbst und ihrer Lust zuliebe.«

»Wahrhaftig«, meinte Longarine, »das glaube ich Euch gern. Denn, die Wahrheit zu sagen, alle Anbeter, die ich je gehabt habe, haben am Anfang immer nur von mir gesprochen und getan, als läge ihnen nur an meinem Leben, an meinem Glück und an meiner Ehre; aber zuletzt dachten sie doch nur an sich und hatten nur ihre Lust und ihre Ruhmsucht im Sinn. Deshalb ist es das beste, man gibt ihnen schon nach der ersten Hälfte ihres

Sermons den Laufpaß; denn läßt man's zur zweiten kommen, dann bringt es nicht mehr soviel Ehre, sie abzuweisen, dieweil unzüchtiges Verlangen, sobald es erkannt wird, ohnedies schon abgewiesen werden muß.«

»Man müßte somit«, versetzte Ennasuitte, »sowie ein Mann nur den Mund auftut, ihn abweisen, ohne daß man weiß, was er sagen will?«

»So meint es meine Freundin nicht«, antwortete ihr Parlamente; »denn man weiß wohl, daß am Anfang eine Frau niemals so tun darf, als verstünde sie, worauf der Mann hinauswill, wie sie auch, wenn er seine Karten aufdeckt, sich nicht anmerken lassen darf, daß sie es glauben könne. Wenn er aber bei allen Heiligen zu schwören anfängt, dann dünkt es mich für die Frauen ehrenhafter, ihn auf diesem schönen Wege allein zu lassen, als bis zuletzt ins Tälchen mitzugehen.«

»Wahrhaftig«, begehrte Nomerfide auf, »aber müssen wir denn annehmen, daß sie uns immer nur aus böser Lust lieben? Ist es nicht sündhaft, seinen Nächsten zu richten?«

»Glaubt, was Ihr wollt«, sagte Oisille, »aber dennoch müssen wir so sehr fürchten, das sei wahr, daß Ihr, sobald Ihr nur ein Fünkchen wahrnehmt, dieses Feuer fliehen müßt; denn es verbrennt ein Herz schneller, als es dessen innewird.«

»Wahrlich«, meinte nun Hircan, »Eure Gesetze sind zu hart, und wenn die Frauen, denen Sanftmut so wohl ansteht, Euerem Rat gemäß so streng mit uns verführen, so würden auch wir statt sanften flehenden Bitten Schlauheit und Gewalt anwenden.«

»Mir scheint, das beste ist, wenn jeder seiner Naturanlage folgt«, meinte Symontault. »Wer liebt oder nicht liebt, soll es ohne Hehl zeigen.«

»Wollte Gott«, rief Saffredent, »dieses Gesetz brächte ebensoviel Ehre ein, wie es Vergnügen bietet!«

Doch Dagoucin konnte es sich nicht versagen einzuwerfen: »Die lieber stürben, als ihr Begehren erkannt zu sehen, könnten sich mit Eurer Verordnung nicht einverstanden erklären.«

»Sterben!« höhnte Hircan. »Der wackere Ritter muß erst noch geboren werden, der um einer ruchbar gewordenen Liebe willen sterben möchte. Doch lassen wir diese Reden über Unmögliches und sehen wir lieber, wem Symontault seine Stimme geben wird.«

»Ich gebe sie Longarine«, erklärte Symontault; »denn ich sah sie eben mit sich selber sprechen. Ich glaube, sie besinnt sich auf eine vergnügliche Geschichte, und zudem ist es ja nicht ihre Art, mit der Wahrheit gegen Mann oder Frau hinterm Berg zu halten.«

»Da ihr mich denn für so wahrheitsbeflissen haltet«, erwiderte Longarine, »will ich euch eine Geschichte erzählen, die zwar nicht so sehr das Lob der Frauen singt, wie ich's möchte, aus der ihr aber doch ersehen könnt, daß es Frauen gibt, die ebenso gut und redlich und ebenso klug und schlau und durchtrieben sind wie die Männer. Wenn meine Geschichte ein bißchen lang ist, müßt ihr Geduld haben.«

S. Freudenberg. inv. 1779. S. Holtzer. Sculp.

FÜNFZEHNTE GESCHICHTE

*Dank der Gunst des Königs Franz heiratet ein einfacher Edelmann seines Hofes eine sehr reiche Frau, die er jedoch wegen ihrer großen Jugend, und weil sein Herz anderweitig gebunden ist, so wenig in Ehren hält, daß sie, nachdem sie alles versucht hat, um ihm zu gefallen, sich aus Verdruß und Verzweiflung anderswo über die schlechte Behandlung ihres Gatten zu trösten versucht*

Am Hofe des Königs Franz I. lebte ein Edelmann, dessen Namen ich so gut kenne, daß ich ihn nicht nennen will. Er war arm, denn er hatte keine fünfhundert Pfund jährlich zu verzehren, aber er stand beim König um seiner trefflichen Eigenschaften willen in hoher Gunst. So konnte er denn eine Frau heiraten, die so reich war, daß auch ein großer Herr mit ihr zufrieden gewesen wäre. Da sie noch blutjung war, bat er eine der vornehmsten Damen des Hofes, sie bei sich aufzunehmen, und das tat sie auch gern.

Nun aber war dieser Edelmann so ehrenwert, schön

und aller Anmut voll, daß sämtliche Damen am Hofe große Stücke auf ihn hielten. Unter ihnen war auch eine, die der König liebte; sie war aber weder so jung noch so schön wie die eigene Frau des Edelmannes. Und wegen der großen Liebe, die er ihr entgegenbrachte, kümmerte er sich so wenig um seine Frau, daß er im Lauf eines ganzen Jahres kaum eine Nacht bei ihr schlief, und was ihr noch weit unerträglicher war: er sprach nie mit ihr, noch gab er ihr je ein Zeichen seiner Zuneigung. Obwohl er mit ihrem Vermögen schaltete und waltete, wie es ihm beliebte, gab er ihr so wenig Geld, daß sie sich nicht einmal kleiden konnte, wie es ihrem Stande angemessen war und wie sie es wünschte. Deswegen tadelte die Dame, bei der sie wohnte, den Edelmann des öftern und sprach zu ihm: »Eure Frau ist schön, reich und aus gutem Hause, und Ihr kümmert Euch so wenig um sie, als wäre sie das gerade Gegenteil. Das hat sie, weil sie kindlichen Gemüts und noch jung ist, bisher ertragen. Aber ich fürchte, wenn sie einmal sieht, daß sie erwachsen ist, und sich im Spiegel anschaut oder wenn ihr jemand, der Euch nicht wohlwill, ihre Schönheit rühmt, die Ihr so geringschätzt – daß sie dann aus Verdruß tut, was sie nicht einmal zu denken wagte, hättet Ihr sie besser behandelt.«

Der Edelmann, dessen Herz woanders weilte, lachte sie nur aus und ließ trotz ihren Vorhaltungen nicht von dem Leben ab, das er führte.

Als aber zwei oder drei Jahre verflossen waren, blühte seine Frau zu einer der schönsten Frauen auf, die in ganz Frankreich zu finden waren, so daß es von ihr hieß, sie habe bei Hofe nicht ihresgleichen. Und je würdiger sie sich fühlte, geliebt zu werden, desto mehr kränkte es sie zu sehen, daß ihr Gatte sie nicht beachtete, und sie war darüber so unmutig und verstimmt, daß sie ohne die Trostesworte ihrer Gönnerin fast verzweifelt wäre. Nachdem sie alle nur erdenklichen Mittel versucht hatte, ihrem Gatten zu Gefallen zu sein, dachte sie, er könne sie trotz der großen Liebe, die sie ihm entgegenbringe, nur deshalb nicht liebgewinnen, weil ihm eine andere Neigung im Sinn liege. Sie forschte so schlau und verstohlen nach, daß sie die Wahrheit herausfand und erfuhr, er sei allnächtlich anderswo so in Anspruch genommen, daß er sein Gewissen und seine Frau darüber vergaß.

Nachdem sie nun über das Leben, das er führte, Gewißheit erlangt hatte, überkam sie solche Schwermut, daß sie sich nur noch schwarz kleiden und nirgendwo hingehen wollte, wo es lustig zuging. Ihre Gönnerin, die das merkte, tat alles, was in ihren Kräften stand, um ihr diese traurigen Gedanken auszureden, aber sie konnte nichts ausrichten, und obschon ihr Gatte über alles genau Bescheid wußte, war er eher geneigt, darüber zu spotten, als Abhilfe zu schaffen.

Ihr wißt ja, meine Damen, wie höchste Freude Tränen hervorruft, so nimmt auch tiefstes Leid oft mit einer Freude ein Ende. So geschah es eines Tages, daß ein vornehmer adliger Herr, ein naher Verwandter der Gönnerin dieser Dame, der oft in ihr Haus kam, von der befremdlichen Art hörte, mit der ihr Gatte sie behandelte, und solches Mitleid mit ihr empfand, daß er versuchen wollte, sie zu trösten. Als er dann mit ihr sprach, fand er sie so schön, klug und tugendhaft, daß er weit lieber ihre Gunst zu gewinnen wünschte, als mit ihr über ihren Gatten zu reden, es sei denn, um ihr zu zeigen, wie wenig Grund sie habe, ihn zu lieben.

Als die Dame sich von dem Mann, der sie hätte lieben müssen, verschmäht und andrerseits von einem so schönen Fürsten geliebt und umworben sah, schätzte sie sich glücklich, daß er ihr seine Huld schenkte. Wenn sie auch immer noch den Wunsch hatte, ihre Ehre zu bewahren, so machte es ihr doch große Freude, sich mit ihm zu unterhalten und sich geliebt und geachtet zu sehen; denn danach hatte sie seit langem gehungert. Diese Freundschaft währte einige Zeit, bis der König davon erfuhr. Der aber war dem Edelmann sehr gewogen und wollte nicht dulden, daß ihm irgendwer Schande oder Verdruß antat. Deswegen bat er den Fürsten dringend, sich diese Frau aus dem Sinn zu schlagen, und bedeutete ihm, wenn er weiterhin mit ihr verkehre, so werde er mit ihm höchst unzufrieden sein.

Der Fürst, dem die Gnade des Königs weit mehr am Herzen lag als die Gunst aller Damen der Welt, versprach ihm, er werde ihm zuliebe sein Unterfangen aufgeben und sich noch am selben Abend von ihr verabschieden. Das tat er auch, sobald er wußte, daß sie sich in ihre Wohnung zurückgezogen hatte, wo der Edelmann, ihr Gatte, in einem Zimmer über ihrem Schlafgemach wohnte. Als dieser abends am Fenster stand, sah er den Fürsten in das Zimmer seiner Frau treten, das unter dem seinen lag. Doch der Fürst, der das wohl bemerkte, trat gleichwohl ein. Als er der Frau Lebewohl sagte, deren Liebe erst im Entstehen war, führte er ihr als einzigen Grund den Befehl des Königs an.

Nach vielen Tränen und Klagen, die bis um ein Uhr nach Mitternacht anhielten, sagte ihm die Dame zum Schluß: »Gelobt sei Gott, gnädigster Herr, daß es ihm gefällt, Euch von dieser Neigung abzubringen, ist sie doch so klein und schwach, daß Ihr sie fassen und wieder aufgeben könnt, wenn Menschen es Euch befehlen. Denn ich für mein Teil habe weder meine Gönnerin noch meinen Gatten noch mich selbst um Erlaubnis gefragt, Euch zu lieben. Amor hat mit Hilfe Eurer Schönheit und Redlichkeit solche Gewalt über mich bekommen, daß ich keinen andern Gott noch einen andern König als ihn anerkannt habe. Da Euer Herz jedoch nicht so von wahrer Liebe erfüllt ist, daß nicht Furcht daneben noch Raum hätte, könnt Ihr nicht ein vollkommener Freund sein, und einen unvollkommenen will ich nicht zum vollkommen geliebten Freund machen, wie ich entschlossen war, es mit Euch zu tun. So lebt denn wohl, gnädigster Herr. Eure Ängstlichkeit verdient meine aufrichtige Freundschaft nicht!«

So ging der Fürst weinend von dannen und erblickte, als er sich noch einmal umwandte, den Gatten, der noch immer am Fenster stand und ihn hatte eintreten und wieder hinausgehen sehen. Darum erzählte er ihm am andern Tag, weshalb er seine Frau aufgesucht und was ihm der König befohlen habe. Darüber war der Edelmann hocherfreut und dankte dem König dafür.

Als er jedoch sah, wie seine Frau mit jedem Tag schöner wurde, er aber alterte und seine Schönheit nach und nach einbüßte, begann er sein Verhalten zu ändern und übernahm die Rolle, die er lange Zeit seine Frau hatte spielen lassen; denn er suchte sie mehr als sonst auf und gab auf sie acht. Doch je öfter sie sich von ihm aufgesucht sah, um so mehr mied sie ihn, denn sie wollte ihm einen Teil des Kummers heimzahlen, den sie gelitten hatte, weil er ihr seine Liebe versagt hatte.

Um nicht so bald das Vergnügen einzubüßen, das die Liebe ihr zu bereiten begann, ließ sie sich mit einem jungen Edelmann ein, der so schön, redegewandt und anmutvoll in seinem ganzen Auftreten war, daß alle Damen des Hofes ihm ihre Neigung zuwandten. Ihm klagte sie ihr Leid, gestand ihm, wie schmählich sie behandelt worden war, und erweckte in ihm solches Mitleid, daß der Junker nichts unversucht ließ, sie zu trösten und aufzurichten. Sie aber wollte sich für den Verlust eines Fürsten, der sie verlassen hatte, schadlos halten und faßte so große Liebe zu diesem Edelmann, daß sie ihren früheren Kummer vergaß und nur noch darauf bedacht war, ihre Liebschaft klug und listig weiterzuführen. Das verstand sie auch so gut einzurichten, daß ihre Beschützerin es niemals merkte; denn in ihrem Beisein hütete sie sich wohlweislich, mit ihm zu sprechen. Wenn sie ihm aber etwas sagen wollte, suchte sie ein paar Damen auf, die am Hofe weilten und unter denen eine war, in die ihr Gatte verliebt zu sein vorgab.

Eines Abends nun nach dem Nachtmahl, als es schon dunkel war, stahl sich die Dame, ohne jemanden zur Begleitung herbeizurufen, fort und trat in das Frauengemach, wo sie den Mann vorfand, den sie mehr liebte als sich selbst. Sie setzte sich zu ihm, und sie beugten sich zusammen über einen Tisch und sprachen miteinander, während sie taten, als läsen sie in einem Buch. Doch ein Aufpasser, den ihr Gatte auf die Lauer gelegt hatte, ging eilends zu ihm und berichtete ihm, wohin seine Frau gegangen war. Klug wie er war, ließ er sich nichts anmerken und ging, sobald es ihm möglich war, ebenfalls dorthin. Als er das Gemach betrat, sah er seine Frau, wie sie in dem Buche las. Er tat, als sähe er sie nicht, und begab sich geradewegs zu den Damen, die auf der andern Seite des Zimmers saßen. Als die arme Dame merkte, daß ihr Gatte sie mit dem Junker betroffen hatte, mit dem sie in seiner Gegenwart noch nie gesprochen hatte, geriet sie so außer sich, daß sie den Kopf verlor, und da sie nicht bei der Bank hinaus konnte, sprang sie auf den Tisch und floh, als hätte sie ihr Mann mit gezücktem Degen verfolgt. Sie suchte ihre Gönnerin auf, die sich eben in ihre Gemächer zurückzog.

Als diese sich ausgekleidet hatte, zog sich die junge Dame gleichfalls in ihr Schlafgemach zurück. Da kam eine ihrer Frauen zu ihr und richtete ihr aus, ihr Gatte wünsche sie zu sehen. Sie gab ihr unverhohlen zur Antwort, sie werde ihn keinesfalls aufsuchen, denn er sei so sonderbar und streng, daß ihr bange sei, er könnte ihr ein Leid antun.

Aus Angst, sie könnte noch Schlimmeres zu gewärtigen haben, ging sie schließlich doch zu ihm. Ihr Gatte ließ kein Wort über die Sache verlauten, bis sie im Bett lagen. Da sie sich nicht so gut verstellen konnte wie er, begann sie zu weinen, und als er sie fragte, warum sie denn weine, sagte sie ihm, ihr sei bange, daß er gegen sie aufgebracht sei, weil er sie mit einem Edelmann beim Lesen getroffen habe.

Augenblicklich antwortete er ihr, nie habe er ihr verboten, mit einem Mann zu sprechen, und er habe auch nichts Arges dabei gefunden, daß sie mit ihm gesprochen habe, wohl aber, daß sie vor ihm geflohen sei, als hätte sie etwas Tadelnswertes getan; und erst diese Flucht habe ihn auf den Gedanken gebracht, daß sie den Edelmann liebe. Darum verbiete er ihr, je wieder mit ihm zu sprechen, sei es in Gesellschaft oder unter vier Augen. Auch versicherte er ihr, er werde sie gleich beim erstenmal, wenn sie es wieder tue, ohne Gnade und Erbarmen töten. Darein fügte sie sich gerne, denn sie nahm sich vor, ein andermal nicht mehr so dumm zu sein. Weil aber alles, was man sich wünscht, desto begehrenswerter wird, je verbotener es ist, hatte die arme Frau bald schon die Drohungen ihres Gatten und ihr Versprechen vergessen; denn noch am selben Abend, nachdem sie sich mit andern Damen und ihren Hüterinnen in ein anderes Gemach zum Schlafen zurückgezogen hatte, ließ sie den Edelmann bitten, sie nachts aufzusuchen. Ihr Gatte aber, den die Eifersucht so quälte, daß er nicht schlafen konnte, warf einen weiten Mantel um und nahm einen Diener mit – so, hatte er gehört, pflegte der Edelmann nächtlicherweile umzugehen –, ging vor die Gemächer seiner Frau und klopfte an. Sie aber erwartete ihn am allerwenigsten, erhob sich ganz allein, schlüpfte in ihre pelzgefütterten Halbschuhe und warf ihren Mantel um, der neben ihr lag; und da sie sah, daß drei oder vier ihrer Kammerfrauen eingeschlafen waren, huschte sie aus ihrem Schlafgemach und ging gerade zur Tür, wo sie das Klopfen gehört hatte. Als sie fragte: »Wer ist da?« erhielt sie den Namen ihres Geliebten zur Antwort. Um aber ganz sicherzugehen, öffnete sie ein kleines Schiebefenster und sagte: »Wenn Ihr der seid, für den Ihr Euch ausgebt, so reicht mir Eure Hand, und ich werde sie dann wohl erkennen.« Und als sie die Hand ihres Gatten berührte, erkannte sie ihn; geschwind schloß sie das Schiebefenster und schrie laut: »Ha! Herr, das ist Eure

Hand!« In großem Zorn gab ihr der Gatte zur Antwort: »Ja, es ist die Hand, die Euch Wort halten wird. Darum kommt ohne Verzug, sobald ich Euch rufen lasse!«

Damit ging er in seine Gemächer zurück, und sie begab sich, mehr tot als lebendig, in ihr Schlafzimmer und sagte zu ihren Frauen: »Steht auf, liebe Freundinnen, zu fest habt ihr für mich geschlafen; denn da ich euch zu täuschen wähnte, habe ich mich selbst am ehesten getäuscht.« Als sie das gesagt hatte, fiel sie ohnmächtig mitten im Zimmer hin. Die armen Kammerfrauen sprangen bei ihrem Aufschrei ganz bestürzt auf und erschraken sehr, als sie ihre Herrin wie tot auf dem Boden liegen sahen und ihre Worte hörten. Sie wußten nicht, was sie tun sollten. So liefen sie denn eilends und holten Arzneien herbei, um sie ins Bewußtsein zurückzurufen. Als sie wieder sprechen konnte, sagte sie zu ihnen: »Heute seht ihr, liebe Freundinnen, das unglücklichste Geschöpf auf Erden!« und erzählte ihnen ihr ganzes Ungemach, bat sie auch, ihr beistehen zu wollen, denn sie hielt ihr Leben für verloren.

Während sie ihr noch Trost und Mut zusprachen, kam ein Diener ihres Gatten und bestellte ihr, sie solle sich unverzüglich zu ihm verfügen. Sie aber klammerte sich an zwei ihrer Frauen und begann zu schreien und zu weinen und bat, sie sollten sie nicht gehen lassen, denn sie wisse bestimmt, daß sie sterben müsse. Der Diener versicherte ihr jedoch, sie brauche nichts zu fürchten, und er stehe ihr mit seinem Leben dafür ein, daß ihr kein Leid geschehen werde. Als sie nun sah, daß kein Widerstand möglich war, warf sie sich in die Arme dieses armen Dieners und sagte zu ihm: »Da es denn sein muß, so trage diesen unseligen Leib zum Tode!«

Sogleich trug der Kammerdiener die vor Kummer halb Ohnmächtige in die Wohnung ihres Gatten, und die bedauernswerte Dame fiel ihm zu Füßen und sprach: »Herr, ich flehe Euch an, habt Erbarmen mit mir! Ich schwöre Euch bei meinem Glauben an Gott, daß ich Euch in allem die Wahrheit sagen werde.« Darauf entgegnete er ihr sogleich wie verzweifelt: »Bei Gott, Ihr sollt sie mir sagen!« und jagte alle seine Leute aus dem Zimmer.

Da er seine Frau seit jeher als fromm und gottesfürchtig gekannt hatte, dachte er zu Recht, sie werde es nicht wagen, auf das Kreuz einen Meineid zu schwören. Also ließ er ein sehr schönes Kreuz herbeiholen, das ihm gehörte, und als sie beide allein waren, hieß er sie darauf schwören, daß sie alle seine Fragen wahrheitsgemäß beantworten werde. Da sie aber die ersten Todesängste schon überwunden hatte, faßte sie neuen Mut und beschloß, ehe sie stürbe, ihm zwar nichts von der Wahrheit zu verhehlen, aber auch nichts zu sagen, was dem Edelmann, den sie liebte, Ungemach bringen konnte. Nachdem sie alle Fragen angehört hatte, die er an sie richtete, antwortete sie ihm: »Herr, ich will meine Liebe zu dem Edelmann, den Ihr im Verdacht habt, weder rechtfertigen noch als harmlos hinstellen, denn Ihr könntet und dürftet es nicht glauben im Hinblick auf die Erfahrung, die Ihr heute damit gemacht habt. Aber ich will Euch gerne sagen, wie es zu dieser Freundschaft gekommen ist. Erfahrt denn, Herr, daß noch niemals eine Frau ihren Gatten so von Herzen geliebt hat, wie ich Euch liebte. Seit ich Euch heiratete bis auf diesen Tag konnte keine andere Liebe als die zu Euch in mein Herz Eingang finden. Ihr wißt ja, daß mich meine Eltern, als ich noch ein Kind war, mit einem Mann verheiraten wollten, der reicher und aus vornehmerem Hause war als Ihr. Doch sie konnten mich niemals dazu bewegen, seit ich mit Euch gesprochen hatte; denn entgegen ihrer Meinung blieb ich fest dabei, Euch zum Manne haben zu wollen, und achtete nicht auf Eure Armut noch auf ihre Vorhaltungen, die sie mir deswegen machten. Ihr wißt auch recht wohl, welche Behandlung ich von Euch bis zum heutigen Tag erfahren habe und wie Ihr mich geliebt und geachtet habt. Darob habe ich so viel Verdruß und Herzeleid ausgestanden, daß ich ohne den Beistand der Dame, bei der Ihr mich untergebracht habt, längst verzweifelt wäre. Zuletzt jedoch, als ich sah, daß ich erwachsen war und daß mich jeder, nur Ihr allein nicht, schön fand, begann ich das Unrecht, das Ihr mir dauernd zufügtet, so heftig zu empfinden, daß sich die Liebe, die ich Euch entgegenbrachte, in Haß verwandelte und das Verlangen, Euch zu gehorchen, in Rachgier umschlug. In solcher Verzweiflung fand mich ein Fürst, der dem König mehr als Amor gehorchen wollte und mich gerade in dem Augenblick verließ, als ich in einer aufrichtigen Liebe Trost für meine Qualen zu fühlen begann. Als ich ihn verloren hatte, fand ich dafür diesen Edelmann hier, der mich nicht lange zu bitten brauchte; denn seine Schönheit, seine Redlichkeit, seine Vorzüge und seine Anmut verdienten es wohl, daß alle Frauen von Einsicht und Verstand nach ihnen trachteten und sie sich dienstbar zu machen suchten. Auf mein Begehren also und nicht auf das seine hin hat er mich geliebt, und zwar mit solcher Sittsamkeit, daß er mich niemals um etwas gebeten hat, was meine Ehre ihm nicht hätte gewähren können. Und obwohl das geringe Maß von Liebe, das ich Euch entgegenzubringen Anlaß habe, mir Ausflucht genug gewesen wäre, Euch Treue und Gehorsam aufzukündigen, hat mich doch die Liebe zu Gott und zu meiner Ehre bisher davor bewahrt, etwas zu tun, das ich hätte in der Beichte bekennen oder dessen ich mich hätte schämen müssen. Ich will auch nicht leugnen, daß ich mich, sooft es mir nur möglich war, mit ihm zu einem Zwiegespräch in einer Kleiderkammer getroffen habe, wohin ich mich, angeblich um meine Gebete zu sprechen, begab. Ich habe nämlich in dieser Sache weder Mann noch Frau ins Vertrauen gezogen. Ebensowenig will ich leugnen, daß ich ihn an einem so verschwiegenen Ort, wo kein Argwohn uns traf, herzlicher geküßt habe als jemals Euch. Aber ich will nie Gnade vor Gottes Angesicht finden, wenn es zwischen uns jemals zu sträflicheren Vertraulichkeiten gekommen ist oder wenn er mich je dazu gedrängt oder mein Herz danach verlangt hat. Ich war ja so froh, wenn ich ihn sah, daß mir schien, es könne auf Erden keine größere Freude geben. Und Ihr, Herr, seid allein schuld an meinem Unglück, und da wollt Ihr Rache nehmen für ein Verhalten, das Ihr mir so lange schon vorgelebt habt, nur daß Euer Beispiel ehr- und gewissenlos war? Denn Ihr wißt genau, und ich weiß es auch, daß die Frau, die Ihr liebt, sich nicht mit dem zufriedengibt, was Gott und die Vernunft gebieten. Wenngleich die Menschengesetze den Frauen, die andere Männer als ihre Gatten lieben, Schimpf und Schande verheißen, so nimmt doch Gottes Gebot die Ehemänner, die andere als ihre eigenen Frauen lieben, nicht aus. Und wollte man Euer und mein Unrecht gegeneinander abwägen, so seid Ihr ein kluger und erfahrener Mann und alt genug, um das Böse zu erkennen und zu meiden, ich dagegen bin jung und unerfahren und habe keinerlei Kenntnis der Gewalt und Macht der Liebe. Ihr habt ein Weib, das Euch mehr als sein eigenes Leben begehrt, achtet und liebt, und ich habe einen Gatten, der mich flieht, der mich haßt und mißachtet, als wäre ich geringer als eine Stubenmagd. Ihr liebt eine Frau, die schon bei Jahren, etwas verwelkt und viel weniger schön ist als ich; und ich liebe einen Edelmann, der jünger und schöner und liebenswerter ist als Ihr. Ihr liebt die Frau eines Eurer besten Freunde und die Freundin Eures Herrn und verstoßt somit erstens gegen die Freundschaft und überdies gegen die Achtung, die Ihr beiden schuldet. Ich aber liebe einen Edelmann, der an nichts gebunden ist außer an die Liebe, die er mir entgegenbringt. Nun urteilt unparteiisch, wer von uns eher Strafe oder Entschuldigung verdient: Ihr, ein kluger und erfahrener Mann, der Ihr, ohne daß ich Euch dazu Grund gab, nicht nur mir, sondern auch dem König, dem Ihr so verpflichtet seid, so übel mitgespielt habt, oder ich, eine junge, unwissende Frau, die von Euch verschmäht und mißachtet, aber vom schönsten und rechtschaffensten Edelmann in ganz Frankreich geliebt wurde, den ich wiederliebte aus Verzweiflung darüber, daß ich nie von Euch geliebt werden konnte.«

Als der Gatte diese wahrhaften Worte vernahm, die ihm seine Frau mit so heiterem, gelassen schönem Antlitz, mit so selbstsicherer und kecker Anmut sagte, daß man wohl sah, sie fürchtete und verdiente keine Strafe, da war er dermaßen überrascht und erstaunt, daß er ihr nichts anderes zu erwidern wußte, als daß die Ehre eines Mannes und die einer Frau nicht das gleiche seien. Da sie ihm aber schwöre, daß zwischen ihr und dem Mann, den sie liebe, nichts weiter vorgefallen sei, sei er entschlossen, ihr nichts Böses anzutun, vorausgesetzt, daß sie es nie wieder tue und daß sie beide, was vergangen sei, vergäßen. Das gelobte sie ihm, und dann gingen sie in gutem Einvernehmen miteinander zu Bett.

Am andern Morgen kam eine alte Hofdame, die große Angst um das Leben ihrer Herrin ausgestanden hatte, zu ihr, als sie gerade aufstand, und fragte sie: »Und jetzt, Madame, wie geht es Euch?« Sie gab ihr lachend zur Antwort: »Glaubt mir, liebe Freundin, es gibt keinen besseren Gatten als den meinen, denn er hat mir auf meinen Eid geglaubt.« So vergingen fünf oder sechs Tage, und der Gatte paßte so gut auf seine Frau auf, daß er sie Tag und Nacht belauerte.

Er konnte sie aber nicht so gut überwachen, daß sie nicht wieder an einem dunklen und anrüchigen Ort mit dem Geliebten zusammengetroffen wäre. Doch stellte sie es so heimlich an, daß weder Mann noch Frau die Wahrheit ahnen konnten. Es ging nur das Gerücht um, das ein Diener aufgebracht hatte, wonach er einen Edelmann und eine vornehme Dame in einem Stall unter dem Gemach der Gönnerin dieser Dame ertappt habe. Dadurch faßte der Gatte solchen Argwohn, daß er beschloß, den Edelmann umzubringen. Er rief eine große

Zahl seiner Verwandten und Freunde zusammen, um ihn töten zu lassen, wenn sie seiner irgendwo habhaft werden könnten. Doch war der angesehenste seiner Verwandten mit dem Edelmann, dem er nachstellen ließ, so eng befreundet, daß er ihn, anstatt ihn zu überrumpeln, vielmehr vor den Machenschaften gegen ihn warnte. Andrerseits war der Edelmann am ganzen Hofe so beliebt und hatte jederzeit ein so großes Geleit bei sich, daß er die Macht seines Feindes nicht fürchtete. Darum konnte er auch nicht gefunden werden.

Er kam aber in eine Kirche und suchte die Gönnerin seiner Geliebten auf, die von all dem, was vorgefallen war, nichts wußte; denn in ihrem Beisein hatten sie noch nie miteinander gesprochen. Der Edelmann erzählte ihr von dem Argwohn und den böswilligen Anschlägen des Gatten und sagte ihr auch, er wolle, obschon ihn daran keine Schuld treffe, eine weite Reise unternehmen, um das Gerede, das überall im Wachsen sei, ein für allemal zum Schweigen zu bringen. Die Fürstin und Gönnerin seiner Freundin war höchst erstaunt, als sie diese Dinge zu hören bekam, und schwor, der Gatte tue bitter Unrecht, wenn er eine so ehrbare Frau verdächtige, an der sie nie etwas anderes bemerkt habe als Tugend und Sittsamkeit. Trotz allem riet ihm die Fürstin, sich wegen des Ansehens, in dem der Gatte stehe, und um das verdrießliche Gerede aus der Welt zu schaffen, für eine Zeitlang fortzubegeben, und sie versicherte ihm, sie glaube nichts von all dem törichten Geschwätz und den Verdächtigungen.

Der Edelmann und die Dame, die zusammen bei ihr waren, fühlten sich überglücklich, daß ihnen die Gunst und das wohlmeinende Mitgefühl dieser Fürstin erhalten blieben. Sie riet dem Edelmann, vor seiner Abreise noch mit dem Gatten zu sprechen, und er tat, wie sie ihm geraten hatte. Er fand ihn in einer Galerie unweit der Gemächer des Königs, erwies ihm mit offener Miene die Ehre, die seinem Stande zukam, und sprach zu ihm:

»Herr, mein ganzes Leben lang habe ich den Wunsch gehabt, Euch zu Diensten zu sein, und als einzigen Lohn dafür habe ich gehört, daß Ihr mich gestern abend habt suchen lassen, um mich ums Leben zu bringen. Ich bitte Euch kniefällig, Herr, bedenkt, daß Ihr zwar größeren Einfluß und mehr Macht besitzt als ich, daß ich aber trotzdem ein Edelmann bin so gut wie Ihr. Es würde mich sehr verdrießen, müßte ich mein Leben für nichts drangeben. Ich bitte Euch zudem, bedenkt, daß Ihr eine so sittsame Frau habt, daß ich jedem, der das Gegenteil behaupten wollte, ins Gesicht sagen könnte, er habe schändlich und übelgesinnt gelogen. Was mich anlangt, so glaube ich nicht, irgend etwas getan zu haben, was Euch Anlaß böte, mir übel gesinnt zu sein. Ist's Euch recht, werde ich Euer stets dienstbereiter Freund bleiben, wenn nicht, stehe ich im Dienste des Königs, mit dem zufrieden zu sein ich allen Grund habe.«

Der Edelmann, an den diese Worte gerichtet waren, antwortete ihm, er habe ihn in der Tat eine Zeitlang im Verdacht gehabt, doch halte er ihn für einen Ehrenmann und wolle ihn lieber zum Freund als zum Feind haben. Und als er ihm Lebewohl sagte, nahm er vor ihm die Mütze ab und umarmte ihn wie seinen besten Freund. Ihr könnt euch denken, was die Leute sagten, die am Abend vorher den Auftrag erhalten hatten, ihn aus der Welt zu schaffen, und die nun mit ansahen, wie er ihm Ehre und Freundschaft erwies. Jeder äußerte darüber eine andere Meinung.

So schied der Edelmann. Da er jedoch mit Geld nicht so wohlversehen war wie mit Schönheit, gab ihm die Dame einen Ring, den ihr Gatte ihr einst geschenkt hatte, im Werte von dreitausend Dukaten. Den verpfändete der Edelmann für fünfzehnhundert Dukaten.

Nicht lange nach seiner Abreise kam der Gatte der Dame zu der Fürstin, der Gönnerin seiner Frau, und bat sie, ihr Urlaub zu gewähren, damit sie für eine geraume Weile zu einer seiner Schwestern reisen könne.

Das fand die genannte Dame recht merkwürdig, und sie bat ihn so sehr, ihr die Gründe für diese Reise anzugeben, daß er sie ihr teilweise nannte; doch sagte er ihr nicht die volle Wahrheit.

Nachdem die junge Dame, ohne zu weinen oder sonstwie Verdruß zu verraten, von ihrer Gönnerin und dem ganzen Hof Abschied genommen hatte, begab sie sich an den Ort, wohin sie nach dem Gebot ihres Gatten gehen sollte. Ihr Begleiter war ein Edelmann, der den ausdrücklichen Auftrag hatte, sie achtsam zu bewachen und vor allem zu verhindern, daß sie unterwegs mit dem Edelmann spreche, um dessentwillen er sie verdächtigte.

Sie wußte von diesem Befehl und versetzte jeden Tag ihre Begleiter in helle Aufregung, und dann machte sie sich über ihre Wächter und ihre schlechte Pflichterfüllung lustig. Eines Tages traf sie beim Aufbruch von ihrem Nachtquartier einen Franziskanermönch zu Pferd und ritt auf ihrem Zelter neben ihm her und unterhielt sich mit ihm vom Mittags- bis zum Nachtmahl. Und als sie noch etwa eine Viertelmeile von ihrem Rastort entfernt waren, sprach sie zu ihm: »Ehrwürdiger Vater, hier habt Ihr für den Trost, den Ihr mir diesen ganzen Nachmittag gespendet habt, zwei Taler. Ich schenke sie Euch. Sie sind in ein Papier eingewickelt; denn ich weiß wohl, daß Ihr Geld nicht anrühren dürft. Ich bitte Euch, reitet, sobald Ihr mich verlassen habt, ohne Verzug querfeldein davon und nehmt Euch in acht, daß Euch die Leute, die hier bei mir sind, nicht sehen. Das sage ich Euch zu Eurem Besten, und weil ich Euch zu Dank verpflichtet bin.«

Der Franziskaner war sehr beglückt über seine zwei Taler und sprengte im gestreckten Galopp quer über die Felder davon. Als er weit genug entfernt war, rief sie laut und vernehmlich ihren Leuten zu: »Wahrhaftig, ihr seid gute Diener und sorgsame Wächter! Hat doch der Mann, auf den ihr besonders ein Auge haben solltet, heute den ganzen Tag mit mir gesprochen, und ihr habt ihn gewähren lassen! Ihr verdient wirklich, daß euer Herr, der euch soviel Vertrauen schenkt, es euch mit Stockhieben lohnte statt mit euerem Lohn!«

Als der Edelmann, der Auftrag hatte, sie zu überwachen, diese Worte hörte, ärgerte er sich so sehr, daß er keine Antwort fand. Dann gab er seinem Pferd die Sporen, rief zwei andere herbei und setzte dem Barfüßermönch so lange nach, bis er ihn einholte. Der floh, als er sie kommen sah, und suchte, so rasch er konnte, das Weite; da sie aber besser beritten waren als er, wurde der arme Mann festgenommen. Er wußte nicht, warum ihm dies geschah, und schrie um Gnade; und als er seine Kapuze herunterzog, um sie barhaupt desto demütiger um Erbarmen anzuflehen, da erkannten sie genau, daß er nicht der Gesuchte war und daß ihre Herrin sie zum besten gehalten hatte. Als sie zurückkamen, trieb sie es noch ärger mit Spotten und Höhnen und sagte zu ihnen: »Solchen Leuten wie euch muß man gerade Damen zu hüten geben! Erst lassen sie sie reden und wissen nicht mit wem, und dann glauben sie ihren Worten und verunglimpfen einen Diener Gottes.«

Nach all diesen mutwilligen Streichen begab sie sich an den Ort, den ihr Gatte ihr zugewiesen hatte und wo ihre beiden Schwägerinnen und der Mann der einen sie sehr knapp hielten.

Mittlerweile kam ihrem Gatten zu Ohren, daß sein Ring für fünfzehnhundert Dukaten verpfändet worden sei. Das ging ihm sehr zu Herzen, und um die Ehre seiner Frau zu retten und den Ring wiederzubekommen, ließ er ihr durch seine Schwestern ausrichten, sie möge ihn einlösen, und er werde die fünfzehnhundert Dukaten zahlen. Ihr aber lag gar nichts an dem Ring, da ja das Geld ihrem Freund verblieb; sie schrieb diesem also, ihr Gatte zwinge sie, den Ring einzulösen, und damit er nicht etwa meine, sie tue das, weil sie ihm nicht mehr so zugetan sei, schicke sie ihm einen Diamanten, den ihre

Gönnerin ihr geschenkt habe und der ihr lieber sei als jeder Ring, den sie zeitlebens besessen habe. Der Edelmann sandte ihr bereitwillig den Pfandschein des Kaufmanns und war sehr zufrieden, daß er die fünfzehnhundert Dukaten und dazu noch einen Diamanten erhalten hatte und überdies der Huld seiner Geliebten versichert blieb, obwohl er, solange der Gatte lebte, nur brieflich mit ihr verkehren konnte.

Nach dem Tod ihres Gatten setzte er alles daran, sie zu heiraten, weil er glaubte, er werde sie so finden, wie sie ihm versprochen hatte. Aber es stellte sich heraus, daß sie sich während seines langen Fernbleibens einen Freund angeschafft hatte, den sie mehr liebte als ihn. Das nahm er sich so zu Herzen, daß er fortan die Gesellschaft der Damen mied und Gefahren und Kämpfe aufsuchte, wo er so hochgeachtet, wie ein junger Mann nur sein kann, sein Leben beschloß.

»Damit, meine Damen, will ich, ohne unser Geschlecht zu schonen, den Ehemännern zeigen, daß großherzige Frauen oftmals eher vom Zorn der Rache bezwungen werden als vom Schmerz der Liebe. Ihm vermochte diese Frau lange Zeit zu widerstehen, aber zuletzt wurde sie von Verzweiflung übermannt. Das sollte keine edle Frau zulassen, weil sie in keinem irgendwie gearteten Fall eine Entschuldigung dafür finden kann, daß sie Böses tut. Denn je mehr Gelegenheit sich dazu bietet, desto tugendhafter müssen sie sich erweisen und das Böse im Guten überwinden und nicht Böses mit Bösem vergelten, um so mehr, als oft Böses, das man andern antun will, auf einen selbst zurückfällt. Selig die Frauen, in denen Gottes Macht sich in Sanftmut, Geduld, Keuschheit und Langmut kundtut!«

Da sprach Hircan: »Mir scheint, Longarine, die Dame, von der Ihr erzählt habt, wurde mehr vom Ärger als von der Liebe geleitet; denn hätte sie den Edelmann so sehr geliebt, wie sie sich den Anschein gab, sie hätte ihn nicht um eines andern willen verlassen. Und deshalb kann man sie eine verärgerte, rachsüchtige, eigensinnige und wetterwendische Frau nennen.«

»Ihr habt gut reden«, sagte nun Ennasuitte zu Hircan, »aber Ihr wißt nicht, was für ein bitteres Herzeleid es ist zu lieben, ohne wiedergeliebt zu werden.«

»Freilich«, erwiderte Hircan, »das habe ich noch nicht an mir erfahren; denn sobald man mich auch nur im geringsten schlecht behandelt, lasse ich auf der Stelle die Liebe samt der Dame fahren.«

»Das sieht Euch ähnlich«, versetzte Parlamente. »Ihr liebt ja nichts als Euer Vergnügen. Aber eine ehrsame Frau darf ihren Gatten nicht einfach so aufgeben.«

»Sagt, was Ihr wollt«, gab Symontault zur Antwort, »die Frau, von der die Geschichte berichtete, hat eine Zeitlang vergessen, daß sie ein Weib war; denn ein Mann hätte sich nicht besser rächen können.«

»Wegen einer, die aus der Art schlägt«, meinte Oisille, »darf man nicht die andern alle in den gleichen Topf werfen.«

»Trotz allem«, sagte Saffredent, »seid ihr allesamt Weiber, und so schöne und ehrbare Kleider ihr auch anhabt, so hat man, wenn man nur genau unter eueren Röcken nachschaut, alsbald heraus, daß ihr Frauen seid.«

Da entgegnete ihm Nomerfide: »Wenn man Euch zuhören wollte, so verginge der ganze Tag mit Zanken. Ich aber möchte gar zu gerne noch eine Geschichte hören, und darum bitte ich Longarine, ihre Stimme jemandem zu geben.«

Longarine sah Geburon an und sagte zu ihm: »Wißt Ihr etwas von einer tugendsamen Frau zu erzählen, so bringt es jetzt vor, ich bitte Euch.«

Geburon antwortete: »Da ich berichten kann, was mir beliebt, so will ich euch eine Geschichte erzählen, die sich in der Stadt Mailand zugetragen hat.«

D:

S. Freudenberg inv. J. Le Roy Sculp.

## Sechzehnte Geschichte

*Eine Mailänder Dame, Witwe eines italienischen Grafen, die entschlossen war, sich nie wieder zu verheiraten noch zu lieben, wurde von einem französischen Edelmann so heiß umworben, daß sie ihm, nachdem er ihr mehrere Beweise von der Ausdauer seiner Liebe gegeben hatte, schließlich gewährte, was er so sehr ersehnt hatte, und sie einander ewige Liebe schworen*

Zur Zeit des Großmeisters von Chaumont lebte in Mailand eine Dame, die für eine der ehrbarsten Frauen jener Zeit galt. Sie hatte einen italienischen Grafen geehelicht und war dann Witwe geworden. Seither lebte sie im Hause ihrer Schwäger, wollte jedoch von einer Wiedervermählung nichts wissen. Sie führte ein so züchtiges und gottgefälliges Leben, daß im ganzen Herzogtum kein Franzose oder Italiener war, der ihr nicht höchste Achtung entgegengebracht hätte.

Als eines Tages ihre Schwäger und Schwägerinnen dem Großmeister von. Chaumont ein Fest gaben, war die verwitwete Dame genötigt, sich dort einzufinden, obwohl sie sonst allen Festlichkeiten fernzubleiben pflegte. Als die Franzosen sie sahen, waren sie des Lobes voll über ihre Schönheit und Anmut, und allen voran einer, dessen Namen ich nicht nennen will; es möge euch aber genügen, daß es in ganz Italien keinen Franzosen gab, der würdiger war, geliebt zu werden, denn er besaß im höchsten Maße alles, was einem Edelmann an Schönheit und artigen Manieren ansteht. Wennschon er diese Dame mit ihrem schwarzen Witwenschleier abseits der Jugend in einer Ecke mit mehreren alten Damen sitzen sah, begann er doch, da ihm niemals, weder vor Männern noch vor Frauen, bange war, ein Gespräch mit ihr, nahm seine Maske ab und tanzte nicht mehr, um in ihrer Gesellschaft bleiben zu können. Den ganzen Abend wich er nicht von ihrer Seite und unterhielt sich mit ihr und den alten Damen, und er fand daran größeres Vergnügen als an allen jungen und hübschen Damen des Hofes, so daß ihm, als es Zeit war, sich zurückzuziehen, in den Sinn kam, er habe noch nicht einmal Muße gehabt, sich hinzusetzen. Obwohl er mit der Dame nur über alltägliche Dinge gesprochen hatte, wie man sie in solcher Gesellschaft vorbringen kann, so erkannte sie wohl, daß er große Lust hatte, mit ihr näher bekannt zu werden. Sie beschloß daher, sich davor möglichst in acht zu nehmen, so daß er sie hinfort weder auf einem Fest noch in einer großen Gesellschaft mehr traf.

Da erkundigte er sich nach ihrer Lebensweise und fand heraus, daß sie oft Kirchen und Klöster aufsuchte. Dort legte er sich wachsam auf die Lauer, und sie konnte sich noch so heimlich hinbegeben, er war stets vor ihr dort und blieb so lange in der Kirche, wie er das Glück hatte, sie zu sehen. Während sie dort verweilte, blickte er sie so leidenschaftlich verliebt an, daß sie über seine Liebe zu ihr nicht im unklaren sein konnte. Um dem aus dem Wege zu gehen, beschloß sie, sich eine Zeitlang krank zu stellen und die Messe in ihrem Hause zu hören. Darüber war der Edelmann zu Tode betrübt; denn er wußte keine andere Möglichkeit, sie zu sehen, außer dieser.

Als sie glaubte, ihm diese Gewohnheit verleidet zu haben, ging sie wieder wie vorher in die Kirchen, und Amor tat dies unverzüglich dem französischen Edelmann kund. Er nahm daher seine früheren frommen Übungen wieder auf; und da er befürchtete, sie könnte ihm aufs neue Schwierigkeiten machen, und er werde dann keine Gelegenheit mehr haben, ihr sein Anliegen zu offenbaren, stellte er sich eines Morgens, als sie sich in einer Kapelle wohlverborgen glaubte, bei dem Altar auf, vor dem sie die Messe hörte. Und als er sah, daß sie nur wenige Begleiter bei sich hatte, wandte er sich, gerade als der Priester das Corpus Domini zeigte, zu ihr und sprach mit sanfter, liebevoller Stimme: »Madame, ich empfange den Leib des Herrn, den der Priester jetzt hält, zu meiner Verdammnis, wenn Ihr nicht an meinem Tode die Schuld tragt. Denn obwohl Ihr mir die Möglichkeit nehmt, mit Euch zu sprechen, so kann Euch mein Verlangen doch nicht unbekannt geblieben sein, da die Wahrheit Euch durch meine sehnsüchtigen Augen und mein todesmattes Benehmen offenbart wird.« Die Dame stellte sich, als verstünde sie nicht, was er sagen wollte, und antwortete ihm: »Man darf Gott nicht umsonst anrufen. Aber die Dichter sagen ja auch, daß die Götter der Schwüre und Lügen Verliebter spotten: deshalb dürfen Frauen, die auf ihre Ehre halten, nicht leichtgläubig und weichherzig sein.« Mit diesen Worten erhob sie sich und ging in ihre Wohnung zurück.

Die Frage, ob der Edelmann über diese Zurechtweisung erzürnt war, werden alle, denen Ähnliches widerfahren ist, ohne weiteres bejahen. Er aber war ein herzhafter Mensch und wollte lieber diese schnöde Antwort hinnehmen, als überhaupt nicht von seiner Liebe zu ihr gesprochen zu haben. Drei Jahre lang hielt er daran fest und warb um sie mit Briefen und allen erdenklichen Mitteln, ohne Zeit und Stunde zu verpassen.

Drei Jahre lang konnte er von ihr keine andere Antwort erhalten, als daß sie ihn floh wie der Wolf den Windhund, der ihn erjagen will, nicht etwa aus Haß gegen ihn, sondern aus Angst um ihre Ehre und ihren Ruf. Das merkte er wohl und betrieb seine Sache nur desto eifriger. Und nach manchem abschlägigen Bescheid, nach Leiden, Qualen und Verzweiflung hatte die Dame, die einsah, wie groß und ausdauernd seine Liebe war, Erbarmen mit ihm und gewährte ihm, was er so heiß ersehnt und so lange erharrt hatte.

Als sie über Mittel und Wege einig waren, wagte der französische Edelmann sich kühn in ihre Wohnung, obwohl sein Leben dort in großer Gefahr war; denn alle ihre Verwandten wohnten im selben Hause beisammen. Da er aber ebenso klug wie schön war, stellte er es so geschickt an, daß er zu der Stunde, die sie ihm bestimmt hatte, ihr Zimmer betrat, wo er sie ganz allein in einem prächtigen Bette liegend fand. Und während er sich hastig entkleidete und sich zu ihr legen wollte, hörte er vor der Tür wispernde Stimmen und das Klirren von Degen, die gegen die Wände gestoßen wurden.

Da sprach die Witwe zu Tode erschrocken zu ihm: »Nun sind Euer Leben und meine Ehre in größter Gefahr! Ich höre meine Brüder, und sie suchen Euch und wollen Euch umbringen! Darum bitte ich Euch, versteckt Euch unter dem Bett; denn wenn sie Euch hier nicht finden, habe ich Gelegenheit, mich gegen sie zu erzürnen und mich über den Schrecken zu beklagen, den sie mir ohne Grund eingejagt haben.«

Der Edelmann, der keine Furcht kannte, entgegnete ihr: »Wer sind denn Eure Brüder, daß sie einem ehrlichen Manne Angst machen sollten? Und wäre auch ihre ganze Sippe hier beisammen, ich bin überzeugt, sie würden nicht warten, bis ich zum viertenmal mit meinem Degen zugestoßen habe. Bleibt darum ruhig in Eurem Bett und laßt mich diese Tür bewachen.«

Alsbald wickelte er seinen Mantel um den Arm und

nahm den blanken Degen in die Hand. Dann öffnete er die Tür, um die Degen, deren Klirren er vernahm, näher zu besehen. Als er sie aber aufstieß, sah er zwei Kammerfrauen; beide hatten zwei Degen in jeder Hand und vollführten damit dieses Geklirr. Sie sprachen zu ihm: »Herr, verzeiht uns! Wir haben Befehl von unserer Herrin, so zu tun; doch jetzt werdet Ihr nicht weiter von uns behelligt.«

Als der Edelmann sah, daß es zwei Frauen waren, wußte er ihnen nichts Schlimmeres anzutun, als daß er sie zu allen Teufeln wünschte und ihnen die Tür vor der Nase zuschlug. Dann ging er so schnell wie möglich zu seiner Dame zurück und legte sich zu ihr ins Bett. Die ausgestandene Angst hatte ihre Liebe zu ihm nicht im geringsten abgekühlt. Auch er vergaß, sie nach dem Grund dieses Waffengetümmels zu fragen, und dachte nur noch daran, sein Verlangen zu stillen.

Als er aber sah, daß der Morgen graute, bat er sie, ihm zu sagen, warum sie ihm so übel mitgespielt habe, sowohl durch die lange Wartezeit, die sie ihm auferlegt habe, als auch mit diesem letzten Streich. Lachend gab sie ihm zur Antwort: »Mein Entschluß stand fest; ich wollte nie wieder lieben und bin diesem Vorsatz auch seit meiner Witwenschaft treu geblieben. Doch seit der Stunde, da Ihr auf dem Fest mit mir gesprochen habt, hat Euere redliche Denkart meinen Sinn gewandelt, und ich liebte Euch ebensosehr wie Ihr mich. Wahr ist, daß mein Ehrgefühl, das mich stets geleitet hat, nicht zugeben wollte, daß die Liebe mich irgend etwas tun ließ, was meinem guten Ruf hätte schaden können. Doch wie die zu Tode getroffene Hinde glaubt, sie könne ihr Leid lindern, wenn sie von einem Ort zum andern fliehe, so ging ich von Kirche zu Kirche und meinte den zu fliehen, den ich in meinem Herzen trug und der mir den Beweis einer so vollkommenen Liebe gab, daß Ehre und Liebe im Einklang standen. Damit ich aber ganz sicher war, mein Herz und meine Liebe einem wahrhaft untadeligen

Manne zu schenken, wollte ich diese letzte Probe mit meinen Kammerfrauen anstellen, und ich versichere Euch, hätte ich Euch aus Angst um Euer Leben oder aus irgendeinem andern Grund furchtsam befunden, ja, wäret Ihr gar unter mein Bett gekrochen, so war ich entschlossen, sogleich aufzustehen und in ein anderes Zimmer zu gehen und Euch nie wieder in meine Nähe zu lassen. Da ich aber in Euch mehr Schönheit, Anmut, Mannheit und Mut gefunden habe, als man mir gerühmt hatte, und da die Furcht Euer Herz nicht hat schrecken noch die Liebe, die Ihr mir entgegenbringt, im mindesten hat abkühlen können, bin ich entschlossen, Euch bis ans Ende meiner Tage anzugehören, bin ich doch sicher, daß ich mein Leben und meine Ehre in keine besseren Hände zu legen vermag, als wenn ich sie dem Mann anvertraue, der in allen Tugenden seinesgleichen nicht hat.«

Und als wäre der Wille des Menschen ewig unwandelbar, schworen und gelobten sie einander, was doch nicht in ihrer Macht stand: ewige Freundschaft, die im Herzen eines Mannes weder entstehen noch bleiben kann – was nur jene Frauen wissen, die erfahren haben, wie lange solche Neigungen vorhalten.

»Und darum, meine Damen, wenn ihr klug seid, nehmt euch vor uns in acht, wie sich der Hirsch, wäre er vernunftbegabt, vor dem Jäger hüten würde. Denn unser Ruhm, unser Glück und unsere Befriedigung ist es zu sehen, wie ihr gefangen werdet und man euch nimmt, was euch teurer ist als das Leben.«

»Wie, Geburon?« erwiderte Hircan. »Seit wann seid Ihr denn Prediger geworden? Ich kann mich noch gut entsinnen, daß Ihr ganz andere Reden geführt habt!«

»Es ist wahr«, versetzte Geburon, »ich habe jetzt das gerade Gegenteil dessen gesagt, was ich mein ganzes Leben lang vertreten habe; aber meine Zähne sind so stumpf geworden, daß ich das Wildbret nicht mehr beißen kann, und drum warne ich die armen Hinden, vor den Jägern auf der Hut zu sein, und mache dergestalt in meinem Alter das Böse wieder gut, nach dem ich in meinen jungen Jahren getrachtet habe.«

»Wir danken Euch, Geburon«, warf Nomerfide ein, »daß Ihr uns zu unserem Besten warnt. Doch sind wir Euch trotzdem nicht sonderlich zu Dank verpflichtet, denn solche Worte habt Ihr einst nicht zu Eurer Geliebten gesprochen. Das beweist also, daß Ihr uns nicht gerade wohlgesinnt seid und auch nicht leiden wollt, daß wir geliebt werden. Und doch meinten wir ebenso klug und tugendhaft zu sein wie die Frauen, die Ihr in Eurer Jugend so lange umworben habt. Aber alte Leute bilden sich ja immer ein, daß sie klüger gewesen seien als alle, die nach ihnen kommen.«

»Nun gut, Nomerfide«, erwiderte Geburon, »wenn Euch dereinst einer Eurer Anbeter hintergangen hat und Ihr so die Arglist der Männer kennengelernt habt, werdet Ihr mir dann glauben, daß ich Euch die Wahrheit gesagt habe?«

Da sprach Oisille zu Geburon: »Mir scheint, der Edelmann, dem Ihr soviel Kühnheit nachgerühmt habt, sollte eher wegen seiner Liebeswut gepriesen werden; denn sie ist eine so gewaltige Macht, daß sie die größten Hasenfüße der Welt zu Taten begeistert, die sich selbst die tollkühnsten Männer zweimal überlegen würden.«

Saffredent entgegnete ihr: »Madame, wenn er die Italiener nicht eher für große Maulhelden hielt als für Draufgänger und mutige Tatmenschen, so hatte er, meine ich, allen Grund zur Besorgnis.«

»Ja«, sagte Oisille, »wenn er nicht in seinem Herzen das Feuer gehabt hätte, das alle Furcht verbrennt.«

»Mich dünkt«, sprach Hircan, »da Ihr die Kühnheit dieses Edelmanns nicht löblich genug findet, so müßt Ihr wohl einen anderen kennen, der des Lobes würdiger ist.«

»Freilich«, erwiderte Oisille, »ist dieser lobenswert;

aber ich kenne einen, der noch mehr zu bewundern ist.«

»Ich bitte Euch, Madame«, versetzte Geburon, »wenn dem so ist, nehmt meinen Platz ein und erzählt uns die Geschichte.«

Darauf hob Oisille an: »Wenn ein Mann, der um seines Lebens und der Ehre seiner Dame willen sich beherzt gegen die Mailänder erwies, schon für waghalsig gehalten wird, wie muß erst einer gerühmt werden, der ohne jede Not, sondern einzig aus wahrem, angebornem Wagemut den heldenhaften Streich vollbracht hat, den ich euch jetzt erzählen will?«

S. Freüdenberg inv. — J. F. Leroy sculp.

## Siebzehnte Geschichte

*König Franz, dem man nahelegte, er möge den Grafen Wilhelm des Landes verweisen, weil er angeblich mit Geld gedungen worden sei, ihn umzubringen, ließ sich nicht merken, daß er um sein Vorhaben wisse, und spielte ihm einen so fein ersonnenen Streich, daß der Graf sich ungeheißen außer Landes begab und vom König Urlaub nahm*

In der Stadt Dijon im Herzogtum Burgund trat ein deutscher Graf in den Dienst des Königs Franz, Wilhelm mit Namen, aus dem Hause Sachsen, mit welchem das Haus Savoyen so eng verbunden war, daß es vor alters nur ein einziges war. Der Graf, der für einen so schönen und wagemutigen Edelmann geachtet wurde, wie es keinen zweiten in Deutschland gab, wurde vom König äußerst huldvoll empfangen. Er nahm ihn nicht nur in seine Dienste, sondern behielt ihn auch um seine Person und in der Nähe seiner Gemächer.

Nun war aber der Statthalter von Burgund, der edle Herr de La Trémouille, ein hochbetagter Ritter und treuer Diener des Königs, stets voll Argwohn und Sorge um das Wohl und Wehe seines Herrn und hatte zu jeder Zeit rings um sein Amtsgebiet heimliche Späher und Horcher, um auszuspionieren, was seine Feinde planten; und er ging dabei so klug zu Werke, daß ihm nur wenige Dinge verborgen blieben. Unter anderen Nachrichten schrieb ihm einer seiner Freunde, der Graf Wilhelm habe eine gewisse Summe Geldes angenommen und das Versprechen erhalten, er werde noch mehr bekommen, falls er den König auf irgendeine Weise ums Leben bringen könnte.

Der Herr de La Trémouille setzte den Herrscher unverzüglich davon in Kenntnis und verhehlte es auch nicht der Königinmutter Louise von Savoyen, welche ungeachtet ihrer Verwandtschaft mit dem Deutschen den König anflehte, ihn ungesäumt davonzujagen; doch der bat sie, darüber reinen Mund zu halten, und erklärte, es sei ausgeschlossen, daß ein so aufrechter Edelmann und ein so durch und durch rechtschaffener Mensch einer solchen Freveltat fähig sei.

Nach geraumer Zeit erhielt man abermals eine zweite Nachricht, welche die erste bestätigte. Daraufhin bat der Statthalter in seiner glühenden Liebe zu seinem Herrn den König, er möge ihm die Erlaubnis geben, den Grafen des Landes zu verweisen oder seinen Machenschaften einen Riegel vorzuschieben. Doch der König befahl ihm ausdrücklich, sich nichts anmerken zu lassen, und dachte, er werde gewiß auf andere Art die Wahrheit erfahren.

Als er eines Tags auf die Jagd ritt, nahm er seinen besten Degen mit, eine Waffe, die nicht ihresgleichen hatte, und ließ sich von Graf Wilhelm begleiten, dem er befahl, ihm dicht auf den Fersen zu folgen. Nachdem sie eine Zeitlang den Hirsch gehetzt hatten, sah der König, daß sein Gefolge weit zurückgeblieben und nur noch der Graf bei ihm war. Da wandte er sich von den begangenen Wegen ab, und als er sich mit dem Grafen allein im tiefsten Waldesdickicht fand, zog er seinen

Degen und sprach zu dem Grafen: »Dünkt Euch dieser Degen schön und trefflich?« Der Graf prüfte seine Spitze und die Klinge und erwiderte, er habe noch nie einen besseren gesehen. »Ihr habt recht«, sagte der König, »und mir scheint, wenn ein Edelmann beschlossen hätte, mich zu töten, und er hätte die Kraft meines Armes und mein unerschrockenes Herz erkannt und dazu die Stärke dieses trefflichen Degens, er würde sich's zweimal überlegen, ehe er mich anfiele. Immerhin würde ich ihn für einen erbärmlichen Buben halten, wenn er, wären wir beide allein und ohne Zeugen, nicht auszuführen wagte, was er sich doch zu unternehmen traute.«

Der Graf Wilhelm gab sichtlich bestürzt zur Antwort: »Majestät, die Niedertracht des Unterfangens wäre unerhört groß, nicht geringer aber wäre die Tollheit, es zu Ende führen zu wollen.« Lachend steckte der König den Degen wieder in die Scheide, und da er hörte, daß die Jagd ganz in der Nähe war, gab er seinem Pferd die Sporen und setzte ihr so schnell wie möglich nach. Als er sein Gefolge eingeholt hatte, sprach er zu niemandem von diesem Vorfall und war nun fest überzeugt, daß der Graf Wilhelm wohl ein tapferer und unternehmungslustiger Edelmann sei, wie sonst kaum einer, daß er aber nicht der Mann sei, ein so schwieriges Unterfangen auszuführen.

Der Graf Wilhelm indessen, der glaubte, er sei entlarvt oder doch dieser Tat verdächtigt, kam am nächsten Tag zu Robertet, dem Finanzsekretär des Königs, und sagte ihm, er habe die Wohltaten und das Gehalt überschlagen, das ihm der König aussetzen wolle, wenn er in seinen Diensten bleibe, er habe jedoch festgestellt, daß er damit nicht einmal ein halbes Jahr auskommen könne; und wenn sich der König nicht herbeilasse, ihm das Doppelte zu geben, so werde er genötigt sein, sich außer Landes zu begeben. Er bat den genannten Robertet, möglichst bald die Absicht des Königs zu erkunden; und der Sekretär sagte ihm, er werde sich, um die Sache tunlichst zu fördern, sogleich zum König verfügen. Er übernahm diesen Auftrag nicht ungern, denn er hatte die Warnbriefe des Statthalters eingesehen.

Sobald also der König erwacht war, brachte er des Grafen Anliegen ungesäumt vor, im Beisein des Herrn de La Trémouille und des Admirals von Bonnivet, welche beide nichts davon wußten, wie der König tags zuvor dem Grafen Wilhelm mitgespielt hatte.

Lachend sprach der König zu ihnen: »Ihr wolltet den Grafen Wilhelm verjagen und seht nun, er vertreibt sich selbst. Sagt ihm darum, wenn er mit dem Leibgedinge nicht zufrieden sei, das er beim Eintritt in meinen Dienst doch angenommen habe und mit dem mehrere Herren aus guten Häusern sich glücklich schätzten, sei es Grund genug, daß er anderswo ein Amt suche, wo es ihm besser geht. Ich für mein Teil werde ihm nichts in den Weg legen, sondern werde mich freuen, wenn er eine Stelle findet, wo er leben kann, wie es seinen Verdiensten entspricht.«

Robertet überbrachte diese Antwort ebenso eilig dem Grafen, wie er zuvor dessen Ansuchen dem König unterbreitet hatte. Der Graf erklärte, er sei mit des Königs gütiger Erlaubnis entschlossen, sich fortzubegeben. Und als drängte ihn die Furcht zur Abreise, duldete es ihn keine vierundzwanzig Stunden länger in der Stadt, und als der König sich eben zu Tische setzte, nahm er Abschied von ihm und tat dabei, als käme es ihn schwer an, daß seine Notlage ihn zwinge, fortan seine Gegenwart zu missen.

Auch von der Mutter des Königs verabschiedete er sich, die ihn ebenso froh ziehen ließ, wie sie ihn als ihren Verwandten und Freund aufgenommen hatte. So kehrte er in seine Heimat zurück, und als der König sah, wie erstaunt seine Mutter und seine Dienstleute über diese plötzliche Abreise waren, erzählte er ihnen, was für einen Schrecken er dem Edelmann eingejagt hatte. Er setzte hinzu, auch wenn er an dem, was man ihm vorwerfe, unschuldig wäre, so sei immerhin seine Furcht groß genug gewesen, um ihm den Aufenthalt bei einem Herrn zu verleiden, dessen Gemütsart er noch nicht kennengelernt habe.

»Was mich anlangt, meine Damen, so sehe ich keinen andern Grund, der das Herz des Königs hätte bewegen können, sein Leben auf diese Weise ganz allein gegen einen so allseits geachteten Mann aufs Spiel zu setzen, als daß er, indem er sein Gefolge und die Orte verließ, wo kein Untertan es wagen würde, seinen König zum Zweikampf herauszufordern, und sich dem Edelmann, den er für seinen Feind hielt, gleichstellte, selbst den Mut und die Kühnheit seines Herzens erproben wollte.«

»Unzweifelhaft hatte er recht«, sagte Parlamente; »denn das Lob aller Mitmenschen kann ein edles Herz nicht so sehr befriedigen wie die eigene Erfahrung und das Wissen um die Tugenden, die Gott ihm verliehen hat.«

»Schon seit urdenklichen Zeiten«, sprach Geburon »haben uns die Alten berichtet, daß der Weg zum Tempel des Ruhms über den Tempel der Tugend führt. Ich kenne die beiden Persönlichkeiten, von denen Ihr erzählt habt, und weiß wohl, daß der König in Wahrheit einer der kühnsten Männer in seinem Land ist.«

»Fürwahr«, meinte Hircan, »zur Zeit, als der Graf Wilhelm nach Frankreich kam, hätte ich seinen Degen mehr gefürchtet als die Klingen der vier geschicktesten Italiener, die am Hofe waren!«

»Wir wissen wohl«, fiel Ennasuitte ein, »er ist so hoch geachtet, daß unsere Lobsprüche ihn doch nicht nach Verdienst würdigen könnten, und der Tag wäre herum, ehe jeder von uns gesagt hätte, was er davon hält. Darum bitte ich Euch, Madame, gebt Eure Stimme jemandem, der noch weiter etwas Gutes von den Männern zu berichten weiß, wenn es möglich ist.«

Da sprach Oisille zu Hircan: »Mich dünkt, Ihr seid

es so gewohnt, über die Frauen zu lästern, daß es Euch nicht schwerfallen wird, eine schöne Geschichte zum Lobe der Männer zu erzählen. Deshalb gebe ich Euch meine Stimme.«

»Das wird mir allerdings ein leichtes sein«, versetzte Hircan; »denn es ist noch nicht lange her, da hat man mir eine Geschichte zum Preis eines Edelmannes berichtet, dessen Liebe, Standhaftigkeit und Langmut so lobenswert sind, daß ich die Erinnerung daran nicht verlorengehen lassen darf.«

S. Freudenberg inv. B. L. Henriquez Sculp.

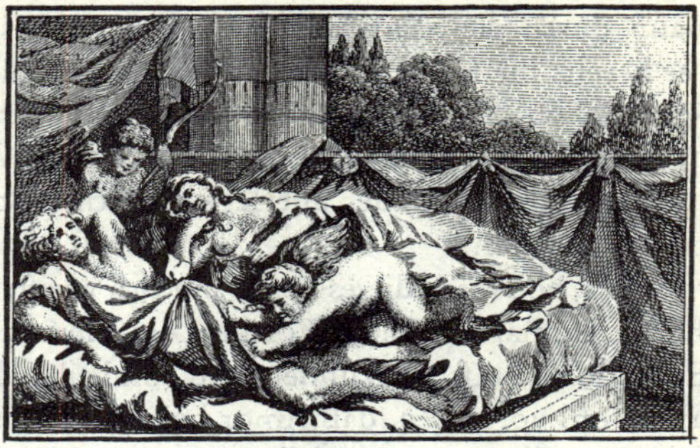

## Achtzehnte Geschichte

*Ein junger Edelmann, der die Hochschule besucht, entbrennt in Liebe zu einer schönen Frau und überwindet, um an sein Ziel zu gelangen, seine Liebe und sich selbst, wenngleich sich manche Versuchung bietet, deretwegen er wohl sein Gelöbnis hätte brechen können. Schließlich werden aber alle seine Mühsale gelohnt, wie es seine unbeirrte, geduldige, redliche und vollkommene Liebe verdient*

In einer der schönen Städte des Königreichs Frankreich lebte ein Herr aus gutem Hause, der die Hochschulen besuchte und sich das Wissen anzueignen wünschte, dank welchem man unter trefflichen Männern Ehre und Ansehen erwerben kann. Obwohl er so gelehrt war, daß er ungeachtet seines Alters von siebzehn oder achtzehn Jahren als Vorbild und Lehre für die andern gelten konnte, versäumte Amor nicht, ihm nach all seiner weisen Schulung noch einen Denkzettel zu verabreichen. Und um besser gehört und aufgenommen zu werden, versteckte er sich hinter dem Angesicht und den Augen der schönsten Frau, die im ganzen Lande zu finden war; sie war wegen eines Rechtshandels in die Stadt gekommen. Ehe aber Amor versuchte, diesen Edelmann durch die Schönheit der Dame zu besiegen, hatte er bereits ihr Herz erobert, als sie nämlich die ausbündigen Gaben sah, die in diesem Edelmann vereinigt waren; denn an Schönheit, Anmut, Verstand und Redegewandtheit war ihm keiner überlegen, welchen Standes er auch sein mochte.

Ihr wißt ja, wie rasch dieses Feuer um sich greift, wenn es sich erst einmal an einem Eckchen des Herzens und der Einbildungskraft entzündet hat, und ihr könnt euch also wohl vorstellen, daß Amor bei zwei Menschen, die ihm so vollkommen verfallen waren, nicht locker ließ, bis er sie völlig in seiner Gewalt hatte und sie beide dermaßen von seinem hellen Licht erfüllt waren, daß ihr Denken, Wollen und Sprechen nur ein einziges Flammen dieser Liebe war. Da er aber noch jung und schüchtern war, betrieb er seine Sache so sachte, wie er nur konnte. Sie aber, die von der Liebe bezwungen war, brauchte gar keine Nötigung. Jedoch bewahrte sie die Scham, die ja stets bis zuletzt den Damen zusetzt, eine Zeitlang davor, ihm ihre Neigung zu offenbaren. So kam es, daß zu guter Letzt die Feste ihres Herzens, in der die Ehre wohnt, arg verwüstet und die Dame zu gewähren bereit war, was sie nie zu versagen gewillt gewesen war. Da sie aber die Standhaftigkeit, Langmut und Liebe ihres Anbeters erproben wollte, gewährte sie ihm, was er begehrte, unter einer überaus schwierigen Bedingung und versicherte ihm, wenn er sie einhalte, werde sie ihn für immer rückhaltlos lieben; verstoße er aber dagegen, so könne er sich darauf verlassen, daß sie ihm zeit ihres Lebens nicht angehören wolle. Sie möchte nämlich mit ihm zusammen in einem Bett liegen, beide im bloßen Hemd, und sich mit ihm unterhalten; doch dürfe er von ihr nichts anderes verlangen als Worte und Küsse.

Er konnte sich kein größeres Glück denken als das, was sie ihm verhieß, und willigte ein. Als der Abend gekommen war, wurde das Gelöbnis erfüllt. Wie zärtlich und liebreich sie ihn auch herzte und küßte, wie groß auch die Versuchung war, die er auszustehen hatte, so wollte er doch seinen Schwur nicht brechen; und obwohl er seine Qual für nicht geringer erachtete als die Pein des Fegefeuers, war seine Liebe doch so groß und seine Hoffnung so stark – denn er war der immerwährenden Dauer ihrer Liebe, die er mit solcher Qual erworben hatte, völlig gewiß –, daß er die Geduld nicht verlor und sich von ihrer Seite erhob, ohne ihr irgendwelches Mißvergnügen bereitet zu haben.

Die Dame, die meines Erachtens über dieses löbliche Verhalten eher verwundert als beglückt war, vermutete denn auch sogleich, daß seine Liebe entweder nicht so groß sei, wie sie gedacht, oder daß er nicht soviel Liebenswertes an ihr gefunden habe, wie er gehofft hatte, und achtete nicht auf seine große Rechtschaffenheit, seine Geduld und die Treue, mit der er seinen Schwur hielt.

Sie beschloß also, seine Liebe noch ein weiteres Mal auf die Probe zu stellen, bevor sie ihr Versprechen hielte. Zu diesem Behufe bat sie ihn, sich mit einem Fräulein anzufreunden, das in ihrer Gesellschaft lebte und jünger und zudem bildschön war, und riet ihm, diesem Mädchen den Hof zu machen und um sie zu werben, damit die Leute, die ihn so oft in ihr Haus kommen sähen, denken sollten, er komme wegen des Fräuleins und nicht etwa ihretwegen.

Der junge Edelmann, der glaubte, er werde ebenso geliebt, wie er liebte, gehorchte ihr ohne Zögern in allem, was sie ihm befahl, und zwang sich ihr zuliebe, dem Fräulein den Hof zu machen. Das Fräulein aber sah, wie schön und wortgewandt er war, und glaubte seiner vorgespiegelten Liebe, als wäre sie echt, und faßte solche Liebe zu ihm, als würde sie von ihm heiß geliebt.

Als ihre Herrin nun bemerkte, wie weit die Dinge

gediehen waren, daß aber dessenungeachtet der Edelmann nicht abließ, sie an ihr Versprechen zu mahnen, gewährte sie ihm eine Zusammenkunft um ein Uhr nach Mitternacht und sagte ihm, sie habe nun seine Liebe und seinen Gehorsam so wohl erprobt, daß er jetzt zu Recht den Lohn für seine lange Geduld empfange. Ihr könnt euch darauf verlassen, daß ihr treuergebener Anbeter darüber hocherfreut war und sich zur anberaumten Stunde auch pünktlich einfand.

Die Dame jedoch wollte die Stärke seiner Liebe nochmals auf die Probe stellen und sprach zu ihrem schönen Fräulein: »Ich weiß wohl, daß ein Edelmann, so und so mit Namen, Euch seine Liebe entgegenbringt, und ich glaube, auch Ihr seid ihm nicht weniger leidenschaftlich zugetan. Ihr beide tut mir so leid, daß ich euch Gelegenheit und Muße geben will, nach Herzenslust lange und ungestört miteinander zu sprechen.« Da war das Fräulein so über die Maßen froh, daß sie ihre Neigung nicht länger zu verhehlen suchte, sondern der Dame erwiderte, sie werde von Herzen gern zu dem Stelldichein kommen.

Sie gehorchte also ihrem Rat und Befehl, entkleidete sich und legte sich ganz allein in ein schönes Bett in einer Kammer, deren Tür die Dame halb offenließ; und dann zündete sie drinnen Licht an, so daß die Schönheit des Mädchens deutlich zu sehen war. Schließlich tat sie, als ginge sie hinaus, versteckte sich aber so gut neben dem Bett, daß man sie nicht sehen konnte.

Ihr armer Anbeter glaubte sie hier vorzufinden, wie sie ihm verheißen hatte, und stahl sich zur festgesetzten Stunde so leise wie möglich in die Kammer. Er schloß die Tür, legte sein Gewand und die pelzgefütterten Schuhe ab und legte sich in das Bett, in dem er seine heißersehnte Freundin zu finden hoffte. Kaum hatte er seine Arme ausgestreckt, um seine vermeintliche Geliebte zu umfangen, so schlang das arme Fräulein, die glaubte, nun habe sie ihn ganz zu eigen, ihre Arme um seinen Hals und sagte ihm so viele verliebte und zärtliche Worte und blickte ihn so verliebt und strahlend an, daß selbst ein heiliger Waldbruder seine Paternoster in den Wind gebetet hätte.

Doch als er sie vom Sehen und Hören erkannte, hieß ihn die Liebe, die ihn sich mit solcher Hast hatte zu Bett legen lassen, noch geschwinder wieder aufstehen; denn er merkte, daß er nicht bei der Frau lag, um die er so vieles erduldet hatte. Ergrimmt und aufgebracht gegen seine Freundin wie auch gegen das Fräulein sprach er zu ihr: »Eure Torheit und die Arglist der Frau, die Euch geheißen hat, Euch hierherzulegen, werden meinen Sinn nicht ändern können. Ihr aber seht zu, daß Ihr eine ehrbare Frau bleibt, denn was an mir liegt, so sollt Ihr diesen Ehrennamen nicht einbüßen.« Mit diesen Worten stürmte er in maßlosem Zorn aus dem Zimmer und kehrte geraume Zeit nicht mehr in das Haus seiner Dame zurück. Amor jedoch, der nie die Hoffnung aufgibt, versicherte ihm, je größer die Ausdauer seiner Liebe sei, je härter sie erprobt werde, desto länger und beglückender werde der süße Lohn ausfallen.

Die Dame, die alle diese Reden mit angesehen und angehört hatte, war so glücklich und erstaunt über die Größe und Standhaftigkeit seiner Liebe, daß sie es kaum erwarten mochte, bis sie ihn wiedersah und ihn um Verzeihung für all das Ungemach bitten konnte, das sie ihm mit ihren Bewährungsproben angetan hatte. Sobald sie ihn wieder traf, gab sie ihm denn auch so viele herzliche und liebreiche Worte, daß er darob nicht allein alle seine Leiden vergaß, sondern sie sogar als ein Glück betrachtete, weil sie ja zum Ruhm seiner Standhaftigkeit ausgeschlagen waren und seine Liebe untrüglich erwiesen hatten. Von Stund an durfte er sich dem ungeschmälerten Genuß seiner Liebe hingeben, ohne daß ihm etwas in den Weg gelegt worden wäre; er konnte sich ihrer freuen, soviel er nur begehren mochte.

»Ich bitte euch, meine Damen, macht mir eine Frau ausfindig, die so ausdauernd, so geduldig und treu in der Liebe gewesen wäre wie dieser Mann! Wer ähnliche Versuchungen ausgestanden hat, muß die Qualen des heiligen Antonius im Vergleich mit ihnen für recht gering ansehen. Denn wer keusch und gleichmütig gegenüber der Schönheit und der Liebe der Frauen bleiben kann, zumal wenn Zeit und Gelegenheit günstig sind, der wird tugendhaft genug sein, um alle Teufel der Hölle zu besiegen.«

»Es ist schade«, meinte Oisille, »daß er nicht um eine Frau geworben hat, die ebenso tugendhaft war wie er; denn das wäre die vollkommenste und ehrenwerteste Liebe geworden, von der man je hat sprechen hören.«

»Aber so sagt mir doch bitte«, sprach Geburon, »welche von den beiden Proben haltet ihr für die schwerere?«

»Mir scheint«, erwiderte Parlamente, »die letzte; denn die Enttäuschung ist die stärkste Versuchung von allen.«

Longarine warf ein, sie glaube, die erste sei schwerer zu bestehen gewesen; denn da habe er die Liebe und sich selber überwinden müssen, um sein Versprechen zu halten.

»Ihr habt gut reden«, meinte Symontault, »wir aber wissen, was daran ist, und dürfen wohl unsere Meinung sagen. Was mich betrifft, so halte ich ihn im ersten Falle für dumm und im zweiten für närrisch; denn ich glaube, als er seiner Dame sein Versprechen hielt, litt sie ebenso große Pein oder gar noch mehr als er. Sie ließ ihn diesen Schwur nur tun, um als ehrbarere Frau zu gelten, als sie in Wahrheit war, und war gewiß überzeugt, daß eine starke Liebe sich nicht durch Gebote und Eide binden läßt. Aber sie wollte ihre sündige Liebe so als Tugend bemänteln, daß sie scheinbar nur durch heldenmütige Selbstüberwindung errungen werden konnte. Das zweitemal erwies er sich als Narr, als er die Frau verließ, die ihn mehr liebte und auch mehr wert war als die Dame, der er Enthaltsamkeit geschworen hatte; und überdies hätte er sich ja gut auf den Ärger herausreden können, der ihn erfüllte.«

Dagoucin war gegenteiliger Ansicht und behauptete, der Edelmann habe sich beim erstenmal standhaft, langmütig und wahrhaft gezeigt und beim zweitenmal aufrichtig, treu und untadelig in seiner Liebe.

»Und was wissen wir«, sagte Saffredent, »ob er nicht zu denen gehörte, von denen das Kapitel *De frigidis et maleficiatis** spricht? Hätte aber Hircan sein Lob vollends zu Ende singen wollen, so hätte er uns erzählen müssen, wie artig er sich als Liebhaber benahm, als er zuletzt bekam, was er begehrte; und dann erst könnten wir beurteilen, ob er sich kraft seiner mannhaften Selbstbeherrschung oder vielleicht aus Unvermögen so zurückhielt.«

»Ihr könnt Euch wohl denken«, versetzte Hircan, »daß ich es euch ebensowenig verhehlt hätte wie das übrige, wenn er es mir gesagt hätte. Doch da ich ihn und seine Leibesbeschaffenheit genau kenne, halte ich auch jetzt noch eher dafür, daß ihn die Macht der Liebe zu diesem Verhalten bewog und nicht etwa Unvermögen oder Gefühlskälte.«

»Nun denn«, entgegnete Symontault, »wenn er so war, wie Ihr sagt, hätte er seinen Eid brechen müssen; denn wenn sie auch über eine solche Nebensache in Zorn geraten wäre, so hätte sie sich nachher leicht wieder besänftigen lassen.«

»Aber«, warf Ennasuitte ein, »vielleicht wollte sie es damals gerade nicht?«

»Zudem«, sagte Saffredent, »war er denn nicht stark genug, um ihr Gewalt anzutun, da sie ihn ja doch herausgefordert hatte?«

* Im 15. Kapitel des 4. Buchs der *Dekretalen* des Papstes Bonifatius VIII. (Anmerkung des Übersetzers).

»Heilige Mutter Gottes!« rief Nomerfide, »wie Ihr ins Zeug geht! Ist das eine Art, die Huld einer Dame zu erringen, die man für ehrbar und keusch hält?«

»Mir will scheinen«, meinte Saffredent, »man könne einer Frau, von der man solches begehrt, keine größere Ehre antun, als wenn man sie mit Gewalt nimmt; denn jede geringste Stubenmagd möchte sich recht lange darum bitten lassen. Manchen muß man viele Geschenke machen, ehe man sie gewinnt. Andere wieder sind so dumm, daß man sie weder durch die üblichen Mittel noch durch List und Schlauheit haben und erobern kann; und denen gegenüber muß man nur noch auf Mittel und Wege sinnen, sie zu überlisten. Hat man es aber mit einer Frau zu tun, die so klug ist, daß man sie nicht täuschen, und so züchtig, daß man sie nicht durch Worte oder Geschenke gewinnen kann, ist das dann nicht Grund genug, kein Mittel unversucht zu lassen, um sie gefügig zu machen? Und wenn ihr hört, ein Mann habe einer Frau Gewalt angetan, so könnt ihr euch drauf verlassen, daß diese Frau ihm die Hoffnung auf alle anderen Mittel genommen hat. Ihr dürft den Mann nicht geringer schätzen, der sein Leben in Gefahr gebracht hat, um seiner Liebe zu ihrem Recht zu verhelfen.«

Da lachte Geburon hellauf und sagte: »Ich habe auch schon gesehen, daß feste Plätze belagert und gewaltsam eingenommen wurden, weil es nicht möglich war, mit Geld oder Drohungen die Besatzung zum Verhandeln zu bewegen. Man sagt ja auch, eine Festung, die sich in Verhandlungen einlasse, sei schon halbwegs bezwungen.«

»Es sieht so aus«, sprach Ennasuitte, »als beruhte alle Liebe auf dieser Welt auf derartigen Narrheiten; und doch gibt es Menschen, die geliebt und treu ausgeharrt haben, ohne daß sie solcherlei Absichten gehabt hätten.«

»Wenn Ihr davon eine Geschichte wißt«, sagte Hircan,

»dann trete ich Euch meinen Platz ab, und Ihr erzählt sie uns.«

»Ich weiß eine«, erwiderte Ennasuitte, »und will sie euch gerne vorbringen.«

S. Freudenberg. inv. E.ᵗᵉ Thiebault. Sculp.

## Neunzehnte Geschichte

*Pauline sieht, daß ein Edelmann, den sie nicht weniger liebt als er sie, wegen des Verbotes, mit ihr zu sprechen, als Mönch ins Kloster der Observanz eintritt. Darauf wird sie Nonne im Kloster der heiligen Klara, wo sie den Schleier nimmt und so ihren Wunsch erfüllt, das Ende ihrer Liebe zu dem Edelmann in gleichem Gewand, Stand und Lebenswandel zu begehen*

Zur Zeit des Grafen von Mantua, der die Schwester des Herzogs von Ferrara als Gemahlin heimgeführt hatte, lebte im Hause der Herzogin ein Fräulein namens Pauline. Die wurde von einem Edelmann im Dienste des Markgrafen so heiß geliebt, daß die Größe seiner Liebe alle Welt wundernahm, war er doch arm und dabei ein so artiger und wohlgesitteter Junker, daß er, zumal ihm sein Herr sehr gewogen war, wohl hätte eine reiche Frau suchen können. Ihm aber kam es so vor, als wären alle Schätze der Welt in Pauline vereint, und er hoffte, wenn er sie heirate, in ihren Besitz zu gelangen.

Die Markgräfin wünschte Pauline dank ihrer Gunst

mit einem reichen Mann zu verheiraten und suchte ihr darum den Edelmann, wo immer sie konnte, zu verleiden. Sie wußte es auch öfters zu verhindern, wenn sie miteinander sprechen wollten, und hielt ihnen immer wieder vor, wenn diese Heirat je zustande käme, so würden sie die ärmsten und bedauernswertesten Leute in ganz Italien sein. Doch dieser Einwand wollte bei dem Edelmann nicht verfangen. Pauline ihrerseits verhehlte, so gut sie konnte, ihre Liebe; indessen hielt sie ebensowenig von dieser Ansicht.

Ihre Liebe währte lange Zeit, und beide hofften stets, die Zeit werde ihre Lage bessern. Währenddessen brach ein Krieg aus, in dem der Edelmann zusammen mit einem Franzosen gefangengenommen wurde, der in Frankreich nicht weniger verliebt war als er in Italien. Als sie nun als Leidensgefährten beisammen waren, begannen sie, einander ihre Geheimnisse aufzudecken, und der Franzose gestand, sein Herz liege wie das des Italieners in Banden, doch sagte er ihm nicht wo. Da sie aber beide in den Diensten des Markgrafen von Mantua standen, wußte der französische Edelmann wohl, daß sein Leidensgenosse Pauline liebte, und aus Sorge um sein Wohlergehen und seinen Vorteil riet er ihm, sie sich aus dem Sinn zu schlagen. Der italienische Edelmann schwor, das stehe nicht in seiner Macht, und wenn der Markgraf von Mantua ihm nicht zum Lohn für seine Gefangenschaft und seine treuen Dienste seine Freundin zur Ehe gebe, so werde er als Franziskaner ins Kloster gehen und nie mehr einem andern Herrn als Gott dienen. Das konnte sein Schicksalsgenosse nicht glauben, da er an ihm kein einziges Zeichen von Frömmigkeit wahrnahm außer seiner Verehrung für Pauline.

Neun Monate später wurde der französische Edelmann freigelassen, und er brachte es mit seinem freundschaftlichen Eifer fertig, daß auch sein Leidensgenosse in Freiheit gesetzt wurde. Der betrieb nun bei dem Markgrafen und der Markgräfin nach besten Kräften seine Heirat mit Pauline. Doch er konnte nichts erreichen noch erwirken, denn sie hielten ihm die Armut vor, in der sie dann würden leben müssen, und gaben ihm zugleich zu bedenken, daß auch die beiderseitigen Verwandten nicht in diese Heirat willigen wollten. Schließlich verboten sie ihm, künftig jemals wieder mit ihr zu sprechen, damit ihm dieser verstiegene Gedanke dank der Trennung und seiner völligen Aussichtslosigkeit vergehe.

Als er sah, daß er gezwungen war zu gehorchen, bat er die Markgräfin um Erlaubnis, Pauline Lebewohl sagen zu dürfen, und versprach, daß er nachher nie wieder mit ihr sprechen werde. Das wurde ihm gestattet, und er sprach zu ihr: »Da es nun so ist, Pauline, daß Himmel und Erde sich gegen uns verschworen haben, nicht nur um eine Heirat zwischen uns beiden unmöglich zu machen, sondern auch, was noch schlimmer ist, um uns daran zu hindern, daß wir uns sehen und sprechen können, wie es uns unser Herr und unsre Herrin streng verboten haben, so dürfen sie sich wohl rühmen, daß sie mit einem Wort zwei Herzen verwundet haben, deren zugehörige Leiber von nun an nur noch dahinwelken können. Durch diese Tat haben sie bewiesen, daß Liebe und Erbarmen niemals in ihre Brust Eingang gefunden haben. Ich weiß wohl, ihr Ziel ist, uns beide gut und reich zu verheiraten; denn sie wissen ja nicht, daß wahrer Reichtum in der Zufriedenheit liegt. Mir aber haben sie so großes Leid und Ungemach zugefügt, daß ich ihnen fürderhin unmöglich noch freudigen Herzens dienen kann. Ich glaube, wenn ich nie von einer Heirat zwischen uns gesprochen hätte, sie hätten keine solchen Bedenken gehabt und hätten mich nach Herzenslust mit Euch sprechen lassen. Ich versichere Euch, ich würde lieber sterben als meinen Sinn zu Euerem Schaden ändern, nachdem ich Euch mit so redlicher und mannhafter Liebe geliebt und bei Euch das erstrebt habe, was ich gegen jedermann verteidigen möchte. Da ich aber, wenn ich Euch sehe, diese harte Buße nicht ertragen könnte und da andrerseits, wenn ich Euch nicht sehen darf, mein Herz, das nicht öde und leer bleiben kann, sich mit solcher Verzweiflung anfüllen wird, daß es nur ein unseliges Ende nehmen kann, habe ich mich – und das seit langem schon – entschlossen, Mönch zu werden. Zwar weiß ich wohl, daß ein Mann in jedem Stande sein Heil findet; aber ich möchte mehr Muße haben, mich in die Betrachtung der göttlichen Güte zu versenken, und ich hoffe, sie wird sich der Sünden meiner Jugend erbarmen und mein Herz umwandeln, damit es ebensosehr die geistlichen Dinge liebt wie früher die weltlichen. Und erweist mir Gott die Gnade, daß mir seine Barmherzigkeit zuteil wird, so will ich ohne Unterlaß all mein Bemühen darauf richten, für Euch zu Gott zu beten. Ich bitte Euch auch kniefällig, Ihr mögt um der standhaften und aufrichtigen Liebe willen, die zwischen uns bestand, in Euren Gebeten meiner gedenken und Gott den Herrn anflehen, mir ebensoviel Standhaftigkeit zu schenken, auch wenn ich Euch nicht mehr sehen darf, wie er mir bislang Seligkeit gab, als ich Euch noch schauen durfte. Und da ich mein ganzes Leben gehofft hatte, von Euch in der Ehe das zu empfangen, was Ehre und Gewissen erlauben, habe ich mich mit dieser Hoffnung zufriedengegeben. Nun aber, da ich sie aufgeben muß, da ich von Euch nimmermehr wie ein Gatte geliebt werden kann, bitte ich Euch inständig: seid wenigstens jetzt, da wir einander Lebewohl sagen müssen, zu mir wie zu einem Bruder und gestattet mir, Euch zu küssen.«

Die unglückliche Pauline, die jederzeit recht spröde gegen ihn gewesen war, erkannte seinen tiefen Schmerz und die Ehrbarkeit seiner Bitte, da er sich in solcher Verzweiflung mit etwas so Statthaftem zufriedengab, und schlang ihm, ohne ein Wort zu sprechen, in jäher Leidenschaft die Arme um den Hals und weinte und schluchzte so heftig, daß ihr Sprache, Stimme und Kräfte versagten und sie ohnmächtig in seine Arme sank. Aus Mitleid mit ihr und aus verzweifelter Liebe und Traurigkeit erging es ihm gleich ihr. Eine ihrer Begleiterinnen sah sie beide niedersinken, den einen dahin, die andere dorthin, und rief um Hilfe. Mit mancherlei Arzneien brachte man sie wieder zu sich.

Pauline, die ihre Liebe hatte verbergen wollen, schämte sich sehr, als sie merkte, wie heftig sie ihr Luft gemacht hatte. Doch das Mitgefühl mit dem armen Edelmann war ihr Entschuldigung genug, und da er es nicht übers Herz brachte, ihr auf ewig Lebewohl zu sagen, ging er schnell davon, gepreßten Herzens und mit zusammengebissenen Zähnen; und als er in seiner Wohnung anlangte, ließ er sich wie ein Toter auf das Bett fallen und verbrachte die Nacht unter solch jammervollen Klagen, daß seine Diener dachten, er habe alle seine Angehörigen und Freunde verloren, alles, was ihm auf Erden lieb war.

Am andern Morgen befahl er sich Gott dem Herrn im Himmel, und nachdem er seine geringe Habe an seine Dienerschaft verteilt und eine kleine Summe Geldes zu sich gesteckt hatte, verbot er seinen Leuten, ihm zu folgen, und begab sich ganz allein zum Kloster der Observanz. Fest entschlossen, es nie wieder zu verlassen, ließ er sich in die Kutte kleiden.

Der Guardian, der ihn früher schon gekannt hatte, meinte zuerst, es sei bloß ein übler Scherz oder gar ein Traum; denn im ganzen Lande gab es keinen Edelmann, der weniger zum Barfüßermönch getaugt hätte, weil er alle Vorzüge und löblichen Anlagen besaß, die man sich an einem Edelmann nur wünschen kann. Als er aber seine Worte gehört und seine Tränen bächeweise über seine Wangen hatte niederrinnen sehen, ohne freilich zu wissen, aus welcher Quelle sie kamen, nahm er ihn voll Erbarmen auf. Und bald danach, als er sah, wie beharrlich der Edelmann an seinem Entschluß festhielt, verlieh er ihm das Ordenskleid, das er demutsvoll empfing. Der Markgraf und die Markgräfin erhielten Kunde davon und fanden es so sonderbar, daß sie es kaum glauben konnten.

Pauline wollte nicht, daß ihre Liebe offenbar werde, und verbarg, so gut sie konnte, ihre Trauer um ihn, so daß alle Welt sagte, sie habe schon sehr bald die große Liebe ihres Anbeters vergessen. So vergingen fünf oder sechs Monate, ohne daß sie sich etwas anmerken ließ. Während dieser Zeit zeigte ihr ein Mönch ein Lied, das ihr Anbeter gedichtet hatte, bald nachdem er Mönch geworden war. Die Weise dazu ist italienisch und recht verbreitet; aber die Worte habe ich so treu wie möglich in unsere Sprache übertragen. Sie lauten:

Was wird die Ärmste sagen,
Wie wird sie es ertragen,
Wenn sie als Mönch mich sieht?
Vorbei sind Lust und Freuden,
Nun muß ich alles leiden
Und stumm erdulden, was geschieht.

Verlassen fleht die Arme,
Daß Gott sich mein erbarme.
Allein und schweigend harrt sie mein.
Sie wird mein Los bedenken
Und meiner treu gedenken.
Ich such mein Heil in Gott allein.

Die unser Glück zerstörten,
Eh daß wir uns gehörten,
Was haben sie davon?
Ich muß mein Liebstes missen,
Doch rein ist mein Gewissen,
Und Reue ist der Arglist Lohn.

Selbst wenn sie heute kämen,
Uns bei den Händen nähmen
Zu Kurzweil, Spiel und Tanz,
Wir würden standhaft bleiben –
Was soll uns frohes Treiben? –
Und trachten nach des Himmels Glanz.

Wir finden schon hienieden
Im Kloster Gottes Frieden
Und fliehn aus Raum und Zeit.
Wir sind der Welt gestorben
Und haben uns erworben
Des Himmels Ruhm und Seligkeit.

Als sie dieses Lied abseits in einer Kapelle ganz durchgelesen hatte, brach sie in heftiges Weinen aus, so daß sie das ganze Papier mit ihren Tränen netzte. Und hätte sie nicht gefürchtet, ihre Liebe mehr zu zeigen, als sich geziemte, sie hätte sich unverweilt in eine Einsiedelei begeben und nie wieder ein Geschöpf dieser Welt gesehen. Doch die Klugheit, die in ihr wohnte, zwang sie, sich noch einige Zeit zu verstellen. Obschon sie also den festen Entschluß gefaßt hatte, der Welt völlig zu entsagen, gab sie sich heiter und ausgelassen und wußte eine so fröhliche Miene aufzusetzen, daß sie in Gesellschaft kaum wiederzuerkennen war. Diesen Entschluß trug sie fünf oder sechs Monate in ihrem Herzen verborgen und zeigte sich vergnügter als je zuvor.

Eines Tages aber ging sie mit ihrer Herrin in das Kloster der Observanz, um das Hochamt zu hören; und als der Priester, der Diakon und der Subdiakon aus der Sakristei zum Hauptaltar schritten, ging ihnen mit niedergeschlagenen Augen ihr armer Anbeter voraus, der sein Novizenjahr noch nicht hinter sich hatte und als Meßgehilfe diente. In seinen Händen trug er die beiden mit einem feinen Seidentuch bedeckten Meßkännchen vor ihnen her. Als Pauline ihn in solcher Kleidung sah, die seine Schönheit und Anmut eher hervorzuheben als zu verdunkeln schien, war sie auf einmal so bewegt und ergriffen, daß sie, um die Ursache der Röte, die ihr in die Wangen stieg, zu bemänteln, zu husten anfing. Ihr armer Anbeter, der diesen Ton besser kannte als das Geläute der Glocken seines Klosters, wagte nicht den Kopf zu drehen, aber als er an ihr vorbeikam, konnte er es seinen Augen nicht verwehren, den Weg zu nehmen, den sie so lange eingeschlagen hatten. Und während er Pauline traurig anblickte, wurde er von dem Feuer, das er längst erloschen wähnte, so ergriffen, daß er im Bemühen, es besser zu verbergen, als es in seiner Macht stand, der Länge nach vor ihr zu Boden fiel. Aus Angst, man könnte den Grund zu diesem Fall erraten, sagte er, er sei über die Steinplatten der Kirche gestolpert, die an dieser Stelle geborsten waren.

Als Pauline erkannte, daß das geistliche Gewand sein Herz nicht hatte wandeln können und daß, da er nun schon lange im Kloster lebte, es ihr jedermann nachgesehen hätte, hätte sie ihn vergessen, entschloß sie sich, ihr Vorhaben jetzt auszuführen und das Ende ihrer Liebe im gleichen Gewand und im selben Stand und Lebenswandel zu begehen, wie sie einst zusammen im selben Hause unter dem gleichen Herrn und der gleichen Herrin gelebt hatten. Und da sie schon mehr als vier Monate vorher alles angeordnet hatte, was nötig war, damit sie in ein Kloster eintreten konnte, bat sie eines Morgens die Markgräfin um die Erlaubnis, zu Sankt Klara die Messe hören zu dürfen. Die Markgräfin gab ihr Urlaub, wußte sie doch nicht, warum sie darum gebeten hatte. Als Pauline am Franziskanerkloster vorbeikam, bat sie den Guardian, ihren Anbeter herauszurufen, den sie für ihren Verwandten ausgab. Sie traf ihn in einer Seitenkapelle und sprach zu ihm: »Hätte es meine Ehre zugelassen, gleich nach Euch in ein Kloster zu gehen, so hätte ich nicht so lange gewartet. Nachdem ich nun aber durch mein geduldiges Abwarten dem Urteil der Leute vorgebaut habe, die ja eher Schlechtes als Gutes annehmen, bin ich entschlossen, den Stand, das Gewand und das Leben anzunehmen, wie ich es bei Euch sehe, ohne mich um das Gerede der Leute zu kümmern. Denn wenn es Euch dabei wohlergeht, dann will auch ich mein Teil daran haben, und wenn Ihr Ungemach leidet, so will ich nicht davon ausgenommen sein. Auf demselben Weg, den Ihr ins Paradies geht, will ich Euch nachfolgen, und ich bin gewiß, daß der, welcher die wahre, vollkommene und lautere Liebe ist, uns zu seinem Dienst berufen und durch eine ehrbare und geziemende Liebe auserwählt hat, die er durch seinen Heiligen Geist in reine Gottesliebe wandeln wird. So bitte ich Euch, laßt uns beide unsern Leib vergessen, der vergänglich ist und den alten Adam noch nicht abgelegt hat, damit wir den Leib unseres Gemahls Jesus Christus empfangen und uns damit bekleiden.«

Der Anbeter im Mönchsgewand war so froh und glücklich, als er von ihrer frommen Absicht vernahm, daß er vor Freude weinte und sie nach Kräften in ihrem Willen bestärkte. Er sagte ihr, da er von ihr auf der Welt nichts anderes mehr als Worte zu erhoffen habe, schätze er sich glücklich, an einem Ort zu leben, wo er jederzeit wieder mit ihr sprechen könne; und was sie sich zu sagen hätten, sei solcher Art, daß sie beide dadurch nur besser werden könnten, da sie im selben Stand einer Liebe, eines Herzens und eines Geistes lebten, erwählt und geführt von der Güte Gottes. Zu ihm flehe er, er möge schirmend über sie beide seine Hand halten, unter welcher niemand zuschanden werden könne. Als er das sagte, weinte er vor Freude und Liebe und küßte ihr beide Hände; sie aber neigte ihr Gesicht herab bis auf die Hand, und sie gaben sich in wahrer christlicher Gesinnung den heiligen Kuß der Bruderliebe.

In solcher Seligkeit schied Pauline von ihm und trat in das Kloster der heiligen Klara ein, wo sie aufgenommen wurde und den Schleier empfing.

Bald danach ließ sie es die Frau Markgräfin wissen, die darüber dermaßen erstaunt war, daß sie es nicht glauben wollte. Aber sie begab sich anderntags ins Kloster, um sie zu sehen und von ihrem Vorsatz abzubringen. Pauline gab ihr zur Antwort, wenn sie schon die Macht gehabt habe, ihr einen Gatten aus Fleisch und Blut wegzunehmen, den Mann' den sie auf der Welt am meisten geliebt habe, so solle sie sich damit zufriedengeben und nicht auch noch versuchen, sie von dem Gemahl zu trennen, der unsterblich und unsichtbar sei; denn das stehe weder in ihrer noch in irgendeines anderen Menschen Macht.

Als die Markgräfin ihren festen Vorsatz sah, küßte sie die Jungfrau und verließ sie mit großem Bedauern.

Seither lebten Pauline und ihr Geliebter so heilig und gottergeben in ihren Klöstern, daß unzweifelhaft der, dessen Gebot die Liebe ist, ihnen am Ende ihres Lebens wie einst der Magdalena sagte, ihre Sünden seien ihnen vergeben, denn sie hätten viel geliebt, und daß er sie dorthin rief, wo der Lohn alle Verdienste der Menschen übersteigt.

»Ihr könnt gewiß nicht leugnen, meine Damen, daß die Liebe des Mannes sich als größer erwiesen hat; aber sie wurde ihm so gut vergolten, daß ich wünschte, alle liebenden Männer möchten einen ebensolchen Lohn ernten.«

»Dann gäbe es also«, meinte Hircan, »mehr ausgemachte Narren und Närrinnen als je zuvor?«

»Nennt Ihr das Narrheit«, versetzte Oisille, »wenn man in jungen Jahren ehrbar liebt und hernach diese Liebe ganz und gar Gott zuwendet?«

Lachend entgegnete Hircan: »Wenn Trübsinn und Verzweiflung lobenswert sind, so will ich zugeben, daß Pauline und ihr Anbeter des Lobes wohl würdig sind.«

»Gott hat viele Wege, auf denen er uns zu sich führt«, warf Geburon ein, »und oftmals scheint der Anfang schlecht, aber das Ende ist gut.«

»Zudem glaube ich auch«, sagte Parlamente, »daß kein Mensch Gott vollkommen lieben kann, der nicht zuvor ein Geschöpf auf Erden wahrhaft geliebt hat.«

»Was heißt Ihr wahrhaft lieben?« fragte Saffredent. »Haltet Ihr die für wahrhaft Liebende, die zaghaft sind und die die Damen von weitem anbeten, die aber nicht wagen, ihnen ihre Gefühle anzutragen?«

»Ich heiße wahrhaft Liebende alle«, antwortete ihm

Parlamente, »die in dem geliebten Menschen irgendwelche Vollkommenheit suchen, sei es Schönheit, Güte oder Anmut, die stets die Tugend erstreben und ein so edles und ehrenhaftes Herz besitzen, daß sie lieber stürben, als daß sie etwas Niedriges, woran Ehre und Gewissen Anstoß nehmen, im Auge hätten. Denn die Seele, die nur geschaffen ist, um zu ihrem höchsten Glück zurückzukehren, strebt, solange sie im Körper gefangen ist, immer nur nach diesem Ziel. Weil nun aber die Sinne, die ihr davon Kunde geben könnten, durch den Sündenfall unseres Urvaters in Dunkelheit und Fleischeslust befangen sind, können sie ihr nur die sichtbaren Dinge zeigen, die der Vollkommenheit am nächsten kommen. Nach diesen strebt nun die Seele, da sie meint, in äußerer Schönheit, in sichtbarer Anmut und geistigen Tugenden könne sie göttliche Schönheit, Anmut und Tugend finden. Wenn sie sie aber gesucht und geprüft hat und findet darin nicht den, den sie liebt, so geht sie darüber hinweg wie ein kleines Kind, das seinem Alter gemäß Püppchen und anderes Spielzeug liebt, die schönsten Dinge, die sein Auge erfreuen, und das meint, es sammle Reichtümer, wenn es kleine Steine zusammenträgt. Wächst das Kind heran, liebt es die lebendigen Puppen und sammelt die Güter, die der Mensch zum Leben braucht. Erkennt der Mensch aber, lebenserfahrener geworden, daß es in den irdischen Dingen keine Vollkommenheit und auch kein hohes Glück gibt, dann verlangt ihn danach, den Schöpfer und Urquell dieser Güter zu suchen. Doch wenn Gott ihm nicht das Auge des Glaubens öffnet, ist er in Gefahr, aus einem Unwissenden ein ungläubiger Philosoph zu werden; denn der Glaube allein vermag das Heil zu zeigen und zu vermitteln, das der fleischliche Mensch und das Tier nicht erfassen können.«

»Seht Ihr denn nicht«, sprach Longarine, »daß das unbebaute Erdreich, das viele, wenn auch unnütze Kräuter und Bäume trägt, dennoch begehrt ist, weil die

Hoffnung besteht, daß es dereinst gute Früchte bringen wird, wenn sie erst dareingesät sind? Desgleichen kann das Herz des Menschen, der für die sichtbaren Dinge keine Liebe fühlt, niemals zur Liebe Gottes durch die Saat seiner Worte gelangen; denn das Erdreich seines Herzens ist unfruchtbar, kalt und zur Verdammnis erkoren.«

»Darum«, erklärte Saffredent, »sind auch die meisten Gelehrten so ungeistig; denn sie werden zeit ihres Lebens immer nur guten Wein und häßliche, schmutzige Stubenmägde lieben und niemals erproben, wie erhebend die Liebe einer ehrbaren Frau ist.«

»Wenn ich gut Latein zu sprechen verstünde«, meinte Symontault, »würde ich euch anführen, was der heilige Johannes sagt: Wer seinen Bruder nicht liebt, den er doch sieht, wie sollte er Gott lieben können, den er nicht sieht? – Denn von den sichtbaren Dingen wird man zur Liebe zu den unsichtbaren gebracht.«

»Aber«, versetzte Ennasuitte, »quis est ille laudabimus eum*, der so vollkommen ist, wie Ihr sagt?«

»Es gibt Menschen«, erwiderte Dagoucin, »die so stark und vollkommen lieben, daß sie ebenso gerne sterben möchten, wie ein Begehren zu verspüren, das gegen Ehre und Gewissen ihres Geliebten verstieße, und die also nicht wollen, daß sie oder andere etwas davon merken.«

»Diese Leute«, meinte Saffredent, »haben die Natur eines Chamäleons, welches von Luft lebt. Denn es gibt keinen Menschen auf der Welt, der seine Liebe nicht zu erklären wünscht und sich nicht geliebt wissen möchte. Und ich glaube, daß jedes Liebesfieber, und sei es noch so stark, im Nu vergeht, wenn es unerwidert bleibt. Ich selber habe offenkundige Wunder erlebt.«

»Ich bitte Euch«, sagte Ennasuitte, »nehmt meinen Platz ein und erzählt uns von einem Mann, der vom Tode zum Leben erweckt wurde, weil er bei seiner Dame das Gegenteil dessen sah, was er sich wünschte.«

* Wer ist jener, und wir wollen ihn preisen (Anmerkung des Übersetzers).

»Ich habe solche Angst«, erwiderte Saffredent, »ich könnte bei den Damen, denen ich jederzeit treu gedient habe und mein Leben lang treu dienen werde, Mißfallen erregen, daß ich ohne ausdrückliches Geheiß nicht gewagt hätte, von ihren Unvollkommenheiten zu erzählen. Doch will ich gehorchen und die Wahrheit nicht verhehlen.«

S. Freudenberg inv. I. Halbou Sculp.

## Zwanzigste Geschichte

*Der Herr von Ryant, der in eine verwitwete Dame heftig verliebt ist, erkennt an ihr das Gegenteil dessen, was er sich wünscht und was sie ihm oftmals eingeredet hat, und bekommt sich wieder so in die Gewalt, daß im Handumdrehen der Ärger das Feuer zu löschen vermochte, das weder die lange Zeit noch mancherlei Gelegenheit hatten ersticken können*

In der Dauphiné lebte ein Edelmann, Herr von Ryant mit Namen, der zum Hofstaat des Königs Franz I. gehörte, ein so schmucker und ehrenwerter Edelmann wie kaum ein anderer sonst. Lange Zeit umwarb er eine verwitwete Dame, die er so sehr liebte und verehrte, daß er sie aus Furcht, er könnte ihre Huld verlieren, nicht mit dem zu behelligen wagte, was er am meisten ersehnte.

Er war sich bewußt, daß er schön und liebenswert war, und glaubte fest und unerschütterlich, was sie ihm immer aufs neue schwor: sie liebe ihn mehr als alle Männer auf der Welt, und wenn sie je in den Fall käme, einem Edelmann ihre Gunst zu schenken, würde sie sie ihm allein zuwenden, sei er doch der vollkommenste, den sie zeitlebens gekannt habe; und sie bitte ihn, sich mit dieser ehrbaren Freundschaft zufriedenzugeben. Und andererseits beteuerte sie ihm nachdrücklich, wenn sie jemals einsehen müßte, daß er sich nicht mit dem begnüge, was ihm von Rechts wegen gewährt werde, sondern auf mehr Anspruch erhebe, dann werde er sie für immer verlieren. Der arme Edelmann gab sich damit nicht nur zufrieden, sondern schätzte sich auch sehr glücklich, das Herz einer Frau gewonnen zu haben, die so ehrbar war, wie er meinte.

Es würde zu weit führen, wollte ich euch erzählen, was er ihr für verliebte Worte sagte, wie lange er mit ihr Umgang pflog und welche Reisen er machte, um sie zu besuchen. Um es kurz zu machen: der arme Märtyrer, der in einem Feuer brannte, so seltsam, daß man, je heißer es brennt, um so mehr nach seiner Glut verlangt, trachtete nur immer danach, sein Martyrium noch zu verschlimmern.

Eines Tages kam ihn die Lust an, die Frau, die er mehr als sich selbst liebte und die er über alle Frauen der Welt stellte, zu Pferd zu besuchen. Als er vor ihrem Hause angelangt war, fragte er, wo sie sei. Man gab ihm Bescheid, sie sei eben erst vom Vespergottesdienst heimgekehrt und habe sich in ihren Garten zurückgezogen, um ihre Andacht dort zu beenden. Da saß er ab und ging geradeswegs in den eingehegten Garten, wo sie weilte, und fand auch ihre Frauen dort, die ihm sagten, sie ergehe sich ganz allein in einem hohen Laubengang.

Nun machte er sich mehr denn je Hoffnung auf einen glücklichen Zufall, der seiner Liebe zustatten käme; und so leise wie möglich, ohne das geringste Geräusch zu machen, suchte er sie mit Fleiß allenthalben, denn er wünschte sie vor allem allein zu treffen. Als er jedoch in die Nähe eines Gartenhäuschens kam, das aus verschlungenen Baumästen errichtet war, eines Örtchens, wie man es sich lauschiger und schöner nicht denken konnte, trat er unversehens ein, da er es kaum erwarten konnte, die Geliebte wiederzusehen. Da fand er seine Dame im Grase liegend in den Armen eines Stallknechts ihres Hauses, der so häßlich, schmutzig und widerlich war wie Ryant schön, stark, achtbar und liebenswert.

Ich will gar nicht versuchen, euch seinen Abscheu und seine Wut zu schildern; doch war sein Ingrimm so groß, daß er in einem Augenblick das Feuer auszulöschen vermochte, das weder die lange Zeit noch mancherlei Gelegenheit hatten ersticken können. Und ebenso mit Unwillen erfüllt wie zuvor mit Liebe, sagte er zu ihr: »Madame, wohl bekomme es Euch! Heute bin ich dank Eurer Niedertracht geheilt und erlöst von dem ständig brennenden Schmerz, an dem Eure Ehrbarkeit, die ich Euch zuschrieb, schuld war.« Und ohne von ihr Abschied zu nehmen, eilte er schneller von dannen, als er gekommen war.

Die arme Frau gab ihm keine Antwort. Sie schlug nur die Hände vor das Gesicht; denn da sie ihre Schande nicht zudecken konnte, bedeckte sie ihre Augen, um nicht den Mann sehen zu müssen, der sie ungeachtet ihrer Verstellung nur allzugut durchschaut hatte.

»Darum, meine Damen, bitte ich euch inständig, wenn ihr nicht gewillt seid, wahrhaft zu lieben, denkt nicht daran, einem redlichen Mann etwas vorzumachen und ihm zu eurem eignen Ruhm Kummer zuzufügen; denn Heuchlerinnen wird mit gleicher Münze heimgezahlt, und Gott nimmt Partei für die aufrichtig Liebenden.«

»Fürwahr«, sagte Oisille, »Ihr habt uns etwas Erbauliches für den Abschluß des Tages aufgespart! Und hätten wir nicht alle geschworen, nichts als die Wahrheit zu sagen, ich könnte nicht glauben, daß eine so hochgeborene Dame derart gottverlassen und verworfen und so ehrvergessen sein konnte, daß sie einen so artigen Edelmann um eines gemeinen Maultiertreibers willen verlassen mochte.«

»Ach, Madame«, erwiderte Hircan, »wüßtet Ihr den Unterschied zwischen einem Edelmann, der seiner Lebtage den Harnisch getragen hat und in Kriegsläuften umgetrieben wurde, und einem Knecht, der sich allezeit wohl genährt und nie vom Fleck gerührt hat, Ihr würdet diese arme Witfrau gewiß entschuldigen.«

»Ich glaube nicht, Hircan«, versetzte Oisille, »was Ihr auch sagen mögt, daß Ihr sie reinwaschen könnt.«

»Ich habe wohl sagen hören«, sprach nun Symontault, »es gebe Frauen, die wollen Apostel haben, damit sie ihre Tugend und Keuschheit verkünden; und denen tun sie schön und gehen ihnen um den Bart und hätscheln sie, versichern ihnen auch, sie würden ihnen ja gerne zu Willen sein und ihr Verlangen erfüllen, wenn nicht Ehre und Gewissen sie zurückhielten. Und die armen Narren schwören dann, wenn man in einer Gesellschaft auf sie zu reden kommt, sie wollten ihre Hand dafür ins Feuer legen, ohne sich zu verbrennen, daß sie ehrbare Frauen seien, denn sie hätten ihre Liebe auf die härteste Probe gestellt. So lassen sich diese Frauen von redlichen Männern loben. Ihresgleichen aber zeigen sie sich so, wie sie wirklich sind, und erwählen sich Männer, die sich nicht erkühnen würden, etwas auszuplaudern; und wenn sie schon etwas ausbrächten, würde ihnen doch niemand glauben, weil sie niedrigen und gemeinen Standes sind.«

»Diese Meinung«, fiel Longarine ein, »habe ich schon öfters von den eifersüchtigsten und argwöhnischsten Männern äußern hören; aber das sind nichts als Hirngespinste; denn selbst wenn es einmal irgendeinem bedauernswerten, unseligen Weib so ergangen ist, darf man doch andere deswegen nicht verdächtigen.«

»Ich meine«, sagte nun Parlamente, »je länger wir über diese Dinge sprechen, desto mehr werden die guten Herren hier in die gleiche Kerbe hauen wie Symontault, alles zu unserem Schaden. Darum wollen wir lieber die Vesper hören und gleich gehen, damit wir nicht so lange wie gestern auf uns warten lassen.«

Die Gesellschaft teilte ihre Ansicht, und unterwegs sagte Oisille zu ihnen: »Wenn jemand von uns Gott dafür dankt, daß wir am heutigen Tag in unseren Geschichten die Wahrheit gesagt haben, so muß Saffredent ihn um Verzeihung bitten, daß er so häßliche Anwürfe gegen die Damen wieder aufgewärmt hat.«

»Wahrlich«, gab ihr Saffredent zur Antwort, »meine Geschichte ist zwar zuverlässig wahr; aber ich habe sie freilich nur erzählen hören. Doch wenn ich berichten wollte, was ich mit eigenen Augen gesehen habe, so würdet Ihr Euch über das, was ich von den Frauen weiß, öfter bekreuzigen, als man's bei einer Kirchweih tut.«

»Es ist ein weiter Weg zur Reue«, meinte Geburon, »wenn die Beichte die Sünde noch schwerer macht.«

»Da Ihr eine so schlechte Meinung von den Frauen habt«, sagte darauf Parlamente, »sollten sie Euch eigentlich aus ihren ehrbaren Gesprächen und ihrem vertrauten Umgang ausschließen.«

Doch er erwiderte: »Manche Frauen haben mir gegenüber von dem Rat, den Ihr ihnen eben erteilt habt, so ausgiebigen Gebrauch gemacht und mich von allem ausgeschlossen und ferngehalten, was mir zukam und anstand, daß ich, wenn ich von allen noch Übleres sagen und ihnen noch Übleres antun könnte, nichts unversucht ließe, um sie zur Rache aufzuhetzen gegen die Frau, die mir so großes Unrecht antut.«

Während er das sagte, legte Parlamente ihre Halblarve an und betrat mit den andern die Kirche. Sie fanden, daß es zwar schon lange zur Vesper geläutet hatte, daß aber kein einziger Mönch da war, der die Messe hätte lesen können. Die Mönche hatten nämlich gehört, daß sich die Gesellschaft auf dem Anger zu versammeln und sich dort die vergnüglichsten Geschichten zu erzählen pflegte, und da sie mehr auf ihren Spaß aus waren als auf ihre Gebete, hatten sie sich bäuchlings hinter einer dichten Hecke in einen Graben gelegt. Dort hatten sie den schönen Geschichten so aufmerksam gelauscht, daß sie die Glocke ihres Klosters nicht hatten läuten hören. Das zeigte sich deutlich, als sie nun so eilig angelaufen kamen, daß sie richtig nach Luft schnappten und die Vespermette kaum zu lesen vermochten. Als die Messe vorbei war, gestanden sie denen, die sie nach dem Grund ihres verspäteten und schlecht angestimmten Gesanges fragten, schuld daran sei, daß sie ihnen zugehört hätten. Darum wurde ihnen angesichts ihrer Wißbegierde erlaubt, jeden Tag hinter der Hecke behaglich hingesetzt dabeizusein, wenn man sich Geschichten erzählte.

Das Abendessen verlief sehr heiter, und sie nahmen dabei die Gespräche wieder auf, die sie auf der Wiese nicht abgeschlossen hatten. Das dauerte den ganzen Abend, bis Madame Oisille sie bat, jetzt zu Bett zu gehen, damit ihr Geist am nächsten Morgen nach einer langen, erquickenden Nachtruhe frischer sei; denn eine Stunde Schlaf vor Mitternacht, meinte sie, sei besser als drei nachher. So begab sich denn jeder in seine Kammer, und die Gesellschaft trennte sich. Damit schloß dieser zweite Tag.

# DER DRITTE TAG

*Am dritten Tag wird von den Damen erzählt, die in ihrer Liebe nur Ehrbares gesucht haben, und von der Heuchelei und Bosheit der Mönche*

So zeitig sich die Gesellschaft auch am nächsten Morgen im Saal einfand, fand man dort doch bereits Madame Oisille vor, die sich schon seit mehr als einer halben Stunde den Abschnitt aus der Heiligen Schrift zurechtgelegt hatte, den sie vorlesen wollte; und hatte sie am ersten und zweiten Tag die Versammlung hoch erbaut, so tat sie es am dritten nicht weniger. Wäre nicht ein Mönch erschienen und hätte die Versammelten zur großen Messe geholt, sie hätten den Gottesdienst versäumt; denn in ihrer andächtigen Betrachtung hatten sie die Glocke überhört.

Nachdem sie fromm die Messe gehört und ein einfaches Mittagsmahl zu sich genommen hatten, damit zu reichliches Essen nicht ihr Gedächtnis beeinträchtigte und jeder, wenn die Reihe an ihn käme, sich aufs beste seiner Aufgabe entledigen könnte, zogen sich alle auf ihre Zimmer zurück, um ihre Erinnerungen zu überdenken, bis die gewohnte Stunde nahte, auf die Wiese zu gehen. Als es Zeit war, kamen sie alle dorthin, und wer eine ergötzliche Geschichte erzählen wollte, hatte schon eine so fröhliche Miene aufgesetzt, daß man hoffen durfte, es werde etwas zu lachen geben. Als sie sich dann hingesetzt hatten, fragten sie Saffredent, wem er seine Stimme für den dritten Tag gebe, und er sprach: »Mir scheint, da der Fehler, den ich gestern beging, so groß ist, wie ihr sagt, und ich keine Geschichte weiß, die imstande wäre, ihn wiedergutzumachen, muß ich meine Stimme Parlamente geben, die mit ihrem klugen Verstand die Damen schon so zu loben verstehen wird, daß darüber die Wahrheit, die ich euch gestern erzählt habe, in Vergessenheit geraten mag.«

»Es ist nicht meines Amtes«, erwiderte Parlamente, »Eure Fehler wiedergutzumachen, wohl aber werde ich mich hüten, mich des gleichen Vergehens schuldig zu machen. Deshalb habe ich mir vorgenommen, bei der versprochenen und beschworenen Wahrheit zu bleiben und euch darzulegen, daß es Damen gibt, die in ihrer Liebe nichts anderes gesucht haben als aufrichtige Ehrbarkeit. Weil die Frau, von der ich berichten will, aus gutem Hause war, werde ich in der Geschichte außer ihrem Namen nichts ändern. Ich bitte euch, meine Damen, bedenkt, daß die Liebe keine Macht hat, ein keusches und ehrbares Herz zu wandeln, wie ihr aus der Geschichte, die ich jetzt erzählen will, ersehen mögt.«

S. Freudenberg inv. De Longueil. Sculp.

## Einundzwanzigste Geschichte

*Rolandine, die bis zu ihrem dreißigsten Jahr unverehelicht geblieben ist, aber die Gleichgültigkeit ihres Vaters kennt und weiß, wie ungnädig ihre Herrin ihr gesinnt ist, faßt eine so heftige Liebe zu einem unehelich geborenen Edelmann, daß sie ihm die Ehe verspricht. Das erfährt ihr Vater, und er will sie mit äußerster Strenge zwingen, in die Auflösung dieser Ehe einzuwilligen. Sie aber verharrt in ihrer Liebe bis zum Tode des unehelichen Mannes, und nachdem sie darüber Gewißheit erlangt hat, wird sie mit einem Edelmann verheiratet, der Namen und Wappen ihres Hauses trägt*

In Frankreich lebte eine Königin, die in ihrem Gefolge mehrere junge Mädchen aus vornehmen und guten Häusern erzog. Unter ihnen befand sich auch ein Mädchen namens Rolandine, die mit ihr nahe verwandt war. Aber die Königin, die aus irgendeinem Grunde ihrem Vater feindlich gesinnt war, behandelte sie nicht sonderlich gut.

Obwohl das junge Mädchen weder besonders schön noch eigentlich häßlich war, war sie doch so klug und tugendhaft, daß verschiedene hochgestellte Persönlichkeiten sie zur Gattin begehrten. Doch erhielten sie jeweils eine kühle Absage, denn ihr Vater liebte sein Geld so sehr, daß er darob seine Tochter vergaß, und ihre Herrin war ihr, wie gesagt, so wenig wohlgesinnt, daß alle, die in der Gunst der Königin steigen wollten, nicht um sie warben.

So blieb das junge Mädchen dank der Lieblosigkeit ihres Vaters und der Geringschätzung ihrer Herrin lange Zeit unvermählt. Mit der Zeit grämte sie sich darüber, nicht so sehr weil sie gerne hätte heiraten wollen, als vielmehr weil sie sich schämte, nicht verehelicht zu sein; sie hielt völlige Einkehr in Gott und ließ die weltlichen Freuden und den eitlen Tand des Hofes. Ihre ganze Zeit verbrachte sie mit Beten und Handarbeiten. So zurückgezogen verlebte sie ihre jungen Jahre in größter Ehrbarkeit und so fromm wie eine Heilige.

Als sie in ihr dreißigstes Jahr ging, kam an den Hof ein Edelmann, ein unehelicher Sohn aus einem großen und angesehenen Haus, ein wohlgesitteter und trefflicher Mann wie kaum einer in seiner Zeit; aber er war arm und so wenig schön, daß ihn keine Dame, wer immer sie sein mochte, zu ihrer Lust gewählt hätte. Dieser arme Edelmann hatte keine Frau gefunden, und wie sich oft die Unglücklichen zusammenfinden, freundete er sich mit Fräulein Rolandine an; denn ihrer beider Schicksal, Anlagen und Verhältnisse waren sich ganz ähnlich. Sie klagten sich gegenseitig ihr Mißgeschick und schlossen sich eines dem andern in aufrichtiger Freundschaft an, und da sie sich beide als Leidensgenossen erkannten, suchten sie einander allerorten, um sich gegenseitig zu trösten. Aus diesem langen Verkehr erwuchs eine tiefe und dauerhafte Freundschaft.

Alle, die das Fräulein Rolandine so zurückgezogen hatten leben sehen, daß sie kaum je mit einem Menschen gesprochen hatte, nahmen, als sie nun die ganze Zeit mit dem hochgeborenen Bastard zusammen war, alsbald

Anstoß daran und sagten ihrer Erzieherin, sie dürfe diese langen Gespräche nicht dulden. Diese warf Rolandine ihren Umgang vor und sagte ihr, alle Welt nehme Ärgernis daran, daß sie so oft und lange mit einem Mann spreche, der weder reich genug sei, um sie zu heiraten, noch schön genug, um ihr Freund zu sein.

Rolandine, die seit jeher mehr ihrer Sittenstrenge halber als wegen ihrer Weltliebe getadelt worden war, erwiderte ihrer Erzieherin: »Ach, liebe Mutter, Ihr seht doch, daß ich keinen Gatten bekommen kann, der meinem Hause ebenbürtig wäre, und wißt, daß ich stets die jungen und schmucken Männer gemieden habe, aus Furcht, ich könnte sonst in Unannehmlichkeiten geraten, wie ich es schon bei so manchen Frauen gesehen habe. Ich halte diesen Edelmann hier für klug und tugendhaft, wie Ihr wißt, und er rät mir nur lauter gute und ehrbare Dinge. Was kann es Euch und denen, die sich darüber aufhalten, schon ausmachen, wenn ich mich mit ihm über meine Kümmernisse tröste?«

Die arme alte Frau, die ihre Herrin mehr als sich selber liebte, antwortete ihr: »Mein Fräulein, ich weiß wohl, daß Ihr die Wahrheit sprecht und daß Euch Euer Vater und Eure Gebieterin nicht so behandeln, wie Ihr's verdient. Doch da Eure Ehre auf diese Weise in der Leute Mund ist, dürft Ihr, und wäre er Euer leiblicher Bruder, in Zukunft nicht mehr mit ihm sprechen.«

Unter Tränen gab ihr Rolandine zur Antwort: »Liebe Mutter, da Ihr es so haben wollt, werde ich Euch gehorchen. Aber es ist doch etwas Unsinniges, daß man auf dieser Welt nicht einen einzigen Trost haben darf!«

Der Bastard wollte wie gewohnt zu ihr kommen und mit ihr sprechen; aber sie erklärte ihm ausführlich, was ihre Erzieherin ihr gesagt hatte, und bat ihn weinend, eine Zeitlang nicht mehr mit ihr zu sprechen, bis das Gerede sich ein bißchen gelegt hätte. Das tat er auch auf ihre Bitte.

Während sie aber einander fernbleiben mußten und

beide ihren Trost verloren hatten, begannen sie eine Qual zu verspüren, die sie beide bisher nicht gekannt hatten. Das Fräulein hörte nicht auf, zu Gott zu beten, Wallfahrten zu unternehmen, zu fasten und sich zu kasteien; denn die Liebe, die ihr bis dahin unbekannt gewesen war, versetzte sie in solche Unruhe, daß sie nicht eine Stunde Frieden fand. Dem Bastard aus gutem Hause machte die Liebe nicht weniger zu schaffen. Doch er hatte schon in seinem Herzen beschlossen, sie zu lieben und womöglich zu heiraten, und zog neben der Liebe auch die Ehre in Betracht, die ihm das einbringen mochte, wenn er sie zur Frau bekommen könnte. Deshalb war er auf eine Gelegenheit bedacht, ihr seine Absicht zu erklären, und vor allem suchte er ihre Erzieherin für sich zu gewinnen. Das gelang ihm auch. Er hielt ihr das Elend vor Augen, in dem ihre arme Herrin leben mußte, der man nun auch den letzten Trost noch rauben wollte. Die gute Alte dankte ihm schluchzend für die ehrbare Liebe, die er ihrer Herrin entgegenbringe, und dann überlegten sie zusammen, wie er zuweilen mit ihr sprechen könnte. Rolandine, so kamen sie überein, sollte hin und wieder so tun, als litte sie an heftigen Kopfschmerzen und vertrüge keinerlei Lärm; und wenn sich ihre Gefährtinnen dann in die Gemächer der Königin begäben, würden sie beide allein bleiben und könnten so ungestört miteinander reden.

Der Bastard war darüber sehr erfreut und hielt sich in allem an den Rat der Erzieherin, so daß er jederzeit, wann er nur wollte, mit seiner Freundin sprechen konnte. Dieses Glück aber währte nicht lange; denn die Königin, die Rolandine nicht sehr gewogen war, erkundigte sich, was sie denn so oft in ihrem Zimmer treibe. Obwohl jemand sagte, es sei wegen ihres Kopfwehs, hielt ihm ein anderer entgegen, der über die Abwesenden genau Bescheid wußte, die Freude, sich mit dem Bastard aus gutem Hause unterhalten zu können, werde ihr die Kopfschmerzen schon vertreiben.

Die Königin, die bei Rolandine für eine Todsünde ansah, was ihr bei andern nur als eine läßliche Sünde galt, ließ sie holen und verbot ihr, je wieder mit dem Bastard zu sprechen, es sei denn in ihrem Beisein in ihrem Gemach oder im Saal. Das Fräulein tat nicht dergleichen, sondern erwiderte ihr: »Hätte ich gedacht, Madame, daß er oder ein anderer Euch mißfiele, ich hätte nie mit ihm gesprochen.« Doch nahm sie sich vor, ein anderes Mittel, ihn zu sehen, ausfindig zu machen, von dem die Königin nichts wüßte, und das tat sie auch. Jeden Mittwoch, Freitag und Samstag, wenn sie fastete, blieb sie mit ihrer Gouvernante in ihrem Zimmer, wo sie, während die andern das Abendbrot aßen, alle Muße hatte, mit dem Edelmann zu sprechen, den sie allgemach immer inniger liebte.

Je mehr sie notgedrungen die Zeit ihrer Zwiesprache abkürzen mußten, desto liebreicher wurden ihre Worte, denn sie stahlen sich die Zeit dazu, wie ein Dieb ein kostbares Kleinod raubt. Doch konnte ihr Verkehr nicht so heimlich vor sich gehen, daß nicht ein Bedienter gesehen hätte, wie der Bastard am Fastentag ihr Zimmer betrat, und es an einem Orte weitererzählt hätte, wo es der Königin zu Ohren kam. Sie zürnte darüber so sehr, daß der Bastard fortan nicht mehr wagte, die Kammer des Fräuleins zu betreten. Um aber nicht des Glücks, mit ihr sprechen zu können, völlig verlustig zu gehen, gab er des öfteren vor, eine Reise zu unternehmen, und kehrte am Abend in die Kirche oder Schloßkapelle zurück, als Franziskaner oder Jakobiner verkleidet oder sonstwie vermummt, so daß ihn niemand erkannte. Dorthin ging dann das Fräulein Rolandine mit ihrer Erzieherin und hielt mit ihm Zwiesprache.

Als er die große Liebe sah, die sie ihm entgegenbrachte, scheute er sich nicht, zu ihr zu sagen: »Mein Fräulein, Ihr seht, in welche Gefahr ich mich begebe, um Euch dienstbar zu sein, und Ihr wißt auch, daß die Königin Euch verboten hat, mit mir zu sprechen. Andererseits kennt Ihr auch Euren Vater und wißt, daß er überhaupt nicht daran denkt, Euch zu verheiraten. Er hat so viele gute Anträge ausgeschlagen, daß ich weit und breit keinen Mann mehr wüßte, der um Euch anhalten könnte. Ich weiß wohl, ich bin arm, und Ihr könntet nur einen Edelmann heiraten, der reicher ist als ich. Würden aber Liebe und guter Wille als Schätze angerechnet, dann, möchte ich meinen, wäre ich der reichste Mann auf der Welt. Gott hat Euch große Reichtümer gegeben, und Ihr werdet voraussichtlich noch weit größere erhalten. Wenn ich so glücklich wäre, daß Ihr mich zu Eurem Gatten erwählen wolltet, so wäre ich für mein ganzes Leben Euer Gatte, Freund und treuer Diener. Nähmt Ihr aber einen, der Euch ebenbürtig ist, und der wäre nicht leicht zu finden, so würde er der Herr und Meister sein wollen und mehr auf Euern Reichtum sehen als auf Eure Person, auf Schönheit oder gar Tugend; und wenn er dann im Nießbrauch Eures Vermögens stünde, würde er Euch anders behandeln, als Ihr's verdientet. Mein Wunsch, dieses Glücks teilhaftig zu werden, und die Angst, Ihr könntet mit einem andern nicht glücklich sein, treiben mich zu der inständigen Bitte, Ihr mögt durch ein und dieselbe Maßnahme mich glücklich und Euch zur zufriedensten und bestbetreuten Frau machen, die jemals gelebt hat.«

Als Rolandine dieselben Worte vernahm, die sie ihm zu sagen vorhatte, antwortete sie ihm gelassen: »Ich bin froh, daß Ihr damit angefangen habt; denn schon lange hatte ich mir vorgenommen, mit Euch über all dies zu sprechen. Seit zwei Jahren, seit ich Euch kenne, habe ich unaufhörlich hin und her überlegt und alle die Gründe erwogen, die für oder gegen Euch sprechen könnten. Jetzt aber, da ich weiß, daß ich in den Ehestand treten will, ist es an der Zeit, daß ich einen Anfang mache und mir einen Mann erwähle, mit dem ich am besten und ruhigen Gewissens leben kann. Ich habe keinen finden können, sei er noch so schön, reich oder vornehmen

Standes, mit dem mein Herz und mein Geist sich vertragen könnten, außer Euch allein. Ich weiß, wenn ich Euch heirate, handle ich Gott nicht zuwider, sondern halte seine Gebote. Und was meinen gnädigen Herrn Vater anlangt, so hat er so wenig auf mein Glück hingewirkt und so viele Anträge abschlägig beschieden, daß ich mich nach dem Gesetz verheiraten darf, ohne daß er mich enterben könnte. Besitze ich dann nur, was mir zusteht, weil ich einen solchen Gatten heirate, wie Ihr es für mich sein werdet, so will ich mich trotzdem für die reichste Frau auf Erden halten. Was die Königin, meine Herrin, betrifft, brauche ich mir kein Gewissen daraus zu machen, daß ich ihr mißfalle, um Gott zu gehorchen; hat sie sich doch auch kein Gewissen daraus gemacht, mir das Glück vorzuenthalten, das ich in meinen jungen Tagen hätte genießen können. Damit Ihr aber erkennt, daß meine Freundschaft für Euch auf Tugend und Ehre gegründet ist, müßt Ihr mir geloben, wenn ich in diese Heirat willige, niemals darauf zu dringen, daß die Ehe vollzogen werde, bevor mein Vater gestorben ist oder ehe ich nicht einen Weg gefunden habe, seine Zustimmung zu erhalten.« Das versprach ihr der Bastard gern, und auf diese Abrede hin gaben sie jeder dem andern einen Ring als Unterpfand für ihre Heirat und küßten sich in der Kirche vor dem Antlitz Gottes, den sie zum Zeugen ihres Verlöbnisses nahmen. Und nie kam es seither zwischen ihnen zu einer größeren Vertraulichkeit, als daß sie sich küßten.

Dieses kärgliche Glück schuf den Herzen dieser vollkommenen Liebenden große Befriedigung, und sie lebten eine Zeitlang in dieser Gewißheit, ohne sich zu sehen. Überall, wo Ehre zu erringen war, fand sich der Bastard aus gutem Hause ein, in freudiger Zuversicht, daß er ja nicht arm bleiben könne, habe ihm Gott doch eine reiche Frau beschert. Diese bewahrte ihm, während er in der Ferne weilte, ihre treue Liebe so unwandelbar, daß sie für keinen andern Mann ein Auge hatte. Und obwohl noch manche Herren um sie anhielten, gab sie ihnen doch immer nur zur Antwort, sie sei nun so lange Zeit unvermählt geblieben, daß sie jetzt gedenke, ihr Lebtag unverehelicht zu bleiben.

Diese Antwort hörten so viele Leute, daß sie auch der Königin zu Ohren kam, und sie fragte, warum sie dergleichen Reden führe. Rolandine erwiderte, das tue sie bloß, um ihr zu gehorchen; denn sie wisse wohl, daß ihre Herrin niemals begehrt habe, sie zur rechten Zeit und mit einem verläßlichen Mann zu vermählen, so daß sie ehrenvoll versorgt und zu ihrer Zufriedenheit vermählt gewesen wäre. Und Alter und Geduld hätten sie inzwischen gelehrt, sich mit dem zu bescheiden, was sie jetzt sei. Sooft man zu ihr vom Heiraten sprach, gab sie die gleiche Antwort.

Als die Kriege zu Ende waren und der Bastard an den Hof zurückgekehrt war, sprach sie nie im Beisein anderer Leute mit ihm, sondern suchte stets eine Kirche auf und tat, als ginge sie zur Beichte, wenn sie mit ihm sprechen wollte. Denn die Königin hatte ihnen beiden bei Todesstrafe verboten, miteinander zu reden, es sei denn in Gegenwart einer großen Gesellschaft. Die redliche Liebe aber, die kein Verbot kennt, war findiger, eine Gelegenheit zu schaffen, daß sie miteinander sprechen konnten, als ihre Feinde flink waren, sie zu belauern. Unter dem Deckmantel sämtlicher Bekenntnisse, die sie ausdenken konnten, setzten sie ihr züchtiges Liebesverhältnis fort, bis der König sich auf ein Lustschloß unweit von Tours begab. Es lag aber nicht so nahe bei der Stadt, daß die Damen zu Fuß in eine andere Kirche als in die Schloßkapelle hätten gehen können, und diese war so ungünstig gebaut, daß es darin keine Stelle gab, wo man sich hätte verbergen können, ohne daß der Beichtvater sogleich deutlich erkannt worden wäre.

Doch wenn ihnen diese Gelegenheit auch genommen war, so fand Amor für sie wiederum eine weit günstigere. Denn es kam an den Hof eine Dame, die eine nahe Verwandte des Bastards war. Diese Dame wurde mit ihrem Sohn im Königsschloß untergebracht, und das Zimmer des jungen Prinzen lag in einem Vorbau des königlichen Schlosses, so daß er von seinem Fenster aus Rolandine sehen und mit ihr sprechen konnte, denn die beiden Fenster befanden sich gerade im Winkel der beiden Flügel des Schlosses. In dem Gemach über dem Audienzsaal des Königs wohnten alle Hoffräulein aus vornehmem Hause mit Rolandine zusammen. Nachdem sie mehrmals den jungen Prinzen an seinem Fenster gesehen hatte, ließ sie dem Bastard durch ihre Erzieherin davon Nachricht zukommen. Er sah sich die Örtlichkeit genau an und tat darauf, als fände er großes Vergnügen daran, ein Buch über die Ritter der Tafelrunde zu lesen, das sich im Zimmer des Prinzen fand. Und wenn dann alle andern zu Tisch gingen, bat er einen Kammerdiener, er möge ihn in dem Buch weiterlesen lassen und ihn in dem Zimmer einschließen; er wolle schon gut achtgeben.

Der Diener, der ihn als Verwandten des Prinzen, seines Herrn, kannte, ließ ihn lesen, solange er wollte. Rolandine ihrerseits kam ans Fenster. Um nun Gelegenheit zu haben, länger in ihrem Zimmer zu verweilen, gab sie vor, sie habe Schmerzen in ihrem einen Bein, und speiste so früh zu Mittag und Abend, daß sie nicht mehr an der gemeinsamen Tafel der Damen teilnahm. Sie ging daran, einen durchbrochenen Vorhang ganz aus karmesinroter Seide zu verfertigen, und hängte ihn dann vor das Fenster, an dem sie allein bleiben wollte. Wenn sie sah, daß kein Mensch da war, unterhielt sie sich mit ihrem Gatten, und sie konnten so laut sprechen, wie sie wollten, es hörte sie niemand; und wenn jemand in die Nähe kam, hustete und winkte sie, so daß der Bastard sich rechtzeitig zurückziehen konnte. Die Leute, die sie überwachten, waren überzeugt, mit ihrer Freundschaft sei es vorbei, denn sie rührte sich nicht aus dem Zimmer, wo er sie nicht besuchen konnte, weil ihm der Zutritt verwehrt war.

Eines Tages war die Mutter des jungen Prinzen in seinem Zimmer und trat an das Fenster, wo das dicke Buch lag. Bald danach grüßte eine der Gefährtinnen Rolandines, die am Fenster ihres Zimmers stand, die Dame und begann ein Gespräch mit ihr. Die Dame erkundigte sich nach dem Befinden Rolandines; das Fräulein erwiderte, sie könne sie selbst sehen, wenn es ihr beliebe. Sie hieß Rolandine in ihrer Nachthaube ans Fenster kommen, und nach einem kurzen Gespräch über ihre Krankheit zogen sich beide wieder zurück.

Als die Dame das dicke Buch von der Tafelrunde daliegen sah, sagte sie zu dem Kammerdiener, der es in seiner Obhut hatte: »Es nimmt mich wunder, wie junge Leute ihre Zeit damit vertun, solche Narreteien zu lesen!« Der Diener antwortete ihr, er wundere sich noch viel mehr darüber, daß ältere Leute, die für sehr klug gälten, derlei Dinge noch lieber läsen als die jungen, und erzählte ihr als erstaunliches Beispiel, daß der Bastard, ihr Vetter, täglich vier oder fünf Stunden hier zubringe und in diesem schönen Buch lese. Alsbald faßte die Dame einen Verdacht, warum er das tue, und sie gab dem Kammerdiener den Auftrag, sich irgendwo zu verstecken und zu beobachten, was er mache. Das tat er auch, und er fand heraus, daß das Buch, in dem er las, das Fenster war, an dem Rolandine mit ihm sprach. Dabei hörte er auch mehrere ihrer Liebesgespräche mit an, die sie vor unberufenen Ohren sicher wähnten.

Am nächsten Morgen erzählte er alles seiner Herrin, und sie ließ den Bastard vor sich rufen, machte ihm ernstliche Vorhaltungen und verbot ihm, sich künftig dort aufzuhalten. Am Abend sprach sie noch mit Rolandine und drohte ihr, wenn sie diese törichte Liebe nicht aufgebe, werde sie der Königin alle ihre Umtriebe erzählen.

Rolandine, die sich nicht ins Bockshorn jagen ließ,

schwor, daß sie seit dem Verbot ihrer Herrin nie mehr mit ihm gesprochen habe, was man auch sagen möge; von ihren Gefährtinnen wie auch von den Dienern und Knechten könne sie ja die Wahrheit erfahren. Was das Fenster betreffe, von dem sie spreche, so leugne sie, jemals dort mit dem Bastard Zwiesprache gehalten zu haben. Dieser aber fürchtete, sein Liebeshandel könnte entdeckt werden, und ging der Gefahr aus dem Wege. Lange Zeit kam er nicht an den Hof zurück; aber er schrieb an Rolandine auf so heimlichen Wegen, daß trotz allen Aufpassern, mit denen die Königin sie umstellte, keine Woche verging, in der sie nicht zweimal von ihm Nachricht erhielt.

Als er die Mönche nicht mehr als Mittelsleute zur Verfügung hatte, sandte er ihr einen kleinen Pagen, der bald die Farben dieses, bald eines andern Adeligen trug. Der mußte sich vor den Türen aufstellen, wo die Damen aus und ein gingen, und dort steckte er ihr die Briefchen heimlich im Gedränge zu. Eines Tages, als die Königin sich im Freien erging, erkannte jemand, der Auftrag hatte, genau aufzupassen, den Pagen und lief hinter ihm drein. Doch der Page war ein schlauer Bursche. Er ahnte, daß man ihm nachsetzte, rannte in das Haus einer armen Frau, die gerade ihre Suppe auf dem Feuer kochte, und verbrannte geschwind seine Briefe. Der Edelmann, der hinter ihm her war, zog ihn bis auf die Haut aus und durchsuchte alle seine Kleider, fand jedoch nichts und ließ ihn daher laufen. Als er fort war, fragte die Alte den Edelmann, warum er das Bübchen so durchsucht habe. Er antwortete: »Weil ich ein paar Briefe in die Hände bekommen wollte und glaubte, er trage sie bei sich.« – »Da hättet Ihr noch lange suchen können«, erwiderte die Alte; »denn er hatte sie gut versteckt.« – »Ich bitte Euch, sagt mir wo«, sprach der Edelmann; denn er hoffte ihrer bald habhaft zu werden. Als er aber hörte, daß der Page sie ins Feuer geworfen hatte, erkannte er, daß der Bursche schlauer gewesen war als er, und ging flugs zur Königin und erzählte ihr alles.

Von Stund an bediente sich der Bastard nicht mehr des Pagen noch eines anderen Jungen, sondern schickte einen betagten Diener dorthin, der es auf sich nahm, Rolandine die Briefe zu überbringen. Das tat er, obwohl er genau wußte, daß alle, die sich mit dieser Sache befaßten, im Namen der Königin mit dem Tode bedroht waren; doch das schreckte ihn nicht. Als der Alte ins Schloß gelangt war, wo Rolandine weilte, stellte er sich am Fuße einer großen Treppe vor einer Tür auf, durch die alle Damen kommen mußten. Aber ein Knecht, der ihn früher schon gesehen hatte, erkannte ihn sogleich und meldete es dem Haushofmeister der Königin, der eilends herbeikam und ihn festnehmen wollte. Als der kluge und gewitzte Diener sah, daß man ihn von weitem beobachtete, drehte er sich zur Wand, als wollte er sein Wasser lassen, und zerriß dort seinen Brief in winzige Fetzchen und warf sie hinter eine Tür. Gleich danach wurde er dingfest gemacht und bis auf die Haut durchsucht; und als man nichts bei ihm fand, fragte man ihn auf seinen Eid, ob er nicht Briefe bei sich gehabt habe. Man drohte ihm mit äußerster Strenge und wandte alle erdenklichen Überredungskünste an, um ihn dazu zu bringen, daß er die Wahrheit sagte. Doch weder durch Versprechungen noch durch Drohungen konnte man ihm etwas entlocken.

Man erstattete der Königin darüber Bericht, und jemand aus ihrem Gefolge kam auf den Gedanken, man könnte eigentlich hinter der Tür nachsehen, wo der alte Diener festgenommen worden war. Das tat man und fand auch, was man suchte: die Fetzchen des Briefes. Da ließ man den Beichtvater des Königs holen; der setzte sie auf einem Tisch zusammen und las dann den ganzen Brief von Anfang bis zu Ende vor. Daraus war klar zu entnehmen, daß sie sich heimlich vermählt hatten, denn der Bastard nannte sie immer nur seine Frau. Die Königin, die nicht, wie es ihre Pflicht gewesen wäre, gesonnen war, die Fehler ihrer Nächsten zu verheimlichen, machte daraus eine große Geschichte und befahl, man solle mit allen Mitteln den armen Mann zwingen, die Wahrheit über diesen Brief zu gestehen; und wenn man ihm das Schreiben zeige, dann könne er es nicht mehr abstreiten. Doch was man ihm auch sagte und zeigte, er blieb bei seiner ersten Aussage. Die Leute, die ihn zu bewachen hatten, führten ihn ans Ufer des Flusses und steckten ihn in einen Sack und sagten, er lüge gegen Gott und die Königin und zeuge wider die erwiesene Wahrheit. Er aber wollte lieber sein Leben drangeben als seinen Herrn anklagen und verlangte nach einem Beichtiger, und nachdem er sein Gewissen, so gut er konnte, erleichtert hatte, sprach er zu ihnen: »Ihr Herren, sagt dem gnädigen Herrn, meinem Gebieter, ich empfehle ihm das Leben meines Weibes und meiner Kinder, denn freudigen Herzens setze ich das meine in seinem Dienst ein. Nun tut mit mir, was euch beliebt; denn ihr werdet mir nimmermehr ein Wort entlocken, das gegen meinen Herrn zeugt.«

Um ihm noch größere Schrecken einzujagen, warfen sie ihn alsbald in dem Sack ins Wasser und schrien ihm zu: »Wenn du die Wahrheit sagen willst, wirst du gerettet werden.« Doch als sie sahen, daß er ihnen keine Antwort gab, zogen sie ihn wieder heraus und berichteten der Königin von seiner Standhaftigkeit. Sie äußerte sich dahin, weder der König, ihr Gemahl, noch sie selbst seien so glücklich, solche Diener zu besitzen wie jener Edelmann, der nichts habe, womit er es ihm lohnen könne; und sie tat alles menschenmögliche, um ihn dem Bastard abspenstig zu machen und in ihre Dienste zu ziehen, aber er wollte um keinen Preis der Welt seinen Herrn verlassen. Schließlich aber trat er mit der Erlaubnis seines Herrn in die Dienste der Königin, wo er glücklich und zufrieden lebte.

Nachdem die Königin aus dem Brief des Bastards die

Wahrheit über die Heirat erfahren hatte, ließ sie Rolandine vor sich rufen und nannte sie mit zornrotem Gesicht mehrere Male *Unselige* statt *Kusine*, hielt ihr auch vor, welche Schande sie über das Haus ihres Vaters und über alle ihre Verwandten gebracht habe, weil sie sich heimlich vermählt habe, und auch ihr, ihrer Gebieterin, habe sie Schmach angetan, weil sie weder ihren Befehl noch ihre Erlaubnis eingeholt habe.

Rolandine, die seit langem schon wußte, wie wenig ihr die Königin gewogen war, vergalt ihr Gleiches mit Gleichem, und da sie keine Liebe fand, verlor sie auch jegliche Furcht. Sie sagte sich zudem, diese Rüge im Beisein mehrerer Personen entspringe keineswegs der Liebe, die ihr die Königin entgegenbringe, sondern sie sei ihr erteilt worden, um sie herabzusetzen, weil die Königin ihres Erachtens mehr Vergnügen daran finde, sie zu züchtigen, als Mißvergnügen über ihr Vergehen. Und so antwortete sie ihr mit ebenso heiterer und zuversichtlicher Miene, wie das Antlitz der Königin verstört und zornig war: »Madame, wenn Ihr Euer Herz nicht selbst so kenntet, wie es ist, würde ich Euch den bösen Willen vorhalten, den Ihr meinem Herrn Vater und mir seit langem schon bewiesen habt. Doch seid Ihr Euch dessen so wohl bewußt, daß Ihr es nicht sonderbar finden werdet, wenn alle Welt darum weiß, und ich selbst, Madame, habe es zu meinem größten Schaden erfahren müssen. Denn hätte es Euch gefallen, mir solche Gunst zu erweisen wie anderen, die Euch nicht so nahestehen wie ich, so wäre ich jetzt verheiratet, zu Eurer Ehre wie auch zu der meinen. Doch Ihr habt mich stets übergangen, als hätte Eure Huld mich vergessen, so daß mir alle guten Partien, die ich hätte machen können, dank der Gleichgültigkeit meines Herrn Vaters und infolge der Geringschätzung, die Ihr mir entgegenbrachtet, entgangen sind. Darüber war ich in solche Verzweiflung geraten, daß ich, hätte meine Gesundheit den geistlichen Stand ertragen können, gerne ins Kloster gegangen wäre, um so den ständigen Kümmernissen, die Ihr mir bereitet habt, zu entgehen. In solcher Verzweiflung kam dann der zu mir, der aus ebenso gutem Hause wäre wie ich, wenn die Liebe zweier Menschen gleich hoch geschätzt würde wie der Ehering; denn Ihr wißt ja, daß sein Vater dem meinen vorging. Er hat mich lange umworben und geliebt. Ihr aber, Madame, habt mir nie auch nur den kleinsten Fehler nachgesehen und habt mich nie für ein gutes Werk gelobt, obwohl Ihr aus Erfahrung wißt, daß ich nicht gewöhnt bin, verliebte Worte oder weltliche Reden im Munde zu führen, und daß ich ganz zurückgezogen lebte und mich aufrichtig bemühte, gottgefälliger zu leben als andere. Und nun habt Ihr es mir sofort verübelt, daß ich mich mit einem Edelmann aussprach, der in diesem Leben ebenso unglücklich ist wie ich und in dessen Liebe ich nichts anderes sah noch suchte als Trost für meinen Geist. Als ich mich dann dieses Trostes völlig beraubt sah, geriet ich in solche Verzweiflung, daß ich beschloß, ebenso auf meine Ruhe bedacht zu sein, wie Ihr darauf aus seid, sie mir zu rauben. So war schon bald zwischen uns von einer Heirat die Rede, und die Ehe wurde durch Gelöbnis und Ring vollzogen. Daher scheint mir, Madame, Ihr tut mir arg Unrecht, wenn Ihr mich eine schlechte Person scheltet, zumal es bei einer so großen und vollkommenen Liebe, die mir, hätte ich es nur gewollt, übergenug Gelegenheit dazu geboten hätte, zwischen uns niemals zu größeren Vertraulichkeiten als zu Küssen gekommen ist – hoffte ich doch, daß mir Gott noch vor dem Vollzug der Ehe die Gnade erweisen würde, das Herz meines Herrn Vaters und seine Einwilligung zu gewinnen. Ich habe mich nicht wider Gott noch gegen mein Gewissen versündigt, denn ich habe bis zu meinem dreißigsten Jahr gewartet, um zu sehen, was Ihr und mein Vater für mich tun würdet, nachdem ich meine Jugend so keusch und ehrbar verbracht habe, daß kein Mensch mir etwas vorwerfen kann. Da ließ ich mir von meiner Vernunft raten, die

Gott mir gegeben hat, da ich mich nun alt und ohne Hoffnung sah, eine standesgemäße Heirat einzugehen, und entschloß mich, einen Mann nach meinem Wunsch zu ehelichen, nicht etwa um die Gelüste meiner Augen zu befriedigen, denn Ihr wißt ja, daß er nicht schön ist, auch nicht um meiner Fleischeslust zu frönen, denn unsere Ehe wurde nicht im Fleisch vollzogen, auch nicht aus Hoffart oder zeitlichem Ehrgeiz, denn er ist arm und tut sich wenig hervor. Nein, ich habe einzig und allein auf seine Tugend gesehen, deretwegen ihn jeder preisen muß, auch auf die große Liebe, die er mir entgegengebracht hat und die mich hoffen läßt, daß ich bei ihm Ruhe und liebreiche Behandlung finden werde. Ich habe Gutes und Schlechtes, das mir daraus erwachsen kann, wohl abgewogen und mich für das entschlossen, was mich das Bessere dünkte und was ich zwei Jahre in meinem Herzen erwogen habe: nämlich den Rest meiner Tage in seiner Gesellschaft zu verbringen. Und ich bin entschlossen, an meinem Vorsatz so festzuhalten, daß alle Martern, die ich darum vielleicht auszustehen habe, ja selbst der Tod mich nicht von diesem Entschluß abbringen können. Deshalb, Madame, geruht mir zu verzeihen, was sehr verzeihlich ist, wie Ihr selbst ganz gut wißt, und laßt mich in dem Frieden leben, den ich bei ihm zu finden hoffe.«

Als die Königin ihre entschlossene Miene sah und die Wahrheit ihrer Worte anerkennen mußte, konnte sie ihr keine Gründe entgegenhalten; und sie schalt und schmähte sie zornig weiter, brach dann in Tränen aus und sagte: »Unselige, die Ihr seid, anstatt Euch vor mir zu demütigen und Euern großen Fehler zu bereuen, begehrt Ihr auf und redet dreiste Worte, ohne eine Träne darüber zu weinen. Damit beweist Ihr klar, wie verstockt und verhärtet Euer Herz ist. Aber wenn der König und Euer Vater auf mich hören wollen, bringen sie Euch an einen Ort, wo Ihr wohl oder übel eine andere Sprache führen werdet!«

»Madame«, entgegnete Rolandine, »da Ihr mich einer allzu dreisten Sprache zeiht, will ich lieber schweigen, wenn Ihr mir nicht erlauben wollt, Euch zu antworten.«

Und als ihr die Königin weiterzureden gebot, sprach sie: »Madame, es steht mir nicht an, zu Euch, meiner Herrin und der größten Fürstin der Christenheit, dreist und ohne die schuldige Ehrerbietung zu sprechen. Das habe ich nicht gewollt und nie beabsichtigt. Da ich aber keinen Anwalt habe, der für mich sprechen könnte, außer der Wahrheit, die ich allein kenne, so bin ich gehalten, diese Wahrheit furchtlos vorzubringen, in der Hoffnung, wenn Ihr sie erst richtig kennt, werdet Ihr mich nicht mehr für das ansehen, was Ihr mich zu nennen beliebtet. Ich fürchte keines Menschen Urteil über mein Verhalten in der Angelegenheit, die man mir zur Last legt, weiß ich doch, daß Gott und meine Ehre dabei nicht beleidigt worden sind. Das läßt mich ohne Furcht sprechen, denn ich bin gewiß, daß Gott, der mein Herz sieht, mit mir ist. Und wenn solch ein Richter für mich ist, wie sollte ich mich da vor den Menschen fürchten, die sich seinem Richterspruch beugen müssen? Und weshalb sollte ich weinen, da doch mein Gewissen und mein Herz mir in dieser Sache nichts vorwerfen und ich so wenig an Reue denke, daß ich, müßte ich noch einmal von vorne anfangen, wieder täte, was ich getan habe? Ihr aber, Madame, habt allen Grund zu weinen, einmal wegen des bitteren Unrechts, das Ihr mir in meiner ganzen Jugend angetan habt, und dann weil Ihr mir ungerechterweise vor aller Welt wegen eines Vergehens Vorwürfe macht, das mehr Euch zugeschoben werden kann als mir. Hätte ich Gott, den König, Euch, meine Verwandten und mein Gewissen beleidigt, so wäre ich freilich arg verstockt, wenn ich nicht aus bitterer Reue weinte. Doch über eine gute, gerechte und heilige Sache habe ich keinen Anlaß in Tränen zu zerfließen. Niemand hätte darüber etwas Ehrenrühriges sagen können, und nur Ihr allein habt viel zu früh Lärm darum gemacht und damit gezeigt, daß Euer Verlangen, mich um meine Ehre zu bringen, größer war als der Wunsch, die Ehre Eures Hauses und Eurer Verwandten zu wahren. Da Ihr es aber so haben wollt, Madame, will ich Euch nicht widersprechen. Denn Ihr könnt mir jede Strafe geben, die Euch beliebt, und ich werde sie ebenso freudig unverdient erdulden, wie Ihr sie mir auferlegt. Darum, Madame, befehlt meinem Herrn Vater, welche Marter ich auf Euren Wunsch erleiden soll, denn ich weiß, er wird Euch den Willen tun. Wenigstens bin ich froh, daß er einzig zu meinem Unglück völlig Eurem Wunsche nachkommt, und wie er Euch zu Gefallen mein Glück vernachlässigt hat, wird er jetzt ebenso gehorsam mein Unheil betreiben. Doch ich habe einen Vater im Himmel und bin getrost, daß er mir Langmut genug schenken wird, die großen Leiden zu ertragen, die Ihr mir zugedacht habt; und auf ihn allein setze ich mein ganzes Vertrauen.«

Die Königin, die vor Zorn außer sich war, befahl, man solle sie hinausführen und in eine abseits gelegene Kammer sperren, wo sie mit keinem Menschen sprechen könne. Man ließ ihr aber ihre Erzieherin, mit deren Hilfe sie dem Bastard alles kundtat, was ihr zugestoßen war, und anfragen ließ, was sie nach seinem Dafürhalten tun solle. Er war der Meinung, die Dienste, die er dem König geleistet habe, könnten ihm von Nutzen sein, und kam eilends an den Hof. Er fand den König auf dem Lande und erzählte ihm wahrheitsgetreu, was vorgefallen war, bat ihn auch flehentlich, ihm, der nur ein armer Edelmann sei, huldreich seine Hilfe zu gewähren und die Königin so weit zu besänftigen, daß die Heirat vollzogen werden könne.

Der König fragte ihn nur: »Gebt Ihr mir Euer Wort darauf, daß Ihr sie geheiratet habt?«

»Ja, Majestät«, erwiderte der Bastard, »zwar vorläufig nur mit Worten, aber wenn es Euch recht ist, wollen wir die Ehe gültig vollziehen.«

Der König neigte den Kopf und ging, ohne ihm noch etwas zu erwidern, geradewegs zum Schloß zurück; und als er nahe genug herangekommen war, rief er den Hauptmann seiner Leibwache und befahl ihm, den Bastard gefangenzunehmen. Doch einer seiner Freunde, der sich auf das Mienenspiel des Königs verstand, warnte ihn und riet ihm, sich aus dem Staube zu machen und sich in ein Haus zurückzuziehen, das er in der Nähe besaß. Sollte der König, wie er vermute, nach ihm fahnden, werde er es ihn unverzüglich wissen lassen, damit er außer Landes fliehen könne. Wenn dann die Gemüter sich beruhigt hätten, werde er ihm Nachricht geben, damit er zurückkomme. Der Bastard glaubte ihm und suchte so schnell das Weite, daß ihn der Hauptmann der Leibwache nicht mehr fand.

Der König und die Königin berieten miteinander, was sie mit dem armen Fräulein anfangen sollten, das die Ehre hatte, ihre Verwandte zu sein, und auf den Rat der Königin wurde beschlossen, sie zu ihrem Vater zurückzuschicken, dem man über das Geschehene die volle Wahrheit mitteilte. Doch bevor man sie heimschickte, mußten mehrere geistliche Herren und Hofräte mit ihr sprechen und ihr vorhalten, da sie sich ja nur ein Heiratsversprechen gegeben hätten, könne die Ehe ohne weiteres gelöst werden, nur müßten sie einander aufgeben. Das sei der Wunsch des Königs, damit die Ehre des Hauses, dem sie angehöre, gewahrt bleibe. Sie gab ihnen zur Antwort, sie sei bereit, dem König in allen Dingen zu gehorchen, nur könne sie nicht ihrem Gewissen zuwiderhandeln; denn was Gott zusammengefügt habe, das könnten Menschen nicht scheiden. Sie bat sie auch, sie nicht mit solch unsinnigen Dingen zu versuchen, denn wenn Liebe und guter Wille, gegründet auf der Furcht Gottes, die wahren und sicheren Bande der Ehe seien, so sei sie dermaßen fest gebunden, daß weder Feuer noch Eisen noch Wasser ihre Bande brechen könnten. Einzig der Tod vermöge sie zu lösen; ihm und keinem andern werde sie Ring und Eid zurückgeben. Sie bat sie, ihr nicht mehr zum Gegenteil zu raten; denn sie sei fest entschlossen, lieber zu sterben und ihr Wort zu halten, als weiterzuleben und ihre Treue zu verleugnen.

Mit dieser standhaften Antwort zogen die Abgesandten des Königs ab; und als das Herrscherpaar sah, daß es kein Mittel gab, sie zum Verzicht auf ihren Gatten zu bewegen, schickten sie die Ärmste in so erbarmungswürdiger Verfassung zu ihrem Vater zurück, daß überall, wo sie vorbeikam, die Tränen flossen. Und obwohl sie sich nicht vergangen hatte, war die Strafe doch so hart und ihre Standhaftigkeit so groß, daß alle Welt ihr Vergehen als Tugend ansah.

Als ihr Vater diese klägliche Nachricht erfuhr, wollte er seine Tochter nicht sehen, sondern schickte sie auf ein Schloß mitten in einem Wald, das er einst bei einem Anlaß hatte bauen lassen, der verdient, ein andermal erzählt zu werden. Dort hielt er sie lange Zeit gefangen und ließ ihr immer wieder zureden, wenn sie ihren Gatten aufgeben wolle, werde er sie als seine Tochter achten und ihr die Freiheit wiedergeben. Doch sie blieb fest und wollte lieber in Kerkerbanden schmachten und dafür die Bande der Ehe weitertragen, als alle Freiheit der Welt ohne ihren Gatten zu besitzen. Wenn man ihr Gesicht betrachtete, schien es, als wären all ihre Leiden für sie nur ein ergötzlicher Zeitvertreib, da sie sie um ihres Geliebten willen ausstand.

Was soll ich hier von den Männern berichten? Der Bastard, der ihr so sehr verpflichtet war, wie ihr gesehen habt, entfloh nach Deutschland, wo er viele Freunde hatte, und zeigte bald durch seinen leichtfertigen Wandel, daß ihn nicht etwa wahre und vollkommene Liebe bewogen hatten, um Rolandine zu werben, sondern Habsucht und Ehrgeiz. Er verliebte sich so hitzig in eine deutsche Dame, daß er darob ganz vergaß, mit seinen Briefen der Frau zur Seite zu stehen, die um seinetwillen soviel Drangsal ausstand. Denn niemals konnte das

Schicksal, wie hart es auch mit ihnen umsprang, ihnen die Möglichkeit rauben, einander zu schreiben. Das vollbrachte erst die wahnwitzige und schandbare Liebe, in die er verfiel und die Rolandine ahnungsvoll sofort in ihrem Herzen fühlte, so daß sie keine Ruhe mehr fand.

Als sie dann seine Briefe so verändert und so viel kälter im Ton fand, daß sie gar keine Ähnlichkeit mehr mit den früheren hatten, da argwöhnte sie, daß eine neue Liebe sie von ihrem Gatten trenne. Das hatten bei ihr alle Leiden und Martern, die man ihr hatte antun können, nicht zustande gebracht. Weil ihre wahre Liebe jedoch nicht zuließ, daß sie ihr Urteil auf einen bloßen Verdacht gründete, fand sie einen Weg, einen vertrauenswürdigen Diener heimlich zu ihm zu entsenden; der sollte ihm nicht etwa einen Brief überbringen oder mit ihm sprechen, sondern ihn beobachten und die Wahrheit ausforschen. Als der Diener von seiner Reise zurückkam, meldete er ihr für gewiß, er habe den Bastard über die Maßen verliebt in eine deutsche Dame gefunden, und es laufe das Gerücht um, daß er um sie werbe und sie heiraten wolle, denn sie sei sehr reich.

Diese Nachricht traf das Herz der armen Rolandine mit so übergroßer schmerzlicher Gewalt, daß sie es nicht zu ertragen vermochte und in eine schwere Krankheit verfiel. Alle, die den Grund kannten, redeten ihr im Auftrag ihres Vaters zu, sie sehe ja jetzt, wie nichtswürdig der Bastard an ihr handle, und sie könne ihn mit Recht aufgeben, und suchten sie auf alle erdenkliche Weise zu überreden. Doch obwohl man sie bis aufs Blut quälte und ihr unentwegt zusetzte, gab es doch kein Mittel, ihren Sinn und Vorsatz zu ändern, und sie bewies in dieser letzten Anfechtung ihre Liebe und vorbildliche Tugend. Denn im selben Maße, wie die Liebe von seiner Seite dahinschwand, erstarkte die ihre und blieb trotz alledem vollkommen und unangefochten; denn alle Zärtlichkeit, die ihm abging, strömte zu ihr zurück. Und als sie erkannte, daß allein in ihrem Herzen noch die Liebe ganz wohnte, die vordem auf zwei verteilt gewesen war, beschloß sie, daran festzuhalten bis zu seinem oder ihrem Tode. Darum hatte die göttliche Allgüte, die vollkommenes Erbarmen und wahre Liebe ist, Mitleid mit ihrem Schmerz und nahm Bedacht auf ihre Geduld, so daß wenige Tage später der Bastard starb, als er einer andern Frau nachstellte. Davon wurde sie von denen, die gesehen hatten, wie er beerdigt wurde, in Kenntnis gesetzt, und darauf ließ sie ihren Vater kniefällig bitten, er möge ihr eine Unterredung gewähren.

Der Vater, der, seit sie gefangengehalten wurde, kein Wort mehr mit ihr gesprochen hatte, begab sich unverzüglich zu ihr; und nachdem er lang und ausführlich ihre gerechten Gründe angehört hatte, schloß er sie, statt sie zu tadeln oder gar zu töten, wie er ihr oftmals angedroht hatte, in seine Arme und sprach bitterlich weinend zu ihr: »Meine Tochter, Ihr seid gerechter als ich; denn ist in Eurer Angelegenheit irgendwo gefehlt worden, so trage ich die Hauptschuld daran. Da es aber Gott so gefügt hat, will ich das Vergangene wiedergutmachen.« Er führte sie in sein Haus und behandelte sie als seine erstgeborene Tochter. Bald danach wurde sie denn auch von einem Edelmann, der den gleichen Namen und dasselbe Wappen wie ihr Haus führte, zur Frau begehrt. Er war ausnehmend klug und tugendhaft und achtete Rolandine, mit der er oft zusammenkam, so hoch, daß er sie für das lobte, was die andern an ihr rügten, weil er erkannte, daß alles, was sie getan, nur der Tugend gegolten hatte. Die Heirat ward vom Vater und von Rolandine gern gesehen und ohne Verzug geschlossen.

Allerdings wollte ihr Bruder, der einzige Erbe des Hauses, ihr keinen Anteil gönnen und hielt ihr vor, sie habe ihrem Vater nicht gehorcht; und nach dessen Tod hielt er sie so kurz, daß ihr Gatte, der ein Zweitgeborener war, und sie kaum genug zu beißen und zu brechen hatten.

Doch Gott nahm sich ihrer an. Denn der Bruder, der alles für sich hatte haben wollen, starb unvermutet eines Tages und hinterließ ihnen zugleich den Besitz, den er seiner Schwester vorenthalten hatte, wie auch den seinen. So wurde sie die Erbin eines großen und schönen Hauses, in dem sie in der Liebe ihres Gatten fromm und ehrenhaft lebte; und nachdem sie zwei Söhne, die Gott ihnen schenkte, aufgezogen hatte, befahl sie freudig ihre Seele dem, in den sie seit jeher ihr ganzes Vertrauen gesetzt hatte.

»Nun, meine Damen, bitte ich, daß die Männer, die uns gern als so unbeständig hinstellen, kommen und mir das Beispiel eines ebenso guten Gatten zeigen, wie diese Frau eine gute Gattin war, und daß sie nur einen Mann von gleicher Treue und Beständigkeit vorweisen. Ich bin sicher, das fällt ihnen so schwer, daß ich es ihnen lieber erlassen will, als daß ich sie dieser peinlichen Notlage aussetze. Doch euch, meine Damen, kann ich's nicht ersparen und bitte euch, liebt, damit unser Ruhm fortbestehe, entweder gar nicht oder aber ebenso vollkommen. Nehmt euch in acht, daß keiner sagt, dieses Fräulein habe sich gegen ihre Ehre vergangen, hat sie doch durch ihre unbeirrbare Treue die unsere gemehrt.«

»Offengesagt, Parlamente«, wandte Oisille ein, »Ihr habt uns die Geschichte einer großherzigen und höchst achtbaren Frau erzählt; was aber ihrer Festigkeit ebensoviel Glanz verleiht, ist die Treulosigkeit ihres Gatten, der sie um einer andern willen verlassen wollte.«

»Ich glaube«, meinte Longarine, »daß dieser Kummer am unerträglichsten war; denn keine Last ist so schwer, daß die Liebe zweier Menschen, die wahrhaft einig sind, sie nicht ertragen könnte. Doch versäumt der eine seine Pflicht und bürdet er dem andern die ganze Last auf, so wird sie unerträglich schwer.«

»Ihr müßtet also Mitleid mit uns haben«, versetzte Geburon, »da wir allein die ganze Last der Liebe tragen und ihr auch nicht den kleinen Finger zu rühren geruht, um sie uns leichter zu machen.«

»Ach, Geburon«, entgegnete ihm Parlamente, »verschieden sind oft die Bürden, die Mann und Frau zu tragen haben. Denn die Liebe der Frau, die auf Gott und der Ehre beruht, ist so gerecht und vernünftig, daß jeder, der sich von solcher Freundschaft losmacht, für feige und schlecht gegen Gott und die Menschen gelten muß. Doch die Liebe der meisten ehrenwerten Männer geht so ausschließlich auf die Lust aus, daß sich die Frauen, die von ihren bösen Begierden nichts wissen, manchesmal allzu weit mit ihnen einlassen; und wenn ihnen Gott dann die Bosheit des Herzens dessen offenbart, den sie für einen guten Menschen angesehen haben, können sie sich unbeschadet ihrer Ehre und ihres guten Rufes von ihm trennen; denn die kürzesten Torheiten sind stets die besten.«

»Das ist mir ein Grund«, sagte Hircan, »den einzig Eure muntere Phantasie ausgeheckt hat. Ihr wollt doch nicht behaupten, daß ehrenhafte Frauen getrost und in allen Ehren die Liebe der Männer verschmähen, nicht aber die Männer sich von der Liebe der Frauen abwenden dürfen, als wären ihre Herzen verschieden! Auch wenn Gesichter und Kleider es sind, so glaube ich doch, daß ihre Triebe und Wünsche einander ganz gleich sind, nur daß verkappte Arglist die schlimmere ist.«

Da entgegnete ihm Parlamente in gelindem Zorn: »Wenn ich Euch recht verstehe, so haltet Ihr die Frauen, deren Arglist offen zutage liegt, für die minder schlimmen?«

»Lassen wir jetzt diesen Streit«, warf Symontault ein; »denn abschließend möchte ich vom Herzen der Männer und Frauen sagen: auch das beste von allen beiden taugt nichts. Doch laßt uns lieber sehen, wem Parlamente ihre Stimme gibt, so bekommen wir noch eine schöne Geschichte zu hören.«

»Ich gebe sie Geburon«, erwiderte sie.

»Nun, da ich schon etwas von den Franziskanern erzählt habe«, fing dieser an, »so will ich auch die Benediktinermönche nicht vergessen und berichten, was sich zu meiner Zeit mit ihnen begeben hat. Zwar werde ich euch die Geschichte eines böswilligen Mönches erzählen, doch braucht ihr deswegen die gute Meinung nicht aufzugeben, die ihr von den redlichen Ordensleuten habt. Da aber der Psalmist sagt, daß alle Menschen Lügner seien, und an einer andern Stelle meint: ‚Es gibt keinen Menschen, der recht tut, außer einem', kann man nach meinem Dafürhalten nicht fehlgehen, wenn man den Menschen so einschätzt, wie er wirklich ist. Denn wenn etwas Gutes an ihm ist, muß man es dem zuschreiben, welcher der Quell alles Guten ist, und nicht seinem Geschöpf, dem die meisten Menschen zuviel Lob und Preis spenden und zuviel Gutes zutrauen. Dadurch täuschen sie sich nur selbst. Damit ihr es nicht für unmöglich anseht, daß sich unter äußerster Sittenstrenge äußerste Lüsternheit verbergen kann, hört denn also, was sich zur Zeit des Königs Franz I. begeben hat.«

J. Freudenberg inv.  L. Halbou Sculp

## Zweiundzwanzigste Geschichte

*Schwester Marie Heroet wird vom Prior des Klosters Saint-Martin des Champs mit unkeuschen Anträgen bedrängt, besiegt aber mit Gottes Hilfe ihre starken Anfechtungen, zur großen Beschämung des Priors und zu ihrer Verherrlichung*

In der Stadt Paris lebte ein Prior des Klosters Saint-Martin des Champs, dessen Namen ich um der Freundschaft willen, die ich einst für ihn empfand, verschweigen will. Sein Lebenswandel war bis zu seinem fünfzigsten Jahr so sittenstreng, daß sich der Ruf seiner Heiligkeit durch das ganze Königreich verbreitete. Da war kein Fürst und keine Fürstin, die ihm nicht die größten Ehren erwiesen hätten, wenn er sie besuchte. Es geschah auch keine Reform eines Klosters, ohne daß er sie durchgeführt hätte; denn man nannte ihn allgemein den »Vater des wahren Glaubens«.

Er wurde zum Visitator des großen Frauenordens von Fontevrault gewählt und war so gefürchtet, daß alle Nonnen, wenn er eines ihrer Klöster besuchte, vor

Angst zitterten und ihn behandelten, wie sie es mit der Person des Königs getan hätten, um die Strenge, die er gegen sie walten ließ, zu besänftigen. Das wies er anfänglich zurück; aber schließlich, als er in sein fünfundfünfzigstes Jahr ging, begann er die Behandlung, die er am Anfang zurückgewiesen hatte, recht angenehm zu finden, und da er sich selbst für das öffentliche Wohl der gesamten Kirche hielt, wünschte er seine Gesundheit besser zu pflegen als bisher. Obwohl seine Ordensregel ihm verbot, Fleisch zu essen, setzte er sich darüber hinweg, was er keinem anderen gestattet hätte, und erklärte, auf ihm laste die ganze Verantwortung des Ordens. Drum ließ er sich's so wohl ergehen, daß er aus einem recht mageren Mönch zu einem feisten Dickwanst wurde.

Mit dieser Wandlung seiner Lebensweise ging auch eine Wandlung seines Herzens vor sich, so daß er auf die Gesichter der Nönnchen zu achten begann, was er bislang mit seinem Gewissen nicht hatte vereinbaren können; und dieweil er die Schönheiten betrachtete, die der Schleier noch begehrenswerter machte, fing er an, darauf lüstern zu sein. Um nun seine Lust zu büßen, wandte er so viel Schliche und Listen an, daß er schließlich seinem Hirtenamt untreu und zum reißenden Wolf wurde. So kam es, daß er in mehreren Klöstern, wo er ein etwas einfältiges Schäfchen fand, dieses Unschuldslämmchen auch sogleich verführte. Nachdem er aber sein schändliches Lotterleben lange Zeit geführt hatte, erbarmte sich die Güte Gottes der armen verirrten Schafe, und er wollte nicht länger dulden, daß dieser hoffärtige Unhold sein Wesen weitertrieb, wie ihr gleich sehen sollt.

Als er eines Tages ein Kloster in der Nähe von Paris namens Gif besuchte, geschah es, daß er unter all den Nonnen, denen er die Beichte hörte, eine fand, Marie Heroet mit Namen, deren Rede so sanft und angenehm klang, daß sie ein Gleiches auch von ihrem Angesicht und ihrem Herzen verhieß. Daher flammte vom bloßen

Hören in ihm eine hitzige Leidenschaft auf, wie er sie so übermächtig noch bei keiner andern Nonne empfunden hatte. Während er mit ihr sprach, neigte er sich tief herab, um ihr ins Gesicht sehen zu können, und erblickte einen so roten und lieblichen Mund, daß er nicht an sich halten konnte, sondern ihr den Schleier hob, um nachzusehen, ob die Augen zum übrigen Lärvchen paßten. Als er dies bestätigt fand, ward sein Herz von solch heftiger Glut erfüllt, daß er nicht mehr essen und trinken mochte und keine Ruhe fand, sosehr er sich auch zusammennahm. Auch als er in seine Priorei zurückgekehrt war, trieb ihn seine Unrast weiter um. Darum zerbrach er sich Tag und Nacht den Kopf und sann auf Mittel, wie er an das Ziel seiner Wünsche gelangen könnte und mit ihr treiben möchte, was er mit vielen anderen schon getan hatte. Doch fürchtete er, das werde schwierig sein. Er hatte ihre Worte so klug und ihren Geist so scharfsinnig gefunden, daß er sich nicht viel Hoffnung machen konnte; und andererseits war er so häßlich und alt, daß er beschloß, zu ihr nichts von seiner Liebe verlauten zu lassen, sondern zu versuchen, ob er sie nicht durch Furcht gewinnen könnte.

Daher begab er sich bald danach wiederum ins Kloster Gif, wo er sich strenger und unerbittlicher denn je zeigte, über alle Nonnen in Zorn geriet, die eine dafür tadelte, daß ihr Schleier nicht tief genug reichte, die andere, weil sie den Kopf zu hoch trug, die dritte, weil sie ihm nicht, wie's einer Nonne geziemte, gebührend die Reverenz erwies. In allen diesen nichtigen Kleinigkeiten zeigte er sich so streng, daß ihn alle fürchteten wie Gottvater auf einem Gemälde des Jüngsten Gerichts. Obwohl er das Zipperlein hatte, mühte er sich so sehr ab, alle Örtlichkeiten des Klosters zu besichtigen, daß er sich ungefähr zur Vesperstunde, wie er sich's vorgenommen hatte, im Schlafsaal der Nonnen einfand.

»Hochwürdiger Vater«, sprach die Äbtissin zu ihm, »es ist Zeit, die Vesper zu lesen«, worauf er erwiderte:

»Geht nur, ehrwürdige Mutter, geht nur und laßt sie lesen; denn ich bin so müde, daß ich hierbleiben will, doch nicht, um mich auszuruhen, vielmehr um mit Schwester Marie ein ernstes Wort zu sprechen, von der mir recht Schlechtes berichtet worden ist. Man hat mir nämlich gesagt, sie schwatze und tratsche wie eine weltliche Klatschbase.« Die Äbtissin, die eine Tante ihrer Mutter war, bat ihn darauf, er möge sie ordentlich abkanzeln, und ließ sie allein mit ihm und einem jungen Mönch, der ihn begleitete.

Als er nun mit Schwester Marie allein war, hob er ihr den Schleier auf und gebot ihr, ihn anzuschauen. Sie erwiderte, ihre Ordensregel verbiete ihr, die Männer anzuschauen. »Das ist wohlgesprochen, meine Tochter«, sprach er zu ihr, »aber Ihr dürft uns Geistliche nicht als Männer ansehen.« So schaute ihm denn Schwester Marie ins Gesicht, da sie fürchtete, sie könnte sonst aus Ungehorsam sündigen. Doch sie fand ihn so häßlich, daß ihr schien, ihn anzuschauen sei eher eine Bußhandlung als eine Sünde. Darauf sprach der ehrwürdige Vater gar salbungsvoll von der warmen und freundschaftlichen Zuneigung, die er für sie empfinde, und wollte ihr danach mir nichts, dir nichts an die Brüste greifen. Das wollte sie, wie sich's gehörte, nicht zulassen, und er erboste sich sehr und schnob: »Darf denn eine Nonne überhaupt wissen, daß sie Brüste hat?« Sie aber gab ihm zur Antwort: »Ich weiß wohl, daß ich solche habe, und soviel ist sicher: weder Ihr noch sonstwer soll mir dran-greifen. So jung und unwissend bin ich nicht, daß ich nicht wüßte, was Sünde ist und was nicht.«

Als er sah, daß seine Reden sie nicht gefügig machten, versuchte er ihr auf andere Art beizukommen und sprach zu ihr: »Ach, meine Tochter, ich muß Euch meine heillose Not klagen: ich leide nämlich an einer Krankheit, die alle Ärzte für unheilbar ansehn, es sei denn, ich kose und buhle mit einer Frau, die ich von Herzen liebhabe. Von mir aus möchte ich um mein Leben nicht eine

Todsünde begehen; aber wenn es dahin kommen sollte, so weiß ich, daß bloße Buhlerei keinesfalls der Sünde des Mordes gleichzusetzen ist. Wenn Euch darum mein Leben lieb ist, dann bewahrt Euer Gewissen vor Grausamkeit und rettet mich vor dem Tode.« Da fragte sie ihn, was für ein Spiel er denn mit ihr treiben wolle, und er antwortete ihr, sie könne getrost ihr Gewissen dem seinen anheimgeben, er werde nichts tun, was sie beide bedrücken könnte.

Um ihr zu zeigen, wie das kurzweilige Spiel, das er mit ihr zu treiben gedachte, anhebe, umarmte er sie und versuchte sie auf ein Bett zu werfen. Sie erkannte aber seine böse Absicht und setzte sich mit Worten und mit ihren Armen so wacker zur Wehr, daß er nichts erreichte und nur ihr Kleid berühren konnte. Als er schließlich sah, daß alle seine Schliche und Anstrengungen nichts fruchteten, wurde er fuchsteufelswild und vergaß nicht nur sein Gewissen, sondern auch seine angeborene Vernunft. Er fuhr ihr mit der Hand unter die Röcke und zerkratzte alles, was seinen Nägeln erreichbar war, mit solcher Wut, daß das arme Mädchen ein lautes Geschrei erhob und ohnmächtig hinfiel.

Auf dieses Geschrei hin trat die Äbtissin in den Schlafsaal, wo sie waren. Während sie der Vesperandacht beiwohnte, war ihr eingefallen, daß sie die Nonne, die Tochter ihrer Nichte, mit dem ehrwürdigen Vater allein gelassen hatte. Ihr Gewissen regte sich, sie verließ die Vespermette und ging zur Tür des Schlafsaals, um zu horchen, was darin vorgehe. Als sie nun die Stimme ihrer Nichte hörte, stieß sie die Tür auf, die der junge Mönch zuhielt.

Sowie der Prior die Äbtissin hereinkommen sah, wies er auf ihre Nichte, die ohnmächtig am Boden lag, und sprach zu ihr: »Fürwahr, ehrwürdige Mutter, Ihr hättet mir sagen sollen, wie es um Schwester Marie steht. Da ich nicht wußte, wie schwächlich sie ist, habe ich sie vor mir stehen lassen, und während ich ihr ins

Gewissen redete, ist sie, wie Ihr seht, in Ohnmacht gefallen.«

Sie brachten sie mit Weinessig und andern heilkräftigen Mitteln wieder zu sich und fanden, daß sie sich bei ihrem Fall am Kopf verletzt hatte. Als sie wieder bei Bewußtsein war, nahm sie der Prior, der fürchtete, sie könnte ihrer Tante erzählen, warum sie diesen Anfall erlitten hatte, auf die Seite und sagte leise zu ihr: »Meine Tochter, ich befehle Euch bei Strafe des Ungehorsams und der ewigen Verdammnis, daß Ihr keinem Menschen sagen dürft, was ich hier mit Euch getan habe. Wißt, daß nur das Übermaß meiner Liebe mich dazu getrieben hat. Und da ich sehe, daß Ihr von Liebe nichts wissen wollt, werde ich nie wieder davon sprechen. Aber ich versichere Euch, wenn Ihr mich lieben wollt, werde ich Euch zur Äbtissin einer der drei besten Abteien im ganzen Königreich wählen lassen.« Doch sie antwortete ihm, sie wolle lieber ihr Leben lang im Kerker schmachten, als jemals einen andern Geliebten haben als den, der für sie am Kreuz gestorben sei. Mit ihm wolle sie lieber alle Leiden der Welt ertragen, als ohne ihn alles Glück auf Erden besitzen. Er möge ihr nie mehr solche Anträge machen, sonst werde sie es der Mutter Äbtissin sagen. Wenn er aber schweige, werde auch sie reinen Mund halten.

So machte sich dieser schlechte Hirte davon. Doch um sich ganz anders zu zeigen, als er in Wirklichkeit war, und um noch einmal das Vergnügen zu haben, die Jungfrau, die er liebte, anzuschauen, wandte er sich zu der Äbtissin um und sagte: »Ehrwürdige Mutter, ich bitte Euch, laßt alle Eure Nonnen ein *Salve Regina* zu Ehren dieser Jungfrau singen, in die ich alle meine Hoffnung setze.« Das geschah; und während des Gesangs weinte der alte Fuchs in einem fort, nicht etwa aus Frömmigkeit, sondern vielmehr aus Bedauern, daß er sein schnödes Spiel verloren hatte. Und alle Nonnen, die glaubten, es geschehe aus Liebe zur Jungfrau Maria, hielten ihn für einen heiligen Mann. Schwester Marie aber, die seine Arglist kannte, betete in ihrem Herzen, der Gleisner, der die Jungfräulichkeit so schmählich mißachtete, möge zuschanden werden.

So ging der Wolf im Schafspelz nach Saint-Martin zurück. Dort aber brannte das böse Feuer, das in seinem Herzen entfacht war, Tag und Nacht weiter, und er brütete über allen möglichen Plänen und Schlichen, um doch noch an sein Ziel zu gelangen. Weil er aber vor allem andern die Äbtissin fürchtete, die eine tugendhafte Frau war, sann er auf ein Mittel, sie aus diesem Kloster wegzubringen. Er begab sich deshalb zu Madame de Vendôme, die zur Zeit in La Ferté weilte, wo sie ein Benediktinerkloster, genannt zum Ölberg, gestiftet und erbaut hatte. Als oberster Reformator gab er ihr zu verstehen, die Äbtissin des genannten Klosters zum Ölberg sei ihrer Aufgabe nicht gewachsen und könne einem solchen Gemeinwesen nicht vorstehen. Da bat ihn die gute Dame, ihr eine andere zu beschaffen, die dieses Amtes würdig sei. Er aber wollte nichts lieber als das und riet ihr, die Äbtissin von Gif zu nehmen, denn sie sei die berufenste in ganz Frankreich. Madame de Vendôme ließ sie unverzüglich holen und übertrug ihr das Amt der Äbtissin ihres Klosters zum Ölberg.

Der Prior von Saint-Martin, der alle Stimmen des ganzen Klosters in seiner Hand hatte, ließ in Gif eine Äbtissin wählen, die ihm völlig ergeben war, und verfügte sich nach der Wahl dorthin, um noch einmal zu versuchen, ob er durch Bitten und mit Sanftmut nicht Schwester Marie Heroet gewinnen könne. Als er sah, daß er nichts ausrichten konnte, kehrte er in seine Priorei Saint-Martin zurück. Um jedoch sein Ziel trotzdem zu erreichen und sich zugleich an der Nonne zu rächen, die ihm so grausam getrotzt hatte, auch aus Furcht, sein Tun und Treiben könnte ruchbar werden, ließ er nächtlicherweile heimlich die Reliquien der Priorei Gif stehlen und bezichtigte den Beichtiger der

Abtei, einen hochbetagten und wackeren Mann, er habe sie entwendet. Dann ließ er ihn um deswillen in Saint-Martin gefangensetzen.

Während er ihn gefangenhielt, stiftete er zwei Zeugen an, die, ohne zu wissen, worum es ging, alles unterschrieben, was der Herr von Saint-Martin ihnen befahl, nämlich, sie hätten in einem Garten den genannten Beichtvater mit Schwester Marie bei unzüchtigen Handlungen betroffen. Darüber wollte er dem alten Beichtiger ein Geständnis abpressen. Der aber wußte über alle Vergehen seines Priors Bescheid und bat ihn kniefällig, ihn vor das Ordenskapitel zu bringen; dort werde er im Beisein sämtlicher Mönche die Wahrheit über alles aussagen, was er davon wisse. Der Prior indes fürchtete, daß die Rechtfertigung des Beichtvaters seine Schuld erweisen werde, und wollte dies Ansuchen nicht bewilligen. Da er ihn aber fest auf seinem Wunsch bestehen sah, behandelte er ihn im Gefängnis so schlecht, daß er – wie manche sagten – daran starb oder – wie andere behaupteten – gezwungen wurde, seine Kutte abzulegen und außer Landes zu gehen. Wie dem auch sei, man sah ihn seither nicht wieder.

Als der Prior dachte, er habe Schwester Marie völlig in der Hand, begab er sich in das Kloster, wo ihm die Äbtissin, die ihm ganz und gar ergeben war, in allem freie Hand ließ. Da machte er von seinem Recht als Visitator Gebrauch und ließ alle Nonnen, eine nach der andern, in ein Zimmer kommen, um sie unter dem Vorwand einer Visitation einzeln zu verhören. Als die Reihe an Schwester Marie kam, die ihre gute Tante verloren hatte, sprach er zu ihr: »Schwester Marie, Ihr wißt, welches Verbrechens Ihr bezichtigt werdet, und daß Euere Verstellung, als wäret Ihr wunder wie keusch, Euch gar nichts genützt hat; denn man weiß genau, daß Ihr das gerade Gegenteil seid.«

Zuversichtlich und gelassen erwiderte ihm Schwester Marie: »Laßt meinen Ankläger kommen, und Ihr werdet ja sehen, ob er in meiner Gegenwart bei seiner Verleumdung bleiben wird.«

Er hielt ihr entgegen: »Wir brauchen keinen weiteren Beweis, denn der Beichtvater ist überführt worden.«

Da erwiderte Schwester Marie: »Ich halte ihn für einen so rechtschaffenen Mann, daß er eine solche Lüge nicht hat vorbringen können. Sollte es aber dennoch der Fall sein, so stellt uns einander gegenüber, und ich werde ihm das Gegenteil seiner Aussage beweisen.«

Als der Prior sah, daß er sie auf keine Weise in die Enge treiben konnte, sagte er zu ihr: »Ich bin Euer geistlicher Vater und möchte Eure Ehre retten. Deswegen stelle ich es Eurem Gewissen anheim, mir die Wahrheit zu sagen; ihr werde ich Glauben schenken. Ich bitte und beschwöre Euch also, sagt mir bei Strafe ewiger Verdammnis die Wahrheit, ob Ihr noch Jungfrau wart, als Ihr hierherkamt.«

Sie antwortete ihm: »Mein Vater, das Alter von fünf Jahren, das ich dazumal hatte, mag allein schon dafür zeugen, daß ich Jungfrau war.«

»Nun wohl denn, meine Tochter«, sprach der Prior, »habt Ihr seit jener Zeit diese Jungfernblüte nicht verloren?«

Sie schwor ihm: nein, und niemals sei ihr, von ihm abgesehen, jemand zu nahe getreten. Darauf entgegnete er, das könne er nicht glauben, und eine Probe sei angezeigt.

»Was für eine Probe«, fragte sie, »gedenkt Ihr denn vorzunehmen?«

»Die gleiche wie bei allen andern«, erwiderte der Prior. »Denn genauso, wie ich Visitator der Seelen bin, steht mir auch zu, die Leiber zu visitieren. Eure Äbtissinnen und Priorinnen sind alle ebenfalls durch meine Hände gegangen. Ihr habt ja nichts zu fürchten, wenn ich Eure Jungfräulichkeit in Augenschein nehme. Darum legt Euch hier auf das Bett und deckt das Vorderteil Eures Gewandes über das Gesicht.«

Zornig entgegnete ihm Schwester Marie: »Ihr habt mir schon so viel von Eurer aberwitzigen Liebe gesprochen, die Ihr zu mir habt, daß ich eher glaube, Ihr wollt mir die Jungfernschaft rauben, als daß Ihr sie in Augenschein nehmt. So laßt Euch denn gesagt sein, daß ich mich nimmermehr dazu hergeben werde.«

Darauf erklärte er ihr, sie sei wegen Ungehorsams gegen die heilige Kirche exkommuniziert, und wenn sie nicht einwillige, werde er sie vor versammeltem Kapitel in Unehre bringen und die Sünde bekanntgeben, die sie, wie er wisse, mit dem Beichtiger begangen habe.

Doch sie entgegnete ihm furchtlos: »Der die Herzen seiner Diener kennt, wird mir vor seinem Antlitz ebensoviel Ehre erweisen, wie Ihr mir vor den Menschen Schande antun könntet. Darum will ich lieber, weil Eure Bosheit nun einmal so weit geht, daß sie ihre Grausamkeit bis zuletzt an mir auslasse, als daß ich mich ihrem böswilligen Gelüste füge; denn ich weiß, daß Gott ein gerechter Richter ist.«

Alsogleich rief er das ganze Kapitel zusammen und ließ Schwester Marie auf den Knien vor sich kommen und sagte zu ihr in höchstem Unwillen: »Schwester Marie, es tut mir leid, daß meine gutgemeinten Ermahnungen bei Euch nicht angeschlagen haben und daß Ihr in eine so üble Lage geraten seid und ich Euch gegen meine Gewohnheit eine Buße auferlegen muß. Ich habe nämlich Euern Beichtvater einiger Sünden wegen, deren er bezichtigt worden ist, verhört, und er hat mir gestanden, er habe Euch an dem Ort, wo die Zeugen Euch gesehen haben wollen, mißbraucht. Wie ich Euch deshalb zuvor in einen ehrenvollen Stand erhoben und zur Lehrmeisterin der Novizen ernannt habe, verfüge ich jetzt, daß Ihr nicht nur als die geringste von allen geachtet werden, sondern auch am Boden hockend vor allen Schwestern Wasser und Brot als Speise und Trank bekommen sollt, bis Eure Zerknirschung als genügend erkannt wird und wir Gnade walten lassen können.«

Schwester Marie war von einer ihrer Gefährtinnen, die über ihre ganze Angelegenheit unterrichtet war, gewarnt worden, wenn sie dem Prior eine Antwort gebe, die ihm mißfalle, so werde er sie in pace gefangensetzen, das heißt, bis an ihr Lebensende in den Kerker werfen. So nahm sie denn diesen Urteilsspruch gelassen hin und betete mit zum Himmel erhobenen Augen zu Gott, der ihr Kraft verliehen hatte, sich der Sünde zu erwehren, er möge ihr nunmehr Geduld und Langmut verleihen, damit sie diese Drangsal überstehen könne. Überdies verbot ihr der Prior von Saint-Martin noch, drei Jahre lang, wenn sie Besuch von ihrer Mutter oder andern Anverwandten erhalte, mit ihnen zu sprechen oder an sie zu schreiben, es seien denn Briefe, die sie in Anwesenheit der andern Nonnen geschrieben hätte.

So ging der unselige Mann fort und kam nicht wieder ins Kloster zurück. Das arme Mädchen aber lebte lange Zeit in solcher Bedrängnis, wie ihr vernommen habt. Aber ihre Mutter, die sie vor allen ihren Kindern liebte, sah, daß sie keine Nachricht mehr von ihr erhielt, und wunderte sich sehr darüber. Sie sagte deshalb zu einem ihrer Söhne, einem klugen und ehrenhaften Edelmann, sie glaube wahrhaftig, ihre Tochter sei gestorben, aber die Nonnen verheimlichten es ihr, um weiter das Jahrgeld zu beziehen. Sie bat ihn, einen Weg ausfindig zu machen, wie er, gleichgültig auf welche Weise, seine Schwester sehen könne.

Auf der Stelle begab er sich in das Kloster, wo man ihn mit den gewöhnlichen Ausflüchten abspeisen wollte, nämlich daß seine Schwester seit drei Jahren bettlägerig sei und nicht mehr habe aufstehen können. Damit gab er sich aber nicht zufrieden und schwor ihnen, wenn er sie nicht zu sehen bekomme, werde er über die Mauer steigen und gewaltsam ins Kloster eindringen. Darob gerieten sie in solche Furcht, daß sie ihm seine Schwester an das Gitter brachten; doch hielt sich die Äbtissin stets dicht in ihrer Nähe, so daß sie ihrem Bruder nichts sagen konnte, was jene nicht auch hörte. Da Schwester Marie aber klug war, hatte sie alles, was ich bereits erzählt habe, aufgeschrieben und dazu noch eine Unmenge anderer Kniffe, die der Prior sich ausgedacht hatte, um sie zu täuschen; doch will ich davon nichts berichten, weil das zu weit führte.

Doch will ich nicht vergessen zu erwähnen, daß der Prior zu der Zeit, als ihre Tante noch Äbtissin war, meinte, sie weise ihn wegen seiner Häßlichkeit ab, und Schwester Marie durch einen jungen, hübschen Mönch in Versuchung führen ließ, denn er hoffte, wenn sie aus Liebe diesem Mönch zu Willen sei, so könne er sie hernach ängstigen und sich so gefügig machen. Als ihr jedoch der junge Mönch in einem Garten seine Anträge mit so unzüchtigen Gebärden machte, daß ich mich schämen müßte, sie hier zu erwähnen, lief das arme Mädchen zu ihrer Äbtissin, die sich mit dem Prior unterhielt, und schrie: »Meine Mutter, das sind ja Teufel und keine Mönche, die uns besuchen!« Sogleich sagte der Prior, der fürchtete, entlarvt zu werden, unter Lachen: »Wahrlich, ehrwürdige Mutter, Schwester Marie hat recht!« Dann faßte er Schwester Marie bei der Hand und sagte vor der Äbtissin zu ihr: »Ich habe gehört, Schwester Marie sei eine überaus schlagfertige Person und nicht auf den Mund gefallen, sondern ein rechtes Weltkind. Und darum habe ich mir gegen meine Natur Zwang angetan und alle die losen Reden vor ihr geführt, die weltliche Männer zu ihren Frauen sagen – wenigstens wie ich sie aufgeschrieben fand; denn an Erfahrung bin ich darin unwissend wie an dem Tag, da ich zur Welt kam. Weil ich aber dachte, mein Alter und meine Häßlichkeit hätten ihr so tugendhafte Antworten eingegeben, habe ich meinen jungen Mönch geheißen, ihr ebensolche Dinge zuzuflüstern; sie hat aber, wie Ihr seht, auch ihm tugendhaft widerstanden. Ich halte sie darum für so klug und sittsam, daß ich wünsche, sie soll künftig nach Euch die Erste Lehrmeisterin der Novizen sein, damit ihr frommes Bemühen immerzu an Tugend zunehme.«

Das und noch anderes mehr tat der saubere Mönch drei Jahre lang, während er in die Nonne verliebt war. Diese also steckte, wie gesagt, ihrem Bruder durch das Gitter den ganzen Bericht ihrer jammervollen Geschichte zu. Er brachte ihn seiner Mutter, die ganz verzweifelt nach Paris eilte und die Königin von Navarra, die einzige Schwester des Königs, aufsuchte. Ihr zeigte sie den jammervollen Bericht und sagte: »Madame, traut ein andermal diesen Heuchlern! Ich glaubte meine Tochter in den Vorhof des Paradieses oder zumindest auf den Weg dorthin gebracht zu haben, und nun habe ich sie auf den Weg zur Hölle und in die Hände der schlimmsten Teufel gegeben, die darin ihr Unwesen treiben. Denn Teufel führen uns gemeinhin nicht in Versuchung, wenn es uns nicht gelegen kommt, und diese wollen uns mit Gewalt erobern, da sie keine Gegenliebe finden.«

Die Königin von Navarra war in arger Verlegenheit; denn sie setzte volles Vertrauen in den Prior von Saint-Martin und hatte ihm die Amtspflichten der Äbtissinnen von Montivilliers und Caen, ihrer Schwägerinnen, übertragen. Andrerseits flößte ihr dieses schwere Vergehen solchen Abscheu ein, daß sie unbedingt die Unschuld des unglücklichen Mädchens rächen wollte; sie machte also dem Kanzler des Königs, der damals Bevollmächtigter des Papstes in Frankreich war, Mitteilung davon. Der Prior von Saint-Martin wurde an den Hof entboten, fand aber keine andere Entschuldigung, als daß er siebzig Jahre alt sei. Er bat die Königin von Navarra, statt aller Huldbeweise, die sie ihm jemals noch zu geben gedenke, und zum Lohn für alle seine Dienste und auch für alle diejenigen, die er ihr künftig noch zu leisten wünsche, möge sie geruhen, diesen Prozeß niederzuschlagen, und er wolle auch bekennen, daß Schwester Marie Heroet eine Perle an Ehre und Jungfräulichkeit sei.

Als die Königin von Navarra das hörte, war sie so erstaunt, daß sie nicht wußte, was sie ihm antworten sollte, und ihn einfach stehenließ. Der Unselige zog sich ganz verstört in sein Kloster zurück, wo er sich vor keinem Menschen mehr blicken ließ und nur noch ein Jahr lebte. Schwester Marie Heroet hingegen wurde nach ihren Tugenden, die Gott ihr verliehen hatte, gebührend wertgehalten und von der Abtei Gif, wo sie soviel Ungemach erlitten hatte, versetzt und vom König zur Äbtissin der Abtei Gy bei Montargis ernannt. Diese unterzog sie einer gründlichen Reform und lebte vom Geist Gottes erfüllt, den sie ihr Leben lang dafür lobte und pries, daß er ihr Ehre und Frieden wiedergegeben hatte.

»Diese Geschichte, meine Damen, ist recht dazu angetan, zu erhärten, was das Evangelium lehrt: daß Gott durch Schwaches das Starke zuschanden macht und durch das, was in den Augen der Menschen unnütz ist, den Ruhm derer zunichte macht, die sich wichtig vorkommen und es doch nicht sind. Bedenkt auch, meine Damen, daß es ohne die Gnade Gottes keinen Menschen gibt, in dem man etwas Gutes vermuten dürfte, und keine noch so starke Versuchung, über die man mit Gott nicht den Sieg davontrüge, wie ihr aus der Demütigung dessen ersehen könnt, den man für einen Gerechten hielt, und aus der Erhöhung der Jungfrau, die er als Sünderin und Missetäterin verleumdete. Hierin bewahrheitet sich das Wort unseres Heilands: *Wer sich selbst erhöht, der soll erniedrigt werden, und wer sich selbst erniedrigt, der soll erhöhet werden.*«

»Ach«, sagte Oisille, »wieviel rechtschaffene Leute hat dieser Prior nicht hinters Licht führen können! Denn ich habe es selbst gesehen: man vertraute ihm mehr als Gott.«

»Mir wäre das nicht passiert«, meinte Nomerfide, »denn ich verspüre solchen Abscheu, wenn ich einen Mönch sehe, daß ich ihm gar nicht beichten könnte. Ich halte sie nämlich für schlimmer als alle andern Männer. In jedem Haus, das sie betreten, hinterlassen sie Schande oder Zwietracht.«

»Es gibt auch anständige unter ihnen«, erwiderte Oisille. »Man darf nicht um der schlechten willen den Stab über alle Mönche brechen. Die besten aber sind die, die am wenigsten in weltlichen Häusern und mit Frauen verkehren.«

»Da habt Ihr recht«, versetzte Ennasuitte; »denn je weniger man sie sieht, desto weniger kennt man sie, und um so höher schätzt man sie, weil man sie erst richtig kennenlernt, wenn man mit ihnen Umgang pflegt.«

»Genug davon«, sagte Nomerfide. »Lassen wir die Klosterleute und sehen wir, wem Geburon seine Stimme gibt.«

Um seinen Fehler wiedergutzumachen – wenn es ein Fehler war, daß er das unselige und abscheuliche Leben eines schlechten Mönchs enthüllte, um vor der Heuchelei seiner Genossen zu warnen –, gab Geburon Madame Oisille das Wort, da er sie so hochschätzte, wie man eine kluge Dame hochhält, die ebenso maßvoll ist, wenn sie Böses sagt, wie sie eifrig ist, wenn es gilt, das Gute, das sie an andern kennt, zu preisen und bekanntzumachen. »Ich gebe das Wort Madame Oisille«, sprach er, »damit sie etwas zu Gunsten der heiligen Religion erzählt.«

»Wir haben so hoch und heilig geschworen, stets nur die Wahrheit zu sagen«, erwiderte Oisille, »daß ich da nicht mitmachen kann. Zudem habt Ihr mich mit Eurer Geschichte wieder an ein recht jammervolles Geschehnis erinnert, das ich euch unbedingt erzählen muß; denn ich wohnte nicht weit von der Gegend, wo es sich zu meiner Zeit zugetragen hat, und ich möchte, meine Damen, daß euch nicht die Scheinheiligkeit derer, die sich für frömmer halten als andere, den Verstand berücke, so daß euer Glaube vom rechten Weg abkommt und meint, sein Heil in irgendeinem andern Geschöpf zu finden als in dem, der zu unserer Schöpfung und Erlösung keinen

Gehilfen haben wollte und der allmächtig ist, uns im ewigen Leben zu erretten und in diesem zeitlichen zu trösten und von all unserer Drangsal zu erlösen. Außerdem weiß ich auch, daß sich der Engel Satan oftmals in einen Engel des Lichts verwandelt, damit das äußere Auge, vom Schein der Heiligkeit und Frömmigkeit geblendet, nicht bei dem verweilt, was es fliehen müßte. Aus diesen Gründen scheint es mir gut, euch diese Geschichte zu erzählen, weil sie sich zu unserer Zeit begeben hat.«

S. Freudenberg Inv. L. Halbou. Sculp.

## Dreiundzwanzigste Geschichte

*Die allzu große Ehrfurcht, die ein Edelmann aus Périgord dem Orden des heiligen Franz entgegenbringt, ist schuld daran, daß er, sein Weib und sein kleines Kind eines elenden Todes sterben*

Im Lande Périgord lebte ein Edelmann, der den heiligen Franz so fromm und demütig verehrte, daß ihm schien, alle, die seine Kutte trügen, müßten dem guten Heiligen gleichen. Ihm zu Ehren hatte er in seinem Haus ein Zimmer und eine Kleiderkammer herrichten lassen, um die genannten Mönche zu beherbergen. Nach ihrem Rat führte er alle seine Geschäfte, ja sogar die unwichtigsten Angelegenheiten seines Haushalts und meinte, wenn er ihrem guten Rat folge, gehe er ganz sicher.

Nun begab es sich aber eines Tages, daß die Frau dieses Edelmannes, die schön und ebenso klug wie tugendhaft war, eines schönen Knäbleins genas. Deswegen liebte ihr Gatte sie noch mehr als bis dahin. Um die Wöchnerin zu feiern, ließ er einen seiner Schwäger zu sich holen. Als nun die Stunde des Abendessens nahte, erschien ein Franziskaner, dessen Namen ich aus Ehrfurcht vor dem Kloster verschweigen will. Der Edelmann war sehr erfreut, als er seinen geistlichen Vater sah, vor dem er keinerlei Geheimnis hatte, und nachdem er mit ihm, seiner Frau und seinem Schwager das und jenes gesprochen hatte, setzten sie sich zum Nachtmahl an den Tisch. Während des Essens betrachtete der Edelmann seine Frau, die schön und anmutig genug war, um auch einem Gatten Verlangen einzugeben, und fragte ganz laut den ehrwürdigen Pater: »Mein Vater, ist es wahr, daß ein Mann eine Todsünde begeht, wenn er bei seiner Frau schläft, solange sie im Wochenbett ist?«

Der Pater, der ganz anders redete, als er dachte und fühlte, antwortete ihm mit zorniger Miene: »Wahrlich, Herr, ich denke, es ist eine der schwersten Sünden, die man in der Ehe begehen kann, und wäre es auch nur des Beispiels der gebenedeiten Jungfrau Maria wegen, die den Tempel erst nach den Tagen ihrer Reinigung betreten wollte, obwohl sie dieser gar nicht bedurfte. So solltet auch Ihr Euch ein kleines Vergnügen versagen können, wenn selbst die ehrwürdige Jungfrau Maria sich, um dem Gesetz zu gehorchen, enthielt, in den Tempel zu gehen, in dem sie doch ihren ganzen Trost fand. Überdies behaupten auch die Herren Doktoren der Medizin, es bestünde große Gefahr für die Nachkommenschaft, die dergestalt gezeugt würde.«

Als der Edelmann diese Worte hörte, war er sehr betrübt, denn er hatte gehofft, sein geistlicher Vater werde ihm die Erlaubnis geben; doch sprach er nicht weiter davon. Der hochwürdige Mönch hatte inzwischen mehr getrunken, als ihm bekam, und die junge Frau betrachtet und bei sich gedacht, wenn er der Gatte wäre, so hätte er gewiß den guten Pater nicht gefragt, ob er bei seiner Frau schlafen dürfe. Und wie ein Feuer sich nach und nach entzündet und schließlich das ganze Haus in Flammen setzt, so begann auch der Mönch in solcher fleischlichen Brunst zu brennen, daß er sich mit einemmal entschloß, sein Verlangen, das er mehr als drei Jahre lang in seinem Herzen verschlossen mit sich herumgetragen hatte, ganz und gar zu stillen.

Nachdem die Tafel aufgehoben war, nahm er den Edelmann bei der Hand, führte ihn ans Bett seiner Frau und sprach vor ihr zu ihm: »Herr, da ich die innige Liebe kenne, die zwischen Euch und Eurer Gemahlin besteht und die Euch bei Eurer großen Jugend so arg peinigt, daß ich großes Mitgefühl mit Euch habe, will ich Euch ein Geheimnis unserer heiligen Theologie verraten: das Gesetz nämlich, das gegen die Mißbräuche rücksichtsloser Ehemänner so streng ist, gebietet doch wiederum nicht, daß Gatten, die reinen Gewissens sind wie Ihr, die eheliche Beiwohnung vorenthalten sei. Wenn ich Euch darum, Herr, im Beisein Eures Gesindes das Gesetz in seiner ganzen Strenge vor Augen gehalten habe, so will ich Euch, der Ihr doch ein verständiger Mann seid, auch dessen milde Seite nicht verhehlen. Wisset denn, mein Sohn, es gibt Frauen und Frauen wie auch Männer und Männer. Zum ersten müssen wir wissen, ob bei Madame, dieweil sie vor drei Wochen niedergekommen ist, der Blutfluß aufgehört hat.« Darauf erwiderte die junge Frau, sie sei ganz rein. »Wohlan denn«, sagte der Franziskaner, »mein Sohn, ich gebe Euch die Erlaubnis, ohne jedes Bedenken mit ihr zu schlafen, aber Ihr müßt mir zweierlei versprechen.« Das tat der Edelmann gerne.

»Zum ersten«, fuhr der hochwürdige Pater fort, »dürft Ihr mit keinem Menschen darüber sprechen, sondern müßt heimlich kommen. Zum zweiten dürft Ihr erst zwei Stunden nach Mitternacht kommen, auf daß die Verdauung der liebwerten Dame nicht durch Eure Tollheiten gestört werde.« Das versprach ihm der Edelmann und beschwor es mit so starken Eiden, daß der Pater, der ihn weit eher für einen Dummkopf denn für einen Lügner hielt, seiner Sache völlig sicher war.

Man sprach noch dies und das miteinander, und dann

zog sich der ehrwürdige Pater in seine Schlafkammer zurück, nachdem er ihnen zuvor noch eine gute Nacht gewünscht und seinen Segen erteilt hatte. Doch im Hinausgehen nahm er den Edelmann beiseite und sprach zu ihm: »Wahrlich, Herr, kommt jetzt mit mir und haltet die arme Kindbetterin nicht länger wach.« Da gab ihr der Edelmann einen Kuß und sagte zu ihr: »Liebste, laßt mir die Tür Euerer Kammer offen.« Das hörte aber der Pater sehr wohl.

So begaben sie sich beide in ihre Schlafkammern. Doch sobald der Mönch allein in seiner Kammer war, dachte er nicht mehr an Schlaf und Ruhe. Und als er hörte, daß im Hause alles still war, ungefähr um die Zeit, da er gewöhnlich zur Frühmette ging, schlich er so leise wie möglich geradewegs zum Zimmer der jungen Frau und fand die Tür offen, da sie ja ihren Herrn und Gemahl erwartete, löschte schlau die Kerze aus und legte sich geschwind zu ihr ins Bett, ohne ein Wort zu sagen.

Die junge Frau glaubte, er sei ihr Mann, und sagte: »Ei, lieber Freund, Ihr habt das Versprechen, das Ihr unserem Beichtiger gegeben habt, schlecht gehalten. Ihr solltet doch nicht vor zwei Uhr hierherkommen!«

Der Mönch, dem es mehr um tätiges Wirken als um erbauliches Stillsein zu tun war, dachte, schon weil er fürchtete, sie könnte ihn erkennen, einzig daran, sein schändliches Gelüste zu befriedigen, das ihm schon so lange das Herz vergiftet hatte, und gab ihr keine Antwort. Darüber war die Dame höchst erstaunt.

Als der Mönch nun die Stunde nahen sah, zu der ihr Gatte kommen sollte, erhob er sich, ließ die junge Frau allein und kehrte in seine Kammer zurück. Und wie ihm zuvor die rasende Fleischbegierde den Schlaf geraubt hatte, so ließ ihn jetzt die Angst, die ja stets einer Missetat auf dem Fuße folgt, keine Ruhe finden. Er ging also zum Pförtner des Hauses und sprach zu ihm: »Guter Freund, Euer Herr hat mir aufgetragen, mich unverzüglich in unser Kloster zu begeben und dort etliche Fürbitten zu sprechen, die ihm sehr am Herzen liegen. Darum bitte ich Euch, guter Freund, gebt mir ein Reittier und schließt mir das Tor auf, ohne daß es jemand hört; denn die Sache ist dringlich und geheim.«

Der Pförtner, der wohl wußte, daß dem Franziskaner zu gehorchen seinem Herrn einen angenehmen Dienst erweisen hieß, öffnete ihm heimlich das Tor und ließ ihn hinaus.

Im selben Augenblick erwachte der Edelmann, der die Stunde herankommen sah, die ihm der Mönch zum Besuch seiner Gattin angegeben hatte, und er erhob sich in seinem Nachtgewand und ging eilends zu ihr, um mit ihr zu schlafen, was er nach Gottes Gebot und auch ohne Erlaubnis eines Menschen sowieso hätte tun dürfen. Als seine Frau ihn neben sich sprechen hörte, wunderte sie sich so sehr, daß sie in Unkenntnis dessen, was vorgefallen war, zu ihm sagte: »Wie, Herr, haltet Ihr so Euer Versprechen, das Ihr dem ehrwürdigen Pater gegeben habt? Ihr solltet doch auf Eure und meine Gesundheit Rücksicht nehmen, und statt dessen seid Ihr nicht nur vor der anberaumten Zeit zu mir gekommen, sondern kehrt jetzt sogar noch einmal zurück. Ich bitte Euch, Herr, bedenkt das doch.«

Der Edelmann war so verwirrt, als er das hörte, daß er seinen Verdruß nicht verhehlen konnte und ihr erwiderte: »Was redet Ihr da? Ich weiß doch wahrhaftig, daß ich seit drei Wochen nicht mehr mit Euch geschlafen habe, und da verweist Ihr's mir, ich tue des Guten zuviel! Wenn Ihr weiter so daherredet, müßte ich ja glauben, meine Gesellschaft sei Euch zuwider, und Ihr würdet mich gegen meinen Willen und meine Gewohnheit zwingen, mir anderswo die Lust zu suchen, die ich nach Gottes Gebot mit Euch genießen soll.«

Die junge Frau meinte, er wolle sich über sie lustig machen, und antwortete: »Ich bitte Euch inständig, Herr, täuscht Euch nur nicht, während Ihr mich zu täuschen glaubt. Denn wenn Ihr auch kein Wort gesprochen habt, als Ihr mir beiwohntet, so habe ich doch genau erkannt, daß Ihr dagewesen seid.«

Jetzt erst sah der Edelmann ein, daß sie beide hintergangen worden waren, und er schwor ihr hoch und heilig, daß er nicht dagewesen sei. Darüber fiel die Dame in große Traurigkeit, und sie bat ihn unter Tränen und Schluchzen, schleunigst auszuforschen, wer es gewesen sein konnte; denn in ihrem Hause schlief außer ihrem Schwager und dem Franziskaner kein Mensch. Sogleich eilte der Edelmann, dem jäh ein Verdacht gegen den Franziskanermönch aufgestiegen war, so schnell ihn seine Beine trugen, in die Kammer, wo er ihn zu treffen meinte, er fand sie aber leer. Um noch größere Gewißheit zu erhalten, ob er geflohen sei, ließ er den Mann herbeirufen, der das Haustor hütete, und fragte ihn, ob er wisse, was aus dem Franziskaner geworden sei. Der Pförtner erzählte ihm wahrheitsgemäß alles, was sich zugetragen hatte.

Von der Schändlichkeit des Mönchs überzeugt, kehrte der Edelmann in das Schlafgemach seiner Frau zurück und sprach zu ihr: »Nun steht es fest, Liebste, der Mann, der bei Euch geschlafen und so wackere Taten verrichtet hat, ist unser Beichtvater gewesen!« Die junge Frau, die ihr Leben lang ihre Ehre hochgehalten hatte, geriet in solche Verzweiflung, daß sie alle Menschlichkeit und weibliche Scheu vergaß und ihn kniefällig anflehte, diesen großen Schimpf zu rächen. Darum stieg der Edelmann ohne Verzug sogleich zu Pferd und setzte dem Mönch nach.

Die junge Frau blieb allein in ihrem Bett und hatte keinen Rat und Trost als nur ihr kleines neugeborenes Kind. Sie bedachte den gräßlichen und sonderbaren Fall, der ihr zugestoßen war, und kam, ohne ihre Unwissenheit als Ausrede gelten zu lassen, zu dem Schluß, sie sei schuldig und die unseligste Frau der Welt. Sie hatte von den Franziskanermönchen nie etwas anderes gelernt, als daß man auf gute Werke bauen und seine Sünden durch ein strenges Leben, durch Fasten und Kasteien büßen müsse, und wußte nichts von der Gnade, die uns unser gütiger Gott durch den Kreuzestod seines Sohnes geschenkt hat, von der Vergebung der Sünden durch sein Blut, von der Versöhnung Gottvaters mit uns durch seinen Tod, von dem Leben, das den Sündern einzig durch seine Allgüte und Barmherzigkeit geschenkt wird. So übermannte sie die Verzweiflung, die ihren Grund in der Ungeheuerlichkeit und Schwere ihrer Sünde und in der Liebe ihres Gatten und der Ehre ihres Hauses hatte, und verstörte sie so, daß ihr der Tod willkommener schien als ihr Leben. Von ihrer Traurigkeit überwältigt, fiel sie in solche Verzweiflung, daß sie nicht nur die Hoffnung verlor, die jeder gute Christ in Gott setzen soll, sondern ihre eigene Natur vergaß und völlig von Sinnen geriet.

Von ihrem Schmerz bezwungen, von der Verzweiflung getrieben, uneingedenk Gottes und ihrer selbst, nahm sie in Tobsucht rasend eine Schnur ihres Bettes und erdrosselte sich mit eigenen Händen. Und was noch schlimmer ist, im Todeskampf dieses grausigen Sterbens warf sich ihr zuckender Leib so wild hin und her, daß sie mit dem Fuß das Gesichtlein ihres Kindes traf. Seine Unschuld bewahrte es nicht davor, seiner schmerzgepeinigten und verzweifelten Mutter im Tode nachzufolgen. Im Sterben aber stieß sie einen so gellenden Schrei aus, daß sich eine Zofe, die in ihrem Zimmer schlief, in großer Hast erhob und Licht machte. Als sie nun ihre Herrin erdrosselt und an der Bettschnur hängend sah, dazu das Kindlein erstickt und tot unter ihren Füßen, rannte sie, zu Tode erschrocken, zum Bruder ihrer Herrin und holte ihn herbei, damit er das entsetzliche Schauspiel sehe.

Der Bruder wehklagte um die Tote, wie ein Mann, der seine Schwester von ganzem Herzen liebhat, um sie trauern muß und kann. Dann fragte er die Kammerfrau, wer dieses Verbrechen begangen habe. Sie antwortete, das wisse sie nicht; es habe kein anderer als ihr Mann die

Schlafkammer betreten, und der habe sie vor nicht langer Zeit wieder verlassen. Der Bruder begab sich in das Zimmer des Edelmanns, und da er ihn dort nicht fand, glaubte er für gewiß, jener habe das Verbrechen begangen. Ohne weiter nachzufragen, sprang er auf sein Pferd und setzte ihm nach. Er traf ihn auch auf einem Weg, als der Edelmann gerade von der Verfolgung des Franziskaners zurückkam, tief betrübt, daß er ihn nicht erwischt hatte.

Kaum wurde der Bruder der jungen Edelfrau seines Schwagers ansichtig, rief er ihm von weitem schon zu: »Feiger Unhold, setzt Euch zur Wehr, denn ich hoffe, Gott wird mich heute durch diesen Degen an Euch rächen!« Der Edelmann wollte seine Unschuld dartun, sah aber den Degen seines Schwagers so dicht vor seinen Augen blitzen, daß er mehr darauf bedacht sein mußte, sich zu verteidigen, als noch lange nach dem Grund ihres Zwistes zu fragen. Nun versetzten sie sich Hieb auf Hieb, bis schließlich der Blutverlust und die Müdigkeit sie zwangen, sich auf die Erde hinzusetzen, der eine auf der einen, der andere auf der andern Seite. Während sie nach Atem rangen, fragte der Edelmann seinen Schwager: »Wie kommt es, lieber Bruder, daß unsere große Freundschaft sich unversehens in so grimmigen Zwist verwandelt hat?« Da erwiderte ihm der Schwager: »Wie kommt es aber, daß Ihr meine Schwester, die tugendsamste Frau, die je gelebt hat, umgebracht habt? Und noch dazu auf eine so niederträchtige Weise, da Ihr sie unter dem Vorwand, mit ihr schlafen zu wollen, an der Schnur Eures Bettes aufgehängt und erdrosselt habt?«

Als der Edelmann diese Worte vernahm, trat er mehr tot als lebendig zu seinem Schwager hin, schloß ihn in seine Arme und sprach zu ihm: »Ist es denn möglich, daß Ihr Eure Schwester in diesem Zustand gefunden habt?« Und als der es ihm versicherte, sagte der Edelmann: »Ich bitte Euch, Bruder, hört, warum ich das Haus verlassen habe.« Unverweilt erzählte er ihm von dem niederträchtigen Franziskanermönch. Darob war der Schwager sehr erstaunt und noch weit mehr betrübt, weil er ihn so grundlos angegriffen hatte. Er bat ihn um Verzeihung und sagte: »Ich habe Euch Unrecht getan, vergebt mir!« Der Edelmann antwortete: »Wenn ich Euch Unrecht tat, so habe ich meine Strafe dahin, denn ich bin so schwer verwundet, daß ich nicht hoffen kann, mit dem Leben davonzukommen.«

Der Schwager versuchte, so gut es ging, ihn wieder auf sein Pferd zu heben, und brachte ihn nach Hause, wo er am andern Morgen verschied, und zuvor sagte und bekannte er vor allen Verwandten des Edelmanns, daß er seinen Tod selbst verschuldet habe.

Um aber der Gerechtigkeit Genüge zu tun, riet man dem Schwager, er solle zum König Franz, dem ersten dieses Namens, gehen und ihn um Gnade bitten. Nachdem er den Gatten, die Frau und das Kind ehrenvoll hatte bestatten lassen, ging er deshalb am Karfreitag an den Hof, um seine Begnadigung zu betreiben. Und er erstattete darüber Bericht Meister François Olivier, der sie für den armen Schwager auch durchsetzte. Dieser Olivier war dazumal Kanzler von Alençon und wurde später wegen seiner trefflichen Eigenschaften vom König zum Kanzler von Frankreich erkoren.

»Meine Damen, ich glaube, nachdem ihr diese wahrhafte Geschichte vernommen habt, wird keine unter euch sein, die sich's nicht zweimal überlegte, bevor sie solche Pilgrime in ihrem Haus aufnähme. Ihr wißt ja, es gibt kein gefährlicheres Gift als das, was im verborgenen wirkt.«

»Meint Ihr nicht auch«, warf Hircan ein, »dieser Gatte war ein dummer Tropf, daß er einen so geilen Bock zum Nachtmahl mit einer so schönen und ehrbaren Frau mitnahm?«

»Ich habe noch die Zeit erlebt«, sagte Geburon, »da in unserem Land in jedem Haus eine Kammer für die frommen Patres gerüstet war. Jetzt aber sind sie so gründlich bekannt, daß man sie mehr fürchtet als Landstreicher.«

»Mir scheint«, erklärte Parlamente, »wenn eine Frau im Bett liegt, sollte man nie einen Pfaffen in ihre Kammer einlassen, es sei denn, er müßte ihr die heiligen Sterbesakramente reichen. Wenn ich je einen rufen lasse, so könnt ihr euch darauf verlassen, daß ich im Sterben liege.«

»Wäre jeder so streng wie Ihr«, warf Ennasuitte ein, »dann wären die armen Priester noch ärger dran als Exkommunizierte, da ihnen der Anblick der Frauen verwehrt wäre.«

»Seid nur unbesorgt«, meinte Saffredent, »daran werden sie nie Mangel leiden.«

»Wie?« rief Symontault, »ausgerechnet die Leute, die unsereinen mit den Frauen ehelich zusammengeben, versuchen uns heimtückisch wieder von ihnen zu scheiden und verleiten uns, den Schwur zu brechen, den sie uns abgenötigt haben!«

»Es ist ein Jammer«, sprach Oisille, »daß gerade die Leute, denen die Verwaltung der heiligen Sakramente anvertraut ist, damit so schmählich Schindluder treiben. Man müßte sie lebendigen Leibes verbrennen.«

»Ihr tätet besser, sie zu ehren, als sie zu tadeln«, erwiderte Saffredent, »und ihnen schönzutun, statt sie zu beschimpfen; denn sie haben die Macht, andere zu entehren und zu verbrennen. Darum sinite eos*, und hören wir lieber, wem Oisille ihre Stimme gibt.«

Die Gesellschaft fand Saffredents Ansicht sehr richtig. Man ließ die Priester Priester sein und bat, um auf andere Dinge zu kommen, Madame Oisille, jemandem das Wort zu erteilen.

»Ich gebe es Dagoucin«, sagte sie, »denn ich sehe ihn so versonnen dasitzen, daß mich dünkt, er sei vorbereitet, uns eine schöne Geschichte zu erzählen.«

* Laßt sie in Ruhe (Anmerkung des Übersetzers).

»Da ich das, was ich denke, weder sagen kann noch zu äußern wage«, antwortete Dagòucin, »will ich wenigstens von einem erzählen, dem solche Grausamkeit zuerst Schaden, dann aber Vorteil brachte. Obgleich Amor sich für so stark und mächtig hält, daß er völlig nackt umhergehen will, und es ihm lästig und zuletzt unerträglich vorkommt, sich zu verhüllen, so machen doch oft die Männer, meine Damen, die seinem Rat folgen und ihre Liebe zu sehr enthüllen, dabei ein schlechtes Geschäft. So erging es auch einem Edelmann aus Kastilien, dessen Geschichte ihr jetzt hören sollt.«

Freudenberger Inv... J° Le Roy Sculp.

## Vierundzwanzigste Geschichte

*Elisor, der sich zu weit vorwagte und der Königin von Kastilien seine Liebe offenbarte, wurde von ihr auf die Probe gestellt und so grausam behandelt, daß er zuerst Schaden und dann Vorteil davon hatte*

Im Hause des Königs und der Königin von Kastilien, deren Namen nicht genannt werden sollen, lebte einstmals ein Edelmann, der war so vollkommen an Schönheit und allen andern guten Eigenschaften, daß er seinesgleichen in ganz Spanien nicht fand. Jeder war voll Bewunderung für seine Tugenden, aber noch mehr wunderte man sich über sein absonderliches Wesen; denn nie ward von ihm bekannt, daß er eine Dame liebte oder einer dienstbar war. Wohl gab es viele am Hofe, die würdig waren, das Eis zum Schmelzen zu bringen, doch war keine darunter, die imstande gewesen wäre, diesen Edelmann, Elisor mit Namen, einzufangen.

Die Königin, die eine sehr tugendhafte Frau war und doch nicht ganz unangefochten blieb von dem Feuer, das um so heißer brennt, je weniger man es erkennt, warf ein Auge auf diesen jungen Edelmann, der keine ihrer Hofdamen liebte, und wunderte sich über die Maßen. Und eines Tages fragte sie ihn, ob es denn möglich sei, daß er so wenig liebe, wie er den Anschein erwecke.

Er gab ihr zur Antwort, wenn sie sein Herz ebenso gut kennte wie sein Verhalten, so würde sie ihm nicht eine solche Frage stellen. Da sie nun zu wissen begehrte, was er damit sagen wolle, drang sie so sehr in ihn, daß er ihr schließlich gestand, er liebe eine Dame, die seines Erachtens die tugendreichste Frau der ganzen Christenheit sei. Sie bemühte sich nach Kräften mit Bitten und Befehlen, von ihm zu erfahren, wer sie sei, aber sie erreichte nichts damit. Nun stellte sie sich heftig erzürnt gegen ihn und schwor, sie werde nie wieder mit ihm sprechen, wenn er ihr nicht die Frau nenne, die er so heiß liebe. Darüber war er so bekümmert, daß er sich gezwungen sah, ihr zu sagen, er wolle lieber sterben als ihr dies bekennen. Da er aber sah, daß er sie nicht mehr sehen und ihre Huld verlieren werde, nur weil er ihr eine Wahrheit nicht gestehen wollte, die doch so ehrenhaft war, daß sie von niemandem übel aufgenommen werden konnte, sprach er zu ihr mit Zittern und Zagen: »Madame, ich habe weder die Kraft noch die Befugnis noch die Kühnheit, Euch ihren Namen zu nennen; aber wenn Ihr das nächstemal auf die Jagd ausreitet, werde ich sie Euch zeigen, und ich bin gewiß, Ihr werdet mit mir darin einig sein, daß sie die schönste und vollkommenste Dame auf der Welt ist.« Diese Antwort veranlaßte die Königin, viel früher wieder auf die Jagd zu gehen, als sie es sonst getan hätte.

Elisor wurde davon benachrichtigt und rüstete sich, ihr seine Dienste anzubieten, wie er es gewohnt war. Er ließ sich einen großen stählernen Spiegel in Form eines Brustpanzers anfertigen, schnallte ihn sich vor die Brust und bedeckte ihn vorsorglich mit einem Mantel aus schwarzem grobem Tuch, der kunstreich mit Gold bestickt war. Er ritt einen Rappen, der wunderschön mit allem aufgezäumt war, was einem Pferd wohl ansteht; und alle Metallbeschläge an dem Geschirr waren aus lötigem Gold, schwarz emailliert in maurischer Arbeit. Sein Hut war aus schwarzer Seide, und daran war ein prächtiges Abzeichen befestigt, das als Devise einen mit Gewalt verborgenen Amor darstellte, mit Edelsteinen reich besetzt. Degen und Dolch waren nicht weniger kostbar, schön und trefflich gearbeitet, und wiesen ebenso sinnreiche Wappenbilder auf. Kurz, er war aufs beste ausgerüstet und nahm sich noch gewandter zu Pferd aus. Er verstand es so wohl zu meistern und zu tummeln, daß alle, die ihn sahen, vom Zeitvertreib des Jagens abstanden und den Sprüngen und kunstvollen Reiterstückchen zuschauten, die Elisor sein Pferd ausführen ließ.

Als er unter solchen Sprüngen und anmutigen Kunststücken die Königin dahin geleitet hatte, wo die Netze gespannt waren, stieg er von seinem edlen Roß und trat zur Königin, um ihr von ihrem Zelter herabzuhelfen. Und wie sie ihm die Arme entgegenstreckte, schlug er den Mantel vor seiner Brust zurück, und während er sie in seinen Armen auffing, zeigte er ihr seinen Spiegelpanzer und sprach: »Madame, ich bitte Euch, schaut hier hinein!« und ließ sie dann, ohne eine Antwort abzuwarten, sanft zu Boden gleiten.

Als die Jagd zu Ende war, kehrte die Königin ins Schloß zurück, ohne das Wort an Elisor zu richten. Doch nach dem Nachtmahl ließ sie ihn vor sich rufen und sagte ihm, er sei der größte Lügner, den sie zeitlebens gesehen habe; denn er habe ihr versprochen, ihr auf der Jagd die Frau zu zeigen, die er am meisten liebe, und das habe er nicht getan. Darum sei sie entschlossen, ihm hinfort ihre Achtung zu entziehen.

Elisor, der fürchtete, die Königin habe nicht verstanden, was er ihr hatte bedeuten wollen, antwortete ihr, er habe ihrem Befehl Folge geleistet, denn er habe ihr nicht nur die Frau, sondern auch alles gezeigt, was er auf Erden am meisten liebe. Sie aber spielte die Ahnungslose und erwiderte, soviel sie wisse, habe er ihr nicht eine einzige ihrer Frauen gezeigt.

»Das ist freilich wahr, Madame«, sagte Elisor, »aber was habe ich Euch gezeigt, als ich Euch vom Pferde half?«

»Nichts«, versetzte die Königin, »nichts als einen Spiegel vor Eurer Brust.«

»Und was habt Ihr in diesem Spiegel gesehen?« fragte Elisor.

»Nur mich allein habe ich darin gesehen«, antwortete die Königin.

Darauf sprach Elisor: »Also, Madame, habe ich Eurem Befehl gehorcht und mein Versprechen gehalten; denn niemals wird in meinem Herzen ein anderes Bild wohnen als das der Frau, die Ihr in dem Spiegel vor meiner Brust wahrgenommen habt. Sie allein will ich lieben, verehren und anbeten, nicht als Frau, sondern als meinen Gott auf Erden; in ihre Hände lege ich meinen Tod und mein Leben. Ich bitte Euch, laßt meine vollkommene und große Liebe, die mein Leben war, solange ich sie verborgen hielt, nicht zu meinem Tod werden, nun ich sie Euch offenbart habe. Wenn ich auch nicht würdig bin, zu Euch aufzusehen und von Euch als Diener angenommen zu werden, so duldet zumindest, daß ich wie bisher in der Befriedigung weiterlebe, daß mein Herz es gewagt hat, seine Liebe auf so vollkommenem und würdigem Grund zu bauen. Daraus erwächst mir keine andere Genugtuung als das Bewußtsein, meine Liebe sei so groß und vollkommen, daß ich mich damit begnügen muß, zu lieben, obwohl ich nie Gegenliebe finden kann. Wenn es Euch nicht genehm ist, da Ihr jetzt um meine große Liebe wißt, mir Eure Huld mehr als bis dahin zu schenken, so raubt mir wenigstens nicht das Leben, das für mich in dem Glück besteht, Euch weiter zu sehen wie zuvor. Denn ich empfange von Euch nur gerade soviel Glück, wie ich brauche, um überhaupt am Leben zu bleiben, und wird mir weniger zuteil, so werdet Ihr aus der Schar Eurer Diener den besten und ergebensten verlieren, den Ihr jemals hattet und haben könnt.«

Sei es nun, daß die Königin sich anders geben wollte, als sie in Wahrheit war, sei es, daß sie auf die Dauer die Liebe erproben wollte, die er ihr entgegenbrachte; sei es auch, daß sie einen andern lieben und seinetwegen nicht aufgeben wollte oder daß sie sich den Edelmann aufsparen wollte, bis der andere, den sie liebte, einmal einen Fehler beginge, um ihm dann seinen Platz zu geben, kurzum, sie entgegnete ihm mit einer Miene, die weder Zorn noch Zufriedenheit verriet: »Elisor, da ich die Macht der Liebe nicht kenne, will ich Euch nicht fragen, welcher Aberwitz Euch dazu getrieben hat, Euch einer so großen und schwierigen Sache zu unterfangen und mich zu lieben; denn ich weiß, der Mensch hat über sein Herz so wenig Macht, daß er ihm nicht befehlen kann, zu lieben und zu hassen, wie und wann er will. Da Ihr aber Eure Neigung so gut zu verbergen verstanden habt, wünsche ich zu wissen, wie lange es her ist, daß Ihr mich liebt.«

Als Elisor ihr schönes Gesicht betrachtete und sah, daß sie sich nach seiner Krankheit erkundigte, faßte er Hoffnung, daß sie ihm Linderung verschaffen wolle. Da er sie aber so ernst bleiben sah und hörte, wie verständig sie ihn befragte, befiel ihn andererseits Furcht, und er meinte vor seinem Richter zu stehen, dessen Urteilsspruch, wie er befürchtete, gegen ihn ausfallen würde. So kam es, daß er ihr schwor, diese Liebe habe schon in seiner frühesten Jugend in seinem Herzen Wurzel geschlagen, doch habe sie ihm erst seit sieben Jahren Pein bereitet; es sei keine Pein, um die Wahrheit zu sagen, sondern eine Krankheit, die ihm so viel Glück beschere, daß Genesung für ihn dem Tod gleichkäme.

»Da es zutrifft«, sagte die Königin, »daß Ihr Eure Festigkeit schon so lange erprobt habt, darf ich Euch nicht weniger leicht Glauben schenken, als Ihr bereit wart, mir Eure Neigung zu gestehen. Wenn es sich darum so verhält, wie Ihr sagt, will ich die Wahrheit so genau prüfen, daß ich nicht mehr an ihr zweifeln kann. Und habe ich Euch dann erprobt, werde ich Euch für das ansehen, was Ihr zu sein schwört; und weiß ich erst, daß Ihr so seid, wie Ihr sagt, so sollt Ihr mich auch so finden, wie Ihr mich wünscht.«

Elisor bat sie inständig, ihm jede Prüfung aufzuerlegen, die ihr beliebe. Nichts sei so schwierig, daß er es nicht leichtlich vollbringen würde, um das Glück zu erlangen, daß sie sich von seiner Liebe überzeugen könne; und er beschwor sie ein weiteres Mal, ihm zu befehlen, was er ihrem Wunsche gemäß zu tun habe.

Da sprach sie zu ihm: »Elisor, wenn Ihr mich liebt, wie Ihr sagt, so bin ich gewiß, daß Euch nichts zu schwer sein wird, um meine Gunst zu gewinnen. Daher befehle ich Euch bei Eurem heißen Wunsch, sie zu erringen, und bei Eurer Angst, sie zu verlieren, daß Ihr Euch schon morgen, ohne mich wiederzusehen, von hier wegbegebt und an einen Ort verfügt, wo weder Ihr von mir noch ich von Euch im Laufe der nächsten sieben Jahre irgendwelche Nachricht erhalten können. Da Ihr mich schon sieben Jahre lang geliebt habt, seid Ihr Eurer Liebe sicher. Wenn ich aber sieben Jahre hindurch diese Erfahrung gemacht habe, dann werde ich wissen und glauben, was Euer Wort mir nicht glaubhaft und verständlich machen konnte.«

Als Elisor diesen grausamen Befehl vernahm, fürchtete er einerseits, daß sie ihn aus ihrer Gegenwart verbannen wolle, andererseits aber hoffte er, die Bewährungsprobe werde besser für ihn sprechen als seine Worte. So nahm er denn ihr Gebot an und sprach zu ihr: »Habe ich sieben Jahre ohne Hoffnung mit diesem verborgenen Feuer leben können, so werde ich jetzt, da Ihr alles wißt, die nächsten sieben Jahre geduldiger und hoffnungsfroher verbringen als die vergangenen. Doch, Madame, wenn ich Euerem Befehl gehorche, durch den mir alles Glück, das ich auf der Welt besaß, geraubt wird, welche

Hoffnung gebt Ihr mir, daß Ihr mich nach Ablauf dieser sieben Jahre als Euern treuen und standhaften Diener anerkennt?«

Da zog die Königin einen Ring von ihrem Finger und sagte: »Da, nehmt diesen Ring, ich schenke ihn Euch. Wir wollen ihn in zwei Hälften brechen; ich behalte die eine Hälfte, und Ihr behaltet die andere, auf daß ich, falls ich in dieser langen Zeit Euer Gesicht vergäße, Euch an diesem halben Ring, der meiner Hälfte gleich ist, erkennen kann.«

Der Edelmann nahm den Ring, brach ihn entzwei und gab die eine Hälfte der Königin zurück, die andere aber behielt er für sich. Dann nahm er von ihr Urlaub und ging mehr tot als lebendig nach Hause und kehrte alles für seine Abreise vor. Er schickte sein ganzes Gefolge auf sein Schloß und ritt ganz allein mit einem einzigen Diener an einen so einsamen Ort, daß keiner von seinen Verwandten und Freunden während der sieben Jahre von ihm Nachricht bekommen konnte.

Von dem Leben, das er dort führte, und von dem Herzeleid, das er um dieses Fernseins willen durchmachte, weiß man nichts. Aber alle Liebenden werden es wohl ermessen können. Als die sieben Jahre herum waren, gerade als sich die Königin zur Messe begab, trat ein Eremit mit einem langen Bart auf sie zu, küßte ihr die Hand und überreichte ihr eine Bittschrift. Sie las sie nicht sofort, obwohl sie sonst stets alle Bittschriften, die man ihr brachte, mit eigener Hand entgegennahm, sie mochten von den Ärmsten dargebracht werden.

Als nun die Messe zur Hälfte vorbei war, öffnete sie die Bittschrift und fand darin die Ringhälfte, die sie Elisor gegeben hatte. Darob war sie sehr erstaunt und nicht weniger erfreut. Und noch bevor sie las, was darin stand, befahl sie sogleich ihrem Almosenier, ihr den hochgewachsenen Eremiten herbeizuholen, der die Bittschrift überreicht hatte.

Der Almosenier suchte ihn überall, konnte aber nichts

über ihn erfahren; nur einer sagte ihm, er habe ihn zu Pferd steigen sehen, doch wisse er nicht, welchen Weg er eingeschlagen habe.

Während sie auf die Antwort des Almoseniers wartete, las die Königin die Bittschrift, die sich als eine Epistel erwies, die unübertrefflich abgefaßt war. Wäre es nicht mein Wunsch, euch den Brief kundzutun, ich hätte es nie gewagt, ihn zu übersetzen. Ich bitte euch, meine Damen, bedenkt, daß die kastilianische Sprache unvergleichlich besser als irgendeine andere der Liebesleidenschaft Ausdruck zu verleihen vermag. So etwa lautete der Inhalt:

Die Zeit hat mir durch ihre Macht und Kraft
Die Liebe erst vollkommen klargemacht.
Die Zeit ward später mir Gebot und Pflicht;
Und so viel Not hab ich in dieser Zeit erlebt,
Daß aus der Zeit die Zweiflerin ersehen kann,
Was ihr die Liebe nicht zuvor hat kundgetan.
Die Zeit, sie hat zur Herrin eingesetzt
In meinem Herzen treue Liebe für und für
Und hat sie mir nun endlich so gezeigt,
Wie sie in Wahrheit ist. Als ich sie sah,
Da fand ich anders sie, als ich geglaubt.
Die Zeit hat mir gezeigt, auf welchen Grund
Ich meine Liebe hatte bauen wollen.
Dies Fundament war Eurer Schönheit Glanz,
Darunter aber barg sich Grausamkeit.
Die Zeit hat mich gelehrt, daß Schönheit nichts
Bedeutet und daß Grausamkeit die Schuld
An meinem ganzen Glück getragen hat.
Darum ward mir die Schönheit jäh versagt,
Nach deren Blicken ich so sehr gelechzt.
Als Eure Schönheit ich nun nicht mehr sah,
Ward ich mir Eurer Grausamkeit bewußt.
Ich habe dennoch fürder Euch gehorcht,
Das schafft mir Ruhe und Zufriedenheit.
Dieweil die Zeit sich meiner denn erbarmt

Und meine Liebe, die sie lang betreut,
In Gleichmut hat gewandelt, daß ich nun
Aus keinem andern Grund hierhergeeilt,
Als um Euch Lebewohl zu sagen, und
Nicht etwa, um Euch wieder nah zu sein.
Die Zeit hat mir die Liebe arm und nackt gezeigt,
So, wie sie ist und wie sie auch entstand.
Im Lauf der Zeit hab ich die Zeit bereut,
Die ich mit meiner Liebe ungenutzt vertan,
Verblendet, sinnbetört und sinnlos treu.
Darüber fühl ich Reue nur und Überdruß.
Doch als ich diese falsche Liebe dann erkannt,
Zeigt' mir die Zeit die wahre Liebe erst;
Ich fand sie in der Einsamkeit des Orts,
Wo sieben Jahre ich nun ausgeharrt
Und meine Zeit mit Klagen hingebracht
Und schweigend mich in wildem Harm verzehrt.
Die Zeit hat mir gezeigt, wie Liebe ist,
Wenn sie vom Himmel kommt und Gottes ist.
Lebt sie in uns, kann eitle Sinnenlust
Uns nicht mehr freun, wir stehn in Gottes Hut.
Die Zeit hat mich in seiner Lieb bestärkt,
Sie hat entfremdet mich der Sinnenbrunst.
Mein Herz, und was ich bin, bring ich ihr dar,
Damit es ihr und nicht mehr Euch gehör.
Als ich Euch diente, habt Ihr mich verschmäht,
Und den Verschmähten nahm sie liebreich auf.
Ihr gabt mir Tod zum Lohn für meinen Dienst,
Ich floh ihn, und sie schenkt mir Leben nun.
Im Lauf der Zeit hat Gottes Liebe mir
Die andre Liebe dergestalt besiegt
Und überwunden, daß sie wie ein Rauch
Im Wind verweht ist und zu nichts zerstäubt,
So süß und sinnbetörend sie auch war.
Ich bin sie los und geb sie Euch zurück,
Hab ich doch sie und Euch nicht nötig; denn
Die andere, vollkommne Liebe, die

Bestand und Dauer hat, sie bindet mich
Mit unzerreißbar festen Banden ganz an sich.
Ihr gilt mein Sehnen, gilt mein Minnedienst,
Nicht Euch will ich mehr leben und nicht Eurem Gott.
Ich nehme Abschied nun von Grausamkeit,
Von Mühsal und Verachtung, Leid und Haß
Und von dem lohen Feuer, das in Euch
Und Eurer Schönheit glüht und mich versengt.
Nicht besser kann ich allem Ungemach
Und allem Leid und aller bittren Qual
Valet nun sagen als mit einem Wort:
*Lebt wohl, Madame!* Und alle Höllenpein
Und alles Herzeleid sind nun dahin.
Wo Ihr auch weilt und wo ich bleiben mag,
Die Hoffnung, daß wir einst uns wiedersehn,
Sie ist geschwunden jetzt und immerdar.

Dieses Schreiben wurde unter heißen Tränen, mit großem Erschrecken und bitterer Reue gelesen; denn der Verlust, den sie an diesem von so vollkommener Liebe beseelten Anbeter erlitten hatte, mußte so hoch veranschlagt werden, daß kein Schatz, ja nicht einmal ihr Königreich ihn aufwiegen konnte und sie sich zu Recht für die ärmste und elendeste Dame der Welt ansah, hatte sie doch verloren, was alle Reichtümer der Erde ihr nicht wiederbringen konnten. Nachdem sie die Messe zu Ende gehört hatte, kehrte sie in ihr Gemach zurück und ergab sich dort einem solchen Trauern, wie es ihre Grausamkeit verdient hatte. Und allenthalben, auf jedem Berg, jedem Felsen, in jedem Wald, ließ sie den Eremiten suchen. Aber Gott, der ihn aus ihren Händen errettet hatte, bewahrte ihn davor, ihr wieder zu verfallen, und nahm ihn zu sich in sein Paradies, ehe sie auf dieser Welt von ihm Kunde erhalten konnte.

»Dies Beispiel lehrt, daß kein Verliebter je bekennen soll, was ihm nur schaden und nichts nützen kann. Und noch weniger dürft ihr, meine Damen, aus Ungläubigkeit so schwierige Proben verlangen, daß ihr zwar die Probe bestanden seht, aber euren Anbeter verliert.«

»Wahrhaftig, Dagoucin«, sagte Geburon, »mein Leben lang habe ich die Dame, der dies widerfahren ist, als die tugendhafteste auf Erden preisen hören. Jetzt aber will mir scheinen, sie sei die törichteste, die es je gegeben hat.«

»Immerhin«, wandte Parlamente ein, »dünkt mich, sie handelte nicht unrecht an ihm, wenn sie ihn sieben Jahre lang erproben wollte, ob er sie so liebe, wie er gesagt hatte. Denn die Männer lügen gewöhnlich in einem solchen Fall so viel zusammen, daß man sie, bevor man ihnen traut – wofern man ihnen überhaupt trauen darf! –, nicht lange genug auf die Probe stellen kann.«

»Die Damen«, meinte Hircan, »sind weit klüger, als man gemeinhin glaubt; denn nach einer Probezeit von sieben Tagen wissen sie so genau Bescheid über einen Anbeter wie andere in sieben Jahren.«

»Und doch«, versetzte Longarine, »gibt es in diesem Kreise Damen, die man mehr denn sieben Jahre unter den härtesten Prüfungen geliebt hat, und doch hat man ihre Liebe noch nicht gewinnen können.«

»Bei Gott«, rief Symontault, »Ihr sprecht wahr. Aber sie müssen zur alten Zeit gerechnet werden, denn in der neuen hätten sie nichts zu suchen.«

»Zudem«, versetzte Oisille, »war dieser Edelmann der Dame zu großem Dank verpflichtet, weil er durch ihre Vermittlung sein Herz ganz Gott zuwandte.«

»Es war ein großes Glück für ihn«, fügte Saffredent hinzu, »daß er Gott unterwegs begegnete; denn ich wundere mich fürwahr, daß er sich in seiner Verzweiflung nicht dem Teufel verschrieben hat.«

Da fragte ihn Ennasuitte: »Wenn Ihr von Eurer Dame schlecht behandelt worden seid, habt Ihr Euch dann immer einem solchen Herrn und Meister verschrieben?«

»Tausend und aber tausendmal habe ich mich ihm verschrieben«, erwiderte Saffredent. »Da aber der Teufel sah, daß alle Qualen der Hölle mir nicht ärger hätten weh tun können als die Pein, die sie mich erdulden ließ, wollte er mich nie holen, wußte er doch, daß kein Teufel unerträglicher sein kann als eine Dame, die von Herzen geliebt wird, aber nicht wiederlieben will.«

»Wäre ich wie Ihr«, sprach Parlamente zu Saffredent, »und teilte ich Eure Ansichten, ich würde nie und nimmermehr einer Dame dienen.«

»Seit jeher«, sprach Saffredent, »ist das meine Gemütsart, und mein Unverstand ist so groß, daß ich mich da, wo ich nicht befehlen kann, noch glücklich schätze, dienen zu können; denn die Arglist der Frauen vermag die Liebe nicht zuschanden zu machen, die ich für sie hege. Aber ich bitte euch, sagt mir auf Ehre und Gewissen, lobt ihr diese Dame für ihre Sprödigkeit?«

»Ja«, erwiderte Oisille, »denn ich glaube, sie wollte weder lieben noch geliebt werden.«

»Wenn sie das wollte«, meinte Symontault, »warum machte sie ihm dann Hoffnung auf die Zeit, da die sieben Jahre herum seien?«

»Ich bin Eurer Ansicht«, stimmte Longarine zu, »denn wenn jemand nicht lieben will, so gibt er keinen Anlaß, daß man ihn weiterliebt.«

»Vielleicht liebte sie einen andern«, versetzte Nomerfide, »der diesem redlichen Edelmann nicht das Wasser reichen konnte, und am Ende gab sie um eines Schlechteren willen dem Besseren den Laufpaß.«

»Meiner Seel«, rief Saffredent, »ich glaube, sie hielt ihn sich auf Vorrat, damit sie ihn nehmen konnte, wenn sie einmal den andern, den sie mehr liebte, satt hatte.«

Madame Oisille, die sah, daß unter dem Vorwand, an der Königin von Kastilien zu tadeln, was in Wahrheit weder an ihr noch an einer andern lobenswert war, die Männer unmäßig über die Frauen loszogen und daß die züchtigsten und ehrbarsten ebensowenig verschont blieben wie die mannstollsten und schamlosesten, konnte nicht dulden, daß das so weiterging. Sie ergriff also das

Wort und sprach: »Ich sehe schon, je länger wir darüber streiten, desto ärgere Dinge werden jene über uns sagen, die doch so gerne Liebkind bei uns wären. Darum, Dagoucin, bitte ich Euch, gebt Eure Stimme einer unter uns.«

»Ich gebe sie Longarine«, sagte er, »da ich sicher bin, daß sie uns keine traurige Geschichte erzählen und weder Mann noch Frau verschonen wird, wenn es gilt, die Wahrheit zu berichten.«

»Da ihr mich für so wahrheitsliebend haltet«, entgegnete Longarine, »werde ich mir die Freiheit nehmen, euch eine Begebenheit zu berichten, die einem großen Fürsten zugestoßen ist, der an Tugenden alle andern seiner Zeit überragte. Ihr werdet dann sagen, daß man sich nur im äußersten Notfall der Lüge und Verstellung bedienen soll; denn sie sind häßliche und niederträchtige Laster, zumal bei Fürsten und großen Herren, deren Mund und Verhalten Wahrheit mehr ansteht als allen andern. Aber kein Fürst dieser Welt ist so mächtig, und besäße er auch alle Reichtümer und Ehren, die man sich nur wünschen kann, daß er nicht der Herrschaft und Tyrannei der Liebe untertan wäre; ja, es sieht fast aus, als suchte, je edler und hochherziger der Fürst ist, Amor desto nachhaltiger ihn unter seine starke Hand zu zwingen. Denn dieser ruhmreiche Gott schert sich nicht um alltägliche und landläufige Begebnisse, und Seine Majestät hat ihre Lust daran, jeden Tag Wunder zu wirken wie etwa: die Starken zu schwächen und die Schwachen zu stärken, den Unwissenden Klugheit zu schenken, den Weisesten den Verstand zu rauben, die Leidenschaften zu begünstigen und die Vernunft zu zerrütten. An solchen Zauberkünsten hat der Liebesgott seinen Spaß. Und weil auch Fürsten davon nicht verschont bleiben, müssen sie sich ebenfalls mit dieser Notwendigkeit abfinden. Sind sie nun aber nicht frei von dem Zwang, den ihnen das Verlangen nach dem Joch der Liebe auferlegt, so ist ihnen zufolge dieses Zwangs nicht nur erlaubt, sondern sogar aufgetragen, Lüge, Heuchelei und Verstellung anzuwenden, welches die Mittel sind, ihre Feinde auszustechen, wie Meister Jehan de Meung gelehrt hat. Da also in einem solchen Fall einem Fürsten wohl ansteht, was in allen andern Lebenslagen tadelnswert wäre, will ich euch von den Schlichen und Listen eines jungen Fürsten erzählen, mit denen er sogar die hinters Licht führte, die sonst alle Welt täuschen.«

S. Freudenberg inv. L. Halbou Sculp.

## Fünfundzwanzigste Geschichte

*Ein junger Fürst sucht unter dem Vorwand, er müsse Geschäfte mit ihm besprechen, seinen Advokaten auf und ergötzt sich so ungestört und ruhig mit dessen Frau, daß er von ihr alles erhält, was er begehrt*

In der Stadt Paris lebte einst ein junger Advokat, der höhere Achtung genoß als alle andern seines Standes, und da sich alle Leute wegen seiner durchtriebenen Schläue um ihn rissen, war er der reichste seiner Berufsgenossen geworden. Weil er aber von seiner ersten Frau keine Kinder gehabt hatte, hoffte er, in einer zweiten Ehe noch Nachkommen zu zeugen. Obwohl sein Leib hinfällig und gebrechlich war, waren doch sein Herz und seine Hoffnung noch nicht tot. Darum ging er hin und suchte sich eines der schönsten Mädchen der Stadt aus, ungefähr achtzehn bis neunzehn Jahre alt, eine bildschöne Jungfrau mit einer Haut wie Milch und Blut, mollig und wohlgestaltet. Die gewann er lieb und behandelte sie, so gut er es vermochte. Doch bekam sie von ihm ebensowenig Kinder wie die erste Frau, und das verdroß sie auf die Dauer. Da nun Jugend Trübsinn nicht verträgt, suchte sie anderswo als in ihrem Hause Zerstreuung und ging zu Tänzen und Gastereien, jedoch in allen Ehren, so daß ihr Mann sich nichts Böses dabei denken konnte; denn sie war stets in Begleitung anderer Frauen, zu denen er volles Vertrauen hatte.

Als sie eines Tages auf einer Hochzeit war, befand sich dort auch ein hochgeborener Fürst, der mir diese Geschichte erzählt, zugleich aber verboten hat, seinen Namen zu nennen. Ich kann euch aber so viel verraten, daß er der schmuckste und gefälligste Mann war, wie vor und, glaube ich, auch nach ihm keiner mehr in diesem Königreich anzutreffen war. Als dieser Fürst die junge, schöne Dame sah, deren Augen und Benehmen ihn zur Liebe einluden, trat er zu ihr und sprach so wohlgesetzt und anmutsvoll mit ihr, daß sie sich von Herzen gern in ein Gespräch mit ihm einließ. Sie verhehlte ihm auch nicht, daß sie seit langem schon in ihrem Herzen die Liebe empfinde, um die er sie bitte, und daß er sich die Mühe sparen könne, sie zu etwas zu überreden, wozu Amor ihr durch seinen bloßen Anblick Lust erweckt habe. Als nun der junge Fürst durch die Einfalt der Liebe erhielt, was wohl verdiente erst nach und nach erworben zu werden, dankte er Gott, der ihm solche Gunst erwies, und betrieb von Stund an seine Sache so eifrig und klug, daß sie zusammen Mittel und Wege vereinbarten, wie sie einander insgeheim und von den andern ungesehen treffen konnten.

Als Zeit und Ort verabredet waren, fand sich der junge Fürst pünktlich ein, und da er die Ehre seiner Dame wahren wollte, ging er verkleidet zu dem Stelldichein. Aber wegen der üblen Strolche, die nachts die Straßen unsicher machten und von denen er nicht erkannt werden wollte, nahm er ein paar Edelleute mit, denen er vertraute. Am Eingang zu der Straße, in der sie wohnte, ließ er seine Begleiter zurück und sagte zu ihnen: »Wenn ihr bis in einer Viertelstunde keinen Lärm hört, dann geht nach Hause und kommt gegen drei oder vier Uhr wieder her und holt mich ab.« Das taten sie, und da sie keinen Lärm hörten, zogen sie sich zurück.

Der junge Fürst begab sich spornstreichs zu seinem Advokaten und fand die Tür wie versprochen offen. Doch als er die Treppe emporstieg, begegnete er dem Gatten, der eine Kerze in der Hand trug. Dadurch bemerkte er ihn, noch ehe ihn jener erblicken konnte. Die Liebe jedoch verleiht List und Kühnheit, wenn es darauf ankommt, und so ging er schnurstracks auf ihn zu und sprach zu ihm: »Herr Advokat, Ihr wißt, wie großes Vertrauen ich und mein ganzes Haus in Euch setzen, und daß ich Euch zu meinen besten und treuesten Dienern zähle. Ich bin hierhergekommen, um Euch unter vier Augen zu sprechen, sowohl um Euch meine Angelegenheiten auf die Seele zu binden, als auch um Euch um einen erquickenden Trunk zu bitten, denn mich dürstet sehr. Ihr dürft aber keiner Menschenseele verraten, daß ich Euch aufgesucht habe; denn ich muß von hier aus an einen andern Ort gehen, wo ich nicht erkannt werden möchte.«

Der biedere Advokat war so erfreut über die Ehre, die ihm der Fürst mit seinem heimlichen Besuch antat, daß er ihn in seine Stube führte und seiner Frau auftrug, einen Imbiß aus den besten Früchten und Konfitüren, die sie habe, zu bereiten. Das tat sie von Herzen gern und trug den Imbiß so lecker und nett zugerichtet wie nur möglich auf. Und obwohl ihre Gewandung, Haube und ein weites Hauskleid, sie noch schöner erscheinen ließ als sonst, tat doch der junge Fürst, als beachtete er sie nicht noch kennte er sie, sondern sprach in einem fort weiter mit ihrem Gatten über seine Geschäfte, die dieser ja seit langem besorgte.

Wie nun die Dame dem Fürsten, indem sie niederkniete, die Erfrischungen darbot und der Gatte zur Anrichte trat, um ihm einen Trunk einzuschenken, flüsterte sie ihm zu, er möge beim Hinausgehen nicht verfehlen, in eine Kleiderkammer rechter Hand zu schlüpfen, wo sie bald danach zu ihm kommen werde.

Sobald er ausgetrunken hatte, dankte er dem Advokaten, der ihn durchaus hinausbegleiten wollte; doch er versicherte ihm, daß er da, wo er hingehe, keinerlei Begleitung brauchen könne. Dann wandte er sich an die junge Frau und sagte zu ihr: »Auch möchte ich Euch nicht betrüben und Euren wackren Mann entführen, der zu meinen alten Dienern gehört. Es ist ein solches Glück für Euch, ihn zu besitzen, daß Ihr alle Ursache habt, Gott dafür zu danken und ihm treu zu dienen und aufs Wort zu gehorchen. Handeltet Ihr dem entgegen, so wäre das nicht schön von Euch.«

Mit diesem ehrsamen Zuspruch ging der junge Fürst hinaus und schloß hinter sich die Tür, damit ihn der Advokat nicht auf die Stiege hinausbegleitete. Dann trat er in die Kleiderkammer, wo sich die schöne Dame, sobald ihr Mann eingeschlafen war, ebenfalls einfand. Sie führte ihn in ein sehr schön ausgestattetes Stübchen. Und doch waren sie und er unter all den schönen Bildwerken, die es da gab, die allerschönsten, welche Kleidung sie auch anhaben mochten. Und dort hielt sie ihm, wie ich nicht zweifle, alles, was sie ihm verheißen hatte.

Um die Stunde, die er seinen Edelleuten angegeben hatte, stahl er sich davon und fand sie an dem Ort, wo sie ihn seinem Befehl gemäß erwarten sollten.

Weil dieses Leben recht lange so weiterging, wählte der junge Fürst einen kürzeren Weg, um seine Dame aufzusuchen. Er begab sich durch ein Mönchskloster zu ihr und hatte es mit dem Prior so abgesprochen, daß ihm der Pförtner jedesmal um Mitternacht das Tor auftat, und desgleichen, wenn er zurückkam. Weil aber das Haus, in das er ging, ganz in der Nähe des Klosters stand, nahm er keinen Begleiter mit.

Obwohl der Fürst dieses Leben lange Zeit führte, war er doch gottesfürchtig und fromm, und er versäumte nie, wenn er sich auch beim Hingehen nicht aufhielt, auf dem

Rückweg lange in der Kirche zu verweilen und zu beten. Darum stand er auch bald bei den Mönchen, die da aus und ein gingen, wenn sie zur Frühmette kamen, und ihn auf den Knien liegen und beten sahen, im Ruf eines wahrhaft heiligen Menschen.

Der Fürst hatte eine Schwester, die häufig im Kloster einkehrte, und da sie ihren Bruder über alles in der Welt liebte, befahl sie ihn dem Gebet eines jeden, den sie als gottesfürchtig kannte. Als sie ihn nun eines Tages liebreich dem Prior dieses Klosters empfahl, er möchte ihn in seine Fürbitte einschließen, sagte dieser zu ihr: »Ach, Madame, wen empfehlt Ihr mir denn da? Ihr sprecht mir von dem Mann, den am liebsten ich anflehen möchte, er möge für mich Fürbitte tun. Denn wenn der nicht heilig und gerecht ist« – und er führte das Bibelwort an: Glücklich, wer Böses tun kann und es nicht tut –, »wie sollte ich dann so erfunden werden?«

Da wollte die Schwester wissen, was dem frommen Pater von der Frömmigkeit ihres Bruders bekannt sei, und setzte ihm so lange mit Fragen zu, bis er ihr das Geheimnis unter dem Siegel der Beichte kundtat und zu ihr sagte: »Ist es nicht etwas Wunderbares zu sehen, wie ein junger schöner Fürst seine Lustbarkeiten und seine Ruhe aufgibt und immer wieder unserer Frühmette beiwohnt, nicht als ein Fürst, der die Ehren der Welt sucht, sondern wie ein schlichter Mönch, der sich ganz allein in einer unserer Kapellen verbirgt? Fürwahr, diese gottselige Frommheit beschämt die Klosterbrüder und auch mich so sehr, daß wir neben ihm nicht würdig sind, Mönche genannt zu werden.«

Als die Schwester diese Worte hörte, wußte sie nicht, was sie davon halten sollte. Denn obgleich ihr Bruder ein richtiges Weltkind war, so wußte sie doch, daß er ein waches Gewissen hatte und daß seine Gottesliebe und sein Glaube groß waren; aber daß er mehr als andere gute Christen Erbauung suchte und dem Gottesdienst beiwohnte, das hätte sie doch nie vermutet. Deshalb ging sie zu ihm und erzählte ihm, welch gute Meinung die Mönche von ihm hätten. Er konnte sich darüber eines Lächelns nicht erwehren, so daß sie, die ihn kannte wie ihr eigenes Herz, seiner Miene ansah, daß hinter seiner Frömmigkeit etwas anderes steckte. Sie ließ daher nicht eher von ihm ab, bis er ihr die Wahrheit sagte. Die hat sie mich hier niederschreiben geheißen, damit ihr, meine Damen, erkennt, daß kein Advokat so schlau und kein Mönch so durchtrieben ist – und die sind es doch gewohnt, alle anderen zu betrügen –, daß Amor, wenn es nottut, sie nicht gerade durch die übertölpeln ließe, die keine andere Erfahrung besitzen, als was sie ihre treue Liebe lehrt. Und da Amor sogar die Betrüger zu betrügen versteht, müssen wir einfältigen und unwissenden Weiber ihn wohl fürchten.

»Obwohl ich mir schon denken kann, um wen es sich handelt«, meinte Geburon, »muß ich sagen, daß er in diesem Falle Lob verdient. Denn man trifft wenig große Herren, die sich um die Ehre der Frauen oder um das Ärgernis kümmern, das sie erregen, wenn sie nur ihre Lust büßen können; und oft freut es sie sogar, wenn man noch Schlimmeres annimmt, als wirklich geschehen ist.«

»Ich wünschte wahrhaftig«, sagte Oisille, »daß alle jungen Herren sich daran ein Beispiel nähmen; denn oft ist das Ärgernis schlimmer als die Sünde.«

»Bedenkt doch«, spottete Nomerfide, »wie von Herzen aufrichtig die Gebete gemeint waren, die er in dem Kloster verrichtete, wenn er es passierte!«

»Darüber dürft Ihr nicht herziehen«, meinte Parlamente; »denn vielleicht war auf dem Rückweg seine Reue so groß, daß ihm die Sünde vergeben wurde.«

»Es ist ein schwierig Ding«, lachte Hircan, »über eine so vergnügliche Sache Reue zu empfinden. Ich für mein Teil habe solche Sünden zwar oft gebeichtet, doch kaum je bereut.«

»Es wäre besser«, erwiderte Oisille, »gar nicht zu beichten, wenn man schon keine ehrliche Reue verspürt.«

»Nun ja, Madame«, versetzte Hircan, »die Sünde bedrückt mich wohl, und es tut mir leid, wenn ich Gott beleidige. Aber das Sündigen macht mir eben doch jedesmal Spaß.«

»Ihr und Euresgleichen«, meinte Parlamente, »möchtet wohl, daß es weder Gott noch Gesetze gäbe, außer denen, die Euer Belieben erläßt?«

»Ich muß Euch gestehen«, antwortete Hircan, »ich wünschte, Gott fände ebensoviel Gefallen an meinen Liebesfreuden wie ich; denn ich würde ihm dann oft Gelegenheit bieten, sich zu freuen.«

»Gleichwohl werdet Ihr ja keinen neuen Gott einsetzen«, sprach Geburon, »und darum müssen wir eben dem gehorchen, den wir haben. Überlassen wir solche spitzfindigen Streitereien den Gottesgelehrten, auf daß Longarine ihre Stimme einem andern geben kann.«

»Ich gebe sie Saffredent«, sprach diese. »Aber ich bitte ihn, uns die schönste Geschichte zu erzählen, auf die er sich besinnen kann. Auch soll er nicht so sehr darauf ausgehen, Schlechtes über die Frauen zu sagen, und da, wo Gutes zu vermelden ist, mag er der Wahrheit die Ehre geben.«

»Wahrhaftig, das gestehe ich Euch gerne zu«, versetzte Saffredent, »denn ich habe eine Geschichte von einer klugen und von einer törichten Frau bei der Hand. Ihr könnt dann daraus entnehmen, was euch am besten zusagt, und werdet erkennen, daß genauso, wie die Liebe schlechte Menschen zu Schlechtigkeiten verleitet, sie in einem redlichen Herzen Lobenswertes vollbringt. Denn die Liebe ist an sich gut, nur die Arglist und Bosheit der Menschen ist schuld, daß man ihr immer neue Beinamen gibt und sie töricht, leichtfertig, herzlos oder schändlich schilt. Doch aus der Geschichte, die ich euch jetzt erzählen will, könnt ihr ersehen, daß die Liebe das Herz nicht wandelt, sondern es nur so zeigt, wie es wirklich ist, töricht bei den Törinnen und klug bei den Klugen.«

S Freudenberh inv. Sn LeRoy Sculp.

B. Duncker del. Eichler sc.

## Sechsundzwanzigste Geschichte

*Dank dem Rat und der schwesterlichen Zuneigung einer klugen Dame gibt Herr von Avannes die törichte Liebe auf, die er für eine Edelfrau zu Pampluna hegt*

Zur Zeit des Königs Ludwig XII. lebte ein junger adliger Herr. Er hieß Herr von Avannes und war ein Sohn des Lehnsherrn von Albret und ein Bruder des Königs Jehan von Navarra, bei dem er auch gewöhnlich wohnte. Nun war aber der junge Herr, der erst fünfzehn Jahre zählte, so schön und so voll Liebreiz, daß er nur dazu geschaffen schien, geliebt und angeschaut zu werden. Das taten auch alle, die ihn sahen, vor allem aber eine Dame, die in der navarresischen Stadt Pampluna wohnte und mit einem steinreichen Mann verheiratet war. Mit dem lebte sie sehr ehrbar, und obwohl sie erst dreiundzwanzig Jahre alt, ihr Gatte aber gegen fünfzig war, kleidete sie sich so züchtig, daß sie eher einer Witwe als einer Ehefrau glich. Niemals sah man sie allein ohne ihren Mann zu einer Hochzeit oder einem Fest gehen.

Dessen Güte und Tugend zog sie der Schönheit aller andern Männer vor. Der Gatte aber, der aus Erfahrung wußte, wie verständig sie war, verließ sich so sehr auf sie, daß er ihr alle Angelegenheiten seines Hauses anvertraute.

Eines Tages wurde dieser reiche Edelmann samt seiner Frau zu einer Hochzeit bei Verwandten eingeladen. Dort hatte sich zu Ehren der Hochzeitsgäste auch der junge Herr von Avannes eingefunden, der ein unvergleichlicher Tänzer war und das Tanzen über alles liebte. Und als nach dem Hochzeitsmahl die Tänze begannen, wurde Herr von Avannes von dem reichen Mann zum Mittanzen eingeladen. Herr von Avannes fragte ihn, wen er denn zum Tanze führen solle, und jener antwortete ihm: »Gnädiger Herr, wäre eine schönere Frau hier und eine, die mir mehr zu Gebote stünde als mein Eheweib, so würde ich sie Euch vorstellen. So aber bitte ich Euch, erweist mir die Ehre und führt sie zum Tanze.« Das tat der junge Fürst; er war aber noch so jung, daß es ihm größeres Vergnügen bereitete, zu hüpfen und zu tanzen, als auf die Schönheit der Damen zu achten. Die Frau aber, die er zum Tanz führte, achtete mehr auf die Schönheit und Anmut des Herrn von Avannes als auf den Tanz, den sie mit ihm aufführte, obschon sie sich aus großer Vorsicht nicht das geringste anmerken ließ.

Als die Stunde des Nachtmahls gekommen war, nahm Herr von Avannes Abschied von der Gesellschaft und begab sich auf sein Schloß zurück. Der reiche Mann gab ihm auf seinem Maultier das Geleit und sagte im Dahinreiten zu ihm: »Gnädiger Herr, Ihr habt heute meinen Verwandten und mir so große Ehre erwiesen, daß es höchst undankbar von mir wäre, wollte ich Euch nicht mit allem, was ich bin und habe, zu Diensten sein. Ich weiß, gnädiger Herr, daß hochmögende Herren wie Ihr, die strenge und geizige Väter haben, öfter auf dem trockenen sitzen als unsereiner, die wir nur darauf bedacht sind, durch Haushalten und Sparsamkeit Geld anzuhäufen. Nun ist es aber so, daß Gott mir zwar eine

Frau nach meinem Herzen geschenkt hat, daß er mir aber dennoch nicht das Paradies auf Erden bescheren wollte, hat er mir doch jene Freude nicht gegönnt, die Väter an ihren Kindern erleben. Ich weiß, gnädiger Herr, daß es mir nicht ansteht, Euch an Kindes Statt anzunehmen, aber wenn Ihr mich als Eueren ergebenen Diener ansehen und mir Eure kleinen Geldsorgen anvertrauen wollt, so werde ich, soweit hunderttausend Taler meines Vermögens ausreichen, nicht versäumen, Euch in Euren Nöten gerne auszuhelfen.«

Der Herr von Avannes war über dieses Anerbieten hocherfreut, denn er hatte tatsächlich einen Vater, wie der andere ihn geschildert hatte. Er dankte ihm und nannte ihn seinen Wahlvater.

Von dieser Stunde an faßte der reiche Mann eine solche Liebe zu Herrn von Avannes, daß er sich früh und spät in einem fort erkundigte, ob er nicht etwas nötig habe. Er machte auch seiner Frau gegenüber kein Hehl aus seiner Ergebenheit für den Herrn und aus seinem Diensteifer, und sie liebte ihn dafür doppelt so innig. Und seit dieser Zeit litt der genannte Herr von Avannes niemals Mangel an irgend etwas, das er sich nur wünschen mochte. Er besuchte oft den reichen Mann, aß und trank mit ihm, und wenn er ihn nicht zu Hause traf, gab ihm dessen Frau alles, was er haben wollte. Außerdem sprach sie noch gar verständig mit ihm und ermahnte ihn, tugendhaft und klug zu sein, so daß er sie bald über alle Frauen der Welt fürchtete und liebte. Sie aber hatte Gott und ihre Ehre vor Augen und fand Genüge an seinem Anblick und am Gespräch mit ihm, womit ehrbare und reine Liebe sich zufriedengibt. Niemals verriet sie sich durch irgendein Anzeichen, dem er hätte entnehmen können, daß sie ihm anders als mit schwesterlicher und christlicher Liebe zugetan sei.

Solange diese uneingestandene Liebe währte, lebte der gnädige Herr von Avannes mit Hilfe seiner obengenannten Freunde wie der Vogel im Hanfsamen und hatte im Überfluß alles, was er brauchte. Als er aber siebzehn Jahre alt war, begann er den Umgang mit Damen mehr zu suchen als bisher. Obwohl ihm nichts willkommener gewesen wäre, als seine Liebe der verständigen Dame anzutragen, so verschloß ihm die Furcht, er könnte sich ihre Freundschaft verscherzen, wenn sie solche Anträge zu hören bekäme, den Mund und hieß ihn anderweitig sein Vergnügen suchen. So wandte er sich einer Edelfrau unweit Pampluna zu, die auch ein Haus in der Stadt besaß und mit einem jungen Mann vermählt war, dem Pferde, Hunde und Vögel über alles gingen. Aus Liebe zu dieser Frau begann Herr von Avannes mancherlei Zeitvertreib zu veranstalten wie Turniere, Pferderennen, Kampfspiele, Maskenbälle, Festlichkeiten und andere Kurzweil, und jedesmal fand sich auch die Edelfrau ein. Aber weil ihr Gatte sehr eifersüchtig war und ihre Eltern sie als sehr leichtfertig und schön kannten, behielt sie ihr Mann, der eifersüchtig auf seine Ehre bedacht war, so scharf im Auge, daß der Herr von Avannes von ihr nichts erreichen konnte als dann und wann ein kurzes Wort auf einem Ball. Trotzdem merkte er schon an diesen wenigen Worten, daß nur Zeit und Gelegenheit fehlten, und er hätte ihre Gunst genießen können.

Deshalb ging er zu seinem guten Wahlvater, dem reichen Mann, und sagte ihm, er hätte große Lust, zu Unserer Lieben Frau von Monserrat zu wallfahrten, und er bitte ihn, sein ganzes Gefolge in seinem Hause zu beherbergen, weil er allein hingehen wolle. Der Reiche war damit einverstanden, doch seine Frau, in deren Herzen der große Prophet Amor wohnte, erriet sogleich den wahren Grund seiner Reise und konnte sich nicht enthalten, zu Herrn von Avannes zu sagen: »Junger Herr, junger Herr, die Liebe Frau, die Ihr anbetet, weilt nicht außerhalb der Mauern dieser Stadt. Darum bitte ich Euch vor allem, achtet auf Eure Gesundheit.« Er, der sie fürchtete und liebte, errötete bei diesen Worten so heftig, daß er ihr dadurch, ohne ein Wort zu sprechen, die Wahrheit eingestand. Darauf ging er von dannen.

Er kaufte sich ein Paar schöne spanische Pferde, verkleidete sich als Stallknecht und veränderte sein Gesicht so, daß ihn niemand erkannte. Der Edelmann, der Gatte der leichtfertigen Dame, der Pferde über alles liebte, sah die zwei Rosse, die der edle Herr von Avannes am Zügel führte, und kaufte sie ihm auf der Stelle ab. Und nachdem er sie gekauft hatte, sah er sich den Stallknecht an, der sie so geschickt führte, und fragte ihn, ob er in seinen Dienst treten wolle. Herr von Avannes sagte: ja, er sei nur ein armer Stallknecht, der sich auf nichts anderes verstehe als auf das Striegeln und Bürsten der Pferde, aber das werde er so gut besorgen, daß sein Herr mit ihm zufrieden sein werde. Der Edelmann war darüber hocherfreut und übertrug ihm die Pflege aller seiner Pferde. Dann ging er nach Hause und sagte seiner Frau, er empfehle seine Pferde und seinen Stallknecht ihrer Obhut; er selbst gehe jetzt aufs Schloß.

Einesteils um ihrem Gatten gefällig zu sein, andernteils auch um sich die Zeit zu vertreiben, ging die Dame hin und besichtigte die Pferde, und sie schaute sich auch den neuen Stallknecht an, der ihr wohlerzogen und gesittet schien. Sie erkannte ihn aber nicht. Als er sah, daß er nicht erkannt wurde, erwies er ihr seine Reverenz auf spanische Art und küßte ihr die Hand, und während er sie küßte, drückte er sie so stark und vielsagend, daß sie ihn daran erkannte; denn beim Tanz hatte er das ein paarmal getan. Von Stund an suchte die Dame unaufhörlich nach einem Weg, wie sie mit ihm unter vier Augen sprechen könnte. Die Gelegenheit ergab sich schon am nächsten Abend; denn sie war zu einem Fest eingeladen, wohin ihr Gatte sie mitnehmen wollte, und gab vor, sie wäre unpäßlich und könnte nicht hingehen.

Ihr Gatte wollte seine Freunde nicht enttäuschen und sagte zu ihr: »Liebste, da es Euch nicht paßt mitzukommen, bitte ich Euch, habt ein Auge auf meine Hunde und Pferde, damit es ihnen an nichts gebricht.« Die Dame fand diesen Auftrag höchst willkommen; sie ließ sich aber nichts anmerken, sondern antwortete ihm, da er sie nicht für wichtigere Dinge verwenden könne, werde sie ihm mit geringeren beweisen, wie sehr ihr daran liege, ihm gefällig zu sein.

Kaum hatte ihr Mann die Tür hinter sich geschlossen, so ging sie schon in den Stall hinunter und fand auch gleich mancherlei auszusetzen. Um nun Ordnung zu schaffen, gab sie den Knechten so viele Aufträge da- und dorthin, daß sie schließlich ganz allein mit dem neuen Stallknecht zurückblieb. Aus Angst, es könnte jemand hinzukommen, sprach sie zu ihm: »Geht hinaus in unsern Garten und wartet auf mich in einem Lusthäuschen hinten im Laubengang.« Das tat er so eilig, daß er sich nicht einmal die Zeit nahm, ihr zu danken. Nachdem sie im ganzen Pferdestall zum Rechten gesehen hatte, sah sie noch rasch nach den Hunden und sorgte dafür, daß sie gut verpflegt wurden, so daß es aussah, als wäre sie aus der Herrin des Hauses zur Dienerin geworden. Hierauf kehrte sie in ihr Schlafgemach zurück, wo sie sich derart müde fühlte, daß sie sich ins Bett legte und ihren Kammerfrauen erklärte, sie wolle jetzt ein wenig ruhen. Alle Zofen ließen sie allein außer einer, auf die Verlaß war, und zu der sagte sie: »Geht in den Garten und holt mir den Mann her, den Ihr hinten im Laubengang findet.«

Die Zofe ging in den Garten und fand dort den Stallknecht, den sie unverweilt zu ihrer Herrin führte. Diese schickte die Kammerfrau hinaus und befahl ihr, gut aufzupassen, wenn ihr Gatte nach Hause komme. Als der Herr von Avannes sich mit der Dame allein sah, legte er sein Stallknechtsgewand ab, nahm seine falsche Nase und den falschen Bart ab und legte sich kühn zu ihr, nicht wie ein zaghafter Stallknecht, sondern wie der schmucke Junker, der er war, ohne die Dame lange um Erlaubnis zu bitten. Und er ward empfangen, wie der schönste junge Mann seiner Zeit von der schönsten und liebestollsten Frau empfangen zu werden verdiente, und blieb bei ihr, bis der Hausherr zurückkam. Bei dessen Ankunft legte er seine Vermummung wieder an und räumte den Platz, den er durch Schlauheit und List unrechtmäßig eingenommen hatte.

Als der Edelmann seinen Hof betrat, hörte er, wie beflissen und eifrig seine Frau ihm gehorsam gewesen war, und dankte ihr dafür aufs herzlichste. »Lieber Freund«, entgegnete ihm die Dame, »ich habe nur meine Pflicht getan. Wahr ist freilich, wenn man auf diese nichtsnutzigen Burschen nicht ein Auge hätte, Ihr besäßet nicht einen Hund, der nicht räudig, und kein Pferd, das nicht zum Gerippe abgemagert wäre. Da ich aber weiß, wie faul sie sind und wieviel Euch an diesen Dingen gelegen ist, sollt Ihr von nun an besser bedient werden als je zuvor.« Der Edelmann, der den besten Stallknecht auf der ganzen weiten Welt in seine Dienste genommen zu haben meinte, fragte sie, was sie von ihm halte. »Ich muß schon sagen, Herr«, erwiderte sie, »er waltet seines Amtes so trefflich wie kaum ein Stallknecht, den Ihr hättet wählen können. Aber man muß ihn von Zeit zu Zeit ein bißchen antreiben; denn er ist der verschlafenste Knecht, den ich jemals gesehen habe.«

So lebten der Edelmann und die Dame in besserem Einvernehmen als je zuvor, und er verlor allen Argwohn und war kein bißchen mehr eifersüchtig auf sie, weil sie nun mit ebensolchem Eifer seinen Haushalt betreute, wie sie früher Festlichkeiten, Tanzereien und Gesellschaften geliebt hatte. Neuerdings begnügte sie sich oft damit, über ihrem Hemd nichts als einen langen Schlafrock zu tragen, während sie vordem vier Stunden damit zugebracht hatte, sich zu putzen und aufs schönste zu schmücken. Dafür wurde sie von ihrem Gatten und aller Welt belobigt, denn keiner ahnte, daß hier der Teufel mit Beelzebub ausgetrieben worden war.

So lebte diese junge Dame unter dem Deckmantel der

Tugendhaftigkeit in solcher Wollust, daß Gewissen, Vernunft, Ordnung und Maßhalten ihr nichts mehr galten. Das vermochten aber die Jugend und zarte Veranlagung des Herrn von Avannes nicht lange auszuhalten, und er wurde allmählich so bleich und mager, daß man ihn auch ohne Maskierung nicht hätte wiedererkennen können. Doch die aberwitzige Liebe, die er für diese Frau empfand, hatte ihm die Sinne dermaßen verwirrt, daß er seinen Kräften zumutete, was sogar Herkules nicht hätte leisten können. Schließlich erkrankte er und bat auf den Rat der Dame, die ihn krank nicht so liebenswert fand wie gesund, seinen Herrn um Urlaub, damit er sich zu seinen Eltern begeben könne. Der Urlaub wurde ihm auch mit großem Bedauern gewährt; doch mußte er versprechen, daß er nach seiner Gesundung wieder seinen Dienst aufnehmen werde.

So ging der Herr von Avannes denn zu Fuß davon; allerdings hatte er ja nicht weit zu gehen, sondern war nur eine Straße weiter zu Hause. Als er bei dem reichen Mann, seinem gütigen Wahlvater, angelangt war, fand er im Hause nur dessen Frau vor, deren tugendhafte Liebe zu ihm durch seine Reise nicht geringer geworden war. Als sie ihn aber so abgemagert und totenbleich wiedersah, konnte sie sich nicht enthalten, zu ihm zu sagen: »Ich weiß nicht, gnädiger Herr, wie es mit Eurem Gewissen steht, aber Euerem Leib ist diese Pilgerfahrt nicht gut bekommen. Ich fürchte, der Weg, den Ihr nächtens hinter Euch gebracht habt, hat Euch ärger mitgenommen als der bei Tage. Denn wärt Ihr zu Fuß nach Jerusalem gewandert, Ihr wäret brauner gebrannt heimgekehrt, aber nicht so mager und schwach. Nun laßt Euch das aber eine Lehre sein und dient nicht länger solchen Götzenbildern, die, anstatt die Toten zum Leben zu erwecken, die Lebenden unter den Boden bringen. Ich hätte Euch noch mehr zu sagen; doch wenn Euer Leib gesündigt hat, so ist er dafür schon so hart gestraft, daß ich's nicht übers Herz bringe,

Euch mit meinen Rügen noch weiteren Verdruß zu schaffen.«

Als der Herr von Avannes all diese Mahnworte gehört hatte, war er ebenso betrübt wie beschämt und erwiderte ihr: »Madame, ich habe einst sagen hören, die Reue folge der Sünde auf dem Fuße, und jetzt erfahre ich es am eigenen Leibe. Ich bitte Euch, haltet es meiner Jugend zugute; ich kann mich nur durch eigene Erfahrung bessern und das Schlechte überwinden, an das ich nicht glauben will.«

Da ließ die Dame von ihren Vorhaltungen ab und hieß ihn sich in ein schönes weiches Bett legen, wo er vierzehn Tage lang liegenblieb und sich ausschließlich von kräftigen Brühen nährte. Und die Dame sowie ihr Gatte leisteten ihm so gute Gesellschaft, daß er jederzeit den einen oder die andere bei sich hatte. Obwohl er die Tollheiten, die ihr eben vernommen habt, gegen den Willen und Rat der verständigen Dame begangen hatte, ließ sie doch in ihrer tugendsamen Liebe nicht nach, die sie ihm entgegenbrachte; denn sie hoffte unentwegt, wenn er sich erst einmal die Hörner abgelaufen habe, so werde er in sich gehen, gesetzt werden und zu einer ehrbaren Liebe zurückfinden, dann aber werde er ganz ihr gehören.

Im Laufe der vierzehn Tage, die er in ihrem Hause zubrachte, redete sie ihm so ernstlich ins Gewissen und hielt ihm die Tugendliebe so nachhaltig vor Augen, daß er Abscheu vor seiner Torheit bekam; und als er die Dame, die an Schönheit die liebestolle Edelfrau übertraf, näher betrachtete und mehr und mehr die Anmut und Tugend, die in ihr wohnten, erkannte, verbannte er eines Tages, als es bereits dunkelte, alle Furcht aus seinem Herzen und sprach zu ihr: »Madame, ich sehe kein besseres Mittel, so tugendhaft zu werden, wie Ihr mir predigt und es von mir wünscht, als mein Herz ganz und gar der Liebe zur Tugend zu ergeben. Ich bitte Euch, Madame, sagt mir, ob Ihr gewillt wäret, mir dabei alle

Hilfe und Gunst zu gewähren, die Euch nur möglich sind?«

Die Dame war über seine Worte hocherfreut und sagte zu ihm: »Ich verspreche Euch, gnädiger Herr, wenn Ihr die Tugend so hochhalten wollt, wie es einem Herrn wie Euch ansteht, so will ich Euch mit allen Kräften, die Gott mir verliehen hat, dazu verhelfen, daß es Euch gelinge.«

»Wohlan denn, Madame«, versetzte der Herr von Avannes, »erinnert Euch Eures Versprechens und bedenkt, daß Gott, den der Mensch nur durch den Glauben zu erkennen vermag, sich herbeigelassen hat, Fleisch zu werden gleich unserem sündigen Fleisch, auf daß, gleichwie er unser irdisch Fleisch durch seine Menschwerdung angenommen hat, er auch unseren Geist für die Liebe zu seiner Göttlichkeit gewönne. Also hat er sich sichtbarer Mittel bedient, um uns durch den Glauben die Liebe zu den unsichtbaren Dingen einzuflößen. Auch die Tugend, die ich mein Leben lang zu lieben wünsche, ist etwas Unsichtbares bis auf die Wirkung, die sie nach außen ausübt. Deswegen muß sie irgendwelche Gestalt annehmen, um sich den Menschen zu erkennen zu geben. Das hat sie auch getan, indem sie sich in Eure Gestalt, die vollkommenste, die sie hat finden können, gekleidet hat. Deshalb erkenne ich Euch nicht nur als tugendhaft, sondern bekenne, daß Ihr die Tugend selbst seid. Und da ich sie unter der Hülle des vollkommensten Körpers leuchten sehe, der jemals lebte, will ich sie mein ganzes Leben hindurch ehren und ihr dienen immerdar und um ihretwillen alle eitle und sündige Liebe aufgeben.«

Die Dame war nicht weniger erfreut als verwundert, als sie diese Worte vernahm, konnte aber ihre Freude verbergen und sprach zu ihm: »Gnädiger Herr, ich will mich nicht unterfangen, auf Eure theologischen Spitzfindigkeiten eine Antwort zu geben. Da ich aber das Böse mehr fürchte, als ich an das Gute glaube, möchte ich Euch von Herzen bitten: laßt mir gegenüber solche

Reden, deretwegen Ihr die Frauen, die daran geglaubt haben, so geringschätzt. Ich weiß recht wohl, daß ich ein Weib bin, nicht nur wie andere auch, sondern ein sehr unvollkommenes Weib, und die Tugend täte besser daran, wollte sie mich nach ihrem Bilde formen, als meine Gestalt anzunehmen, es sei denn, sie möchte auf dieser Welt unerkannt bleiben; denn in meiner Gestalt könnte die Tugend nicht so erkannt werden, wie sie in Wahrheit ist. Doch, gnädiger Herr, trotz meiner Unvollkommenheit bringe ich Euch eine solche Zuneigung entgegen, wie sie einer Frau geziemt, die Gott fürchtet und ihre Ehre hochhält, jetzt wie eh und je. Diese Zuneigung wird Euch aber erst dann kundgetan werden, wenn Euer Herz einmal zu der Langmut fähig ist, die jede tugendhafte Liebe erheischt. Zur Stunde weiß ich, gnädiger Herr, welche Sprache ich einzuhalten habe; doch denkt daran, daß Ihr Euer eigenes Wohlergehen, Eure Person und Ehre nicht so liebt, wie ich es tue.«

Der Herr von Avannes bat sie ängstlich und mit Tränen in den Augen in flehendem Ton, sie möge ihn doch zur Bekräftigung ihrer Worte küssen. Sie schlug es ihm aber ab und sagte, sie werde um seinetwillen nicht gegen Brauch und Sitte des Landes verstoßen. Während sie noch hin und her redeten, kam ihr Gatte dazu. Zu ihm sprach der Herr von Avannes: »Mein Vater, ich fühle mich so sehr Euch und Eurer Frau zu Dank verpflichtet, daß ich Euch inständig bitte, mich für immer als Eueren Sohn anzusehen.« Damit war der gute Alte gern einverstanden. »Und nun laßt uns diese Freundschaft besiegeln«, fuhr Herr von Avannes fort, »und erlaubt mir, daß ich Euch küsse.« Das tat er. Darauf sagte er: »Müßte ich nicht fürchten, mich gegen die guten Sitten zu vergehen, so würde ich gern auch Eure Frau, meine Mutter, küssen.« Als der Gatte das hörte, gebot er seiner Frau, ihn zu küssen, und sie tat es, ohne sich anmerken zu lassen, ob sie gern oder ungern tat, was ihr Gemahl ihr befohlen hatte. Alsbald begann das Feuer, das ihre Worte in seinem Herzen entfacht hatten, durch den Kuß, den er so heiß ersehnt und den sie ihm so schroff verweigert hatte, heftig aufzulodern.

Bald danach begab sich Herr von Avannes aufs Schloß, um seinen Bruder, den König, zu besuchen, wo er mancherlei von seiner Wallfahrt nach Monserrat erzählte. Dort hörte er auch, daß der König, sein Bruder, nach Olite und Tafalla zu reisen gedachte, und da er überlegte, daß die Reise wohl lange dauern werde, befiel ihn große Traurigkeit. Er kam so weit, daß er sich ernstlich vornahm, vor seiner Abreise zu versuchen, ob die verständige Dame ihm nicht doch mehr gewogen sei, als sie sich den Anschein gab.

Er bezog ein Haus in der Stadt, in derselben Straße, wo auch sie wohnte, eine alte, schlechte, aus Holz erbaute Hütte. Die steckte er ungefähr um Mitternacht in Brand. Darob erhob sich ein solcher Lärm in der ganzen Stadt, daß es auch im Hause des reichen Mannes zu hören war. Er fragte durch das Fenster, wo das Feuer sei, und als er vernahm, es brenne beim gnädigen Herrn von Avannes, eilte er geradewegs mit seinem ganzen Hausgesinde dorthin und fand den jungen Herrn im bloßen Hemd auf der Straße. Da faßte ihn tiefes Erbarmen, und er schloß ihn in seine Arme, warf ihm seinen Schlafrock über und führte ihn so schnell wie möglich in sein Haus. Dort sprach er zu seiner Frau, die im Bett lag: »Liebste, ich übergebe Eurer Obhut diesen Gefangenen. Behandelt ihn wie mich selbst.«

Sobald er fort war, sprang der Herr von Avannes, dem nichts lieber gewesen wäre, als wenn sie ihn wie ihren Ehemann behandelt hätte, flink in ihr Bett; denn er hoffte, daß Gelegenheit und Ort die verständige Dame anderen Sinnes werden lassen könnten. Er fand aber das gerade Gegenteil; denn sowie er auf der einen Seite ins Bett sprang, schlüpfte sie auf der andern hinaus. Sie zog ihr langes Hausgewand an, und als sie es anhatte, trat sie zu ihm ans Kopfende des Bettes und sprach zu ihm:

»Gnädiger Herr, habt Ihr denn gemeint, die günstige Gelegenheit vermöge ein keusches Herz wanken zu machen? Glaubt mir, wie sich das Gold im Schmelzofen bewährt, so erweist sich auch ein keusches Herz inmitten der Anfechtungen nur stärker und tugendreicher und erkaltet, je mehr Versuchungen es zu bestehen hat. Seid daher überzeugt, wenn mir der Sinn nach anderem stünde, als ich gesagt habe, so hätte ich bestimmt Mittel und Wege gefunden; ich habe sie aber nicht benutzen wollen und darum nie in Betracht gezogen; und ich bitte Euch, wenn Ihr wollt, daß ich Euch weiterhin gewogen bleibe wie bisher, so schlagt Euch den Wunsch, ja sogar den Gedanken aus dem Kopf, Ihr könntet mich jemals, was Ihr auch immer ersinnen mögt, anders finden, als ich bin.«

Während sie noch so sprach, traten ihre Kammerfrauen herein, und sie befahl, einen Imbiß aus allerlei eingemachten Früchten zu bringen. Allein, er hatte jetzt weder Hunger noch Durst, so verzweifelt war er, daß ihm sein Anschlag mißglückt war; auch war ihm bange, er könnte nun, da er ihr sein Begehren so unverhüllt gezeigt hatte, des vertrauten Umgangs mit ihr verlustig gehen.

Ihr Mann, der das Feuer hatte löschen lassen, kam nach Hause und bat den gnädigen Herrn von Avannes inständig, doch für diese Nacht bei ihm zu bleiben. Aber statt zu schlafen, verbrachte er die Nacht mit Weinen und erhob sich schon am frühen Morgen, um seinen Wirten Lebewohl zu sagen. Als er dabei die Dame küßte, merkte er wohl, daß sie mehr Erbarmen mit seinem Vergehen hatte, als daß sie ihm übelwollte, und das schürte die Glut seiner Liebe noch mehr. Nach dem Mittagsmahl begab er sich mit dem König nach Tafalla; doch bevor er abreiste, ging er noch einmal zu seinem gütigen Vater und seiner Dame, um von ihnen Abschied zu nehmen. Seit es ihr Gatte zum erstenmal befohlen hatte, sträubte sie sich nicht mehr, ihn wie ihren Sohn zu küssen.

Doch verlaßt euch darauf: je mehr die Tugend sie daran hinderte, mit ihrem Auge und in ihrem Verhalten die verborgene Flamme zu zeigen, um so heißer brannte sie und wurde zuletzt ganz unerträglich, so daß sie den Widerstreit, den Liebe und Ehrgefühl in ihrem Herzen ausfochten, nicht länger aushalten konnte, zumal sie sich fest vorgenommen hatte, ihre Liebe nie zu zeigen. Nachdem sie jedoch den Trost verloren hatte, den Mann, für den sie einzig lebte, zu sehen und mit ihm zu sprechen, befiel sie ein schleichendes Fieber, das seine Ursache in ihrer schwermütigen Verfassung hatte. Alle Glieder ihres Leibes wurden ihr eiskalt, während es in ihrem Innern unaufhörlich wie Feuer brannte. Die Ärzte, in deren Händen die Gesundheit der Menschen ja nicht allein liegt, waren wegen ihrer Krankheit allgemach in großer Sorge, zumal eine Verstopfung ihre Schwermut noch verschlimmerte. Sie sprachen mit ihrem Gatten und rieten ihm, seine Frau darauf hinzuweisen, sie möge mit ihrem Gewissen ins reine kommen, und sie stehe in Gottes Hand, als ob die Gesunden nicht auch in Gottes Hand stünden.

Der Gatte, der seine Frau über alles liebte, wurde über die Worte der Ärzte so traurig, daß er zu seinem Trost an den Herrn von Avannes schrieb und ihn inständig bat, sie doch gütigst zu besuchen, denn er hoffe, sein Anblick werde der Kranken wohltun. Der Herr von Avannes säumte nicht, kaum hatte er den Brief erhalten, sondern kam unverzüglich und in größter Eile in das Haus seines guten Vaters. Am Eingang traf er das ganze Hausgesinde, Mägde und Diener, die um ihre Herrin trauerten, wie sie es verdiente. Darüber war der junge Herr so betroffen, daß er wie versteinert an der Tür stehenblieb, bis er seinen gütigen Vater erblickte, der ihn in seine Arme nahm und so herzzerbrechend zu weinen begann, daß er kein Wort hervorbrachte. Er führte den Herrn von Avannes in das Zimmer, wo die arme Kranke lag. Sie wandte ihm ihre matten Augen zu, schaute ihn an, reichte ihm dann die Hand und zog ihn mit aller Kraft, die sie noch besaß, zu sich herab; darauf umarmte und küßte sie ihn, seufzte tief auf und sprach zu ihm: »Ach, gnädiger Herr, nun ist die Stunde gekommen, da alle Verstellung ein Ende haben und ich die Wahrheit bekennen muß, die ich Euch mit soviel Mühe verhehlt habe. Glaubt mir, wenn Ihr mich von Herzen liebtet, so war meine Liebe zu Euch nicht geringer. Doch habe ich tiefer gelitten als Ihr, habe ich mein Leid doch gegen mein Herz und meinen Willen geheimhalten müssen. Denn wisset, gnädiger Herr, Gott und meine Ehre haben mir nie erlaubt, Euch meine Liebe zu erklären, weil ich fürchtete, Euer Verlangen noch aufzustacheln, anstatt es zu lindern. Wißt nun aber, daß das Nein, das ich Euch so oft sagen mußte, mir so schwergefallen ist, daß es jetzt schuld an meinem Tode ist. Ich sterbe gern, da mir Gott die Gnade erwiesen hat, mich zu sich zu nehmen, ehe noch die Heftigkeit meiner Liebe mein Gewissen und meinen Ruf befleckt hat. Denn schon kleinere Feuer als das meine haben größere und stärkere Gebäude zerstört. Nun aber gehe ich zufrieden von hinnen, da ich Euch vor meinem Hinscheiden meine Liebe gestehen durfte. Sie war der Euren gleich, nur sind die Ehre der Männer und die der Frauen nicht das gleiche. Ich bitte Euch, gnädiger Herr, scheut Euch künftig nicht, den größten und tugendsamsten Damen Eure Liebe zuzuwenden; denn in solchen Herzen wohnen die tiefsten Leidenschaften, und sie werden am weisesten gelenkt; und die Anmut, Schönheit und Redlichkeit, die Euch eigen sind, bieten Gewähr dafür, daß Eure Liebe sich nicht umsonst abmüht. Ich will Euch nicht bitten, für mich zu Gott zu beten; denn ich weiß, daß wahren Liebenden das Tor des Paradieses nicht verschlossen bleibt. Die Liebe ist ein Feuer, das die Liebenden in diesem Leben schon so hart bestraft, daß sie von der gräßlichen Qual des Fegefeuers verschont werden. Nun lebt wohl, gnädiger Herr, Euch befehle ich Euren gütigen Vater, meinen Gemahl, und ich bitte Euch, erzählt ihm der Wahrheit gemäß, was Ihr von mir vernommen habt, damit er erkenne, wie sehr ich Gott und ihn geliebt habe. Fortan kommt mir nicht mehr vor Augen, denn von nun an will ich nur noch daran denken, aus Gottes Händen zu empfangen, was er mir vor Erschaffung der Welt verheißen hat.«

Während sie so zu ihm sprach, küßte sie ihn und hielt ihn mit der ganzen Kraft ihrer schwachen Arme umfangen. Der junge Herr, dessen Herz vor Mitleid ebenso aussetzte wie das ihre vor Schmerz, fand nicht die Kraft, ihr auch nur ein einziges Wort zu sagen, und zog sich aus dem Bereich ihrer Augen zurück auf ein Ruhebett, das in dem Gemach stand, wo er ein über das andere Mal in Ohnmacht fiel.

Alsbald rief die Dame ihren Gemahl, sprach ihm Trost und Mut zu und legte ihm manches noch ans Herz, und dann empfahl sie den Herrn von Avannes seiner Obsorge und versicherte ihm, sie habe den jungen Herrn nächst ihm auf der Welt am meisten geliebt. Zuletzt küßte sie ihren Gatten und sagte ihm Lebewohl. Darauf wurden ihr das heilige Sakrament des Abendmahls und die Letzte Ölung gereicht, und sie empfing beides mit höchster Freude, war sie doch ihres ewigen Seelenheils gewiß. Als sie dann merkte, wie es vor ihren Augen dunkel wurde und ihre Kräfte schwanden, begann sie mit lauter Stimme das *In manus* zu beten. Sowie der Herr von Avannes dies laute Gebet hörte, sprang er von seinem Bett auf, und während er voll Erbarmen zu ihr hinüberschaute, sah er, wie sie mit einem sanften Seufzen ihre glorreiche Seele Gott zurückgab, von welchem sie voreinst gekommen war. Da er nun gewahr wurde, daß sie gestorben war, lief er zu dem toten Leib, dem er, solange er noch lebte, stets nur mit Zagen genaht war, und umarmte und küßte ihn so wild und verzweifelt, daß man ihn nur mit Müh und Not aus seinen Armen befreien konnte. Darüber war der Gatte sehr erstaunt, denn er hatte nie gedacht, daß der Jüngling solch große Liebe zu ihr gefühlt hatte. »Nun ist es genug, gnädiger Herr!« sagte er zu ihm, und dann zogen sich beide zurück. Der Herr von Avannes weinte lang und bitterlich, und danach erzählte er dem Gatten die ganze Geschichte ihrer Liebe, und wie sie ihm bis zu ihrem Tod immer nur streng und abweisend begegnet sei. Das freute zwar den Gatten über alle Maßen, aber es mehrte sein Leid und den Schmerz über ihren Verlust. Von nun an ging er völlig im Dienste des gnädigen Herrn von Avannes auf. Dieser aber, der erst achtzehn Jahre zählte, begab sich bald darauf an den Hof, wo er viele Jahre weilte, ohne eine Frau sehen oder mit ihr sprechen zu wollen, so tief war seine Trauer um seine verstorbene Geliebte; und er trug mehr als zehn Jahre lang schwarze Kleidung.

»Hier habt ihr, meine Damen, den Unterschied zwischen einer törichten und einer verständigen Dame, an denen ihr auch die verschiedenen Auswirkungen der Liebe erkennen könnt. Denn die eine starb eines glorreichen und lobenswerten Todes, und die andere kam in einen schändlichen und schmachvollen Ruf, der ihr das Leben zur Last werden ließ; denn gleichwie der Tod des Heiligen vor Gott ein köstlich Ding ist, so nimmt der Sünder ein schlimmes Ende.«

»Fürwahr, Saffredent«, sagte Oisille, »Ihr habt uns eine unvergleichlich schöne Geschichte erzählt, und wer wie ich die Hauptperson gekannt hat, dem muß sie noch weit schöner vorkommen. Denn nie im Leben habe ich einen schöneren und feiner gebildeten Edelmann gesehen als eben den Herrn von Avannes.«

»Bedenkt nur«, entgegnete Saffredent, »da ist also eine verständige Frau, die nach außen tugendhafter erscheinen wollte, als sie es in ihrem Herzen war, und um eine Liebe zu verhehlen, die sie nach dem Willen der Natur zu einem so ehrbaren adligen Herrn hegen mußte, geht sie hin und stirbt einfach, nur weil sie sich die Lust nicht gönnen wollte, nach der sie doch heimlich Verlangen trug!«

»Hätte sie dieses Verlangen verspürt«, erwiderte Parlamente, »sie hätte wohl hinreichend Gelegenheit gefunden, es ihm zu zeigen; aber ihre Tugend war so groß, daß ihr Begehren niemals stärker war als ihre Vernunft.«

»Stellt mir's dar, wie es Euch beliebt«, meinte Hircan, »aber ich weiß genau, daß ein Teufel immer nur von einem schlimmeren ausgetrieben wird und daß Stolz und Hoffart den Damen größere Lust bereiten als Furcht oder Gottesliebe. Sind doch auch ihre Kleider so lang und so durchwebt mit Trug und Gleisnerei, daß man nicht erkennen kann, was darunter ist; denn würde ihre Ehre durch ein solches Verlangen so wenig befleckt wie die unsere, so würdet Ihr finden, daß die Natur bei ihnen genauso wenig vergessen hat wie bei uns. Und weil sie nicht wagen, die Lust, nach der sie verlangen, zu befriedigen, tun sie sich Zwang an und machen aus dieser einen Sünde eine weit größere, die sie freilich für ehrbarer halten: sie legen sich einen Stolz und eine Grausamkeit zu, durch die sie Unsterblichkeit zu erlangen hoffen. Indem sie sich aber dergestalt rühmen, der Sünde des Naturgesetzes zu widerstehen – wenn anders die Natur überhaupt je sündigt –, werden sie nicht nur den unmenschlichen und grausamen Tieren gleich, sondern auch den Teufeln, deren Hoffart und Arglist sie annehmen.«

»Wie schade, daß Ihr eine ehrbare Frau habt«, entgegnete Nomerfide, »da Ihr doch nicht nur die Tugend geringachtet, sondern sie sogar noch als Sünde hinstellen wollt.«

»Ich bin froh«, erwiderte Hircan, »daß ich eine Frau habe, die kein Ärgernis erregt, wie auch ich nicht Anstoß erregen möchte. Doch hinsichtlich der Keuschheit des Herzens glaube ich, daß wir beide, sie und ich, Kinder Adams und Evas sind. Wenn wir uns daher genau ansehen, brauchen wir unsere Blöße nicht mit Feigenblättern zu bedecken, sondern müssen vielmehr unsere Anfälligkeit bekennen.«

»Ich weiß wohl«, sprach Parlamente, »daß wir allesamt der Gnade Gottes bedürfen, weil wir alle in Sünde verstrickt sind. Doch sind unsere Anfechtungen nicht von gleicher Art wie die von euch Männern. Sündigen wir aus Hoffart, so trägt kein Dritter den Schaden davon, und weder unsere Körper noch unsere Hände werden dadurch besudelt. Doch euch macht es Vergnügen, uns Frauen in Unehre zu bringen, und ihr setzt eure Ehre darein, die Männer im Kriege umzubringen; das aber sind zwei Dinge, die ausdrücklich gegen Gottes Gebote verstoßen.«

»Ich gebe zu, Ihr habt recht«, versetzte Geburon, »aber Gott hat gesprochen: Wer ein Weib ansieht und begehrt ihrer, der bricht schon die Ehe in seinem Herzen, und wer seinen Nächsten haßt, der ist ein Mörder. Gilt das Eures Erachtens für die Frauen nicht ebensogut wie für uns?«

»Gott, der die Herzen richtet«, erwiderte Longarine, »wird darüber befinden; aber es ist schon viel, daß die Männer uns nicht anklagen können, denn Gottes Güte ist so groß, daß er uns nicht ohne Ankläger richten wird, und er kennt die Sündhaftigkeit unserer Herzen so gut, daß er uns auch dafür noch lieben wird, daß wir die Sünde in uns verschlossen haben.«

»Nun bitte ich euch aber«, fiel Saffredent ein, »lassen wir diesen Streit mit Worten; denn das alles hört sich eher wie eine Predigt als wie eine Geschichte an. Ich gebe meine Stimme Ennasuitte und ersuche sie, nicht zu vergessen, daß wir etwas zu lachen haben wollen.«

»Wahrlich«, sprach diese, »ich will mein Bestes tun. Als ich nämlich hierherkam, um euch an diesem Tag eine ergreifende Geschichte zu erzählen, hat man mir eine so vergnügliche Begebenheit von zwei Dienern einer Prinzessin berichtet, daß mir das Lachen die ganze schwermütige Stimmung meiner traurigen Geschichte vertrieben hat.

So will ich sie mir denn für morgen aufheben, denn sähet ihr dabei mein heiteres Gesicht, würdet ihr sie doch nicht gut finden können.«

*S. Freudenberg. inv.* *De Longueil. Sculp.*

## Siebenundzwanzigste Geschichte

*Ein Schreiber, der mit unehrbarer und unerlaubter Liebe die Frau seines Freundes und Wirtes verfolgt, redet sich ein, er habe sie gewonnen, weil sie tut, als liehe sie ihm willig ihr Ohr. Doch sie ist so tugendhaft, daß sie mit dieser Verstellung seine Hoffnung trügt und ihrem Mann sein sündhaftes Verlangen enthüllt*

In der Stadt Amboise lebte einer der Diener dieser Prinzessin, der als Kämmerer bei ihr in Diensten stand, ein rechtschaffener Mann, der die Leute, die in sein Haus kamen, und zumal seine Genossen gastlich bewirtete. Vor nicht langer Zeit besuchte ihn einer der Schreiber seiner Herrin und blieb zehn oder zwölf Tage zu Gast.

Selbiger Schreiber war so häßlich, daß er eher einem Kannibalenhäuptling glich als einem Christenmenschen. Obwohl ihn sein Gastgeber wie einen Freund und Bruder behandelte und ihn nach besten Kräften bewirtete, spielte er ihm dennoch einen Streich, wie ihn nur ein Mann ersinnen kann, der nicht nur jeglichen Anstand vergessen, sondern solchen überhaupt niemals in seinem

Herzen besessen hat. Er stellte nämlich mit unehrbarer, unerlaubter Liebe der Frau seines Wirtes nach. Diese war freilich alles andere als ein verbuhltes, wollüstiges Weib, vielmehr war sie eine durch und durch züchtige und ehrbare Frau wie sonst keine in der Stadt, in der sie wohnte. Sie erkannte wohl die böse Absicht des Schreibers, wollte jedoch lieber durch eine List sein lasterhaftes Ansinnen an den Tag bringen, als es durch eine sofortige schroffe Zurückweisung zu verdecken. So gab sie sich denn den Anschein, als fände sie Gefallen an seinen Worten. Darum glaubte er, sie bereits gewonnen zu haben; und unbeschadet, daß sie ja schon fünfzig Jahre alt war, unbeschadet auch, daß sie nicht zu den Schönsten zählte und überdies einen guten Ruf genoß, hieß es doch allgemein, sie sei eine tugendhafte Frau und liebe ihren Mann von Herzen – ungeachtet all dessen drang er unablässig in sie.

Eines Tages nun, als ihr Mann im Hause weilte und sie beide in einem Saal beisammen waren, tat sie, als hätte sie nur noch keine Gelegenheit gefunden, mit ihm unter vier Augen zu sprechen, wie er es so sehnlich wünsche. Unvermittelt aber setzte sie hinzu, eigentlich brauchten sie ja nur in die Dachkammer hinaufzusteigen, erhob sich auch sogleich und bat ihn vorauszugehen; sie werde dann unverzüglich nachkommen. Lachend und mit einem Gesicht, so freundlich wie das eines Affen, wenn er jemandem schöntut, stieg er leichtfüßig die Treppe empor. Und als er oben und der Augenblick gekommen war, da er erwarten konnte, was er so lange und heiß ersehnt hatte, brannte er in einem Feuer, das nicht hell loderte wie das aus Wacholderzweigen, sondern trüb qualmte wie die Glut einer groben Schmiedekohle. So lauschte er, ob sie ihm auch nachkomme. Aber statt ihrer Fußtritte vernahm er ihre Stimme, die sagte: »Herr Sekretarius, geduldet Euch noch ein Weilchen; ich will erst meinen Mann fragen, ob es ihm auch recht ist, daß ich zu Euch hinaufgehe.«

Ihr könnt euch denken, meine Damen, wie er aussah, als ihm die Tränen die Backen herunterliefen, da doch sein Gesicht schon so sündenhäßlich war, wenn er lachte! Er kletterte schleunigst die Stiege wieder hinab und bat sie mit Tränen in den Augen, sie möge um Gottes willen nichts ausplaudern und so die Freundschaft zerstören, die ihn mit ihrem Gatten verbinde. Sie gab ihm zur Antwort: »Ich bin überzeugt, Ihr seid ihm so zugetan, daß Ihr mir nichts sagen möchtet, was er nicht hören dürfte. Darum will ich es ihm erzählen.« Das tat sie auch, sosehr er ihr auch mit Bitten und Drohungen zusetzte. Dann machte er sich aus dem Staube, so beschämt, wie ihr Gatte erfreut war, als er von der hochherzigen List hörte, die sie angewendet hatte. Er fand solches Wohlgefallen an der Tugend seiner Frau, daß er sich um das lasterhafte Verlangen seines Genossen überhaupt nicht kümmerte. Der aber war bestraft genug, daß die Schande, die er ihrem Hause hatte antun wollen, auf ihn zurückgefallen war.

»Mir scheint, aus dieser Geschichte sollten anständige Leute lernen, daß sie nie und nimmermehr in ihrem Hause Leute aufnehmen dürfen, deren Verstand, Herz und Gewissen nichts von Gott, Ehre und wahrer Liebe wissen.«

»War Eure Geschichte auch kurz«, sagte Oisille, »so ist sie doch so vergnüglich, wie ich noch keine gehört habe, und zudem gilt sie der Ehre einer tugendhaften Frau.«

»Bei Gott«, versetzte Symontault, »es ist keine große Ehre für eine anständige Frau, wenn sie einem so abgrundhäßlichen Mann, wie Ihr ihn geschildert habt, einen Korb gibt. Wäre er dagegen schön und angesehen gewesen, dann hätte sich ihre Tugend erweisen müssen. Und da ich wohl ahne, wer der Schreiber ist, könnte ich euch von ihm eine Geschichte erzählen, die ebenso spaßig ist wie diese, wenn die Reihe an mir wäre.«

»Daran soll's nicht liegen«, meinte Ennasuitte, »ich gebe Euch meine Stimme.«

Alsbald hob Symontault an: »Wer gewohnt ist, am Hof oder in einer großen Stadt zu leben, hält sich für so gescheit, daß alle andern Leute vor ihm verblassen – wenigstens seiner Ansicht nach. Aber es erweist sich doch, daß es in allen Ländern und Ständen genug Leute gibt, die schlau und durchtrieben sind. Immerhin ist wegen des Hochmuts jener Leute, die sich für die Allerklügsten halten, der Spott um so größer, wenn sie einen Fehler begehen, wie ich euch jetzt mit einer Geschichte dartun will, die sich unlängst zugetragen hat.«

J. Freudenberg inv.    P. Le Roy Sculpsit.

## Achtundzwanzigste Geschichte

*Bernard du Ha führt listig einen Schreiber hinters Licht, der ihn angeführt zu haben glaubt*

Als König Franz der Erste in der Stadt Paris weilte und seine Schwester, die Königin von Navarra, in seiner Gesellschaft war, befand sich in ihrem Gefolge ein Schreiber namens Jehan, der nicht zu denen gehörte, die das Geld auf die Straße fallen lassen, ohne es wieder aufzuheben. Darum kannte er jeden Präsidenten und Ratsherrn und verkehrte bei allen Kaufleuten und reichen Herren und stand mit ihnen im besten Einvernehmen.

Um diese Zeit kam auch ein Kaufmann aus Bayonne, Bernard du Ha mit Namen, nach Paris, teils seiner Geschäfte halber, teils auch weil der Kriminalleutnant sein Landsmann war und er sich um Rat und Beistand in seinen Angelegenheiten an ihn wenden wollte. Der Schreiber der Königin von Navarra besuchte als treuer Diener seines Herrn und seiner Herrin diesen Gerichtsbeamten ebenfalls häufig. Als er ihn nun an einem

Festtag wieder aufsuchen wollte, traf er weder ihn noch seine Frau zu Hause, wohl aber den Bernard du Ha, der mit einer Fiedel oder einem andern Instrument den Kammermädchen des Hauses die Gaskogner Tänze beibrachte. Als der Schreiber das sah, wollte er ihm einreden, daß das eine arge Sünde sei, und wenn der Hausfrau und ihrem Gatten etwas davon zu Ohren käme, so würden sie mit ihm sehr unzufrieden sein. Nachdem er ihm dergestalt angst und bange gemacht hatte, daß jener ihn bat, nichts davon zu verraten, fragte er ihn: »Was wollt Ihr mir geben, wenn ich nichts weitersage?«

Bernard du Ha, dem gar nicht so bange war, wie er sich den Anschein gab, sah, daß ihn der Schreiber hinters Licht führen wollte, und versprach ihm eine Pastete aus dem besten Osterschinken, den er je gegessen habe. Der Schreiber war es sehr zufrieden und bat ihn, ihm seine Pastete am nächsten Sonntag nach dem Mittagsmahl zu schicken; der Kaufmann sagte es ihm zu.

Dieses Versprechens gewiß, suchte der Schreiber eine Pariser Dame auf, die er gar zu gerne geheiratet hätte, und sprach zu ihr: »Mein Fräulein, wenn's Euch beliebt, komme ich am Sonntag zum Nachtmahl zu Euch. Ihr braucht aber nur für frisches Brot und guten Wein zu sorgen. Ich habe nämlich einen Dummkopf aus Bayonne so schön angeführt, daß er für alles übrige aufkommen muß, und dank meiner pfiffigen List sollt Ihr vom besten Osterschinken schmausen, der seit langem in Paris gegessen worden ist.«

Das Fräulein glaubte ihm und lud zwei, drei ihrer angesehensten Nachbarinnen zu Gast, versicherte ihnen auch, sie werde ihnen ein neues Gericht vorsetzen, von dem sie noch nie gekostet hätten.

Als der Sonntag gekommen war, suchte der Schreiber seinen Kaufmann und fand ihn endlich auf der Brücke der Wechsler. Er grüßte ihn freundlich und sagte zu ihm: »Alle Teufel sollen Euch holen! Was hat es mich für Mühe gekostet, Euch zu finden!«

Bernard du Ha antwortete ihm, es hätten sich's schon recht viele Leute mehr Mühe kosten lassen als er und hätten zum Lohn nicht einen so leckeren Happen bekommen. Mit diesen Worten zeigte er ihm die Pastete, die er unter seinem Mantel trug und die groß genug war, ein ganzes Heerlager damit satt zu kriegen. Das freute den Schreiber so sehr, daß er, obwohl er ein über die Maßen häßliches und großes Maul sein eigen nannte, vor lauter Süßtun ein so winziges Zuckermündchen schnitt, daß man hätte meinen können, er bringe es nicht weit genug auf, um in den Schinken zu beißen. Geschwind nahm er den Schinken und lief damit, ohne den Kaufmann ein Stück Wegs zu begleiten, stracks zu dem Fräulein, das äußerst neugierig war zu erfahren, ob in Guyenne das Essen ebenso gut sei wie in Paris.

Als es nun Zeit zum Nachtmahl war und sie ihre Suppe aßen, sprach der Schreiber zu ihr: »Laßt dieses schale Zeug, und kosten wir lieber einmal diesen leckeren Happen, der uns so rechten Weindurst machen soll.«

Während er dies sagte, schnitt er die mächtige Pastete an, und als er den Schinken gefunden zu haben meinte, erwies sich der als so steinhart, daß er mit dem Messer nicht hineinstechen konnte. Erst nachdem er es wieder und wieder aus Leibeskräften versucht hatte, merkte er, daß er übertölpelt worden war und daß in der Pastete ein Holzschuh steckte, wie man sie in der Gaskogne trägt. Ein angesengtes Holzscheit war als Stiel an dem Schuh festgemacht, und das Ganze war mit Eisenstaub bestreut, der mit Gewürzen vermengt war, so daß es herrlich roch.

Wer nun den Kopf hängen ließ, das war der Schreiber. Er war von dem Mann, den er hatte übertölpeln wollen, selbst hereingelegt worden, und zudem hatte er auch das Fräulein angeführt, das er nicht hatte täuschen wollen, hatte er doch selber geglaubt, was er ihr versprochen hatte. Außerdem verdroß es ihn sehr, daß er jetzt mit einer Suppe zum Nachtmahl vorliebnehmen mußte.

Die Damen, die ebenso erbost und betrübt waren wie er, hätten ihn wohl bezichtigt, er habe sie zum besten gehalten, hätten sie nicht seinem Gesicht angesehen, daß es ihn noch mehr verdroß als sie.

Nach diesem schmalen Abendbrot ging der Schreiber zornschäumend fort, und da Bernard du Ha ihm nicht Wort gehalten hatte, wollte er ihm jetzt sein Versprechen auch nicht halten. Er begab sich also zu dem Kriminalleutnant, fest entschlossen, ihm alles nur erdenkliche Schlechte über diesen Bernard zu hinterbringen. Doch kam er zu spät. Der Kaufmann hatte dem Gerichtsbeamten bereits das ganze harmlose Geheimnis aufgedeckt. Der Schreiber mußte sich von dem Richter sagen lassen, er habe nun auf eigne Kosten gelernt, Gaskognern eine Nase zu drehen, und so blieb ihm kein anderer Trost als seine Schande.

So erging es manch einem, der sich überschlau vorkam und selbst in die Grube fiel, die er anderen gegraben hatte. Darum gilt auch hier der alte Spruch: Was du nicht willst, daß man dir tu, das füg auch keinem andern zu.

»Ich versichere euch«, sagte Geburon, »ich habe schon öfters solche Dinge mit angesehen und erlebt, wie Leute, die als rechte Dorftrottel galten, sehr gewitzte Leute nasführten. Denn zumeist ist dumm, wer sich für besonders schlau hält, und wer weiß, daß nichts hinter ihm steckt, ist oft der klügste Kopf.«

»Außerdem«, meinte Parlamente, »weiß der etwas Rechtes, der weiß, daß er nichts weiß.«

»Nun aber«, sprach Symontault, »fürchte ich, die Zeit wird für unsere Reden nicht ausreichen, und so gebe ich meine Stimme Nomerfide, bin ich doch sicher, daß sie uns mit ihrer rednerischen Leistung nicht lange hinhalten wird.«

»Nun denn«, erwiderte Nomerfide, »ich werde euch einen Streich berichten, wie ihr ihn von mir erwartet. Ich wundere mich nicht, meine Damen, wenn die Liebe einem Prinzen einen Weg zeigt, wie er sich aus Gefahr retten kann; denn solch ein hoher Herr wächst ja unter so vielen gelehrten Leuten auf, daß es mich eher wundernähme, wenn sein Wissen irgendwo Lücken aufwiese. Doch je weniger die Verliebten sonst Klugheit besitzen, um so deutlicher tritt dann die Erfindungsgabe der Liebe zutage. Um das zu erhärten, will ich euch einen Streich erzählen, den ein Pfaffe verübte; die Liebe allein hat ihn ihm eingegeben, denn ansonst war er so unwissend, daß er kaum seine Messe zu lesen fähig war.«

J. Freudenberg Inv.    L. Halbou Sculp.

## NEUNUNDZWANZIGSTE GESCHICHTE

*Ein Pfarrer wird durch die unverhoffte Heimkehr eines Bauern, mit dessen Frau er sich eben ergötzt, überrascht, findet aber geschwind ein Mittel, sich zum Schaden des wackeren Mannes aus der Klemme zu ziehen, so daß dieser es nie merkt*

In der Grafschaft Maine lebte in einem Dorf, Carelles genannt, ein wohlhabender Landmann, der auf seine alten Tage noch eine schöne junge Frau ehelichte, die von ihm jedoch keine Kinder bekam. Für diesen Übelstand hielt sie sich dadurch schadlos, daß sie mit mehreren Liebhabern buhlte. Und als ihr die Edelleute und andern angesehenen Männer ausgingen, griff sie zu ihrer letzten Zuflucht, zur Kirche, und nahm zum Gesellen ihrer Sünde ausgerechnet den Mann, der sie davon lossprechen konnte, nämlich ihren Pfarrherrn, der von nun an öfters sein Schäfchen besuchte. Ihr Mann war alt, schwer von Begriff und ahnte nichts davon. Da er aber ein Rohling und bärenstark war, trieb sein Weib ihr unfrommes Spiel so heimlich, wie sie nur konnte, denn sie fürchtete, wenn ihr Mann davon erführe, so würde er sie totschlagen.

Als er eines Tages wieder aufs Feld gegangen war, dachte seine Frau, er werde nicht so bald heimkommen, und ließ den Pfarrer holen, damit er ihr die Beichte höre. Als sie gerade im schönsten Herzen und Kosen waren, kam ihr Mann so unerwartet heim, daß der Pfarrer nicht mehr Zeit hatte, sich davonzustehlen. Als er sich aber nach einem Versteck umsah, kletterte er auf den Rat seiner Buhle in den Kornspeicher und verdeckte die Klappe, durch die er eingestiegen war, mit einer Wanne, wie man sie zum Schwingen des Kornes verwendet.

Der Mann betrat das Haus, und aus Angst, er könnte Verdacht schöpfen, wartete seine Frau ihm mit einem üppigen Mittagsmahl auf und sparte auch nicht mit einem herzhaften Trunk. Er aber sprach dem Wein so wacker zu, daß er, zumal er von der Arbeit auf dem Acker müde war, in einem Stuhl am Feuer einnickte.

Dem Pfarrer wurde mittlerweile droben im Kornspeicher die Zeit lang, und da er drunten in der Stube keinen Laut vernahm, neigte er sich über die Klappe, reckte den Hals so lang wie möglich und sah, daß der Bauersmann ein Schläfchen machte. Während er aber so hinunterspähte, stützte er sich aus Versehen so schwer auf die Getreideschwinge, daß Wanne und Pfarrer hinunterplumpsten, gerade vor die Füße des Bauern.

Bei dem lauten Gepolter schrak der gute Mann aus dem Schlafe auf; doch der Pfarrer hatte sich schon wieder aufgerappelt und sprach zu ihm: »Gevatter, da habt Ihr Eure Wanne, und schönen Dank auch.«

Mit diesen Worten machte er sich hurtig aus dem Staub. Der arme Bauer fragte ganz verwundert seine Frau: »Was ist denn los?« Sie gab ihm zur Antwort: »Liebster Mann, Eure Wanne . . . die hatte doch der Pfarrer ausgeborgt, und jetzt hat er sie Euch zurückgebracht.« Da erwiderte er brummig: »Das ist doch keine Art, einem das Entliehene so grob hinzuschmeißen. Ich habe wirklich gemeint, das ganze Haus stürze ein.«

Mit dieser List rettete sich der Pfarrer auf Kosten des wackeren Bauern, der nichts Böses dabei fand außer der groben Art, mit der ihm jener die Getreideschwinge zurückgebracht hatte.

»Meine Damen, der Herr, dem der Pfarrer diente, half ihm diesmal noch aus der Patsche, um ihn desto länger in seiner Gewalt zu haben und zu martern.«

»Denkt ja nicht«, meinte Geburon, »einfache Leute besäßen weniger Schlauheit und Tücke als unsereins. Nein, sie besitzen weit mehr als wir, denn seht euch nur die Diebe, Mörder, Hexenmeister, Falschmünzer und dergleichen Gesindel an, deren Verstand niemals untätig ist. Sie alle sind arme Leute und Handwerker.«

»Ich finde es nicht sonderbar«, warf Parlamente ein, »daß sie tückischer sind als andere. Mich nimmt aber wunder, daß sie bei aller Plackerei auch noch von der Liebe gequält werden und daß sich in einem niedrig geborenen Herzen eine so edle Leidenschaft einnisten kann.«

»Madame«, entgegnete Saffredent, »Ihr wißt ja, Meister Jehan de Meung hat gesagt:

‚Grobes Tuch und feines Linnen –
In beidem läßt sich's trefflich minnen.'

Auch gehört die Liebe, von der die Geschichte erzählt, nicht zu jener Art, deretwegen man den Harnisch trägt. Denn wenngleich die armen Leute Güter und Ehren nicht besitzen, so stehen ihnen dafür die Bequemlichkeiten der Natur zur Verfügung, soviel sie mögen und wollen, in weit größerem Maße jedenfalls als uns. Ihre Kost ist nicht so lecker, aber sie haben größeren Appetit und nähren sich von grobem Schwarzbrot besser als wir von unsern Leckerbissen. Sie haben keine so molligen Betten, wie es die unseren sind, dafür haben sie einen gesünderen Schlaf, und ihre Ruhe schlägt ihnen besser an. Sie haben keine schön angemalten und aufgeputzten Frauen, die wir abgöttisch lieben, aber sie genießen ihre Freuden öfter als wir und ohne Furcht vor übler Nachrede, es sei denn, die Tiere und Vögel, die ihnen zusehen, brächten es aus. Was wir haben, das mangelt ihnen, und was wir nicht haben, das besitzen sie im Überfluß.«

»Ich bitte Euch«, warf Nomerfide ein, »lassen wir diesen Bauern mitsamt seiner Bäuerin und führen wir unser Tagewerk noch vor der Vespermette zu Ende. Hircan soll den Abschluß machen.«

»Wahrlich«, antwortete er, »ich habe euch eine schöne Geschichte zu berichten, so jammervoll und seltsam, wie ihr noch keine gehört habt. Obzwar ich nur höchst ungern etwas erzähle, das einer eures Geschlechts Schande bringt – weiß ich doch wohl, daß die Männer voll Arglist das Vergehen einer einzigen Frau dazu benutzen, allen andern eins auszuwischen –, so läßt mich doch der seltsame Fall meine Bedenken vergessen. Und vielleicht werden auch die andern, wenn sie hören, wie eine Frau nichtsahnend sündigte, davon klüger werden. So will ich denn meine Geschichte ohne Scheu erzählen.«

## Dreissigste Geschichte

*Ein junger, fünfzehn oder sechzehn Jahre alter Edelmann, der meint, mit einer der Zofen seiner Mutter zu schlafen, wohnt ihr selbst bei; sie kommt mit einer Tochter nieder, die ihr Sohn ihr gezeugt hat, und er heiratet diese zwölf oder dreizehn Jahre später, ohne daß er weiß, daß sie seine Tochter und zugleich seine Schwester ist; auch sie ahnt nicht, daß er ihr Vater und Bruder ist*

Zur Zeit König Ludwigs XII., als ein Neffe des päpstlichen Legaten in Frankreich, Georges mit Namen, aus dem Hause Amboise, päpstlicher Gesandter in Avignon war, lebte im Languedoc eine Dame, deren Namen ich ihrer Sippe zuliebe verschweigen will und die mehr denn viertausend Dukaten an jährlichen Einkünften besaß.

Sie war sehr jung schon Witwe geworden und Mutter eines einzigen Sohnes; und sowohl aus Herzeleid um den Verlust ihres Gatten wie auch aus Liebe zu ihrem Kind beschloß sie, sich nicht wieder zu verheiraten. Um jeglicher Versuchung und Gelegenheit aus dem Wege zu gehen, wollte sie keinerlei Umgang mehr pflegen, es sei denn mit lauter frommen, gottesgläubigen Menschen; denn sie glaubte, Gelegenheit führe zur Sünde, und wußte nicht, daß die Sünde sich die Gelegenheit schafft.

Die junge verwitwete Dame ergab sich mit ganzer Hingabe dem Dienst Gottes, mied gänzlich jede weltliche Gesellschaft und ging so weit, daß sie sich ein Gewissen daraus machte, einer Hochzeit beizuwohnen oder dem Orgelspiel in einer Kirche zuzuhören.

Als ihr Sohn sieben Jahre alt wurde, nahm sie einen Mann von frommem Wandel als Lehrmeister ins Haus, der sollte ihn in allen heiligen und gottgefälligen Lehren unterweisen. Doch der Sohn kam ins Alter von vierzehn oder fünfzehn Jahren, und da lehrte ihn die Natur, die ein im Verborgenen wirkender Lehrmeister ist, eine andere Lehre, als sein Erzieher sie ihm beizubringen pflegte; denn sie fand ihn wohlgebildet und dem Müßiggang ergeben. Er begann die Dinge, die er schön fand, zu betrachten und zu begehren, unter anderm auch ein Fräulein, das im Zimmer seiner Mutter schlief. Diese ahnte nichts davon, denn man nahm sich vor ihm nicht mehr in acht als vor einem kleinen Kind. Zudem hörte man im Hause immer nur von Gott sprechen. Das junge Blut begann heimlich dem Fräulein nachzustellen, und die meldete es ihrer Herrin; doch die Mutter liebte ihren Sohn so sehr und schätzte ihn so hoch, daß sie dachte, die Jungfer sage das nur, um ihn verhaßt zu machen. Das Fräulein jedoch lag ihrer Herrin so lange mit ihren Klagen in den Ohren, bis diese zu ihr sagte: »Ich will schon in Erfahrung bringen, ob das wahr ist, und werde ihn strafen, wenn ich herausfinde, daß Ihr ihn zu Recht beschuldigt. Wenn Ihr aber falsch wider ihn gezeugt habt, dann sollt Ihr auch die Strafe tragen.« Um sich Gewißheit zu verschaffen, befahl sie ihr, sie möge ihren Sohn anweisen, um Mitternacht mit ihr im Zimmer der Dame zu schlafen, und zwar in einem Bett nahe bei der Tür, wo das Fräulein stets allein nächtigte.

Das Fräulein gehorchte; und als die Nacht hereinbrach, legte sich die Dame an ihren Platz, fest entschlossen, falls sich deren Anschuldigung bewahrheiten sollte, ihren Sohn so gründlich zu strafen, daß er nie wieder mit einer Frau schlafen würde, ohne daran zu denken.

Während sie noch solchen zornigen Gedanken nachhing, kam ihr Sohn und legte sich zu ihr. Obwohl sie sah, wie er zu ihr ins Bett kam, konnte sie doch nicht glauben, daß er etwas Unzüchtiges im Schilde führe. Sie wartete also ab und sprach kein Wort, bis sie aus irgendeinem Anzeichen erkennen mochte, daß er böse Absichten hätte, konnte sie doch nach ein paar unschuldigen Liebkosungen einfach nicht glauben, daß sein Verlangen sich zu sündhaftem Begehren versteigen würde. Ihre Langmut war aber so groß und ihr Fleisch so schwach, daß ihr Zorn sich in eine schändliche geile Lust verkehrte und sie darob ihre Mutterschaft völlig vergaß. Und so wie das gewaltsam gestaute Wasser, sobald man ihm freien Lauf läßt, ungestümer und reißender dahinströmt, als wenn es unbehindert fließen kann, so setzte die arme Dame vorerst ihre ganze Ehre darein, sich durch ihre Fleischeslust nicht anfechten zu lassen. Als sie aber von ihrer Züchtigkeit die erste Stufe heruntergestiegen war, fand sie sich unversehens auch schon bis zur letzten mitgerissen. In dieser Nacht ward sie schwanger von ihrem eignen Sohn, den sie doch davor hatte bewahren wollen, andere zu schwängern.

Die Sünde war kaum begangen, so befielen sie so entsetzliche Gewissensqualen, daß die Reue über ihre Missetat sie ihr Leben lang nicht mehr verließ. Schon jetzt litt sie solche Pein, daß sie sich von der Seite ihres Sohnes erhob, der die ganze Zeit gemeint hatte, er liege bei ihrem Fräulein, und sich in einem Kämmerchen einschloß. Dort überdachte sie immer wieder, wie gut ihr Vorsatz gewesen und wie schlecht er ausgegangen war, und verbrachte die ganze Nacht allein unter Weinen und Klagen.

Doch anstatt sich zu demütigen und die Schwachheit unseres Fleisches zu erkennen, das ohne Gottes Hilfe nur sündigen kann, wollte sie aus eigener Kraft und durch ihre Tränen das Vergangene sühnen und durch ihre kluge Vorsicht künftiges Unheil vermeiden. Sie gab einzig den Umständen Schuld an ihrer Sünde und nicht ihrer Anfälligkeit und Schwäche, der nur die Gnade Gottes abhelfen kann. So sann sie auf Mittel, wie sie künftig nicht mehr in solches Ungemach geraten könnte; und als ob es nur eine Art Sünde gäbe, die zur Verdammnis führt, bot sie all ihre Kraft auf, diese eine zu vermeiden.

Doch die Wurzel des Hochmutes, den die äußere Sünde eigentlich austreiben sollte, wuchs und wuchs, so daß sie zwar das eine Übel vermied, dafür aber mehrere andere eintauschte. Denn am nächsten Morgen, kaum daß es tagte, ließ sie den Erzieher ihres Sohnes rufen und sprach zu ihm: »Mein Sohn wächst heran, und es ist Zeit, daß wir ihn aus dem Haus geben. Ich habe jenseits der Berge einen Verwandten, der im Dienste des Großmeisters von Chaumont steht. Er heißt Hauptmann von Montesson und wird ihn gern in sein Gefolge aufnehmen. Macht Euch darum ohne Verzug auf und nehmt ihn mit, und damit mir der Abschied nicht so schwer wird, sorgt dafür, daß er mir nicht Lebewohl sagt.« Mit diesen Worten gab sie ihm das nötige Reisegeld und schickte schon am nächsten Morgen den Jüngling in die Fremde. Der freute sich sehr darüber, denn nachdem er nun mit seiner Liebsten seine Lust gebüßt hatte, wünschte er nichts sehnlicher, als in den Krieg zu ziehen.

Die Dame lebte lange Zeit in großer Trauer und Schwermut, und hätte sie nicht ihre Gottesfurcht abgehalten, sie hätte manchesmal die unselige Leibesfrucht, die sie in sich trug, zu beseitigen gewünscht. Sie schützte eine Krankheit vor, damit sie sich ständig in ihren Mantel hüllen und so ihre Schwangerschaft verbergen konnte, und als die Zeit ihrer Niederkunft herankam, bedachte sie, daß sie keinem Menschen auf der Welt so vertrauen könne wie ihrem Bastardbruder, dem sie viel Gutes erwiesen hatte. Ihm erzählte sie, was ihr widerfahren war, sagte ihm aber nicht, daß ihr eigener Sohn sie geschwängert habe, und bat ihn, ihr zu helfen und ihre Ehre zu wahren. Einige Tage, bevor sie niederkommen sollte, bat er sie denn auch, aus ihrem Haus in das seine überzusiedeln, da sie nach einer Luftveränderung eher wieder gesund werden könne. Sie begab sich mit ganz wenigen Bedienten dorthin und fand eine Hebamme vor, die für die Frau ihres Bruders gekommen war und sie eines Nachts, ohne sie zu kennen, von ihrem Kind entband. Es war ein schönes Mädchen. Der Edelmann gab es einer Amme und ließ es als das seine aufziehen.

Nachdem die Dame einen Monat lang dort geweilt hatte, kehrte sie völlig genesen in ihr Haus zurück, wo sie ein strengeres Leben denn je zuvor führte, fastete und sich kasteite. Als ihr Sohn erwachsen war und sah, daß zur Zeit in Italien kein Krieg geführt wurde, sandte er einen Boten zu seiner Mutter und ließ sie inständig bitten, sie möge ihm doch erlauben, nach Hause zu kommen. Sie fürchtete aber, sie könnte aufs neue dem Übel verfallen, das sie überstanden hatte, und wollte es ihm nicht gestatten. Doch zuletzt setzte er ihr mit Bitten so sehr zu, daß sie keinen Grund mehr wußte, ihm die Erlaubnis zu verweigern. Aber sie ließ ihm sagen, er dürfe ihr erst unter die Augen treten, wenn er mit einer Frau vermählt sei, die er von ganzem Herzen liebe; auch dürfe er nicht auf Geld und Gut sehen, sondern nur darauf, daß sie von Adel sei. Das sei ihr genug.

Während dieser Zeit sah ihr Bastardbruder, daß das Mädchen, das er in seiner Obhut hatte, groß und bildschön geworden war, und er dachte daran, sie in ein weit entferntes Haus zu geben, wo niemand sie kannte. Auf den Rat der Mutter hin gab er die Pflegetochter der Königin Katharina von Navarra. Das Mägdlein wuchs heran, es wurde zwölf, dreizehn Jahre alt und war so schön und züchtig, daß die Königin von Navarra sie ins Herz schloß und sie gern mit einem reichen und vornehmen Gatten vermählt hätte. Da sie jedoch arm war, fanden sich wohl viele Freier, aber kein Ehemann.

Da geschah es eines Tages, daß der Edelmann, ihr unbekannter Vater, von jenseits der Berge zurückkehrte und in das Schloß der Königin von Navarra kam, und kaum hatte er seine Tochter erblickt, so verliebte er sich in sie. Weil er nun von seiner Mutter die Erlaubnis hatte, die Frau zu heiraten, die ihm gefiel, erkundigte er sich nur, ob sie adligen Geblüts sei, und als man ihm das bestätigte, hielt er bei der Königin um ihre Hand an. Sie gab ihm das Mädchen von Herzen gern; denn sie wußte wohl, daß der Edelmann reich und außerdem noch schön und rechtschaffen war.

Als die Ehe vollzogen war, schrieb der Edelmann abermals an seine Mutter und hielt ihr vor, sie könne ihm künftig die Tür ihres Hauses nicht mehr verschließen, bringe er ihr doch eine Schwiegertochter heim, wie sie sich eine bessere nicht wünschen könne. Die Dame erkundigte sich, welche Verbindung er eingegangen sei, und fand, daß er ihrer beider eigene Tochter geheiratet hatte. Darob geriet sie in solche Trauer und Verzweiflung, daß sie meinte, sie müsse auf der Stelle tot umsinken, denn sie sah, je mehr sie ihr Unglück abzuwenden versuchte, desto größer wurde es durch ihre Schuld.

Sie wußte sich nicht anders zu helfen und begab sich zum päpstlichen Legaten in Avignon, dem sie ihre ungeheuerliche Sünde beichtete. Sie bat ihn um Rat, wie sie sich verhalten solle. Um ihrem Gewissen Ruhe zu schaffen, ließ der Legat mehrere hochgelehrte Theologen zusammenrufen und unterbreitete ihnen den Fall, ohne jedoch die Personen mit Namen zu nennen. Auf ihren Rat entschied er, die Dame dürfe niemals ihren Kindern gegenüber etwas von dieser Sache verlauten lassen, denn sie hätten, da sie ja ahnungslos seien, nicht gesündigt; sie aber müsse ihr Leben lang dafür Buße tun, dürfe sich jedoch vor ihnen niemals etwas anmerken lassen.

Also kehrte die arme Dame in ihr Haus zurück, und bald danach kamen auch ihr Sohn und ihre Schwiegertochter dorthin. Die beiden liebten sich mit solcher Leidenschaft, daß niemals Mann und Frau größere Liebe zueinander hatten, noch sahen sich je Eheleute so ähnlich, denn sie war ja seine Tochter, seine Schwester und seine Gattin, und er war ihr Vater, Bruder und Gatte. Sie lebten zeit ihres Lebens in inniger Liebe zusammen, und die erbarmungswürdige Dame sah sie in ihrer harten Buße sich nie herzen und küssen, ohne nicht hinausgehen und sich ausweinen zu müssen.

»Hier, meine Damen, seht ihr, wie es denen ergeht, die meinen, sie könnten aus eigener Kraft und Tugend die Liebe und Natur mit all den gewaltigen Kräften, die Gott in sie hineingelegt hat überwinden. Doch das beste wäre, in Erkenntnis seiner Schwachheit nicht gegen einen solchen Feind anzugehen, sondern sich zu dem wahren Freund zu flüchten und mit dem Psalmisten zu ihm zu sprechen: ‚Herr, ich leide Gewalt, steh du für mich ein!'«

»Unmöglich gibt es eine seltsamere Geschichte als diese«, sagte Oisille; »und mich dünkt, jeder Mann und jede Frau müssen hier in Gottesfurcht das Haupt beugen, wenn sie sehen, wieviel Böses geschehen ist, gerade weil die Absicht gut war.«

»Ihr solltet wissen«, meinte Parlamente, »der erste Schritt, den der Mensch im Vertrauen auf sich selber tut, führt ihn ebenso weit vom Vertrauen auf Gott weg.«

»Nur der ist weise«, erklärte Geburon, »der keinen andern Feind kennt als sich selbst und seinem eigenen Willen und Rat nicht traut.«

»Wie sehr es auch nach Güte und Frömmigkeit aussehen mag«, warf Longarine ein, »so darf eine Frau trotz diesem Anschein von Sündlosigkeit doch nicht bei einem Manne liegen, er sei ihr noch so nahe verwandt. In der Nähe von Werg soll man nicht mit dem Feuer spielen.«

»Eines ist sicher«, meinte Ennasuitte, »sie muß schon

eine glorreiche Närrin gewesen sein, daß sie alles glaubte, was ihr die Barfüßer vorlogen, und daß sie sich für so heilig hielt, daß sie ohne Fehl sei, wie denn manche Klostermönche uns einreden wollen, wir könnten aus eigener Kraft sündelos sein. Das ist ein großer Irrtum.«

»Ist es denn möglich, Longarine«, sprach da Oisille, »daß es Leute gibt, die töricht genug sind, dergleichen Ansichten zu glauben?«

»Sie treiben es noch viel toller«, erwiderte Longarine; »denn sie behaupten, man müsse sich an die Tugend der Keuschheit gewöhnen, und um ihre Kräfte zu erproben, sprechen sie mit den schönsten Frauen, die zu finden sind und die sie am meisten lieben, und dann küssen und betasten sie sie, und dabei stellt sich dann heraus, ob ihr Fleisch wirklich schon ganz erstorben ist. Und wenn sie durch solche Sinnenlust noch erregt werden, so trennen sie sich und fasten und nehmen harte Kasteiungen auf sich. Und haben sie dann ihr Fleisch so weit gebändigt, daß weder Küsse noch Worte sie zu erregen vermögen, unterziehen sie sich der größten Versuchung: sie legen sich zusammen ins Bett und umarmen sich ohne jedes fleischliche Gelüst. Aber auf einen, der der Versuchung nicht erlegen ist, kamen so viele zu Fall, daß sich der Erzbischof von Mailand, wo diese Unsitte herrschte, gezwungen sah, sie zu trennen und die Frauen in Nonnenklöster, die Männer aber in Mönchsklöster zu schicken.«

»Wahrhaftig«, sagte Geburon, »das ist schon das Äußerste an Torheit, sich aus eigener Kraft sündlos machen zu wollen und dabei so eifrig nach Gelegenheiten zum Sündigen zu suchen!«

Da sprach Saffredent: »Es gibt aber auch Leute, die's umgekehrt machen; denn sie fliehen, so gut sie nur können, die Gelegenheiten, und doch verfolgt sie die böse Lust. Der gute heilige Hieronymus bekannte, nachdem er sich grimmig gegeißelt und in der Wüste verborgen hatte, er sei dennoch nicht dem Feuer entgangen, das ihn bis ins Mark der Knochen verbrannte. Daher müssen wir uns Gott befehlen, denn wenn er uns nicht mit seiner starken Hand hält, macht es uns sogar großes Vergnügen zu straucheln.«

»Aber ihr achtet ja gar nicht auf das, was ich sehe«, rief auf einmal Hircan. »Während wir uns nämlich unsere Geschichten erzählten, haben die Mönche hinter jener Hecke die Vesperglocke völlig überhört, und jetzt, da wir von Gott zu sprechen angefangen haben, sind sie auf und davon und läuten eben zum zweitenmal.«

»Wir werden gut daran tun, ihnen zu folgen«, sagte Oisille, »und Gott dafür zu loben, daß wir diesen Tag so fröhlich wie nur möglich herumgebracht haben.«

Mit diesen Worten erhoben sie sich und gingen zur Kirche, wo sie andächtig die Messe hörten. Danach begaben sie sich zum Nachtmahl, wobei sie über das und jenes sprachen und sich mancherlei Begebenheiten, die sich zu ihrer Zeit zugetragen hatten, ins Gedächtnis riefen, um zu prüfen, welche erzählenswert wären. Nachdem sie heiteren Sinnes den ganzen Abend verbracht hatten, gingen sie zur Ruhe, in der Hoffnung, am nächsten Tag ihr Tagewerk fortzuführen, das ihnen so angenehm war.

So nahm der dritte Tag ein Ende.

# DER VIERTE TAG

*Am vierten Tag wird hauptsächlich von der tugendhaften Langmut und dem geduldigen Harren erzählt, mit dem die Damen ihre Ehegatten gewinnen, auch von der Klugheit, welche die Männer gegen ihre Frauen gebraucht haben, um die Ehre ihres Hauses und ihrer Nachkommenschaft zu bewahren*

Wie es ihre löbliche Gewohnheit war, erhob sich Madame Oisille am nächsten Morgen viel zeitiger als die andern, und während sie über einen Abschnitt der Heiligen Schrift nachsann, erwartete sie die Gesellschaft, die sich nach und nach zusammenfand. Die faulsten Langschläfer redeten sich auf das Bibelwort heraus und sagten: »Ich habe ein Weib und kann nicht so früh kommen.« Deswegen hatte die Andacht längst begonnen, als Hircan und seine Frau Parlamente hinzukamen. Doch Oisille verstand es trefflich, jene Stelle in der Heiligen Schrift aufzufinden, wo alle die gerügt werden, die lässig sind, Gottes Wort zu hören. Sie las ihnen nicht nur den Text vor, sondern knüpfte daran so viele weise und fromme Auslegungen, daß man sich unmöglich beim Zuhören langweilen konnte.

Als die Lesung zu Ende ging, sprach Parlamente zu ihr: »Ich war recht geknickt, als ich so verspätet hierherkam; doch da mein Fehler Anlaß gewesen ist, daß Ihr so trefflich zu mir gesprochen habt, hat mir meine Faulheit doppelten Vorteil gebracht; denn ich habe länger geschlafen und meinen Körper gut ausgeruht, zugleich aber auch meinen Geist erholt, als ich Euren weisen Worten lauschen durfte.«

Oisille erwiderte ihr: »Wohlan denn, zur Buße gehen wir jetzt in die Messe und beten zu unserem Herrn im Himmel, er möge uns Willen und Kraft verleihen, seine Gebote zu tun. Und dann mag er gebieten, was ihm beliebt.«

Daraufhin begaben sie sich zur Kirche und hörten andachtsvoll die Messe. Danach setzten sie sich zu Tisch, und Hircan vergaß nicht, über die Faulheit seiner Frau zu spotten. Nach dem Mittagsmahl ruhten sie und legten sich zurecht, was sie zu erzählen gedachten; und als die Stunde gekommen war, fanden sie sich am gewohnten Orte ein. Oisille fragte Hircan, wem er seine Stimme zum würdigen Beginn des Tages geben wolle.

»Hätte meine Frau nicht gestern schon den Anfang gemacht«, erwiderte er, »so hätte ich ihr heute das Wort erteilt. Denn obgleich ich seit eh und je geglaubt habe, daß sie mich mehr liebe als alle andern Männer auf der Welt, so hat sie mir doch heute morgen bewiesen, daß sie mich auch mehr liebt als Gott und sein heiliges Wort, hat sie doch Eure Schriftlesung versäumt, um mir Gesellschaft zu leisten. Da ich aber meine Stimme nun einmal nicht der klügsten Frau in unserem Kreise geben kann, so will ich sie dem klügsten Manne unter uns geben, und das ist Geburon. Doch bitte ich ihn, die Mönche nicht zu schonen.«

Geburon antwortete ihm: »Da brauchtet Ihr mich wahrlich nicht lange zu bitten; ich hatte sie mir bereits gut vorgemerkt, denn vor nicht gar langer Zeit habe ich von Herrn de Saint-Vincent, dem Gesandten des Kaisers, eine Geschichte erzählen hören, die es wohl verdient, daß sie nicht in Vergessenheit gerate, und die will ich euch jetzt vortragen.«

*S. Freudenberg inv.* *L. Halbou Sculp.*

## Einunddreissigste Geschichte

*Ein Franziskanerkloster wird mitsamt den Mönchen, die darin sind, niedergebrannt zum ewigen Gedächtnis an die Unmenschlichkeit, deren sich ein Barfüßer gegen eine Edelfrau, in die er verliebt war, schuldig gemacht hat*

In den Ländern, die dem Kaiser Maximilian von Österreich untertan waren, stand ein hochangesehenes Barfüßerkloster, in dessen Nähe ein Edelmann sein Haus hatte. Er war den Mönchen so gewogen, daß er nichts besaß, was er ihnen nicht gegeben hätte, um teil an ihren Wohltaten, Fasten und Kasteiungen zu haben. Unter andern lebte in diesem Kloster ein stattlicher, schöner Franziskaner, den der Edelmann zu seinem Beichtvater gewählt hatte und der im Hause des Edelmannes ebensoviel zu sagen und zu befehlen hatte wie dieser selbst.

Dieser Mönch, der sah, daß die Frau des Edelmannes so schön und züchtig war wie sonst kaum eine, verliebte sich so heftig in sie, daß er darüber Essen und Trinken vergaß und überhaupt völlig den Verstand verlor. Eines

Tages nahm er sich vor, seine böse Lust mit ihr zu büßen, und ging allein in das Haus des Edelmanns, und da er ihn dort nicht anwesend traf, fragte er die Edelfrau, wohin er gegangen sei. Sie sagte ihm, er sei auf ein Landgut gereist, wo er vermutlich zwei oder drei Tage bleiben werde. Wenn er aber ein dringendes Anliegen an ihn habe, wolle sie ihm einen Eilboten schicken. Er erwiderte, das brauche sie nicht, und begann im Hause hin und her zu laufen wie ein Mensch, dem etwas Wichtiges durch den Kopf geht.

Als er dann das Haus verlassen hatte, sagte sie zu einer ihrer Kammerfrauen, deren sie nur zwei hatte: »Geht doch dem ehrwürdigen Vater nach und sucht zu erfahren, was er eigentlich will; denn ich finde, er sieht recht unzufrieden aus.«

Die Zofe eilte in den Hof hinaus und fragte ihn, ob er etwas wünsche. »Ja, freilich«, antwortete er, zog sie in einen Winkel, zückte einen Dolch, den er im Ärmel verborgen bei sich trug, und stieß ihn ihr in die Kehle. Als er eben seine Untat vollbracht hatte, ritt ein Knecht in den Hof, der gerade die Pacht von einem Meierhof geholt hatte.

Kaum hatte er den Fuß auf die Erde gesetzt, begrüßte er den Barfüßer; der aber umfaßte ihn, stieß ihm von hinten den Dolch in die Kehle und verrammelte das Tor des Schlosses hinter ihm.

Als nun die Edelfrau sah, daß ihre Zofe nicht zurückkam, wunderte sie sich, was sie wohl so lange mit dem Franziskaner treiben mochte, und sprach zu ihrer andern Kammerjungfer: »Geht und schaut nach, woran es liegt, daß Eure Gefährtin nicht zurückkommt.« Die Zofe gehorchte, und sowie der fromme Pater sie erblickte, zog er auch sie abseits in eine Ecke und ermordete sie wie ihre Gefährtin. Als er aber sah, daß er allein im Hause war, ging er zu der Frau hinein und sagte ihr, er sei schon lange in sie verliebt, und jetzt sei die Stunde gekommen, da sie ihm zu Willen sein müsse.

Die Edelfrau, die völlig ahnungslos war, sprach zu ihm: »Ehrwürdiger Vater, ich glaube, wenn ich ein solch böses Gelüste hätte, Ihr wäret der erste, der mich steinigte.« Da versetzte der Mönch: »Kommt mit hinaus auf den Hof, und Ihr werdet sehen, was ich getan habe.«

Als sie ihre beiden Kammerfrauen und den Knecht tot hingestreckt sah, packte sie eine so entsetzliche Angst, daß sie starr wie eine Bildsäule stehenblieb und kein Wort hervorbrachte. Alsbald sagte der Bösewicht, der nicht nur für ein Stündchen seine Lust an ihr büßen und ihr darum nicht Gewalt antun wollte, zu ihr: »Edle Frau, fürchtet Euch nicht. Ihr seid in den Händen des Mannes, der Euch auf Erden am meisten liebt.«

Während er das sagte, zog er seine weite Kutte aus, unter der er eine zweite, kleinere trug. Die reichte er der Frau und sagte dabei, wenn sie sie nicht nehme und anlege, werde es ihr ebenso ergehen wie den Toten, die sie vor ihren Augen liegen sehe.

Mehr tot als lebendig, beschloß die Edelfrau zu tun, als wollte sie sich ihm fügen, sowohl um ihr Leben zu retten, als auch um Zeit zu gewinnen; denn sie hoffte, ihr Gatte werde inzwischen nach Hause kommen. Auf das Geheiß des Mönchs begann sie ihre Haube abzunehmen und machte so langsam wie nur möglich; und als ihr Haar aufgeknotet und gelöst herunterhing, achtete der Franziskaner nicht darauf, wie schön es war, sondern schnitt es ihr rasch ab. Danach mußte sie sich bis aufs Hemd auskleiden, und er legte ihr die kleine Kutte an, die er trug, worauf er seine eigene gewöhnliche Kutte wieder anzog. Dann machte er sich so schnell wie möglich davon und führte sein kleines Barfüßermönchlein mit sich weg, nach dem ihn schon so lange gelüstet hatte.

Aber Gott, der mit dem Unschuldigen in seiner Not Erbarmen hat, blickte mitleidig auf die Tränen dieser armen Frau, so daß ihr Gatte, der seine Geschäfte früher, als er dachte, erledigt hatte, auf dem gleichen Weg nach Hause kam, auf dem sein Weib fortging. Doch als ihn der Barfüßermönch von weitem kommen sah, sagte er zu der Dame: »Dort sehe ich Euren Mann nahen. Ich weiß, wenn Ihr ihn anblickt, wird er Euch aus meinen Händen befreien wollen. Geht darum vor mir her und dreht den Kopf keinesfalls nach der Seite, auf der er vorüberkommt; denn wenn Ihr ihm auch nur das geringste Zeichen gebt, wird mein Dolch eher in Eurer Kehle stecken, als er Euch aus meinen Händen befreit hat.«

Während dieser Worte war der Edelmann herangekommen und fragte, wo er herkomme. »Aus Euerem Haus«, erwiderte der Mönch, »wo ich Eure Frau eben verlassen habe. Es geht ihr gut, und sie erwartet Euch.«

Da ritt der Edelmann vorbei, ohne seine Frau zu beachten. Doch ein Diener, der bei ihm war und gewöhnlich mit dem Begleiter des Franziskaners, einem Mönch namens Bruder Jehan, einen Schwatz hielt, rief seine Herrin an, weil er meinte, sie sei dieser Bruder Jehan. Die arme Frau wagte nicht zu ihrem Gatten hinüberzublicken und antwortete ihm nichts. Aber der Diener wollte ihr ins Gesicht schauen und überquerte den Weg. Die Dame schwieg immer noch, zwinkerte ihm aber mit den Augen zu, die ihr voll Tränen standen.

Der Knecht ritt eilends seinem Herrn nach und sprach zu ihm: »Herr, als ich über den Weg ging, habe ich mir den Begleiter des Barfüßers angesehen. Bruder Jehan ist's nicht, sondern er gleicht aufs Haar der gnädigen Frau, Eurer Gemahlin. Sie hat mir mit Tränen in den Augen einen kläglichen Blick zugeworfen.« Der Edelmann entgegnete ihm, er habe wohl geträumt, und schenkte seinen Worten keine weitere Beachtung. Doch der Knecht blieb bei seiner Meinung und bat ihn inständig, er möge ihm erlauben, hinter den beiden herzureiten. Er solle auf dem Weg warten und sehen, ob er recht vermutet habe.

Da gab ihm der Edelmann die Erlaubnis und hielt sein Pferd an, um zu sehen, was der Knecht ihm melden werde.

Als aber der Franziskaner hinter sich den Knecht hörte, der nach dem Bruder Jehan rief, vermutete er, die Edelfrau sei erkannt worden, und er trat mit einem dicken eisenbeschlagenen Stecken, den er bei sich hatte, auf den Knecht zu und versetzte ihm einen so gewaltigen Hieb in die Seite, daß er ihn vom Pferd herunterschlug. Dann sprang er ihm blitzschnell auf den Leib und schnitt ihm die Kehle durch.

Der Edelmann, der von weitem seinen Knecht taumeln und hinstürzen sah, meinte, er sei zufällig hingefallen, und eilte hin, um ihm aufzuhelfen. Sowie ihn der Franziskaner erblickte, hieb er mit seinem eisenbewehrten Knüppel auf ihn ein, wie er es schon bei seinem Knecht getan hatte, warf ihn zu Boden und stürzte sich auf ihn. Aber der Edelmann, der kräftig und bärenstark war, umfing den Mönch so heftig mit beiden Armen, daß er ihm nichts zuleide tun konnte, und schlug ihm den Dolch aus der Hand.

Alsogleich hob ihn seine Frau auf und reichte ihn ihrem Gatten, und dazu hielt sie den Franziskaner aus Leibeskräften an seiner Kapuze. Der Gatte versetzte ihm währenddessen mehrere Dolchstiche, bis er ihn um Gnade bat und seine böse Tat bekannte. Der Edelmann wollte ihn nicht töten, bat aber seine Frau, nach Hause zu laufen und Leute sowie einen Karren herbeizuholen, auf dem man ihn wegführen könnte. Das tat sie. Sie warf ihre Kutte von sich und rannte im bloßen Hemd und mit kahlgeschorenem Kopf bis zu ihrem Haus.

Unverweilt eilten alle ihre Leute herbei, um ihrem Herrn zu helfen, den Wolf einzubringen, den er gefangen hatte. Sie fanden ihn auf dem Wege, packten und banden ihn und schafften ihn dann in das Haus des Edelmanns. Dieser ließ ihn später vor das Gericht des Kaisers führen, wo er seine Untat eingestand.

Und es wurde durch sein Geständnis und durch Nachprüfung an Ort und Stelle, die von Kommissaren durchgeführt wurde, herausgefunden, daß in dieses Kloster eine große Zahl Edelfrauen und andere schöne Mädchen verschleppt worden waren, auf dieselbe Weise, wie der Franziskaner die Edelfrau hatte dorthinbringen wollen. Das wäre ihm auch zweifelsohne gelungen ohne die Gnade unseres Herrn im Himmel, der jederzeit denen beisteht, die auf ihn hoffen.

Das genannte Kloster wurde nun seiner Diebesbeute beraubt, und die schönen Mädchen, die darin gefangengehalten wurden, ließ man frei. Die Mönche aber schloß man darin ein und verbrannte sie mitsamt dem Kloster zum ewigen Gedächtnis dieser Missetat. Daraus kann man erkennen, daß es nichts Grausameres gibt als die Liebe, wenn sie auf sündhafter Begierde beruht, wie es auch nichts Menschenwürdigeres und Lobenswerteres gibt, wenn sie in einem tugendhaften Herzen wohnt.

»Es tut mir sehr leid, meine Damen, daß die Wahrheit uns keine Geschichten beschert, in denen die Franziskaner ebenso gut wegkommen, wie sie in dieser schlecht dastehen. Denn es wäre mir sehr lieb, wenn ich um der Liebe willen, die ich für diesen Orden empfinde, eine Begebenheit wüßte, in der ich sie so recht nach Herzenslust loben könnte. Aber wir haben so hoch und heilig geschworen, nur die Wahrheit zu sagen, daß ich genötigt bin, sie nach dem Bericht so vertrauenswürdiger Leute nicht zu verhehlen. Auch versichere ich euch, wenn die Mönche je etwas Rühmenswertes und Denkwürdiges tun sollten, so will ich mir die größte Mühe geben, es ihnen so hoch anzurechnen und ebenso herauszustreichen, wie ich sie hier der Wahrheit zuliebe übel hergenommen habe.«

»Offen gesagt, Geburon«, meinte Oisille, »solche Liebe muß man freilich Grausamkeit nennen.«

»Mich nimmt nur wunder«, sagte Symontault, »wie er die Geduld aufbrachte, ihr nicht Gewalt anzutun, obwohl er sie doch im bloßen Hemd und an einem Ort sah, an dem sie ihm hilflos ausgeliefert war.«

»Er war eben kein Leckermaul, sondern ein Vielfraß«, erwiderte Saffredent. »Denn ihn gelüstete es, sich alle Tage sattsam mit ihr zu ergötzen, und da wollte er nicht bloß zum Vergnügen an ihr nippen.«

»Nein, das ist es nicht«, versetzte Parlamente, »aber vergeßt nicht, daß jeder in Wut rasende Mensch zugleich auch furchtsam ist, und die Angst, man könnte ihn überrumpeln und ihm seine Beute wieder abjagen, ließ ihn sein Lämmchen wegschleppen, wie ein Wolf das Schaf mit sich fortschleppt, um es in Ruhe zu verschlingen.«

»Immerhin«, entgegnete Dagoucin, »kann ich nicht glauben, daß er Liebe für sie empfand und daß in einem so gemeinen Herzen wie dem seinen der tugendreiche Liebesgott wohnen konnte.«

»Sei dem, wie ihm wolle«, sagte Oisille, »er wurde dafür hart gestraft. Ich bete zu Gott, daß derartige Anschläge stets solche Sühne finden mögen. Doch wem gebt Ihr jetzt Eure Stimme?«

»Euch, Madame«, gab Geburon zur Antwort. »Ihr werdet uns sicherlich eine schöne Geschichte erzählen.«

»Da die Reihe an mir ist«, meinte Oisille, »will ich euch eine recht erbauliche Geschichte vortragen. Sie hat sich zu meinen Lebzeiten abgespielt, und zudem hat sie mir ein Augenzeuge selbst erzählt. Ich bin sicher, ihr alle wißt, daß unser ganzes Unglück mit dem Tod endet; doch da er unserem Unglück ein Ende setzt, kann man ihn auch unsere Seligkeit und sichere Ruhe nennen. Darum ist es für den Menschen das größte Unglück, den Tod zu wünschen und ihn nicht finden zu können, und aus dem gleichen Grunde ist die schwerste Strafe für einen Übeltäter auch nicht der Tod. Man müßte vielmehr eine nie nachlassende Marter über ihn verhängen, die so unerträglich wäre, daß er den Tod herbeisehnt, aber auch so gelinde, daß sie ihn nicht beschleunigen kann. Auf diese Weise verfuhr ein Mann mit seiner Frau, wie ihr jetzt gleich hören sollt.«

S. Freudenberger Inv. J. Le Roy Sculp.

## Zweiunddreissigste Geschichte

*Bernage sieht mit an, mit welcher Geduld und Demut eine deutsche Edelfrau die seltsame Buße hinnimmt, die ihr Gatte wegen ihres Ehebruchs über sie verhängt hat. Er bringt den Mann dazu, daß er die Vergangenheit vergißt, Erbarmen mit seiner Frau hat, sie wieder zu sich nimmt und seither mit ihr schöne Kinder gezeugt hat*

König Karl, der achte dieses Namens, entsandte einst einen Edelmann nach Deutschland, namens Bernage, Herr von Sivray bei Amboise, der, um rascher voranzukommen und keine Zeit zu versäumen, Tag und Nacht unterwegs war. So gelangte er eines Abends recht spät in das Schloß eines Edelmannes und bat um ein Nachtquartier. Das wurde ihm mit Müh und Not gewährt. Als jedoch der Edelmann hörte, in welches Königs Diensten sein Gast stand, ging er ihm entgegen und bat ihn, ihm den ungehobelten Empfang durch seine Dienerschaft nicht zu verübeln; denn wegen etlicher Verwandter seiner Frau, die ihm übelwollten, sei er gezwungen, sein Haus so verschlossen zu halten. Da nannte ihm Bernage den Anlaß seines Auftrags, und der Edelmann erbot sich daraufhin, dem König, seinem Herrn, jeden Dienst zu erweisen, der in seinen Kräften stehe. Dann führte er Bernage in sein Haus und brachte ihn mit allen Ehren unter und bewirtete ihn gastfrei.

Es war die Stunde des Nachtmahls. Der Edelmann geleitete ihn in einen prächtigen Saal, der mit schönen Wandteppichen behängt war. Und als eben die Speisen aufgetragen wurden, sah Bernage hinter dem Wandbehang hervor eine Frau hereinkommen, so schön, wie er noch keine erblickt hatte, aber sie war am ganzen Kopf kahlgeschoren und im übrigen nach deutscher Sitte ganz in Schwarz gekleidet. Nachdem Herr von Bernage und der Edelmann sich die Hände gewaschen hatten, reichte man das Wasser dieser Dame. Sie tauchte ihre Finger ebenfalls hinein und setzte sich daraufhin ans untere Tischende, ohne mit irgendwem zu sprechen und ohne daß jemand etwas zu ihr sagte. Der Herr von Bernage schaute sie sich genau an, und sie dünkte ihn eine der schönsten Damen, die er zeitlebens zu Gesicht bekommen hatte, nur daß sie recht bleich war und bekümmert und traurig aussah.

Nachdem sie ein paar Bissen gegessen hatte, verlangte sie zu trinken. Den erbetenen Trunk brachte ihr ein Diener in einem wundersamen Trinkgefäß. Es war nämlich ein Totenschädel, dessen Augenhöhlen mit Silber ausgegossen waren; und so trank sie zwei- oder dreimal. Nachdem die Dame zu Abend gegessen und sich die Hände gewaschen hatte, verneigte sie sich vor dem Hausherrn und verschwand, ohne ein Wort gesprochen zu haben, hinter dem Wandteppich. Bernage war so verwundert über diesen sonderbaren Vorgang, daß ihm ganz traurig und nachdenklich zumute ward.

Der Edelmann bemerkte es und sprach zu ihm: »Ich sehe wohl, Ihr seid über das erstaunt, was Ihr hier am Tisch gesehen habt. Da ich Euch aber für einen rechtschaffenen Ritter halte, will ich Euch nicht verhehlen, was es damit für eine Bewandtnis hat, damit Ihr nicht glaubt, ich sei ohne triftige Gründe so herzlos und hart. Die Dame, die Ihr gesehen habt, ist meine Frau, und ich habe sie mehr geliebt, als jemals ein Mann seine Frau lieben könnte, so daß ich, um sie zu heiraten, alle Bedenken fahrenließ und sie gegen den Willen ihrer Eltern und Verwandten hierherbrachte. Auch sie gab mir so viele Beweise ihrer Liebe, daß ich zehntausendmal mein Leben aufs Spiel gesetzt hätte, um ihr und mir hier auf meinem Schloß ein sorgloses und glückliches Dasein zu bereiten. Eine Zeitlang lebten wir denn auch so ruhig und zufrieden, daß ich mich für den glücklichsten Edelmann der Christenheit hielt. Doch während einer Reise, die meine Ehre mich zu unternehmen zwang, vergaß sie so weit ihre Ehre, ihr Gewissen und die Liebe, die sie zu mir fühlte, daß sie sich in einen jungen Edelmann verliebte, den ich in meinem Hause auferzogen hatte. Das glaubte ich gleich nach meiner Rückkehr unzweideutig wahrzunehmen. Trotz allem aber war meine Liebe zu ihr noch so groß, daß ich es nicht über mich brachte, ihr zu mißtrauen, bis mir zuletzt der Beweis in die Augen sprang und ich sehen mußte, was ich mehr fürchtete als den Tod. Nun kehrte sich meine Liebe in Wut und Verzweiflung, ich ließ sie nicht mehr aus den Augen, und eines Tages tat ich, als ginge ich fort, und versteckte mich in dem Zimmer, das sie jetzt bewohnt. Bald nachdem ich, wie sie meinte, weggegangen war, zog sie sich dorthin zurück und ließ den Junker zu sich kommen. Ich sah mit eigenen Augen, wie er ihr so vertraulich nahte, wie es nur mir gebührte. Doch als ich sah, daß er sich zu ihr ins Bett legen wollte, sprang ich hervor, umfaßte ihn mit meinen Armen und erwürgte ihn. Da mir aber das Verbrechen meiner Frau derart ungeheuerlich vorkam, daß der Tod des jungen Galans nicht ausreichte, um es zu sühnen, erlegte ich ihr eine Strafe auf, die ihr, meine ich, qualvoller sein muß als der Tod. Ich schloß sie in das Gemach ein, wohin sie sich jeweils in Gesellschaft dessen, den sie soviel heißer als mich geliebt hat, zurückzog, um die seligsten Wonnen zu genießen. Dort habe ich ihr in einem Schrank alle Gebeine ihres Liebsten aufbewahrt, schön aufgehängt wie kostbare Dinge in einem Kabinett. Und damit sie ständig daran denken soll, lasse ich ihr bei Tisch, wenn sie ißt und trinkt, anstatt einer Trinkschale den Schädel des Ehebrechers reichen, und das geschieht alles vor meinen Augen, auf daß sie den Menschen lebendig vor sich sieht, den sie sich durch ihren Fehltritt zu ihrem Todfeind gemacht hat, und tot den Schurken, der aus Liebe zu ihr starb und dessen Liebe sie der meinen vorgezogen hat. So bekommt sie beim Mittags- und beim Nachtmahl die beiden Dinge zu Gesicht, die ihr am ärgsten mißfallen müssen: den lebendigen Feind und den toten Freund, und all das zur Strafe für ihre Sünde. Ansonst halte ich sie wie mich selbst, nur daß sie mit geschorenem Kopf umhergeht; denn der Schmuck der Haare ziemt der Ehebrecherin nicht und der Schleier nicht der Schamlosen. Darum geht sie mit kahlem Haupt und zeigt damit, daß sie die Ehre der Jungfräulichkeit und Keuschheit verloren hat. Ist's Euch recht, Euch die Mühe zu nehmen und sie aufzusuchen, will ich Euch zu ihr führen.«

Das tat Bernage gerne. Sie gingen zusammen hinunter und fanden sie in einem sehr schönen Zimmer, wo sie ganz allein an einem Feuer saß. Der Edelmann zog einen Vorhang zurück, der vor einem mächtigen Schrank hing, und da sah man alle Gebeine eines Toten aufgehängt. Bernage hätte gar zu gerne mit der Dame gesprochen, aber aus Scheu vor ihrem Gatten wagte er es nicht. Der Edelmann, der es bemerkte, sagte zu ihm: »Wenn Ihr etwas zu ihr sagen wollt, so werdet Ihr sehen, wie anmutig und gut sie spricht.« Da wandte sich Bernage sogleich zu ihr: »Madame, Eure Geduld kommt Euerer Qual gleich. Ich halte Euch für die unglücklichste Frau auf der ganzen Welt.« Mit Tränen in den Augen und mit beispielloser demütiger Anmut erwiderte die Dame:

»Herr, ich bekenne, meine Sünde ist so groß, daß alle Qualen, die der Herr dieses Hauses – den ich Unwürdige nicht mehr meinen Gatten nennen darf – mir antun kann, mir nichts bedeuten im Vergleich zu der Reue darüber, daß ich ihn gekränkt habe.« Während sie das sagte, brach sie in bitteres Weinen aus. Der Edelmann faßte Bernage am Arm und führte ihn hinaus.

Am nächsten Morgen brach er in aller Frühe auf, um den Auftrag auszuführen, den ihm der König erteilt hatte. Doch als er von dem Edelmann Abschied nahm, konnte er sich nicht enthalten, zu ihm zu sagen: »Herr, die Liebe, die ich Euch entgegenbringe, und auch die Ehre und Freundschaft, die Ihr mir in Eurem Hause erwiesen habt, drängen mich, Euch zu sagen, daß mir scheint, Ihr solltet angesichts der bitteren Reue Euerer armen Frau Barmherzigkeit walten lassen. Auch seid Ihr noch jung und habt keine Kinder. Es wäre jammerschade, wenn ein so edles Haus wie das Eure erlöschen müßte und vielleicht gar Leute, die Euch übelgesinnt sind, Erben Eures Namens und Vermögens würden.«

Der Edelmann, der beschlossen hatte, nie wieder mit seiner Frau zu sprechen, dachte lange über die Worte des Herrn von Bernage nach und sah schließlich ein, daß er recht hatte. Er versprach ihm, wenn sie weiter in solcher Demut verharre, wolle er sich zuweilen ihrer erbarmen.

So ging Bernage fort und entledigte sich seines Auftrags. Als er zum König, seinem Herrn, zurückgekehrt war, erzählte er ihm ausführlich, was er erlebt hatte, und der Fürst ließ nachforschen und fand alles so, wie ihm berichtet worden war. Da Bernage unter anderem auch von der Schönheit der Dame geschwärmt hatte, sandte der König seinen Hofmaler namens Jehan von Paris dorthin, damit er ihr lebensgetreues Bildnis malte. Das tat er mit der Zustimmung ihres Gatten, der, weil er Kinder zu haben wünschte und auch weil er mit seiner Frau, die diese Sühne so demütig und ergeben hingenommen hatte, Erbarmen fühlte, sie nach langer Bußezeit wieder zu sich nahm und hernach mit ihr noch viele schöne Kinder zeugte.

»Meine Damen, wenn alle Frauen, denen Ähnliches begegnet ist, aus solchen Gefäßen trinken müßten, so fürchte ich sehr, daß manche Frau statt aus vergoldeten Trinkschalen aus Totenköpfen tränke. Davor möge uns Gott gnädiglich bewahren; denn wenn seine Güte uns nicht davon abhielte, dann wäre wohl keiner unter uns, der nicht noch schlimmer sündigte. Doch wenn wir auf ihn vertrauen, so wird er die Frauen behüten, die bekennen, daß sie sich selbst nicht hüten können; alle jedoch, die sich auf ihre eigenen Kräfte verlassen, sind in großer Gefahr, in Versuchung geführt zu werden, bis sie eingestehen, daß sie schwach sind. Wie manche hat man nicht gesehen, die in einem solchen Fall gestrauchelt ist, vor dem ihr Ehrgefühl diejenigen bewahrte, die man für weniger tugendhaft ansah. Sagt doch ein altes Sprichwort: ‚Was Gott behütet, das ist in guter Hut.'«

»Ich finde«, sagte Parlamente, »diese Strafe ist so angemessen wie nur möglich. Denn ebenso wie die Kränkung ärger war als der Tod, ist auch die Sühne ärger als der Tod.«

Da sprach Ennasuitte: »Ich bin nicht Eurer Ansicht; denn lieber möchte ich mein Leben lang die Gebeine aller meiner Liebhaber in meinem Gemach vor mir sehen als ihretwegen sterben, dieweil es keine Missetat gibt, die man nicht sühnen kann. Nach dem Tod aber ist keine Sühne mehr möglich.«

»Wie könntet Ihr die Schande sühnen?« warf Longarine ein. »Ihr wißt ja, was eine Frau nach einer solchen Freveltat auch täte, ihre Ehre könnte sie nicht wieder reinwaschen.«

»Ich bitte Euch«, versetzte Ennasuitte, »sagt mir, genießt Magdalena jetzt unter den Menschen nicht größere Ehre als ihre Schwester, die jungfräulich war?«

»Ich gebe zu«, erwiderte Longarine, »man preist sie

wegen der großen Liebe, die sie Jesus Christus entgegenbrachte, und auch wegen ihrer harten Buße. Aber dennoch bleibt ihr der Name *Sünderin.*«

»Ich kehre mich nicht daran«, sagte Ennasuitte, »welchen Namen mir die Menschen beilegen, aber mich kümmert es, daß Gott mir verzeiht und auch mein Mann. Es gibt nichts, um deswillen ich sterben möchte.«

»Wenn diese Dame ihren Gatten liebte, wie es ihre Pflicht war«, sprach Dagoucin, »so nimmt es mich wunder, daß sie nicht vor Herzeleid starb, wenn sie die Gebeine dessen anschaute, dem sie durch ihre Sünde den Tod brachte.«

»Aber, Dagoucin«, wunderte sich Symontault, »wißt Ihr denn immer noch nicht, daß Frauen weder Liebe noch Reue kennen?«

»Diese Erfahrung steht mir freilich erst noch bevor«, erwiderte Dagoucin; »denn ich habe es noch nie gewagt, nach ihrer Liebe Verlangen zu tragen, aus Angst, ich könnte sie geringer finden, als ich sie ersehnt hatte.«

»Ihr lebt also von Glauben und Hoffen«, spottete Nomerfide, »wie der Regenpfeifer vom Wind? Da seid Ihr wahrlich leicht zu ernähren!«

»Ich bescheide mich«, erwiderte er, »mit der Liebe, die ich in mir fühle, und mit der Hoffnung, die im Herzen der Damen lebt; aber wenn ich wüßte, was ich hoffe, dann wäre mein Glück so übergroß, daß ich es nicht ertragen könnte, ohne zu sterben.«

»Hütet Euch wohl vor der Pest«, meinte Geburon, »denn vor jener Krankheit halte ich Euch für gefeit. Aber ich möchte wissen, wem Madame Oisille ihre Stimme gibt.«

»Ich gebe sie Symontault«, sagte diese. »Ich weiß wohl, er wird niemanden schonen.«

»Damit wollt Ihr also sagen, ich sei ein bißchen schmähsüchtig?« versetzte er. »Ich werde Euch aber beweisen, daß die sogenannten Schmähsüchtigen die Wahrheit gesagt haben. Ich glaube, meine Damen, ihr seid nicht so töricht, alle die Geschichten zu glauben, die man euch da erzählt, mögen sie noch so heilig klingen – es sei denn, der Beweis dafür sei so überzeugend, daß er gar nicht in Zweifel gezogen werden kann. Auch verbergen sich unter dergleichen Wundern oftmals allerlei Mißbräuche, und darum möchte ich euch von einem Wunder erzählen, das nicht weniger zum Lobe eines gläubigen Prinzen beiträgt als zur Schande eines argen Dieners der Kirche.«

## Dreiunddreissigste Geschichte

*Die Scheinheiligkeit und Bosheit eines Pfarrers, der unter dem Deckmantel der Heiligkeit seine Schwester geschwängert hatte, wird durch die Weisheit des Grafen von Angoulême aufgedeckt und auf sein Geheiß von der Justiz gebührend bestraft*

Als der Graf Charles von Angoulême, der Vater des Königs Franz, ein gläubiger und gottesfürchtiger Fürst, in Cognac weilte, erzählte man ihm, in einem Dorf unweit dieser Stadt, Cheves genannt, wohne eine Jungfrau, die ein so strenges und keusches Leben führe, daß es allgemein Bewunderung errege. Und doch war sie schwanger befunden worden. Daraus machte sie auch gar kein Hehl und versicherte allem Volk, sie habe niemals bei einem Manne gelegen und wisse auch nicht, wie ihr das geschehen sei, es sei denn, der Heilige Geist habe das vollbracht. Das Volk glaubte ihr, und man sah in ihr eine zweite Jungfrau Maria und ehrte und pries sie hoch; denn jedermann wußte, daß sie seit frühester Kindheit einen züchtigen und gottgefälligen Wandel geführt und niemals auch nur den leisesten Hang zu weltlichen Dingen an den Tag gelegt hatte. Sie fastete nicht nur an den Fasttagen, welche die Kirche vorschreibt, sondern auch mehrmals wöchentlich aus eigenem frommem Antrieb, und solange in der Kirche ein Gottesdienst irgendwelcher Art abgehalten wurde, wich sie nicht von ihrem Platze. Deshalb wurde ihr Lebenswandel von der ganzen Gemeinde in hohen Ehren gehalten, und man kam von weither, um sie gleich einem Wunder aufzusuchen, und wer ihr Gewand berühren durfte, pries sich glücklich.

Der Pfarrer jener Gemeinde war ihr Bruder, ein schon betagter Gottesmann und sittenstrenger Eiferer, geliebt und hochgeschätzt von seinen Pfarrkindern, die in ihm einen Heiligen sahen. Der hielt seine Schwester in so harter Zucht, daß er sie in einem Haus einsperren ließ, worüber das ganze Volk murrte und aufbegehrte. Und es wurde so viel darüber geredet und gemunkelt, daß – wie schon gesagt – das Gerücht auch dem Grafen zu Ohren kam. Als dieser sah, wie das ganze Volk irregeführt wurde, wollte er ihm diesen Irrglauben austreiben und entsandte einen hohen Gerichtsbeamten und einen Schloßkaplan, beides höchst rechtliche Männer, die der Sache auf den Grund gehen und feststellen sollten, was an dem Gerede wahr sei. Die beiden begaben sich an Ort und Stelle und erkundigten sich, so rasch es tunlich war, nach dem Fall. Sie wandten sich unmittelbar an den Pfarrherrn selbst, welcher über diese Geschichte dermaßen in Harnisch geriet, daß er sie bat, der Untersuchung über die Wahrheit dieses Geschwätzes beizuwohnen, die er am nächsten Tage anzustellen hoffe.

Der Pfarrer las am frühen Morgen die Messe, die seine hochschwangere Schwester auf den Knien liegend hörte. Als die Messe zu Ende war, nahm der Pfarrer das Corpus Domini und sprach im Beisein der ganzen Gemeinde zu seiner Schwester: »Unselige, die du bist, sieh hier den Leib dessen, der für dich Leiden und Tod auf sich genommen hat. Vor seinem Antlitz frage ich dich: Bist du

Jungfrau, wie du mir stets versichert hast?« Sie antwortete ihm kühn: »Ja.« – »Wie ist es denn aber möglich, daß du mit einem Kinde schwanger gehst und dennoch Jungfrau geblieben bist?« Sie erwiderte ihm: »Ich kann es mir nicht anders erklären, als daß der Heilige Geist mit seiner Gnade in mir wirkt, was ihm beliebt. Doch kann ich nicht in Abrede stellen, daß Gott mir die Gnade erwiesen hat, mich jungfräulich zu bewahren. Auch habe ich nimmer den Wunsch verspürt, mich zu vermählen.« Alsbald sprach ihr Bruder zu ihr: »Ich werde dir den kostbaren Leib Jesu Christi reichen, und du sollst ihn zu deiner Verdammnis nehmen, wenn es nicht so ist, wie du gesagt hast; die beiden Herren, die im Auftrag des gnädigen Herrn Grafen hier zugegen sind, sollen dessen Zeugen sein.«

Da schwor das Mädchen, das nahezu dreißig Jahre alt war, folgenden Eid: »Ich empfange den Leib unseres Herrn und Heilands hier vor euch zu meiner Verdammnis, sowohl vor euch, meine Herren, wie auch vor Euch, lieber Bruder, wenn jemals ein anderer Mann außer Euch mich berührt hat!« Mit diesen Worten empfing sie den Leib unseres Herrn und Heilands Jesu Christi.

Der Gerichtsbeamte und der Schloßkaplan des Grafen hatten das alles mit angesehen und gingen ganz verwirrt von dannen; denn sie glaubten, nach einem so feierlichen Schwur sei eine Lüge ausgeschlossen. Sie erstatteten dem Grafen Bericht und wollten ihn dazu überreden, das zu glauben, wovon sie überzeugt waren. Er aber war klug und weise; nach längerem Nachdenken hieß er sie noch einmal den Wortlaut des Schwurs hersagen. Dann überlegte er eine Weile und sprach darauf zu ihnen: »Sie hat euch gesagt, nie habe ein Mann sie berührt außer ihrem Bruder, und ich meine, die Wahrheit ist, daß ihr Bruder ihr dieses Kind gezeugt hat, und jetzt will er sein böses Tun hinter einer so ungeheuerlichen Verstellung verbergen. Wir aber glauben an die Menschwerdung Jesu Christi und dürfen nicht auf die Wiederkunft eines andern Messias warten. Darum geht hin und werft den Pfaffen ins Gefängnis. Ich bin gewiß, er wird die Wahrheit gestehen.«

Es geschah, wie er befohlen hatte, doch stellten sie ihm mit Nachdruck vor Augen, welch ein Ärgernis entstehen müsse, wenn sie diesen frommen Gottesmann gefänglich einzögen. Kaum aber war der Priester gefangengesetzt, so gestand er seine Untat und bekannte, wie er seiner Schwester geraten habe, die Worte zu sprechen, die sie gesagt hatte, um das Leben, das sie zusammen führten, nicht nur durch vorschnelle Ausflüchte zu verdecken, sondern durch einen zweideutigen und doppelsinnigen Eid, demzufolge sie bei aller Welt in Ehren und Ansehen bleiben würden. Als man ihm vorhielt, er habe in seiner argen Bosheit sogar den Leib des Herrn mißbraucht und sie darauf schwören lassen, erwiderte er, so unverfroren sei er doch nicht; er habe ein ungeweihtes, nicht gesegnetes Brot dazu genommen.

Dem Grafen von Angoulême wurde darüber Bericht erstattet, und er befahl der Justiz, ihres Amtes zu walten. Man wartete, bis seine Schwester niedergekommen war, und als sie ein schönes Knäblein zur Welt gebracht hatte, wurden der Bruder und die Schwester miteinander verbrannt, zur größten Bestürzung des ganzen Volkes, das unter einem so frommen Deckmantel ein solch grauenhaftes Scheusal in seiner Mitte gesehen hatte und nun erfahren mußte, daß unter einem so löblichen und heiligen Leben ein so abscheuliches Laster geherrscht hatte.

»Da seht ihr, meine Damen, wie der Glaube des edlen Grafen nicht durch äußere Zeichen und Wunder wankend wurde; denn er wußte sehr wohl, daß wir nur einen Erlöser haben, welcher durch seine Worte *Consummatum est* gezeigt hat, daß er keinen Platz für einen andern Messias lasse, der nach ihm kommen und uns erlösen solle.«

»Ich muß ja sagen«, erklärte Oisille, »es braucht schon

eine große Unverfrorenheit, wenn man unter dem Deckmantel der Frömmigkeit und wahren Christentums ein so ungeheuerliches Verbrechen verbirgt.«

»Ich habe schon gehört«, sagte Hircan, »daß Leute, die unter dem Vorwand, sie hätten Auftrag vom König, Grausamkeiten und Gewalttaten verüben, doppelt schwer bestraft werden, weil sie ihr Unrecht als königliches Recht ausgeben. So seht ihr auch hier, daß die Scheinheiligen zwar eine Zeitlang unter dem Mantel Gottes und der Frömmigkeit gedeihen können; doch wenn der Herrgott den Mantel hebt, so stehen sie nackt und bloß da, und alsbald werden ihre Nacktheit, ihr Unflat und ihre Niedertracht als um so häßlicher empfunden, je ehrenvoller der Deckmantel vorher war.«

»Nichts ist vergnüglicher«, meinte da Nomerfide, »als frisch von der Leber weg zu sprechen, wie es einem das Herz eingibt.«

»Ja, es bringt nur Vorteil«, antwortete Longarine, »und ich glaube, Ihr sagt Eure Meinung Eurem Stand gemäß.«

»Ich will nur eines sagen«, sprach Nomerfide, »ich sehe, daß die Narren, wenn man sie nicht totschlägt, länger leben als die Weisen, und ich weiß nur eine Erklärung dafür: sie machen keinerlei Hehl aus ihren Leidenschaften. Sind sie zornig, so schlagen sie drein; sind sie fröhlich, so lachen sie. Die Leute aber, die sich weise dünken, verhehlen ihre Mängel so sehr, daß ihre Herzen alle vergiftet werden.«

»Ich glaube, was Ihr sagt, ist wahr«, stimmte ihr Geburon zu, »und die Heuchelei, sei's gegen Gott, sei's gegen die Menschen oder die Natur, ist an allen Übeln schuld, die uns plagen.«

»Schön wäre es«, meinte Parlamente, »wenn unser Herz so erfüllt wäre vom Glauben an den, der eitel Tugend und Freude ist, daß wir es ungescheut einem jeden zeigen könnten.«

»Das wird dann der Fall sein«, antwortete Hircan,

»wenn dereinst unsere Gebeine ohne Fleisch mehr sind.«

»Und doch«, erwiderte ihm Oisille, »kann der Geist Gottes, der stärker ist als der Tod, unser Herz in Trübsal stürzen, ohne erst den Leib zu zersetzen oder zu zerstören.«

»Madame«, versetzte Saffredent, »Ihr sprecht da von einer Gabe Gottes, die noch nicht Gemeingut aller Menschen ist.«

»Sie ist allen gemein, die den wahren Glauben haben«, entgegnete Oisille. »Da jedoch diese Materie all denen, die im Fleische befangen sind, nicht verständlich wäre, laßt uns hören, wem Symontault seine Stimme gibt.«

»Ich gebe sie Nomerfide«, sprach dieser, »denn weil sie ein frohes Herz hat, wird sie auch nichts Trauriges erzählen.«

»Wahrlich«, sprach Nomerfide, »da ihr lachen wollt, möchte ich euch Gelegenheit dazu geben; und um euch zu zeigen, wie schädlich Angst und Unwissenheit sind, und auch damit ihr seht, daß oftmals wegen eines unverstandenen Wortes großes Unheil entstehen kann, will ich euch erzählen, was zwei Barfüßermönchen aus Niort zugestoßen ist, die beinahe umgekommen wären, weil sie falsch verstanden hatten, was ein Metzger sagte.«

S. Freudenberg inv.    L. Halbou Sculp.

## Vierunddreissigste Geschichte

*Zwei Barfüßer, die unberufen an der Wand horchen, verstehen die Worte eines Metzgers falsch und bringen ihr Leben in Gefahr*

Es liegt ein Dorf, GripT mit Namen, zwischen Niort und Fors und gehört dem Herrn von Fors. Eines Tages begab es sich, daß zwei Franziskaner, die von Niort kamen, spät in der Nacht in das Dörfchen Gript gelangten und im Hause eines Schlächters Unterkunft fanden.

Da sich zwischen ihrer Kammer und dem Zimmer des Wirts nur eine dünne, schlecht gefügte Bretterwand befand, gelüstete es sie zu lauschen, was wohl der Mann zu seiner Frau sage, wenn sie zusammen im Bette lägen. Sie hielten also ihre Ohren an die Wand, gerade da, wo das Kopfende des Bettes war, in dem der Mann lag. Der hatte keine Ahnung, daß seine Gäste horchen könnten, und sprach vertraulich mit seiner Frau über allerlei Hausgeschäfte und sagte: »Liebste, morgen muß ich zeitig aufstehen und nach unsern zwei Barfüßern schauen, denn einer ist schön feist, der muß geschlachtet werden. Dann pökeln wir ihn auf der Stelle ein und können ihn mit großem Gewinst verkaufen.«

Obwohl er damit seine beiden Schweine meinte, die er spaßeshalber »Barfüßer« nannte, so glaubten die beiden armen Mönchlein, als sie diese Abrede hörten, ganz gewiß, es sei von ihnen die Rede, und erwarteten zitternd das Morgengrauen.

Einer von ihnen war ein rechter Fettwanst, der andere aber ziemlich mager. Der Dicke wollte nun seinem Gefährten beichten, denn – so sagte er – ein Metzger, der jede Frömmigkeit und Gottesfurcht verloren habe, werde nicht viel Federlesens machen und ihn ebenso unbekümmert abstechen wie einen Ochsen oder ein anderes Schlachtvieh. Und da sie in ihrer Kammer eingesperrt seien und sie diese nicht verlassen könnten, ohne durch das Schlafzimmer des Wirts zu gehen, müßten sie ganz gewiß sterben und darum ihre Seelen Gott befehlen. Doch der Jüngere, der nicht so von Furcht übermannt war wie sein Begleiter, hielt ihm entgegen, da ihnen der Weg durch die Tür versperrt sei, müßten sie eben versuchen, durch das Fenster zu entkommen; denn Schlimmeres als den Tod könnten sie bestimmt nicht erleiden. Damit erklärte sich der Speckwanst einverstanden.

Der Magere machte das Fenster auf, und als er sah, daß es nicht allzu hoch über dem Erdboden war, sprang er leichtfüßig hinunter und entfloh, so schnell und so weit er nur konnte, ohne auf seinen Gefährten zu warten, der ebenfalls den gefährlichen Sprung wagte. Aber sein schweres Gewicht zwang ihn, unten liegenzubleiben; denn statt zu springen, plumpste er so schwer zu Boden, daß er sich bös an einem Bein verletzte.

Als er sich nun von seinem Begleiter im Stich gelassen sah und nicht nachlaufen konnte, schaute er sich um, wo er sich wohl verstecken könnte, sah aber nichts als einen Schweinekoben und schleppte sich, so gut er es vermochte, dorthin. Wie er die Tür öffnete, um sich darin zu verstecken, wischten zwei fette Schweine heraus. Da hockte sich der arme Barfüßer an ihren Platz hin und zog die kleine Tür hinter sich zu, in der Hoffnung, er werde es hören, wenn Leute vorbeikämen; die könne er dann herbeirufen und so Hilfe finden.

Doch sobald der Morgen anbrach, wetzte der Metzger seine großen Messer und sagte zu seiner Frau, sie solle ihm Gesellschaft leisten; er wolle jetzt sein fettes Mastschwein schlachten. Als er zum Koben kam, wo sich der Mönch versteckt hatte, öffnete er die Tür und schrie, so laut er konnte: »Komm heraus, du feister Barfüßer, komm heraus! Heute mach ich Blutwürste aus dir!«

Der unglückliche Mönch, der auf seinem verletzten Bein nicht stehen konnte, kroch auf allen Vieren aus dem Schweinekoben und schrie aus Leibeskräften um Erbarmen. Und hatte der arme Barfüßer eine erbärmliche Angst, so fürchteten sich der Metzger und sein Weib nicht minder; denn sie meinten, der heilige Franz sei gegen sie erbost, weil sie ihr Schwein »Barfüßer« genannt hatten. Sie fielen vor dem armen Mönch auf die Knie und baten Sankt Franziskus und seinen ganzen Orden um Vergebung, so daß auf der einen Seite der Barfüßer um Gnade wimmerte und der Metzger auf der andern ihn um Gnade anflehte. Das dauerte gut eine Viertelstunde lang, bis sie einander gegenseitig beruhigt hatten.

Schließlich merkte der fromme Pater, daß ihm der Metzger kein Leid antun wollte, und erzählte ihm, warum er sich im Koben versteckt hatte. Da verwandelte sich ihre Angst in Gelächter, nur daß der arme Franziskaner, dem sein Bein arg weh tat, sich nicht recht darüber freuen konnte. Doch der Metzger führte ihn in sein Haus und verband ihm sorgfältig seine Wunde.

Sein Begleiter, der ihn in der Not verlassen hatte, rannte die ganze Nacht hindurch weiter, bis er zuletzt am frühen Morgen im Hause des Herrn von Fors anlangte. Dort führte er Beschwerde gegen den Metzger, den er im Verdacht hatte, er habe seinen Gefährten abgestochen, war er ihm doch nicht nachgekommen. Der Herr von Fors schickte unverzüglich Leute nach dem Dorf Gript, die sollten herausbringen, was daran wahr sei. Als er dann die Wahrheit erfuhr, fand er keinerlei Grund zum Weinen, sondern versäumte nicht, die Geschichte seiner Herrin, der Frau Herzogin von Angoulême, der Mutter des Königs Franz I., zu berichten.

»Da seht ihr, meine Damen, daß man niemals ungerufen an der Wand horchen und die Gespräche anderer belauschen soll, sonst kann es leicht geschehen, daß man sie falsch versteht.«

»Wußt ich's doch«, sagte Symontault, »daß Nomerfide uns nicht zum Weinen bringen, sondern hellauf lachen machen werde. Darin hat, meine ich, jeder von uns ein Erkleckliches geleistet.«

»Was heißt das denn?« wandte Oisille ein. »Daß wir eher dazu neigen, über eine Narretei zu lachen als über etwas Verständiges.«

»Weil sie«, erwiderte Hircan, »uns um so mehr behagt, als sie unserer Natur ähnlicher ist, die ja von sich aus nie verständig ist; und jeder findet Vergnügen an seinesgleichen: die Narren an Narreteien und die Verständigen an der Weisheit. Ich glaube aber«, setzte er hinzu, »daß es weder Weise noch Narren gibt, die sich des Lachens über diese Geschichte enthalten könnten.«

»Es gibt aber solche«, versetzte Geburon, »deren Herz der Liebe zur Weisheit so hingegeben ist, daß man sie, was immer sie auch hören mögen, keinesfalls zum Lachen bringen kann; denn in ihren Herzen sind Freude und Zufriedenheit so verhalten und maßvoll, daß nichts sie zu erregen vermag.«

»Wo findet man denn solche Leute?« wollte Hircan wissen.

»Ich meine die Weltweisen der vergangenen Zeiten«, antwortete Geburon, »die ja Freude und Schmerz sozusagen gar nicht empfanden; zumindest ließen sie sich nichts anmerken, so hoch hielten sie die Tugend, sich selbst und ihre Leidenschaften zu überwinden.«

»Mir leuchtet ihre Handlungsweise auch ein«, sagte Saffredent, »wenn es gilt, einer lasterhaften Leidenschaft Herr zu werden. Aber bei einer gesunden natürlichen Passion, die nichts Böses will, scheint mir ein solcher Sieg sinnlos.«

»Allerdings«, meinte Geburon, »schätzten die Alten diese Tugend ganz besonders hoch.«

»Es ist ja auch nicht gesagt«, hielt ihm Saffredent entgegen, »daß sie samt und sonders weise waren, sondern da war mehr schöner Schein von Tugend und Verstand als wirkliche Weisheit.«

»Immerhin werdet ihr sehen, daß sie alles Schlechte rügen«, sagte Geburon, »und Diogenes trampelte sogar auf dem Bett des Platon herum, das seines Erachtens zu sehenswürdig war. Damit wollte er dartun, daß er die eitle Ruhmsucht und Begehrlichkeit Platons verachtete und mit Füßen treten wollte, wobei er sagte: ‚Ich zertrample und verachte die Hoffart Platons!'«

»Ihr sagt aber nicht alles«, entgegnete Saffredent; »denn Platon hielt ihm entgegen, er tue das ja doch nur aus einer andern Art Dünkel heraus.«

»Die Wahrheit zu sagen«, bemerkte Parlamente, »so ist es nicht möglich, daß wir selbst den Sieg über uns davontragen, ohne uns dabei unglaublich viel einzubilden. Und dieser Eigendünkel ist ein Laster, das wir mehr scheuen sollten als alles andere; denn es entsteht aus Tod und Untergang aller andern Tugenden.«

»Habe ich euch heute früh nicht vorgelesen«, sagte Oisille, »daß Menschen, die sich weiser als die andern dünkten und durch einen Lichtblick ihrer Vernunft so weit gekommen waren, einen Gott als Schöpfer aller Dinge zu erkennen, jedoch, weil sie sich diesen Ruhm selbst beimaßen und nicht dem, von welchem ihre Vernunft stammte, und weil sie meinten, dieses Wissen hätten sie durch ihr eigenes Bemühen erworben – daß solche

Menschen nicht nur unwissender und unvernünftiger geworden sind als andere Menschen, sondern sogar dümmer und unverständiger als das liebe Vieh? Denn da sie in ihrem Geist so geirrt und sich angemaßt haben, was nur Gott allein zukommt, haben sie ihre Irrtümer durch die Zügellosigkeit ihrer Ausschweifungen bewiesen. Sie haben Ordnung und Gesetz ihres Geschlechts vergessen und verkehrt, wie Sankt Paulus in dem Brief, den er an die Römer geschrieben hat, heute noch zeigt.«

»Es ist keiner unter uns«, erwiderte Parlamente, »der bei dieser Epistel nicht bekennen würde, daß alle äußern Sünden nur Folgen der inneren Unglückseligkeit sind, die um so gefährlicher auszurotten ist, je mehr sie unter Tugend und Wundern verborgen wird.«

»Wir Männer«, erklärte darauf Hircan, »sind unserem Heil näher als ihr Frauen; denn da wir die Folgen unserer Sündhaftigkeit nicht verhehlen, erkennen wir auch leichter, wo sie wurzeln. Ihr aber wagt nicht, eure wahre Natur hervorzukehren, und vollbringt so viele schöne Scheinwerke; daher werdet ihr nur mit großer Mühe die Wurzel der Hoffart erkennen, die unter dieser schönen Hülle gedeiht.«

»Ich gestehe«, erwiderte Longarine, »wenn Gottes Wort uns nicht durch den Glauben den Aussatz der Ungläubigkeit zeigt, der in unseren Herzen schwärt, so erweist uns Gott der Herr eine große Gnade, wenn er uns durch eine offensichtliche Anfechtung straucheln läßt, so daß unsere heimliche Pest deutlich an den Tag tritt. Selig sind, die ihr Glaube so demütig gemacht hat, daß sie's gar nicht nötig haben, noch lange zuzusehen, wie sich ihre sündige Natur auswirkt, um erst dann zu dieser Einsicht zu kommen.«

»Ei, seht doch nur«, fiel hier Symontault ein, »wohin wir geraten sind! Ausgehend von einer ausnehmend närrischen Begebenheit, sind wir schließlich ins Philosophieren und sogar in den Bereich der Theologie geraten. Überlassen wir doch solches Pfaffengezänk denen, die besser zu spintisieren verstehen als wir. Nomerfide soll uns lieber sagen, wem sie ihre Stimme geben will.«

»Ich gebe sie Hircan«, antwortete sie, »aber ich binde ihm auf die Seele, daß er mit der Ehre der Damen glimpflich umgeht.«

»Eure Mahnung kommt gerade im rechten Augenblick«, erwiderte Hircan; »denn die Geschichte, die ich bereit habe, ist wie gemacht, um Euch meinen Gehorsam zu beweisen. Freilich werdet ihr mir hernach bekennen müssen, daß die Natur der Frauen wie die der Männer von sich aus zu jeglichem Laster neigt, wenn sie nicht von dem davor bewahrt wird, dem allein die Ehre für jeden Sieg gebührt. Und um eure selbstgefällige Hoffart zu demütigen, die euch jedesmal anwandelt, wenn man eine Geschichte zu euern Ehren erzählt, will ich euch jetzt eine andere Begebenheit vor Augen führen, die freilich durch und durch wahr ist.«

## Fünfunddreissigste Geschichte

*Wie die Neigung einer Dame in Pampluna, die, im Glauben, geistliche Liebe sei nicht gefährlich, sich alle Mühe gibt, die Gunst eines Franziskaners zu gewinnen, durch die Klugheit ihres Gatten zunichte gemacht wird, welcher, ohne sie merken zu lassen, daß er um ihre Liebe wisse, sie dahin brachte, daß sie auf den Tod haßte, was sie bisher über alles geliebt hatte, und daß sie wieder allein für ihren Gatten lebte*

In der Stadt Pampluna lebte eine hochgeachtete, schöne und tugendhafte Dame, die keusch und fromm war wie keine sonst im ganzen Land. Sie liebte ihren Gatten und war ihm in allem so gehorsam, daß er sich völlig auf sie verließ und ihr sein ganzes Vertrauen schenkte. Diese Dame besuchte unablässig den Gottesdienst und hörte sich alle Predigten an und überredete auch ihren Gatten und ihre Kinder, gleich ihr daran teilzunehmen. Als sie nun dreißig Jahre alt wurde, in welchem Alter die Frauen gewöhnlich nicht mehr als schön gelten, sondern vielmehr verständig genannt werden, begab sie sich am Aschermittwoch, dem ersten Tag der Fastenzeit, zur

Kirche, um sich mit Asche bekreuzen zu lassen, und fand dort einen Barfüßer, der eben seine Predigt begonnen hatte. Der Mönch wurde vom ganzen Volk für einen heiligen Mann angesehen, weil er ein so strenges und frommes Leben führte, daß er mager und bleich geworden war – freilich nicht so sehr, daß er nicht einer der schönsten Männer gewesen wäre, die auf der Welt anzutreffen waren.

Die Dame hörte andächtig seiner Predigt zu und blickte unentwegt den verehrungswürdigen Gottesmann an, Ohr und Geist gespannt, um sich kein Wort entgehen zu lassen. Deshalb drang die Süße seiner Worte durch die Ohren der Dame bis hinab in ihr Herz, und die Schönheit und Anmut seines Angesichts ging durch ihre Augen ein und versehrte ihr Gemüt so schwer, daß sie wie verzückt dasaß. Nach der Predigt achtete sie sorgsam darauf, wo der Prediger die Messe lesen werde; und sie fand sich auch dort ein und empfing die Asche aus seiner Hand, die schön und weiß war, wie sie eine Dame nicht schöner und weißer hätte haben können. Die fromme Dame schaute aber mehr auf diese Hand als auf die Asche, die er ihr darbot.

Im sicheren Glauben, eine solche geistige Liebe und auch gewisse wonnige Empfindungen, die sie dabei verspürte, könnten ihr Gewissen nicht beschweren, versäumte sie nicht, täglich die Predigt zu besuchen und auch ihren Gatten mitzunehmen; und beide zollten dem Prediger solches Lob, daß sie bei Tisch oder woanders von nichts anderem mehr redeten. So wurde dieses Feuer, das scheinbar rein geistig war, mit der Zeit so sinnlich, daß das Herz der Dame, das lichterloh brannte, ihren ganzen Leib verzehrte; und so spät sie diese Feuersglut spürte, so jäh loderte sie jetzt auf, und sie fühlte die Seligkeit ihrer Leidenschaft eher, als sie sich ihrer Verliebtheit bewußt wurde. Sie wurde von ihrem Feind Amor völlig überrumpelt und vermochte keinem seiner Gebote mehr zu widerstehen. Das ärgste aber war, daß der Mann, der ihre Schmerzen hätte stillen können, von ihrem Leiden nichts ahnte. Daher legte sie alle Scheu ab, die sie hätte haben müssen, ihre aberwitzige Liebe vor einem so weisen Mann zu zeigen und einem so tugendreichen und frommen Menschen ihre Lasterhaftigkeit und Schlechtigkeit aufzudecken, und schrieb ihm von ihrer Liebe, anfangs mit so behutsamen Worten, wie sie nur konnte. Die Briefe gab sie einem kleinen Pagen und sagte ihm genau, was er zu tun habe, schärfte ihm auch ein, er müsse sich vor allem hüten, daß ihr Gatte ihn nicht ins Franziskanerkloster gehen sehe.

Der Page wählte den kürzesten Weg und ging durch die Gasse, wo sein Herr in einem Laden saß. Als der Edelmann ihn vorbeigehen sah, trat er vor die Tür und wollte schauen, wohin er gehe. Doch der Page, der ihn erblickte, versteckte sich, zu Tode erschrocken, in einem Haus. Da ging ihm sein Herr, über sein Benehmen erstaunt, nach, packte ihn am Arm und fragte, wo er denn hingehe. Wie nun der Page mit ganz verängstigtem Gesicht eine Ausrede vorbrachte, die weder Hand noch Fuß hatte, drohte er ihm, er werde ihn weidlich durchbleuen, wenn er nicht auf der Stelle sage, wohin er gehe. Da antwortete ihm der Ärmste: »Ach, Herr, wenn ich's Euch sage, wird mich Madame umbringen!«

Da schwante dem Edelmann, daß seine Frau hinter seinem Rücken etwas treibe, das er nicht wissen dürfe. Er versicherte also dem Pagen, er werde ihm nichts zuleide tun, wenn er die Wahrheit sage, ja, er werde ihm viel Gutes erweisen; doch wenn er ihn anlüge, werde er ihn für sein ganzes Leben ins Gefängnis werfen. Um sich den versprochenen Lohn zu verdienen und der angedrohten Strafe zu entgehen, erzählte ihm der Page alles, was geschehen war, und zeigte ihm auch die Briefe, die seine Herrin an den Prediger geschrieben hatte. Darüber war der Gatte ebenso erstaunt wie betrübt, da er sein Lebtag der Treue seiner Frau sicher gewesen war und niemals ein Fehl an ihr gekannt hatte. Doch war er ein kluger Mann und ließ sich seinen Zorn nicht anmerken; und um ganz genau zu erfahren, was seine Frau im Sinne hatte, schrieb er einen Antwortbrief, als wenn der Mönch ihr für ihre gute Absicht dankte und ihr mitteilte, er seinerseits sei ihr nicht weniger gewogen.

Der Page, der seinem Herrn geschworen hatte, er werde diese Angelegenheit geschickt und klug erledigen, brachte seiner Herrin den gefälschten Brief, und sie freute sich darüber so sehr, daß ihr Gatte wohl wahrnahm, wie ihr Gesicht einen völlig anderen Ausdruck bekam; denn anstatt durch das lange Fasten abzumagern, ward sie schöner und frischer als mitten im Karneval.

Mittfasten war gekommen, und die Dame ließ weder um der Karwoche noch um der Passionszeit willen von ihrer Gewohnheit, dem Prediger in immer neuen Briefen ihre rasende Verliebtheit kundzutun. Es war ihr, wenn ihr der Prediger den Kopf zuwandte oder wenn er von der Liebe Gottes sprach, als geschähe alles aus Liebe zu ihr, und soviel ihre Augen auszusprechen vermochten, was sie dachte, sparte sie nicht mit vielsagenden, schmachtenden Blicken. Ihr Gatte aber verfehlte nicht, ihr eine entsprechende Antwort zu erteilen.

Kurz nach dem Osterfest schrieb er ihr abermals im Namen des Predigers und bat sie, ihm einen Weg anzugeben, wie er sie heimlich besuchen könne. Sie aber konnte es kaum erwarten, bis es so weit war, und riet ihrem Gatten, ein paar Landgüter aufzusuchen, die er draußen vor der Stadt besaß. Das sagte er ihr auch zu, blieb aber, im Hause eines seiner Freunde versteckt, am Ort. Nun versäumte die Dame nicht, dem Barfüßer zu schreiben, die Stunde sei gekommen, da er sie besuchen könne, denn ihr Gatte weile auf dem Lande.

Der Edelmann, der das Herz seiner Frau gründlich prüfen wollte, begab sich zu dem Prediger und bat ihn, ihm um Gottes Barmherzigkeit willen sein Mönchsgewand zu borgen. Der Franziskaner jedoch, ein rechtschaffener Mann, erwiderte ihm, die Ordensregel verbiete ihm das, und er würde um keinen Preis der Welt seine Kutte dazu hergeben, daß sie zu einem Mummenschanz verwendet werde. Da versicherte ihm der Edelmann, er gedenke damit keinen Mißbrauch zu treiben, er brauche sie für etwas, das zu seinem Glück und Seelenheil unerläßlich sei. Hierauf lieh ihm der Mönch sein Ordensgewand; denn er kannte ihn als einen frommen und redlichen Mann. Zu dieser Kutte, die ihm das ganze Gesicht verdeckte, so daß man seine Augen nicht sehen konnte, versah sich der Edelmann noch mit einem falschen Bart und einer falschen Nase, ähnlich denen des Predigers; auch tat er Kork in seine Schuhe und erreichte so, daß er ungefähr von dessen Größe schien.

In dieser Verkleidung begab er sich abends in das Schlafgemach seiner Frau, die in andächtiger Ergebenheit seiner harrte. Die arme Närrin wartete gar nicht erst, bis er auf sie zutrat, sondern lief ihm wie von Sinnen entgegen und wollte ihm um den Hals fallen. Er aber hielt den Kopf gesenkt, um nicht erkannt zu werden, und begann ein über das andere Mal das Kreuzeszeichen zu schlagen und tat, als flöhe er vor ihr, und dazu sagte er in einem fort nichts anderes als: »Anfechtung! Anfechtung!« Da sprach die Dame zu ihm: »Ach, ehrwürdiger Vater, Ihr habt recht; denn es gibt keine größere Anfechtung als die Versuchung, die uns die Liebe bereitet. Ihr habt mir doch Linderung verheißen, und jetzt bitte ich Euch, da Zeit und Gelegenheit günstig sind, mit mir Erbarmen zu haben.« Und währenddessen versuchte sie mit aller Gewalt, ihn zu umarmen und zu küssen, er aber wich bald dahin, bald dorthin im Zimmer vor ihr zurück, bekreuzigte sich noch und noch und rief unverdrossen: »Anfechtung! Anfechtung!« Als er aber sah, daß sie ihm allzu hitzig auf den Leib rückte, zog er einen dicken Knüttel hervor, den er unter seiner Kutte trug, und bleute sie damit so windelweich, daß ihr alle Anfechtung ein für allemal verging, ohne daß sie ihn erkannt hätte. Sodann eilte er ohne Verzug zu dem Prediger und erstattete ihm sein Gewand zurück, versicherte ihm auch, es habe ihm Glück gebracht.

Am andern Morgen tat er, als käme er von weither, und kehrte in sein Haus zurück, wo er sein Weib im Bett liegend vorfand. Er gab sich den Anschein, als wüßte er nichts von ihrer Unpäßlichkeit, und fragte sie, was ihr denn fehle. Sie antwortete ihm, sie leide an einem Katarrh und könne kaum Arme und Beine bewegen. Der Gatte, der am liebsten laut herausgelacht hätte, stellte sich darüber höchst betrübt, und um ihr eine Freude zu bereiten, sagte er ihr gegen Abend, er habe den frommen Prediger zum Nachtmahl eingeladen. Doch sie wandte sofort ein: »Nimmermehr sollt Ihr Euch unterstehen, dergleichen Leute zu Gast zu laden, lieber Freund! Denn sie bringen Unheil in jedes Haus, das sie betreten.« – »Wie, Liebste?« rief der Gatte aus, »Ihr habt mir diesen Mann doch so begeistert gepriesen! Ich für mein Teil glaube, wenn es überhaupt auf der Welt einen heiligen Gottesmann gibt, so ist er's.« Doch die Dame entgegnete ihm: »In der Kirche und beim Predigen sind sie am rechten Platz, im Haus aber sind sie der wahre Antichrist. Ich bitte Euch deshalb, sorgt dafür, daß er mir nicht unter die Augen kommt; denn bei meiner Krankheit würde das ausreichen, mir den Tod zu geben.« Der Gatte versetzte: »Da Ihr ihn nicht sehen wollt, so werdet Ihr ihn eben nicht zu Gesicht bekommen. Aber ich werde ihm jedenfalls hier im Hause ein Nachtmahl vorsetzen.« – »Tut das meinetwegen«, erwiderte sie, »tut, was Euch beliebt, wenn ich ihn nur nicht sehen muß; denn diese Leute hasse ich wie den Leibhaftigen.«

Nachdem der Gatte dem frommen Pater einen Abendimbiß vorgesetzt hatte, sprach er zu ihm: »Mein Vater, ich halte dafür, Ihr seid im Himmel so gut angeschrieben, daß Gott Euch keine Bitte abschlagen wird. Darum bitte ich Euch flehentlich, erbarmt Euch meiner Frau. Sie ist seit acht Tagen vom bösen Geist besessen, so daß sie einen jeden, der ihr in den Weg kommt, beißen und kratzen will. Weder Kruzifix noch Weihwasser vermögen sie davon abzuhalten. Ich habe aber den festen Glauben, wenn Ihr der Ärmsten die Hand auflegt, so wird der Teufel aus ihr fahren, und deshalb bitte ich Euch, so-sehr ich kann, nehmt Euch ihrer an.« Der Pater antwortete darauf: »Mein Sohn, dem, der glaubt, ist kein Ding unmöglich. Glaubt Ihr aufrichtig, daß Gott in seiner Güte keinen Menschen von sich stößt, der ihn gläubig um eine Gnade bittet?« – »Ich glaube es, ehrwürdiger Vater«, sprach der Edelmann. – »So seid gewiß, mein Sohn«, fuhr der Franziskaner fort, »daß er alles vermag, was er will, und daß seine Macht nicht geringer ist als seine Güte. Gehn wir also, stark im Glauben, diesem brüllenden Löwen entgegen, laßt uns mit ihm den Kampf aufnehmen und ihm die Beute entreißen, die Gott durch das Blut seines eingeborenen Sohnes Jesus Christus erkauft hat.«

Somit führte der Edelmann den wackeren Barfüßer in die Kammer, wo seine Frau auf einem kleinen Ruhebett lag. Sie war dermaßen erstaunt, als sie ihn hereinkommen sah, daß sie, im Glauben, er sei derjenige, der sie tags zuvor so erbärmlich durchgebleut hatte, in hellen Zorn geriet. Weil aber ihr Gatte dabei war, schlug sie die Augen nieder und redete kein Wort.

Da sprach der Gatte zu dem frommen Mönch: »Solange ich bei ihr bin, plagt sie der Teufel nicht allzu arg. Sobald ich aber weggehe, müßt Ihr sie mit Weihwasser besprengen, und dann werdet Ihr unverweilt sehen, wie der böse Geist sie umtreibt.« Dann ließ ihn der Gatte allein mit seiner Frau und blieb vor der Tür stehen, um zu sehen, wie sie sich verhalten würden. Als sie niemanden mehr vor sich sah als den frommen Pater, da begann sie wie irrsinnig zu schreien und nannte ihn einen Schurken, einen niederträchtigen Hundsfott, einen Mörder und Betrüger. Der fromme Pater, der im Ernst glaubte, sie sei vom bösen Geist besessen, wollte ihr die Hand auflegen und seine Gebete über ihrem Haupt sprechen, aber sie kratzte und biß ihn so wütend, daß er genötigt war, aus einiger Entfernung mit ihr zu sprechen. So spritzte er denn fleißig Weihwasser auf sie und sprach eine Unzahl frommer Gebete.

Als nun der Gatte sah, daß der Barfüßer redlich das Seine getan hatte, trat er wieder in die Kammer und dankte ihm für die Mühe, die er auf sich genommen habe; und als er hereinkam, hörte seine Frau mit ihrem Schimpfen und ihren Verwünschungen auf und küßte sanft und demütig das Kreuz, so groß war ihre Furcht vor ihrem Gatten. Der fromme Mönch aber, der sie so wutschäumend gesehen hatte, glaubte fest, daß auf sein Gebet hin Gott der Herr den Teufel ausgetrieben habe, und ging fort, indem er Gott für dieses Wunder pries.

Als der Gatte seine Frau für ihre tolle Verliebtheit genugsam gezüchtigt fand, wollte er ihr nicht eingestehen, was er getan hatte; denn er gab sich damit zufrieden, daß er ihre Neigung durch sein kluges Vorgehen besiegt und sie so weit gebracht hatte, daß sie jetzt auf den Tod haßte, was sie zuvor geliebt hatte. Sie empfand Abscheu vor ihrer tollen Liebe und widmete sich fortan ihrem Gatten und ihrem Haushalt mehr als bisher.

»Aus all dem, meine Damen, könnt ihr sehen, wie verständig ein Gatte und wie schwach und sündig eine ehrbare Frau sein können, und ich denke, wenn ihr euch recht in diesem Spiegel betrachtet habt, werdet ihr lernen, statt auf eure eigene Kraft zu vertrauen, euch dem zuzuwenden, in dessen Hand eure Ehre ruht.«

»Es freut mich«, sagte Parlamente, »daß Ihr zum Sittenprediger der Damen geworden seid, und ich wäre noch mehr erfreut, wenn Ihr diese erbaulichen Predigten all denen halten wolltet, mit denen Ihr sprecht.«

»Sooft Ihr mir zuhören wollt«, erwiderte Hircan, »will ich mein Bestes tun, das versichere ich Euch.«

»Das will heißen«, spottete Symontault, »wenn Ihr nicht da seid, wird er anders sprechen.«

»Das mag er halten, wie er will«, meinte Parlamente. »Ich will aber zu meiner Befriedigung glauben, daß er stets so reden wird. Zumindest wird das Beispiel, das er angeführt hat, all den Frauen von Nutzen sein, die meinen, geistige Liebe sei ungefährlich. Mir aber kommt es vor, als wäre sie gefährlicher als jede andere.«

»Und doch scheint mir«, sagte Oisille, »einen tugendhaften, gottesfürchtigen Mann zu lieben sei kein so verächtlich Ding, man könne dadurch nur besser werden.«

»Madame«, entgegnete Parlamente, »ich bitte Euch, glaubt mir, niemand ist einfältiger und leichter zu hintergehen als eine Frau, die nie geliebt hat. Denn Liebe ist eine Leidenschaft, die das Herz ergriffen hat, ehe man sich's versieht, und zudem tut einem diese Leidenschaft so wohl, daß sie, vermag sie sich der Tugend als Deckmantel zu bedienen, nur mit Mühe erkannt werden kann, bevor irgendein Unheil eintritt.«

»Was für ein Unheil könnte denn eintreten«, fragte Oisille, »wenn man einen wackeren Mann liebt?«

»Madame«, versetzte Parlamente, »zwar gibt es Männer genug, die für redlich und wacker angesehen werden; aber auch den Damen gegenüber aufrichtig zu sein, ihre Ehre und ihr Gewissen zu achten, das bringen die Männer, glaube ich, heutzutage nicht mehr fertig, bis auf einen einzigen vielleicht, und alle Frauen, die sich in ihnen täuschen und sich auf sie verlassen, werden zuletzt doch betrogen. Sie beginnen eine solche Freundschaft mit Gott und geben sie recht oft mit dem Teufel wieder auf. Ich habe nämlich manch eine gesehen, die sich unter dem Vorwand, über Gott zu sprechen, auf eine Freundschaft einließ; und wenn sie sich dann zuletzt frei machen wollte, konnte sie's nicht mehr, weil der ehrbare Deckmantel es nicht mehr zuließ. Denn eine sündige Liebe geht von selbst wieder auseinander und kann in einem tugendhaften Herzen nicht lange Bestand haben. Wahre Liebe aber ist ein Netz aus so feinen seidenen Fäden, daß man sich darin gefangen hat, ehe man es gewahr wird.«

»Nach dem, was Ihr da sagt«, sprach nun Ennasuitte, »möchte ja keine Frau mehr einen Mann lieben. Aber was Ihr da als Gesetz verkündet, ist so streng und hart, daß es nicht von Dauer sein kann.«

»Ich weiß es wohl«, entgegnete Parlamente. »Deswegen werde ich aber doch nicht zu wünschen aufhören, daß eine jede an ihrem Gatten genug habe wie ich an dem meinen.«

Ennasuitte, die sich von diesen Worten betroffen fühlte, wechselte die Farbe und sprach zu ihr: »Ihr müßt wohl glauben, daß alle Herzen dem Euren gleich seien, oder aber Ihr dünkt Euch vollkommener als alle Frauen.«

»Ach«, erwiderte Parlamente, »wir wollen lieber hören, wem Hircan seine Stimme gibt, sonst geraten wir uns noch in die Haare.«

»Ich gebe sie Ennasuitte«, versetzte Hircan, »um sie für die Sticheleien meiner Frau zu entschädigen.«

»Gut denn, da die Reihe an mir ist«, sprach Ennasuitte, »will ich weder Mann noch Frau schonen. Gleiches Recht für alle! Ich sehe schon, ihr bringt es nicht übers Herz, Tugend und Güte bei den Männern anzuerkennen. Darum will ich den Stoff der letzten Geschichte wieder aufnehmen und euch etwas ganz Ähnliches erzählen.«

S. Freudenberg Inv. L. Halbou Sculp.

## Sechsunddreissigste Geschichte

*Mittels eines Salates rächt sich ein Präsident zu Grenoble an einem seiner Schreiber, in den seine Frau sich verliebt hat, und rettet damit die Ehre des Hauses*

In der Stadt Grenoble, müßt ihr wissen, lebte einst ein Präsident, dessen Namen ich nicht verraten will, doch war er kein Franzose. Er hatte eine bildschöne Frau, und sie lebten zusammen in Frieden und Eintracht.

Da ihr Gemahl schon hochbetagt war, nahm sich diese Frau einen jungen Schreiber namens Nicolas zum Geliebten. Wenn sich der Ehemann des Morgens ins Gerichtsgebäude begab, betrat Nicolas sein Schlafgemach und nahm seinen Platz ein. Das beobachtete ein Diener des Präsidenten, der ihm schon seit gut dreißig Jahren diente; und da er seinem Herrn treu ergeben war, konnte er sich nicht enthalten, ihn davon zu unterrichten.

Der Präsident war ein besonnener und kluger Mann und wollte das nicht so leichthin glauben. Er warf dem Diener vor, er wolle Zwietracht zwischen ihm und seiner

Frau stiften, und wenn sich die Sache so verhalte, wie er behaupte, so könne er ihm das ja beweisen, und beweise er es ihm nicht unzweideutig, so müsse er annehmen, er habe diese Lüge erfunden, um die Freundschaft zwischen ihm und seiner Frau zu hintertreiben.

Der Bediente beteuerte, er werde ihm zeigen, was er gesagt habe. Eines Morgens, als der Präsident zum Gericht gegangen und Nicolas in das Schlafgemach gehuscht war, schickte der Diener einen seiner Mitbedienten, der sollte seinem Herrn bestellen, daß er jetzt kommen könne. Dann stellte er sich vor die Tür und hielt Wacht, damit Nicolas nicht unterdessen entwischte.

Sobald der Präsident sah, daß ihm einer seiner Bedienten winkte, schützte er ein Unwohlsein vor, verließ den Gerichtspalast und ging eilends nach Hause, wo er seinen alten Diener vor der Schlafzimmertür fand. Der versicherte ihm, Nicolas sei bestimmt drinnen, er sei eben erst hineingegangen. Der Präsident gebot ihm: »Rühr dich nicht von dieser Tür. Du weißt wohl, mein Schlafgemach hat keinen andern Eingang oder Ausgang als diese Tür, es sei denn der Zugang zu einem kleinen Kabinett, zu dem aber allein ich den Schlüssel besitze.«

Hierauf trat der Präsident in das Gemach und fand seine Frau und Nicolas zusammen im Bett. Der Schreiber war im bloßen Hemd, er warf sich ihm zu Füßen und bat ihn um Verzeihung. Seine Frau aber brach in Tränen aus. Da sprach der Präsident: »Obwohl der Fehltritt, den Ihr begangen habt, so schwer ist, wie Ihr Euch nur denken könnt, will ich doch nicht, daß Euretwegen mein Haus entehrt sei und daß meine Töchter, die ich von Euch habe, den Schaden davontragen. Darum befehle ich Euch, nicht länger zu weinen, sondern zu hören, was ich tun werde. Und Ihr, Nicolas, versteckt Euch in meinem Kabinett und muckst Euch nicht.«

Als das geschehen war, öffnete er die Tür, rief seinen alten Diener herein und sagte zu ihm: »Hast du mir nicht versichert, du werdest mir Nicolas zusammen mit meiner Frau zeigen? Auf dein Wort hin bin ich hierhergelaufen und hätte beinahe meine arme Frau getötet. Doch habe ich nichts von dem gefunden, was du mir gesagt hast. Ich habe das ganze Zimmer durchsucht, wie ich dir zeigen will.« Bei diesen Worten ließ er seinen Diener unter den Betten und überall nachschauen. Als der Bediente nichts fand, sprach er ganz erstaunt zu seinem Herrn: »Der Teufel muß ihn geholt haben; denn ich habe ihn mit eigenen Augen hineingehen sehen, und durch die Tür ist er nicht herausgekommen. Aber ich sehe wohl, daß er nicht da ist.«

Alsbald sagte sein Herr zu ihm: »Du bist schon ein unseliger Diener, daß du Unfrieden zwischen mir und meiner Frau stiften willst; darum entlasse ich dich aus meinem Dienst, und für alle Dienste, die du mir geleistet hast, werde ich dir zahlen, was ich dir schulde, und noch darüber. Mach aber, daß du ohne Verzug fortkommst, und hüte dich, dich in vierundzwanzig Stunden noch in der Stadt sehen zu lassen.« Darauf zahlte ihm der Präsident seinen Lohn für fünf oder sechs Jahre im voraus, und da er wußte, daß er ein treuer, ehrlicher Mann war, hoffte er ihm in Zukunft noch mehr Gutes tun zu können.

Als der Diener, bitterlich weinend, fortgegangen war, ließ der Präsident Nicolas aus dem Kabinett herauskommen, und nachdem er seiner Frau und ihm gesagt hatte, was er von ihrer Schlechtigkeit hielt, verbot er ihnen beiden, sich irgendwem gegenüber etwas anmerken zu lassen. Seiner Frau befahl er, sich noch prächtiger aufzuputzen als sonst und sich bei allen Gesellschaften, Festen und Tanzvergnügen einzufinden. Dem Nicolas gebot er, das Leben noch mehr zu genießen als vordem. Sobald er ihm aber ins Ohr flüstere: »Scher dich fort!« möge er sich hüten, noch länger als drei Stunden, nachdem er diesen Befehl vernommen habe, in der Stadt zu bleiben. Sobald der Präsident das alles angeordnet hatte, kehrte er in den Palast zurück, als wäre nichts geschehen.

Entgegen seiner Gewohnheit begann er nun vierzehn Tage lang seine Freunde und Nachbarn festlich zu bewirten, und nach dem Festschmaus hatte er jedesmal Musikanten bestellt, die den Damen zum Tanz aufspielen mußten.

Als er eines Tages sah, daß seine Frau nicht tanzte, befahl er Nicolas, sie zum Tanz zu führen. Der glaubte, er habe die vergangenen Verfehlungen vergessen, und führte sie voll Freude zum Tanz. Doch als der Tanz vorbei war, tat der Präsident, als habe er ihm einen Auftrag zu erteilen, und raunte ihm ins Ohr: »Scher dich fort und komm nie wieder!« Da war Nicolas sehr betrübt, daß er seine Dame verlassen mußte, doch nicht minder froh, daß er mit dem Leben davonkam.

Nachdem der Präsident dergestalt alle seine Freunde und Verwandten und das ganze Land von der großen Liebe überzeugt hatte, die er für seine Frau empfand, ging er eines schönen Tags im Monat Mai in den Garten und pflückte einen Salat von solchen Kräutern, daß seine Frau, kaum hatte sie davon gegessen, keine vierundzwanzig Stunden mehr lebte. Darüber trauerte er zum Schein so bitter, daß niemand auf den Verdacht kommen konnte, er habe diesen Tod herbeigeführt. Durch dieses Mittel rächte er sich an seinem Feinde und rettete die Ehre seines Hauses.

»Ich will damit, meine Damen, keineswegs das Gewissen des Präsidenten herausstreichen, vielmehr liegt mir daran, die Leichtfertigkeit einer Frau und die große Langmut und Klugheit eines Mannes darzutun; und ich bitte euch, meine Damen, erbost euch nicht über die Wahrheit, die zuweilen ebensogut gegen euch wie gegen die Männer spricht. Denn Männer und Frauen haben gleich viel Laster und Tugenden.«

»Wenn alle die Frauen, die mit ihren Knechten geschlafen haben«, höhnte Parlamente, »gezwungen würden, solche Salate zu verspeisen, so wüßte ich manch eine, die ihren Garten nicht so liebhätte, wie's jetzt der Fall ist, sondern viel eher alle Kräuter ausrupfte, um dem Kräutchen zu entgehen, das durch den Tod einer verliebten Mutter der Sippe die Ehre wiedergibt.«

Hircan, der wohl erriet, warum sie das sagte, antwortete zornig: »Eine rechtlich denkende Frau darf einen andern niemals für etwas verurteilen, das sie selbst nicht tun möchte.«

Parlamente antwortete ihm: »Wissen ist nicht Urteil und Unverstand. Doch hat die arme Frau jene Strafe empfangen, die manch andere verdient. Ich meine auch, daß der Ehemann, da er sich doch an ihr rächen wollte, mit wunderbarer Umsicht und Klugheit zu Werke gegangen ist.«

»Und auch mit größter Arglist«, meinte Longarine; »und seine lang aufgesparte und grausame Rache beweist, daß er weder Gott noch sein Gewissen vor Augen hatte.«

»Was hätte er denn Eurer Ansicht nach tun sollen?« fragte Hircan. »Wie hätte er sich für den schlimmsten Schimpf, den eine Frau einem Mann antun kann, rächen sollen?«

»Wenn es nach mir ginge«, erwiderte sie, »hätte er sie in seinem Zorn umbringen müssen; denn die Gottesgelehrten sagen, diese Sünde könne Vergebung finden, weil der Mensch keine Macht über seine ersten Regungen habe. Darum hätte er dafür Gnade finden können.«

»Ja«, versetzte Geburon, »aber seine Töchter und sein ganzes Geschlecht hätten für immer diesen Makel getragen.«

»Er durfte sie später nicht mehr umbringen«, sagte Longarine; »denn da sein erster heftiger Zorn verraucht war, hätte sie mit ihm als ehrbare Frau gelebt, und kein Mensch hätte etwas Böses gedacht.«

»Meint Ihr denn«, warf Saffredent ein, »er sei besänftigt gewesen, nur weil er seinen Ingrimm verhehlte? Ich glaube jedenfalls, daß er am letzten Tag, als er seinen Salat anmachte, genauso zornig war wie am ersten; denn bei manchen Menschen halten sich die ersten Regungen ihres Unmuts so hartnäckig und lassen nicht nach, bis sie sich Luft machen können. Es freut mich, wenn Ihr behauptet, die Theologen sähen solche Sünden für leicht verzeihlich an; denn ich bin ganz ihrer Ansicht.«

»Man tut gut daran, seine Worte sorgsam abzuwägen«, erwiderte Parlamente, »wenn man es mit so gefährlichen Leuten zu tun hat, wie Ihr es seid. Aber was ich gesagt habe, gilt nur dann, wenn die Leidenschaft so übermächtig wird, daß sie unversehens alle unsere Sinne mit aller Macht ergreift und die Vernunft ausschaltet.«

»Drum will ich auch an Euren Worten festhalten und folgere daraus«, sagte Saffredent, »daß ein heftig verliebter Mann, was immer er auch tun mag, immer nur eine läßliche Sünde begehen kann. Denn ich bin sicher, wenn ihn die Liebe völlig in ihren Banden hält, wird die Vernunft niemals, weder in seinem Herzen noch in seinem Verstand, Gehör finden. Und wenn wir die Wahrheit gestehen wollen, so ist keiner unter uns, der diese tolle Verliebtheit nicht auch schon erfahren hätte, und ich denke, sie ist nicht nur leicht verzeihlich, sondern ich glaube sogar, daß Gott über eine solche Sünde nicht zürnt, weil sie nämlich eine Stufe ist, auf der man zur vollkommenen Liebe zu ihm emporsteigen kann; und niemand ist je in solche Höhe gelangt, ohne zuvor die Stufenleiter der irdischen Liebe erklommen zu haben. Wie sagt doch Sankt Johannes? ‚Wie wollt ihr Gott lieben, den ihr doch nicht seht, wenn ihr den nicht liebt, den ihr seht?‘«

»Es gibt in der ganzen Heiligen Schrift keine schöne Stelle«, erwiderte ihm Oisille, »die Ihr nicht für Eure Zwecke heranzögt. Doch hütet Euch, daß es Euch nicht ergeht wie der Spinne, die jede bekömmliche Speise in Gift verwandelt. Laßt Euch auch gesagt sein, daß es gefährlich ist, am falschen Ort und ohne zwingenden Grund die Heilige Schrift anzuführen!«

»Heißt Ihr die Wahrheit sagen fehl am Platze und

zwecklos?« fragte Saffredent. »Ihr wollt also damit sagen, wenn wir zu euch Ungläubigen sprechen und Gott zu Hilfe rufen, daß wir dann seinen Namen eitel mißbrauchen? Doch wenn das Sünde ist, so müßt ihr allein die Strafe tragen, denn euer Unglaube zwingt uns, unsere Worte mit allen nur erdenklichen Eiden zu bekräftigen. Und auch so gelingt es uns nicht, das Feuer christlicher Nächstenliebe in eueren eiskalten Herzen anzufachen.«

»Das beweist mir, daß ihr alle lügt«, sagte Longarine; »denn wäre Wahrheit in eueren Worten, so würde sie so stark wirken, daß man euch glauben müßte. Doch besteht die Gefahr, daß die Töchter Evas allzu rasch der Schlange Glauben schenken.«

»Ich merke wohl, Longarine«, versetzte Saffredent, »daß wir Männer euch Frauen nie beikommen können. Darum sag ich nichts weiter und will lieber hören, wem Ennasuitte ihre Stimme gibt.«

»Ich gebe sie Dagoucin«, antwortete sie, »denn ich glaube, er wird nichts gegen die Frauen vorbringen wollen.«

»Wollte Gott«, sagte da Dagoucin, »daß sie ebenso zu meinen Gunsten antworten wollten, wie ich zu ihren Gunsten sprechen möchte! Um euch zu zeigen, daß ich es mir angelegen sein lasse, die tugendhaften Frauen dadurch zu ehren, daß ich ihre guten Werke in Erinnerung rufe, will ich euch jetzt eine solche Geschichte erzählen. Ich will nicht bestreiten, meine Damen, daß die Langmut des Edelmannes in Pampluna und des Präsidenten von Grenoble groß gewesen ist, doch ihre Rache war es nicht minder. Und muß man einen tugendhaften Mann loben, so soll man nicht einer einzigen Tugend so viel Ruhm beimessen, daß man sie sogar dazu verwendet, eine sehr große Sünde zu bemänteln. Nur der ist lobenswert, der allein aus Liebe zur Tugend tugendhafte Werke vollbringt, wie ich euch an der langmütigen und unbeirrbaren Treue einer Dame zu zeigen hoffe, die bei ihrem ganzen liebreichen Tun nichts anderes im Auge hatte als die Ehre Gottes und das Heil ihres Gatten.«

S. Freudenberg inv. L. Halbou Sculp.

## Siebenunddreissigste Geschichte

*Madame de Loué gewinnt durch ihre große Langmut und ihr geduldiges Harren ihren Gatten zurück und macht ihn seinem schlechten Lebenswandel abwendig, so daß sie seither in größerer Liebe zusammen lebten als zuvor*

Es war einmal eine Dame aus dem Hause von Loué, die war so verständig und tugendhaft, daß sie von allen ihren Nachbarn geliebt und geachtet wurde. Ihr Gatte verließ sich, wie nur recht und billig, in allen seinen Geschäften auf sie, und sie führte sie so klug, daß sein Haus durch ihre Mitarbeit eines der wohlhabendsten und bestausgestatteten wurde, das in der Gegend von Anjou und in der Touraine zu finden war.

Nachdem sie lange Zeit mit ihrem Gatten, von dem sie mehrere schöne Kinder hatte, zusammen gelebt hatte, begann das Glück, auf das ja stets sein Gegenteil folgt, zu schwinden, weil ihr Gatte, dem jede friedsame Untätigkeit unerträglich war, sie allein ließ, um seinem Tatendrang zu frönen. Er nahm die Gewohnheit an, sobald seine Frau eingeschlafen war, sich von ihrer Seite zu erheben und erst wieder nach Hause zu kommen, wenn der Morgen bald anbrach. Die Dame von Loué fand diese Handlungsweise recht unschön, und sie wurde allmählich von solcher Eifersucht umgetrieben – die sie sich nicht anmerken lassen wollte –, daß sie die Angelegenheiten ihres Hauses, ihre eigene Person und ihre Familie darüber vergaß, weil sie die Frucht all ihres Fleißes, die Liebe ihres Gatten nämlich, verloren zu haben meinte. Sich diese Liebe zu erhalten gab es keine Mühsal, die sie nicht willig auf sich genommen hätte. Da sie sich aber sichtlich seine Zuneigung verscherzt hatte, wurde sie dermaßen nachlässig in ihren Haushaltsgeschäften, daß man bald schon merkte, wie alles im Hause verlotterte, weil sie nicht mehr überall zum Rechten sah. Denn einerseits gab ihr Gatte das Geld mit vollen Händen aus, und sie kümmerte sich nicht mehr um den Haushalt, so daß binnen kurzem das Haus in arge Bedrängnis geriet und das Geld so knapp wurde, daß man die Wälder abholzen und Ländereien verpfänden mußte.

Einer ihrer Verwandten, der wußte, wo sie der Schuh drückte, hielt ihr den Fehler vor, den sie da beging, und sagte ihr, wenn sie schon nicht mehr aus Liebe zu ihrem Gatten auf den Vorteil ihres Hauses bedacht sei, so müsse sie doch zumindest auf ihre armen Kinder Rücksicht nehmen. Da regte sich in ihr das Mitleid mit ihren Kindern, und sie faßte frischen Mut und versuchte mit allen Mitteln die Liebe ihres Gatten wiederzugewinnen. Eine Nachts achtete sie genau darauf, wann er sich wieder aus dem Ehebett fortstehlen würde, und erhob sich ebenfalls, hüllte sich in ihren Schlafrock, ließ ihr Bett zurechtmachen, nahm ihr Stundenbuch zur Hand und wartete in andächtigem Gebet auf die Rückkunft ihres Gatten. Als er eintrat, ging sie ihm entgegen und küßte ihn, brachte ihm auch ein Becken und Wasser, damit er sich die Hände waschen konnte. Er wunderte sich sehr über diesen ungewohnten Empfang und sagte, er komme nur vom Abort zurück, und deswegen hätte sie wahrlich nicht aufzustehen brauchen. Darauf erwiderte sie ihm, wenn es auch nicht von Belang sei, so sei es doch anständig, sich die Hände zu waschen, wenn man von einem so ekligen, unsauberen Ort zurückkomme. Damit wollte sie ihm zu verstehen geben, er müsse sein arges Leben erkennen und verabscheuen. Doch deswegen besserte er sich mitnichten, und die gute Dame setzte gut ein Jahr lang diese rücksichtsvolle Art, ihn zu behandeln, fort.

Als sie schließlich einsah, daß dieses Mittel nichts helfen wollte, kam sie eines Tages, als sie auf ihren Mann wartete und er länger ausblieb als sonst, die Lust an, auf die Suche nach ihm zu gehen, und sie ging so lange von einer Kammer zur andern, bis sie ihn zuletzt in einer Hinterkammer in tiefem Schlaf neben der häßlichsten, schmutzigsten und widerlichsten Stubenmagd fand, die es im ganzen Hause gab.

Da fuhr ihr durch den Kopf, sie könnte ihn eigentlich lehren, was es hieß, eine so ehrbare Frau wie sie um einer so garstigen und schmierigen Schlampe willen zu verlassen, und sie holte Stroh, häufte es mitten in der Kammer auf und zündete es an. Da sie jedoch sah, daß der Rauch ihren Gatten beim Erwachen erstickt hätte, zerrte sie ihn am Arm und schrie: »*Feurio! Feurio!*« Wenn nun ihr Gatte tief beschämt und betrübt war, daß er von seiner ehrbaren Frau bei einem solch schmutzigen Weibsstück ertappt worden war, so hatte er auch allen Grund dazu. Da sprach seine Frau zu ihm: »Herr, ich habe ein Jahr lang versucht, Euch durch Sanftmut und Geduld Eurem unseligen Luderleben zu entreißen und Euch klarzumachen, daß Ihr nicht nur mit äußerlichem Waschen, sondern auch mit einer innerlichen Reinigung an Eure Besserung herangehen solltet. Doch dann habe ich gesehen, daß alles, was ich tat, nichts fruchtete, und ich habe zu dem Element gegriffen, das allem ein Ende bereitet. Ich versichere Euch aber, Herr, wenn dies Feuer Euch nicht bessert, so weiß ich nicht, ob ich Euch ein andermal aus der Gefahr erretten kann, wie ich's jetzt tat. Ich flehe Euch an, bedenkt, daß es keine größere Verzweiflung gibt als die Liebe, und hätte ich nicht Gott vor Augen gehabt, ich hätte nicht aushalten können, was ich erduldete.«

Der Gatte, der heilfroh war, daß er so leichten Kaufs davonkam, versprach ihr hoch und heilig, er werde ihr nie wieder Anlaß geben, sich seinetwegen zu härmen, und die Frau glaubte es ihm nur allzugern und jagte im Einverständnis mit ihrem Gatten aus dem Hause, was ihr Mißfallen erregt hatte. Und von Stund an lebten sie in solch einträchtiger Liebe zusammen, daß selbst die vergangenen Sünden um des Glücks willen, das aus ihnen entstanden war, ihr Behagen noch erhöhten.

»Ich bitte euch inständig, meine Damen, wenn Gott euch solche Ehemänner gibt, verzweifelt nicht, bis ihr durch lange Zeit alle Mittel versucht habt, sie zu bessern. Denn der Tag hat vierundzwanzig Stunden, in denen ein Mann andern Sinnes werden kann; und eine Frau muß sich glücklicher schätzen, wenn sie ihren Gatten durch Geduld und langmütiges Harren gewonnen hat, als wenn das Schicksal und ihre Eltern ihr einen vollkommeneren gäben.«

»Da habt ihr«, sprach Oisille, »ein treffliches Beispiel, das allen verheirateten Frauen nützen mag.«

»Es mag dieses Beispiel befolgen, wer will«, erwiderte Parlamente, »ich könnte jedenfalls nicht so lange Geduld üben; denn obzwar in jeder Lebenslage Geduld eine schöne Tugend ist, so meine ich doch, daß sie in der Ehe schließlich zur Feindschaft führen muß. Leidet man nämlich Schimpf von seinesgleichen, so hält man sich notgedrungen so weit wie nur möglich von ihm fern, und aus dieser Entfremdung entsteht dann eine gewisse Verachtung für den Fehltritt des Treulosen. In dieser Verachtung schwindet nach und nach die Liebe dahin; denn man liebt eine Sache nur so weit, als man sie werthält.«

»Doch besteht die Gefahr«, meinte Ennasuitte, »daß eine ungeduldige Frau einen aufbrausenden und zornsprühenden Mann findet, der ihr keine Geduld eingibt, sondern Herzeleid bereitet.«

»Was könnte ein Mann seiner Frau noch mehr zuleide tun«, fragte Parlamente, »als was in dieser Geschichte erzählt worden ist?«

»Was?« begehrte Ennasuitte auf. »Er könnte sie windelweich prügeln, sie auf dem Schragen der Magd schlafen lassen und sein Liebchen dafür im breiten Ehebett unterbringen.«

»Ich glaube«, sagte nun Parlamente, »eine rechtschaffene Frau würde sich nicht so sehr darüber grämen, daß sie aus Zorn Schläge bekommen hat, wie es sie bekümmerte, wenn sie um einer anderen willen, die ihr das Wasser nicht reichen kann, mißachtet würde. Und hat sie erst den Schmerz um das Dahinschwinden einer solchen Liebe ertragen, dann vermag ihr Gatte nichts mehr zu tun, was sie noch tiefer bekümmern könnte. Auch berichtet ja die Geschichte, daß sie die Mühe, die sie sich's kosten ließ, ihn von seinem schlechten Lebenswandel abzubringen, aus Liebe zu ihren Kindern auf sich nahm, und das will ich gern glauben.«

»Findet Ihr, es sei sehr geduldig von ihr gewesen«, wandte Nomerfide ein, »daß sie unter dem Bett, in dem ihr Gatte schlief, Feuer legte?«

»Jawohl«, entgegnete Longarine; »denn als sie den Rauch sah, weckte sie ihn ja auf, und vielleicht war das ein großer Fehler. Von solchen Ehemännern wie ihm taugt die Asche vortrefflich zur Wäsche.«

»Ihr habt kein Herz, Longarine«, schalt Oisille, »und doch habt Ihr mit Eurem Gatten nicht auf diesem Fuß gelebt.«

»Nein«, erwiderte Longarine, »denn Gott sei Dank hat er mir nie Anlaß dazu geboten. Vielmehr gab er mir allen Grund, mein Leben lang um ihn zu trauern, statt mich über ihn zu beschweren.«

»Und wenn er mit Euch so umgesprungen wäre«, wollte Nomerfide wissen, »was hättet Ihr dann getan?«

»Ich hatte ihn so lieb«, versetzte Longarine, »daß ich glaube, ich hätte ihn getötet und dann Selbstmord begangen; denn nach einer solchen Rache zu sterben wäre mir angenehmer gewesen, als mit einem Treulosen treu und bieder weiterzuleben.«

»Soviel ich sehe«, wandte Hircan ein, »liebt ihr eure Ehemänner nur euretwegen. Sind sie so, wie ihr sie haben wollt, dann liebt ihr sie zärtlich, und verfehlen sie sich gegen euch auch nur im geringsten, so haben sie eines Samstags wegen die ganze Woche umsonst gearbeitet. So wollt ihr also die Herrinnen spielen. Was mich betrifft, so soll mir's ja recht sein, wofern nur alle Ehemänner einverstanden sind.«

»Es ist richtig«, erklärte Parlamente, »daß der Mann uns als unser Herr und Haupt leitet und befiehlt; nicht richtig aber ist es, wenn er uns verläßt oder schlecht behandelt.«

»Gott hat das sehr weise eingerichtet, für den Mann so gut wie für die Frau«, sagte Oisille, »und wenn man keinen Mißbrauch damit treibt, halte ich den Ehestand für den schönsten und sichersten Stand, den es auf der Welt gibt. Ich bin zudem gewiß, daß alle, die hier sind, was für eine Miene sie auch dazu ziehen mögen, derselben Ansicht sind wie ich. Und in dem Maß, wie der Mann sich für klüger ausgibt als die Frau, wird er auch ärger getadelt, wenn der Fehler auf seiner Seite liegt. Doch jetzt haben wir dieses Thema genug erörtert, und wir wollen hören, wem Dagoucin seine Stimme gibt.«

»Ich gebe sie Longarine«, erwiderte er.

»Damit macht Ihr mir große Freude«, antwortete sie; »denn ich weiß eine Geschichte, die würdig ist, auf die Eure zu folgen. Da wir nun aber dabei sind, die tugendhafte Geduld der Damen zu preisen, will ich euch von einer Frau erzählen, die noch lobenswerter ist als die, von der jetzt eben die Rede war, und sie ist um so höher zu achten, als sie eine Städterin war, die ja gewöhnlich nicht so züchtig aufwachsen wie die andern.«

S. Freudeberg, inv. Rbet. Thiebault. Sculp

## Achtunddreissigste Geschichte

*Eine Bürgersfrau aus Tours vergilt ihrem Mann seine üble Behandlung mit so viel Liebe, daß er seine Geliebte verläßt und reumütig zu seiner Frau zurückkehrt*

In der Stadt Tours lebte eine schöne und ehrbare Bürgersfrau, die um ihrer Tugenden willen von ihrem Gatten nicht nur geliebt, sondern auch geachtet wurde. Trotzdem verliebte er sich, da die Männer nun einmal haltlos sind und ihnen das gute Hausbrot mit der Zeit verleidet wird, in eine seiner Pächtersfrauen. Oft begab er sich von Tours fort und besuchte seinen Meierhof, wo er jedesmal zwei oder drei Tage blieb; und wenn er nach Tours zurückkam, war er immer so gerädert und zerschlagen, daß seine arme Frau alle Hände voll zu tun hatte, bis sie ihn wieder gesund gepflegt hatte. Sowie er aber munter war, kehrte er an den Ort zurück, wo er über der Lust, die er genoß, all seine Leiden vergaß.

Seine Frau, der sein Leben und seine Gesundheit über alles gingen, sah ihn gewöhnlich in diesem üblen Zustand heimkehren, und so machte sie sich eines schönen Tages nach dem Meierhof auf, wo sie die junge Frau traf. Sie sagte zu ihr ohne Zorn, doch mit freundlicher Festigkeit, sie wisse wohl, daß ihr Gatte sie häufig besuche, daß sie damit aber gar nicht zufrieden sei, denn sie behandle ihn so schlecht, daß er jedesmal ganz zerschlagen heimkomme. Die arme Pächtersfrau konnte sowohl aus Ehrerbietung gegen ihre Herrin wie auch um der Wahrheit willen dies nicht bestreiten und bat sie herzlich um Verzeihung.

Da begehrte die Dame das Bett und die Kammer zu sehen, wo ihr Mann schlafe, und sie fand alles so schlecht imstande, daß es sie jammerte. Unverweilt ließ sie ein weiches Bett holen mit Laken, Decke und Steppdecke, wie ihr Mann es liebte. Sie ließ auch die Kammer ausschmükken und mit Wandteppichen behängen, gab der Frau schönes Geschirr, damit sie ihm darin auftischen konnte, sorgte auch für ein Fäßchen guten Wein, für Schleckereien und eingemachte Früchte und bat die Pächtersfrau inständig, sie möge ihr doch ihren Gatten nie wieder so lendenlahm heimschicken.

Der Gatte kehrte bald darauf, wie es seine Gewohnheit war, dorthin zurück und besuchte seine Pächterin. Als er aber ihre armselige Wohnung so schön hergerichtet und sauber fand, wunderte er sich nicht wenig, und als sie ihm in einem silbernen Becher zu trinken vorsetzte, staunte er noch viel mehr und fragte sie, woher sie denn all diesen Reichtum habe. Da erzählte ihm die arme Frau unter Tränen, das habe seine Frau so gewünscht; sie habe so großes Erbarmen mit seiner schlechten Unterkunft gehabt, daß sie ihr Häuschen so ausgestattet und ihr seine Gesundheit aufs Herz gebunden habe.

Da erkannte er die große Güte seiner Frau, die ihm alle üblen Streiche mit soviel Güte vergalt, und sein Vergehen kam ihm ebenso groß vor wie der liebevolle Streich, den ihm seine Frau gespielt hatte. Er gab seiner Pächtersfrau Geld, bat sie, künftig wieder ein ehrbares Leben zu führen, und kehrte zu seiner Frau heim, der er seine Schuld bekannte; er sagte ihr auch, ohne ihre große Sanftmut und Güte wäre es ihm nicht möglich gewesen, jemals das Leben aufzugeben, das er geführt habe. Und seither lebten sie im schönsten Frieden miteinander und ließen alles, was vergangen war, vergangen sein.

»Glaubt mir, meine Damen, es gibt nur wenig Ehemänner, die Geduld und Liebe einer Frau auf die Dauer nicht zu gewinnen vermöchten, oder sie müßten härter sein als ein Stein, den doch das schwache und weiche Wasser mit der Zeit auszuhöhlen vermag.«

Da sprach Parlamente: »Das heiß ich eine Frau ohne Herz und Galle und Leber.«

»Was wollt Ihr?« erwiderte Longarine, »sie führte Gottes Gebot aus: denen Gutes tun, die Böses verüben.«

»Ich denke«, erklärte Hircan, »sie war in einen Franziskaner verliebt, der ihr als Buße auferlegt hatte, ihren Mann so sehr auf dem Lande verhätscheln zu lassen, daß sie, während er sich dort gütlich tat, Muße hatte, ihn in der Stadt zu verwöhnen!«

»Hört nur«, tadelte ihn Oisille, »da sieht man wieder, wie böse Euer Herz ist. Eine gute Tat beurteilt Ihr abscheulich schlecht. Ich glaube eher, sie ging so vollkommen in der Liebe Gottes auf, daß sie sich nur noch um das Seelenheil ihres Gatten kümmerte.«

»Mir scheint«, sagte Symontault, »er hatte mehr Grund, zu seiner Frau zurückzukehren, als er noch auf seinem Meierhof fror, denn später, als er sich's dort so wohlsein lassen konnte.«

»Wie ich sehe«, sprach Saffredent, »seid Ihr nicht der Ansicht eines reichen Parisers; der hätte seine warme Kleidung nicht missen können, wenn er mit seiner Frau schlief, sonst hätte er sich erkältet. Wenn er aber seine Stubenmagd im Keller aufsuchte, mitten im Winter und ohne Nachtmütze und Schuhe, dann holte er sich nie einen Schnupfen oder Husten, und doch war seine Frau bildschön und seine Stubenmagd recht häßlich.«

»Habt Ihr noch nie gehört«, sagte Geburon, »daß Gott

immer den Narren, den Verliebten und Trunkenbolden beisteht? Vielleicht war jener alles in einer Person.«

»Möchtet Ihr daraus folgern«, sprach Parlamente, »daß Gott den Weisen, den Keuschen und Nüchternen schaden will? Wer sich selber helfen kann, braucht keine Hilfe. Denn er, der gesagt hat, er sei für die Kranken gekommen und nicht für die Gesunden, ist zu uns herabgestiegen aus Barmherzigkeit, um unserer Schwachheit Hilfe zu bringen, und hat die Urteile seiner harten Gerechtigkeit umgestoßen. Wer sich für weise hält, ist vor Gott ein Tor. Doch machen wir unseren frommen Reden ein Ende. Wem gibt Longarine ihre Stimme?«

»Ich gebe sie Saffredent«, sprach sie.

»Ich hoffe also«, sagte Saffredent, »euch durch ein Beispiel zu beweisen, daß Gott mitnichten die Verliebten begünstigt, denn wiewohl, meine Damen, früher hier gesagt worden ist, daß das Laster Frauen und Männern gemeinsam sei, so wird doch eine List rascher und geschickter von einer Frau ausgeheckt als von einem Mann, und dafür will ich euch jetzt ein Beispiel anführen.«

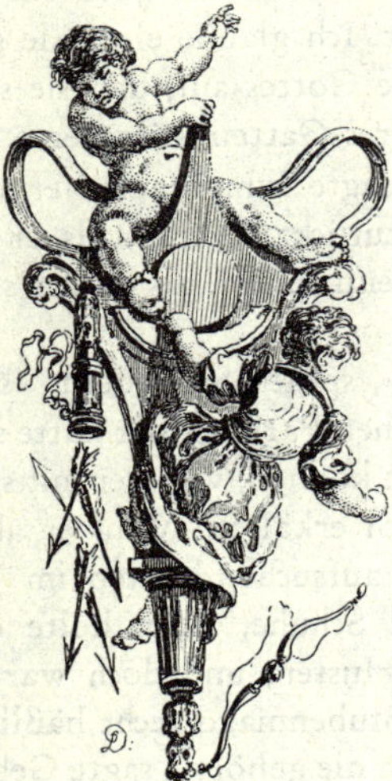

S. Freudenberg, inv. Ebet. Thiebault, Sculp.

Dunker. 1780

## Neununddreissigste Geschichte

*Der Herr von Grignaulx befreit sein Haus von einem Poltergeist, der seine Frau so arg gequält hatte, daß sie volle zwei Jahre nicht mehr darin wohnen wollte*

Ein Herr von Grignaulx, der Ehrenritter der Königin Anna von Frankreich, Herzogin der Bretagne, war, kehrte in sein Haus zurück, von dem er mehr als zwei Jahre abwesend gewesen war, und fand seine Frau auf einem andern Landgut, das ganz in der Nähe lag. Als er sie nach dem Grund fragte, erklärte sie ihm, in ihrem Hause gehe ein Geist um, der sie so arg plage, daß kein Mensch mehr dort wohnen möge. Herr von Grignaulx, der nicht an solche Ammenmärchen glaubte, gab ihr zur Antwort, selbst wenn es der leibhaftige Gottseibeiuns wäre, würde er sich nicht vor ihm fürchten, und nahm seine Frau mit nach Hause. In der Nacht ließ er zahlreiche Kerzen anzünden, um diesen Geist deutlicher zu sehen. Und nachdem er lange gewacht hatte, ohne etwas zu hören, schlief er endlich ein. Doch alsbald wurde er durch eine mächtige Maulschelle wieder aufgeweckt, die er auf die Backe erhielt, und er hörte eine Stimme schreien: »*Brenigne! Brenigne!*« – so hatte seine Großmutter geheißen.

Da rief er der Kammerfrau, die bei ihnen schlief, sie solle ein Licht anzünden, denn alle Kerzen waren erloschen. Doch sie wagte nicht aufzustehen. Im nächsten Augenblick spürte der Herr von Grignaulx, wie seine Bettdecke sich hob und weggezogen wurde, und er hörte ein lautes Gepolter von Tischen, Gestellen und Schemeln, die in der Kammer herumgeworfen wurden. Dieser Lärm dauerte bis zum Morgengrauen. Herr von Grignaulx ärgerte sich weit mehr darüber, daß er seine Nachtruhe nicht hatte finden können, als daß er etwa Angst vor dem Gespenst gehabt hätte; denn er glaubte keinen Augenblick, es sei da ein Geist am Werke.

In der darauffolgenden Nacht entschloß er sich, den Spukgeist zu fassen, und kurz nachdem er zu Bett gegangen war, tat er, als schnarche er aus Leibeskräften, und legte seine Hand offen und zum Zupacken bereit neben sein Gesicht. Während er so auf das Gespenst wartete, spürte er, wie etwas auf ihn zukam; darum schnarchte er noch lauter, als er's bisher getan hatte. Das machte den Geist so zutraulich, daß er ihm eine heftige Maulschelle verabreichte. Doch im selben Augenblick packte der Herr von Grignaulx die Hand, die er noch auf seinem Gesicht fühlte, und rief seiner Gattin zu: »Ich halte den Geist!« Sie stand flugs auf und machte Licht, und da fanden sie, daß es die Kammerfrau war, die in ihrem Zimmer nächtigte. Sie sank vor ihnen auf die Knie, bat sie um Verzeihung und versprach, ihnen die Wahrheit zu bekennen.

Da erfuhren sie, daß die Kammerfrau schon lange eine Liebschaft mit einem Bedienten des Hauses hatte, und das hatte sie auf den Gedanken gebracht, diesen Spuk aufzuführen, um ihren Herrn samt der Herrin aus dem Hause zu vertreiben, damit sie beide, denen allein die Aufsicht über das Haus anvertraut war, nach Herzenslust miteinander kosen könnten. Das taten sie denn auch, sobald sie allein im Hause waren.

Der Herr von Grignaulx, der ein recht ungehobelter Geselle war, befahl, sie sollten eine solche Tracht Prügel beziehen, daß sie ihr Lebtag an den Poltergeist denken würden. So geschah's, und dann wurden sie aus dem Hause gejagt. Auf diese Weise wurde das Haus von der Plage des Poltergeistes befreit, der zwei Jahre lang dort gespukt hatte.

»Es ist schon erstaunlich, meine Damen, wenn man bedenkt, was dieser mächtige Gott Amor alles vermag und wie er den Frauen jede Furcht benimmt und sie lehrt, den Menschen alle erdenkliche Drangsal anzutun, damit sie an ihr Ziel gelangen. Doch so tadelnswert die Absicht der Kammerfrau war, so sehr ist dafür der gesunde Verstand ihres Herrn zu loben, der wohl wußte, daß so ein Geist, ist er einmal verjagt, weggeht und nicht wiederkommt.«

»Wahrhaftig«, sagte Geburon, »für diesmal war Amor dem Diener und der Zofe nicht hold, und ich muß gestehen, der gesunde Verstand des Herrn war ihm recht dienlich.«

»Immerhin«, meinte Ennasuitte, »lebte die Zofe dank ihrer List lange Zeit im siebten Himmel.«

»Das ist ein recht unseliger Himmel«, spottete Parlamente, »wenn er auf Sünde gegründet ist und mit schandbarer Strafe ein Ende nimmt.«

»Das ist freilich wahr, Madame«, erwiderte Ennasuitte, »aber manche Leute kostet es viel Schmerz und Mühsal, wenn sie ehrenhaft und rechtschaffen leben wollen, und sie sind nicht schlau genug, sich in ihrem Leben soviel Lust zu verschaffen wie diese beiden hier.«

»Trotzdem bin ich der Ansicht«, erklärte Oisille, »daß es keine vollkommene Lust gibt, wo das Gewissen nicht ruhig ist.«

»Wie?« rief Symontault, »kein Italiener will sich's nehmen lassen: je größer die Sünde, desto vergnüglicher sei sie.«

»Fürwahr«, widersprach Oisille, »wer sich dieses Sprichwort ausgedacht hat, ist selbst ein wahrer Teufel. Lassen wir ihn darum bei seiner Meinung, und hören wir lieber, wem Saffredent seine Stimme gibt.«

»Wem?« versetzte der. »Außer Parlamente sind wir alle an der Reihe gewesen. Aber wären auch noch hundert andere da, ihr würde ich doch meine Stimme geben, denn von ihr können wir alle lernen.«

»Da ich nun also den Tag beschließen soll«, sprach Parlamente, »und da ich euch gestern versprochen habe, euch den Anlaß zu berichten, weshalb Rolandines Vater einst das Schloß erbauen ließ, in dem er sie so lange gefangenhielt, so will ich euch jetzt diese Geschichte erzählen.«

S. Freudenberg. inv. — J. L. Le Roy. Sculp.

## Vierzigste Geschichte

*Die Schwester des Grafen von Jossebelin vermählt sich ohne Wissen ihres Bruders mit einem Edelmann, den jener umbringen läßt, obwohl er ihn sich oft als Schwager gewünscht hatte, wäre er nur aus ebenbürtigem Hause gewesen; danach verbringt sie in großer Langmut und strenger Selbstüberwindung den Rest ihrer Tage in einer Einsiedelei*

Der hochmögende Herr, Rolandines Vater, Graf von Jossebelin mit Namen, hatte mehrere Schwestern, von denen die einen reich verheiratet waren und die andern als Nonnen im Kloster lebten; nur eine blieb unvermählt in seinem Haus. Diese war unvergleichlich schöner als alle andern, und ihr Bruder liebte sie so sehr, daß ihm Frau und Kinder nicht so ans Herz gewachsen waren wie sie.

So wurde sie denn auch von vielen vornehmen Freiern zur Frau begehrt; doch aus Angst, sie zu verlieren, und auch weil er zu sehr an seinem Geld hing, wollte er nie etwas davon wissen. Deshalb blieb sie den größten Teil ihres Lebens ledig und lebte züchtig und ehrbar im

Haus ihres Bruders. Dort wohnte auch ein junger, schöner Edelmann, der von Kindesbeinen an in diesem Hause erzogen worden war und, als er heranwuchs, so an Schönheit und edler Art zunahm, daß er seinen Herrn ganz unmerklich zu lenken verstand. Das ging so weit, daß jener, sooft er seiner Schwester etwas zu bestellen hatte, stets diesen Junker zu ihr schickte. Er räumte ihm so viel Einfluß und vertrauten Umgang ein, indem er ihn morgens und abends zu seiner Schwester entsandte, daß sich mit der Zeit infolge dieses häufigen Verkehrs zwischen den beiden eine enge Freundschaft anspann.

Da aber der Junker für sein Leben fürchtete, wenn er je seinen Herrn kränkte, das Fräulein aber für ihre Ehre bangte, gönnten sie sich in ihrer Liebe kein anderes Glück als die Freude, die ihnen aus ihren Gesprächen entstand, bis der Herr von Jossebelin öfters zu seiner Schwester sagte, er gäbe viel darum, wäre der Junker aus ebenbürtigem Geschlecht; denn noch nie habe er einen Mann gesehen, den er lieber zum Schwager gehabt hätte als diesen. Er wiederholte solche Reden so oft, daß sie darüber mit dem Junker sprach, und sie kamen zu dem Schluß, wenn sie miteinander die Ehe eingingen, würde man ihnen das gewiß leicht verzeihen. Die Liebe, die ja gerne glaubt, was sie ersehnt, ließ sie annehmen, daß ihnen daraus nur Gutes erwachsen könne, und in dieser Hoffnung beschlossen und vollzogen sie die Vermählung, ohne daß jemand etwas davon wußte außer einem Priester und etlichen Kammerfrauen.

Nachdem sie ein paar Jahre als das schönste Paar der ganzen Christenheit in der Lust verbracht hatten, die Mann und Weib in der Ehe miteinander erleben können, und in vollkommener Eintracht und Liebe ihr Glück genossen hatten, wollte jedoch Fortuna, die voll Neid sah, wie die beiden Menschen so über alle Maßen froh und beglückt waren, ihre Seligkeit nicht länger dulden und schickte ihnen einen Feind, der dem Fräulein auflauerte und ihr großes Glück entdeckte, ohne freilich um ihre Heirat zu wissen. Er begab sich zu Herrn von Jossebelin und hinterbrachte ihm, der Junker, dem er solches Vertrauen schenke, suche allzu häufig die Kammer seiner Schwester auf, und zwar zu Stunden, da es für Männer nicht statthaft sei, sie zu betreten. Das glaubte ihm der Herr von Jossebelin zuerst nicht, so großes Vertrauen setzte er in seine Schwester und den Junker.

Aber der andere ließ nicht locker und wiederholte seine Anklage so oft, beteuerte auch, er habe dabei einzig die Ehre des Hauses im Auge, daß man den beiden auflauerte und die Ärmsten, die an nichts Böses dachten, ertappt wurden. Eines Nachts nämlich erhielt Herr von Jossebelin Kunde, der Junker weile bei seiner Schwester; er begab sich also eilends dorthin und fand die beiden armen, von Liebe verblendeten Menschen beisammen im Bett liegen. Vor Zorn brachte er kein Wort hervor, sondern lief nur mit gezücktem Degen dem Junker nach und wollte ihn erstechen. Doch dieser war flink und behend und entkam im bloßen Hemd, und da er nicht durch die Tür entweichen konnte, sprang er durch ein Fenster in den Garten hinab.

Das unglückliche Fräulein warf sich, nur mit ihrem Hemd bekleidet, ihrem Bruder zu Füßen und bat: »Herr, rettet meinem Mann das Leben, denn ich bin mit ihm vermählt; und wenn Euch das kränkt, dann straft nur mich allein, weil er, was geschehen ist, nur auf meine Bitten hin getan hat.«

Doch ihr Bruder war außer sich vor Wut und antwortete ihr nur: »Ist er auch hunderttausendmal Euer Gemahl, so werde ich ihn dennoch als einen hinterlistigen Diener bestrafen, der mich getäuscht hat!«

Mit diesen Worten trat er ans Fenster und rief laut, man solle den Junker töten. Das geschah auf seinen Befehl unverzüglich und vor seinen und den Augen seiner Schwester. Als sie dieses jammervolle Schauspiel sah, das keine Bitten hatten abwenden können, sprach sie wie von Sinnen zu ihrem Bruder: »Bruder, ich habe nicht Vater noch Mutter und bin alt genug, daß ich mich vermählen kann, wie und mit wem ich will. Ich habe den Mann erwählt, von dem Ihr schon so oft gesagt habt, Ihr wünschtet ihn mir als Gatten. Und da ich nun auf Eueren Rat getan habe, was ich dem Gesetz gemäß auch ohne Eure Zustimmung hätte tun können, habt Ihr den Mann umbringen lassen, den Ihr auf der ganzen Welt am meisten geliebt habt! Da ihn aber mein Flehen nicht vor dem Sterben bewahren konnte, bitte ich Euch kniefällig bei all der Liebe, die Ihr mir jemals entgegengebracht habt, gebt auch mir den Tod, damit ich gemeinsam mit ihm sterbe, wie ich auch im Leben Freud und Leid mit ihm geteilt habe. Auf diese Weise könnt Ihr Euren grausamen und ungerechten Zorn befriedigen und zugleich meinem Leib und meiner Seele Ruhe schenken; denn ich will und kann nicht leben ohne ihn.«

Obschon ihr Bruder vor Wut schier den Verstand verloren hatte, hatte er doch so viel Erbarmen mit seiner Schwester, daß er sie, ohne ihr ihre Bitte zu gewähren oder abzuschlagen, in Frieden ließ. Nachdem er lange erwogen hatte, was er da angerichtet hatte, und als er zudem hörte, daß der Junker mit seiner Schwester vermählt gewesen war, hätte er wohl viel darum gegeben, ein so unmenschliches Verbrechen nicht begangen zu haben. So kam es, daß ihn die Furcht, seine Schwester könnte Gerechtigkeit oder gar Rache heischen, bewog, mitten im Wald ein Schloß zu erbauen, wo er sie gefangenhielt und wo kein Mensch mit ihr sprechen durfte.

Geraume Zeit später versuchte er, um sein Gewissen zu beschwichtigen, sie wieder zu versöhnen, und ließ ihr eine Heirat antragen. Aber sie gab ihm zur Antwort, er habe ihr ein so übles Frühstück zugerichtet, daß ihr die Lust nach einem ebensolchen Nachtmahl gründlich vergangen sei. Auch hoffe sie so zu leben, daß er nicht zum Mörder ihres zweiten Gatten werde. Denn sie vermöge unmöglich zu glauben, daß er einem andern verzeihen könnte, was er dem Mann, den er auf der

Welt am meisten geliebt habe, so schlecht vergolten habe. Obwohl sie schwach und ohnmächtig sei, dafür Rache zu nehmen, so hoffe sie doch auf Gott, der ein wahrer Richter sei und keine Missetat ungesühnt lasse; mit ihm allein wolle sie den Rest ihres Lebens in Abgeschiedenheit verbringen. Das tat sie auch; denn bis zu ihrem Hinscheiden rührte sie sich nicht aus diesem Schloß und lebte in solcher Strenge und Geduld, daß nach ihrem Tode jedermann dort hinpilgerte wie zum Grabmal einer Heiligen.

Nachdem sie dahingeschieden war, verfiel das Haus ihres Bruders so rasch, daß von seinen sechs Söhnen nicht einer übrigblieb, und sie nahmen alle ein übles Ende. Schließlich fiel die Erbschaft, wie ihr in der früheren Geschichte bereits gehört habt, seiner Tochter Rolandine zu, die ihrer Tante auch schon in das Gefängnis nachgefolgt war, das für sie erbaut worden war.

»Ich bitte Gott, meine Damen, dieses Beispiel möge euch so nützlich sein, daß keine von euch je die Lust ankommt, sich zu ihrem Vergnügen und ohne Zustimmung derer, denen man Gehorsam schuldet, zu vermählen. Denn die Ehe ist ein Stand von so langer Dauer, daß man ihn nicht leichtfertig erwählen soll, noch ohne zuvor Rat und Ansicht seiner nächsten Freunde und Angehörigen einzuholen. Und auch dann kann man es noch so klug anstellen, wie man will, man wird zumindest ebensoviel Leid wie Freude erleben.«

»Auf mein Wort«, sagte Oisille, »gäbe es nicht Gott und die Gesetze, um die Mädchen zu lehren, fügsam zu sein, so würde ihnen dieses Beispiel zur Genüge Achtung und Ehrfurcht vor ihren Verwandten eingeben, damit sie sich nicht einfach nach Lust und Laune verheiraten.«

»Und doch, Madame«, wandte Nomerfide ein, »wer im Jahr nur einen guten Tag erlebt hat, bleibt nicht sein Leben lang unglücklich. Das Fräulein hat das Glück erlebt, daß sie lange den Mann, den sie mehr als sich selbst liebte, sehen und mit ihm Zwiesprache halten konnte. Und hernach durfte sie durch ihre Heirat mit ihm die Wonnen des Ehestandes genießen, ohne daß ihr das Gewissen schlug. Dieses Glück dünkt mich so groß, daß es meines Erachtens bei weitem das Leid aufwiegt, das ihr später daraus erwuchs.«

»Ihr wollt also sagen«, versetzte Saffredent, »daß die Wonne, die die Frauen verspüren, wenn sie mit einem Ehemann schlafen, größer ist als ihr Mißvergnügen, wenn sie sehen müssen, wie er vor ihren Augen niedergestochen wird.«

»Das möchte ich nicht behaupten«, erwiderte Nomerfide; »denn dann spräche ich ja gegen alle Erfahrung, die ich mit Frauen gemacht habe; sondern ich meine, ein so ungewohntes Glück wie die Freude, den Mann zu heiraten, den man auf der Welt am liebsten hat, muß größer sein als das Unglück, ihn durch den Tod zu verlieren; denn das ist doch etwas Alltägliches.«

»Ja«, meinte Geburon, »sofern er eines natürlichen Todes stirbt. Aber dieser Tod war allzu grausam; auf jeden Fall finde ich es merkwürdig, daß der Schloßherr, der doch weder ihr Vater noch ihr Gatte, sondern nur ihr Bruder war, eine solche Grausamkeit verüben konnte, zumal seine Schwester darüber hinaus in einem Alter stand, da die Gesetze den Mädchen erlauben, sich nach Belieben zu vermählen.«

»Mich nimmt das nicht wunder«, meinte Hircan; »denn er tötete ja nicht seine Schwester, die er so sehr liebte und über die er keine Gerichtsbarkeit besaß, sondern er vergriff sich an dem Junker, den er wie einen Sohn auferzogen und wie einen Bruder geliebt hatte. Und nachdem der sich in seinen Diensten bereichert und Ehre und Ansehen erworben hatte, betrieb er die Heirat mit seiner Schwester, und das gehörte sich nicht für ihn.«

»Allerdings ist es weder alltäglich«, sagte Nomerfide, »noch üblich, daß eine Frau aus so vornehmem Hause aus Liebe einen Edelmann heiratet, der bei ihr in Diensten steht. Aber wenn sein Tod auch merkwürdig war, so genossen sie doch ein ganz neues Glück, das um so größer war, als alle Verständigen es verurteilten und nur die Seligkeit eines liebevollen Herzens und die Ruhe ihrer Seele es befürworteten, weil Gott dabei nicht beleidigt wurde. Was aber den Tod anlangt, den Ihr grausam nennt, so dünkt mich, wenn er nun einmal notwendig ist, dann ist der rascheste auch der beste; denn man weiß wohl, daß jeder unweigerlich einmal dahingehen muß. Aber ich schätze diejenigen glücklich, die nicht lange in den Vorstädten verweilen müssen und aus der Seligkeit, die allein auf dieser Welt *Seligkeit* genannt werden kann, jählings hinüberfliegen zu jener Seligkeit, die ewig währt.«

»Was heißt Ihr die Vorstädte des Todes?« fragte Symontault.

»Die viel Anfechtungen in ihrer Seele durchmachen«, antwortete Nomerfide, »auch die, die lange krank gewesen sind und durch unerträgliche körperliche oder seelische Schmerzen dazu gekommen sind, den Tod geringzuachten und zu finden, er säume allzu lange, die, meine ich, sind durch die Vorstädte hindurchgegangen; sie werden Euch die Rasthäuser nennen können, in denen sie mehr geschrien als geruht haben. Diese Dame mußte unausweichlich ihren Gatten durch den Tod verlieren, aber durch den Jähzorn ihres Bruders wurde sie davor bewahrt, ihren Gemahl lange Zeit dahinsiechen oder sich quälen zu sehen. Und da sie das Wohlleben, das sie mit ihm führte, aufgab und sich dem Dienste unseres Herrn im Himmel weihte, konnte sie sich selig preisen.«

»Rechnet Ihr den Schimpf, den man ihr antat, für nichts«, fragte Longarine, »und gilt Euch ihre Gefangenschaft gar nichts?«

»Ich bin der Ansicht«, versetzte Nomerfide, »daß ein Mensch, der vollkommen liebt, das heißt mit einer Liebe, die Gottes Gebot erfüllt, weder Schimpf noch

Unehre kennt, es sei denn, er versündige sich an der Vollkommenheit seiner Liebe oder erlahme darin. Denn die Seligkeit vollkommener Liebe kennt keine Scham noch Schande, und was die Gefangenschaft des Leibes jener Frau betrifft, so glaube ich, daß sie nichts davon spürte, war doch ihr Herz frei und mit Gott und ihrem Gatten vereint, so daß sie ihre Einsamkeit für die höchste Freiheit ansah; denn wer den geliebten Menschen nicht sehen kann, kennt kein größeres Glück, als unablässig an ihn zu denken. Kein Kerker ist eng, wenn sich die Gedanken nach Belieben darin ergehen können.«

»Was Nomerfide da gesagt hat, könnte freilich nicht wahrer sein«, meinte Symontault; »doch der Mann, der in seiner maßlosen Wut diese Trennung erzwungen hat, mußte sich in der Tat unglücklich nennen, denn er verging sich gegen Gott, Liebe und Ehre.«

»Offengestanden«, sagte Geburon, »ich staune, wie mancherlei Arten Liebe die Frauen kennen, und ich sehe wohl, daß diejenigen, die mehr Liebe ihr eigen nennen, auch größere Tugend besitzen. Die aber weniger Liebe haben, möchten sich gerne tugendhaft stellen und verhehlen ihr Gelüst.«

»Wahr ist«, pflichtete ihm Parlamente bei, »ein Herz, das aufrichtig gegen Gott und die Menschen ist, liebt stärker als ein sündhaftes und fürchtet nicht, daß man seine Absichten durchschaue.«

»Ich habe seit jeher sagen hören«, erklärte Symontault, »man dürfe die Männer nicht dafür tadeln, daß sie den Frauen nachstellen; denn Gott hat dem Mann Liebe ins Herz gesenkt und auch den kühnen Mut, um Gegenliebe anzuhalten, und ins Herz der Frauen hat er zaghafte Scheu und Keuschheit gelegt, die sie nötigen, sich zu verweigern. Wenn ein Mann, der die ihm verliehenen Kräfte genützt hat, dafür bestraft wird, so tut man ihm schweres Unrecht an.«

»Aber auffällig ist doch«, wandte Longarine ein, »daß er ihn so lange seiner Schwester gegenüber mit Lob bedacht hat! Mich will bedünken, wenn einer, der eine Quelle bewacht, ihr herrliches, klares Wasser einem andern rühmt, der davorsteht und vor Durst danach lechzt, ihn dann aber totschlägt, will jener davon trinken, so ist das von ihm töricht oder herzlos gehandelt.«

»Da habt Ihr recht«, bestätigte Parlamente. »Der Bruder war ja schuld. Er hat mit seinen süßen Worten das Feuer angefacht und durfte es hernach nicht mit Degenstichen auslöschen!«

»Ich wundere mich sehr«, sprach Saffredent, »warum man es einem schlichten Edelmann, der keine andere Gewalt angewendet hat als seine eifrige Werbung, der auch keinerlei Überredungskünste hat spielen lassen, so verargen konnte, daß er eine Frau aus vornehmem Hause heiratete, halten doch die weisen Philosophen dafür, der allergeringste Mann sei mehr wert als die vornehmste und tugendreichste Dame!«

»Ei, warum?« versetzte Dagoucin. »Weil man, um das Staatswesen in Frieden zu erhalten, lediglich auf das Ansehen und den Adel der Geschlechter, auf das Alter der betreffenden Personen und die Gesetzesvorschriften schaut, ohne überhaupt die Liebe und die guten Eigenschaften der Menschen zu erwägen, nur um das Königshaus nicht zu gefährden. Daher kommt es, daß Ehen, die nach dem Rat der Anverwandten und anderer Leute zwischen Ebenbürtigen geschlossen werden, oftmals zwei Menschen verbinden, die so verschieden in ihrem Empfinden, ihren Leidenschaften und ihrer Gemütsart sind, daß sie, statt in einen Stand einzutreten, der zum Heil führt, die Vorstädte der Hölle betreten.«

»Man hat aber auch erlebt«, wandte Geburon ein, »daß zwei, die sich aus Liebe heirateten und einander in ihrem Empfinden, ihren Leidenschaften und in ihrer Gemütsart völlig glichen, die auch nicht auf den Unterschied ihrer Häuser und Herkunft schauten, es doch später bitter bereuten; denn diese vorschnelle große Liebe verkehrt sich oft in Eifersucht und Raserei.«

»Mir scheint«, sagte Parlamente, »weder das eine noch das andere ist lobenswert; aber ich glaube auch, Menschen, die sich dem Willen Gottes unterwerfen, sehen nicht auf Ruhm und Ehre oder auf Geld und Sinnenlust, sondern wünschen aus tugendhafter Liebe und mit Zustimmung der Eltern und Verwandten im Stand der Ehe zu leben, wie Gott und die Natur es gebieten. Und obwohl jeder Stand sein Kreuz hat, habe ich diese Leute ein Leben ohne Reue führen sehen; und wir hier in diesem Kreise sind nicht so unglücklich, daß keiner von den Vermählten nicht dazuzählte.«

Hircan, Geburon, Symontault und Saffredent schworen, sie hätten sich in gleicher Absicht vermählt und hätten es noch nie zu bereuen gehabt. Doch was auch daran wahr sein mochte, so waren die Frauen, die es anging, darüber hoch erfreut, und da sie ihrer Ansicht nach nichts mehr hören konnten, was ihren Ohren angenehmer geklungen hätte, erhoben sie sich, um Gott in der Kirche dafür zu danken, wo die Mönche schon für die Vespermette bereit waren.

Als der Gottesdienst zu Ende war, begaben sie sich zum Nachtmahl und tauschten noch manchen Gedanken und manch kluges Wort über ihre Ehen, und dieses Gespräch währte den ganzen Abend; denn jeder erzählte von den Umständen, unter denen er um seine Frau geworben hatte. Weil aber einer dem andern in die Rede fiel, konnte man ihre Berichte nicht in ihrem vollen Umfang festhalten, obwohl sie nicht weniger vergnüglich niederzuschreiben gewesen wären als die Geschichten, die sie einander draußen auf der Wiese erzählten. Sie fanden so großes Vergnügen daran und vertrieben sich damit die Zeit so angeregt, daß die Stunde des Schlafengehens gekommen war, bevor sie dessen gewahr wurden.

Madame Oisille verließ die Gesellschaft, die so frohen Sinnes zu Bett ging, daß ich wohl glaube, die Verheirateten unter ihnen schliefen nicht so lange wie die andern, sondern plauderten zusammen über die früheren Zeiten ihrer Liebe und bewiesen einander mit der Tat, daß sie sich auch heute noch liebten wie ehemals.

So verging unmerklich die Nacht bis zum Anbruch des Morgens.

# DER FÜNFTE TAG

*Am fünften Tag unterhält man sich über die Mädchen und Frauen, denen mehr an ihrer Ehre gelegen war als an Sinnenfreude, auch über die, welche das Gegenteil getan haben, und erzählt von der Einfalt mehrerer anderer*

Als der Morgen gekommen war, bereitete ihnen Madame Oisille ein geistliches Frühmahl von so gutem Geschmack, daß es mehr nicht brauchte, ihnen Leib und Seele zu stärken. Alle lauschten aufmerksam ihren Worten, und es war ihnen, als hätten sie noch nie eine so lehrreiche Predigt gehört. Als sie dann den letzten Glokkenschlag vernahmen, der zur Messe rief, begaben sie sich in die Kirche und versenkten sich voll Andacht in die Betrachtung der heiligen Worte, die sie gehört hatten.

Nachdem sie die Messe gehört und sich ein Weilchen im Freien ergangen hatten, setzten sie sich zu Tisch und nahmen sich vor, der heutige Tag müsse mindestens ebenso schön verlaufen wie alle vorhergehenden. Saffredent erklärte sogar, er möchte, die Brücke würde noch einen Monat lang nicht wiedererrichtet, so wohl behage ihm das herrliche Faulenzerleben, das sie hier zusammen führten. Doch der Abt des Klosters trieb zur Eile an, denn ihm war es keineswegs ein Trost, unter so vielen ehrenfesten und hochherzigen Leuten zu leben, in deren Beisein er es nicht wagte, wie sonst seine Pilgerinnen zu sich kommen zu lassen.

Als sie sich nach dem Mittagsmahl ein wenig ausgeruht hatten, wandten sie sich wieder ihrem gewohnten Zeitvertreib zu. Nachdem jeder auf der Wiese seinen Sitz eingenommen hatte, fragten sie Parlamente, wem sie das Wort erteilen wolle.

»Mir scheint«, sagte sie, »Saffredent wird diesen Tag wohl recht vergnüglich beginnen; denn ich sehe es seinem Gesicht an, daß er uns kaum zu Tränen rühren wird.«

»Dann würdet ihr recht herzlos sein, meine Damen«, entgegnete Saffredent, »wenn ihr kein Mitleid mit einem Franziskaner hättet, dessen Geschichte ich euch jetzt erzählen will. Zwar könntet ihr nach den Geschichten, die manche von uns bisher über die Mönche zum besten gegeben haben, meinen, solcherlei Fälle seien den armen Frauenzimmern nur deshalb zugestoßen, weil sie leicht auszuführen waren und darum auch ohne Furcht vollbracht werden konnten. Damit ihr aber seht, daß ihre tolle Begierde sie verblendet und ihnen jegliche Scheu und kluge Überlegung benimmt, will ich euch erzählen, was sich mit einem Mönch in Flandern begeben hat.«

S. Freudenberg inv. J. Le Roy. Sculp.

## Einundvierzigste Geschichte

*In der Christnacht kommt ein Fräulein zu einem Franziskanermönch zur Beichte, und der erlegt ihr eine so seltsame Buße auf, daß sie sie nicht annehmen will und ohne Absolution weggeht. Ihre Herrin, die davon erfährt, läßt den Mönch in ihrer Küche auspeitschen und schickt ihn hernach gebunden und geknebelt zu seinem Oberen zurück*

In dem Jahr, da Madame Marguerite von Österreich im Auftrag ihres Neffen, des Kaisers, nach Cambray kam, um über den Frieden zwischen ihm und dem Allerchristlichsten König zu verhandeln, weilte dort in dessen Namen und Vertretung seine Mutter, Madame Louise von Savoyen. Im Gefolge der Madame Marguerite befand sich auch die Gräfin von Aiguemont, die in dieser erlauchten Gesellschaft den Ruf davontrug, sie sei die schönste aller Fläminnen. Als die hohe Versammlung auseinander ging, kehrte die Gräfin von Aiguemont auf ihr Schloß zurück, und da die Adventszeit gekommen war, schickte sie in ein Franziskanerkloster und bat, ihr einen frommen und hinlänglich beschlagenen Priester zu senden, der sowohl predigen als auch ihr und ihrem gesamten Hausgesinde die Beichte hören könne. Der Guardian wählte den aus, den er für den würdigsten hielt, dieses Amt zu versehen; denn das Kloster empfing große Wohltaten von den Häusern von Aiguemont und Fiennes, dem die Gräfin entstammte.

Also entsandten die Mönche, die vor allen andern Klöstern die Wertschätzung und Gewogenheit der mächtigen Häuser zu gewinnen trachteten, den tüchtigsten und berühmtesten Prediger ihres Stifts, der die ganze Adventszeit über trefflich seine Pflicht tat, so daß die Gräfin überaus zufrieden mit ihm war.

In der Christnacht verlangte es die Gräfin danach, den Leib des Herrn zu empfangen, und sie ließ ihren Beichtvater kommen. Nachdem sie ihm in einer abgeschlossenen Kapelle gebeichtet hatte, damit ihr Beichtgeheimnis noch besser gewahrt würde, überließ sie ihren Platz ihrer Ehrendame, die gleichfalls ihre Sünden bekannte und hernach ihre Tochter hinschickte, damit der wackere Beichtiger auch sie vornehme. Nachdem diese alles bekannt hatte, was sie bedrückte, erriet der fromme Vater manches von ihren heimlichen Gelüsten, und diese Erkenntnis erweckte in ihm allerlei sündige Gedanken und gab ihm die Kühnheit, ihr eine recht ungewohnte Buße aufzuerlegen. Er sprach zu ihr: »Meine Tochter, Eure Sünden sind so groß, daß ich Euch, um sie Euch vergeben zu können, als Buße auferlege, meinen Strick um Eueren nackten Leib zu tragen.« Das Fräulein, das ihm nicht den Gehorsam verweigern wollte, antwortete ihm: »Gebt ihn mir nur, ehrwürdiger Vater, ich werde nicht versäumen, ihn zu tragen.«

»Meine Tochter«, versetzte nun der fromme Pater, »die Buße wäre nicht wirksam, wenn Ihr Euch den Strick mit Euren Händen umbinden wolltet. Nein, ich muß Euch mit meinen eigenen Händen, von denen Ihr die Absolution empfangen sollt, damit erstmals gürten. Alsdann werdet Ihr von all Euren Sünden losgesprochen sein.«

Unter Tränen gab ihm das Mädchen zur Antwort, das werde sie nimmermehr zulassen. »Wie?« schalt der Beichtiger, »seid Ihr denn eine Ketzerin, daß Ihr Euch weigert, die Buße auf Euch zu nehmen, die Gott und unsere heilige Mutter, die Kirche, verordnet haben?«

»Ich gehe zur Beichte«, erwiderte das Mädchen, »wie es die Kirche befiehlt, und will gerne die Absolution empfangen und Buße tun; aber ich will nicht, daß Ihr dabei Eure Hand im Spiel habt; denn diese Eure Art von Buße verweigere ich.« – »So kann ich Euch auch nicht die Absolution erteilen«, versetzte der Beichtvater.

Das Fräulein erhob sich von ihrem Platz vor ihm mit arg unruhigem Gewissen; denn sie war noch so jung, daß ihr bange war, sie habe erneut gesündigt, als sie dem Pater widersprach.

Als die Gräfin von Aiguemont nach der Messe das Corpus Domini empfing, wollte ihre Ehrendame nach ihr auch zum Tisch des Herrn gehen und fragte ihre Tochter, ob sie bereit sei. Weinend gab ihr die Tochter zur Antwort, sie habe nicht gebeichtet. »Ei, was habt Ihr denn so lange bei dem Priester gemacht?« fragte die Mutter. – »Nichts«, erwiderte die Tochter; »denn ich habe die Buße, die er mir auferlegte, nicht angenommen, und da hat er mir die Absolution verweigert.«

Da drang die Mutter vorsichtig weiter in sie und erfuhr so von der sonderbaren Buße, die der fromme Pater ihrer Tochter hatte auferlegen wollen. Sie schickte sie darauf zu einem anderen Priester zur Beichte, und danach empfingen sie alle gemeinsam den Leib des Herrn. Als die Gräfin aus der Kirche kam, beklagte sich die Ehrendame über den Priester. Die Gräfin war darüber sehr erstaunt und aufgebracht, denn sie hatte von ihm eine gute Meinung gehabt. Aber trotz ihrem Zorn mußte sie über diese neuartige Buße laut lachen. Das Lachen hielt sie allerdings auch nicht ab, ihn festnehmen und in ihrer Küche gehörig auspeitschen zu lassen, und als man ihn lange genug mit Ruten gestrichen hatte, bekannte er schließlich die Wahrheit. Hernach schickte ihn die Gräfin, an Händen und Füßen gebunden, seinem Guardian zurück mit der Bitte, er möge ein andermal würdigeren Leuten den Auftrag erteilen, das Wort Gottes zu predigen.

»Seht also, meine Damen, wenn sich die Mönche in einem so hochangesehenen Haus nicht scheuen, ihre Tollheit offen zu zeigen, was können sie nicht alles in armen Häusern anrichten, wo sie gewöhnlich ihre Kollekten sammeln und wo sich ihnen so leicht eine Gelegenheit bietet, daß es ein wahres Wunder ist, wenn sie, ohne Ärgernis zu erregen, davonkommen. Darum bitte ich euch, meine Damen, gebt eure Verachtung auf und habt vielmehr Mitleid mit ihnen. Bedenkt außerdem, daß Amor, der die Franziskaner verblendet, auch die Damen nicht verschont, wenn er's für richtig hält.«

»Fürwahr«, sagte Oisille, »das ist mir ein schuftiger Barfüßer! Ein Mönch zu sein, Priester und Prediger, und am heiligen Christtag, in der Kirche und unter dem Deckmantel der Beichte solch unerhörte Niedertracht zu begehen, das alles sind Dinge, die seine Sünde noch schwerer machen!«

»Wenn man Euch reden hört«, staunte Hircan, »möchte man meinen, die Barfüßer müßten Engel sein oder weiser als andere. Ihre Schlechtigkeit ist Euch doch in so vielen Beispielen vor Augen geführt worden, daß Ihr sie für weit schlimmer als andere ansehen solltet; und mir scheint, dieser hier sei wohl zu entschuldigen, da er zur Nachtzeit allein mit einer schönen Jungfrau eingeschlossen war.«

»Freilich«, sagte Oisille, »aber es war in der Christnacht!«

»Gerade das entschuldigt ihn erst recht«, meinte Symontault; »denn da er Josephs Platz bei einer schönen Jungfrau einnahm, wollte er vielleicht ein Kindlein zeugen, um das Spiel von Christi Geburt recht natürlich aufzuführen.«

»Wahrhaftig«, zürnte Parlamente, »hätte er an Joseph und die Jungfrau Maria gedacht, er hätte kein so sündhaftes Gelüst verspürt. Jedenfalls war er ein böser Mensch und auf üble Dinge aus, da er sich doch aus so geringem Anlaß einer solchen Schlechtigkeit unterfing.«

Mich dünkt«, sagte Oisille, »die Gräfin hat ihn so gehörig gestraft, daß seine Brüder im Herrn sich ein Beispiel daran nehmen konnten.«

»Fragt sich nur«, meinte Oisille, »ob sie recht daran getan hat, ihren Nächsten derart zum Gespött zu machen, und ob es nicht besser gewesen wäre, ihm seine Fehler sanft vorzuhalten, als ihn so vor aller Augen zu verunglimpfen.«

»Ich glaube«, sagte Geburon, »sie hätte daran wohlgetan. Denn es steht geschrieben, daß wir unsern Nächsten unter vier Augen zurechtweisen sollen, ehe wir seine Sünde irgendwem oder gar der Kirche verraten. Auch kann sich ein Mensch, ist er einmal mit Schande bedeckt, nur schwer wieder bessern, weil die Scham ebenso viele Menschen von der Sünde abhält wie das Gewissen.«

»Ich bin der Meinung«, rief Parlamente, »daß man gegen jedermann nach dem Gebot des Evangeliums handeln soll, nur nicht gegen die Leute, die es predigen und das gerade Gegenteil tun; denn man darf sich nicht scheuen, jene Menschen dem Ärgernis preiszugeben, die selbst überall Ärgernis erregen. Es scheint mir ein großes Verdienst, sie so zu entlarven, wie sie in Wahrheit sind, damit wir nicht einen falschen Edelstein für einen echten Rubin ansehen. Doch wem wird Saffredent das Wort geben?«

»Da Ihr mich schon fragt, sollt Ihr's erhalten«, sagte Saffredent; »denn kein einsichtiger Mann kann es Euch verweigern.«

»Gut denn, da Ihr mir Eure Stimme gebt, will ich euch

eine Geschichte erzählen, für die ich euch selbst als Zeuge einstehen kann. Ich habe immer sagen hören, wenn die Tugend in einem hinfälligen und schwachen Wesen von einem starken und mächtigen Gegenpart bedrängt werde, dann sei der Augenblick gekommen, da sie am lobenswertesten sei und sich am besten bewähren könne. Denn wenn der Starke sich des Starken erwehrt, so ist das weiter nicht erstaunlich; wenn aber der Schwache obsiegt, dann erntet er Ruhm bei aller Welt. Wollte ich euch die Personen nennen, von denen ich berichten möchte, so dünkt mich, ich würde damit der Tugend Abbruch tun, die ich unter einem so ärmlichen, dürftigen Kleid gefunden habe, daß niemand sie dort vermutet hätte. Doch habe ich euch von einer Jungfrau zu berichten, die sich so züchtig und jedes Lobes würdig verhalten hat, daß es mich drängt, euch das zu erzählen.«

S. Freudenberg Inv.    L. Halbou Sculp.

## Zweiundvierzigste Geschichte

*Ein junger Fürst verliebt sich in ein Mädchen, von dem er, obwohl es aus ärmlichen und bescheidenen Verhältnissen stammt, nie erlangen kann, was er gerne möchte, so beharrlich er auch um sie wirbt. Darum läßt der Fürst, der ihre Tugend und Ehrbarkeit erkennt, von seinem Werben ab, achtet sie ihr Leben lang aufs höchste, tut ihr viel Gutes und verheiratet sie mit einem seiner Diener*

In einer der schönsten Städte der Touraine lebte ein adliger Herr aus vornehmem und angesehenem Hause, der dort seit seiner frühesten Jugend erzogen worden war. Von der Anmut und Schönheit, den trefflichen Eigenschaften und der vollendeten Lebensart dieses jungen Fürsten will ich euch nur so viel sagen, daß er zu seiner Zeit nicht seinesgleichen fand. Da er erst fünfzehn Jahre alt war, machten ihm Reiten und Jagen größeren Spaß als das Liebäugeln mit schönen Damen.

Als er eines Tages in der Kirche war, fiel sein Blick auf ein junges Mädchen, das früher als Kind in dem Schloß, wo er lebte, auferzogen worden war. Nach dem Tode ihrer Mutter ging ihr Vater eine neue Ehe ein; deshalb verzog sie mit ihrem Bruder nach Poitou. Dieses Mädchen, Françoise mit Namen, hatte eine außereheliche Schwester, die ihr Vater sehr liebte und mit einem Kellermeister des jungen Fürsten verheiratete, so daß sie auf so großem Fuß lebte wie sonst niemand aus ihrem Haus. Von ungefähr starb ihr Vater und hinterließ Françoise als Erbteil, was er an Landbesitz in der Nähe der Stadt hatte. Daher zog sie sich nach seinem Ableben auf ihr Gütchen zurück. Da sie aber noch unvermählt und erst sechzehn Jahre alt war, wollte sie nicht allein in ihrem Hause wohnen und gab sich in Kost und Pflege zu ihrer Schwester, der Frau des Kellermeisters.

Als der Fürst nun sah, daß die Jungfrau schön und mit ihrem hellbraunen Haar über ihren Stand hinaus anmutig war – denn sie sah eher wie eine Edelfrau oder Prinzessin aus denn wie eine einfache Frau aus dem Bürgerstande –, da schaute er sie lange an. Er hatte noch nie geliebt und empfand in seinem Herzen eine ungewohnte freudige Regung; und als er in sein Gemach zurückgekehrt war, erkundigte er sich nach dem Mägdlein, das er in der Kirche gesehen hatte, und hatte bald herausgefunden, daß sie voreinst in seiner Jugend aufs Schloß gekommen war und mit seiner Schwester mit Puppen gespielt hatte. Er erinnerte seine Schwester daran, und sie ließ das Mägdlein kommen und nahm sie freundlich auf; zuletzt bat sie sie, doch recht oft wiederzukommen und sie im Schloß zu besuchen. Das tat sie auch, sooft dort eine Hochzeit oder sonst ein Fest gefeiert wurde, und der junge Fürst sah sie jedesmal mit solcher Freude, daß er sich vornahm, sie von ganzem Herzen zu lieben. Weil er aber wußte, daß sie einfacher Herkunft war, hoffte er unschwer bei ihr zu erreichen, was er begehrte.

Da er jedoch keine Gelegenheit hatte, mit ihr zu sprechen, schickte er einen seiner Kämmerer zu ihr, damit der seine Sache betreibe und ihm den Weg ebne. Doch sittsam und gottesfürchtig wie sie war, antwortete sie ihm, sie glaube nicht, daß sein Herr, der doch ein so schöner und edler Fürst sei, Spaß daran finde, ein Auge auf ein so häßliches Ding zu werfen, wie sie's sei. Er könne doch auf seinem Schloß schöne Damen im Überfluß haben, so daß er es wahrlich nicht nötig habe, sie in der Stadt zu suchen, und sie denke, er sage das aus eigenem Antrieb und nicht auf Geheiß seines Herrn.

Als der junge Fürst diese Antwort vernahm, ließ ihn die Liebe, die ja um so weniger lockerläßt, je größeren Widerstand sie findet, sein Ziel noch hitziger als zuvor verfolgen. Er schrieb ihr einen Brief und bat sie, den Worten des Kämmerers voll und ganz zu glauben. Da sie sehr gut lesen und schreiben konnte, las sie seinen Brief von Anfang bis zu Ende, doch wollte sie, sosehr sie der Edelmann auch darum bat, um keinen Preis darauf antworten; denn sie sagte, es schicke sich nicht für eine so untergeordnete Person, an einen derart hochgeborenen Fürsten zu schreiben; doch bitte sie ihn von Herzen, sie nicht für so töricht zu halten, daß sie etwa glaube, er habe eine so hohe Meinung von ihr, um ihr tatsächlich soviel Liebe entgegenzubringen. Wenn er aber meine, er könne sie wegen ihres bescheidenen Standes nur zu seinem Vergnügen bekommen, dann täusche er sich sehr; denn ihr Herz sei nicht minder ehrbar als das der vornehmsten Fürstin der Christenheit. Auch gebe es keinen Schatz auf der Welt, der einem guten Gewissen und der Ehrbarkeit gleichgeachtet werden könne; sie flehe ihn daher an, er möge sie nicht hindern, diesen Schatz ihr Leben lang zu hüten. Sie würde, auch wenn sie deswegen sterben müßte, niemals andern Sinnes werden.

Der junge Fürst fand diese Antwort ganz und gar nicht nach seinem Wunsch; doch liebte er sie deswegen nur desto mehr und versäumte nie, seinen Sessel jeweils in die Kirche bringen zu lassen, wo sie zur Messe ging; und solange der Gottesdienst währte, verwandte er keinen Blick von diesem Heiligenbild. Aber sobald sie es bemerkte, wechselte sie den Platz und ging in eine andere

Kapelle, nicht etwa um seinen Anblick zu fliehen, denn sie wäre ja bar aller Vernunft gewesen, hätte es ihr nicht Freude gemacht, ihn anzusehen; aber sie fürchtete, von ihm gesehen zu werden, da sie sich einerseits nicht für würdig hielt, in allen Ehren oder im Stand der Ehe von ihm geliebt zu werden, zum andern aber auch nicht wollte, daß sie für ihn nur eine flüchtige Liebschaft oder ein netter Zeitvertreib war. Als sie nun sah, daß der Fürst, sie mochte sich in der Kirche hinsetzen, wo sie nur wollte, stets in ihrer Nähe die Messe hörte, mochte sie nicht mehr in diese Kirche gehen, sondern suchte jeden Tag eine möglichst weit abliegende auf. Und wenn auf dem Schloß eine Hochzeit gefeiert wurde, wollte sie sich nicht mehr dabei einfinden, obschon die Schwester des Fürsten sie oftmals zum Fest bitten ließ; jedesmal schützte sie eine Unpäßlichkeit vor.

Als der Fürst einsah, daß er nicht mit ihr sprechen konnte, holte er seinen Kellermeister zu Hilfe und versprach ihm reichen Lohn, wenn er ihm in dieser Angelegenheit zur Seite stehen wolle. Dazu erbot sich der Kellermeister willig und gern, sowohl seinem Herrn zu Gefallen als auch wegen des klingenden Lohnes, den er für sich erhoffte. Nun meldete er dem Fürsten täglich, was die Jungfrau sagte und trieb, und wie sie vor allem jeder Gelegenheit aus dem Wege ging, wo sie möglicherweise mit ihm hätte zusammentreffen können.

Doch sein großes Verlangen, einmal ungestört mit ihr zu sprechen, brachte ihn auf einen gewagten Gedanken.

Eines Tages ritt er mit seinen stattlichen Pferden, mit denen er allmählich sehr wohl umzugehen wußte, auf einen großen Platz in der Stadt vor das Haus seines Kellermeisters, wo Françoise wohnte, und nachdem er eine Weile umhergesprengt war und manch kühnen Sprung ausgeführt hatte, was sie alles mit ansehen konnte, ließ er sich von seinem Roß herunter in ein tiefes Schlammloch fallen, aber so sachte, daß er sich nicht weh tat. Desungeachtet jammerte er laut und fragte, ob keine Wohnung in der Nähe sei, wo er seine Kleider wechseln könne. Alle Umstehenden boten ihr Haus an; aber da sagte einer, das Haus des Kellermeisters sei das nächstgelegene und auch das bequemste. So wurde es denn auch vor allen anderen erwählt.

Er fand das Zimmer schön ausgestattet und zog sich bis aufs Hemd aus, denn alle seine Kleider waren mit Schlamm beschmutzt. Dann legte er sich in ein Bett, das dort stand. Als er sah, daß sich alle außer seinem Kämmerer fortbegeben hatten, um andere Kleider für ihn zu holen, rief er seinen Wirt und dessen Frau herein und fragte sie, wo Françoise sei. Sie brauchten lange, bis sie das Mädchen gefunden hatten, denn sobald sie gesehen hatte, wie der junge Fürst ihr Haus betrat, hatte sie sich am heimlichsten Ort versteckt. Doch ihre Schwester fand sie und bat sie, doch ungescheut mit einem so edlen und tugendhaften Fürsten zu sprechen.

»Wie, Schwester?« sagte Françoise, »Ihr, die Ihr an mir Mutterstelle vertretet, wollt mir raten, mit einem jungen Edelmann zu sprechen, dessen Absichten mir, wie Ihr wißt, nur zu bekannt sind?«

Doch ihre Schwester machte ihr so viele Vorhaltungen und versprach ihr so fest, sie nicht mit ihm allein zu lassen, daß sie zuletzt mit ihr ging; aber mit einem so bleichen und verstörten Gesicht, daß sie wohl eher Erbarmen als sinnliche Begierde erregte.

Als sie der junge Fürst an seinem Bett stehen sah, nahm er sie an der Hand, die kalt war und zitterte, und sprach zu ihr: »Françoise, haltet Ihr mich für einen so schlechten Mann, für so aus der Art geschlagen und grausam, daß ich die Frauen fresse, wenn ich sie nur anschaue? Warum habt Ihr solche Angst vor mir? Ich will doch nur Euer Bestes, Eure Ehre und Euern Vorteil! Ihr wißt ja, daß ich überall, wo es mir möglich war, Euch zu sehen und mit Euch zu sprechen versucht habe. Das ist mir nicht gelungen. Und um mir noch größeren Verdruß zu bereiten, habt Ihr die Orte gemieden, wo ich gewohnt war, Euch bei der Messe zu sehen, damit ich ebensowenig die Freude Eures Anblicks haben sollte, wie Ihr schon jedes Gespräch vereitelt habt. Aber all das hat Euch nichts genützt; denn ich habe nicht nachgegeben, bis ich hierhergekommen bin. Wie, habt Ihr ja sehen können. Ich habe mich der Gefahr ausgesetzt, mir den Hals zu brechen, als ich mich aus freien Stücken vom Pferd fallen ließ, nur um die Freude zu erleben, einmal nach Herzenslust mit Euch reden zu können. Darum bitte ich Euch, Françoise, da ich diese ruhige Gelegenheit hier nur mit soviel Mühe ertrotzt habe, laßt sie mir nicht ungenutzt vorbeigehen, sondern gebt zu, daß ich durch meine große Liebe die Eure gewinnen kann.«

Als er eine geraume Weile auf ihre Antwort gewartet und auch gesehen hatte, daß ihre Augen voll Tränen standen und daß sie zu Boden blickte, zog er sie so nahe, wie er konnte, zu sich heran und wollte sie in seine Arme nehmen und küssen. Doch sie sprach zu ihm: »Nein, gnädiger Herr, nein. Was Ihr möchtet, kann nicht sein. Denn wenn ich auch mit Euch verglichen bloß ein Erdwürmchen bin, so halte ich doch meine Ehre so wert, daß ich lieber stürbe, als daß ich ihr Abbruch täte, um welche Lust auf Erden es auch wäre. Und die Furcht vor denen, die Euch in unser Haus haben gehen sehen und nun ihre Mutmaßungen anstellen, ist schuld daran, daß ich so bleich bin und zittere wie Espenlaub. Da es Euch beliebt, mir die Ehre anzutun und mit mir zu sprechen, so werdet Ihr mir auch verzeihen, wenn ich Euch Rede und Antwort stehe, wie es mir meine Ehre gebietet. Ich bin nicht so blöde, gnädiger Herr, noch so blind, daß ich die Schönheit und Anmut nicht sähe, die Gott Euch verliehen hat, und daß ich die Frau, die dereinst Leib und Liebe eines solchen Fürsten ihr eigen nennen wird, nicht für das glücklichste Weib auf Erden hielte. Doch was hilft mir das alles, da es ja nicht für mich noch für sonst eine Frau meiner Art bestimmt ist und allein danach zu verlangen schon töricht von mir wäre? Welcher

Grund, sagt mir, hat Euch bewogen, Euch an mich zu wenden, wenn nicht der Umstand, daß die Damen Eures Hofstaates – die Ihr doch liebt, wenn anders Schönheit und Anmut Euch lieb sind – so tugendhaft sind, daß Ihr nicht wagt, von ihnen zu erbitten oder zu erhoffen, was Euch mein geringer Stand von mir gewärtigen läßt? Ich bin gewiß, wenn Ihr von Frauen wie mir bekämt, was Ihr begehrt, so wäre Euch das nur ein Mittel, Eure Geliebte zwei Stunden länger angenehm unterhalten zu können und ihr Eure Siege zum Schaden der Schwächeren zu erzählen. Aber Ihr werdet gütigst bedenken, gnädiger Herr, daß ich nicht von dieser Art bin. Ich bin in Eurem Haus aufgezogen worden und habe dort gelernt, was Liebe ist. Mein Vater und meine Mutter waren Euere treuergebenen Diener. Daher werdet Ihr belieben, da Gott mich nicht als Fürstin hat zur Welt kommen lassen noch in einem Stand, daß Ihr mich zur Geliebten und Freundin nehmen könntet, mich nicht den armen, unglücklichen Buhlliebchen zuzuzählen, zumal ich Euch unter die glücklichsten Fürsten der Christenheit rechnen möchte. Wollt Ihr aber zu Eurer Kurzweil Frauen meines Standes haben, so werdet Ihr in dieser Stadt ihrer genug finden und unvergleichlich schönere als mich, die Euch nicht die Mühe machen werden, daß Ihr lange um sie anhalten müßt. Haltet Euch also an die, denen Ihr noch eine große Freude bereitet, wenn sie Euch ihre Ehre verkaufen dürfen, und quält mich nicht länger, seid Ihr mir doch lieber als mein eigenes Leben. Denn müßte es sein, daß heute Euer Leben oder das meine von Gott gefordert würde, so würde ich mich überglücklich schätzen, das meine herzugeben, um das Eure zu retten; denn es ist nicht Mangel an Liebe, was mich bewegt, Eure Gegenwart zu fliehen, vielmehr eher ein Übermaß an Liebe für Euer und mein Gewissen. Denn meine Ehre ist mir teurer als mein Leben. Zürnt mir nicht, gnädiger Herr, und entzieht mir fürder Eure Huld nicht. Ich will auch mein ganzes Leben lang zu Gott für Euer

Wohlergehen beten. Eines ist gewiß: die Ehre, die Ihr mir antut, wird mich unter den jungen Männern meines Standes wählerischer Umschau halten lassen; denn wer ist der Mann meinesgleichen, den ich, nachdem ich Euch gesehen habe, noch eines Blickes würdigen möchte? So wird mein Herz frei bleiben und nur insoweit in Eurer Schuld stehen, als ich bis an mein Lebensende nicht müde werden will, für Euch zu Gott zu beten. Denn einen andern Dienst kann ich Euch niemals erweisen.«

Als der junge Fürst diese ehrbare Antwort gehört hatte, konnte er, obwohl sie nicht nach seinem Wunsch ausgefallen war, die Jungfrau doch nicht geringer achten, als sie es verdiente. Er tat alles, was in seiner Macht stand, um ihr einzureden, daß er nie eine andere Frau als sie lieben werde; aber sie war so klug und verständig, daß etwas so Unvernünftiges nicht bei ihr verfangen konnte. Wennschon dem Fürsten im Verlauf dieses Gesprächs mehrmals gemeldet wurde, seine Kleider seien vom Schloß gekommen, fand er doch so viel Freude und Wohlgefallen daran, mit ihr zu plaudern, daß er sagen ließ, er schlafe. Er blieb bei ihr, bis es Zeit zum Nachtmahl wurde, dem er seiner Mutter wegen, die eine der klügsten Frauen der Welt war, nicht fernzubleiben wagte. So ging der junge Fürst aus dem Hause seines Kellermeisters fort, und seine Achtung vor der Ehrbarkeit dieser Jungfrau war größer denn je zuvor.

Er sprach hin und wieder von ihr mit dem Kämmerer, der in seinem Schlafgemach nächtigte. Dieser dachte, Geld richte zuweilen mehr aus als die Liebe, und riet seinem Herrn, dem Mädchen eine angemessene Summe anbieten zu lassen, damit sie seinen Wünschen gefügig werde. Der junge Fürst, dessen Schatzmeister seine Mutter war, verfügte nur über wenig Taschengeld. Das nahm er nebst allem, was er dazuborgen konnte, und es ergab sich eine Summe von fünfhundert Talern, die er durch den Kämmerer der Jungfrau übersandte mit der Bitte, anderen Sinnes zu werden. Doch als sie das Geschenk sah, sprach sie zu dem Edelmann: »Ich bitte Euch, bestellt dem gnädigen Herrn, mein Herz sei so gut und redlich, daß, müßte ich seinem Befehl gehorsam sein, die Schönheit und hohe Anmut, die in ihm wohnen, mich längst schon dazu bewogen hätten. Doch sie haben meiner Ehre nichts anzuhaben vermocht, und darum wird mich auch alles Geld der Welt nicht dazu bringen können. Nehmt es also wieder mit; denn lieber will ich arm und ehrlich bleiben als alle Güter besitzen, die ich mir nur wünschen mag.«

Angesichts ihres unbeugsamen Sinnes fuhr es dem Edelmann durch den Kopf, man müsse ihr mit Drohungen beikommen, und er fing an, ihr die Macht und den Einfluß seines Herrn mit beredten Worten zu schildern, um sie auf diese Weise einzuschüchtern. Doch sie lachte nur und sagte: »Macht denen Angst vor ihm, die ihn nicht kennen; denn ich weiß wohl, er ist so verständig und tugendreich, daß solche Drohungen nicht von ihm kommen können, und ich bin gewiß, er wird es Euch verweisen, wenn Ihr's ihm erzählt. Aber selbst wenn dem so wäre, wie Ihr sagt, werden weder Marter noch Tod mich andern Sinnes werden lassen. Wie ich Euch schon gesagt habe: da die Liebe mein Herz nicht gewandelt hat, werden alles Schlimme und alles Gute, das man einem Menschen nur zufügen kann, mich keinen Schritt von meinem Vorsatz abbringen.«

Der Kammerjunker, der seinem Herrn versprochen hatte, ihm die Jungfrau zu gewinnen, überbrachte ihm bitter enttäuscht diesen Bescheid und redete ihm ein, sein Ziel mit allen Mitteln weiterzuverfolgen; er sagte ihm auch, es sei für ihn keine Ehre, daß er es nicht verstanden habe, diese Frau zu erobern.

Der junge Fürst, der keine anderen Mittel anwenden wollte als solche, die der Anstand zuließ, und der wohl auch befürchtete, wenn vielleicht über die Sache geredet werde und seiner Mutter etwas darüber zu Ohren komme, dann werde sie sich über ihn arg erzürnen, wagte nichts zu unternehmen, bis sein Kämmerer ihm einen Weg zeigte, der so leicht schien, daß es ihm so vorkam, als hätte er das Mägdlein bereits in der Hand. Um seinen Plan auszuführen, mußte er mit dem Kellermeister sprechen, der entschlossen war, seinem Herrn auf jede erdenkliche Weise an die Hand zu gehen. Dieser lud also eines Tages seine Frau und seine Schwägerin ein, sich die Weinlese in einem Haus anzusehen, das er an einem Waldrand besaß. Das versprachen sie ihm.

Als der vereinbarte Tag gekommen war, ließ er es den jungen Fürsten wissen, der beschloß, sich allein mit seinem Kämmerer dort hinzubegeben. Er ließ sein Maultier heimlich bereit halten, um sogleich abreiten zu können, wenn es Zeit war. Doch Gott fügte es, daß seine Mutter gerade an diesem Tag ein Kabinett ganz wunderschön ausschmückte. Sie hatte deshalb alle ihre Kinder um sich versammelt, und sie halfen ihr dabei. Auch der junge Fürst vergnügte sich bei dieser Arbeit, bis die anberaumte Stunde vorüber war.

So hielt er seinem Kellermeister das gegebene Wort nicht. Der hatte seine Schwägerin hinter sich aufsitzen lassen und war mit ihr zu seinem Haus hinausgeritten. Seiner Frau gebot er, sich krank zu stellen, so daß sie, als sie schon zu Pferde saßen, zu ihm kam und sagte, sie könne nicht mitkommen. Als er nun sah, daß die Zeit verstrichen und der Fürst nicht gekommen war, sagte er zu seiner Schwägerin: »Ich glaube wohl, wir können jetzt in die Stadt zurückreiten.«

»Was sollte uns abhalten?« fragte Françoise.

»Ich erwartete eigentlich den gnädigen Herrn«, sagte der Kellermeister; »er hatte mir versprochen zu kommen.«

Als die Jungfrau diese Niederträchtigkeit ihres Schwagers hörte, erwiderte sie: »Erwartet ihn nicht länger, Schwager. Ich weiß wohl, er wird heute nicht mehr kommen.«

Der Schwager glaubte ihr und ritt mit ihr nach

Hause. Doch als sie daheim angelangt waren, ließ sie ihrem maßlosen Zorn freien Lauf und sagte zu ihrem Schwager, er sei des Teufels Knecht und tue noch mehr, als ihm befohlen sei. Sie sei gewiß, daß er und der Kämmerer sich das ausgedacht hätten und nicht der junge Fürst, von dem er lieber Geld nehmen wolle, indem er ihn in seinen Tollheiten bestärke, als bei ihm die Pflichten eines guten Dieners zu erfüllen. Da sie ihn jetzt aber durchschaue, werde sie nicht länger in seinem Hause bleiben. Daraufhin ließ sie ihren Bruder rufen, damit er sie auf ihr Landgütchen führe, und verließ augenblicklich das Haus ihrer Schwester.

Der Kellermeister, dessen Anschlag mißlungen war, begab sich auf das Schloß, um in Erfahrung zu bringen, woran es gelegen habe, daß der junge Fürst nicht gekommen war. Er war noch nicht dort, da begegnete er ihm ganz allein auf seinem Maultier, nur von seinem Kämmerer begleitet, der sein Vertrauen besaß, und der Fürst fragte ihn: »Ist sie noch dort?« Darauf erzählte er ihm alles, was er getan hatte.

Dem jungen Fürsten tat es bitter leid, daß ihm sein Vorhaben mißlungen war, zumal er es für das letzte und äußerste Mittel hielt, das ihm hier noch zu Gebote stand. Da er nun sah, daß nichts mehr zu machen war, suchte er so lange nach der Jungfrau, bis er sie in einer Gesellschaft traf, wo sie nicht vor ihm davonlaufen konnte. Da zürnte er heftig mit ihr, daß sie ihn so abschätzig behandle und nichts von ihm wissen wolle und daß sie sogar die Gesellschaft ihres Schwagers meide. Sie aber hielt ihm entgegen, sie habe noch nie einen schlimmeren und gefährlicheren Umgang für sich gefunden, und er müsse seinem Kellermeister sehr dankbar sein; denn er diene ihm nicht nur mit Leib und Gut, sondern auch mit Seele und Gewissen.

Als der Fürst nun einsah, daß er ausgespielt hatte und daß nichts mehr zu machen war, beschloß er, nicht länger in sie zu dringen, und behielt sie sein ganzes Leben in guter Erinnerung und achtete sie hoch. Ein Diener des Fürsten, der sah, wie sittsam die Jungfrau war, wollte sie zur Frau nehmen; doch sie konnte sich nicht dazu verstehen, es wäre denn, der junge Fürst erlaube, ja befehle es ihr; denn ihre ganze Liebe gehörte immer noch ihm. Sie ließ ihn das wissen, und durch seine wohlwollende Vermittlung wurde die Ehe geschlossen. Sie lebte bis zu ihrem Tod im Ruf höchster Ehrbarkeit, und der junge Fürst hat ihr nachmals viel Gutes erwiesen.

»Was sollen wir dazu sagen, meine Damen? Ist unser Herz so erbärmlich, daß wir unsere Diener zu unsern Herren erheben, während diese Jungfrau weder durch Liebe noch mit Gewalt zu bezwingen war? Ich bitte euch, laßt uns nach ihrem Vorbild stets über uns selber Siegerinnen bleiben; denn das ist der lobenswerteste Sieg, den wir davontragen können.«

»Ich sehe nur einen bedauerlichen Mangel«, wandte Oisille ein, »daß nämlich dieses Mädchen ihre tugendhaften Taten nicht zur Zeit der Geschichtsschreiber vollbracht hat; denn alle die, denen nichts preislicher erschien als ihre Lukrezia, hätten wohl diese Verherrlichung bleiben lassen, um sich recht ausführlich über die Tugenden dieser Jungfrau auszulassen.«

»Weil ich sie so erhaben finde, daß ich gar nicht daran glauben könnte, hätten wir nicht geschworen, nur die Wahrheit zu sagen, so dünkt mich ihre Tugend nicht so groß, wie Ihr sie schildert«, versetzte Hircan; »denn Ihr habt es schon zur Genüge erlebt, daß manche Kranke mäkelig die bekömmliche und heilsame Kost verschmäht und dafür schlechte und unzuträgliche Speisen zu sich nimmt. So liebte vielleicht auch dieses Mädchen irgendeinen liebenswerten Mann ihres Standes, um des willen ihr der gesamte Adel gestohlen werden konnte.«

Doch auf diese Äußerung antwortete Parlamente, Leben und Ende dieser Jungfrau bewiesen doch, daß sie niemals eine Neigung für einen andern Mann empfunden habe außer für den Fürsten, den sie ja mehr liebte als ihr eigenes Leben, wenn auch nicht mehr als ihre Ehre.

»Schlagt Euch diese Ansicht aus dem Kopf«, versetzte Saffredent, »und hört, woher dieser Ehrbegriff bei den Frauen kommt; denn es mag wohl sein, daß gerade die Frauen, die ihn am häufigsten im Munde führen, gar nicht wissen, welchen Ursprung dieses Wort hat. Wißt denn, in grauer Vorzeit, als Arglist und Tücke unter den Menschen noch nicht so groß waren, war die Liebe noch so unverdorben und stark, daß niemand ein Hehl daraus machte und keiner sich zu verstellen brauchte. Höchstes Lob erntete, wer am vollkommensten liebte. Als aber Habgier und Sünde Herz und Ehre ergriffen, vertrieben sie Gott und die Liebe daraus, und statt ihrer setzten sich Selbstsucht, Heuchelei und Verstellung darin fest. Als nun aber die Damen sahen, daß sie in ihrem Herzen diese Tugend wahrer Liebe hegten und daß der Name *Heuchelei* unter den Menschen einen üblen Klang hatte, gaben sie ihr den Übernamen *Ehre*, so daß alle, die solch ehrenhafte Liebe nicht in ihrem Herzen empfinden konnten, nunmehr sagten, die Ehre verbiete ihnen das. Und sie haben ein so grausames Gesetz daraus geschaffen, daß sich sogar die Frauen, die vollkommen lieben, zu verstellen suchen, da sie meinen, diese Tugend sei ein Laster. Alle Frauen aber, die ein gesundes Urteil und klaren Verstand haben, verfallen niemals in diesen Irrtum; denn sie wissen Finsternis und Licht zu unterscheiden und wissen auch, daß ihre wahre Ehre darin liegt, Schamhaftigkeit des Herzens zu beweisen, das nur von der Liebe leben und sich nicht eine Ehre aus dem Laster der Verstellung machen soll.«

»Immerhin«, meinte Dagoucin, »sagt man, die heimlichste Liebe sei die lobenswürdigste.«

»Ja, heimlich und den Augen derer verborgen, die darüber die Nase rümpfen könnten«, erwiderte Symontault, »doch klar und wohlbekannt zumindest den beiden Menschen, die sie angeht.«

»So verstehe ich's auch«, versetzte Dagoucin, »und es wäre noch besser, der eine Teil wüßte nichts davon, als daß ein Dritter es erführe. Ich glaube, diese Frau liebte um so stärker, als sie ihre Liebe nie erklärte.«

»Sei dem, wie ihm wolle«, sagte Longarine, »man muß die Tugend hochhalten, und die größte Tugend ist, sein eigenes Herz zu besiegen. Angesichts der Gelegenheiten, die das Mädchen hatte, ihr Gewissen und ihre Ehre zu vergessen, angesichts auch der Tugend, die sie aufbrachte, um ihr Herz und ihr Verlangen zu überwinden, damit sie dem Manne widerstand, den sie über alles und mehr als sich selbst liebte – angesichts all der Möglichkeiten und Mittel, die ihr zu Gebote standen, habe ich keine Bedenken, sie als eine ausnehmend charakterstarke Frau zu bezeichnen. Da Ihr aber die Größe der Tugend nach dem Maß der Selbstbescheidung und Kasteiung seiner selbst einschätzt, behaupte ich, jener Fürst sei lobenswerter gewesen als sie, im Hinblick auf die Liebe, die er ihr entgegenbrachte, aber auch was die Macht, Gelegenheit und Möglichkeit anlangt, über die er verfügte. Und trotzdem wollte er nicht gegen die Gesetze wahrer Liebe verstoßen, die einen Fürsten dem Ärmsten der Armen gleichstellt, sondern wandte nur Mittel an, wie die Ehre sie erlaubt.«

»Manch einer hätte nicht so gehandelt«, pflichtete ihr Hircan bei.

»Um so höher ist er zu achten«, meinte Longarine, »als er die übliche Hinterlist der Männer überwunden hat; denn wer Böses tun kann und es nicht tut, ist selig zu preisen.«

»Was Ihr da sagt«, sprach Geburon, »erinnert mich an eine Frau, der mehr davor bangte, in den Augen der Menschen Ärgernis zu erregen, als Gott, ihre Ehre und ihre Liebe zu verletzen.«

»So bitte ich Euch denn«, sprach Parlamente, »Ihr mögt uns diese Geschichte erzählen, und gebe Euch meine Stimme.«

»Es gibt Menschen«, hob Geburon an, »die keinen Gott haben oder, wenn sie an einen Gott glauben, doch meinen, er sei so weit von ihnen entfernt, daß er die Missetaten, die sie vollbringen, nicht sehen könne; und sähe er sie auch, so meinen sie, er kehre sich nicht daran und strafe sie nicht, als kümmerte er sich nicht um das, was hienieden geschieht. Derselben Ansicht war auch ein Fräulein, deren Namen ich, um die Ehre ihres Geschlechts zu schonen, abändern will. Ich werde sie Jambicque nennen. Sie pflegte zu sagen, ein Mensch, der einzig mit Gott abzurechnen habe, sei glücklich dran, wenn er im übrigen vor den Menschen seine Ehre bewahren könne. Doch werdet ihr sehen, meine Damen, daß weder ihre Umsicht noch ihre Scheinheiligkeit diese Frau davor bewahrt haben, daß ihr Geheimnis ruchbar wurde, wie ihr ihrer Geschichte entnehmen könnt, in welcher von Anfang bis zu Ende nichts als die lautere Wahrheit berichtet wird, abgesehen von den Namen der Personen und Örtlichkeiten, die ich verändern werde.«

S. Freudenberg Inv. L. Halbou Sculp.

## Dreiundvierzigste Geschichte

*Jambicque, die den Ruhm der Welt ihrem Gewissen vorzieht, will sich vor den Menschen anders zeigen, als sie in Wahrheit ist; aber ihr Freund und Anbeter deckt ihre Heuchelei mit Hilfe eines kleinen Kreidestrichs auf und enthüllt einem jeden ihre Arglist, die sie so mühsam verborgen hatte*

In einem wunderschönen Schloß lebte eine vornehme und mächtige Fürstin. Die hatte in ihrem Gefolge eine sehr vermessene Hofdame namens Jambicque, von der ihre Herrin so schlau an der Nase herumgeführt wurde, daß sie nichts tat, ohne zuvor ihren Rat einzuholen, und daß sie sie für die verständigste und tugendhafteste Jungfrau hielt, die zu ihrer Zeit auf Erden lebte.

Diese Jambicque hielt sich so arg über jede Art weltlicher Liebe auf, daß sie, sooft sie einen Edelmann in eine andere Hofdame verliebt sah, die beiden bitterböse ausschalt und hernach ihrer Herrin einen so tückischen Bericht erstattete, daß sie gar oft eine scharfe Rüge einstecken mußten. Deswegen wurde sie vom ganzen Hofstaat mehr gefürchtet als geliebt. Sie selbst jedoch sprach nie anders mit einem Mann als in überlautem Ton und mit großer Überhebung, so daß sie im Rufe stand, eine Todfeindin jeglicher Liebe zu sein, wiewohl sie in ihrem Herzen das gerade Gegenteil war. Denn es stand ein Edelmann im Dienst ihrer Herrin, in den sie derart vernarrt war, daß sie es schier nicht mehr ertragen konnte.

Doch sie hielt so viel auf ihre Ehre und ihren Ruf, daß sie ihre Neigung vor allen Menschen geheimhielt. Als sie aber diese Leidenschaft wohl ein Jahr lang mit sich herumgetragen hatte, ohne sich, wie andere Verliebte, mit Blicken und Worten Erleichterung verschafft zu haben, loderte das Feuer in ihrem Herzen so heiß, daß sie zum letzten Mittel zu greifen beschloß. So kam sie zum Schluß zu der Ansicht, es sei besser, ihr Verlangen zu befriedigen; aber Gott allein solle in ihr Herz sehen, und kein Mensch dürfe sonst davon erfahren, denn er könnte es bei Gelegenheit ausplaudern.

Nachdem sie diesen Entschluß gefaßt hatte, geschah es eines Tages, als sie im Gemach ihrer Herrin war und auf eine Terrasse hinausschaute, daß sie den Edelmann auf und ab spazieren sah, den sie so heftig liebte. Nachdem sie ihm so lange zugeschaut hatte, bis der zur Rüste gehende Tag nach und nach alles in Dunkel hüllte und sie ihn nicht mehr erkennen konnte, rief sie einen kleinen Pagen, der ihr zu Diensten war, zeigte ihm den Edelmann und sprach: »Seht Ihr den Edelmann dort in dem karminroten seidenen Wams und in dem mit Luchs verbrämten Obergewand? Geht und sagt ihm, einer seiner Freunde wünsche mit ihm in der Galerie hier zu sprechen.« Und während der Page hinging, huschte sie durch die Kleiderkammer ihrer Herrin und begab sich in diese Galerie, nachdem sie ihre Haube tief in die Stirn gezogen und ihre Halbmaske aufgesetzt hatte.

Als der Edelmann dort hingekommen war, wo sie seiner harrte, verriegelte sie unverweilt die beiden Türen, durch welche man zu ihnen hereinkommen konnte, und ohne erst ihre Larve abzunehmen, umarmte und küßte sie ihn mit leidenschaftlichem Ungestüm und sprach ganz leise zu ihm: »Schon lange, liebster Freund, läßt mich die Liebe, die ich zu Euch hege, einen Ort und eine Gelegenheit herbeisehnen, Euch ungestört sehen zu können. Doch die Sorge um meine Ehre war eine Zeitlang so übermächtig, daß sie mich gegen meinen Willen gezwungen hat, meine Leidenschaft zu verhehlen. Schließlich aber war die Gewalt der Liebe stärker als die Furcht, und da ich Eueren aufrechten Sinn kenne, will ich Euch für gewiß versprechen, Euch eine aufrichtig zugetane und liebreiche Freundin zu sein und niemals einen andern Mann zu lieben als Euch, wofern Ihr mir versprechen wollt, mich wiederzulieben und nie zu einem Menschen ein Wort davon verlauten zu lassen, noch Euch zu erkundigen, wer ich bin. Denn lieber wollte ich sterben, als daß Ihr wüßtet, wer ich bin.«

Der Edelmann versprach ihr alles, was sie verlangte. Darauf war sie gerne bereit, ihm Gleiches mit Gleichem zu vergelten, das heißt, ihm nichts abzuschlagen, was er sich zu nehmen erkühnte. Es war die Stunde zwischen fünf und sechs Uhr im Winter, so daß er gar nichts von ihr sehen konnte. Als er ihre Kleider berührte, spürte er, daß sie aus Samt waren, und dieser Stoff wurde dazumal nicht alle Tage getragen, außer von Damen aus vornehmem und mächtigem Hause. Als er aber berührte, was unter den Kleidern war, fand er, soweit er sich auf das Urteil seiner Hand verlassen konnte, alles in ausgezeichnetem Zustand, glatt und prall. So bemühte er sich denn, ihr sein Verlangen, so gut er's nur vermochte, zu beweisen. Und sie tat ihrerseits ihr Bestes, ihm auf halbem Weg entgegenzukommen. Dabei erkannte der Edelmann wohl, daß sie verheiratet war.

Hierauf wollte sie unverzüglich wieder dort hinausgehen, wo sie hereingekommen war, doch der Edelmann sprach zu ihr: »Ich schätze mich glücklich über die Huld, die Ihr mir ohne mein Verdienst geschenkt habt. Noch glücklicher aber schätzte ich mich, wenn Ihr mir auf meine Bitten aufs neue Eure Gunst gewähren wolltet. Ich bin so hochbeglückt durch Eure Hingabe, daß ich Euch kniefällig bitte: sagt mir, ob ich nicht ein andermal auf ein gleiches Glück hoffen darf, und zwar ganz wie es Euch beliebt, es mir zu gewähren; denn da ich Euch nicht kennen darf, weiß ich nicht, wie ich darauf hinarbeiten könnte.«

»Seid unbesorgt«, erwiderte die Dame, »und verlaßt Euch drauf, daß ich Euch jeden Abend vor dem Nachtmahl meiner Herrin werde rufen lassen. Ihr braucht nur um diese Zeit auf der Terrasse, wo Ihr Euch vorhin ergingt, auf und ab zu spazieren. Ich werde Euch dann ausrichten lassen, Ihr mögt nicht vergessen, was Ihr mir versprochen habt. Daraus könnte Ihr dann entnehmen, daß ich Euch hier in dieser Galerie erwarte. Hört Ihr aber, daß man zu Tisch geht, so könnt Ihr Euch für diesen Tag zurückziehen oder in das Schlafgemach unsrer Herrin kommen. Vor allem aber bitte ich Euch: sucht nie mich kennenzulernen, wenn Ihr nicht wollt, daß unser Liebesbund getrennt werde.«

Dann zogen sich der Edelmann und das Fräulein zurück, ein jeder an seinen Ort. Und lange Zeit setzten sie dieses Leben fort, ohne daß er jemals erfuhr, wer sie war. Allmählich aber machte er sich allerlei Gedanken darüber und zerbrach sich den Kopf, wer sie wohl sein mochte. Denn er konnte sich nicht denken, daß eine Frau auf der Welt lebe, die nicht gesehen und geliebt werden wollte. So kam er sogar auf den unsinnigen Einfall, sie sei am Ende gar ein böser Geist; denn er hatte einst einen törichten Prediger sagen hören, wer einmal dem Teufel ins Angesicht geschaut habe, den werde niemals jemand lieben. In diesem Zweifel befangen, beschloß er herauszubringen, wer die Frau sei, die ihn so liebevoll herzte, und als sie ihn wieder einmal zu sich kommen ließ, nahm er ein Stückchen Kreide mit und malte ihr damit, während er sie umarmt hielt, hinten ein

Kreuz auf die Schulter, ohne daß sie es merkte. Kaum aber war sie fort, begab sich der Edelmann schleunigst in das Gemach seiner Herrin und stellte sich bei der Tür auf, um die Schultern der Damen, die hereinkamen, von hinten zu beschauen. Unter andern sah er diese Jambicque mit so hochfahrender Miene eintreten, daß er sich gar nicht traute, sie wie die andern anzublicken; denn er war ganz sicher, daß sie es nicht sein könnte. Doch als sie sich umwandte, gewahrte er das weiße Kreidezeichen und war darob so erstaunt, daß er nicht glauben konnte, was er sah. Immerhin, nachdem er ihren Wuchs genau betrachtet hatte, der aufs Haar jener Gestalt glich, die er oft in seinen Armen hielt, und nachdem er auch ihre Gesichtszüge gemustert hatte, die ja bei der Berührung zu erkennen sind, da wußte er mit einemmal genau, daß sie es war, und er war hochbeglückt darüber, daß eine Frau, die noch nie im Ruf gestanden hatte, sie habe einen Liebsten, die vielmehr so viele angesehene Edelleute abgewiesen hatte, ihr Auge auf ihn allein geworfen hatte.

Die Liebe, die nie lange im selben Zustand bleiben kann, wollte nicht zulassen, daß er weiterhin in solch ruhigem Glück lebte, und gab ihm solche Ruhmsucht und Hoffnung ein, daß er beschloß, seine Liebe nicht länger zu verbergen; denn er dachte, wenn sie erst einmal bekannt sei, könnte sie womöglich noch wachsen.

Eines Tages, als die Fürstin im Garten lustwandelte, erging sich das Fräulein Jambicque in einem andern Laubengang. Sowie der Edelmann sie allein sah, trat er zu ihr, um ein Gespräch mit ihr anzuknüpfen, tat, als hätte er sie noch nirgends sonst gesehen, und sprach zu ihr: »Mademoiselle, seit langem trage ich schon in meinem Herzen eine große Zuneigung für Euch, doch aus Angst, ich könnte Euer Mißfallen erregen, habe ich nie gewagt, sie Euch zu gestehen. Das hat mich so arg heruntergebracht, daß ich diese Qual nicht länger ertragen kann, ohne daran zu sterben. Denn ich glaube nicht, daß jemals ein Mann Euch so von Herzen lieben könnte wie ich.«

Das Fräulein Jambicque ließ ihn nicht ausreden, sondern sagte zornig zu ihm: »Habt Ihr je schon gehört oder gesehen, daß ich einen Freund oder Anbeter hätte? Ich bin gewiß, daß Ihr das nicht behaupten könnt, und ich wundere mich höchlich, woher Ihr die Kühnheit nehmt, zu einer tugendhaften Frau, wie ich's bin, derartige Reden zu führen. Ihr habt doch hier im Hause zur Genüge Umgang mit mir gehabt, so daß Ihr wissen könntet, ich werde nie und nimmer einen andern Mann lieben als meinen Gatten. Drum hütet Euch, mir fürder solche Dinge zu sagen.«

Als der Edelmann sah, wie sehr sie sich verstellte, konnte er sich nicht enthalten, hellauf zu lachen und zu ihr zu sagen: »Madame, so streng seid Ihr nicht immer mit mir verfahren wie jetzt. Was nützt es Euch, wenn Ihr Euch mir gegenüber so verstellt? Ist es denn nicht besser, eine vollkommene Liebe zu genießen als eine unvollkommene?«

Da fuhr ihn Jambicque an: »Ich habe für Euch weder vollkommene noch unvollkommene Liebe übrig. Ihr bedeutet mir nicht mehr als alle andern Diener meiner Herrin. Wenn Ihr aber weiter solche Reden vor mir führt, wie Ihr es getan habt, so könnte ich sehr wohl solchen Haß gegen Euch fassen, daß Ihr es noch bereuen würdet.«

Der Edelmann kehrte sich nicht an ihre Worte und fuhr fort: »Und wo bleibt jetzt Euer heißes Liebesspiel, das Ihr mit mir treibt, wenn ich Euch nicht sehen kann? Warum wollt Ihr mich jetzt nicht herzen, da das helle Tageslicht mir Eure Schönheit zugleich mit Eurer vollendeten Anmut zeigt?«

Da schlug Jambicque ein großes Kreuzeszeichen und sprach: »Ihr habt ja den Verstand verloren, oder aber Ihr seid der größte Lügner; denn zeit meines Lebens habe ich Euch nie, glaube ich, besser oder schlechter behandelt als jetzt. Ich bitte Euch, sagt mir, was Ihr damit meint.«

Der arme Edelmann dachte, er könne sie dadurch eher

uns gehört, die es sich versagt hätte, über die Franziskaner Nachteiliges vorzubringen. So bin ich denn aus Mitleid mit ihnen entschlossen, euch in der Geschichte, die ich jetzt erzählen möchte, Gutes von ihnen zu berichten.«

S. Freudenberg. Inv. L. Halbou. Sculp.

## Vierundvierzigste Geschichte

*Weil er die Wahrheit nicht verschwiegen hat, spendet der Herr von Sedan einem Barfüßer doppeltes Almosen, so daß er zwei Schweine statt eines erhält*

Im Schloß von Sedan kehrte einst ein Barfüßermönch ein, um Madame de Sedan, die aus dem Hause derer von Crouy stammte, um ein Schwein zu bitten, das sie seinem Kloster alljährlich als Almosen spendete. Der gnädige Herr von Sedan, der ein kluger Mann war und gerne seinen Spaß trieb, ließ den frommen Pater mit an seiner Tafel speisen. Unter andern Reden sprach er zu ihm, um ihn in Harnisch zu bringen: »Ehrwürdiger Vater, Ihr tut gut daran, Eure Almosen zu sammeln, solange man Euch noch nicht kennt; denn ich fürchte sehr, wenn Eure Heuchelei einmal an den Tag kommt, werdet Ihr nicht mehr das Brot der armen Kindlein einheimsen, das deren Väter im Schweiße ihres Angesichts erworben haben.«

Der Barfüßer war über solche Worte keineswegs erstaunt, sondern gab ihm zur Antwort: »Gnädiger Herr, unser Orden ist auf so sicherem Grund gebaut, daß er bestehen wird, solange die Welt besteht. Denn unser Fundament wird nie zuschanden werden, solange es auf Erden Mann und Weib gibt.«

Da wollte der gnädige Herr von Sedan wissen, auf welchem Fundament denn ihr Leben so sicher ruhe, und bat ihn dringend, ihm das zu sagen.

Nach einigen Ausflüchten sprach darauf der Barfüßer zu ihm: »Da es Euch beliebt, mir zu befehlen, Euch das zu sagen, so sollt Ihr's denn erfahren. Wißt, gnädiger Herr, daß wir von der Torheit der Frauen leben, und solange es auf dieser Welt törichte oder dumme Frauen gibt, werden wir nie Hungers sterben.«

Madame de Sedan, die jähzornigen Temperamentes war, hörte das und geriet in solchen Zorn, daß sie, wäre ihr Gatte nicht gewesen, dem Barfüßer schlimm hätte mitspielen lassen. Sie schwor hoch und heilig, er solle das Schwein, das sie ihm versprochen habe, mitnichten erhalten. Aber der Herr von Sedan, der sah, daß er die Wahrheit nicht beschönigt hatte, schwor wiederum, er solle ihrer zwei bekommen, und ließ sie in sein Kloster schaffen.

»Da seht ihr, meine Damen, wie es der Barfüßermönch, da er sicher war, daß es ihm niemals an Spenden von Damen fehlen werde, fertigbrachte, die Wahrheit nicht zu bemänteln und sich auf diese Weise die Gunst und Freigebigkeit auch der Männer warmzuhalten. Wäre er ein Augendiener und Heuchler gewesen, so hätte es den Damen freilich besser behagt, aber für ihn und die Seinen hätte nicht soviel dabei herausgeschaut.«

Die Geschichte wurde nicht zu Ende erzählt, ohne daß die ganze Gesellschaft und zumal die, denen der Herr von Sedan und seine Gemahlin bekannt waren, darüber herzlich lachen mußten.

Darauf sagte Hircan: »Die Franziskaner sollten also

niemals den Frauen Verständigkeit predigen, dieweil ihnen doch ihre Torheit so bekömmlich ist.«

Da erwiderte Parlamente: »Sie predigen ihnen auch nicht, verständig zu sein, sondern sich dafür zu halten. Denn alle die Frauen, die ganz weltlich und verbuhlt sind, spenden ihnen keine reichen Almosen; doch jene, die fleißig ihre Klöster aufsuchen und Rosenkränze, geschmückt mit Totenköpfen, tragen und die ihre Hauben tiefer als die andern ins Gesicht ziehen und sich deswegen für züchtiger und verständiger halten, die sind es, die man mit Recht töricht nennen kann. Denn sie gründen ihr Heil auf das Vertrauen, das sie in die Heiligkeit der Mönche setzen, die sie um ein bißchen falschen Schein für Halbgötter ansehen.«

»Wer aber könnte sich davor hüten, an sie zu glauben«, sagte Ennasuitte, »sind sie doch von unsern Prälaten eingesetzt, um uns das Evangelium zu predigen und uns unsere Sünden vorzuhalten?«

»Alle, die ihre Scheinheiligkeit erkannt haben«, entgegnete Parlamente, »und die den Unterschied zwischen der Lehre Gottes und des Teufels wissen.«

»Jesus!« rief Ennasuitte, »meint Ihr wirklich, diese Leute wagen es, eine schlechte Lehre zu predigen?«

»Meinen?« versetzte Parlamente, »nein, ich weiß für gewiß, sie glauben an nichts weniger als ans Evangelium, das heißt die Schlechten unter ihnen; denn ich kenne auch manch Rechtschaffenen, der schlicht und rein die Schrift verkündet und gleichfalls ohne Ärgernis, ohne Ehrgeiz und Begehrlichkeit lebt, in Keuschheit und ungeheuchelter und ungezwungener Reinheit. Doch die sind nicht so dicht gesät, wie die Straßen mit jenen gepflastert sind, die das gerade Gegenteil sind: und an seinen Früchten erkennt man den guten Baum.«

»Fürwahr«, sagte Ennasuitte, »ich dachte, wir seien bei Strafe einer Todsünde gehalten, alles zu glauben, was sie uns von der Kanzel der Wahrheit herab verkünden: wenn sie uns nämlich nur von dem sprechen, was in der

Heiligen Schrift steht, oder uns die Auslegungen der von Gott erleuchteten heiligen Gelehrten anführen.«

»Was mich angeht«, sagte Parlamente, »so muß ich wohl wissen, daß es unter ihnen höchst unredliche Leute gibt; denn es ist mir genau bekannt, daß einer von ihnen, ein Doktor der Theologie namens Colimant, ein großer Prediger und Provinzial seines Ordens, mehrere seiner Fratres davon überzeugen wollte, das Evangelium sei nicht glaubwürdiger als die *Kommentare* Caesars oder andere von zeitgenössischen Doktoren niedergeschriebene Historien. Seither, da ich ihn reden hörte, wollte ich nie mehr an die Worte eines Predigers glauben, wenn ich sie nicht mit dem Wort Gottes übereinstimmend fand, welches der wahre Prüfstein ist, der einen erkennen läßt, ob Worte wahr sind oder lügen.«

»Glaubt mir«, sprach Oisille, »wer sich demütig und oft in Gottes Wort versenkt, wird nie und nimmer durch menschliche Trugbilder und Blendwerke getäuscht. Denn wessen Geist mit Wahrheit erfüllt ist, der kann keine Lüge aufnehmen.«

»Trotzdem scheint mir«, wandte Symontault ein, »eine einfältige Seele sei leichter zu täuschen als eine andere.«

»Freilich«, meinte Longarine, »wenn Ihr Dummheit mit Einfalt gleichsetzt.«

»Ich sage Euch«, erklärte Symontault, »eine gutherzige, sanfte und einfältige Frau ist leichter hinters Licht zu führen als eine schlaue und listige.«

»Ich denke«, sprach Nomerfide, »Ihr kennt eine, die allzusehr von solcher Güte erfüllt war; daher gebe ich Euch meine Stimme, und Ihr erzählt uns diese Geschichte.«

»Da Ihr's so gut erraten habt«, versetzte Symontault, »will ich euch die Geschichte gern zum besten geben. Aber ihr müßt mir versprechen, daß ihr nicht weinen werdet. Wer da behauptet, meine Damen, eure Arglist übersteige die der Männer, der müßte wohl lange suchen, bis er ein solches Beispiel vorbringen könnte, wie ich es euch jetzt erzählen will. Ich möchte damit nicht bloß die unerhörte Arglist eines Gatten, sondern auch die Einfalt und Güte seiner Frau beweisen.«

S. Freudenberg, inv. Tœt Thiebault Sculp.

## Fünfundvierzigste Geschichte

*Auf Ersuchen seiner Frau entbietet ein Tapezierer am Fest der Unschuldigen Kindlein seiner Stubenmagd den üblichen Morgengruß; da er aber in sie verliebt ist, tut er es so, daß er ihr gibt, was eigentlich einzig seiner Frau gebührt. Seine Frau ist aber so einfältig, daß sie nicht glauben kann, ihr Mann habe ihr diesen Schimpf angetan, obwohl sie von einer Nachbarin aufs genaueste darüber ins Bild gesetzt wird**

In der Stadt Tours lebte ein Mann, ein witziger und durchtriebener Geselle, der war Tapezierer des vormaligen Herzogs von Orleans, welcher ein Sohn des Königs Franz I. war. Obschon dieser Tapezierer infolge einer Krankheit ertaubt war, hatte er dennoch kein bißchen seines Verstandes eingebüßt; denn keiner war geschickter in seinem Handwerk und auch in andern Dingen als er.

* Nach einem alten Brauch suchten am Morgen des 28. Dezember, dem Fest der Unschuldigen Kindlein, die jungen Männer die Frauen im Bett zu überraschen; gelang es ihnen, die Langschläferinnen dort zu finden, durften sie sie mit Ruten streichen, um sie für ihre Faulheit zu bestrafen (Anmerkung des Übersetzers).

Ihr werdet gleich sehen, wie er seinen Witz zu nutzen verstand.

Er hatte eine ehrbare und rechtschaffene Frau geheiratet, mit der er ein einträchtiges und geruhsames Leben führte. Er scheute sich, etwas zu tun, was ihr mißfallen konnte, und auch sie trachtete nur danach, ihm in allen Dingen zu gehorchen. Doch bei aller aufrichtigen Zuneigung, die er ihr entgegenbrachte, war er doch so mildtätig veranlagt, daß er oftmals seinen Nachbarinnen zukommen ließ, was eigentlich seiner Frau allein zustand. Allerdings tat er das so heimlich wie nur möglich.

Sie beschäftigten in ihrem Haushalt eine Stubenmagd, ein dralles, molliges Ding, in die sich der Tapezierer verliebte. Da er aber befürchtete, seine Frau könnte ihm auf die Schliche kommen, tat er oft, als rügte und tadelte er sie, und sagte, sie sei die faulste Schlampe, die ihm je begegnet sei, doch nehme ihn das nicht wunder, weil ihre Herrin sie ja doch nie durchbleue. Und eines Tages, als sie von dem alten Brauch am Tag der Unschuldigen Kindlein sprachen, sagte der Tapezierer zu seiner Frau: »Es wäre eine wahrhaft gottgefällige Tat, wenn man der faulen Schlampe, die Ihr habt, den Morgengruß der Unschuldigen Kindlein entbieten könnte. Doch dürfte es nicht von Eurer Hand geschehen, denn die ist zu schwach, und Euer Herz ist gar zu weich und mitleidig. Wenn ich sie aber unter die Finger nehmen dürfte, wären wir künftig bestimmt besser bedient als bisher.«

Die gute Frau, die sich nichts Böses dabei dachte, bat ihn, das ins Werk zu setzen; denn – so gestand sie ihm – sie habe weder die Kraft dazu, noch bringe sie's übers Herz, ihre Magd zu schlagen.

Der Mann übernahm also willig diesen Auftrag, spielte den blutrünstigen Henker und ließ die feinsten und geschmeidigsten Ruten einkaufen, die aufzutreiben waren. Um aber zu zeigen, wie sehr ihm daran gelegen war, sie nicht im geringsten zu schonen, ließ er die Ruten noch in Salzwasser einlegen, so daß die gutherzige Tapeziererin mehr Mitleid mit ihrer Stubenmagd empfand als Argwohn gegen ihren Mann.

Als das Fest der Unschuldigen Kindlein gekommen war, stand der Tapezierer früh am Morgen auf und schlich in die Dachkammer hinauf, wo die Magd allein schlief, und dort bot er ihr den Morgengruß der Unschuldigen Kindlein, doch auf eine ganz andere Art, als er seiner Frau gesagt hatte.

Die Magd brach in bitteres Weinen aus, aber das half ihr nichts. Aus Angst jedoch, seine Frau könnte sie überraschen, fing er an, so heftig mit den Ruten gegen die hölzerne Bettstatt zu schlagen, daß er sie völlig zerfaserte und knickte. Dann brachte er sie gänzlich zerbrochen seiner Frau und sagte: »Liebste, ich glaube, Eure Stubenmagd wird das Fest der Unschuldigen Kindlein nicht so bald vergessen.«

Nachdem der Tapezierer das Haus verlassen hatte, kam die bedauernswerte Stubenmagd zu ihrer Herrin, warf sich vor ihr auf die Knie und klagte, ihr Gatte habe ihr den größten Schimpf angetan, der jemals einer Magd zugefügt worden sei. Doch ihre Meisterin, die glaubte, sie spreche von den Rutenstreichen, die er ihr, wie sie meinte, verabreicht hatte, ließ sie gar nicht ausreden, sondern sprach zu ihr: »Mein Mann hat recht daran getan; denn schon seit gut einem Monat liege ich ihm damit in den Ohren und bitte ihn darum, und wenn es Euch weh getan hat, soll's mich freuen. Ich allein bin dafür verantwortlich, und dabei hat er seine Sache noch lange nicht so gründlich besorgt, wie er hätte müssen.«

Als die Stubenmagd sah, daß ihre Herrin eine solche Missetat gar noch billigte, dachte sie, das sei doch keine so große Sünde, wie sie geglaubt hatte, hatte doch eine Frau, die allgemein für so tugendhaft galt, den Anlaß dazu gegeben; und so wagte sie seither nicht mehr davon zu sprechen. Ihr Herr aber, der merkte, daß seine Frau ebenso froh war, betrogen zu werden, wie er es war, sie zu betrügen, beschloß, ihr den Gefallen noch öfters zu tun, und gewann seine Stubenmagd so weit, daß sie nicht mehr weinte, wenn sie den Morgengruß der Unschuldigen Kindlein zu spüren bekam.

Dieses Leben führte er noch eine gute Weile fort, ohne daß seine Frau dahinterkam. Als aber die großen Schneefälle eintraten, wollte der Tapezierer, wie er's auf dem grünen Gras getan hatte, das Fest der Unschuldigen Kindlein auch im Schnee feiern, und eines Morgens in der Frühe, als im Hause noch niemand auf war, führte er die Magd im bloßen Hemd hinaus in den Garten. Dort sollte sie auf dem Schnee das Kruzifix machen, und während sie sich miteinander vergnügten und sich gegenseitig mit Schnee bewarfen, vergaßen sie darüber auch nicht das Spiel der Unschuldigen Kindlein. Das sah eine ihrer Nachbarinnen, die an das Fenster getreten war, das auf den Garten hinausging, und nachschauen wollte, wie das Wetter sei. Als sie nun dies unzüchtige Treiben gewahrte, geriet sie darüber in solchen Zorn, daß sie sich vornahm, es ihrer guten Gevatterin zu hinterbringen, damit sie sich nicht länger von einem so schlechten Gatten betrügen oder von einer so nichtsnutzigen Schlampe bedienen lasse.

Nachdem der Tapezierer sein munteres Spiel getrieben hatte, schaute er um sich, ob ihn auch niemand sehen könne, und da erblickte er seine Nachbarin am Fenster. Das verdroß ihn sehr. Doch verstand er sich ja meisterhaft auf das Färben der Teppiche und dachte daher, er werde wohl auch diesen Vorfall so schönzufärben wissen, daß seine Gevatterin ebenso gründlich hinters Licht geführt werden sollte wie seine Frau. Sobald er wieder im Bette lag, hieß er seine Frau im bloßen Hemd aufstehen und führte sie in den Garten hinaus, wie er es schon mit seiner Magd getan hatte. Dort scherzte er lange mit ihr im Schnee, genau wie mit der andern, und dann mußte sie wie die Magd mit ihm das Spiel der Unschuldigen Kindlein spielen, und hernach gingen sie beide wieder zu Bett.

Als dann die gute Frau zur Messe ging, fand sich natürlich auch ihre Nachbarin und gute Freundin dort ein und bat sie höchst erbost und aufgeregt, ohne ihr aber mehr sagen zu wollen, sie müsse ihre Stubenmagd ohne Verzug aus dem Haus jagen; denn sie sei eine bodenlos schlechte und gefährliche Dirne. Das wollte aber die gute Frau nicht tun, ohne zuvor zu wissen, warum ihre Nachbarin so gegen sie aufgebracht sei. Zu guter Letzt erzählte ihr diese, wie sie der Magd und ihrem Mann am frühen Morgen zugeschaut habe.

Da lachte die wackere Frau laut auf und sagte: »Herrje, Frau Gevatterin, liebe Freundin, das war ja ich!«

»Wieso denn, Gevatterin? Sie war im bloßen Hemd, frühmorgens um fünf Uhr!«

Doch die gute Frau antwortete ihr: »Wahrhaftig, Gevatterin, ich war's!«

Allein die andere ließ nicht locker: »Sie rieben einander mit Schnee ein, dann griff er ihr an die Brüste, dann noch anderswohin, so schamlos wie nur möglich.«

Und abermals erwiderte ihr die gute Frau: »Ei, ei, Gevatterin, ich sag Euch doch: ich war's!«

»Aber, Gevatterin«, meinte nun die andere, »ich habe sie nachher im Schnee Dinge treiben sehen, die mich weder schön noch anständig dünken.«

»Liebe Gevatterin«, versetzte die gute Ehefrau, »ich habe Euch doch schon gesagt und sage es Euch noch einmal: ich war es und keine andere; ich habe das alles gemacht, was Ihr da sagt. Mein guter Mann und ich, wir treiben zuweilen miteinander solchen Schabernack. Ich bitte Euch, stoßt Euch nicht dran. Ihr wißt ja, wir Frauen müssen eben unsern Männern zu Willen sein.«

Damit trollte sich die gute Gevatterin, begieriger, einen solchen Gatten zu besitzen, als den Mann ihrer wackeren Nachbarin darum anzugehen. Als der Tapezierer zu seiner Frau heimkehrte, erzählte sie ihm des langen und breiten, was die Gevatterin ihr berichtet hatte. »Nun seht einmal, Liebste«, antwortete ihr der

Tapezierer, »wäret Ihr nicht eine so rechtschaffene und einsichtige Frau, wir wären längst schon geschiedene Leute. Aber ich hoffe, Gott wird uns noch lange in gutem Einvernehmen erhalten, zu seinem Ruhm und zu unserer Zufriedenheit.«

»Amen, liebster Freund«, sprach die gute Frau. »Hoffentlich werdet Ihr, soviel an mir liegt, nie Grund zur Klage haben.«

»Es wäre einer wohl ein recht ungläubiger Geselle, meine Damen, wenn er eine so wahre Geschichte gehört hat und noch meinen wollte, in euch sei ebensoviel Arglist zu finden wie bei den Männern, obwohl man, ohne jemandem Unrecht zu tun und um Mann und Frau der Wahrheit gemäß zu loben, sagen muß, daß auch der Beste von ihnen nicht viel taugt.«

»Dieser Mann«, sagte Parlamente, »war erstaunlich niederträchtig, denn er hinterging sowohl seine Magd wie auch seine Frau.«

»So habt Ihr die Geschichte nicht recht gehört«, versetzte Hircan; »denn es wird darin ja gerade erzählt, er habe sie beide an einem Morgen zufriedengestellt. Mir scheint das denn doch eine vorbildliche Leistung, körperlich sowohl wie geistig, etwas sagen und tun zu können, das eine wie die andere, obzwar sie jede das Gegenteil wollen, zufriedenstellt.«

»Und gerade das ist doppelt niederträchtig«, brauste Parlamente auf, »der Einfalt der einen durch eine Lüge und der Arglist der andern durch unzüchtiges Tun Genüge zu leisten. Aber ich sehe schon, solche Sünden werden in den Augen von Richtern, wie Ihr es seid, jederzeit Vergebung finden.«

»Trotzdem versichere ich Euch«, erwiderte Hircan, »daß ich nie ein so großes und schwieriges Unterfangen vollbringen werde; denn sobald ich nur Euch zufriedenstelle, wird mein Tag nicht schlecht angewandt sein.«

»Wenn gegenseitige Liebe nicht dem Herzen Zufriedenheit schenkt«, sagte darauf Parlamente, »kann alles andere ihm auch kein Glück bringen.«

»Fürwahr«, meinte Symontault, »ich glaube, es gibt auf der Welt keine größere Qual, als zu lieben und nicht wiedergeliebt zu werden.«

»Man müßte, um geliebt zu werden«, sprach Parlamente, »sich dahin wenden, wo man liebt. Doch oft sind die Frauen, die von Herzen geliebt werden und nicht lieben wollen, die am heißesten geliebten, und die Männer, die am wenigsten Gegenliebe finden, lieben am treuesten.«

»Da erinnert Ihr mich an eine Geschichte«, sagte Oisille, »die zu den guten zu zählen ich mich eigentlich nicht hatte entschließen können.«

»Ich bitte Euch«, sprach Symontault, »erzählt sie uns.«

»Das will ich gerne tun«, versetzte Oisille.

S. Freudenberg. Inv. L. Halbou. Sculp.

B. Duncker del. Eichler sc.

## Sechsundvierzigste Geschichte

*Ein Franziskaner namens De Valé, der zum Nachtmahl in das Haus des Richters von Angoulême eingeladen wird, bemerkt, wie dessen Frau, in die er verliebt ist, ganz allein auf den Dachboden hinaufsteigt. Er hofft sie dort überrumpeln zu können und geht ihr nach, doch sie gibt ihm einen so heftigen Fußtritt in den Bauch, daß er die Stiege hinunterpurzelt und sich außerhalb der Stadt zu einem Fräulein flüchtet. Diese liebt Leute seines Ordens so sehr, daß sie ihm im törichten Glauben, sie seien besser, als sie in Wahrheit sind, ihre Tochter zu züchtigen anvertraut. Statt sie für die Sünde der Faulheit zu züchtigen, wie er ihrer Mutter versprochen hat, tut er ihr jedoch Gewalt an*

In der Stadt Angoulême, wo sich der Graf Charles, der Vater des Königs Franz, oft aufhielt, lebte ein Franziskaner namens De Valé, der für einen gelehrten Mann und wortgewaltigen Prediger galt.

So kam es, daß er an einem Sonntag im Advent in der Stadt vor dem Grafen predigte und sich dadurch so großen Ruhm erwarb, daß alle, die ihn kannten, ihn aufs angelegentlichste zum Nachtmahl in ihr Haus einluden. Unter andern tat das auch einer, der Richter der nicht unter bischöflicher Gerichtsbarkeit stehenden Geistlichen in der Grafschaft war. Er hatte eine schöne und züchtige Frau geheiratet, in welche der Franziskaner so verliebt war, daß er daran zu sterben meinte; doch hatte er nicht die Kühnheit, ihr seine Liebe zu gestehen. Sie aber hatte es wohl gemerkt und machte sich weidlich darüber lustig.

Nachdem er ihr ein paarmal durch sein Gebaren sein törichtes Verlangen zu erkennen gegeben hatte, sah er eines Tages, wie sie allein auf den Dachboden hinaufstieg, und in der Hoffnung, er könne sie dort überrumpeln, kletterte er hinter ihr drein. Als sie ihn jedoch hinter sich herkommen hörte, wandte sie sich um und fragte, wohin er gehe.

»Ich bin Euch nachgegangen«, erwiderte er, »um Euch ungestört etwas Geheimes anzuvertrauen.«

»Steigt mir nicht nach, ehrwürdiger Vater«, sprach da die Richtersfrau; »denn mit Leuten Eures Schlages will ich nicht heimlich sprechen, und wenn Ihr auf dieser Treppe noch höher heraufkommt, werdet Ihr's bereuen.« Da er aber sah, daß sie allein war, kehrte er sich nicht an ihre Worte, sondern stieg eilends weiter hinter ihr drein.

Sie nun, die witzig und schlagfertig war, gab ihm, als er oben auf der Treppe angelangt war, einen kräftigen Fußtritt in den Bauch und sagte dazu: »Hinab mit Euch, Herr De Valé, hinab mit Euch!« Damit warf sie ihn kopfüber die Stiege hinunter.

Der arme Mönch war darob so beschämt, daß er ganz vergaß, wie weh er sich bei dem Sturz getan hatte, und, so schnell er nur konnte, aus der Stadt floh; denn er dachte sich wohl, daß sie den Vorfall ihrem Gatten nicht verschweigen werde. Das tat sie auch nicht und erzählte obendrein dem Grafen und der Gräfin davon. Deshalb wagte der Franziskaner nicht mehr, sich bei ihnen blikken zu lassen.

Um seiner Hinterlist die Krone aufzusetzen, begab er sich zu einer Edelfrau, die dem Franziskaner vor allen andern Leuten gewogen war. Nachdem er vor ihr ein- oder zweimal gepredigt hatte, wurde er ihrer Tochter ansichtig, die ein bildschönes Mädchen war; und weil sie in der Morgenfrühe nicht aufstand, um seiner Predigt beizuwohnen, tadelte er sie mehrmals im Beisein ihrer Mutter, die zu ihm sagte: »Ehrwürdiger Vater, wollte Gott, sie hätte ein wenig die Geißel zu schmecken bekommen, mit der ihr Mönche einander auspeitscht!« Der fromme Pater schwor ihr darauf, wenn sie noch einmal so faul sei, werde er ihr schon die Peitsche geben, und die Mutter bat ihn inständig darum.

Einen oder zwei Tage später trat der Mönch in das Gemach der Edelfrau, und da er ihre Tochter nicht sah, fragte er, wo sie sei. Die Dame erwiderte ihm: »Sie hat so wenig Respekt vor Euch, daß sie, glaube ich, noch im Bett liegt.«

»Kein Zweifel«, versetzte der Franziskaner, »es ist für junge Mädchen eine sehr üble Angewohnheit, faul zu sein. Nur wenige Menschen nehmen die Sünde der Trägheit ernst, ich für mein Teil aber halte sie für eine der allergefährlichsten, sowohl für die Seele wie auch für den Leib. Darum müßt Ihr sie streng dafür strafen, und wenn Ihr es mir überlassen wollt, so werde ich's ihr schon abgewöhnen, zu der Stunde im Bett zu liegen, da man zu Gott beten soll.«

Die arme Dame, die ihn für einen ehrenhaften Mann ansah, bat ihn, ihre Tochter streng zu züchtigen. Das tat er auf der Stelle und stieg über eine schmale Holztreppe nach oben. Dort fand er die Tochter ganz allein im Bett in tiefem Schlaf; und während sie fest schlief, tat er ihr Gewalt an.

Als das arme Kind aufwachte, wußte es nicht, ob er ein Mensch oder ein Teufel sei, und fing, so laut sie konnte, an zu schreien und ihre Mutter zu Hilfe zu rufen. Die stand unten an der Stiege und rief dem

Franziskaner zu: »Habt kein Erbarmen mit ihr, Herr, gebt ihr immer noch mehr und straft mir dieses böse Ding tüchtig ab!«

Als der Mönch dann seine böse Lust an ihr gebüßt hatte, stieg er zu der Dame hinunter und sagte zu ihr mit flammend rotem Gesicht: »Ich glaube, Madame, Eure Tochter wird gewiß ewig an meine Züchtigung denken.«

Die Mutter dankte ihm von ganzem Herzen und stieg dann hinauf in die Kammer, wo ihre Tochter lag und schrie und jammerte, wie es einem züchtigen Mädchen wohl ansteht, wenn ihm eine solche Untat widerfahren ist.

Als die Mutter die Wahrheit erfuhr, ließ sie überall nach dem Mönch fahnden, aber der war schon über alle Berge und wurde seither nie wieder in Frankreich gesehen.

»Ihr seht, meine Damen, welche Sicherheit es bietet, mit einem solchen Auftrag Leute zu betrauen, die nicht geeignet sind, ihn treulich auszuführen. Männer zu züchtigen ist Sache der Männer, und Frauen zu strafen steht den Frauen zu. Denn müßten Frauen Männer strafen, so wären sie ebenso mitleidig, wie Männer grausam vorgingen, müßten sie Frauen strafen.«

»Jesus! Madame«, rief Parlamente, »das ist mir ein gemeiner und bösartiger Mönch!«

»Nein, sagt vielmehr«, meinte Hircan, »das ist eine törichte und unverständige Mutter, die in falscher Frömmigkeit denen soviel vertrauten Umgang einräumte, die man immer nur in der Kirche sehen soll.«

»Wahrlich«, erwiderte Parlamente, »ich muß zugeben, sie war eine der törichsten Mütter, die je gelebt haben. Wäre sie so verständig gewesen wie die Richtersfrau, sie hätte ihn eher die Treppe hinuntergeworfen als hinaufgeschickt. Doch was wollt Ihr schon? Der Teufel, der ein halber Engel ist, ist der gefährlichste von allen; denn er weiß sich so geschickt in einen Engel des Lichts zu verwandeln, daß man sich ein Gewissen daraus macht, ihn argwöhnisch für das anzusehen, was er in Wirklichkeit ist. Und mir scheint, wer nicht argwöhnisch ist, sei zu loben.«

»Gleichwohl«, sagte Oisille, »muß man das Böse argwöhnen, dem man aus dem Weg gehen soll, zumal Leute, die eine Verantwortung tragen, tun gut daran. Denn es ist besser, Böses da zu vermuten, wo es nicht ist, als durch törichtes, blindes Vertrauen dort hineinzutappen, wo es ist. Ich habe noch nie erlebt, daß eine Frau betrogen wurde, weil sie zu lange den Worten der Männer nicht geglaubt hat, wohl aber ist es oft geschehen, weil sie zu rasch der Lüge Glauben geschenkt hat. Darum sage ich, man kann das Böse, das geschehen mag, mit nicht genug Argwohn verfolgen, vor allem Menschen, die für Männer und Frauen, für Städte und Staaten zu sorgen haben, müssen darauf achten; denn man mag noch so gut aufpassen, Bosheit und Verrat herrschen, wo man hinsieht, und der Hirte, der nicht wachsam bleibt, wird stets durch den verschlagenen Wolf betrogen.«

»Doch«, sprach Dagoucin, »wer argwöhnisch ist, kann nicht einen vollkommenen Freund besitzen; und viele sind schon durch einen Argwohn entzweit worden.«

»Wenn Ihr dafür ein Beispiel wißt«, sagte Oisille, »gebe ich Euch gerne meine Stimme, damit Ihr es uns erzählt.«

»Ich weiß ein so wahres Beispiel, daß ihr es gewiß mit viel Vergnügen hören werdet. Ich will euch sagen, meine Damen, wie am leichtesten eine gute Freundschaft entzweigeht; das ist nämlich der Fall, wenn die Gewißheit der Liebe allmählich dem Argwohn Raum gibt. Denn wie einem Freund zu vertrauen die größte Ehre ist, die man ihm erweisen kann, so ist ihm zu mißtrauen der größte Schimpf, den man ihm antun kann; denn dadurch schätzt man ihn anders ein, als man ihn haben möchte, und das ist der Grund, aus dem manche Freundschaft in die Brüche geht und Freunde zu Feinden werden, wie ihr aus der Geschichte ersehen werdet, die ich euch erzählen will.«

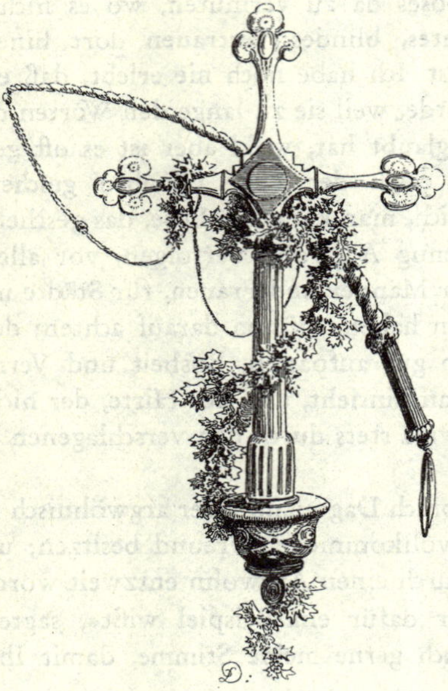

*S. Freudenberg. inv.* *De Longueil. G. du Roi.*

## Siebenundvierzigste Geschichte

*Zwei Edelleute leben in so vollkommener Freundschaft, daß sie lange Zeit alles, außer der Frau, miteinander teilen, bis der Verheiratete ohne Anlaß seinen Freund verdächtigt, der aus Ärger darüber, daß er zu Unrecht verdächtigt wird, nicht ruht, bis er ihm Hörner aufgesetzt hat*

Unweit der Gegend von Perche lebten einst zwei Edelleute, die von frühester Kindheit an in so einträchtiger und vollkommener Freundschaft gelebt hatten, daß sie zusammen nur ein Herz und ein Haus, ein Bett, einen Tisch und eine Börse hatten. Lange lebten sie in solcher Eintracht und Einhelligkeit, ohne daß es jemals zwischen ihnen einen Wunsch oder ein Wort gegeben hätte, dem man hätte entnehmen können, daß sie zwei verschiedene Menschen waren, so sehr lebten sie nicht nur wie zwei Brüder, sondern als wären sie nur ein einziger Mensch. Der eine von den beiden vermählte sich; doch darum gab er seine gute Freundschaft und das gewohnte Zusammenleben mit seinem treuen Gefährten nicht auf, und wenn sie in einem engen Quartier wohnten, hieß er ihn jedesmal im gleichen Bett mit ihm und seiner Frau nächtigen; allerdings lag er dann in der Mitte zwischen ihnen. Alles, was sie besaßen, hatten sie gemeinsam, so daß weder die Heirat noch sonst ein Ereignis diese vollkommene Freundschaft zu stören vermochte.

Doch nach einiger Zeit konnte das Glück auf dieser Erde, das ja stets wandelbar ist, nicht länger in diesem allzu glücklichen Hause verweilen; denn der Gatte schlug das Vertrauen, das er in seinen Freund setzte, in den Wind, ohne daß freilich seine Frau oder jener ihm dazu Anlaß geboten hätten. Ihr konnte er seinen Argwohn jedoch nicht verschweigen und machte sich ihr gegenüber mit ärgerlichen Worten Luft. Das erstaunte sie nicht wenig, hatte er ihr doch befohlen, in allen Dingen, außer in einer Hinsicht, seinen Gefährten ebenso liebreich zu behandeln wie ihn selber, und jetzt verbot er ihr nichtsdestoweniger, mit ihm zu sprechen, es sei denn, sie befänden sich in großer Gesellschaft. Das gab sie dem Gefährten ihres Gatten zu verstehen; doch der glaubte es ihr nicht, wußte er doch genau, daß er mit keinem Gedanken je beabsichtigt hatte, etwas zu tun, worüber sein Gefährte sich hätte erbosen können. Da er aber auch gewohnt war, ihm nichts zu verheimlichen, sagte er seinem Freund, was er vernommen hatte, und bat ihn, ihm die Wahrheit nicht vorzuenthalten; denn er möchte ihm weder hierin noch in einem andern Fall Anlaß bieten, die Freundschaft abzubrechen, die sie nun so lange zusammen verbunden hätte.

Der verheiratete Freund beteuerte ihm, daran habe er nie und nimmermehr gedacht, und wer dieses Gerücht ausgestreut habe, der habe schändlich gelogen. Da erwiderte ihm sein Gefährte: »Ich weiß wohl, die Eifersucht ist eine ebenso unerträgliche Leidenschaft wie die Liebe, und hättet Ihr solch einen Argwohn gefaßt, und wäre es gegen mich selbst, ich würde Euch deswegen nicht unrecht geben; denn Ihr vermöchtet Euch seiner nicht zu erwehren. Nur über eines, das in Eurer Macht steht, hätte ich Anlaß mich zu beklagen: daß Ihr mir nämlich Euer Unbehagen verhehlen wolltet, dieweil mir noch nie ein Gedanke, eine Leidenschaft oder Meinung, die Ihr gehegt habt, verborgen geblieben ist. Desgleichen habe auch ich Euch nie etwas verheimlicht. Wäre ich in Eure Frau verliebt, Ihr dürftet es mir nicht als Schlechtigkeit ankreiden, denn das ist ein Feuer, das ich nicht nach meinem Belieben meistern könnte. Doch wenn ich's Euch verbergen und dabei versuchen wollte, es Eurer Frau durch verliebte Worte oder Blicke und Gebärden kundzutun, so wäre ich der erbärmlichste Lump, der je auf Erden gewandelt ist. Von mir aus versichere ich Euch aufrichtig, daß Eure Frau, wenngleich sie züchtig und sittenrein ist, selbst wenn sie nicht Eure Gattin wäre, die Frau ist, zu der ich mich zeit meines Lebens am wenigsten hingezogen fühlte. Doch obwohl nicht der leiseste Anlaß vorliegt, bitte ich Euch dennoch von Herzen, falls Ihr auch nur den geringsten Schatten eines Argwohns habt, es mir gleich zu sagen, damit ich sofort Abhilfe schaffen kann und unsere Freundschaft, die nun so lange gewährt hat, nicht um eines Weibes willen zerbricht. Denn wäre Eure Frau mir auch lieber als alles in der Welt, ich würde doch nie mehr mit ihr sprechen, weil Eure Ehre mir teurer ist als alles andere.«

Sein Freund aber schwor ihm bei allem, was ihm heilig sei, daß er nie solche Gedanken gehegt habe, und bat ihn, in seinem Haus weiterzuleben wie bis dahin. Der andere gab ihm zur Antwort: »Ich will es tun, doch bitte ich Euch inständig, wenn fortan je wieder ein Verdacht in Euch aufsteigt und Ihr mein Verhalten zu tadeln findet, verhehlt es mir nicht, sonst werde ich nicht länger in Eurer Gesellschaft bleiben.«

Nach einiger Zeit, in deren Verlauf sie zusammen gelebt hatten, wie sie es gewohnt waren, faßte der verheiratete Edelmann einen größeren Argwohn denn je zuvor, und er verbot seiner Frau, dem Freund ein freundliches Gesicht zu zeigen, wie sie's gewöhnlich tat. Sie sagte es dem Gefährten ihres Gatten und bat ihn, er möge sich aus freien Stücken enthalten, künftig mit ihr zu reden; denn sie müsse auf Geheiß ihres Gatten mit ihm ebenso verfahren.

Der Edelmann, der ihren Worten und einer gewissen auffälligen Haltung seines Freundes entnahm, daß dieser ihm sein Versprechen nicht gehalten hatte, sprach in großem Zorn zu ihm: »Wenn Ihr eifersüchtig seid, mein Freund, so ist das nur natürlich. Doch nach den Schwüren, die Ihr mir abgelegt habt, kann ich mich nicht damit zufriedengeben, daß Ihr es mir so lange verheimlicht habt; denn ich habe allezeit geglaubt, daß zwischen Eurem Herzen und dem meinen kein Hindernis, keine Schranke bestehe. Aber zu meinem größten Leidwesen und ohne mein Verschulden sehe ich jetzt, daß das gerade Gegenteil der Fall ist. Ihr seid nicht nur heftig auf Eure Frau und mich eifersüchtig, sondern wollt es mir obendrein verbergen, damit Euer Unbehagen so lange vorhalte, bis es vollends in Haß umschlägt, und ebenso wie die Liebe zwischen uns beiden die größte gewesen ist, die man zu unserer Zeit hat sehen können, so wird auch unsere Feindschaft die denkbar tödlichste sein. Ich habe getan, was ich konnte, um dieses Unheil zu verhüten. Doch da Ihr mich im Verdacht habt, ich sei ein schlechter Mensch und das Gegenteil dessen, was ich Euch stets gewesen bin, schwöre ich Euch bei meiner Ehre, daß ich von nun an so sein will, wie Ihr mich einschätzt, und daß ich nicht ruhen werde, bis ich von Eurer Frau erlangt habe, was ich Eurer Meinung nach von ihr begehre. Seid also künftig vor mir auf der Hut; denn da Euer Argwohn Euch meiner Freundschaft entfremdet hat, wird mein Unmut mich jetzt auch der Euren entfremden.«

Und wenngleich ihn sein Gefährte vom Gegenteil zu überzeugen versuchte, so glaubte er ihm doch kein Wort mehr und nahm seinen Teil der Möbel und des Besitzes, der ihnen bisher gemeinsam gewesen war, wieder an sich.

Und fortan waren ihre Herzen so entzweit, wie sie bisher vereint gewesen waren. Der unvermählte Edelmann aber ruhte nicht, bis er seinem Gefährten Hörner aufgesetzt hatte, wie er es ihm versprochen hatte.

»So möge es allen denen ergehen, meine Damen, die zu Unrecht ihren Frauen Übles zutrauen. Denn manch einer ist schuld daran, daß sie so werden, wie sie es von ihnen argwöhnen, weil eine tugendhafte Frau eher von Verzweiflung bezwungen wird als von allen Lüsten der Welt. Und wenn einer behauptet, Argwohn sei Liebe, so bestreite ich es; denn obwohl er aus ihr entsteht wie die Asche aus dem Feuer, so erstickt er sie auch genauso.«

»Ich denke nicht«, sagte Hircan, »daß es für einen Mann oder eine Frau ein größeres Mißvergnügen geben kann, als wenn sie dessen verdächtigt werden, was der Wahrheit entgegengesetzt ist. Was mich betrifft, so gibt es nichts, was mich mehr veranlassen könnte, den Verkehr mit meinen Freunden abzubrechen, als diesen Argwohn.«

»Gleichwohl ist es für eine Frau keine vernünftige Entschuldigung«, meinte Oisille, »sich für den Argwohn ihres Gatten zu ihrer eigenen Schande zu rächen. Das hieße doch handeln wie einer, der seinen Feind nicht töten kann und sich deshalb selbst den Degen in den Leib stößt, oder wie einer, der seinen Gegner nicht zerkratzen kann und sich in den Finger beißt. Sie hätte besser daran getan, nie mit dem Freund zu sprechen und so ihrem Gatten zu beweisen, daß er sie zu Unrecht verdächtigt hatte; denn die Zeit hätte sie dann alle beide wieder besänftigt.«

»Trotzdem hat sie gehandelt wie eine beherzte Frau«, erwiderte Ennasuitte, »und handelten viele Frauen wie sie, dann wären ihre Gatten nicht so unverträglich und verletzend, wie sie sind.«

»Wie dem auch sei«, sagte Longarine, »Langmut läßt die Frau zuletzt doch siegen, und Keuschheit trägt ihr Lob ein; dabei müssen wir bleiben.«

»Immerhin«, wandte Ennasuitte ein, »kann eine Frau wohl unkeusch sein und doch nicht sündigen.«

»Wie meint Ihr das?« fragte Oisille.

»Wenn sie einen andern für ihren Gatten hält.«

»Welche Frau wäre wohl so blöde«, entgegnete Parlamente, »daß sie den Unterschied zwischen ihrem Gatten und einem andern nicht kennte, wie er sich auch vermummen möchte?«

»Es hat solche gegeben und gibt sie heute noch«, sagte Ennasuitte, »die betrogen worden sind und dennoch unschuldig und frei von Sünde blieben.«

»Wißt Ihr von einer solchen zu erzählen«, sprach Dagoucin, »so gebe ich Euch meine Stimme, damit Ihr uns diese Geschichte zum besten gebt; denn es dünkt mich höchst seltsam, daß Unschuld und Sünde nebeneinander bestehen können.«

»So hört denn«, sagte Ennasuitte, »wenn ihr, meine Damen, durch die vorhergehenden Geschichten noch nicht genug gewarnt seid, daß es gefährlich ist, in seinem Haus jene Leute zu beherbergen, die uns *Weltkinder* schelten und sich für etwas Heiligeres und Würdigeres halten, als wir sind. Dafür möchte ich ein Beispiel vorbringen, um euch zu zeigen, daß sie nicht nur Männer wie andere sind, sondern daß sie obendrein, entgegen der üblichen Arglist der Männer, noch etwas Teuflisches in sich haben, wie ihr in dieser Geschichte hören werdet.«

S. Freudenberg. inv.        J.^s Le Roy Sculp.

## Achtundvierzigste Geschichte

*Der ältere und listigere von zwei Barfüßern, die in einem Wirtshaus nächtigen, wo die Hochzeit der Wirtstochter gefeiert wird, sieht, wie die Braut entkleidet wird, und nimmt den Platz des neuvermählten Ehemannes bei ihr ein, während der sich bei der Hochzeitsgesellschaft mit Tanzen vergnügt*

In einem Dorf des Landes Périgord wurde in einem Wirtshaus die Hochzeit der Wirtstochter gefeiert, und alle Verwandten und Freunde schmausten nach Herzenslust, leerten den Krug ein ums andere Mal und ließen's sich wohlsein.

Im Laufe des Hochzeitstages langten auch zwei Barfüßermönche im Wirtshaus an, und man setzte ihnen in ihrer Kammer ein Nachtmahl vor, da es sich für ihren Stand nicht schickte, an einem Hochzeitsfest teilzunehmen. Doch der Würdigere der beiden, der größeres Ansehen und auch weit mehr Tücke und Schläue besaß als der andere, dachte bei sich, da man ihn doch von der Tafel fernhalte, wolle er dafür im Bett nicht zu kurz kommen und ihnen einen Streich spielen, wie ihn nur ein Mönch aushecken kann.

Als es Abend geworden war und die Hochzeitsgäste zu tanzen begannen, schaute sich der Franziskaner durch ein Fenster lange die Neuvermählte an und fand sie wunderschön und ganz nach seinem Wunsch. Er holte sorgsam die Stubenmägde über die Kammer aus, in der sie schlafen sollte, und fand heraus, daß sie gerade neben der seinen lag. Das freute ihn sehr, und er legte sich so geschickt auf die Lauer, um sein Ziel zu erreichen, daß er sah, wie die Braut sich aus dem Saale fortstahl und die alten Frauen sie nach Sitte und Brauch in ihre Kammer geleiteten.

Da es früh am Abend war, wollte der Bräutigam noch nicht zu tanzen aufhören, sondern war so an sein Vergnügen hingegeben, daß er sichtlich seine Frau völlig vergessen hatte.

Das hatte hingegen der Barfüßer mitnichten getan; denn sobald er hörte, daß die Braut zu Bett gebracht worden war, legte er seine graue Kutte ab und ging hin und nahm den Platz des Gatten ein. Doch aus Furcht, erwischt zu werden, verweilte er nur ganz kurz bei ihr und begab sich dann in den Garten hinaus bis ans Ende eines Laubengangs, wo sein Gefährte für ihn Wache stand und ihm durch Zeichen zu verstehen gab, der Bräutigam tanze immer noch.

Der Barfüßer, der seine böse Lust noch nicht völlig gestillt hatte, kehrte darauf zu der jungvermählten Frau zurück und lag bei ihr, bis ihm sein Gefährte ein Zeichen gab, daß es höchste Zeit sei, sich aus dem Staube zu machen.

Jetzt erschien der frischgebackene Ehemann und legte sich ins Bett; und seine Frau, die von dem Franziskaner so tüchtig gepiesackt worden war, daß sie nach nichts als nach Ruhe verlangte, konnte sich nicht enthalten zu sagen: »Habt Ihr Euch denn vorgenommen, heute nacht überhaupt kein Auge zuzutun und mich in einem fort zu plagen?«

Der arme Ehemann, der doch eben erst gekommen war, wunderte sich sehr und fragte sie, womit er sie denn geplagt haben könne, da er doch bis jetzt ununterbrochen getanzt habe. »Ja, schön getanzt!« wehklagte das arme Mädchen. »Jetzt kommt Ihr schon zum drittenmal und wollt bei mir liegen. Mich dünkt, Ihr tätet besser, Euch nun auszuschlafen.«

Als der Ehemann diese Worte hörte, wunderte er sich mehr denn je und vergaß alles andere, um die Wahrheit herauszubringen. Als sie ihm aber die ganze Geschichte erzählt hatte, fiel sein Verdacht auf die beiden Barfüßer, die im Hause Obdach gefunden hatten. Er stand sogleich auf und ging in ihre Kammer hinüber, die nahe bei der seinen gelegen war. Als er sie dort aber nicht vorfand, erhob er ein lautes Zetergeschrei und rief so laut um Hilfe, daß alle seine Freunde zusammenliefen. Da sie vernahmen, was die beiden Mönche angestellt hatten, halfen sie ihm mit Lichtern, Laternen und allen Hunden des Dorfes die Barfüßer aufzuspüren. Im ganzen Haus waren sie nicht zu finden, aber sie setzten ihnen so eifrig und flink nach, daß sie die beiden in den Weinbergen erwischten.

Da sprangen sie mit ihnen um, wie es ihnen gebührte; denn zuerst verprügelten sie die beiden Schandbuben gehörig und schnitten ihnen hernach Arme und Beine vom Rumpf und ließen sie im Rebberg liegen in der Hut des Gottes Bacchus und der Venus, waren sie doch diesen zwei Gottheiten gelehrigere Schüler gewesen als dem heiligen Franziskus.

»Wundert euch nicht, meine Damen, wenn solche Leute, denen unsere gewöhnliche Lebensart versagt ist, Dinge tun, deren sich selbst Vagabunden und Stromer schämen würden. Wundert euch vielmehr, daß sie nichts Schlimmeres begehen, wenn Gott seine Hand von ihnen abzieht. Denn die Kutte macht noch nicht den Mönch, und oftmals macht ihn seine Hoffart zuschanden. Ich für mein Teil halte mich an jene Frömmigkeit, von der Sankt Jakob spricht, wenn er sagt: man müsse reinen Herzens gegen Gott sein und sich nach Kräften bemühen, an seinem Nächsten Barmherzigkeit zu üben.«

»Mein Gott!« seufzte Oisille, »werden wir denn immer und ewig diese Geschichten von Franziskanern hören müssen?«

Ennasuitte sagte darauf: »Wenn die Damen, Fürsten und Edelleute nicht verschont werden, tun wir, so scheint mir, den Barfüßern große Ehre an, wenn wir uns überhaupt herbeilassen, von ihnen zu sprechen. Denn sie sind ein so unnützes Pack, daß man nie von ihnen spräche, begingen sie nicht hin und wieder irgendeine Schlechtigkeit. Aber es heißt ja, Böses tun sei immer noch besser als gar nichts tun. Zudem wird unser Strauß desto schöner, je mannigfaltigere Blüten darin zu finden sind.«

»Wenn ihr mir versprechen wollt«, sagte Hircan, »es mir nicht zu verübeln, so will ich euch eine Geschichte von einer hochmögenden Dame erzählen, die so nichtswürdig und verbuhlt war, daß ihr es dem armen Barfüßer nachsehen werdet, seines Leibes sündige Notdurft da befriedigt zu haben, wo sich ihm eine günstige Gelegenheit bot, während jene Dame, die doch genug zu essen hatte, gierig und niederträchtig ihrem Sinnenkitzel frönte.«

»Da wir geschworen haben, die Wahrheit zu sagen«, meinte Oisille, »müssen wir sie auch anhören. Daher könnt Ihr frei heraus reden, denn all das Böse, das wir hier von Männern und Frauen sagen, wird nicht zur besonderen Schande derer gesagt, von denen die Geschichten handeln, sondern um mit der Überschätzung des Vertrauens in die menschliche Kreatur aufzuräumen, indem wir die Schwächen zeigen, denen sie unterworfen ist, auf daß unsere Hoffnung sich auf Gott allein stütze, der vollkommen ist und ohne den jeder Mensch eitel Unvollkommenheit ist.«

»Sei's drum«, begann Hircan, »so will ich denn ohne Scheu meine Geschichte erzählen.«

S Freudenberger. in. h. bet Thiebault f. Dufloo sc.

## Neunundvierzigste Geschichte

*Etliche französische Edelleute, die sehen, daß ihr Herr, der König, von einer ausländischen Gräfin, die er liebt, sehr liebreich behandelt wird, erkühnen sich, sie anzusprechen, und werben um sie, so daß sie einer nach dem andern bekommen, was sie von ihr begehren, während jeder meint, er genieße ganz allein das Glück, an dem alle andern teilhaben. Als das einer von ihnen entdeckt, tun sie sich alle zusammen und wollen sich an ihr rächen; doch sie macht gute Miene zum bösen Spiel und zeigt ihnen ein ebenso freundliches Gesicht wie zuvor, so daß sie die Schande, die sie ihr zu bereiten meinen, im eigenen Busen verschließen müssen*

Am Hof des Königs Karl – ich will nicht sagen des wievielten, aus Rücksicht auf die Ehre der Dame, von der ich sprechen und deren Namen ich nicht nennen will – lebte eine Gräfin aus sehr vornehmem, doch ausländischem Haus. Und da alles Neue gefällt, wurde diese Dame bei ihrer Ankunft sowohl wegen der Neuartigkeit ihrer Kleidung als auch wegen des Reichtums, den sie zur Schau trug, von jedermann angestaunt; und wiewohl sie nicht zu den Schönsten zählte, waren ihr doch eine unüberbietbare Anmut und eine liebenswürdige Dreistigkeit eigen, dazu eine ebensolche Wortgewandtheit und eine so würdige Haltung, daß sich jeder scheute, ihr zu nahen, außer dem König, der eine große Liebe zu ihr faßte. Um nun mit ihr ungestörter sprechen zu können, gab er ihrem Gatten, dem Grafen, irgendwelchen Auftrag, der ihn lange Zeit vom Hofe fernhielt, und währenddessen machte sich der König mit dessen Frau gute Tage.

Ein paar Edelleute des Königs, die sahen, daß ihr Herr von ihr freundlich und liebevoll behandelt wurde, erkühnten sich, sie anzusprechen, unter anderen einer namens Astillon, der ein wagemutiger und wohlgewachsener Mann mit einnehmenden Umgangsformen war.

Anfangs begegnete sie ihm würdevoll und gemessen und drohte ihm, es dem König, seinem Herrn, zu sagen, so daß er beinahe Angst bekommen hätte. Doch da er sich sonst vor den Drohungen des kühnsten Feldhauptmanns nicht zu fürchten pflegte, konnten ihn auch ihre Drohworte nicht einschüchtern, und er umwarb sie so stürmisch und setzte ihr so lange zu, bis sie ihm schließlich eine Unterredung unter vier Augen gewährte und ihm genau angab, wie er unbemerkt in ihre Kammer gelangen könne. Das merkte er sich wohl; und damit der König nicht etwa Verdacht schöpfte, bat er ihn um Urlaub für eine Reise, die er unternehmen müsse. Er reiste auch wirklich vom Hofe ab; doch schon am ersten Tag ließ er seinen ganzen Troß zurück und kehrte heimlich in der Nacht zurück, um die Versprechungen einzulösen, die ihm die Gräfin gemacht hatte. Sie hielt ihm Wort, und er war davon so hochbeglückt, daß er nichts dagegen hatte, fünf oder sechs Tage in einer Kleiderkammer eingesperrt zu bleiben und nie hinausgehen zu dürfen; und dort lebte er ausschließlich von kräftigen Speisen.

Während der acht Tage, die er versteckt dort zubrachte, kam einer seiner Freunde, Durassier mit Namen, zu der Gräfin und machte ihr eifrig den Hof. Wie schon dem ersten, begegnete sie auch diesem Anbeter anfänglich hochfahrend und gab ihm schroffe und hoffärtige Worte, die aber mit jedem Tag freundlicher und sanfter wurden, und als der Tag gekommen war, da sie ihren ersten Gefangenen entließ, setzte sie einen andern Anbeter an seine Stelle. Und während dieser in der Kammer versteckt war, kam ein dritter seiner Gefährten namens Valnebon und verrichtete dieselben Obliegenheiten wie die beiden ersten; und nach ihnen kamen zwei, drei weitere, die alle teilhatten an der angenehmen Gefangenschaft.

Dieses Leben währte geraume Zeit, und die Gräfin lenkte die Dinge so schlau und listig, daß keiner etwas vom andern erfuhr. Und obschon sie recht wohl um die Liebe wußten, die jeder für sie empfand, so dachte doch jeder, er sei der einzige, der von ihr bekommen habe, was er begehrte; und alle lachten im stillen über ihre Gefährten, denen, wie jeder meinte, dieses Glück versagt geblieben war.

Eines Tages, als die erwähnten Edelleute an einem Festmahl teilnahmen und sich an erlesenem Essen und Trinken gütlich taten, begannen sie von ihren Schicksalen und mancherlei Gefangenschaft zu sprechen, die sie im Verlauf der verschiedenen Kriege erlebt hatten. Aber Valnebon, dem es fast das Herz abdrückte, weil er das Liebesglück, das er genossen hatte, so lange für sich behalten mußte, sprach zu seinen Zechgesellen: »Ich weiß nicht, wo ihr überall in Gefangenschaft geschmachtet habt, doch was mich anlangt, so will ich aus Liebe zu einem Kerker, in dem ich geweilt habe, mein Leben lang allen andern Lob und Preis sagen; denn mich dünkt, es gebe auf Erden keine Lust, die der Wonne nahekommt, die man als Gefangener genießt.«

Astillon, der als erster der Gräfin Gefangener gewesen war, ahnte, welchen Kerker er damit meinte, und gab ihm zur Antwort: »Valnebon, von welchem Kerkermeister oder welcher Kerkermeisterin seid Ihr so gut behandelt worden, daß Ihr Euern Kerker so sehr liebt?«

Valnebon antwortete ihm: »Wer auch der Kerkermeister gewesen sein mag, die Gefangenschaft war mir jedenfalls so angenehm, daß ich gewünscht hätte, sie hätte noch länger gewährt; denn noch nie wurde ich besser behandelt, noch war ich je glücklicher.«

Durassier, der ein wortkarger Mann war, merkte wohl, daß von jener Gefangenschaft die Rede war, an der auch er teilgehabt hatte wie die andern, und fragte Valnebon: »Mit welcher Kost wurdet Ihr in dem Kerker gespeist, über den Ihr so des Lobes voll seid?«

»Mit welcher Kost?« fragte Valnebon zurück. »Der König ißt keine bessere und nahrhaftere.«

»Aber ich muß noch etwas wissen«, fuhr Durassier fort. »Ließ Euch der, der Euch gefangenhielt, Euer Brot auch sauer verdienen?«

Valnebon, der jetzt ahnte, daß man ihn richtig verstanden hatte, konnte einen Fluch nicht unterdrücken und rief: »Potz verdammt! habe ich am Ende gar Teilhaber und meinte doch der einzige zu sein?«

Astillon hatte sich diesen Wortstreit angehört, an dem er gleich den andern beteiligt war, und sagte lachend: »Wir dienen alle einem Herrn, sind Freunde und Gefährten von frühester Jugend an, und wenn wir nun auch dasselbe Liebesglück miteinander teilten, dann haben wir allen Anlaß, darüber zu lachen. Aber damit ich weiß, ob ich recht vermute, bitte ich euch, laßt mich ein paar Fragen stellen und gesteht mir dann die Wahrheit; denn wenn sich zugetragen hat, was ich vermute, so ist das ein Abenteuer, das so vergnüglich ist, wie man es tausend Meilen suchen müßte.«

Da schworen sie alle, die Wahrheit zu sagen, wenn es sich so verhielte, daß sie's nicht ableugnen könnten.

»Ich will euch mein Erlebnis erzählen«, sagte er, »und ihr antwortet mir mit ja oder nein, wenn sich das eure ebenso abgespielt hat.«

Sie waren alle einverstanden, und er berichtete: »Ich bat den König um Urlaub für eine Reise.«

Sie antworteten: »Wir desgleichen!«

»Als ich zwei Meilen vom Hof entfernt war, ließ ich meinen ganzen Troß stehen und begab mich in Gefangenschaft.«

Sie antworteten: »Dasselbe taten wir auch.«

»Dort blieb ich sieben oder acht Tage«, fuhr Astillon fort, »und schlief in einer Kleiderkammer, wo man mir nur kräftigende Speisen zu essen gab, die beste Kost, die ich zeitlebens zu essen bekam. Nach acht Tagen ließen mich die Leute, die mich in Haft hielten, ziehen, viel schwächer, als ich gekommen war.«

Alle schworen, ihnen sei es ganz genauso ergangen.

»Meine Gefangenschaft begann an dem und dem Tag und hörte dann und dann auf«, sagte Astillon.

»Die meine«, versetzte Durassier, »begann just an dem Tag, da die Eure ein Ende nahm, und währte bis zu dem und dem Tag.«

Valnebon, dem die Geduld riß, begann zu fluchen und sagte: »Potz Donner! wie ich sehe, bin ich der dritte und dachte doch, ich sei der erste und alleinige! Denn ich trat meine Gefangenschaft dann und dann an und verließ sie wieder an dem und dem Tag.«

Die andern drei, die auch am Tische saßen, schworen, sie hätten genau dieselbe Reihenfolge eingehalten.

»Gut denn«, erklärte Astillon, »da es sich so verhält, will ich auch den Stand unserer Kerkermeisterin verraten. Sie ist vermählt, und ihr Gatte weilt in weiter Ferne.«

»Die ist es, genau die!« antworteten sie alle wie aus einem Munde.

»Wohlan«, sprach Astillon, »um uns jeder Mühe zu entheben, will also ich als der erste, der an der Reihe war, sie auch als erster namentlich nennen. Es ist die Frau Gräfin, die sich so hoffärtig gab, daß mir war, als ich ihre Zuneigung gewann, ich hätte Caesar besiegt.«

»Alle Teufel der Hölle sollen das niederträchtige

Weibsstück holen, das uns so arg zappeln ließ, daß wir uns Gott weiß wie glücklich vorkamen, als wir sie schließlich gefügig gemacht hatten! Nie zuvor hat es ein so bösartiges Frauenzimmer gegeben; denn während sie den einen versteckt hielt, trieb sie's mit dem andern, um nie ohne ihren Zeitvertreib zu sein. Lieber möchte ich tot sein, als daß sie ungestraft bliebe!«

Da beratschlagten sie, welche Strafe sie ihrer Ansicht nach bekommen müsse, und alle erklärten sich bereit, sie ihr zu verabreichen.

»Mir scheint«, meinte Durassier, »wir sollten es dem König, unserem Herrn, hinterbringen. Er macht ja ein Wesens von ihr wie von einer Göttin.«

»Nein, das werden wir nicht tun«, versetzte Astillon, »wir haben Mittel genug, uns an ihr zu rächen, ohne unsern Herrn zu Hilfe zu rufen. Finden wir uns doch morgen früh ein, wenn sie zur Messe geht, und jeder von uns trage eine eiserne Kette um den Hals; und wenn sie dann die Kirche betritt, grüßen wir sie, wie sich's gehört.«

Dieser Rat wurde von der ganzen Tafelrunde für gut befunden, und jeder besorgte sich eine Eisenkette. Als es Morgen geworden war, gingen sie allesamt in schwarzer Kleidung, ihre eisernen Ketten gleich einem Halsband um den Hals geschlungen, der Gräfin entgegen, die sich in die Kirche begab. Kaum wurde sie ihrer in diesem Aufzug ansichtig, mußte sie lachen und fragte: »Wohin gehen denn diese Leidensgestalten?«

»Madame«, gab ihr Astillon zur Antwort, »wir sind gekommen, Euch das Geleit zu geben als arme gefangene Sklaven, die gehalten sind, Euch dienstbar zu sein.«

Die Gräfin tat, als verstünde sie nicht, was er meinte, und erwiderte: »Ihr seid keineswegs meine Gefangenen, und ich wüßte auch nicht, daß ihr Grund hättet, mir mehr als andere dienstbar zu sein.«

Da trat Valnebon vor und sprach: »Haben wir Euer Brot so lange Zeit gegessen, so wären wir recht undankbar, wenn wir Euch nicht zu Diensten stünden.«

Sie spielte aber so trefflich die Nichtsahnende, als verstünde sie nicht, was gemeint war; denn sie glaubte, mit solch ahnungsloser Miene könne sie die Edelleute verblüffen. Aber diese fuhren so beharrlich in ihren anzüglichen Reden fort, daß sie zuletzt einsah, jetzt sei alles an den Tag gekommen. Daher sann sie alsbald auf ein Mittel, sie hinters Licht zu führen. Denn obwohl sie Ehre und Gewissen längst verloren hatte, wollte sie dennoch nicht den Schimpf einstecken, den ihr die Edelleute anzutun gedachten. Da ihr aber mehr an ihrer Lust und Kurzweil lag als an aller Ehre der Welt, zeigte sie ihnen keine unfreundlichere Miene denn zuvor und ließ sich gar nichts anmerken. Darüber waren sie dermaßen verdutzt und fassungslos, daß sie die Schande, die sie ihr hatten antun wollen, in ihrem Busen bewahrten.

»Wenn ihr, meine Damen, diese Geschichte nicht für geeignet erachtet, uns die Frauen als ebenso schlecht und verdorben hinzustellen wie die Männer, will ich nach andern Begebnissen suchen, die ich euch erzählen kann. Doch meine ich, diese Erzählung hier sollte genügen, um euch darzutun, daß eine Frau, die alle Scham verloren hat, hundertmal unverfrorener Böses begeht als ein Mann.«

In der ganzen Gesellschaft war keine Frau, die nicht beim Anhören dieser Geschichte so vielmal das Kreuz geschlagen hatte, daß es schien, sie sähen sämtliche Teufel der Hölle vor ihren Augen.

Doch Oisille sprach zu ihnen: »Meine Damen, demütigen wir uns, wenn wir dieses schauerliche Vorkommnis hören, zumal der Mensch, der von Gott verlassen ist, sich dem angleicht, mit dem er sich einläßt; denn da Gottes Geist mit allen ist, die ihm anhangen, so ergeht es umgekehrt auch denen, die seinem Widersacher anhangen, und nichts ist so tierisch wie ein Mensch, den der Geist Gottes verlassen hat.«

»Was diese bedauernswerte Dame auch begangen haben

mag«, sagte Ennasuitte, »so kann ich trotz allem nicht die Männer loben, die sich ihrer Gefangenschaft rühmten.«

»Mich dünkt«, erwiderte Longarine, »es kostet einen Mann ebensoviel Mühe, über sein Liebesglück zu schweigen, wie er sich's sauer werden läßt, es zu erringen. Denn jeder Jägersmann stößt voll Freude ins Hifthorn, wenn er sein Wild zur Strecke gebracht hat, und jeder Verliebte posaunt gerne seinen Sieg aus.«

»Das ist eine Ansicht«, versetzte Symontault, »die ich vor allen Glaubensinquisitoren für ketzerisch bekämpfen werde; denn es gibt mehr verschwiegene Männer als Frauen, und ich weiß wohl, daß man welche finden könnte, die lieber keine Liebesfreuden genössen, als daß irgendein Geschöpf auf Erden es wüßte. Darum hat auch die Kirche als unsere gute Mutter die Priester zu Beichtigern eingesetzt und nicht die Frauen, weil die nichts geheimhalten können.«

»Nein, das ist nicht der Grund«, sagte Oisille, »sondern das geschah, weil die Frauen dem Laster so feind sind, daß sie nicht so leichthin Absolution erteilen würden wie die Männer und allzu streng in ihren Bußen wären, die sie auferlegen würden.«

»Wären sie's in Wirklichkeit ebensosehr wie in ihren Worten«, entgegnete Dagoucin, »sie würden mehr Sünder zur Verzweiflung treiben als zum Heil hinführen; darum hat die Kirche auf jeden Fall gut vorgesorgt. Doch will ich deswegen die Edelleute nicht entschuldigen, die sich so ihrer Gefangenschaft rühmten; denn noch nie hat es einem Mann Ehre gebracht, Böses von den Frauen zu sagen.«

»Da sie alle das gleiche erlebt hatten«, sagte Hircan, »scheint mir, sie taten gut daran, einander zu trösten.«

»Aber«, meinte Geburon, »sie hätten es um ihrer eigenen Ehre willen niemals eingestehen dürfen. Denn die Bücher von der Tafelrunde lehren uns, daß es für einen tapferen Ritter keine Ehre bedeutet, einen andern niederzustrecken, der nichts taugt.«

»Mich wundert«, sagte Longarine, »daß die arme Frau vor ihren Gefangenen nicht vor Scham verging.«

»Frauen, die ihre Scham verloren haben«, erklärte Oisille, »können sie schwerlich wiederfinden, es sei denn, eine große Liebe habe sie alle Scham vergessen lassen. Solche habe ich schon viele auf den rechten Weg zurückfinden sehen.«

»Ich glaube«, sagte Hircan, »Ihr habt die zurückfinden sehen, die hingegangen sind; denn eine große Liebe bei einer Frau, die ist schwer zu finden.«

»Ich bin nicht Eurer Meinung«, wandte Longarine ein, »denn ich glaube, es gibt Frauen, die bis in den Tod geliebt haben.«

»Ich bin so begierig, eine solche Geschichte zu hören«, sagte Hircan, »daß ich Euch meine Stimme gebe. Ich möchte bei den Frauen die Liebe kennenlernen, die ich ihnen nie zugetraut habe.«

»Hört nur erst«, sagte Longarine, »und Ihr werdet es glauben; auch daß es keine stärkere Leidenschaft gibt als die Liebe. Doch wie sie uns zu fast Unmöglichem befähigt, damit wir ein bißchen Glück genießen, so treibt sie auch, mehr als jede Leidenschaft, Mann oder Weib, die jede Hoffnung, je ihr Verlangen zu stillen, verloren haben, in Verzweiflung, wie ihr in dieser Geschichte sehen werdet.«

S. Freudenbeger inv. — DeLongueil Sculp.

## Fünfzigste Geschichte

*Messer Gianpietro umwirbt lange Zeit eine Nachbarin, in die er leidenschaftlich verliebt ist. Um sie sich aus dem Sinn zu schlagen, meidet er einige Tage ihren Anblick; deswegen verfällt er in so tiefe Schwermut, daß die Ärzte ihm einen Aderlaß verordnen. Die Dame, die weiß, aus welchem Grund er allen Lebensmut verloren hat, will ihm das Leben retten, beschleunigt aber seinen Tod, indem sie ihm gewährt, was sie ihm stets abgeschlagen hatte; hernach teilt sie im Glauben, sie trage die Schuld am Verlust eines so vollkommenen Freundes, durch einen Degenstich sein Los*

In der Stadt Cremona lebte vor noch nicht langer Zeit ein Edelmann, Messer Gianpietro mit Namen, der seit langem eine Dame liebte, die in seiner Nachbarschaft wohnte. Doch trotz allem heißen Bemühen, mit dem er sie umwarb, vermochte er doch nie die Antwort von ihr zu bekommen, die er ersehnte, obschon sie ihn von ganzem Herzen liebte. Darüber grämte und härmte sich der arme Edelmann so sehr, daß er sich in sein Haus zurückzog, fest entschlossen, nicht mehr vergeblich einem

Glück nachzujagen, das zu verfolgen ihm sein Lebensmark aufzehrte. Um sie sich nun aus dem Sinn zu schlagen, ließ er ein paar Tage vorübergehen, ohne sie zu sehen, und verfiel darob in solche Schwermut, daß er nicht wiederzuerkennen war. Seine Eltern ließen die Ärzte kommen, welche sahen, daß sein Gesicht sich ganz gelb verfärbte, und deshalb glaubten, er leide an einer Verstopfung des Gallenkanals, so daß sie ihm einen Aderlaß verordneten.

Seine Dame, die so lange die Spröde gespielt hatte, wußte recht wohl, daß seine Krankheit einzig und allein von ihrem abweisenden Verhalten herrührte, und sandte eine Alte zu ihm, der sie vertraute; die mußte ihm bestellen, da sie erkannt habe, daß seine Liebe echt und aufrichtig sei, sei sie jetzt entschlossen, ihm alles zu gewähren, was sie ihm so lange verweigert habe. Sie habe auch Mittel und Wege gefunden, sich aus ihrem Haus fortzustehlen und ihn an einem Ort zu erwarten, wo er sie ungestört aufsuchen könne.

Der Edelmann, den man am Morgen am Arm geschröpft hatte, wurde durch diese frohe Botschaft rascher und gründlicher geheilt als durch jeden Aderlaß und alle Arzneien, die er hätte einnehmen können. Er ließ ihr ausrichten, er werde nicht versäumen, sich zur anberaumten Stunde bei ihr einzufinden; sie habe sichtlich ein Wunder bewirkt, denn mit einem einzigen Wort habe sie einen Mann von einer Krankheit geheilt, gegen die alle Ärzte kein Mittel hätten finden können.

Als der Abend gekommen war, den er so sehr herbeigesehnt hatte, begab sich der Edelmann an den Ort, den sie ihm angegeben hatte, von einem so übermächtigen Glücksgefühl beseelt, daß es bald ein Ende nehmen mußte, weil es nicht mehr größer werden konnte. Und es dauerte auch nicht lange, nachdem er dort hingekommen war, bis sich die Frau, die er mehr liebte als seine eigne Seele, bei ihm einfand. Er verlor nicht lange Zeit mit wortreichen Begrüßungen, denn das

Feuer, das ihn verzehrte, drängte ihn, schleunigst auf das loszusteuern, was er kaum für möglich halten konnte und nicht zu erträumen gewagt hatte. Trunkener vor Liebe und Lust, als ihm in seinem Zustand gut war, glaubte er einesteils sein Leben zu erhalten und zu genesen, während er andernteils seinen Tod beschleunigte. Denn da er über seiner Geliebten sich selber vergaß, bemerkte er nicht, daß sich der Verband an seinem Arm löste und die frische Wunde, die wieder aufbrach, so viel Blut verströmte, daß der unglückselige Edelmann gleichsam in seinem Blute schwamm. Da er jedoch glaubte, seine Mattigkeit rühre vom Übermaß der genossenen Lust her, gedachte er sich in sein Haus zurückzubegeben.

Da vollbrachte die Liebe, die sie allzu stürmisch vereint hatte, daß seine Seele, als er von seiner Freundin schied, auch von seinem Leib scheiden mußte, und wegen des großen Blutverlustes sank er tot zu Füßen der Dame nieder. Vor Schreck und Bestürzung außer sich, ermaß sie, welch unwiederbringlichen Verlust sie mit dem Tod eines so vollkommenen Freundes erlitten hatte, und erwog auch schaudernd, daß sie allein daran die Schuld trug. Da sie andrerseits trotz ihrem Schmerz auch einsah, welche Schande auf sie fiel, wenn man den entseelten Leib in ihrem Hause fand, trug sie gemeinsam mit einer ihrer Dienerinnen, der sie vertraute, den Leichnam auf die Straße hinaus, damit ihr Zusammensein nicht ruchbar werde. Doch wollte sie den Toten nicht allein dort lassen, sondern sein Los teilen. So ergriff sie den Degen des Verblichenen und stieß ihn sich mitten durch das Herz, das an allem schuld war und harte Strafe verdient hatte. Ihr entseelter Leib fiel über den Leichnam ihres Freundes nieder.

Als Vater und Mutter des Mädchens am Morgen aus ihrem Haus traten, fanden sie dieses klägliche Schauspiel auf der Straße, und nachdem sie gebührend um die beiden Toten getrauert hatten, bereiteten sie ihnen ein gemeinsames Grab.

»Daraus ersieht man, meine Damen, wie übermäßige Liebe ein anderes Unglück nach sich zieht.«

»Das gefällt mir ausnehmend gut«, sprach Symontault, »wenn die gegenseitige Liebe so stark ist, daß nach dem Tode des einen auch der andere nicht mehr weiterleben will. Und hätte Gott mir die Gnade erwiesen, daß ich eine solche Frau hätte finden dürfen, ich glaube, nie hätte ein Mann vollkommener geliebt.«

»Trotzdem bin ich der Meinung«, versetzte Parlamente, »die Liebe hätte Euch nicht so blind gemacht, daß Ihr Euern Arm nicht besser verbunden hättet, als jener Edelmann es tat; denn vorüber sind die Zeiten, da die Männer den Damen zuliebe ihr Leben geringachteten.«

»Aber dafür sind die Zeiten nicht vorbei, da die Damen das Leben ihrer Anbeter aufs Spiel setzen um ihrer Lüste willen.«

»Ich glaube«, erwiderte Ennasuitte, »es gibt keine Frau auf Erden, die sich über den Tod eines Mannes freuen könnte, und wäre er auch ihr Feind. Wenn sich jedoch die Männer selbst umbringen wollen, können die Frauen sie nicht davon abhalten.«

»Und doch«, versetzte Saffredent, »gilt die Frau, die dem Armen, der am Verhungern ist, sein Brot verweigert, als seine Mörderin.«

»Wären eure Anliegen so vernünftig wie die des Armen, der um seines Lebens Notdurft bittet«, meinte Oisille, »so wären die Damen allzu herzlos, wollten sie euch abschlägig bescheiden; aber gottlob! diese Krankheit bringt nur die ums Leben, die ohnehin im Lauf des Jahres sterben müssen.«

»Ich finde nicht, Madame«, erwiderte Saffredent, »daß es eine größere Notdurft gibt als die, die alle andern vergessen läßt; denn ist die Liebe übermächtig, dann kennt man keine andere Speise und kein anderes Brot als Blick und Wort der geliebten Frau.«

»Ließe man Euch fasten«, spottete Oisille, »und gäbe

man Euch keine andere Speise, so würdet Ihr gar bald anderen Sinnes.«

»Ich gebe zu«, versetzte er, »daß der Leib schwach werden könnte, nicht aber das Herz und der Wille.«

»Also hat Gott Euch eine große Gnade erwiesen«, lachte Parlamente, »als er Euch an eine Frau verwies, mit der Ihr so wenig Glück erlebt, daß Ihr Euch mit Essen und Trinken erquicken und stärken müßt. Und mich will bedünken, als bekäme Euch das so gut und schlüge Euch so trefflich an, daß Ihr Gott für eine so wohltuende Herzlosigkeit danken müßtet.«

»Ich bin Kummer so gewöhnt«, entgegnete er, »daß ich allgemach die Leiden begrüße, über die andere klagen!«

»Vielleicht«, meinte Longarine, »vertreibt Euch Euer Klagen aus der Gesellschaft, in der Ihr um Eurer Zufriedenheit willen wohlgelitten wäret; denn es gibt nichts Verdrießlicheres als einen Verliebten, der einem auf die Nerven geht.«

»Sagt lieber: als eine herzlose Dame«, wandte Symontault ein.

»Ich sehe wohl«, sagte Oisille, »wollten wir zuhören, bis Symontault mit all seinen Gegengründen zu einem Ende käme, wir würden Komplete statt der Vesper läuten hören, da ihn der Fall nahe angeht. Darum laßt uns gehen und Gott dafür danken, daß dieser Tag ohne größeren Zwist vergangen ist.«

Damit erhob sie sich als erste, und alle andern folgten ihrem Beispiel.

Aber Symontault und Longarine hörten nicht auf, ihre Meinungsverschiedenheit weiter auszutragen, doch so freundlich und sanft, daß Symontault, ohne den Degen zu zücken, den Sieg davontrug, indem er dartat, daß aus der stärksten Leidenschaft die größte Not entspringe. Und auf diese Äußerung hin betraten sie die Kirche, wo die Mönche sie bereits erwarteten.

Nachdem sie die Vespermette gehört hatten, gingen

sie zum Nachtmahl, wo sie sich ebensosehr an Worten wie an Speisen erquickten; denn Rede und Antwort gingen munter hin und her, solange sie bei Tische saßen, und auch noch den ganzen Abend hindurch, bis Oisille ihnen sagte, es sei nun wohl an der Zeit, ihre Geister auszuruhen, und die fünf Tage seien mit so schönen Geschichten hingegangen, daß ihr angst und bange sei, der sechste könnte vielleicht nicht mehr ebenso schön verlaufen; denn es sei nicht möglich, selbst wenn man sie erdichten wollte, bessere Geschichten zu erzählen, als was sie bisher an wahren Erzählungen in ihrer Gesellschaft vorgebracht hätten.

Aber Geburon hielt ihr entgegen, solange die Welt bestehen werde, trügen sich auch Begebnisse zu, die denkwürdig und erzählenswert seien. »Denn«, sagte er, »die Arglist der schlechten Menschen ist immer noch so wie zuvor, wie auch die Güte der guten Menschen dieselbe bleibt. Solange Bosheit und Güte auf Erden herrschen, werden auch immer wieder neue Taten begangen, obwohl geschrieben steht, es gebe nichts Neues unter der Sonne. Doch uns, die wir nicht zu Gottes geheimem Rat berufen worden sind und den Ursprung der Dinge nicht kennen, kommen alle neuen Dinge um so wunderbarer vor, je weniger wir sie vollbringen möchten oder könnten. Habt darum keine Angst, daß die Tage, die noch kommen, nicht würdig auf die vergangenen folgen werden, und denkt eurerseits daran, nach besten Kräften eure Pflicht zu tun.«

Darauf sagte Oisille, sie befehle sich Gott, in dessen Namen sie ihnen allen eine gute Nacht wünsche. So zog sich die ganze Gesellschaft zurück, und damit fand der fünfte Tag sein Ende.

D.

# DER SECHSTE TAG

*Am sechsten Tag wird über die Betrügereien gesprochen, die Männer an Frauen, Frauen an Männern oder Frauen an Frauen verübt haben, sei's aus Habgier, Rachsucht oder Arglist*

## Prolog

Am Morgen begab sich Madame Oisille zeitiger als sonst in den Saal, um ihre Lesung aus der Heiligen Schrift vorzubereiten. Aber die Gesellschaft, die man davon benachrichtigte, beeilte sich im Verlangen, ihre gute Unterweisung zu vernehmen, so sehr mit Ankleiden, daß sie sie nicht lange warten ließ. Und Oisille, die ihren Eifer erkannte, las ihnen die Epistel des Evangelisten Johannes, die von der Liebe handelt, weil sie ihnen an den vergangenen Tagen den Brief des Apostels Paulus an die Römer ausgelegt hatte. Die Gesellschaft fand diese Nahrung so wohltuend, daß es ihnen vorkam, als wären sie nur eine Viertelstunde beisammen gewesen, obwohl sie eine halbe Stunde länger zugehört hatten als sonst. Hierauf begaben sie sich alle andächtig zur Messe, wo sich jeder dem Heiligen Geist befahl, damit sie auch an diesem Tage heiteren Mutes ihr vergnügliches Beisammensein genießen könnten. Und nachdem sie gespeist und sich eine Weile ausgeruht hatten, gingen sie auf die Wiese, um sich dem gewohnten Zeitvertreib hinzugeben.

Madame Oisille fragte sie zuerst, wer heute anfangen solle, und Longarine antwortete: »Madame Oisille. Sie hat uns eine so erbauliche Lesung geboten, daß sie uns gewiß eine Geschichte erzählen wird, würdig, den Ruhm, den sie am Morgen geerntet hat, zu krönen.«

»Es tut mir leid«, erwiderte Oisille, »daß ich euch am Nachmittag nicht auch etwas so Ersprießliches bieten kann wie heute früh. Doch zumindest soll der Sinn meiner Geschichte der Lehre der Heiligen Schrift entsprechen, wo geschrieben steht: ‚Traut nicht den Fürsten noch den Söhnen der Menschen, denn unser Heil liegt nicht bei ihnen.' Und damit ihr mangels eines Beispiels diese Wahrheit nicht vergeßt, will ich euch eine Begebenheit berichten, deren Gedächtnis noch so frisch ist, daß die Augen jener, die dieses jammervolle Schauspiel angesehen haben, kaum getrocknet sind.«

S. Freudenberger Inv. — J. Le Roy Scu

1781.

## Einundfünfzigste Geschichte

*Der Herzog von Urbino läßt entgegen dem Versprechen, das er seiner Frau gegeben hat, ein Hoffräulein henken, durch deren Vermittlung sein Sohn, den er nicht ärmlich verheiraten wollte, seiner Freundin die Liebe, die er ihr entgegenbrachte, kundgetan hatte*

Der Herzog von Urbino, der Präfekt zubenannt, der mit der Schwester des ersten Herzogs von Mantua vermählt war, hatte einen Sohn im Alter zwischen achtzehn und zwanzig Jahren, der sich in ein Mädchen aus gutem und ehrenwertem Haus verliebte, in die Schwester des Abtes von Farse. Da er nach dem Brauch des Landes nicht die Freiheit hatte, mit ihr zu sprechen, wie er es wünschte, nahm er einen Edelmann, der in seinem Dienste stand, zum Mittler. Der wiederum war verliebt in ein schönes und ehrbares Fräulein, das zum Gefolge seiner Mutter gehörte, und durch sie ließ der Jüngling seiner Freundin die große Liebe erklären, die er für sie empfand. Das arme Mädchen dachte sich nichts Böses dabei und freute sich, daß sie ihm einen Dienst erweisen konnte; denn sie hielt seine Werbung für so gut und ehrbar, daß sie überzeugt war, er könne nichts beabsichtigen, wovon sie nicht in allen Ehren Botschaft überbringen dürfe.

Doch der Herzog war mehr auf den Vorteil seines Hauses als auf eine redliche Liebe bedacht und hatte so große Angst, die Liebelei seines Sohnes könnte zu einer Heirat führen, daß er ihn scharf überwachen ließ. Und es wurde ihm hinterbracht, jenes unglückliche Fräulein habe sich unterstanden, ein paar Briefe seines Sohnes an dessen heißgeliebte Freundin zu bestellen. Darüber geriet der Herzog in solchen Zorn, daß er beschloß, der Sache ein für allemal ein Ende zu machen.

Er wußte aber seinen Zorn nicht so gut zu verstellen, daß das Fräulein nicht davon erfuhr, und da sie die Heimtücke des Herzogs kannte und wußte, daß seine Bosheit ebenso groß wie sein Gewissen schwach war, befiel sie eine entsetzliche Angst. Sie begab sich also eilends zur Herzogin und flehte sie an, sie möge ihr Urlaub geben, damit sie sich an einen Ort zurückziehen könne, wo sie dem Herzog nicht unter die Augen komme, bis seine Wut verraucht sei. Aber ihre Herrin sagte ihr, sie wolle zuerst den Willen ihres Gemahls erforschen, bevor sie ihr Urlaub gewähre.

Bald aber merkte sie, wie aufgebracht ihr Gatte über sie war, und da sie seine Gemütsart kannte, beurlaubte sie das Fräulein nicht nur, sondern riet ihr auch, sich in ein Kloster zurückzuziehen, bis dieses Ungewitter vorübergezogen sei. Das tat sie so heimlich wie möglich. Gleichwohl erfuhr der Herzog davon und fragte mit verstellter, freundlicher Miene seine Frau, wo denn das Fräulein sei. Die Herzogin war des Glaubens, ihrem Gatten sei die Wahrheit bekannt, und gestand ihm alles. Nun stellte er sich höchst befremdet und betrübt und sagte ihr, das Fräulein brauche sich doch nicht so aufzuführen, er jedenfalls gedenke ihr nichts Böses anzutun;

sie möge sie nur wieder zurückberufen, denn das Gerede über dergleichen Dinge sei ungut.

Die Herzogin hielt ihm entgegen, wenn das bedauernswerte Mädchen zu seinem Unglück seine Huld verscherzt habe, so sei es besser, sie komme ihm für einige Zeit nicht unter die Augen. Doch er ließ alle diese Gründe nicht gelten und befahl ihr kurzerhand, sie zurückzurufen.

Die Herzogin versäumte also nicht, dem armen Fräulein den Wunsch ihres Gemahls bekanntzugeben. Doch das Mädchen glaubte sich desungeachtet keineswegs vor Strafe sicher und bat flehentlich, sie nicht solcher Gefahr auszusetzen; sie wisse nämlich genau, der Herzog sei nicht so leicht zum Verzeihen geneigt, wie er jetzt vorgebe. Jedoch die Herzogin versicherte ihr, es werde ihr kein Leid geschehen, und bürgte dafür mit ihrer Ehre und ihrem Leben.

Das Fräulein, das wohl wußte, daß ihre Herrin sie liebte und sie nicht grundlos würde täuschen wollen, vertraute ihrem Versprechen im Glauben, der Herzog werde nie und nimmermehr etwas gegen eine solche Bürgschaft unternehmen, bei der die Ehre seiner Gemahlin verpfändet sei. So kehrte sie zur Herzogin zurück.

Doch kaum erfuhr das der Herzog, so kam er unverweilt in die Gemächer seiner Gemahlin gestürmt, und sowie er das Fräulein erblickte, sprach er zur Herzogin: »Da ist ja die Ausreißerin wiedergekommen?« Dann wandte er sich zu seinen Edelleuten um und befahl ihnen, sie zu ergreifen und in den Kerker abzuführen.

Darüber war die arme Herzogin, die das Mädchen mit ihrem Ehrenwort aus ihrem Versteck zurückgelockt hatte, dermaßen verzweifelt, daß sie vor ihm auf die Knie fiel und ihn anflehte, er möge um seiner selbst willen und aus Rücksicht auf sein Haus eine solche Freveltat nicht begehen, habe sie doch auf sein Geheiß das Fräulein von dem Ort zurückberufen, wo sie in Sicherheit gewesen sei.

Aber keine Bitten und auch keine Gründe, die sie anführte, vermochten das harte Herz des Herzogs zu erweichen noch den festen Vorsatz, sich an ihr zu rächen, ins Wanken zu bringen. Ohne seine Gemahlin einer Antwort zu würdigen, stürmte er sofort hinaus und ließ ohne gerichtliche Untersuchung und Urteil, Gott und die Ehre seines Hauses vergessend, das arme Fräulein grausam henken.

Ich kann gar nicht versuchen, euch das Herzeleid der Herzogin zu schildern, denn es war so maßlos, wie es einer ehrenhaften und gutherzigen Dame ansteht, die zusehen muß, wie ein Mensch, den sie retten wollte, auf ihr Ehrenwort hin stirbt. Noch weniger aber läßt sich der namenlose Schmerz des armen Edelmannes beschreiben, der sie geliebt hatte. Er tat alles menschenmögliche, um ihr das Leben zu retten, ja, er bot sogar sein eigenes Leben zum Tausch für das ihre an. Aber kein Erbarmen vermochte das Herz dieses Herzogs zu rühren, der kein anderes Glück kannte, als sich an denen zu rächen, die er haßte.

So wurde das arme Fräulein unschuldig dem Tod überantwortet durch den unmenschlichen Herzog, wider alle Gesetze des Anstands und zum großen Leidwesen aller, die sie gekannt hatten.

»Seht nur, meine Damen, was Arglist vermag, wenn sie mit Macht gepaart ist!«

»Ich hatte wohl sagen hören«, meinte Longarine, »daß die Italiener vor allem drei Lastern unterworfen sind; aber ich hätte nicht gedacht, daß Rachedurst und Grausamkeit so weit gehen könnten und daß sie aus einem so nichtigen Anlaß einen so unmenschlichen Tod verhängen würden.«

Lachend erwiderte ihr Saffredent: »Longarine, Ihr habt uns wohl das eine der drei Laster genannt, doch müßten wir nun noch wissen, welches die beiden andern sind.«

»Wenn Ihr sie nicht kenntet«, versetzte sie, »würde ich sie Euch gerne nennen; aber ich weiß gewiß, daß ihr alle darüber genau Bescheid wißt.«

»Aus Euren Worten zu schließen«, meinte Saffredent, »haltet Ihr mich also für recht lasterhaft?«

»Ganz und gar nicht«, entgegnete Longarine, »aber ich meine, wenn Ihr genau wißt, wie häßlich das Laster ist, so könnt Ihr's besser als ein anderer vermeiden.«

»Wundert Euch nicht über diese Grausamkeit«, sagte Symontault; »denn Leute, die durch Italien gereist sind, haben dort so unerhörte Unmenschlichkeiten mit angesehen, daß dieser Fall, damit verglichen, nur eine harmlose Untat ist.«

»Wahrhaftig«, sagte Geburon, »als Rivolta* von den Franzosen eingenommen wurde, gab es dort einen italienischen Feldhauptmann, der für einen gesitteten Mann galt; als der nun einen Toten daliegen sah, der ihm nichts weiter zuleide getan hatte, als daß er im Kampf zwischen Guelfen und Ghibellinen auf der Gegenseite gestanden hatte, riß er ihm das Herz aus dem Leib, briet es an einem Kohlenfeuer und schlang es mit gieriger Hast hinunter. Als ihn etliche fragten, wie es ihm schmecke, antwortete er, noch nie habe er etwas so Wohlschmeckendes und Bekömmliches gegessen wie dieses Stück. Und nicht zufrieden mit dieser erhebenden Tat, brachte er auch noch die Frau des Toten ums Leben, riß ihr die Leibesfrucht, mit der sie schwanger ging, aus dem Leib und zerschmetterte sie an einer Mauer. Dann füllte er die Leiber des Mannes und der Frau mit Hafer an und ließ seine Pferde daraus fressen. Meint ihr, dieser Mann hätte nicht auch ein Mädchen ins Jenseits befördert, das er im Verdacht gehabt hätte, sie wolle etwas ihm Mißliebiges tun?«

»Man muß schon sagen«, meinte Ennasuitte, »dieser Herzog von Urbino hatte zu große Angst, seinen Sohn

* Die französischen Truppen unter Ludwig XII. eroberten Rivolta bei Mailand im Jahre 1509 (Anmerkung des Übersetzers).

ärmlich verheiratet zu sehen, als daß er gewünscht hätte, ihm eine Frau nach seinem Wunsch zu geben.«

»Ich glaube«, antwortete Symontault, »Ihr dürft nicht daran zweifeln, daß es in der Natur der Italiener liegt, mehr als die Natur das zu lieben, was nur dazu geschaffen ist, ihr zu dienen.«

»Noch schlimmer«, versetzte Hircan; »denn sie vergotten Dinge, die wider die Natur sind.«

»Eben das sind die Sünden«, sagte Longarine, »die ich meinte; denn man weiß wohl, am Geld hängen, es sei denn, man möchte es sich zunutze machen, heißt einem Götzen dienen.«

Parlamente erklärte darauf, Sankt Paulus habe ebenfalls die Laster der Italiener und all derer erwähnt, die glauben, die andern Menschen an Ehre, Klugheit und menschlicher Vernunft zu übertreffen, und die sich so sehr darauf verlassen, daß sie Gott nicht jene Ehre erweisen, die ihm gebührt; weshalb denn der Allmächtige, auf seine Ehre eifersüchtig, alle, die mehr Vernunft als andere zu besitzen meinen, unvernünftiger als tollwütige Bestien werden läßt und ihnen durch ihr widernatürliches Tun beweist, daß sie in ihrem Sinn verstockt sind.

Da fiel ihr Longarine ins Wort und warf ein, das sei das dritte Laster, dem sie unterworfen seien.

»Meiner Seel«, sagte Nomerfide, »was Ihr da äußert, hat mir ausnehmend gefallen; denn wenn die Geister, die man für die gewitztesten und redegewandtesten ansieht, damit bestraft werden, daß sie dümmer als das liebe Vieh werden, dann darf man wohl daraus folgern, daß demütige, staubgeborene und bescheidene Geister wie ich von der Weisheit der Engel erfüllt sind.«

»Ich versichere Euch«, meinte Oisille darauf, »ich bin beinahe Eurer Ansicht; denn niemand ist unwissender, als wer meint, er wisse alles.«

»Ich habe noch nie«, sagte Geburon, »einen Spötter gesehen, der nicht zum Gespött wurde, noch einen Betrüger, der nicht betrogen, oder einen Hochmütigen, der nicht gedemütigt wurde.«

»Da fällt mir eben ein Spitzbubenstreich ein«, versetzte Symontault, »den ich euch, wäre er nur anständig, gern erzählt hätte.«

»Nun, da wir ja hier sind, um die Wahrheit zu sprechen«, erwiderte Oisille, »gebe ich Euch meine Stimme, und Ihr sollt uns die Sache erzählen, sie mag sein, wie sie will.«

»Da denn die Reihe an mir ist«, sagte Symontault, »werde ich sie euch erzählen.«

S. Freudenberg. inv. L. Halbou. Sculp.

1781

### Zweiundfünfzigste Geschichte

*Ein Apothekergeselle will einem Advokaten und dessen Gevatter einen Streich spielen. Also läßt er aus seinem Ärmel einen hartgefrorenen Scheißdreck fallen, den er wie einen Zuckerhut in Papier eingewickelt hat. Der Advokat hebt ihn auf und birgt ihn in seinem Busen, geht hierauf mit einem Freund zum Frühstück in ein Wirtshaus, das er mit Schimpf und Schande verläßt, und muß so die Zeche bezahlen, die er dem Apothekergehilfen zugedacht hat*

Unweit der Stadt Alencon lebte ein Edelmann, Herr de la Tirelière genannt, der eines Tages zu Fuß von seinem Haus in die Stadt kam, teils weil der Weg nicht weit, teils auch weil Stein und Bein gefroren war. Er hatte seinen dicken, mit Fuchspelz gefütterten Mantel nicht zu Hause vergessen. Nachdem er seine Geschäfte erledigt hatte, traf er einen Gevatter, einen Advokaten namens Antoine Bacheré, und sobald er seine Geschäfte mit ihm besprochen hatte, sagte er, er hätte nicht übel Lust zu einem guten Frühstück, doch müsse es auf anderer Leute Kosten gehen. Unter solchen Gesprächen setzten sie sich vor dem Laden eines Apothekers hin, wo ein Gehilfe hantierte und ihnen zuhörte. Alsbald kam er auf den Gedanken, ihnen ein Frühstück zu verschaffen, sprang also aus seinem Laden auf eine Gasse hinaus, wo jedermann seine Notdurft zu verrichten pflegte, und fand dort einen zünftigen Kackkegel, schön aufrecht und steif gefroren, so daß er aussah wie ein kleiner Zuckerhut. Flugs wickelte er ihn in ein sauberes Papier, wie er's bei seinen Waren gewohnt war, um den Leuten danach Lust zu machen, und versteckte das Päckchen in seinem Ärmel. Dann ging er bei dem Edelmann und dem Advokaten vorbei und ließ neben ihnen wie aus Unachtsamkeit diesen schönen Zuckerhut fallen. Darauf trat er in ein Haus, als ob er dort das Ding abzugeben hätte.

Der Herr de la Tirelière hob schleunig auf, was er für einen Zuckerhut hielt, und gerade als er's zu sich stecken wollte, kam der Apothekergehilfe zurück und suchte und fragte überall nach seinem Zuckerhut. Der Edelmann, der ihn schön angeführt zu haben glaubte, begab sich geschwind mit seinem Gevatter in ein Wirtshaus und sagte zu ihm: »Unser Frühstück ist auf Kosten dieses Gesellen bereits bezahlt.«

In der Schenke angelangt, verlangte er gutes Brot, guten Wein und erlesene Speisen; denn er dachte, nun habe er ja Geld genug, um zu bezahlen. Als ihm nun unterm Essen warm wurde, begann auch sein Zuckerhut aufzutauen und erfüllte die ganze Stube mit einem greulichen Gestank, wie ihn eben so ein Zuckerhut verbreitet. Darüber ergriff den Edelmann, der ihn an seinem Busen verborgen hatte, ein gewaltiger Zorn auf die Magd, und er sprach zu ihr: »Ihr seid die ekligsten Leute, die ich hier in der Stadt je gesehen habe; denn Ihr oder Eure Kinder habt die ganze Stube mit Scheißdreck vollgekleckert!« Die Magd aber hielt ihm entgegen: »Hier drinnen ist kein Unrat, beim heiligen Petrus, Ihr hättet ihn denn selber eingeschleppt!«

Daraufhin erhoben sich die beiden wegen des unerträglichen Gestanks, den sie rochen, und traten ans Fenster, wo der Edelmann ein Schnupftuch aus dem Busen zog, das mit gefrorenem Zucker gefärbt war. Und als er seinen fuchspelzgefütterten Überrock auseinanderschlug, fand er ihn völlig verdreckt und verdorben und wußte zu seinem Gevatter nichts zu sagen als: »Der Lausbub, den wir anzuführen gedachten, hat es uns heimgezahlt!« Sie zahlten ihre Zeche und zogen ebenso betrübt ab, wie sie fröhlich gekommen waren, als sie meinten, den Apothekergehilfen hereingelegt zu haben.

»Wir sehen des öftern, meine Damen, daß dergleichen Unheil denen widerfährt, die sich einen Spaß daraus machen, solch schlaue Streiche auszuhecken. Hätte der Edelmann nicht auf anderer Leute Kosten essen wollen, so hätte er nicht auf seine eigenen ein so ekles Süpplein löffeln müssen. Freilich, meine Damen, ist meine Geschichte nicht sonderlich stubenrein; aber ihr habt mir ja die Erlaubnis gegeben, die Wahrheit zu sagen, und das habe ich getan, um zu zeigen, daß niemand betrübt ist, wenn ein Betrüger hereingelegt wird.«

»Man sagt sonst«, ließ sich Hircan vernehmen, »daß Worte nicht stinken; aber die, denen sie zugedacht waren, kamen nicht so ungeschoren weg, daß ihnen der Gestank nicht übel in die Nase stieg.«

»Es ist schon wahr«, erwiderte Oisille, »manche Worte stinken nicht; aber es gibt andere, die man unanständig nennt. Sie riechen so schlecht, daß sie der Seele ärgere Pein bereiten, als sie der Körper leidet, wenn er einen solchen Zuckerhut riecht, wie Ihr ihn geschildert habt.«

»Ich bitte Euch«, sagte Hircan, »nennt mir doch die Worte, die Eures Wissens so schmutzig sind, daß sie dem Herzen und der Seele einer ehrbaren Frau widerlich klingen.«

»Das wäre ja noch besser«, sagte Oisille, »wenn ich Euch sagte, was ich allen Frauen zu sagen abrate!«

»Daraus erkenne ich«, antwortete Saffredent, »was

das für Ausdrücke sind, die von Frauen, die im Ruf der Ehrbarkeit stehen wollen, gemeinhin nicht verwendet werden dürfen. Aber ich würde gerne alle hier versammelten Damen fragen, warum sie denn, wenn sie doch nicht davon zu sprechen wagen, so gern lachen, sobald man in ihrem Beisein davon redet.«

Da erwiderte Parlamente: »Wir lachen nicht, weil wir diese schönen Worte hören; aber es ist wahr, jeder Mensch lacht nur zu gern, wenn er jemanden straucheln sieht oder wenn einem zufällig ein unpassendes Wort entschlüpft, wie das zuweilen vorkommt. Die Zunge stolpert beim Sprechen, man sagt ein Wort für ein anderes, und das kann den verständigsten und zungenfertigsten Frauen zustoßen. Wenn aber ihr Männer unter euch wissentlich und willentlich zu eurem unflätigen Ergötzen Zoten reißt, dann wüßte ich keine anständige Frau, der nicht davor graute und die sie nicht bloß nicht hören möchte, sondern sogar vor solchen Leuten Reißaus nähme.«

»Es ist freilich wahr«, versetzte Geburon, »ich habe schon viele Frauen sich bei solchen Worten bekreuzigen sehen, und sie hörten erst wieder auf, wenn man sie wiederholt hatte.«

»Wie oft aber«, spottete Symontault, »haben sie sich ihre Halbmaske vors Gesicht gehalten, um ungescheut lachen zu können, wie sie sich zuvor scheinheilig erbost hatten!«

»Allerdings war es besser, es so zu machen«, meinte Parlamente, »als daß sie zu erkennen gaben, sie hätten solche Reden spaßig gefunden.«

»Ihr lobt also«, versetzte Dagoucin, »die Verstellung der Damen ebenso wie die Tugend?«

»Die Tugend wäre schon besser«, erwiderte Longarine; »doch wo sie fehlt, muß man sich mit Scheinheiligkeit behelfen, wie wir Stöckelschuhe tragen, damit man unsere Kleinheit übersieht. Es heißt ja schon viel, wenn wir unsere Mängel wenigstens verbergen können.«

»Wahrlich«, sagte Hircan, »manchmal wäre es wohl besser, eine kleine Unvollkommenheit zuzugeben, als sie unter dem Mantel der Tugend zu verstecken.«

»Es ist wahr«, gab Ennasuitte zu, »erborgter Putz bringt dem, der ihn zurückerstattet, ebensoviel Unehre, wie er ihm Ehre eingebracht hat, solange er ihn trug. Ich kenne eine Dame, die eine geringfügige Sünde zu vertuschen suchte und dadurch in eine größere verfiel.«

»Ich ahne wohl«, erwiderte Hircan, »wen Ihr damit meint; aber gebt wenigstens nicht ihren Namen preis.«

»Oho«, warf Geburon ein, »ich gebe Euch meine Stimme, doch nur unter der Bedingung, daß Ihr uns erst die Geschichte erzählt und hernach die Namen nennt, und wir wollen Euch schwören, daß wir nie davon reden werden.«

»Das verspreche ich euch«, sagte Ennasuitte; »denn es ist nichts dabei, was man nicht in allen Ehren sagen dürfte.«

S. Freudenberger. Inv. J.n Le Roy Sculp.

## Dreiundfünfzigste Geschichte

*Madame de Neufchastel reizt durch ihr Doppelspiel den Fürsten von Belhoste, sie auf die Probe zu stellen, was ihr zur Unehre ausschlägt*

Der König Franz I. weilte in einem prächtigen Lustschloß, wohin er sich mit einem kleinen Gefolge begeben hatte, teils um zu jagen, teils auch um ein wenig der Ruhe zu pflegen. In seiner Begleitung befand sich auch ein gewisser Prinz von Belhoste, ein ehrenhafter, tugendlicher, verständiger und wohlgestalter Fürst, wie es am Hof keinen zweiten gab. Er war mit einer Frau vermählt, die nicht aus einem vornehmen Hause stammte, doch liebte und behandelte er sie so gut, wie nur ein Gatte seine Frau behandeln soll, und schenkte ihr sein volles Vertrauen. Verliebte er sich je in eine andere, so verheimlichte er es nicht vor ihr, wußte er doch, daß ihr alles, was er wollte, recht war.

Dieser Fürst faßte eine heftige Neigung zu einer verwitweten Dame, Madame de Neufchastel mit Namen, die im Rufe stand, sie sei die schönste Frau, die man überhaupt sehen könne. Und wenn der Fürst von Belhoste sie glühend liebte, so war ihr seine Frau nicht weniger zugetan und lud sie oft zu Tische; denn sie fand sie recht verständig und rechtschaffen und war nicht etwa über die Verliebtheit ihres Gatten bekümmert, sondern freute sich sogar, daß er seine Liebe einer so würdigen und tugendreichen Frau geschenkt hatte.

Diese Liebe währte geraume Zeit, und der Fürst von Belhoste nahm sich aller Angelegenheiten der obengenannten Madame de Neufchastel wie seiner eigenen an; die Fürstin aber, seine Gattin, stand ihm in nichts nach. Doch wegen ihrer Schönheit versuchten mehrere adlige Herren und Edelleute ihre Gunst zu erringen, die einen nur um ihrer Liebe willen, die andern aber, weil sie sie ehelichen wollten; denn abgesehen von ihrer Schönheit besaß sie auch großen Reichtum.

Unter anderen war da ein junger Edelmann, Herr von Cheriotz, der sie so stürmisch umwarb, daß er nie versäumte, sich einzufinden, wenn sie sich ankleidete oder zu Bett begab, und dazu den ganzen Tag über bei ihr weilte, soviel es ihm möglich war. Das wollte dem Fürsten von Belhoste gar nicht gefallen, denn es bedünkte ihn, ein Mann von so armseliger Herkunft und so wenig einnehmendem Äußeren verdiene eine so freundliche und huldvolle Aufnahme mitnichten, und er machte der Dame deswegen öfters Vorhaltungen. Doch sie, die eines Herzogs Tochter war, redete sich heraus und sagte, sie pflege mit aller Welt zu sprechen, und ihre gegenseitige Neigung bleibe darum nur um so besser verborgen, als sie mit den einen keinen vertrauteren Umgang pflege als mit den andern.

Einige Zeit später jedoch betrieb dieser Herr von Cheriotz seine Werbung, mehr aus Aufdringlichkeit als aus wahrer Liebe, so eifrig, daß sie ihm versprach, ihn zu heiraten. Doch bat sie ihn, er solle sie nicht drängen, diese Vermählung bekanntzugeben, ehe nicht ihre Töchter verehelicht seien. Von da an suchte sie dieser Edelmann ohne jedes Bedenken in ihrem Gemach auf, sooft er wollte, und außer einem Mann und einer Zofe wußte niemand um ihre Liebschaft.

Als der Fürst sah, daß der Edelmann in dem Hause jener Frau, die er liebte, immer heimischer wurde und immer vertrauter aus und ein ging, war ihm das so zuwider, daß er sich nicht enthalten konnte, zu der Dame zu sagen: »Ich habe Eure Ehre seit jeher hochgehalten wie die meiner leiblichen Schwester, und Ihr wißt, was für ehrbare Reden ich Euch gegenüber stets geführt habe und wie es mich glücklich gemacht hat, eine so verständige und tugendreiche Dame zu lieben, wie Ihr es seid. Wenn ich aber denken müßte, ein anderer, der es nicht verdient, könnte durch seine aufdringliche Werbung erringen, was ich gegen Euern Willen nicht zu erbitten wagte, so wäre mir das unerträglich, und für Euch wäre es nicht minder entehrend. Das sage ich Euch, weil Ihr jung und schön seid und Euch bisher eines guten Rufes erfreut habt. Ihr erwerbt Euch nämlich mit der Zeit einen recht üblen Leumund; denn wiewohl jener Edelmann Euch nicht ebenbürtig ist an Herkunft und Reichtum und noch weniger an Ansehen, Wissen und Lebensart, so wäre es doch besser, Ihr hättet Euch mit ihm vermählt, statt alle Welt argwöhnisch zu machen. Darum bitte ich Euch, sagt mir, ob Ihr entschlossen seid, ihn zu lieben; denn mit ihm möchte ich Euch nicht teilen und werde ihn Euch ganz und ungeteilt überlassen und meine Liebe zu Euch aufgeben.«

Die unglückselige Dame, die seine Liebe zu verlieren fürchtete, brach in Tränen aus und schwor ihm, sie wolle lieber sterben als den Edelmann heiraten, von dem er spreche; er sei aber so zudringlich, daß sie ihn nicht abhalten könne, ihr Gemach um die Stunde zu betreten, da auch alle andern Zutritt hätten.

»Von diesen Stunden«, entgegnete ihr der Fürst, »spreche ich nicht, denn um diese Zeit kann ich Euch ebensogut aufsuchen wie er, und jeder sieht, was Ihr treibt. Aber man hat mir gesagt, er komme auch zu Euch, wenn Ihr im Bett liegt, und das finde ich so befremdlich, daß Ihr, führt Ihr dieses Leben fort und erklärt Ihr ihn nicht zu Eurem Gatten, die ehrvergessenste Frau seid, die je gelebt hat.«

Sie schwor ihm hoch und heilig, er sei weder ihr Gatte noch ihr Freund, vielmehr halte sie ihn für den zudringlichsten Freier, der ihr je vorgekommen sei. »Da es sich so verhält«, erwiderte er, »daß er Euch belästigt, so versichere ich Euch, daß ich ihn Euch vom Halse schaffen werde.«

»Wie das?« fragte sie. »Ihr wollt ihn doch nicht etwa töten?«

»Gott bewahre!« antwortete der Fürst. »Aber ich werde ihm zu verstehen geben, daß man hier an diesem Ort und im Haus des Königs keine Damen in Verruf bringen darf. Ich schwöre Euch als Euer aufrichtiger Freund, wenn er sich, nachdem ich mit ihm gesprochen habe, nicht bessert, will ich ihn so gründlich züchtigen, daß die andern sich daran ein Beispiel nehmen sollen.«

Daraufhin ging er fort und traf auch, als er eben das Gemach verließ, mit Herrn von Cheriotz zusammen, der gerade kam. Dem sagte er alles das, was ihr soeben gehört habt, und versicherte ihm, das erstemal, da er sich zu einer Stunde hier einfinden werde, zu der es Edelleuten unziemlich sei, eine Dame zu besuchen, werde er ihm solche Angst einjagen, daß er ewig daran denken solle; denn die Familie der Dame sei zu mächtig und angesehen, als daß er sich so an ihr vergreifen dürfte.

Der Edelmann beteuerte ihm, er sei immer nur bei ihr gewesen, wenn andere sie auch besucht hätten, und er stelle ihm frei, wenn er ihn je dort treffe, ihm alles nur erdenkliche Schlimme anzutun.

Wenige Tage später, als der Edelmann glaubte, der Fürst habe seine Drohungen vergessen, suchte er eines Abends seine Dame auf und blieb bis zu später Stunde bei ihr. Nun hatte aber der Fürst seiner Gemahlin erzählt, Madame de Neufchastel habe einen argen Schnupfen; darum bat ihn seine gutherzige Frau, sie in ihrer beider Namen zu besuchen und ihr zu bestellen, sie lasse sich entschuldigen, weil ein dringliches Geschäft sie zu Hause zurückhalte.

Der Fürst wartete, bis der König zu Bett gegangen war, und dann begab er sich zu der Dame, um ihr gute Nacht zu wünschen. Doch als er eben eine Treppe hinaufsteigen wollte, traf er einen Kammerdiener, der herunterkam, und fragte ihn, was seine Herrin mache. Der Diener schwor, sie liege zu Bett und schlafe. Der Fürst stieg die Treppe wieder hinab, doch befiel ihn der Verdacht, der Diener habe gelogen. Darum schaute er sich um und sah, wie der Mann in größter Eile wieder hinaufging. Da spazierte der Fürst im Hof vor der Tür auf und ab, um zu sehen, ob der Diener nicht zurückkäme. Aber nach etwa einer Viertelstunde sah er ihn wieder herunterkommen und sich nach allen Seiten umschauen, wer im Hof sei.

Alsbald schoß es dem Fürsten durch den Kopf, der Herr von Cheriotz sei im Schlafgemach der Dame und wage aus Angst vor ihm nicht herunterzukommen, und darum ging er noch lange im Hof auf und ab. Dabei fiel ihm ein, daß sich im Zimmer der Dame ein Fenster nicht sehr hoch über dem Erdboden befand, das auf ein Gärtchen hinausführte, und es ging ihm auch ein Sprichwort durch den Kopf, das sagt: »Wer nicht zur Tür hinaus kann, springt durchs Fenster.« Flugs rief er einen seiner Bedienten herbei und sprach zu ihm: »Geht in den Garten dort hinten, und wenn Ihr einen Edelmann zum Fenster herausklettern seht, zieht, sowie er den Fuß auf die Erde gesetzt hat, Euren Degen, haut damit gegen die Mauer und schreit, was Ihr könnt: ‚Schlagt ihn tot! Schlagt ihn tot!‘ Hütet Euch aber, ihn auch nur anzurühren.«

Der Bediente begab sich dorthin, wie ihm sein Herr

befohlen hatte, und der Fürst ging noch bis ungefähr drei Stunden nach Mitternacht im Hof auf und nieder.

Als der Herr von Cheriotz hörte, daß der Fürst immer noch im Hof auf ihn wartete, beschloß er, durch das Fenster zu klettern, und nachdem er zuerst seinen Mantel hinausgeworfen hatte, sprang er mit Hilfe seiner guten Freunde in den Garten hinab. Sobald ihn nun der Diener gewahrte, vollführte er mit seinem Degen ein gewaltiges Getöse und schrie aus Leibeskräften: »Schlagt ihn tot! Schlagt ihn tot!« Darüber geriet der arme Edelmann, der ihn für seinen Herrn hielt, in solche Angst, daß er gar nicht daran dachte, seinen Mantel aufzuheben, sondern Reißaus nahm, so schnell ihn seine Beine trugen. Unterwegs stieß er auf die Bogner der Scharwache, die ihn höchst erstaunt so davonlaufen sahen; er wagte ihnen aber nichts zu sagen, sondern bat sie nur inständig, ihm das Tor aufzuschließen oder ihm bis zum Morgen in ihrem Wachtturm Obdach zu gewähren. Das taten sie; denn sie hatten die Torschlüssel nicht.

Um diese Zeit kam der Fürst nach Hause, um sich zur Ruhe zu legen, und fand seine Frau schlafend. Er weckte sie und sagte zu ihr: »Ratet, liebste Frau, wieviel Uhr es ist.«

Sie gab ihm zur Antwort: »Seit ich gestern abend zu Bett ging, habe ich keine Glocke mehr schlagen hören.«

Da sprach er: »Es ist drei Uhr nach Mitternacht vorbei.«

»Herr Jesus! lieber Herr«, sagte seine Frau, »und wo seid Ihr denn so lange geblieben? Ich habe große Angst, das habe Eurer Gesundheit geschadet.«

»Liebste«, erwiderte der Fürst, »ich werde nie und nimmer krank vom Wachbleiben, wenn ich die vom Schlafen abhalten kann, die mich zu hintergehen meinen.«

Und während er das sagte, brach er in ein schallendes Gelächter aus, so daß sie ihn bat, ihr doch zu erzählen, was es so zu lachen gebe. Das tat er denn und erzählte ihr ausführlich, was sich zugetragen hatte, und zeigte ihr auch den Wolfspelz, den ihm sein Bedienter gebracht hatte. Und nachdem sie sich auf Kosten des armen Paares eine Zeitlang vergnügt hatten, schliefen sie den Rest der Nacht so tief und friedlich wie noch nie, während die beiden andern sich in Angst und Bangen in ihren Betten hin und her wälzten und fürchteten, ihr Handel sei entdeckt.

Doch der Edelmann, der wohl wußte, daß er sich jetzt vor dem Fürsten nicht mehr verstellen konnte, suchte ihn am Morgen, als er sich erhob, auf und flehte ihn an, er möge ihn nicht verraten und ihm auch seinen Mantel wiedergeben lassen. Der Prinz tat, als wüßte er nichts von allem, und wahrte seine Fassung so trefflich, daß der Edelmann nicht wußte, woran er war. Jedoch zum Schluß vernahm er eine andere Lesart, als er gedacht hatte; denn der Fürst versicherte ihm, wenn er je wieder zu der Dame zurückkehre, werde er es dem König melden und dafür sorgen, daß er vom Hofe verbannt werde.

»Ich bitte euch, meine Damen, sagt nun selbst, wäre es für diese arme Dame nicht besser gewesen, sie hätte freimütig mit dem Fürsten gesprochen, der ihr doch soviel Ehre erwies, sie zu lieben und hochzuachten, anstatt ihn durch ihre Verstellung so weit zu treiben, daß er sie auf eine Probe stellte, die so unehrenhaft für sie ausging?«

»Sie wußte eben«, meinte Geburon, »wenn sie ihm die Wahrheit gestünde, würde sie seine Huld völlig verlieren, und das wollte sie um keinen Preis der Welt.«

»Mir scheint«, sprach Longarine, »da sie einen Gatten nach ihrem Sinn gewählt hatte, durfte sie nicht fürchten, die Freundschaft aller anderen Männer zu verlieren.«

»Ich glaube schon«, wandte Parlamente ein, »wenn sie gewagt hätte, ihre Ehe offen zu erklären, so hätte sie sich wohl mit ihrem Gatten begnügt. Doch da sie sie geheimzuhalten wünschte, bis ihre Töchter verheiratet wären, wollte sie einen so ehrbaren Deckmantel nicht aufgeben.«

»Das ist es nicht«, meinte Saffredent, »sondern der Ehrgeiz der Frauen ist so groß, daß sie sich nicht damit zufriedengeben können, nur einen Liebsten zu haben. Aber ich habe sagen hören, daß die Verständigsten unter ihnen am liebsten ihrer dreie haben, nämlich einen um der Ehre, den zweiten um des Vorteils willen und den dritten zur Lust; und jeder von den dreien meint, er sei der Meistgeliebte. Doch die beiden ersten sind dem letzten dienstpflichtig.«

»Ihr sprecht von den Frauen«, sprach Oisille, »die weder Liebe noch Ehre kennen.«

»Madame«, versetzte Saffredent, »es gibt Frauen von solcher Art, wie ich sie Euch geschildert habe, und Ihr zählt sie überdies unter die achtbarsten Damen im Lande.«

»Glaubt nur«, sagte Hircan, »eine schlaue Frau wird noch leben können, wo alle andern Hungers stürben.«

»Kommt aber ihre Schlauheit an den Tag«, erwiderte Longarine, »so ist es auch ihr Tod.«

»Nein, sie leben erst recht auf«, widersprach Symontault; »denn sie schätzen es für keinen geringen Ruhm, für schlauer als ihre Geschlechtsgenossinnen zu gelten. Und der Ruf, pfiffig und gewitzt zu sein, den sie auf ihre Kosten erworben haben, zwingt ihre Anbeter noch unerbittlicher unter ihre Botmäßigkeit, als es ihre Schönheit tun könnte. Denn eine der größten Freuden für Liebende ist es, ihre Liebe mit tunlichster Schläue geheimzuhalten.«

»Ihr sprecht«, erwiderte Ennasuitte, »von einer schlechten Liebe; denn die wahre, die gute Liebe braucht keine Heimlichkeit.«

»Ha!« rief Dagoucin, »schlagt Euch nur diese Meinung aus dem Kopf, denn je kostbarer die Droge ist, um so weniger darf man sie der Bosheit derer aussetzen, die sich nur an Äußerlichkeiten halten, die ja auch bei einer guten und aufrichtigen Liebe genau die gleichen sind. Darum soll man die Liebe in jedem Falle vor andern geheimhalten, mag sie nun tugendhaft sein oder das gerade Gegenteil, um nicht dem böswilligen Urteil jener Leute zu verfallen, die nicht glauben wollen, ein Mann könne eine Dame in allen Züchten und Ehren lieben, meinen sie doch, wenn sie ihren Lüsten verfallen sind, so müsse jeder so sein wie sie. Doch wären wir alle gutgläubig und aufrichtig, dann brauchten Blicke und Worte nicht verstellt zu werden, zumindest nicht vor denen, die lieber stürben, als daß sie dabei etwas Arges dächten.«

»Ich versichere Euch, Dagoucin«, antwortete Hircan, »Ihr habt eine derart tiefsinnige Weltweisheit, daß keiner von uns sie verstehen oder glauben kann. Denn Ihr möchtet uns weismachen, die Menschen seien Engel oder Steine oder Teufel.«

»Ich weiß wohl«, versetzte Dagoucin, »Menschen sind Menschen und allen Leidenschaften unterworfen; und doch gibt es Männer, die lieber stürben, als daß die Dame ihres Herzens um ihrer Lust willen etwas tun dürfte, das gegen ihr Gewissen ginge.«

»Sterben ist viel gesagt«, meinte Geburon; »ich würde dem Wort nicht trauen, und käme es aus dem Munde des sittenstrengsten Mönchs!«

»Ich aber glaube«, entgegnete Hircan, »es gibt keinen Mann, der nicht das Gegenteil wünschte. Allerdings tun sie, als wären ihnen die Trauben zu sauer, wenn sie nämlich so hoch hängen, daß sie sie nicht erlangen können.«

»Aber«, meinte Nomerfide, »ich glaube, die Frau dieses Fürsten war recht froh, daß ihr Gatte auf diese Weise die Frauen gründlich kennenlernte.«

»Ich versichere Euch, das war sie nicht«, versetzte Ennasuitte, »vielmehr war sie darüber sehr bekümmert, weil sie ihn doch von Herzen liebte.«

»Da wäre mir jene andere ebenso recht«, erklärte Saffredent, »die lachte, wenn ihr Gatte die Zofe küßte.«

»Wahrlich«, sagte Ennasuitte, »das müßt Ihr uns erzählen! Ich trete Euch meinen Platz ab.«

»Obschon die Geschichte nur kurz ist«, erwiderte Saffredent, »will ich sie euch doch erzählen; denn ich will euch lieber zum Lachen bringen als viel Worte machen.«

S. Freudenberg Inv. De Longueil Sculp.

VIERUNDFÜNFZIGSTE GESCHICHTE

*Die Frau des Thogas, die überzeugt ist, daß ihr Gatte nur sie allein liebt, hat nichts dagegen, daß ihre Zofe ihm die Zeit vertreibt, und lacht nur, wenn er sie mit ihrem Wissen und vor ihren Augen küßt*

Zwischen den Pyrenäen und den Alpen lebte irgendwo ein Edelmann, Thogas mit Namen, der hatte Weib und Kinder, ein prächtiges Haus und so viel Hab und Gut und genoß auch so viele Vergnügungen, daß er allen Grund hatte, ein zufriedenes Leben zu führen, außer daß er heftigen Schmerzen dicht unter den Haarwurzeln unterworfen war, so daß ihm die Ärzte rieten, nicht mehr mit seiner Frau zu schlafen. Damit war sie auch sofort gern einverstanden; denn sie hatte einzig Leben und Gesundheit ihres Gatten im Auge. Sie ließ also ihr Bett in die andere Ecke des Zimmers rücken, dem Bett ihres Gatten gegenüber, und zwar in so gerader Linie, daß keines von ihnen den Kopf herausstrecken konnte, ohne daß sie sich beide sehen mußten.

Diese Dame hatte zwei Zofen, und oft, wenn der Edelmann und seine Gemahlin im Bett lagen, nahmen sie beide ein kurzweiliges Buch zur Hand und lasen im Bett. Ihre Zofen hielten ihnen dann jeweils die Kerzen, das heißt die junge dem Edelmann und die andere ihrer Herrin.

Als nun der Edelmann sah, daß seine Zofe jünger und schöner war als seine Gattin, fand er so großes Gefallen daran, sie anzuschauen, daß er im Lesen innehielt und mit ihr plauderte. Das hörte seine Frau recht wohl, und sie fand es in bester Ordnung, daß ihre Diener und Mägde ihrem Gatten die Zeit vertreiben halfen; denn sie glaubte, er liebe ja doch nur sie allein.

Doch als sie eines Abends länger als sonst gelesen hatten, blickte die Dame von weitem zum Bett ihres Gatten hinüber, wo die junge Zofe mit der Kerze in der Hand stand. Sie konnte sie nur von hinten sehen, und ihren Gatten sah sie überhaupt nicht, außer an der Seitenwand des Kamins, der schräg zu seinem Bett stand und mit glatten weißen Kacheln ausgelegt war, in denen sich das Licht der Kerze widerspiegelte. Auf dieser Wand sah sie deutlich das Schattenbild, das der Kopf ihres Gatten und das Gesicht der Zofe warfen. Ob sie sich voneinander entfernten oder aufeinander zugingen oder lachten, das alles konnte sie genau erkennen, gerade als hätte sie sie leibhaftig gesehen.

Der Edelmann nahm sich nicht im geringsten in acht, denn er war sicher, daß ihn seine Frau nicht sehen konnte, und küßte die Zofe, und für einmal nahm die Frau das wortlos hin. Doch als sie sah, daß die beiden Schatten immer und immer wieder aufeinander zugingen und dann verschmolzen, bekam sie Angst, es könnte doch etwas Ernsthaftes daran sein. Daher fing sie so laut zu lachen an, daß die beiden Schatten über ihr Gelächter erschraken und auseinanderfuhren. Der Edelmann fragte sie, warum sie denn so laut lache; sie möge ihn doch an ihrer frohen Laune teilhaben lassen. Da gab sie ihm zur

Antwort: »Lieber Freund, ich bin so dumm, daß ich über meinen eigenen Schatten lache.« Nie, er mochte fragen und forschen, soviel er konnte, gab sie ihm eine andere Antwort. Trotzdem ließ er von seinem Schattenspiel ab.

»Das ist mir eingefallen, als Ihr von der Dame spracht, die ihres Gatten Freundin liebte.«

»Meiner Treu«, rief Ennasuitte. »hätte meine Zofe mir so etwas angetan, ich wäre wahrhaftig aus dem Bett gesprungen und hätte ihr die Kerze auf der Nase ausgelöscht!«

»Ihr seid ja zum Fürchten bös!« meinte Hircan. »Aber hier wäre es Euch am Ende übel bekommen, wenn sich Euer Gatte und Eure Zofe gegen Euch zusammengetan und Euch jämmerlich verbleut hätten. Denn eines einzigen Kusses wegen braucht man nicht soviel Aufhebens zu machen. Zudem hätte die Frau gut daran getan, den Mund zu halten und ihm die Erholung zu gönnen, die ihn vielleicht gar von seiner Krankheit geheilt hätte.«

»Aber sie hatte Angst«, sprach da Parlamente, »der Abschluß dieses Zeitvertreibs könnte ihn noch kränker machen.«

»Sie gehörte nicht zu denen«, erklärte Oisille, »von denen der Herr sagt: ‚Wir haben euch geklagt, und ihr habt nicht geweint; wir haben euch gesungen, und ihr habt nicht getanzt!' Denn wenn ihr Gatte krank war, weinte sie, und wenn er frohen Mutes war, lachte sie. So sollten alle wahrhaft edelmütigen Frauen Leid und Freud, Gutes und Böses mit ihren Männern teilen und sie lieben, ihnen dienen und gehorchen wie die Kirche unserem Heiland Jesus Christus.«

»Dann müßten also, meine Damen«, sagte Parlamente, »unsere Gatten sich zu uns verhalten wie Christus zu seiner Kirche.«

»Das tun wir ja auch«, versetzte Saffredent; »und

wenn es möglich wäre, würden wir ihn noch übertreffen; denn Christus starb nur ein einziges Mal für seine Kirche, wir aber sterben täglich für unsere Frauen.«

»Sterben!« spottete Longarine. »Mir scheint, Ihr und die andern hier seid jetzt bedeutend mehr wert als damals, als ihr euch vermählt habt.«

»Ich weiß wohl warum«, erwiderte Saffredent, »weil nämlich unser Wert oftmals erprobt wurde; aber unsere Schultern spüren es doch gut, daß wir lange den Küraß getragen haben.«

»Wärt Ihr gezwungen gewesen«, sagte Ennasuitte, »einen Monat lang den Harnisch zu tragen und auf der harten Erde zu schlafen, Ihr würdet Euch nach dem weichen Bett Eurer Frau zurücksehnen und würdet recht gerne den Küraß tragen, über den Ihr Euch jetzt beklagt. Aber man sagt ja, alles ließe sich ertragen außer dem Wohlleben, und man kennte die Ruhe erst, wenn man sie verloren hätte. Diese törichte Frau, die lachte, wenn ihr Gatte fröhlich war, hatte wohl gelernt, überall ihre Ruhe zu finden.«

»Ich glaube«, bemerkte Longarine, »ihr war ihre Ruhe lieber als ihr Mann, da sie sich nichts, was er tat, zu Herzen nahm.«

»Sie nahm sich wohl zu Herzen«, erwiderte Parlamente, »was seinem Gewissen nicht guttun und seiner Gesundheit schaden konnte; doch wollte sie sich auch nicht über Kleinigkeiten aufhalten.«

»Wenn Ihr von Gewissen sprecht, muß ich lachen«, erklärte Symontault; »denn das ist etwas, um das sich, wenn es nach mir ginge, eine Frau nie bekümmern sollte.«

»Es würde Euch guttun«, meinte Nomerfide, »wenn Ihr eine Frau hättet wie die, die nach dem Tode ihres Mannes bewies, daß sie ihr Geld mehr liebte als ihr Gewissen.«

»Ich bitte Euch, erzählt uns diese Geschichte«, sagte Saffredent, »ich gebe Euch meine Stimme.«

»Ich hatte nicht die Absicht«, antwortete Nomerfide, »eine so kurze Geschichte zu erzählen; da sie aber gerade hierherpaßt, will ich sie euch berichten.«

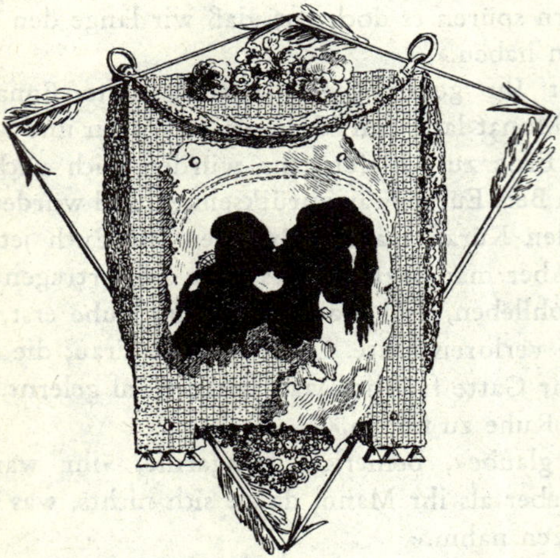

S. Freudenberg Inv. L. Halbou Sculp.

## Fünfundfünfzigste Geschichte

*Die Witwe eines Kaufmanns erfüllt das Testament ihres Gatten, indem sie seinen Letzten Willen zu ihrem Vorteil und zum Nutzen ihrer Kinder auslegt*

In der Stadt Saragossa lebte einst ein reicher Kaufmann, der seinen Tod nahen fühlte und erkannte, daß er seine Reichtümer nicht länger behalten konnte, die er vielleicht auf unehrlichen Wegen erworben hatte. Da dachte er, wenn er Gott ein kleines Präsent mache, könnte er nach seinem Tode seine Sünden wenigstens zum Teil wiedergutmachen – als ob Gott seine Gnade für Geld schenkte! Und als er alle Angelegenheiten seines Hauses geordnet hatte, sagte er, er wünsche, daß ein schönes spanisches Pferd, das er besaß, so teuer wie möglich verkauft und der Erlös unter die Armen verteilt werde; er bat auch seine Frau, sie möge ja nicht versäumen, sobald er gestorben sei, sein Pferd an den Mann zu bringen und das Geld entsprechend seiner Verfügung zu verteilen.

Als die Beerdigung vorbei und die ersten Tränen geflossen waren, kam die Frau, die nicht dümmer war, als die

Spanierinnen zu sein pflegen, zu dem Diener, der gleich ihr den Letzten Willen seines Herrn vernommen hatte.

»Mir scheint«, sagte sie, »ich habe schon genug in der Person meines geliebten Gatten verloren, als daß ich jetzt auch noch sein Hab und Gut einbüßen sollte. Gleichwohl will ich seinem Gebot nicht ungehorsam sein, wohl aber seine Absicht besser ausführen; denn der arme Mann, verführt von der Habsucht der Priester, gedachte Gott ein großes Opfer zu bringen und nach seinem Tod eine große Summe herzuschenken, während er doch zu seinen Lebzeiten selbst in der höchsten Not keinen Dukaten hergeben wollte, wie Ihr ja wißt. Darum habe ich mir überlegt, daß wir ausführen werden, was er uns im Tode geboten hat, oder vielmehr, was er getan hätte, wäre er vierzehn Tage länger am Leben geblieben. Doch darf niemand auf der Welt etwas davon erfahren.«

Und als ihr der Knecht versprochen hatte, daß er den Mund halten werde, sagte sie: »Ihr sollt hingehen und sein Pferd verkaufen, und denen, die Euch fragen, wieviel Ihr dafür fordert, sagt Ihr: einen Dukaten. Aber ich habe auch eine schöne Katze, die ich verkaufen möchte, und die schlagt Ihr gleichzeitig für neunundneunzig Dukaten los. Somit bringen die Katze und das Pferd zusammen die hundert Dukaten ein, für die mein Mann sein Pferd allein verkaufen wollte.«

Der Knecht kam unverzüglich dem Befehl seiner Herrin nach. Und während er sein Roß über den Platz führte, wobei er seine Katze auf dem Arm trug, trat ein Edelmann auf ihn zu, der einstmals das Pferd gesehen und gern erstanden hätte, und fragte ihn, wieviel er dafür wolle; der Knecht aber sagte ihm: »Einen Dukaten.« Da antwortete ihm der Edelmann: »Ich bitte dich, halte mich nicht zum Narren!« – »Herr, ich versichere Euch«, versetzte der Diener, »es soll Euch nur einen Dukaten kosten. Freilich müßt Ihr auch die Katze zur gleichen Zeit einhandeln, und für die muß ich neunundneunzig Dukaten haben.«

Alsbald zahlte ihm der Edelmann, der einen vernünftigen Handel abgeschlossen zu haben glaubte, einen Dukaten für das Pferd und neunundneunzig für die Katze, wie er es gefordert hatte, und nahm seine erhandelte Ware mit sich fort.

Der Knecht wiederum ging mit seinem Geld von dannen, über das seine Herrin hocherfreut war. Sie versäumte auch nicht, den Dukaten, um den das Pferd verkauft worden war, unter die Armen und Bettler zu verteilen, wie es ihr Gatte angeordnet hatte, und den Rest behielt sie für sich zu ihrem Unterhalt und als Sparpfennig für ihre Kinder.

»Was meint ihr nun dazu, meine Damen? War diese Frau nicht klüger als ihr Gatte, und kümmerte sie sich nicht ebensosehr um ihr Gewissen wie um den Vorteil ihres Haushalts?«

»Ich glaube«, antwortete Parlamente, »sie liebte ihren Gatten von Herzen. Da sie aber wußte, daß in der Stunde ihres Ablebens die meisten Menschen nicht mehr klar im Kopfe sind, hat sie seine Absicht richtig erkannt und seine Worte zum Nutzen ihrer Kinder ausgelegt. Deswegen halte ich sie für ausnehmend klug und verständig.«

»Wie?« fuhr da Geburon auf, »haltet Ihr es nicht für ein großes Vergehen, den Letzten Willen verstorbener Freunde nicht getreulich zu erfüllen?«

»Doch, gewiß«, erwiderte Parlamente, »vorausgesetzt, der Erblasser ist bei klarem Verstand und nicht geistig verwirrt gewesen.«

»Nennt Ihr's Sinnesverwirrung, wenn einer sein Hab und Gut der Kirche und den Armen vermacht?«

»Ich nenne es nicht geistige Verwirrung«, sagte Parlamente darauf, »wenn ein Mann an die Armen verteilt, was Gott in seine Verfügung gegeben hat; aber Almosen vom Besitz anderer zu spenden, das halte ich nicht für sonderlich weise. Denn Ihr werdet gewöhnlich sehen, daß die ärgsten Wucherer und Halsabschneider die schönsten und prunkvollsten Kapellen stiften, weil sie nämlich, wenn sie hunderttausend Dukaten zusammengestohlen haben, Gott mit zehntausend Dukaten, für die sie solche Gebäude errichten, besänftigen möchten, als ob Gott nicht rechnen könnte!«

»Fürwahr, ich habe mich manchesmal gewundert«, sagte Oisille, »wie sie Gott durch Dinge zu beschwichtigen glauben, die er, als er noch auf Erden wandelte, höchstselbst verworfen hat, als da sind: Prachtbauten, Vergoldungen, Firnis und Malereien. Wenn sie aber einsähen, daß Gott an einer Stelle der Heiligen Schrift sagt, als einzige Opfergabe verlange er von uns ein zerknirschtes und demütiges Herz, und daß Sankt Paulus an einer andern Stelle sagt, wir seien der Tempel Gottes, in dem er Wohnung nehmen wolle, so würden sie sich bemühen, zu ihren Lebzeiten auf ihr Gewissen bedacht zu sein, und nicht bis zu der Stunde warten, zu welcher der Mensch nichts Gutes und nichts Böses mehr zu tun imstande ist. Zudem – was noch ärger ist – beauftragten sie nicht ihre Hinterbliebenen, denen Almosen zu verteilen, die sie zeit ihres Lebens keines Blickes gewürdigt haben. Doch Gott, der die Herzen kennt, kann nicht getäuscht werden. Er wird sie nicht nur nach ihren Werken beurteilen, sondern nach ihrem Glauben und nach der Barmherzigkeit, die sie ihm zuliebe geübt haben.«

»Warum denn aber«, fragte Geburon, »liegen uns die Franziskaner und Bettelmönche bei unserem Hinscheiden immer nur damit in den Ohren, wir sollten ihren Klöstern recht viel Guttaten erweisen, und warum versichern sie uns in einem fort, sie würden uns, ob wir wollen oder nicht, ins Paradies verhelfen?«

»Wie denn, Geburon«, erwiderte Hircan, »habt Ihr vergessen, was Ihr uns von der Arglist der Barfüßermönche erzählt habt? Wie könnt Ihr denn nur fragen, wie es möglich sei, daß solche Leute lügen? Ich erkläre Euch rundheraus, meines Erachtens gibt es auf Erden keine größeren Lügen als die ihren. Dabei kann man die nicht einmal tadeln, die zum Besten ihres ganzen Ordens so sprechen; doch gibt es solche, die ihr Armutsgelübde in den Wind schlagen, um ihre Habgier zu befriedigen.«

»Mir scheint, Hircan«, sagte da Nomerfide, »Ihr wißt darüber eine Geschichte? Ich bitte Euch, wenn sie dieser Gesellschaft würdig ist, so erzählt sie uns doch!«

»Das will ich gerne«, versetzte Hircan, »obschon es mich verdrießt, von diesem Gesindel zu sprechen; denn mich dünkt, sie gehören zu den Leuten, von denen Vergil zu Dante sagt: ‚Geh weiter und achte nicht auf sie.' Gleichwohl will ich euch zeigen, daß sie mit dem weltlichen Gewand nicht zugleich ihre Leidenschaften ablegen, und erzählen, was sich zugetragen hat.«

S. Freudenberg. Inv. L. Halbou. Sculp.

## Sechsundfünfzigste Geschichte

*Eine fromme Dame wendet sich ratsuchend an einen Franziskaner, um ihrer Tochter einen guten Gatten zu verschaffen. Sie behandelt den ehrwürdigen Pater so zuvorkommend und freundlich, daß er in der Hoffnung, in den Besitz des Geldes zu gelangen, das sie ihrem Schwiegersohn geben will, ihre Tochter mit einem jungen Mönch seines Ordens vermählt, der jeden Abend mit seiner Frau speist und zu Bett geht und am Morgen, als Scholar verkleidet, wieder in sein Kloster zurückkehrt. Dort erblickt ihn seine Frau eines Tages, wie er gerade die Messe liest, und zeigt ihn ihrer Mutter. Die aber kann nicht glauben, daß er es ist, bis er einmal im Bett liegt und sie ihm die Nachtmütze vom Kopf reißt und an seiner Tonsur die Wahrheit erkennt, daß nämlich ihr Beichtvater sie hinters Licht geführt hat*

In der Stadt Padua wurde einmal einer durchreisenden französischen Dame berichtet, in den Gefängnissen des Bischofs sitze ein Franziskaner gefangen, und als sie sich nach dem Grund seiner Gefangenschaft erkundigte – denn alle Welt machte sich offensichtlich darüber lustig –, wurde ihr versichert, dieser Mönch, ein bejahrter Mann, sei der Beichtvater einer hochachtbaren, frommen Dame gewesen. Diese Dame war eine Witfrau und Mutter einer einzigen Tochter, die sie so über alles liebte, daß sie keine Mühe scheute, um möglichst viel Geld zusammenzuscharren und ihr zu einer guten Heirat zu verhelfen. Als sie nun ihre Tochter heranwachsen sah, lebte sie in ständiger Sorge, wie sie einen Gatten für sie finden könnte, der mit ihr in Frieden und Ruhe leben würde, das heißt: einen Mann, der Ehre und Gewissen besaß, wie auch sie es von sich annahm. Und da sie einmal einen dummen Prediger hatte sagen hören, es sei immer noch besser, nach dem Rat der Gottesgelehrten Böses zu tun, als im Vertrauen auf den Heiligen Geist Gutes, wandte sie sich an ihren Beichtvater, einen schon bejahrten Mann und Doktor der Theologie, der sich in der ganzen Stadt des besten Leumunds erfreute, in der Gewißheit, sie werde auf seinen Rat und dank seinen frommen Gebeten unfehlbar für sich und ihre Tochter Ruhe und Seelenfrieden finden. Nachdem sie ihn recht inständig gebeten hatte, für ihre Tochter einen Mann auszusuchen, wie ihn sich eine gottesfürchtige und ehrliebende Frau wünschen müsse, antwortete er ihr, zuerst müsse man die Gnade des Heiligen Geistes mit Beten und Fasten erflehen, und hernach hoffe er, wenn Gott ihn erleuchte, zu finden, wonach ihr Verlangen stehe. Damit ging der Franziskaner, um die Sache in Ruhe zu überdenken.

Da er aber von der Dame gehört hatte, sie habe fünfhundert Dukaten zusammengespart, die sie dem Gatten ihrer Tochter als Mitgift überreichen wolle, und gedenke zudem die Kosten des Lebensunterhaltes der beiden auf sich zu nehmen, außerdem wolle sie ihnen Haus, Möbel und Hausrat mitgeben, kam er auf den Gedanken, daß er ja einen jungen Ordensgefährten von ansehnlichem Wuchs und einnehmendem Gesicht habe, dem er das schöne Mädchen, das Haus, die Möbel und den sichern

Lebensunterhalt geben könne; so würden dann die fünfhundert Dukaten ihm verbleiben, und er könnte seine brennende Habgier stillen. Er sprach mit seinem Gefährten, und sie wurden handelseinig.

Darauf kehrte er zu der Dame zurück und sprach zu ihr: »Ich glaube gewiß, Gott hat mir seinen Erzengel Raphael geschickt wie voreinst dem Tobias, damit wir für Eure Tochter einen untadeligen Ehemann ausfindig machen; denn ich versichere Euch, in meinem Hause beherberge ich den achtenswertesten Edelmann von ganz Italien. Er hat Eure Tochter etliche Male zu Gesicht bekommen und ist so von ihr eingenommen, daß Gott ihn heute, während ich eben im Gebet versunken war, zu mir gesandt hat, und er hat mir seinen heißen Wunsch, Eure Tochter zu heiraten, bekundet. Ich kenne sein Haus und seine Eltern und weiß, daß er von angesehener Herkunft ist, und so habe ich ihm zugesagt, daß ich mit Euch sprechen werde. Allerdings gibt es da einen Übelstand, den ich aber allein von ihm kenne. Als er nämlich einen seiner Freunde zu retten gedachte, dem ein anderer ans Leben wollte, zückte er seinen Degen, um die beiden zu trennen. Da passierte ihm das Mißgeschick, daß sein Freund den andern umbrachte. Deswegen ist er, obwohl er in keiner Weise tätlich eingegriffen hat, landesflüchtig geworden, nur weil er dem mörderischen Kampfe beigewohnt und seinen Degen gezogen hatte. Auf den Rat seiner Verwandten ist er als Scholar verkleidet hierher in diese Stadt gekommen und wohnt unerkannt bei uns, bis seine Eltern diese Angelegenheit beigelegt haben, was, wie er hofft, in Bälde geschehen wird. Aus diesem Grunde müßte die Ehe vorläufig heimlich geschlossen werden, und Ihr müßtet Euch damit einverstanden erklären, daß er tagsüber die öffentlichen Vorlesungen besucht und nur jeden Abend zum Nachtmahl und zum Schlafen hierher ins Haus kommt.«

Da gab ihm die gute Frau sogleich zur Antwort: »Herr, mich bedünkt, alles, was Ihr mir da sagt, ist für mich recht ersprießlich. Denn zuallermindest habe ich dann das Teuerste, was ich auf Erden besitze, in meiner Nähe.« Darauf tat der Franziskaner, wie er versprochen hatte. Er brachte den jungen Mönch ins Haus, schön angetan mit einem schmucken Wams aus karminroter Seide, und sie hatte ihre Freude an ihm. Kaum war er da, feierten sie die Verlobung, und als Mitternacht vorüber war, ließen sie alsbald eine Messe lesen und vermählten sich. Dann gingen die jungen Leute miteinander zu Bett und blieben beisammen, bis der Morgen graute. Da sagte der neugebackene Ehemann zu seiner Frau, um nicht erkannt zu werden, müsse er jetzt notgedrungen ins Kollegium gehen.

Er zog sein Wams aus karminrotem Atlas an, legte darüber das lange Oberkleid an, vergaß auch nicht seine schwarzseidene Mütze, trat dann zu seiner Frau, die noch im Bett lag, nahm von ihr Abschied und versicherte ihr, er werde jeden Abend zu ihr zum Nachtmahl kommen, aber zum Mittagessen solle sie ihn nicht erwarten. So schied er von ihr und ließ seine Frau allein, die sich für die glücklichste Frau der Welt hielt, weil sie eine so gute Ehe eingegangen war. Der frischvermählte junge Franziskanermönch aber begab sich zu seinem betagten geistlichen Vater und überbrachte ihm die fünfhundert Dukaten, wie sie es vereinbart hatten, als sie sich über die Heirat geeinigt hatten.

Am Abend versäumte er nicht, zu der Frau zurückzukehren, die ihn für ihren Gatten ansah, und wußte sich ihre und seiner Schwiegermutter Liebe so wohl zu sichern, daß sie ihn nicht für den mächtigsten Fürsten der Welt hätten eintauschen wollen.

Dieses Leben währte geraume Zeit. Doch wie ja Gottes Güte sich derer erbarmt, die sich gutgläubig haben irreführen lassen, fügte es sich durch seine Gnade und Allgüte, daß diese Dame und ihre Tochter eines Morgens großes Verlangen bekamen, in der Kirche des Franziskanerklosters die Messe zu hören und danach ihren frommen Beichtvater zu besuchen, durch dessen Vermittlung sie sich beide, die eine mit einem wackeren Schwiegersohn, die andere mit einem Gatten, so wohl versorgt glaubten. Von ungefähr trafen sie aber weder den Beichtiger noch sonstwen von ihrer Bekanntschaft und beschlossen, dem Hochamt beizuwohnen, das eben begonnen hatte, und dort abzuwarten, ob er nicht noch käme. Während nun die Mutter aufmerksam dem Gottesdienst und dem Mysterium der heiligen Handlung folgte, befiel die neuvermählte Frau urplötzlich fassungsloses Staunen, als der Priester sich umwandte und das *Dominus vobiscum* sprach; denn es war ihr, als wäre es ihr Gatte oder doch jemand, der ihm aufs Haar glich. Doch wollte sie noch nichts davon verlauten lassen und wartete ab, bis er sich ein weiteresmal umdrehte und sie ihn viel besser sehen konnte. Da gab es für sie keinen Zweifel mehr, daß er es war, und sie zupfte daher ihre Mutter, die in tiefe Andacht versunken dasaß, am Arm und sprach zu ihr: »Weh mir, Madame, was muß ich sehen!« Die Mutter fragte sie, was sie denn sehe. »Der dort die Messe liest, ist mein Gatte oder doch einer, der ihm aufs Haar gleicht.« Die Mutter, die ihn nicht genau angesehen hatte, erwiderte: »Ich bitte Euch, meine Tochter, setzt Euch doch nicht solche Gedanken in den Kopf; denn es ist gänzlich ausgeschlossen, daß so heilige Leute solch einen schandbaren Betrug begangen haben könnten. Ihr würdet Euch schwer gegen Gott versündigen, wolltet Ihr einem so unerhörten Argwohn Glauben schenken.« Gleichwohl schaute nun auch die Mutter genau hin, und als der Priester das *Ite missa est* sprach, erkannte auch sie, daß wahrlich noch nie zwei Zwillingsbrüder einander so ähnlich gesehen hatten. Jedoch war sie so einfältigen Gemütes, daß sie nur allzugern gesagt hätte: Mein Gott, bewahre mich davor, daß ich glaube, was ich sehe! Da es aber ihre Tochter anging, wollte sie die Sache nicht ungeklärt lassen und beschloß, der Wahrheit auf den Grund zu gehen.

Als nun der Abend hereinbrach und der Gatte, der sie in der Messe nicht gesehen hatte, nach Hause kommen sollte, sprach die Mutter zu ihrer Tochter: »Jetzt werden wir, wenn Ihr's wollt, die Wahrheit über Euren Gatten erfahren; denn sobald er im Bett liegt, werde ich zu ihm herantreten, und dann müßt Ihr ihm, ohne daß er's ahnt, von hinten seine Nachtmütze vom Kopf reißen. Dann werden wir ja sehen, ob er eine Tonsur hat wie der Priester, der die Messe gelesen hat.«

Wie sie es beschlossen hatten, so taten sie auch. Kaum lag der ruchlose Gatte im Bett, trat die alte Dame herzu und faßte wie im Scherz seine beiden Hände. Da riß ihm die Tochter die Nachtmütze vom Haupt, und da lag er mit seiner sauber geschorenen Tonsur, und darüber waren Mutter und Tochter über alle Maßen erstaunt. Unverweilt riefen sie ihre Diener zusammen, die mußten ihn greifen und bis zum Morgen in Bande legen, und es half ihm kein Bitten und Schöntun.

Als der Tag anbrach, ließ die Dame ihren Beichtiger rufen unter dem Vorwand, sie habe ihm etwas Geheimes anzuvertrauen; und er kam in aller Eile. Da ließ sie ihn, wie schon den jüngeren Mönch, festnehmen und hielt ihm den Betrug vor, den er ihr gegenüber begangen hatte. Hierauf ließ sie die Häscher holen und überlieferte die beiden dem Arm der Gerechtigkeit. Es ist wohl zu vermuten, daß die Richter, wenn anders sie redliche Leute waren, die Tat nicht ungesühnt ließen.

»Das, meine Damen, soll euch beweisen, daß Menschen, die das Armutsgelübde abgelegt haben, eben trotzdem der Habgier verfallen, die sie zu mancher Missetat verleitet.«

»Sagt lieber: zu mancher Guttat!« wandte Saffredent ein. »Denn die fünfhundert Dukaten, die die Alte nutzlos als Schatz zu hüten gedachte, brachten schließlich viel Glück, und das arme Mädchen, das so lange auf einen Gatten hatte warten müssen, konnte zu guter Letzt ihrer zwei bekommen und wußte wahrlich besser Bescheid in allen einschlägigen Fragen.«

»Ihr vertretet doch stets die irrigsten Ansichten«, schalt Oisille; »denn Ihr meint immer, alle Frauen seien so veranlagt wie Ihr!«

»Madame, mit Verlaub«, erwiderte Saffredent, »ich wollte, es hätte mich viel gekostet, daß sie so leicht zufriedenzustellen wären wie wir.«

»Das ist mir wieder ein recht häßlicher Ausspruch«, versetzte Oisille; »denn es ist keiner unter uns, der nicht wüßte, daß gerade das Gegenteil dessen, was Ihr gesagt habt, der Fall ist. Und zum Beweis dafür, daß es nicht wahr ist, zeigt uns ja die Geschichte, die wir eben gehört haben, recht deutlich die Unwissenheit der armen Frauen und die Arglist derer, die wir für besser halten als euch übrige Männer. Weder sie noch ihre Tochter wollten doch etwas nach ihrem eigenen Gutdünken tun, sondern richteten sich in ihren Wünschen nach deren gutem Rat.«

»Es gibt eben so wählerische und heikle Frauen«, meinte Longarine, »daß sie glauben, sie müßten Engel zu Ehemännern kriegen.«

»Und gerade darum«, fiel ihr Symontault ins Wort, »bekommen sie oft rechte Teufel zum Manne, zumal diejenigen, die nicht auf die Gnade Gottes bauen und meinen, sie könnten dank ihrem eigenen gesunden Menschenverstand oder dem anderer Leute hienieden schon eine Seligkeit finden, die nur von Gott kommen und nur von ihm beschert werden kann.«

»Wie, Symontault?« spottete Oisille, »ich hätte nicht geglaubt, daß Ihr so einsichtige und gottgefällige Dinge zu sagen wüßtet!«

»Madame«, erwiderte Symontault, »es ist jammerschade, daß Ihr mich nicht genauer erprobt habt; denn weil Ihr mich nicht kennt, habt Ihr – das sehe ich doch – von vornherein eine schlechte Meinung von mir. Doch kann ich recht wohl einmal das Handwerk eines Franziskaners ausüben, da ja auch der Franziskaner mir in meines gepfuscht hat.«

»Ihr nennt also Frauen zu betrügen Euer Handwerk?« fragte Parlamente. »Mit eigenem Munde sprecht Ihr Euch das Urteil!«

»Und hätte ich ihrer auch hunderttausend betrogen«, entgegnete Symontault, »ich wäre noch immer nicht für alle die Leiden gerächt, die ich um einer einzigen willen ausgestanden habe!«

»Ich weiß«, versetzte Parlamente, »wie oft Ihr Euch über die Damen beklagt, und doch sehen wir Euch so guten Mutes und in bester Verfassung, daß wir gar nicht glauben können, Ihr hättet all das Ungemach erlitten, von dem Ihr redet. Aber die *Schöne Dame ohne Gnade** sagt ja dazu, ‚es mache sich recht gut, zu jammern und zu klagen, weil man Trost daraus schöpfe'.«

»Ihr führt da einen recht berühmten Gewährsmann an«, meinte Symontault, »der nicht nur höchst verdrießlich ist, sondern auch noch alle die verärgert, die seine Lehre gelesen und befolgt haben.«

»Und doch ist seine Lehre«, erwiderte Parlamente, »den jungen Damen so bekömmlich wie sonst keine andere, die ich kenne.«

»Wäre es an dem«, entgegnete Symontault, »daß die Damen ohne Erbarmen sind, so könnten wir gern unsere Rosse rasten und unsere Harnische rosten lassen bis zum nächsten Krieg und nur noch daran denken, unser Haus zu bestellen. Und sagt mir doch bitte, steht es einer Dame wohl an, daß man von ihr sagt, sie sei ohne Erbarmen, ohne Mitgefühl, ohne Liebe und ohne Gnade?«

»Ohne Mitgefühl und Liebe«, erwiderte Parlamente, »muß sie darum nicht sein; aber das Wort ‚Gnade' klingt so schlecht unter Frauen, daß sie keine Gnade üben können, ohne ihre Ehre zu verletzen; denn *Gnade* bedeutet doch eigentlich, die Gunst zu gewähren, die man

* La belle Dame sans merci, Dichtung von Alain Chartier (Anmerkung des Übersetzers).

von ihnen heischt, und man weiß ja, was für eine Gunst die Männer von uns verlangen.«

»Mit Verlaub«, sagte Symontault, »Madame, es gibt so verständige Männer, daß sie nicht mehr erwarten als das Versprechen.«

»Ihr erinnert mich an einen«, sprach Parlamente, »der sich mit einem Handschuh zufriedengab.«

»Wir müssen unbedingt wissen, wer dieser liebenswerte Anbeter war«, erklärte Hircan, »und zu diesem Behufe gebe ich Euch meine Stimme.«

»Es soll mir ein Vergnügen sein, es euch zu erzählen«, antwortete Parlamente; »denn die Geschichte ist lehrreich und verstößt nirgends gegen die gute Sitte.«

S. Freudenberger Inv. — Jª Le Roy Sculp.

## Siebenundfünfzigste Geschichte

*Ein englischer Lord war sieben Jahre lang in eine Dame verliebt, ohne daß er gewagt hätte, ihr seine Liebe zu erklären, bis er sie eines Tages auf einer Wiese erblickt und von einem plötzlichen Herzklopfen befallen wird, so daß er alle Farbe und jede Fassung verliert. Da zeigt sie Erbarmen mit ihm und legt auf seine Bitte hin ihre Hand auf sein Herz, und er drückt sie so heftig an sich, während er ihr die Liebe erklärt, die er so lange für sie gehegt hat, daß ihr Handschuh an der Stelle ihrer Hand auf seiner Brust bleibt. Nachher läßt er ihn mit Edelsteinen besetzen und trägt ihn über dem Herzen auf seinem Waffenhemd; er ist auch ein so ehrbarer und liebenswerter Anbeter, daß er nachher nie eine größere Gunst erbittet*

König Ludwig XI. schickte den Herrn von Montmorency als Gesandten nach England, der dort so freundlich aufgenommen wurde und so wohlgelitten war, daß der König und alle Prinzen ihm gewogen waren und ihm hohe Achtung zollten, ja, ihn sogar in manchen geheimen Angelegenheiten um seinen Rat angingen. Als er eines Tages an einem Gastmahl teilnahm, das der König ihm zu Ehren veranstaltete, kam neben ihn ein Lord aus vornehmem Hause zu sitzen, der auf seinem Waffenrock, an einem goldenen Haken festgemacht, einen kleinen Handschuh, sichtlich für eine Frauenhand gefertigt, trug. An den Fingergelenken waren viele Diamanten, Rubine, Smaragde und Perlen angebracht, so daß der Handschuh viel Geld wert war.

Der Herr von Montmorency ließ seine Augen so oft darauf ruhen, daß der Lord schließlich merkte, wie gern er ihn gefragt hätte, was für eine Bewandtnis es mit diesem edelsteinbesetzten Handschuh habe. Und da er des Glaubens war, die Geschichte sei für ihn höchst rühmlich, begann er von selbst zu sprechen: »Ich sehe wohl, es mutet Euch seltsam an, daß ich einen armseligen Handschuh so reich verziert habe. Daher drängt es mich um so mehr, Euch das zu erklären; denn ich habe das Gefühl, Ihr seid ein Ehrenmann und wißt, welch übermächtige Leidenschaft die Liebe ist. Deshalb werdet Ihr mich loben, wenn ich recht getan habe, und wenn nicht, werdet Ihr es der Liebe zugute halten, die über alle ehrenwerten Herzen gebietet.

Ihr müßt wissen, daß ich mein ganzes Leben lang eine Dame geliebt habe, daß ich sie noch jetzt liebe und bis zu meinem Tode lieben werde. Und da mein Herz größere Kühnheit besaß, sich einem so hohen Ziel zu ergeben, als mein Mund, dies kundzutun, ließ ich sieben Jahre verstreichen, ohne daß ich gewagt hätte, es ihr zu gestehen; denn ich fürchtete, wenn sie es merke, würde ich keine Möglichkeit mehr finden, wie bisher öfters mit ihr Umgang zu pflegen, und davor hatte ich größere Angst als vor dem Sterben. Eines Tages aber, als ich in ihren Anblick versunken auf einer Wiese stand, befiel mich ein so heftiges Herzklopfen, daß ich erbleichte und alle Fassung verlor. Das bemerkte sie recht wohl und fragte mich, was mir fehle, und ich gab ihr zur Antwort, ich hätte unerträgliche Schmerzen an meinem Herzen.

Sie glaubte aber, es handle sich um eine andere Krankheit als um die Liebe, und zeigte mir, wie großes Erbarmen sie mit mir hatte. Das gab mir den Mut ein, sie zu bitten, sie möge doch ihre Hand auf mein Herz legen, um zu spüren, wie heftig es schlage. Das tat sie mehr aus Mitgefühl als aus Liebe; und als ich ihre Hand, die in einem Handschuh steckte, auf meinem Herzen spürte, begann es so rasend zu klopfen und zu hämmern, daß sie fühlte, ich hatte die Wahrheit gesprochen. Alsbald preßte ich ihre Hand gegen meinen Leib und sprach zu ihr: ‚Ach, Madame, empfangt mein Herz, das meinen Busen sprengen und in die Hand der Frau flüchten will, von der ich Gnade, Leben und Barmherzigkeit erhoffe. Es zwingt mich jetzt, Euch die Liebe zu gestehen, die ich so lange Zeit geheimgehalten habe; denn weder es noch ich sind Herr über diesen mächtigen Gott.‘

Als sie diese Worte hörte, befremdete es sie sehr. Sie wollte ihre Hand zurückziehen; doch ich hielt sie so fest, daß der Handschuh an Stelle ihrer grausamen Hand blieb. Und weil ich vorher und seither nie einen größeren Gunstbeweis von ihr erhalten habe, habe ich diesen Handschuh als das wirksamste Heilpflaster, das ich meinem Herzen auflegen kann, hier angeheftet und ihn mit allen kostbaren Ringen geschmückt, die ich besitze, obschon mir aller Reichtum von diesem Handschuh kommt, den ich nicht für das ganze Königreich England hergäbe; denn es gibt für mich kein Gut auf Erden, das mir soviel wert wäre wie das Gefühl, ihn hier auf meinem Herzen zu spüren.«

Der Herr von Montmorency, der eher nach der Hand als nach dem Handschuh einer Dame begehrt hätte, pries ihn sehr um seiner ehrbaren Liebe willen und sagte ihm, er sei der wahrhafteste Liebende, dem er jemals begegnet sei, und verdiene eine bessere Behandlung, weil er eine so geringe Gunst in so hohen Ehren halte, wennschon er in Anbetracht seiner großen Liebe vielleicht vor Freude gestorben wäre, hätte er etwas Besseres als den Handschuh erreicht. Das gab der Lord dem Herrn von Montmorency zu, denn er ahnte nicht, daß jener es zum Spott gesagt hatte.

»Wären alle Männer auf der Welt so ehrenhaft, die Damen könnten sich wohl auf sie verlassen, wenn es sie nichts als einen Handschuh kostete.«

»Ich habe den Herrn von Montmorency gut gekannt«, bestätigte Geburon, »und bin sicher, er hätte nicht auf englische Art leben wollen; und hätte er sich mit so wenig beschieden, so hätte er nicht so viele Liebschaften gehabt, sagt doch das alte Lied:

Wenn Verliebte zaghaft sind,
Hält man nichts von ihnen.«

»Ihr könnt euch denken, daß die arme Dame ihre Hand geschwind zurückzog, als sie spürte, wie rasend sein Herz klopfte«, sagte Saffredent; »denn sie meinte gewiß, er könnte sterben, und man sagt ja, Frauen sei nichts so verhaßt, wie einen Toten zu berühren.«

»Hättet Ihr die Krankenhäuser so oft aufgesucht wie die Kneipen«, entgegnete ihm Ennasuitte, »so würdet Ihr nicht diese Sprache führen; denn dann hättet Ihr gesehen, wie Frauen Tote bestatten, die anzurühren selbst den kühnsten Männern grauen würde.«

»Es ist wahr«, erklärte Saffredent, »jeder, dem man eine Buße auferlegt, tut das Gegenteil von dem, was ihn bisher am meisten gefreut hat. So erging es auch einem Fräulein, das ich in einem angesehenen Hause getroffen habe. Um die Lust zu büßen, die sie beim Kuß eines Mannes, den sie liebte, empfunden hatte, küßte sie die Leiche eines Edelmannes, der tags zuvor ermordet worden war und den sie nicht mehr geliebt hatte als irgendeinen andern Mann. So wurde sie morgens um vier gefunden, und jeder erkannte sogleich, daß dies eine Buße für vergangene Wonnen war. Da alle guten Werke, die Frauen verrichten, von den Männern scheel angesehen werden, bin ich der Ansicht, man sollte sie, lebendig oder tot, nie küssen, es sei denn, Gott gebiete es.«

»Was mich betrifft«, sagte Hircan, »so liegt mir so wenig daran, Frauen außer der meinen zu küssen, daß ich mich allen Gesetzen füge, die man nur aufstellen will. Doch tun mir die jungen Leute leid, denen Ihr ein so harmloses Glück nehmen wollt. Ihr macht damit auch das Gebot des heiligen Paulus ungültig, der doch will, daß man in osculo sancto küsse.«

»Wäre der heilige Paulus ein solcher Mann gewesen wie Ihr«, sagte Nomerfide, »wir hätten wohl erst den Beweis dafür verlangt, daß der Heilige Geist aus ihm spreche.«

»Am Ende wollt Ihr also lieber an der Heiligen Schrift zweifeln«, antwortete Geburon, »als auf eine Eurer kleinlichen Förmlichkeiten verzichten?«

»Da sei Gott vor«, widersprach Oisille, »daß wir an der Heiligen Schrift zweifeln könnten, auch wenn wir Euren Lügen noch so wenig glauben; denn es gibt keine Frau, die nicht ganz genau wüßte, was sie zu glauben hat: nämlich niemals Gottes Wort in Zweifel zu ziehen, aber noch weniger den Worten der Männer Glauben zu schenken.«

»Trotzdem bin ich der Meinung«, sagte Symontault, »daß es mehr Männer gibt, die von Frauen betrogen werden, als Frauen, denen von Männern übel mitgespielt wird. Denn die geringe Liebe, die sie für uns fühlen, bewahrt sie davor, unsere Wahrheiten zu glauben, und die sehr große Liebe, die wir ihnen entgegenbringen, läßt uns so blind ihren Lügen vertrauen, daß wir schon betrogen sind, ehe wir überhaupt argwöhnen, daß wir's sein könnten.«

»Es sieht so aus«, sagte Parlamente, »als hättet Ihr die Klagen eines Narren gehört, den eine Metze hereingelegt hat; denn was Ihr da sagt, ist so wenig überzeugend, daß Eure Behauptung durch ein Beispiel erhärtet werden müßte. Wenn Ihr darum eines wißt, so gebe ich Euch meinen Platz, damit Ihr's erzählen könnt. Doch dürft Ihr nicht etwa meinen, wir werden Euch aufs Wort alles glauben, was Ihr vorbringt; aber Euch zuzuhören, wie Ihr Schlechtes über uns äußert, tut unseren Ohren längst nicht mehr weh, wissen wir doch, was wir davon zu halten haben.«

»Gut denn. Da mir das Wort erteilt wurde, will ich eine solche Geschichte erzählen«, sagte Dagoucin.

S. Feudenberger inv. H. bel Hubert f. me Duclos sc.

## Achtundfünfzigste Geschichte

*Ein Edelmann vertraut allzu leichtgläubig den Worten einer Dame, die er um anderer willen verlassen und dadurch beleidigt hat, als sie ihn am heftigsten liebte. Er wird durch eine fälschliche Einladung zu einem Stelldichein genasführt und zum Gespött des ganzen Hofes gemacht*

Am Hofe Königs Franz I. lebte eine ausnehmend kluge Dame, die durch ihre holde Anmut, Sittsamkeit und einnehmende Wortgewandtheit die Herzen mehrerer Anbeter erobert hatte, wodurch sie aufs angenehmste ihre Zeit hinbrachte. Unbeschadet ihrer Ehre verstand sie es so trefflich, den Männern aufs kurzweiligste die Zeit zu vertreiben, daß sie gar nicht wußten, woran sie mit ihr waren; denn die ihrer Sache am sichersten waren, trieb sie oft zur Verzweiflung, und die Verzweifelten dagegen faßten wieder neuen Mut. Immerhin, sosehr sie auch die meisten zum Gespött machte, verliebte sie sich dennoch sterblich in einen Mann, den sie ihren Vetter nannte. Unter diesem Deckmantel konnten die beiden ihr Einverständnis längere Zeit aufrechterhalten. Da aber nichts beständig ist, wandelte sich auch ihre Liebe dann und wann in Zürnen, flammte jedoch hernach heißer denn je zuvor wieder auf, so daß der ganze Hof darüber nicht in Unkenntnis bleiben konnte.

Eines Tages nun begegnete ihm die Dame liebreicher als je zuvor, einmal um ihm zu beweisen, daß ihr Herz an nichts anderem hänge, aber auch um dem Mann, um deswillen sie manche Kümmernis hingenommen hatte, einiges Leid anzutun. Daher begann sie der Edelmann, dem es weder im Kampf noch in Liebesdingen an Kühnheit gebrach, heftiger als bisher um die letzte Gunst zu bestürmen, um die er schon oft bei ihr angehalten hatte; und sie gab sich den Anschein, als könnte sie aus Erbarmen diesem Flehen nicht länger widerstehen, verhieß ihm, was er begehrte, und sagte ihm auch, sie begebe sich zu diesem Behufe auf ihre Kammer unterm Dach, wohin bestimmt niemand kommen werde; sobald er sehe, daß sie sich fortstehle, solle er nicht versäumen, ihr zu folgen; denn er werde sie allein finden.

Über dieses Wohlwollen war der Edelmann, der ihren Worten glaubte, dermaßen beglückt, daß er mit den andern Damen ein Spiel anfing, während er wartete, bis sie den Saal verließ, und sich bereit hielt, bald danach hinter ihr hinaufzugehen. Sie aber, der es mitnichten an weiblichen Schlichen mangelte, ging zu Madame Marguerite, der Tochter des Königs, und zur Herzogin von Montpensier und sprach zu ihnen: »Wenn es euch genehm ist, will ich euch heute den vergnüglichsten Zeitvertreib bieten, den ihr je zu sehen bekommen habt.« Die beiden Damen, die einen Spaß zu schätzen wußten, baten sie, ihnen zu sagen, was es damit für eine Bewandtnis habe. »Es handelt sich um den und den«, antwortete sie, »den ihr als einen rechtschaffenen und nicht minder draufgängerischen Mann kennt, wie es keinen zweiten gibt. Ihr wißt, wie oft er mir übel mitgespielt hat und wie er sich, als ich ihn am meisten liebte, mit anderen Frauen einließ und mir damit mehr Leid zufügte, als ich mir anmerken ließ. Nun aber hat Gott mir eine Möglichkeit gegeben, mich an ihm zu rächen. Ich gehe nämlich jetzt in meine Kammer hinauf, die gerade über diesem Zimmer liegt. Wenn ihr gut aufpaßt, werdet ihr ihn bald danach ebenfalls hinaufgehen sehen; und wenn er dann durch die Galerien gegangen ist und die Treppe emporsteigen will, stellt euch bitte beide ans Fenster und helft mir laut ‚Diebe! Diebe!' schreien. Ihr werdet sehen, wie er in Wut gerät. Das wird ihm, glaube ich, nicht übel anstehen, und wenn er mich auch nicht gerade vernehmlich beschimpft, so wird er mich doch in seinem Herzen schmähen und mich zum Teufel wünschen.«

Diese Folgerung wurde nicht ohne Gelächter gezogen, denn am ganzen Hof gab es keinen Ritter, der die Damen so erbarmungslos aufs Korn nahm wie dieser Edelmann, und außerdem war er allenthalben so beliebt und wohlgelitten, daß um keinen Preis jemand seine böse Zunge hätte herausfordern wollen. Den beiden Damen kam es so vor, als hätten sie teil an dem Ruhm, den eine einzige sich bei diesem Edelmann zu holen gedachte.

Sobald sie daher sahen, daß das Fräulein, das diesen Plan eingefädelt hatte, den Saal verließ, begannen sie ein aufmerksames Auge auf das Verhalten des Edelmanns zu haben. Der hielt es nicht länger auf seinem Platz aus; er stahl sich ebenfalls fort, und kaum war er draußen, eilten die Damen auf die Galerie hinaus, um ihn nicht aus den Augen zu verlieren. Er ging nichtsahnend seines Wegs, warf seinen weiten Mantel um den Hals, um sein Gesicht zu verdecken, stieg die Treppe in den Hof hinab und kam dann wieder herauf. Da er aber jemanden traf, den er nicht zum Zeugen haben wollte, ging er abermals in den Hof hinunter und kehrte dann von einer andern Seite zurück. Die beiden Damen sahen das alles, er aber bemerkte sie nicht; und als er zu der Stiege kam, über die er unbemerkt in die Kammer seiner Dame gelangen konnte, traten die Damen ans Fenster und gewahrten alsbald im oberen Stockwerk das Fräulein, das aus Leibeskräften »Diebe! Diebe!« zu schreien anhob. Die beiden Damen drunten am Fenster gaben ihr so laut Antwort, daß ihre Stimmen im ganzen Schloß gehört wurden.

Ihr könnt euch wohl denken, wie groß die Wut des Edelmannes war. Er floh in seine Wohnung, und zwar nicht so gut verhüllt, daß ihn die Frauen, die in das Geheimnis eingeweiht waren, nicht erkannt hätten. Sie warfen es ihm denn auch späterhin immer wieder vor, und sogar das Fräulein, das ihm diesen argen Streich gespielt hatte, spottete darüber und sagte, sie habe es ihm tüchtig heimgezahlt. Doch er hatte so schlagfertige Ausflüchte bereit, daß er ihnen weismachte, er habe genau gewußt, was die Dame vorhatte, und habe mit ihr das Stelldichein nur verabredet, um ihnen eine lustige Kurzweil zu verschaffen; denn aus Liebe zu ihr hätte er diese Mühe nicht auf sich genommen, weil nämlich seine Liebe längst verflogen gewesen sei. Aber die Damen wollten diese Ausrede nicht recht glauben, die auch jetzt noch ziemlich unglaubhaft bleibt. Wenn er aber wirklich dieser Dame Glauben geschenkt hat, wie es höchst wahrscheinlich ist – denn er war so klug und kühn, daß ihm zu seiner Zeit nur wenige ebenbürtig waren und keiner ihn übertraf, wie es ja auch sein beherzter und ritterlicher Tod nachmals bewiesen hat –, dann müßt ihr meines Erachtens bekennen, daß die Liebe tugendlicher Männer von solcher Art ist, daß sie oft hinters Licht geführt werden, weil sie den Damen zuviel Wahrheitsliebe zutrauen.

»Offen gestanden«, sprach Ennasuitte, »ich gebe der Dame recht, auch wenn sie ein Unrecht begangen hat. Denn wenn ein Mann von einer Dame geliebt wird und sie einer andern wegen verläßt, kann sie sich nicht hart genug an ihm rächen.«

»Gewiß«, meinte Parlamente, »wenn er sie wirklich geliebt hat. Aber es gibt Frauen, die Männer lieben, ohne ihrer Gegenliebe sicher zu sein; und erkennen sie dann, daß diese anderweitig verliebt sind, behaupten sie keck, jene seien wetterwendisch. Daher lassen sich kluge Frauen nie durch solche Reden irreführen, sondern schenken Huld und Vertrauen nur denen, die wahrheitsliebend sind, um nicht den Lügnern auf den Leim zu kriechen, weil wahr und falsch ein und dieselbe Sprache reden.«

»Wären alle Frauen Eurer Meinung«, versetzte Symontault, »könnten die Edelleute ihre beschwörenden Anträge für alle Zeit zum alten Eisen legen. Aber was Ihr und Euresgleichen auch sagen mögen, wir werden niemals glauben, daß die Frauen ebenso ungläubig wie schön sind. Und diese Meinung beschert uns ein ebenso zufriedenes Leben, wie ihr uns durch eure Gegengründe Unbehagen bereiten möchtet.«

»Wahrhaftig«, sagte Longarine, »da ich recht wohl weiß, wer die Dame ist, die dem Edelmann diesen hübschen Streich gespielt hat, halte ich bei ihr keine Hinterlist für unmöglich; denn wie mit ihrem Gatten, ist sie auch mit ihrem Anbeter nicht glimpflich umgegangen.«

»Wie das? Mit ihrem Gatten?« fragte Symontault. »Ihr wißt also mehr als ich? Dann gebe ich Euch meine Stimme, und Ihr sagt uns was Ihr davon haltet.« – »Da Ihr es wünscht, will ich es auch«, erwiderte Longarine.

S. Freudenberg Inv. L. Halbou Sculp.

## Neunundfünfzigste Geschichte

*Die gleiche Dame, deren Gatte es nicht gern sieht, daß sie Verehrer hat, mit denen sie unbeschadet ihrer Ehre die Zeit verbringt, lauert ihm so gut auf, daß sie entdeckt, wie er mit einer ihrer Zofen kost. Die weiß sie für sich zu gewinnen, so daß jene ihrem Gatten gewährt, was er von ihr begehrt. Dann ertappt sie ihn mitten im schönsten Sündigen, und er muß ihr wohl oder übel bekennen, daß er größere Strafe verdient habe als sie; und dank dieser List lebte sie nachmals, wie es ihr gerade zupaß kam*

Die Dame, von der Ihr uns eben erzählt habt, hatte einen reichen Edelmann aus gutem und altem Hause geheiratet, und die Ehe war aus großer Liebe von ihrer wie auch von seiner Seite geschlossen worden.

Sie war eine frohmütige und redselige Frau und verhehlte ihrem Gatten keineswegs, daß sie ein paar Verehrer hatte, mit denen sie allerlei Schabernack trieb und ihre Kurzweil hatte, und auch ihr Gemahl hatte teil an diesem vergnüglichen Leben. Doch auf die Dauer verdroß ihn dieses Treiben, denn einesteils fand er es unrecht, daß sie sich soviel mit Leuten abgab, die weder seine Freunde noch mit ihm verwandt waren, und andernteils ärgerte ihn der Aufwand, den er für ihre kostspieligen Freuden, und auch um dem Hof überallhin folgen zu können, treiben mußte. Daher zog er sich, sooft es anging, in sein Haus zurück, wo ihn jedoch so viele Gäste besuchten, daß die Ausgaben für seinen Haushalt nicht geringer wurden. Denn seine Frau fand, wo immer sie sich aufhielt, jederzeit eine Möglichkeit, sich die Zeit mit Spiel und Tanz und allen erdenklichen Lustbarkeiten zu vertreiben, an denen junge Damen in allen Ehren teilnehmen dürfen. Und wenn ihr Gatte ihr zuweilen lachend vorhielt, ihre Ausgaben seien zu groß, so gab sie ihm zur Antwort, dafür könne er sich darauf verlassen, daß sie ihn nie zum Hahnrei machen werde, wohl aber zum Hahn im Korb; denn sie liebte Putz und schöne Kleider so sehr, daß sie stets die schönsten und reichsten Prunkgewänder haben mußte, die am Hof zu sehen waren. Ihr Gatte führte sie zwar so selten wie möglich dorthin, sie aber tat alles, um, sooft sie konnte, hinzukommen. Aus diesem Grunde war sie ihrem Gatten in allem zu Willen und tat ihm zuliebe, was er sich nur wünschen mochte, und er wollte ihr deshalb auch nichts abschlagen, so schwer es ihn manchmal ankam.

Aber eines Tages, als sie sah, daß alle ihre Listen ihn nicht dazu bewegen konnten, an den Hof zu reisen, bemerkte sie, daß er einer ihrer Zofen gar zärtlich tat, und sie nahm sich vor, daraus ihren Vorteil zu ziehen. Sie rief die Zofe beiseite und fragte sie so schlau aus und setzte ihr mit verfänglichen Fragen und Drohungen so lange zu, bis ihr das Mädchen schließlich gestand, seit sie hier im Hause weile, sei kein Tag vergangen, an dem ihr Herr ihr nicht in den Ohren liege, sie müsse ihn erhören; sie wolle aber lieber sterben als etwas tun, was gegen Gottes Gebot und ihre Ehre sei. Zudem würde sie es, da ihre Herrin sie in ihren Dienst genommen habe, für doppelt schändlich ansehen.

Als die Dame vernahm, wie treulos ihr Gatte war,

war sie unmutig und froh zugleich, sah sie doch, daß ihr Gemahl, der doch immer so tat, als liebte er sie innig und treu, ihr insgeheim – und noch dazu mit einer Zofe – solche Schande antun wollte, obschon sie sich für schöner und ungleich anmutvoller hielt als das Mädchen, bei dem er Abwechslung suchte. Froh war sie aber, weil sie hoffte, ihren Gatten auf einem so heillosen Fehltritt zu ertappen, daß er ihr nie wieder ihre Anbeter und auch nicht das Leben am Hof vorwerfen konnte. Um nun an ihr Ziel zu gelangen, bat sie die Zofe, ihrem Gatten nach und nach zu gewähren, was er von ihr begehrte, doch unter den Bedingungen, die sie ihr angebe. Das Mädchen wollte sich zuerst nicht recht dazu hergeben, doch als ihre Herrin ihr zusicherte, es werde ihr weder an ihr Leben noch an ihre Ehre gehen, willigte sie ein, alles zu tun, was ihr beliebe.

Der Edelmann ließ in seinem Werben und Drängen nicht nach, fand aber nun mit einemmal das Mädchen in Blick und Haltung ganz verändert. Darum drang er noch stürmischer in sie als bisher. Sie aber wußte ihre Rolle auswendig und stellte ihm ihre Armut vor Augen und sagte ihm, wenn sie ihm zu Willen sei, verliere sie den Dienst bei ihrer Herrin, durch die sie doch einmal einen guten Ehemann zu finden hoffe. Darauf gab ihr der Edelmann geschwind zur Antwort, um all das brauche sie sich nicht zu bekümmern, denn er werde sie besser und reicher verheiraten, als ihre Herrin es könnte; auch wolle er ihre Liebschaft so heimlich betreiben, daß niemand darüber reden werde.

Nachdem sie das alles besprochen hatten, wurden sie miteinander handelseinig, und als sie sich nach einem Ort umsahen, an dem sie dieses löbliche Werk vollbringen konnten, sagte sie ihm, sie wisse keinen besseren und unverdächtigeren Ort als ein Lusthäuschen draußen im Park, wo sich eine Kammer und ein Bett befänden, wie geschaffen für ein solches Unternehmen. Der Edelmann, der keinen Ort schlecht gefunden hätte, war mit diesem wohl zufrieden und konnte Tag und Stunde seines Glücks kaum erwarten.

Die Zofe hielt ihrer Herrin Wort und erzählte ihr haarklein alles, was sie vereinbart hatten, und sagte ihr auch, sie hätten sich für den nächsten Tag nach dem Mittagessen verabredet, und sie werde nicht versäumen, ihr ein Zeichen zu geben, wenn sie dort hinkommen solle. Sie bat sie auch flehentlich, gut aufzupassen und sich unfehlbar zur rechten Zeit dort einzufinden, um sie vor der Gefahr zu schützen, in die sie sich begebe, wenn sie ihr in dieser Sache gehorche. Das schwor ihr ihre Herrin zu und bat sie, keine Angst zu haben; sie werde sie keinesfalls im Stich lassen und sie auch vor der Wut ihres Gatten schützen.

Als der nächste Tag gekommen war und sie zu Mittag gegessen hatten, tat der Gatte seiner Frau so lieb wie noch nie zuvor. Freilich stand ihr der Sinn nicht nach solchem Gekose, doch sie verstellte sich so gut, daß er es nicht merkte.

Nach dem Mittagsmahl fragte sie ihn, wie er sich die Zeit zu vertreiben gedenke, und er antwortete, er kenne keinen bessern Zeitvertreib als das Kartenspiel. Alsbald ließen sie den Spieltisch herrichten; doch sie gab vor, sie wolle jetzt lieber nicht spielen, sie finde größeres Vergnügen am Zuschauen. Bevor der Edelmann sich zum Spiel niederließ, versäumte er nicht, die Zofe daran zu erinnern, sie möge ihr Versprechen nicht vergessen. Gerade als er am Spieltisch Platz genommen hatte, ging sie durch den Saal und gab ihrer Herrin ein Zeichen, daß sie jetzt ihre Wallfahrt antreten solle. Die sah es wohl, doch der Edelmann merkte nichts davon.

Etwa eine Stunde später jedoch, als einer seiner Diener ihm von weitem winkte, sagte er zu seiner Frau, er habe ein wenig Kopfweh und müsse sich ausruhen und etwas frische Luft schnappen. Sie aber wußte so gut wie er, wo ihn der Schuh drückte, und fragte, ob sie für ihn beim Spiel einspringen solle. Er bat sie, für ihn zu spielen, und meinte, er werde bald wieder zurück sein. Gleichwohl versicherte sie ihm, es werde sie nicht langweilen, für ein Stündchen oder zwei seinen Platz einzunehmen. So begab sich denn der Edelmann in sein Schlafgemach und von dort durch einen Laubengang in den Park.

Die Frau, die einen anderen, kürzeren Weg kannte, wartete ein Weilchen, schützte dann plötzlich Leibweh vor und überließ ihren Platz einem andern. Kaum war sie draußen vor dem Saal, schlüpfte sie aus ihren hohen Stöckelschuhen und lief so geschwind, wie sie nur konnte, an den Ort, wo der Handel nicht ohne sie zustande kommen sollte. Sie langte so früh dort an, daß sie durch eine zweite Tür in die Kammer treten konnte, wo ihr Gatte eben erst angekommen war. Da versteckte sie sich hinter der Tür und hörte die ehrbaren und schönen Worte mit an, die ihr Gatte zu der Zofe sagte. Als sie aber sah, daß er sein sündhaftes Tun beginnen wollte, packte sie ihn von hinten und sprach: »Ich bin zu nahe bei Euch, als daß Ihr eine andere nehmen dürftet.«

Ob der Edelmann in schäumende Wut geriet, braucht ihr nicht erst zu fragen. Einmal war er um die Freuden betrogen worden, die er sich erhofft hatte, und zudem sah er, daß seine Frau ihn besser kannte, als ihm lieb war, und er hatte große Angst, ihre Liebe für immer zu verlieren. Da er aber glaubte, das Mädchen habe ihm das eingebrockt, rannte er, ohne seiner Frau zu antworten, in solcher Wut hinter dem Mädchen drein, daß er sie umgebracht hätte, hätte seine Frau sie nicht seinen Händen entrissen. Er tobte, sie sei die gemeinste Metze, die ihm je unter die Augen gekommen sei, und hätte seine Frau nur das Ende abgewartet, so hätte sie wohl erkannt, daß es ihm damit gar nicht Ernst gewesen sei; denn statt mit ihr zu tun, was sie sich einbilde, hätte er sie mit Ruten gestrichen und gezüchtigt. Doch sie kannte sich in solchen Dingen aus und nahm das nicht für bare Münze; und sie las ihm auf der Stelle so kräftig die Leviten, daß er die größte Angst hatte, sie wolle ihn für immer verlassen. Er versprach ihr also alles, was sie nur wünschte, und gab angesichts ihrer Vorwürfe zu, es sei unrecht von ihm, daß er etwas gegen ihre Anbeter habe; denn eine schöne und tugendhafte Frau sei deswegen nicht weniger ehrbar, weil sie geliebt werde, wofern sie nur nichts sage oder tue, was gegen ihre Ehre verstoße. Ein Mann hingegen verdiene harte Strafe, wenn er sich unterfange, einer Frau nachzustellen, die ihn nicht liebe, und wenn er dergestalt seinem Eheweib und seinem Gewissen schade. Daher wolle er sie künftig nie wieder hindern, an den Hof zu reisen, noch beanstanden, daß sie ihre Verehrer habe; denn er wisse ja, daß sie sich mehr zum Spaß mit ihnen unterhalte denn aus Zuneigung.

Solche Worte mißfielen der Dame denn auch keineswegs, und sie entnahm ihnen, daß sie um einen guten Schritt weitergekommen sei. Dennoch sagte sie das gerade Gegenteil davon und tat, als fände sie überhaupt kein Gefallen mehr daran, an den Hof zu gehen, da sie sich ja doch seine Liebe verscherzt habe, ohne die ihr jede Geselligkeit verhaßt sei. Und sie setzte hinzu, eine Frau, die ihren Mann liebe und auch von ihm wiedergeliebt werde, trage einen Freibrief bei sich, der ihr verbürge, mit jedermann sprechen zu dürfen und vor niemandem zum Gespött zu werden.

Der arme Edelmann gab sich die größte Mühe, ihr zu beteuern, er liebe sie von Herzen, so daß sie zu guter Letzt als die besten Freunde von dort schieden. Doch um nicht wieder in solche Ungelegenheiten zu geraten, bat er seine Frau, das Mädchen, um dessentwillen er soviel Verdruß gehabt hatte, aus dem Haus zu jagen. Das tat sie auch, brachte sie aber gleichzeitig unter die Haube und verheiratete sie mit einem braven, redlichen Mann, natürlich auf Kosten ihres Gatten.

Ihr Gemahl, dem viel daran gelegen war, daß sie seine Torheit vollends vergaß, führte sie bald danach an den Hof, in solchem Staat und Aufputz, daß sie allen Grund hatte, zufrieden zu sein.

»Das, meine Damen, hat mich zu der Behauptung veranlaßt, daß mich der Streich, den sie einem ihrer Verehrer gespielt hat, nicht wundernimmt, wenn ich bedenke, wie sie ihrem Gatten mitgespielt hat.«

»Ihr habt uns eine ungemein durchtriebene Frau und einen unerhört törichten Mann geschildert«, sagte Hircan; »denn war er schon einmal so weit gekommen, dann durfte er nicht auf halbem Wege stehenbleiben.«

»Und was hätte er tun sollen?« fragte Longarine.

»Weiterführen, was er angefangen hatte«, erwiderte Hircan; »denn seine Frau war ja ebenso aufgebracht gegen ihn, bloß weil sie erfahren hatte, daß er sündigen wolle, als hätte er tatsächlich seine Absicht verwirklicht. Wer weiß, vielleicht hätte sie ihn sogar höher geachtet, hätte sie gesehen, daß er ein Draufgänger und Schwerenöter sei.«

»Schön und gut«, sagte Ennasuitte, »aber wo findet Ihr einen Mann, der zwei Frauen zugleich Gewalt antun könnte? Denn bestimmt hätte seine Frau ihr gutes Recht verteidigt und die Zofe ihre Jungfräulichkeit.«

»Das ist freilich wahr«, versetzte Hircan, »doch ein kräftiger und verwegener Mann fürchtet sich nicht, gegen zwei Schwache anzugehen, und wird auch unfehlbar mit ihnen fertig.«

»Ich weiß schon«, meinte Ennasuitte, »wenn er seinen Degen gezückt hätte, so hätte er sie wohl beide ums Leben gebracht; doch anders wüßte ich nicht, wie er sich da hätte aus der Patsche ziehen können. Darum bitte ich Euch, sagt mir, was Ihr getan hättet!«

»Ich hätte meine Frau umarmt und abgeküßt«, erwiderte Hircan, »und hernach hätte ich sie hinausgebracht ... Und dann hätte ich mit ihrer Zofe gemacht, was mir beliebte, sei's gutwillig oder mit Gewalt.«

»Hircan«, sprach da Parlamente, »es genügt vollauf, daß Ihr wißt, wie man Unheil stiftet.«

»Ich bin gewiß, Parlamente«, antwortete Hircan, »ich errege keinen Anstoß bei den arglosen Gemütern, vor denen ich rede, und doch will ich damit keineswegs eine Schlechtigkeit verteidigen. Allein ich wundere mich über dieses Unterfangen, das an sich sinnlos ist, und kann den, der es angezettelt und nicht zu Ende geführt hat, unmöglich loben, weil er mehr aus Angst vor seiner Frau als aus Liebe zu ihr davon abließ. Ich finde es lobenswert, daß ein Mann sein Weib liebt, wie Gott es befiehlt; doch wenn er sie nicht liebhat, kann ich es nicht sonderlich schätzen, daß er sich vor ihr fürchtet.«

»Wahrhaftig«, gab ihm Parlamente zur Antwort, »wenn die Liebe aus Euch nicht einen guten Gatten machte, ich würde, was Ihr aus Angst vor Eurer Frau tätet, nur gering achten.«

»Ihr habt auch nichts zu befürchten, Parlamente«, sagte Hircan; »denn die Liebe, die ich für Euch empfinde, macht mich folgsamer als alle Furcht vor Tod und Hölle.«

»Sagt, was Ihr wollt«, versetzte Parlamente, »aber ich habe allen Grund gehabt, mit dem zufrieden zu sein, was ich von Euch gesehen und erfahren habe. Und was ich nicht weiß, daran habe ich weder zweifeln noch habe ich mich danach erkundigen wollen.«

»Ich halte es für eine große Torheit, wenn Frauen allzu genau ihren Männern auf die Spur kommen wollen oder wenn Gatten ihren Frauen nachspüren«, meinte Nomerfide. »Es ist doch genug, wenn jeder Tag seine eigene Plage hat; man braucht sich nicht auch noch um den nächsten Tag zu sorgen.«

»Dennoch ist es zuweilen notwendig«, sagte Oisille, »sich um Dinge zu kümmern, die der Ehre eines Hauses Abbruch tun können, um ihnen zeitig genug zu steuern. Keinesfalls jedoch soll man über andere Menschen zu Gericht sitzen; denn jeder Mensch kann sich verfehlen.«

»Gelegentlich«, erklärte Geburon, »ist schon manch einem Unheil widerfahren, weil er sich nicht vorsorglich genau nach dem Fehltritt seiner Frau erkundigt hat.«

»Ich bitte Euch«, rief Longarine, »wenn Ihr dazu ein Beispiel wißt, enthaltet es uns nicht vor!«

»Ich kenne wohl eines«, erwiderte Geburon, »und da ihr's wünscht, will ich es euch erzählen.«

S. Freudenberg Inv. L. Halbou Sculp.

1781.

## Sechzigste Geschichte

*Ein Pariser glaubt, seine Frau sei tot, während sie sich mit einem königlichen Kirchensänger ihres Lebens freut, und versäumt, sich über ihr Ableben genau zu erkundigen. Er geht eine zweite Heirat ein, muß aber später seine neue Frau, mit der er vierzehn oder fünfzehn Jahre gelebt und mit der er mehrere Kinder gehabt hat, verlassen und seine erste wiedernehmen*

In der Stadt Paris lebte einst ein Mann, der so gutmütig veranlagt war, daß er sich ein Gewissen daraus gemacht hätte, zu glauben, ein fremder Mann könnte bei seiner Frau schlafen, selbst wenn er es mit eigenen Augen gesehen hätte. Dieser jammernswerte Mensch hatte eine Frau von so schlechtem Lebenswandel geheiratet, wie er schlimmer nicht sein konnte, doch merkte er das nie, sondern behandelte sie wie die ehrbarste Frau von der Welt.

Eines Tages, als der König Ludwig XII. nach Paris kam, gab sich diese Frau einem der Kirchensänger des Königs hin; und als sie sah, daß der König die Stadt

Paris wieder verließ und daß sie nicht mehr mit dem Sänger werde zusammensein können, beschloß sie, ihren Gatten zu verlassen und mit jenem andern fortzuziehen. Damit war der Kirchensänger einverstanden. Er brachte sie in ein Haus, das er in der Nähe von Blois besaß, und dort lebten sie lange Zeit miteinander. Als nun der arme Gatte seine Frau nicht mehr fand, suchte er sie überall; aber schließlich sagte man ihm, sie sei mit dem Sänger auf und davon gegangen.

Der Gatte, der sein verlorenes Schaf wiederhaben wollte, das er so schlecht gehütet hatte, schrieb ihr Brief um Brief und bat sie, wieder zu ihm zu kommen, er werde sie auch von Herzen gern wieder zu sich nehmen, wenn sie ein sittsames Leben führen wolle. Sie aber fand so großes Vergnügen am Gesang des Sängers, mit dem sie zusammen lebte, daß sie darüber die Stimme ihres Gatten ganz vergessen hatte und sich an alle seine guten Worte nicht kehrte, sondern sich nur über ihn lustig machte. Aufs höchste aufgebracht, ließ ihr Gatte sie wissen, daß er sie gerichtlich von der Kirche zurückfordern werde, da sie ja sonst nicht zu ihm zurückkehren wolle.

Die Frau fürchtete, wenn das Gericht die Sache in die Hand nähme, könnten sie und ihr Sänger gar noch in eine üble Lage geraten; deshalb heckte sie eine List aus, die eines so abgefeimten Frauenzimmers würdig war. Sie stellte sich krank und ließ verschiedene ehrbare Frauen aus der Stadt holen, die sollten sie besuchen. Das taten sie gern, denn sie hofften, diese Krankheit werde sie von ihrem sündigen Lebenswandel abbringen, und zu diesem Behufe machten sie ihr eine wie die andere die eindringlichsten Vorhaltungen. Sie aber tat, als wäre sie ernstlich krank, und stellte sich, als ob sie weinte und ihre Sünde einsähe, so daß die ganze versammelte Frauenschar, die fest überzeugt war, sie spreche aus tiefstem Herzensgrund, mit ihr großes Erbarmen hatte. Da sie die Ärmste nun so zerknirscht und reumütig sahen, begannen sie sie zu trösten und sagten ihr, Gott sei nicht so unversöhnlich und furchtbar, wie manche Prediger ihn schilderten, und er werde ihr sein Erbarmen nimmermehr versagen. Daraufhin ließen sie einen redlichen Mann kommen, der ihr die Beichte hören mußte, und tags darauf erschien der Pfarrer der Ortschaft, um ihr das Heilige Abendmahl zu reichen. Sie aber empfing es mit so gut gespielter Ergebung und Demut, daß alle ehrbaren Frauen aus dieser Stadt, die zugegen waren, angesichts ihrer andächtigen Miene weinten und Gott priesen, der in seiner Güte Erbarmen mit diesem armen Geschöpf gehabt hatte. Hernach, da sie angeblich keine Speise mehr zu sich nehmen konnte, wurde ihr vom Pfarrer die Letzte Ölung gereicht, und sie empfing sie mit frommen Gebärden, mit denen sie ihre demütige Gottesfurcht kundtat; denn sie konnte, wie alle meinten, nicht mehr sprechen. In solchem Zustand blieb sie geraume Zeit, und es sah aus, als verlöre sie allmählich die Fähigkeit, zu sehen und zu hören, und als schwänden ihr die Sinne. Daher schrien alle laut auf: »Jesus!«

Weil aber die Nacht schon hereinbrechen wollte und die Damen von weit hergekommen waren, machten sie sich alle auf den Weg, und gerade als sie das Haus verließen, sagte man ihnen, sie sei verschieden. Sie sprachen also jede ein De profundis für sie und kehrten in ihre Wohnungen zurück. Der Pfarrherr fragte den Sänger, wo sie nach seinem Wunsche begraben werden solle, und der gab ihm zur Antwort, sie habe angeordnet, daß sie auf dem Kirchhof beerdigt sein wolle, und es wäre wohl gut, wenn man sie noch in der Nacht dort hinbringen könnte. So wurde denn die arme, unglückliche Frau von einer Zofe in das Leichentuch gehüllt, und diese hütete sich wohl, ihr wehe zu tun. Und nachher wurde sie beim Schein brennender Fackeln zu dem Grabe getragen, das der Sänger hatte ausheben lassen. Als die Leiche bei den Frauen vorübergetragen wurde, die zugegen gewesen waren, als man ihr die Letzte Ölung gereicht hatte, kamen sie allesamt aus ihren Häusern herbeigelaufen und gaben ihr das Geleit bis zum Grab. Bald danach ließen Frauen und Priester sie allein. Doch der Sänger ging nicht weg; denn sobald er sah, daß das Trauergeleite sich ein Stück entfernt hatte, schaufelte er mit der Zofe das Grab wieder auf, in dem seine Liebste lebendiger denn je lag. Er schaffte sie heimlich in sein Haus, wo er sie lange Zeit verborgen hielt.

Der Gatte, der ihren Spuren gefolgt war, kam bis nach Blois, um Gerechtigkeit zu fordern. Da vernahm er, sie sei gestorben und längst begraben, nach dem Zeugnis aller Damen von Blois, die ihm erzählten, wie erbaulich ihr Ende gewesen sei. Da war der gute Mann von Herzen froh, im Glauben, die Seele seiner Frau weile im Paradies, und er sei ihren argen und unwürdigen Leib los. In dieser frohen Gewißheit reiste er nach Paris zurück, wo er sich mit einer schönen, züchtigen jungen Frau vermählte, einer guten Gattin und trefflichen Haushälterin, mit der er mehrere Kinder zeugte. Sie lebten vierzehn oder fünfzehn Jahre miteinander; aber schließlich trug ihm das Gerücht, dem ja nichts verborgen bleibt, die Kunde zu, seine Frau sei nicht gestorben, sondern lebe noch immer mit dem nichtswürdigen Sänger zusammen. Das trachtete der arme Mann, so gut er's konnte, zu verheimlichen und tat, als wüßte er nichts davon, in der Hoffnung, es sei vielleicht doch nicht wahr. Aber da wurde es seiner jetzigen Frau hinterbracht, die klug und verständig war, und sie stand Todesängste aus und meinte vor Kummer und Unruhe vergehen zu müssen. Und wäre es, ohne ihr Gewissen zu beschweren, möglich gewesen, sie hätte gerne ihr trauriges Schicksal geheimgehalten. Doch das ging nicht an; denn die Kirche wollte unverzüglich die Angelegenheit ins reine bringen und trennte fürs erste die beiden, bis die Wahrheit geklärt wäre.

Nun wurde also der arme Mann gezwungen, von seiner guten Frau zu lassen und sich statt ihrer der schlechten anzunehmen. Er kam nach Blois, kurze Zeit nachdem Franz I. König geworden war, und fand dort die Königin Claude und die Frau Regentin. Vor ihnen brachte er seine Klage vor und forderte die Frau zurück, die er am liebsten nicht wiedergefunden hätte. Aber es blieb ihm nicht erspart, und die ganze Versammlung empfand tiefes Mitleid mit ihm. Als ihm seine Frau vorgeführt wurde, wollte sie lange behaupten, er sei nicht ihr Gatte, und hätte er's gekonnt, er hätte es von Herzen gern ebenfalls geglaubt. Sie aber war mehr betrübt als beschämt und erklärte ihm, lieber wolle sie sterben als zu ihm zurückkehren; und das machte ihn froh. Aber die Damen, in deren Gegenwart sie so unehrbar sprach, verurteilten sie, zu ihm zurückzugehen, und setzten dem Sänger mit Drohungen so heftig zu, daß er notgedrungen seiner häßlichen Liebsten sagte, sie müsse zu ihrem Gatten zurückkehren, er wolle nichts mehr von ihr wissen. Von allen Seiten gejagt, kehrte das arme, unselige Weib zu ihrem Gatten zurück, der sie weit besser behandelte, als sie's um ihn verdient hatte.

»Darum, meine Damen, sage ich, hätte der arme Gatte besser über seine Frau gewacht, so hätte er sie nicht auf diese Weise verloren; denn was man gut bewacht, kommt nicht leicht abhanden, und Gelegenheit macht Diebe.«

»Seltsam«, meinte Hircan, »wie stark die Liebe ist, wo sie am unvernünftigsten scheint.«

»Ich habe sagen hören«, bemerkte Symontault, »man könne eher zwei Ehen scheiden als die Liebschaft zwischen einem Pfaffen und seiner Magd trennen.«

»Das glaube ich gern«, meinte Ennasuitte; »denn die Leute, die andere durch die Ehe binden, verstehen es so gut, den Knoten zu knüpfen, daß nur der Tod ihn lösen kann. Auch sind die Gelehrten der Ansicht, die geistliche Sprache sei höher als jede andere, und demzufolge gehe auch die geistliche Liebe über jede andere.«

»Das ist etwas, was ich den Damen nie verzeihen

kann«, sagte Dagoucin, »wenn sie einen redlichen Gatten oder einen Freund um eines Pfaffen willen verlassen, er mag noch so schön und liebenswert sein.«

»Ich bitte Euch, Dagoucin«, versetzte Hircan, »unterfangt Euch nicht, über unsere Mutter, die heilige Kirche, zu sprechen; glaubt vielmehr, daß es für die armen zaghaften und scheinheiligen Weiber eine wahre Wonne ist, mit denen zu sündigen, die sie auch gleich ledigsprechen können; denn es gibt Frauen, die sich mehr schämen, etwas zu beichten, als es zu tun.«

»Ihr sprecht«, sagte Oisille, »von denen, die Gott nicht kennen und meinen, heimliche Sünden würden nicht dereinst vor den himmlischen Heerscharen aufgedeckt. Aber ich glaube, sie suchen nicht um der Beichte willen den Beichtvater zu kapern; denn der Böse hat sie dermaßen verblendet, daß sie nur darauf sehen, an einem möglichst geheimen und sicheren Ort zu sündigen, statt sich darum zu kümmern, daß ihnen ihre Sünden vergeben werden – die bereuen sie ja gar nicht.«

»Was heißt schon: bereuen?« höhnte Saffredent, »nein, sie halten sich für frömmer als andere Frauen, und ich bin überzeugt, es sind welche darunter, die sich hochgeehrt fühlen, wenn sie in ihrer Liebe verharren.«

»Ihr sprecht ja«, sagte Oisille zu Saffredent, »als wüßtet Ihr eine Geschichte darüber zu erzählen. Darum bitte ich Euch, uns morgen zum Beginn des Tages zu erzählen, was Ihr davon wißt. Denn da läutet schon der letzte Schlag der Vesperglocke, weil unsere Mönche weggegangen sind, sowie sie die zehnte Geschichte zu Ende gehört hatten, und uns unsere Streitgespräche allein haben führen lassen.«

Während dieser Worte erhob sich die ganze Gesellschaft und begab sich in die Kirche, wo sie, wie sich zeigte, bereits erwartet wurden. Nachdem sie die Messe gehört hatten, speisten sie alle zusammen und unterhielten sich über manche der schönen Geschichten. Nach dem Nachtmahl lustwandelten sie nach ihrer Gewohnheit ein wenig auf den Wiesen und gingen dann zur Ruhe, um für den nächsten Tag ein frisches Gedächtnis zu haben.

# DER SIEBENTE TAG

*Am siebten Tag wird von Männern gesprochen, die das gerade Gegenteil dessen getan haben, was sie tun mußten oder wollten*

In der Morgenfrühe versäumte Madame Oisille nicht, ihnen das heilsame Gnadenbrot zukommen zu lassen, das sie der Heiligen Schrift entnahm, indem sie von den tugendlichen Taten und Werken der glorreichen Glaubenshelden und Sendboten Jesu Christi nach Sankt Lukas vorlas. Sie sagte ihnen, daß diese Berichte eigentlich hinreichen sollten, um eine übermächtige Sehnsucht nach einer solchen Zeit zu erwecken und ihnen über das Mißverhältnis zwischen der jetzigen und der damaligen Tränen zu entlocken. Und als sie zur Genüge den Anfang dieses hehren Buches vorgelesen und ausgelegt hatte, bat sie sie, in die Kirche zu gehen, ebenso einmütig, wie die Apostel ihr Gebet zu verrichten pflegten, und Gott um die Gnade anzuflehen, die allen, die ihn gläubig darum bitten, niemals verweigert werde. Dieser Vorschlag ward von ihnen allen gutgeheißen. Sie betraten die Kirche gerade, als die Heilig-Geist-Messe anhob. Das dünkte sie recht passend in ihrer derzeitigen Stimmung, und sie hörten denn auch dem Gottesdienst in großer Andacht zu.

Hierauf nahmen sie das Mittagsmahl ein, und während des Essens unterhielten sie sich über das Leben der Apostel und fanden an diesen Gesprächen solches Vergnügen, daß sie darüber beinahe ihr Vorhaben vergessen hätten. Doch Nomerfide als die Jüngste bemerkte das und sprach zu ihnen: »Madame Oisille hat uns in eine so andachtsvolle Stimmung versetzt, daß wir die gewohnte Stunde verpassen, zu welcher wir uns sonst zurückziehen, um uns auf das Erzählen unserer Geschichten vorzubereiten.«

Ihre Worte waren für die ganze Gesellschaft Anlaß genug, sich sogleich vom Tisch zu erheben, und nachdem sie eine gute Weile in ihren Kammern geruht hatten, fanden sie sich alle auf der Wiese ein, wie sie es schon tags zuvor getan hatten. Als sie es sich bequem gemacht hatten, sprach Madame Oisille zu Saffredent:

»Wenngleich ich überzeugt bin, daß Ihr nichts zugunsten der Frauen vorbringen werdet, muß ich Euch dennoch ersuchen, uns die Geschichte zu erzählen, die Ihr gestern abend bereit hattet.«

»Ich möchte mich dagegen verwahren«, erwiderte Saffredent, »daß man mir die Ehre antut, mich als einen schmähsüchtigen Besserwisser hinzustellen, nur weil ich die Wahrheit sage. Auch möchte ich nicht die Huld der Damen verlieren, weil ich erzähle, was liebestolle Weiber alles getrieben haben; denn ich weiß aus bitterer Erfahrung, was es heißt, nur schon aus ihrer Gegenwart verbannt zu sein; und wäre ich's ebenso aus ihrer Gunst gewesen, ich wäre zu dieser Stunde nicht mehr am Leben.«

Als er das sagte, wandte er seine Augen von der Frau ab, die sein Glück und auch sein Leiden verschuldet hatte; doch als sein Blick Ennasuitte traf, errötete auch sie, als hätten diese Worte ihr gegolten. Trotzdem wurden sie auch dort vernommen, wo sie gehört werden sollten. Madame Oisille versicherte ihm, er könne unverblümt und offen die Wahrheit sagen, selbst auf Kosten derer, die es angehe.

Alsbald hob Saffredent an zu erzählen.

S. Freudenberg. Inv. L. Halbou Sculp.

## Einundsechzigste Geschichte

*Ein Gatte söhnt sich mit seiner Frau aus, nachdem diese vierzehn oder fünfzehn Jahre mit einem Domherrn in Autun zusammengelebt hatte*

Unweit der Stadt Autun lebte einst eine ausnehmend schöne Frau, die war groß gewachsen, weiß von Haut und hatte ein ebenmäßiges Gesicht, wie ich es noch nie sonst gesehen habe. Sie war mit einem ehrenhaften Mann vermählt, der jünger aussah als sie. Der liebte sie von Herzen und behandelte sie so gut, daß sie allen Grund hatte, mit ihm zufrieden zu sein.

Bald nach ihrer Hochzeit nahm er sie einiger Geschäfte halber mit in die Stadt Autun; und während der Gatte dort sein Recht suchte, ging seine Frau in die Kirche und betete für ihn zu Gott. Und so oft suchte sie diesen heiligen Ort auf, daß ein reicher Domherr sich in sie verliebte und ihr so eifrig nachstellte, bis die Unselige sich ihm schließlich hingab. Der Gatte ahnte nichts davon und dachte mehr daran, sein Hab und Gut zu behalten als sein Weib.

Als es aber galt, Abschied zu nehmen und in ihr Haus zurückzukehren, das sieben gute Meilen von der genannten Stadt entfernt war, kam es sie sehr schwer an. Der Domherr versprach ihr jedoch, sie oft zu besuchen. Das tat er auch unter dem Vorwand irgendwelcher Reisen, die ihn jedesmal am Hause dieses Mannes vorbeiführten. Der war nicht so dumm, daß er das nicht gemerkt hätte, und er sorgte dafür, daß der Domherr jeweils, wenn er vorsprach, seine Frau nicht antraf, und er hielt sie so gut versteckt, daß er nicht mit ihr sprechen konnte. Die Frau kannte die Eifersucht ihres Gatten und ließ sich nicht merken, daß ihr das höchlich mißfiel. Gleichwohl sann sie darauf, Abhilfe zu schaffen; denn es dünkte sie die wahre Hölle, ihren Gott nicht mehr schauen zu dürfen.

Als ihr Gatte eines Tages das Haus verlassen hatte, übertrug sie den Mägden und Knechten so viel Arbeit, daß sie allein im Hause blieb. Im Handumdrehen packte sie alles Nötige zusammen und ging ohne andere Begleitung als ihre unsinnige Liebe, die sie dazu trieb, zu Fuß nach Autun, wo sie nicht so spät anlangte, daß ihr Domherr sie nicht erkannt hätte. Er hielt sie länger als ein Jahr in seinem Hause eingeschlossen und verborgen, obwohl ihr Gatte mit Ermahnungen und Bannbullen alles daransetzte, sie herauszubekommen. Schließlich wußte er keinen andern Ausweg mehr, als Klage beim Bischof zu erheben, der einen rechtlich gesinnten Archidiakon hatte, wie in ganz Frankreich keiner mehr zu finden war. Dieser suchte in eigener Person so eifrig und gründlich in sämtlichen Häusern der Domherren, daß er schließlich die Verlorengeglaubte fand. Er ließ sie ins Gefängnis bringen und verurteilte den Kanonikus zu einer harten Buße.

Als der Gatte erfuhr, daß seine Frau auf die Ermahnung des guten Archidiakons und mehrerer wackerer

Leute zurückgekehrt sei, war er es zufrieden, sie wieder zu sich zu nehmen, zumal sie ihm hoch und heilig schwor, künftig ein musterhaftes Leben zu führen. Das glaubte ihr der gutherzige Mann in seiner großen Liebe auch. Er holte sie also in sein Haus zurück und behandelte sie so freundlich und achtungsvoll wie zuvor, nur daß er ihr zwei Zofen, die hoch in Jahren waren, zur Gesellschaft gab, die sie nie allein lassen durften; jederzeit mußte eine von ihnen bei ihr sein.

Doch so liebreich ihr Gatte sie auch hielt, die sündhafte Liebe, die sie für den Domherrn hegte, bewirkte, daß ihr ganzes geruhsames und friedliches Leben ihr als eine arge Qual vorkam. Und obwohl sie eine bildschöne Frau und ihr Gatte wohlgestalt, kräftig und zeugungsfähig war, bekam sie dennoch keine Kinder von ihm, weil ihr Herz allezeit sieben Meilen von ihrem Leib entfernt weilte. Das wußte sie aber so gut zu verbergen, daß ihr Gatte meinte, sie habe das Vergangene vergessen, wie auch er seinerseits nicht mehr daran dachte. Doch in ihrer Arglist war sie ganz andern Sinnes, und als sie sah, daß die Liebe ihres Gatten gerade auf dem Höhepunkt war und er sie am wenigsten beargwöhnte, stellte sie sich krank und machte diese vorgebliche Krankheit so glaubhaft, daß ihr Gatte in größte Sorgen geriet und weder Geld noch sonst etwas von seinem Besitz sparte, um ihr Hilfe zu bringen.

Immerhin spielte sie ihre Rolle so gut, daß er und alle Hausbewohner im Ernst glaubten, sie sei auf den Tod krank und werde stündlich schwächer und schwächer. Als sie nun sah, daß ihr Gatte darüber so betrübt war, wie er in Wahrheit hätte froh sein müssen, bat sie ihn, er möge sie ermächtigen, ihr Testament zu machen. Das gestattete er ihr unter Tränen. Da sie nun Vollmacht hatte, ihre Vermächtnisse kundzutun, vermachte sie ihrem Gatten, obschon sie keine Kinder hatte, was sie ihm vermachen konnte, und bat ihn um Verzeihung für alles, was sie ihm angetan hatte. Dann ließ sie den Pfarrer holen, beichtete und empfing die Sterbesakramente so demütig und andachtsvoll, daß alle, die zugegen waren, über ein so gottgefälliges Ende weinten. Als der Abend hereinbrach, bat sie ihren Gatten, ihr die Letzte Ölung reichen zu lassen, und sagte ihm, sie fühle sich so schwach, daß sie fürchte, sie sonst nicht mehr lebend empfangen zu können. Ihr Gatte ließ sie in größter Eile vom Pfarrer zur Stelle bringen, und sie nahm sie in so großer Demut entgegen, daß männiglich sie deswegen pries.

Nachdem sie all diesen Firlefanz verübt hatte, sagte sie zu ihrem Gatten, da Gott ihr die Gnade erwiesen habe, daß sie alle kirchlichen Tröstungen habe empfangen dürfen, fühle sie nun solchen Frieden in ihrem Gewissen, daß es sie verlange, ein Weilchen zu ruhen, und sie bitte ihn, ein gleiches zu tun; denn er habe es wohl recht nötig, habe er doch soviel mit ihr gewacht und geweint.

Als ihr Gatte und mit ihm alle Diener hinausgegangen waren, legten sich auch die beiden alten Kammerfrauen, die sie, solange sie noch gesund gewesen war, treu bewacht hatten, zur Ruhe nieder, mußten sie doch nicht mehr fürchten, sie zu verlieren, es sei denn durch den Tod. Kaum aber hörte die Frau die beiden vernehmlich schnarchen, so stand sie im bloßen Hemd auf, stahl sich aus dem Zimmer und lauschte, ob nicht im Hause irgendein Geräusch zu hören sei. Als sie ihrer Sache sicher war, schlüpfte sie ungesehen durch ein Gartenpförtchen, das nicht verschlossen war; und die ganze Nacht hindurch pilgerte sie im bloßen Hemd und barfuß nach Autun zu dem Heiligen, der sie vom Tod errettet hatte.

Da der Weg jedoch weit war, konnte sie nicht in einem Stück dort hingelangen, und der Tag überraschte sie unterwegs. Sie blickte sich in der Gegend um und gewahrte zwei Reiter, die im raschen Trab des Weges kamen. Da glaubte sie, es wäre ihr Gatte, der sie suchte, und sprang bis zum Hals in einen Sumpf und versteckte den Kopf in den Binsen. Ihr Gatte jagte an ihr vorbei und sagte im Reiten ganz verzweifelt zu seinem Knecht: »Oh, das schlechte Weib! Wer hätte gedacht, daß man unter dem Deckmantel der heiligen Sakramente unserer Kirche ein so abscheuliches und schändliches Tun verbergen könnte!« Der Knecht gab ihm zur Antwort: »Da Judas sich nicht scheute, auf ähnliche Weise seinen Herrn und Heiland zu verraten, dürft Ihr Euch über den Verrat einer Frau nicht wundern.« Unter diesen Worten ritt der Gatte vorüber, und die Frau blieb in den Binsen versteckt zurück, froher über ihren Betrug, als sie es zu Hause in einem weichen Bett, aber von ihrem Mann abhängig, gewesen wäre.

Der bedauernswerte Gatte suchte sie in der ganzen Stadt Autun, erfuhr aber für gewiß, daß sie die Stadt nicht betreten hatte. Daher machte er kehrt und klagte auf dem ganzen Rückweg in einem fort um sie und seinen Verlust, drohte ihr auch mit nichts Geringerem als dem Tod, falls er sie finden sollte. Sie aber fürchtete sich nicht davor in ihrem Geist, wie sie auch an ihrem Leib die Kälte nicht spürte, wiewohl der Ort und die Jahreszeit dazu angetan waren, sie ihre verdammenswerte Reise bereuen zu lassen. Wer nicht wüßte, wie das höllische Feuer allen denen heiß macht, in deren Brust es brennt, der müßte sich wahrlich darüber wundern, wie es diese arme Frau, die eben aus einem schön warmen Bett kam, einen ganzen Tag in der bitteren Kälte aushalten konnte Gleichwohl verlor sie weder den Mut noch die Kraft weiterzugehen; denn als die Nacht hereinbrach, machte sie sich erneut auf den Weg. Eben als man die Stadttore von Autun schließen wollte, langte diese Pilgerin dort an und begab sich geradewegs dorthin, wo ihr wundertätiger Heiliger wohnte, der über ihr Kommen so erstaunt war, daß er nicht glauben konnte, daß sie es sei. Doch als er sie genau angeschaut und von allen Seiten eingehend gemustert hatte, fand er, daß sie Fleisch und Knochen hatte, was ja ein Geist nicht besitzt. Dergestalt vergewisserte er sich, daß sie kein Gespenst sei, und von Stund an waren sie ein Herz und eine Seele, und sie blieb vierzehn oder fünfzehn Jahre bei ihm.

Und hatte sie sich anfangs eine Zeitlang verborgen gehalten, so legte sie schließlich alle Furcht ab und, was schlimmer war, bekam einen solchen Dünkel, weil sie einen so angesehenen Freund hatte, daß sie sich in der Kirche vor die meisten achtbaren Frauen der Stadt hinsetzte, sowohl vor die Gattinnen der Beamten wie auch vor andere. Sie bekam auch Kinder von dem Domherrn, unter anderm eine Tochter, die mit einem reichen Kaufmann vermählt wurde und sich zu ihrer Hochzeit so maßlos aufputzte, daß alle Frauen in der Stadt darüber laut murrten; doch besaßen sie nicht die Macht, etwas dagegen zu tun.

Nun fügte es sich, daß um jene Zeit die Königin Claude, die Gemahlin des Königs Franz, durch die Stadt Autun kam, und in ihrer Gesellschaft befanden sich die Frau Regentin, die Mutter des obengenannten Königs, und die Herzogin von Alençon, ihre Tochter. Da kam einmal eine Kammerfrau der Königin namens Perrette zu der Herzogin und sagte zu ihr: »Madame, ich bitte Euch kniefällig, hört mich an, und Ihr werdet ein gottgefälligeres Werk tun, als wenn Ihr den ganzen Tag den Gottesdienst anhörtet.« Die Herzogin schenkte ihr gerne Gehör, wußte sie doch, daß von ihr nur guter Rat kommen konnte.

Perrette berichtete ihr alsbald, wie sie ein kleines Mägdlein eingestellt habe, damit es ihr helfe, die Wäsche der Königin einzuseifen. Und als sie das Mädchen gefragt habe, was es Neues in der Stadt gebe, habe es ihr erzählt, wie entrüstet die Frauen in der Stadt seien, weil sie die ganze Zeit sehen müßten, daß die Beischläferin des Domherrn ihnen den Rang ablaufe; und dann habe sie ihr noch einen Teil ihrer Lebensgeschichte zum besten gegeben.

Unverweilt begab sich die Herzogin zur Königin und zu der Frau Regentin und berichtete ihnen diese

Geschichte. Die beiden Damen machten kurzen Prozeß und ließen die Elende vor sich entbieten. Die verbarg sich mitnichten, denn sie hatte alle Scham abgelegt und dafür einen gewaltigen Dünkel bekommen, weil sie Herrin im Hause eines so reichen Mannes war; und ohne erstaunt oder gar beschämt zu sein, trat sie vor die beiden Damen hin, die angesichts ihrer Unverfrorenheit solche Scham empfanden, daß sie keine Worte fanden. Danach aber machte ihr die Frau Regentin solche Vorwürfe, daß jede verständige Frau hätte weinen müssen. Das tat freilich die unselige Frau nicht, sondern sie sagte mit größter Dreistigkeit zu ihnen: »Ich bitte euch, hohe Damen, wollet verhüten, daß man an meine Ehre rührt; denn gottlob habe ich mit dem Herrn Kanonikus ein so musterhaftes und tugendliches Leben geführt, daß kein Mensch mich deswegen tadeln darf. Auch soll niemand denken, ich lebte so, daß ich gegen Gottes Gebot verstieße; denn seit drei Jahren hat er mir nie mehr beigewohnt, und wir leben so keusch und in solch reiner Liebe miteinander wie zwei Englein, ohne daß jemals zwischen uns ein böses Wort gefallen wäre oder eins etwas anderes gewollt hätte als das andere. Wer uns trennen wollte, der würde eine schwere Sünde auf sich laden, denn der liebe Mann, der jetzt an die achtzig Jahre zählt, wird nicht lange leben ohne mich, die ich vierundfünfzig bin.«

Ihr könnt euch denken, wie die Damen sich zurückhalten konnten! Jede machte ihr die heftigsten Vorstellungen, als sie ihre Unbußfertigkeit sahen, der, was man ihr auch sagen mochte, nicht beizukommen war und der auch weder ihr Alter noch die erlauchte Gesellschaft etwas anhaben konnten. Um sie noch ärger zu demütigen, ließen sie den guten Erzdiakon von Autun kommen, der sie für ein Jahr zu Gefängnis bei Wasser und Brot verurteilte. Ferner entboten die beiden Damen ihren Gatten vor sich, der sich auf ihr Zureden hin einverstanden erklärte, sie wieder zu sich zu nehmen, nachdem sie ihre Strafe verbüßt hätte.

Als sie dann aber im Gefängnis saß und vernahm, daß der Domherr entschlossen sei, sie nie wieder in sein Haus zu lassen, ja, daß er sogar den Damen dafür danke, daß sie ihm diesen Satan vom Halse geschafft hätten, ging sie in sich und war zuletzt so reumütig und zerknirscht, daß ihr Gatte das Ende des Jahres gar nicht abwartete, sondern schon nach vierzehn Tagen den Archidiakon um ihre Freilassung bat und sie wieder bei sich aufnahm. Seither lebten sie mitsammen in Frieden und Freundschaft.

»So, meine Damen, werden die Bande Sankt Peters durch schlechte Priester in Satans Ketten verwandelt, und die sind so schwer zu zerbrechen, daß die Teufel, die sonst von den Sakramenten ausgetrieben werden, ebendiese Sakramente nur als ein Mittel nehmen, um desto länger in einem solchen Gewissen hausen zu können. Denn die besten Dinge bringen einem das größte Leiden, wenn man sie ungebührlich in Anspruch nimmt.«

»Fürwahr«, sprach Oisille, »diese Frau war recht unglücklich, doch wurde sie auch hart genug bestraft, daß sie vor solche Richter kam wie die Damen, die Ihr genannt habt; denn allein vom Blick der Frau Regentin ging eine solche Tugend aus, daß jede noch so ehrbare Frau gefürchtet hätte, unwürdig zu sein, wenn sie sie anschaute. Jede Frau, der sie einen milden Blick gönnte, sah darin eine hohe und wohlverdiente Ehre, wußte sie doch, daß diese Frau nur Frauen von makelloser Tugend wohlwollend anschauen konnte.«

»Es wäre gut«, meinte Hircan, »wenn man die Augen einer Frau mehr fürchtete als das heilige Sakrament, welches, wenn man es nicht gläubig und in christlicher Demut empfängt, zu ewiger Verdammnis gereicht.«

»Ich kann Euch wohl entgegenhalten«, sprach Parlamente, »nur wer nicht von Gott erleuchtet ist, fürchtet die zeitlichen Mächte mehr als die geistigen. Zudem glaube ich, das arme Geschöpf besserte sich eher infolge der Kerkerhaft und der Gewißheit, ihren Domherrn nicht wiedersehen zu können, als dank allen Vorhaltungen, die man ihr machen konnte.«

»Aber«, wandte Symontault ein, »Ihr habt den Hauptgrund vergessen, der sie veranlaßte, zu ihrem Mann zurückzugehen. Der Kanonikus war nämlich achtzig Jahre alt, und ihr Mann war jünger als sie. So machte die gute Dame in jeder Hinsicht einen Gewinn. Wäre jedoch der Domherr jünger gewesen, sie hätte ihn nicht verlassen wollen. Da hätten die Lehren der Damen nicht mehr genützt als die Sakramente, die sie empfangen hatte.«

»Außerdem«, sagte Nomerfide, »dünkt mich, sie tat recht daran, ihre Sünde nicht so ohne weiteres einzugestehen; denn einen solchen Fehler muß man zwar Gott in Demut bekennen, vor den Menschen aber muß man ihn durch dick und dünn ableugnen; denn wenn eine Sache auch wahr ist, so kann man doch durch beharrliches Leugnen und Beschwören gelinde Zweifel an ihrer Wahrheit erwecken.«

»Gleichwohl«, erwiderte Longarine, »kann eine Sünde nur mit größter Mühe so geheimgehalten werden, daß sie nicht an den Tag kommt, es sei denn, Gott schirme sie, weil er an denen, die aus Liebe zu ihm wahre Reue fühlen, Barmherzigkeit übt.«

»Und was würdet Ihr zu den Frauen sagen«, meinte Hircan, »die, kaum haben sie sich vergangen, ihren Fehltritt jemandem erzählen?«

»Es käme mir seltsam vor«, antwortete Longarine, »und wäre mir ein Beweis dafür, daß die Sünde ihnen nicht verhaßt ist. Denn wie ich Euch gesagt habe: wer nicht von Gottes Gnade beschirmt ist, kann sein Tun vor den Menschen nicht verbergen; es gibt manche Frauen, die ein Vergnügen darin finden, von solchen Dingen zu sprechen, und die sich gar damit brüsten, ihre Laster an die große Glocke zu hängen, und wieder andere verschnappen sich unversehens und verraten sich so selber.«

»Ich bitte Euch«, sagte Saffredent, »wenn Ihr dazu

eine Geschichte wißt, so gebe ich Euch meinen Platz, und Ihr erzählt sie uns.«

»So hört denn«, sprach Longarine.

## Zweiundsechzigste Geschichte

*Ein Fräulein, das unter einem erfundenen Namen einer vornehmen Dame eine Geschichte erzählt, verplappert sich so dumm, daß ihre Ehre für immer und unrettbar befleckt bleibt*

Zur Zeit des Königs Franz I. lebte eine Dame aus königlichem Geblüt, überdies eine hochgeehrte, tugendhafte und schöne Frau, die trefflich und mit viel Anmut Geschichten zu erzählen wußte und auch allezeit gern lachte, wenn irgendwer ihr eine Geschichte erzählte. Hielt sich diese Dame auf einem ihrer Schlösser auf, besuchten sie ihre Untertanen und Nachbarn von weither; denn sie war so beliebt, wie es eine Frau überhaupt nur sein kann.

Unter anderen kam auch ein Fräulein dorthin, welches hörte, daß jeglicher ihr jede Geschichte erzählte, die ihm einfiel, um ihr die Zeit angenehm zu vertreiben. Da kam ihr in den Sinn, sie könnte auch tun, was die andern getan hatten, und sprach zu ihr: »Madame, ich will Euch eine vergnügliche Geschichte erzählen, doch müßt Ihr mir versprechen, daß Ihr sie nicht weitersagen werdet.«

Und unverweilt hob sie an: »Madame, die Geschichte ist wahr, das nehme ich auf mein Gewissen. Es war nämlich einmal eine verheiratete Dame, die lebte in Züchten mit ihrem Gatten, obwohl er alt und sie jung war. Ein Edelmann, ihr Nachbar, der sah, daß sie diesen Greis geehelicht hatte, verliebte sich in sie und hielt jahrelang um ihre Liebe an, erhielt aber von ihr keine andere Antwort, als wie sie eine sittsame Frau erteilen muß. Eines Tages dachte der Edelmann, wenn er sie einmal zu günstiger Stunde und an einem geeigneten Ort treffen könnte, würde sie ihn vielleicht nicht so spröde abweisen. Und nachdem er lange erwogen hatte, in welche Gefahr er sich dabei begab, benahm ihm schließlich seine Liebe zu der Dame alle Furcht, und er beschloß, Ort und Gelegenheit ausfindig zu machen. Er paßte gut auf, und als sich eines schönen Morgens der Edelmann, der Gatte dieser Dame, auf ein anderes seiner Besitztümer begab und der großen Hitze wegen in aller Frühe aufbrach, schlich sich der jugendliche Heißsporn in das Haus der jungen Frau und fand sie schlafend in ihrem Bett. Er sah auch, daß ihre Zofen alle das Zimmer verlassen hatten.

Sogleich, ohne erst klugerweise das Fenster zu schließen, legte er sich gestiefelt und gespornt zu der Dame, und als sie erwachte, war sie so erschrocken, daß sie es ärger nicht hätte sein können. Doch sosehr sie ihm auch seine unerhörte Dreistigkeit vorhalten mochte, tat er ihr dennoch Gewalt an und drohte ihr, wenn sie je etwas davon verlauten ließe, werde er überall erzählen, sie habe ihn doch zu sich bestellt. Das machte der jungen Frau solche Angst, daß sie nicht zu schreien wagte.

Hernach, als ein paar Kammerfrauen hereinkamen, sprang er hastig auf, und niemand hätte etwas bemerkt, wenn sich nicht einer seiner Sporen im oberen Leintuch festgehakt und er es nicht ganz mit sich fortgezogen hätte, so daß die Dame splitternackt auf dem Bett lag.«

Und obwohl das Fräulein die Geschichte angeblich von einer andern Frau erzählte, konnte sie sich doch nicht enthalten, am Schluß zu sagen: »Noch nie war eine Frau so schrecklich verdutzt wie ich, als ich völlig nackt dalag.«

Bei diesen letzten Worten konnte sich die Dame, die todernst zugehört hatte, das Lachen nicht verbeißen und sagte: »Wie ich sehe, könnt Ihr mit Recht diese Geschichte zum besten geben!« Die arme Dame suchte verzweifelt nach einer Ausrede, um ihren Ruf wiederherzustellen, aber ihre Ehre war schon in so weite Ferne davongeflogen, daß sie unmöglich zurückzurufen war.

»Ich kann versichern, meine Damen, hätte ihr ein solches Vorkommnis mißfallen, sie hätte es aus ihrem Gedächtnis getilgt. Doch wie ich euch gesagt habe, die Sünde käme eher von selbst ans Licht, als daß sie unbekannt bliebe, würde sie nicht von jenem Mantel zugedeckt, von dem David sagt, er mache den Menschen glückselig.«

»Meiner Seel«, sagte Ennasuitte, »das ist schon die dümmste Närrin, von der ich jemals gehört habe, hat sie sich doch vor den andern selbst zum Gespött gemacht.«

»Es dünkt mich nicht seltsam«, meinte Parlamente, »daß das Wort sich aus der Tat ergibt; denn leichter ist es, etwas zu sagen, als es zu tun.«

»Ei was!« erwiderte Geburon, »welch große Sünde hatte sie denn begangen? Sie lag schlafend in ihrem Bett, er drohte ihr mit Schande und Tod. Die vielgepriesene Lukrezia hat auch nicht anders gehandelt.«

»Ihr habt recht«, pflichtete Parlamente bei. »Ich gebe zu, auch der Gerechteste kann in Sünde verfallen; doch wenn man Mißbehagen bei der Tat empfunden hat, dann erregt einem auch die Erinnerung Unlust. Um diese auszulöschen, gab sich Lukrezia den Tod. Und diese Törin wollte die andern zum Lachen bringen!»

»Und doch scheint es«, sagte Nomerfide, »daß sie eine ehrbare Frau war, wurde sie doch mehrmals um ihre Gunst angegangen und wollte nicht ein einziges Mal einen Anbeter erhören. So mußte ja auch der Edelmann Betrug und Gewalt anwenden, um sie zu überlisten.«

»Wie?« rief Parlamente, »hat Eurer Ansicht nach eine Frau ihre Ehre gewahrt, wenn sie sich gehenläßt, wofern sie sich nur zuvor zwei- oder dreimal geweigert hat? Dann gäbe es freilich viele tugendhafte Frauen, die man jetzt für das Gegenteil hält; denn man hat ihrer genug gesehen, die lange den Mann abgewiesen haben, zu dem sie ihr Herz hinzog – die einen, weil sie für ihre Ehre fürchteten, die andern, weil sie noch glühender geliebt und höher geschätzt sein wollten. Darum soll man nicht zuviel Rühmens von einer Frau machen, wenn sie nicht bis zum Schluß standhaft bleibt.«

»Und wenn nun ein Mann ein schönes Mädchen ausschlägt«, fragte Dagoucin, »würdet Ihr das nicht für eine große Tugend ansehn?«

»Wahrlich«, sagte Oisille, »wenn ein junger, gesunder Mann sie ausschlüge, so fände ich das lobenswert, aber zugleich auch recht unglaubwürdig.«

»Ich kenne einige«, versetzte Dagoucin, »die manches Abenteuer ablehnten, das ihre Freunde erstrebten.«

»Ich bitte Euch«, erwiderte Longarine, »nehmt meinen Platz ein und erzählt uns das. Doch denkt daran, daß Ihr hier die Wahrheit sprechen müßt.«

»Ich verspreche euch«, beteuerte Dagoucin, »ich werde euch die lautere Wahrheit sagen, und keine Beschönigung soll sie verhüllen.«

S. Freudenberg. Inv. L. Halbou. sculp.

## Dreiundsechzigste Geschichte

*Ein Edelmann versagt sich ein Abenteuer, das alle seine Freunde erstreben, und das wird ihm als große Tugend ausgelegt. Seine Frau aber liebt und achtet ihn danach mehr denn je zuvor*

In der Stadt Paris lebten vier Jungfrauen, von denen je zwei Geschwister waren, so bildschöne, junge und frische Mädchen, daß sie Liebhaber in Hülle und Fülle hatten. Doch ein Edelmann, der damals vom König zum Profos von Paris ernannt worden war, sah, daß sein Herr jung und in dem Alter war, in dem man nach solcher Gesellschaft Verlangen trägt, und redete allen vieren so lange zu, bis jede meinte, sie sei für den König bestimmt, so daß sie in alles willigten, was der Profos wünschte. Sein Plan aber war, sie sollten sich alle auf einem Fest einfinden, zu dem er seinen Gebieter einlud. Dem erzählte er von seinem Vorhaben, und der König wie auch zwei angesehene Höflinge fanden es gut und verabredeten miteinander, sie wollten alle drei teil an dem Handel haben.

Als sie aber den vierten Spielgenossen für ihr Abenteuer suchten, siehe, da kam ein schmucker und ehrenhafter Edelmann, zehn Jahre jünger als die andern, und den luden sie zu diesem Festschmaus ein. Er nahm die Einladung mit heiterer Miene an, obwohl er in seinem Herzen keinerlei Lust dazu verspürte. Einmal nämlich hatte er eine Frau, die ihm schöne Kinder geschenkt hatte, und lebte mit ihr glücklich und in gutem Einvernehmen, so daß er um keinen Preis der Welt bei ihr einen bösen Argwohn hätte aufkommen lassen wollen, und andererseits war er der erklärte Verehrer einer der schönsten Damen, die zu seiner Zeit in Frankreich lebten, und liebte und achtete sie so sehr, daß alle andern ihm neben ihr häßlich vorkamen. So war es in seiner frühen Jugend, ehe er noch vermählt war, schier unmöglich, ihn dahin zu bringen, daß er eine andere Frau sehen oder gar öfter mit ihr verkehren wollte, sie mochte noch so schön sein. Er fand größeres Glück darin, seine Freundin zu besuchen und ihr seine ganze lautere Liebe ungeschmälert darzubringen, als an allem, was ihm eine andere hätte gewähren können.

Dieser Edelmann begab sich zu seiner Gattin und erzählte ihr unter dem Siegel des Geheimnisses von dem Plan, den sein Herr vorhatte; er sagte ihr auch, daß er lieber sterben möchte, als das zu vollbringen, was er versprochen habe. Denn gleichwie er im Zorn jeden Mann ohne Zögern anzugreifen wagte, hingegen ohne Grund und aus dem Hinterhalt meuchlings einen Mord zu begehen ihm auf den Tod zuwider wäre, es sei denn, seine Ehre zwänge ihn dazu, genauso wünsche er, wofern ihn nicht eine maßlos heftige Liebe dazu triebe, die ja auch tugendhafte Männer blind machen könne, lieber zu sterben, als seine Ehe zu brechen, nur weil es einen andern gerade danach gelüste. Auf diese Worte hin liebte und verehrte ihn seine Frau noch mehr, als sie's je getan hatte, da sie sah, daß er ungeachtet seiner Jugend dennoch soviel Ehrgefühl besaß. Trotzdem fragte sie ihn, wie er sich da wohl herausreden könne, weil Fürsten es ja oft übelnehmen, wenn man nicht für das, was ihnen Spaß macht, des Lobes voll ist. Er aber gab ihr zur Antwort: »Ich habe seit jeher sagen hören, der Weise habe stets eine Reise oder eine Krankheit bereit, mit denen er sich notfalls heraushelfen könne. Daher bin ich entschlossen, vier oder fünf Tage vorher eine schwere Krankheit vorzuschützen, und Ihr könnt mir mit Euerem Verhalten dabei von großem Nutzen sein.« – »Das dünkt mich«, sagte seine Frau, »eine berechtigte und gottgefällige Notlüge, und ich will nicht versäumen, Euch dabei mit der trübseligsten Miene, die ich nur zustande bringe, beizustehen. Denn glücklich ist, wer eine Sünde gegen Gottes Gebot vermeiden und dem Zorn des Fürsten aus dem Wege gehen kann.«

Wie sie es beredet hatten, so taten sie auch. Der König hörte mit großer Betrübnis von der Frau, wie schwer ihr Gatte erkrankt sei; doch ging diese Unpäßlichkeit rasch vorbei, denn wegen verschiedener Staatsgeschäfte, die sich einstellten, vergaß der König die geplante Lustpartie und verließ Paris, um sich seinen Pflichten zu widmen.

Eines Tages aber kam ihm das Gelage, das sie damals vorgehabt, aber nicht abgehalten hatten, wieder in den Sinn, und er sagte zu dem jungen Edelmann: »Wir waren schön dumm, daß wir damals so überstürzt abgereist sind, ohne die vier Jungfrauen gesehen zu haben, die man uns als die schönsten in meinem ganzen Königreich gepriesen hatte.« Da gab ihm der junge Edelmann zur Antwort: »Ich bin heilfroh, daß Ihr damals dieses Abenteuer verpaßt habt; denn mir war angst und bange gewesen, ich könnte meiner Krankheit wegen ganz allein um eine solche Lustbarkeit kommen.«

Dank diesen klugen Worten kam der König nie hinter die List des jungen Edelmannes, der seither von seiner Frau inniger geliebt wurde als je zuvor.

Kaum hatte Dagoucin geendet, lachte Parlamente hellauf und konnte sich nicht enthalten zu sagen: »Die Liebe zu seiner Frau wäre noch größer gewesen, wenn er sie einzig um ihrer selbst willen geliebt hätte. Doch wie dem auch sei, lobenswert ist er jedenfalls im höchsten Maß.«

»Mir scheint«, sagte Hircan, »es gereicht einem Manne keineswegs zum Lob, wenn er seine Keuschheit seiner Frau zuliebe bewahrt. Denn es sprechen so viele Gründe dafür, daß er gewissermaßen dazu genötigt ist. Zum ersten ist die Keuschheit Gottes Gebot, dann verpflichtet ihn sein Treuegelübde dazu, und ferner ist die Natur, wenn sie gesättigt ist, der Versuchung und dem Verlangen nicht unterworfen, wie sie es ist, wenn sie Not leidet. Doch ist die freiwillige Liebe, die man seiner Herzensfreundin entgegenbringt, seiner Erwählten, die einem die Wonne der Hingabe versagt und kein anderes Glück gewährt, als daß man sie sehen und mit ihr sprechen darf, und die einen oft mit einer ungnädigen Antwort abspeist – ist eine solche Liebe so aufrichtig und standhaft, daß man sie um keines Abenteuers willen, das lockt, aufgeben möchte, dann, behaupte ich, ist das eine Keuschheit, die nicht nur lobenswürdig, sondern geradezu ein Wunder ist.«

»Ein Wunder ist das mitnichten«, entgegnete Oisille; »denn wo das Herz sich hingibt, ist dem Leib nichts unmöglich.«

»Nicht den Leibern«, meinte Hircan, »die schon engelsgleich sind.«

Oisille gab ihm zur Antwort: »Ich meine damit nicht die Menschen, die durch Gottes Gnade schon mit ihm eins sind, sondern die erdhafteren Geister, die man hienieden unter den Menschen antrifft. Und wenn Ihr gut achtgebt, so werdet Ihr sehen, daß Männer, die ihr Herz und ihre ganze Leidenschaft darauf verwendet haben, die Vervollkommnung der Wissenschaften anzustreben, nicht allein alle Sinnenlust vergessen, sondern auch die unentbehrlichsten Dinge wie Essen und Trinken. Denn solange die Seele aus Leidenschaft im Körper festgehalten ist, bleibt das Fleisch sozusagen fühllos. Daher kommt es, daß alle, die schöne, sittsame und tugendhafte Frauen lieben, so glücklich sind, wenn sie sie nur sehen und hören dürfen: ihre Seele ist so befriedigt, daß jedes fleischliche Begehren in ihnen verstummt. Die aber solches Glück nicht erfahren dürfen, sind die Wollüstlinge, die so sehr in ihrem Fett ertrinken, daß sie gar nicht erkennen, ob sie eine Seele haben oder nicht. Ist aber der Leib der Seele untertan, so wird er gleichsam unempfindlich für die Unvollkommenheiten des Fleisches, so daß eine starke Leidenschaft es geradezu abtöten kann. Ich habe einen Edelmann gekannt, der zum Beweis, daß er seine Dame mehr geliebt habe als jeder andere, gegen alle seine Gefährten eine Kerze mit bloßen Fingern hielt, und indem er seine Frau unverwandt anschaute, hielt er so standhaft aus, daß er sich bis auf die Knochen verbrannte, wobei er noch behauptete, er habe keinen Schmerz verspürt.«

»Mir kommt es so vor«, versetzte Geburon, »als hätte der Teufel, dessen Märtyrer er war, einen heiligen Lorenz aus ihm machen wollen, denn es gibt nur wenige, deren Liebesglut so groß ist, daß sie nicht die Hitze der kleinsten Kerze fürchten. Und hätte eine Dame mich solche Qual erdulden lassen, ich würde großen Lohn dafür heischen oder sie mir aus dem Sinn schlagen.«

»Ihr möchtet also«, sagte Parlamente, »daß Eure Stunde käme, nachdem Eure Dame die ihre bereits genossen hätte, wie ein Edelmann aus der Gegend von Valencia in Spanien es tat, dessen Geschichte mir ein Komtur, ein überaus ehrenhafter Mann, erzählt hat?«

»Ich bitte Euch, Madame«, sprach Dagoucin, »nehmt meinen Platz ein und erzählt uns die Begebenheit, denn ich glaube, sie muß recht erbaulich sein.«

»Auf diese Geschichte hin, meine Damen«, hob Parlamente an, »werdet ihr's euch zweimal überlegen, bevor ihr einen Mann abweist, und ihr werdet euch nicht darauf verlassen, daß die Zeit immer so bleibt, wie sie jetzt ist. Daher werdet ihr euch, da ihr wißt, wie veränderlich sie ist, für die Zukunft vorsehen.«

S. Freudenbeger inv. De Longueil Sculp

## Vierundsechzigste Geschichte

*Nachdem eine Dame fünf oder sechs Jahre hindurch die Liebe eines Edelmannes auf die Probe gestellt und immer noch größere Beweise verlangt hat, gerät er in solche Verzweiflung, daß er ins Kloster geht; und als sie ihn zurückgewinnen will, kann sie es nicht mehr*

In der Stadt Valencia lebte einst ein Edelmann, der fünf oder sechs Jahre lang eine Dame so treu und unbeirrbar geliebt hatte, daß Ehre und Gewissen des einen wie des andern dabei keinen Schaden gelitten hatten. Seine Absicht war es nämlich, sie zur Frau zu bekommen, und das war höchst verständig, war er doch schön und reich und aus gutem Hause. Auch hatte er sich keineswegs ihrem Dienst ergeben, ohne zuvor ihre Meinung einzuholen, die dahin lautete, sie werde sich zu dieser Heirat verstehen, wenn ihre Freunde sie guthießen. Diese wurden also zusammengerufen und fanden die Verbindung durchaus angemessen, vorausgesetzt, daß die Jungfrau damit einverstanden sei. Sie aber, sei es, daß sie eine bessere Partie zu finden hoffte oder daß sie die Liebe, die sie für ihn empfand, verheimlichen wollte, brachte allerlei Bedenken vor, so daß die versammelten Freunde wieder auseinander gingen, nicht ohne Bedauern, daß sie die Sache nicht hatten zu einem guten Ende führen können, wußten sie doch, daß die Heirat für beide Teile ersprießlich gewesen wäre. Vor allem aber war der bedauernswerte Edelmann arg enttäuscht, der seinen Kummer geduldig getragen hätte, wenn er geglaubt hätte, die Schuld liege bei ihren Angehörigen und nicht bei ihr selbst. Als er jedoch die Wahrheit erfuhr, die zu glauben ihm größeren Schmerz bereitete als der Tod, zog er sich, ohne mit seiner Freundin oder sonstwem ein Wort zu sprechen, in sein Haus zurück, und nachdem er seine Angelegenheiten einigermaßen geordnet hatte, begab er sich weit fort an einen einsamen Ort, wo er sich eifrig befleißigte, seine Liebe zu vergessen. So wurde seine irdische Liebe ganz und gar in die Liebe zu unserem himmlischen Herrn verwandelt, der er sich völlig weihte. Während dieser Zeit erhielt er keinerlei Nachricht, weder von seiner Dame noch von ihren Verwandten. Und da ihm nun einmal das glücklichste Leben, das er sich hätte erhoffen können, nicht zuteil geworden war, faßte er den Entschluß, das härteste und beschwerlichste zu erwählen, das er sich vorzustellen vermochte. Und in so trübsinniger Geistesverfassung, daß man es beinahe Verzweiflung hätte nennen können, trat er als Mönch in ein Kloster des heiligen Franziskus ein, das nicht weit vom Wohnsitz mehrerer Verwandter gelegen war. Als diese von seinem verzweifelten Schritt vernahmen, taten sie alles, was in ihren Kräften stand, um ihm seinen Vorsatz auszureden; doch war sein Plan schon so fest in seinem Herzen verwurzelt, daß man ihn nicht mehr davon abbringen konnte.

Gleichwohl glaubten sie, da sie wußten, woher ihm sein Kummer gekommen war, auch die Arznei dafür gefunden zu haben, und begaben sich zu der Frau, die an seiner plötzlichen Frömmigkeit schuld war. Sie war höchst verwundert und betrübt über diesen leidigen Entschluß, hatte sie doch gemeint, ihre Weigerung, die nur vorläufig gedacht war, sollte ihr einzig dazu verhelfen, seine aufrichtige Liebe zu erproben; sie hätte nie geglaubt, daß sie ihn dadurch für immer verlieren könnte. Diese Gefahr, das sah sie jetzt wohl, lag klar zutage, und so sandte sie ihm denn einen Brief, der, unzulänglich übertragen, etwa so lautete:

»Weil Liebe, wenn sie nicht als treu und aufrichtig erprobt ist, nicht erhört werden darf, habe ich für eine Zeitlang auf die Probe stellen wollen, was ich so sehnlich zu finden hoffte: einen Gatten, der mich ohne Fehl und Tadel liebt, mit einer Liebe, der auch die Zeit nichts anhaben kann. Das veranlaßte mich, meine Verwandten zu bitten, die eheliche Verbindung noch um ein oder zwei Jahre hinauszuschieben, währt sie doch bis zu unserem Tode und hat schon manchem arge Pein beschert. Ich habe die Heirat mit Euch nicht ausgeschlagen, glaubt mir, nie habe ich das gewollt; denn nie habe ich einen andern Mann als Euch geliebt noch als Gatten und Herrn in Betracht gezogen. Oh, welch ein Unglück! Liebster, ich habe gehört, du seist, ohne dich mit einem Menschen auszusprechen, in ein Kloster gegangen und führest dort ein hartes und strenges Leben. Das tut mir bitter leid, so leid, daß ich nicht schweigen kann, und zwingt mich, das Amt zu übernehmen, das du bisher in lauterer Liebe ausgeübt hast: um den Mann zu werben, der bisher um mich geworben hat, und ihn zu gewinnen, der mich längst zu eigen hat.

Nun denn, Liebster, Licht meines Lebens, wenn ich dich verliere, mag ich nicht länger leben. Ach, wende mir deinen Blick wieder zu und komm zurück von der Bahn, die du beschritten hast. Laß die graue Kutte und ihre harten Gebote! Komm und empfange die Glückseligkeit, die du so oft ersehnt hast! Die Zeit hat sie nicht zunichte gemacht noch in Vergessenheit gebracht. Für dich allein habe ich mich bewahrt, und ohne dich kann ich nicht leben. Komm also zurück und glaube deiner Geliebten, deiner Freundin: wir wollen die frohe Erinnerung an die vergangene Zeit wieder auffrischen und die heilige Ehe eingehen. Glaub mir, Liebster, und nicht deinem verbitterten Herzen und sei gewiß, nie habe ich daran gedacht, irgend etwas zu tun, was dich kränken sollte; ich hoffte vielmehr, dich glücklich zu machen, nachdem ich dich auf die Probe gestellt hatte. Nun hast du deine Prüfungszeit bestanden. Deine Treue, deine Aufrichtigkeit, deine Geduld und deine Liebe sind klar erkannt, und ich gebe mich dir ganz zu eigen. Komm also, Liebster, und nimm dir, was dein ist. Ich gehöre dir, sei du also auch mein!«

Diese Epistel wurde ihm von einem seiner Freunde zusammen mit allen nur erdenklichen Beschwörungen überbracht, und der adlige Mönch nahm sie entgegen und las sie mit so trauriger Miene und so gramgebeugt und unter strömenden Tränen und so vielen Seufzern, daß es aussah, als wollte er den armen Brief zugleich ertränken und verbrennen. Er gab keine Antwort auf das Schreiben, sondern ließ nur durch den Boten bestellen, die Abtötung seiner heftigen Leidenschaft sei ihn so teuer zu stehen gekommen, daß sie ihm alle Lust am Leben und auch alle Furcht vor dem Sterben genommen habe. Darum bitte er die Frau, die daran die Schuld trage, da sie ihn doch nicht habe glücklich machen wollen, als seine Leidenschaft und sein Liebesverlangen noch groß gewesen seien, ihn auch jetzt, da er sie losgeworden sei, nicht mehr zu quälen, sondern sich mit dem vergangenen Leid zufriedenzugeben. Er habe kein anderes Mittel dafür gefunden, als ein so bitter hartes Leben zu wählen, daß die unablässigen Bußübungen ihn seinen Schmerz vergessen ließen. Auch schwächten Fasten und Kasteien seinen Körper so sehr, daß der immerwährende Gedanke an den Tod ihm den höchsten Trost bedeute, und vor allem bitte er sie, sie möge ihm niemals Nachricht von sich geben; denn die bloße Erinnerung an ihren Namen sei ihm schon ein unerträgliches Fegefeuer.

Mit dieser traurigen Antwort kehrte der Edelmann zurück und erstattete der Dame Bericht, und sie konnte ihn nicht ohne tiefe Reue anhören. Doch die Liebe, die keinen Menschen verzweifeln läßt, gab ihr den Gedanken ein, ihr Anblick und Zuspruch, wenn sie ihn sehen könnte, vermöchten vielleicht mehr über ihn, als ihr Brief bewirkt hatte.

Darum begab sie sich mit ihrem Vater und ihren nächsten Angehörigen in das Kloster, wo er weilte, und hatte auch nichts in ihrem Koffer vergessen, was ihre Schönheit so recht ins Licht setzen konnte. Sie verließ sich darauf, wenn er sie nur einmal sehen und hören könnte, dann müsse das Feuer, das so lange Zeit in ihren Herzen geglüht hatte, höher wieder aufflammen denn zuvor. So betrat sie das Kloster gegen das Ende der Vesper und ließ ihn in eine Kapelle beim Kreuzgang rufen.

Er wußte nicht, wer nach ihm verlangte, und ging ahnungslos in den hitzigsten Kampf, den er jemals mitgemacht hatte. Sowie sie ihn so bleich und abgezehrt sah, daß sie ihn kaum wiedererkannte, und doch voll Anmut und nicht minder liebenswert als früher, übermannte sie die Liebe, und sie streckte ihm die Arme entgegen und wollte ihn umfangen. Doch vor Mitleid, als sie ihn in solchem Zustande sah, setzte ihr Herz aus, und sie sank ohnmächtig zu Boden.

Der arme Mönch hob sie in brüderlicher Barmherzigkeit auf und setzte sie auf einen Sessel in der Kapelle; und obwohl er nicht weniger Beistand nötig hatte, tat er doch, als wüßte er nicht um ihre Leidenschaft. Er stärkte sein Herz in der Liebe zu Gott so inbrünstig gegen alle Versuchungen, denen er sich gegenübersah, daß es nach seinem ganzen Verhalten schien, als begriffe er nicht, was vor seinen Augen vorging.

Als sie aus ihrer Ohnmacht wieder zu sich kam, richtete sie ihre schönen Augen, die einen Stein hätten erweichen können, voll Erbarmen auf ihn und begann ihm alles das zu sagen, was ihn ihrer Meinung nach bewegen konnte, dem Ort, wo er jetzt weilte, wieder den Rücken zu kehren. Darauf antwortete er ihr so standhaft und unerschütterlich, wie er's vermochte; doch zuletzt, als der Mönch fühlte, wie sein Herz angesichts der strömenden Tränen seiner Freundin weich wurde, und als er sah, daß Amor, der unbarmherzige Bogenschütze, um des willen er schon so viel gelitten hatte, seinen goldenen Pfeil bereit hielt, um ihm eine neue und noch tödlichere Wunde zu schlagen, da floh er vor Amor und seiner Geliebten, als bliebe ihm keine andere Rettung als die Flucht.

Wieder eingeschlossen in seiner Zelle, wollte er sie aber doch nicht ohne irgendwelchen Bescheid ziehen lassen und schrieb ihr ein paar Worte auf spanisch, die ich so ergreifend und sinnreich finde, daß ich sie nicht habe übersetzen wollen, um ihren Reiz nicht zu schmälern.

Die sandte er ihr durch einen jungen Novizen, der sie noch in der Kapelle vorfand, so verzweifelt, daß sie, wäre es statthaft gewesen, als Franziskanernonne in das Kloster einzutreten, dort geblieben wäre. Doch als sie las, was da geschrieben stand:

Volvete don venesti, anima mia,
Que en las tristas vidas es la mia*,

da sah sie wohl ein, daß alle Hoffnung vorbei war. Sie beschloß, seinem Rat und dem ihrer Freunde zu folgen, kehrte in ihr Haus zurück und führte dort ein ebenso schwermütiges Leben, wie ihr Freund im Kloster ein glaubensstrenges führte.

* Geh dorthin zurück, wo du hergekommen bist, o meine Seele; denn mein Leben ist traurig und schwer.

»Ihr seht, meine Damen, welche Rache der Edelmann an seiner grausamen Freundin nahm, die ihn auf die Probe zu stellen meinte und ihn doch zur Verzweiflung trieb, so daß sie ihn nicht zurückgewinnen konnte, als sie ihn haben wollte.«

»Mir tut es leid«, sagte Nomerfide, »daß er nicht seine Kutte ablegte und sich mit ihr vermählte. Ich glaube, sie hätten ein musterhaftes Paar abgegeben.«

»Offengesagt«, meinte Symontault, »ich finde ihn sehr verständig; denn wer den Ehestand recht bedenkt, dem kommt er nicht minder verdrießlich vor als ein strenges Klosterleben; und er war vom Fasten und von Enthaltsamkeit aller Art sehr geschwächt und fürchtete, sich eine solche Bürde aufzuladen, die man sein ganzes Leben tragen muß.«

»Mir scheint«, sagte Hircan, »sie hätte einen so geschwächten Mann nicht zur Ehe verlocken dürfen; denn das ist sogar für den kräftigsten Mann der Welt zuviel. Hätte sie zu ihm dagegen nur von Liebe geredet, ohne andere Verpflichtung als sein und ihr Wollen, so hätte sich auch der straffste Knoten entknüpfen lassen. Da sie ihm jedoch, um ihn aus dem Fegefeuer zu erlösen, eine Hölle anbot, meine ich, er habe wahrlich recht daran getan, sie auszuschlagen und sie den Verdruß spüren zu lassen, den er ihrer Weigerung wegen erlitten hatte.«

»Wahrlich«, erklärte Ennasuitte, »manche Leute meinen, sie machen es besser als die andern, und machen es doch nur schlechter oder tun das gerade Gegenteil von dem, was sie eigentlich wollen.«

»Gewiß«, bestätigte Geburon, »und obschon es nicht hierhergehört, erinnert Ihr mich doch an eine Frau, die das Gegenteil von dem tat, was sie wollte. Das führte zu einem großen Tumult in der Kirche zu Sankt Johann von Lyon.«

»Ich bitte Euch«, sagte Parlamente, »nehmt meinen Platz ein und erzählt uns das.«

»Meine Geschichte wird freilich weder so lang sein«, kündigte Geburon an, »noch so traurig wie das, was Parlamente uns erzählt hat.«

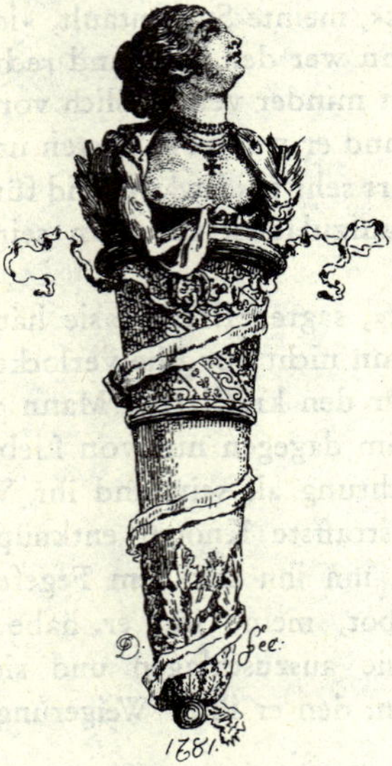

S. Freudenberg inv. DeLongueil Sculp.

## Fünfundsechzigste Geschichte

*Ein falsches Wunder, das die Priester zu Sankt Johann in Lyon vertuschen wollen, wird durch die Einfalt eines alten Weibleins aufgedeckt und allgemein bekanntgemacht*

In der Sankt Johanniskirche zu Lyon gibt es eine recht dunkle Kapelle und darin ein aus Stein gehauenes Grabmal mit ein paar aufrechten Gestalten in natürlicher Größe, und rings um das Grabmal liegen etliche bewaffnete Krieger.

Als sich nun eines Tages im Sommer, als es sehr heiß war, ein Söldner in der Kirche erging, wandelte ihn plötzlich eine große Schlaflust an. Er sah die dunkle, kühle Kapelle und gedachte das Grabmal gemeinsam mit den andern Schläfern zu bewachen und legte sich zu ihnen. Da fügte es sich, daß ein altes frommes Weiblein in die Kapelle kam, als er gerade im schönsten Schlafe lag; und als sie ihre Andacht verrichtet hatte, wollte sie die brennende Kerze, die sie in der Hand hielt, an dem Grabmal aufstellen. Da sie nun diesem am nächsten den schlafenden Mann fand, meinte sie, er sei auch aus Stein, und versuchte die Kerze auf seiner Stirn zu befestigen. Doch das Wachs wollte an dem Steinbild nicht haften. Da meinte die gute Frau, die Kälte des Standbilds sei daran schuld, und hielt ihm die Kerzenflamme an die Stirn, um ihr Licht hernach darauf festzukleben. Das Steinbild jedoch war ja nicht empfindungslos und begann zu schreien, und da bekam es die gute Frau mit der Angst, und sie hob wie von Sinnen an zu kreischen: »Ein Wunder!« so daß alle Leute, die in der Kirche waren, durcheinanderliefen, die einen, um die Glocken zu läuten, die andern, um sich das Wunder anzusehen. Die gute Frau führte sie zu dem Steinbild, das sich aber inzwischen vom Fleck gerührt hatte. Darüber mußten manche herzlich lachen, aber mehrere Pfaffen waren davon wenig erbaut; denn sie hatten sich fest vorgenommen, dieses Grabmal recht zur Geltung zu bringen und ebensoviel Geld daraus zu schlagen wie aus dem Kruzifix auf ihrer Empore, von dem es hieß, es habe vorzeiten gesprochen. Doch nahm die wunderliche Posse ein Ende, weil die Einfalt einer Frau so offen zutage trat.

»Wüßte jedermann, was für Torheiten die Weiber anstellen, man würde sie nicht für fromm und ihre Wunder nicht für wahr ansehen. Ich bitte euch also, meine Damen, achtet wohl darauf, welchem Heiligen ihr eure Kerzen darbringt.«

»Es ist schon sonderbar«, meinte Hircan, »immer und überall müssen die Frauen Unheil stiften!«

»Heißt Ihr das Unheil stiften«, fragte Nomerfide, »wenn man Kerzen zu einem Grabmal trägt?«

»Jawohl«, erwiderte Hircan, »wenn man dabei Männern die Stirn versengt; denn keine gute Tat kann man gut nennen, wenn sie mit bösen Mitteln ausgeführt wird.«

»Bedenkt doch, die arme Frau meinte, sie habe mit dieser kleinen Kerze Gott eine große Gabe dargebracht!«

wandte Madame Oisille ein. »Ich sehe nicht auf den Wert der Gabe, sondern nur auf das Herz, das sie darbringt. Vielleicht trug diese gute Frau größere Liebe zu Gott als manch andere, die armdicke Wachslichter stiften; denn wie die Heilige Schrift sagt: sie sparte es sich vom Munde ab.«

»Trotzdem glaube ich nicht«, warf Saffredent ein, »daß Gott, der die höchste Weisheit ist, an der Torheit der Weiber sein Wohlgefallen haben kann. Denn mag er sich auch an einem einfältigen Gemüt freuen, so sehe ich doch aus der Heiligen Schrift, daß er Torheit geringschätzt. Und wenn er uns heißt, ohne Falsch zu sein wie die Tauben, so gebietet er uns auch, klug zu sein wie die Schlangen.«

»Was mich angeht«, erwiderte Oisille, »so halte ich eine Frau nicht für töricht, weil sie Gott ihr Wachslicht oder eine brennende Kerze darbringt. Sie leistet auf diese Art gewissermaßen öffentlich Abbitte und erscheint auf den Knien und mit dem brennenden Licht in der Hand vor dem Allerhöchsten, um ihm ihre Sünden zu bekennen und ihn in fester Zuversicht um Barmherzigkeit und Gnade anzuflehen.«

»Wollte Gott«, versetzte Dagoucin, »daß alle es so auffaßten wie Ihr. Doch glaube auch ich nicht, daß diese bedauernswerten Närrinnen es in anderer Absicht tun.«

Oisille gab ihm zur Antwort: »Gerade die Frauen, die am wenigsten darüber zu sprechen vermögen, fühlen am besten Gottes Liebe und Absicht. Darum soll man nur über sich selber richten.«

Da erwiderte ihr Ennasuitte lachend: »So seltsam ist es ja nicht, daß sie einen Knecht im Schlaf erschreckt hat; denn Frauen von ebenso niederer Herkunft haben schon recht hochmögenden Fürsten Angst eingejagt, ohne ihnen die Stirn versengt zu haben.«

»Sicherlich wißt Ihr darüber eine Geschichte, die Ihr uns erzählen wollt«, sprach Geburon. »Darum nehmt meinen Platz ein, wenn's Euch recht ist.«

»Lang wird meine Geschichte nicht sein«, antwortete Ennasuitte, »aber wenn ich sie euch so darstellen könnte, wie sie sich zugetragen hat, ihr hättet keine Lust zu weinen.«

S Frudenberg inv. De Longueil Sculp.

SECHSUNDSECHZIGSTE GESCHICHTE

*Herr von Vendôme und die Prinzessin von Navarra, die beisammen ruhen, werden von einer Kammerfrau überrascht und für einen Protonotar und ein Fräulein gehalten, die, wie sie vermutet, eine Liebschaft haben. Dank diesem spaßigen Gericht wird den Fremden kund, was selbst den Vertrautesten im Hause nicht bekannt ist*

In dem Jahr, in dem Herr von Vendôme die Prinzessin von Navarra heiratete, wurden in Vendôme große Festlichkeiten zu Ehren ihrer Eltern, des Königs und der Königin, abgehalten, und danach begaben sich die Neuvermählten mit ihnen nach Guyenne. Als sie im Hause eines Edelmannes Rast machten, wo viele sittsame und schöne Damen zugegen waren, tanzten sie so lange in der angenehmen Gesellschaft, daß die jungvermählten Leute sich müde fühlten. Sie zogen sich also in ihr Schlafgemach zurück und legten sich völlig angekleidet auf ihr Bett, wo sie bei geschlossenen Fenstern und Türen einschliefen, ohne daß jemand bei ihnen war. Als sie im besten Schlaf lagen, hörten sie, wie die Tür zu ihrem Gemach von außen geöffnet wurde. Der hohe Herr zog den Bettvorhang ein Spältchen weit auseinander und schaute, wer das wohl sein mochte; denn er vermutete, es könnte einer seiner Freunde sein, der ihn überraschen wolle. Aber da sah er eine stattliche betagte Kammerfrau hereinkommen und stracks auf ihr Bett zugehen. Weil es jedoch im Zimmer dunkel war, konnte sie die beiden Schläfer nicht erkennen; als sie sie aber ganz nahe beieinander liegen sah, erhob sie ein gewaltiges Zetergeschrei: »Du niederträchtige, ehrlose Dirne! Schon lange habe ich dich im Verdacht, du seist eine solche Metze! Doch weil ich es nicht beweisen konnte, wagte ich nicht, es meiner Herrin zu sagen. Jetzt aber ist deine nichtswürdige Gesinnung so offenbar, daß ich nicht gesonnen bin, länger darüber zu schweigen. Und du, unflätiger, gottloser Lotterbube, bringst Schande über dieses Haus und verführst die unselige Dirne zur Unzucht! Hielte mich nicht die Furcht vor Gott zurück, ich schlüge dich auf der Stelle tot! Steh auf, zum Teufel! Steh sofort auf! Ich glaube gar, du schämst dich nicht einmal!«

Herr von Vendôme und seine Gemahlin, die Prinzessin, hätten gar zu gern dieser Schimpfpredigt noch länger zugehört und bargen ihre Gesichter aneinander und lachten so laut, daß sie kein Wort hervorbrachten. Als nun die Kammerfrau sah, daß sie ungeachtet ihrer Drohungen nicht aufstehen wollten, trat sie näher heran und wollte sie an den Armen packen. Erst jetzt merkte sie an ihren Gesichtern wie auch an den Kleidern, daß sie gar nicht die Gesuchten waren; und als sie sie erkannte, fiel sie vor ihnen auf die Knie und flehte sie an, sie möchten ihr das Versehen verzeihen, das sie begangen hatte, als sie sie in ihrer Ruhe störte.

Aber Herr von Vendôme, der sich mit dem wenigen, das er gehört hatte, nicht zufriedengab, stand geschwind auf und bat die Alte, ihm zu sagen, für wen sie seine

Gattin und ihn eigentlich gehalten habe. Das wollte sie ihm zuerst nicht sagen; doch zuletzt, als er ihr sein Wort darauf gegeben hatte, daß er es niemals verraten werde, erklärte sie ihm, sie habe gemeint, sie finde da ein Fräulein, das hier im Hause diene und in das ein Protonotar verliebt sei. Sie habe ihnen lange aufgelauert, weil es ihr mißfalle, daß ihre Herrin einem Manne ihr Vertrauen schenke, der es auf ihre Unehre abgesehen habe. Damit ließ sie das fürstliche Paar in ihrem Gemach eingeschlossen, wie sie es gefunden hatte, und die beiden lachten noch geraume Zeit über ihr Erlebnis. Obwohl sie die Geschichte gern weitererzählten, wollten sie doch nie jemanden mit Namen nennen, den sie anging.

»So, meine Damen, meinte die gute Frau ein strenges Gericht zu halten und verriet damit bloß den fremden Fürstlichkeiten, was nicht einmal die vertrautesten Diener des Hauses je erfahren hatten.«

»Ich ahne wohl«, sprach Parlamente, »wo sich das zugetragen hat und wer der Protonotar ist; den er hat schon in manchem Haus bei den Damen das gute und das schlechte Wetter gemacht, und wenn er die Gunst der Hausherrin nicht gewinnen kann, macht er sich bei einem ihrer Fräulein Liebkind; aber davon abgesehen ist er ein ehrenhafter und hochachtbarer Mann.«

»Warum sagt Ihr: davon abgesehen?« fragte Hircan. »Gerade deswegen halte ich ihn doch für einen achtbaren Mann!«

Parlamente antwortete ihm: »Ich sehe wohl, Ihr kennt die Krankheit und auch den Patienten, und brauchte er Schutz und Hilfe, Ihr würdet Euch zweifellos zu seinem Anwalt aufwerfen. Aber ich würde mich dennoch nicht auf die Handlungsweise eines Mannes verlassen, der in seinem Benehmen so unbeherrscht war, daß die Kammerfrauen sein Tun und Lassen genau kannten.«

»Glaubt Ihr denn«, fragte Nomerfide, »die Männer kümmert es, daß man darum weiß, wenn sie nur ihr

Ziel erreichen? Verlaßt Euch drauf, auch wenn nur sie davon sprächen, es müßte doch alles ruchbar werden.«

Unmutig entgegnete ihr Hircan: »Es ist nicht nötig, daß die Männer alles sagen.«

Da aber wurde sie glutrot und antwortete ihm: »Vielleicht würden sie Dinge sagen, die ihnen nicht gerade Ruhm einbrächten.«

»Wenn man Euch hört, könnte man ja meinen, die Männer fänden Vergnügen daran, wenn von den Frauen schlecht gesprochen wird«, sagte Symontault; »und ich bin gewiß, Ihr haltet mich für einen Menschen von dieser Art. Daher hätte ich nicht übel Lust, Gutes von einer Frau zu berichten, damit die andern mich nicht alle für einen schmähsüchtigen Nörgler halten.«

»Ich gebe Euch meinen Platz«, erwiderte Ennasuitte, »und bitte Euch, Eurer Natur so weit Zwang anzutun, daß Ihr zu unserer Ehre Eures Amtes waltet.«

Alsbald hob Symontault an und sprach: »So unerhört ist es, meine Damen, von euch eine tugendhafte Tat zu vernehmen, daß mir scheint, sie sollte nicht verheimlicht, sondern vielmehr mit goldenen Lettern aufgezeichnet werden, damit die Frauen sich daran ein Vorbild nehmen, aber die Männer ihr Bewunderung zollen. Da ich nun sehe, daß das schwache Geschlecht einer Tat fähig ist, die gemeinhin über die Kraft einer schwachen Frau geht, nehme ich das zum Anlaß, euch zu erzählen, was ich vom Kapitän Robertval und mehreren seiner Begleiter gehört habe.«

S. Freudenberg inv. DeLongueil Sculp.

## Siebenundsechzigste Geschichte

*Eine unglückliche Frau setzt, um das Leben ihres Gatten zu retten, das ihre aufs Spiel und verläßt ihn nicht bis in den Tod*

Als der obgenannte Robertval eine Reise übers Meer nach der Insel Kanada unternahm und durch einen Befehl seines Herrn, des Königs, zum Befehlshaber ernannt worden war, beschloß er, wenn die Luft dortzulande zuträglich sei, sich auf der Insel niederzulassen und Städte und Schlösser zu erbauen. Wie er damit begonnen hat, ist jedermann bekannt. Um das Land mit Christen zu bevölkern, nahm er Handwerker aller Art mit sich, darunter auch einen Mann, den sein Unstern dazu trieb, seinen Herrn zu verraten und der Gefahr auszusetzen, von den Eingeborenen gefangengenommen zu werden.

Doch Gott fügte es, daß sein Anschlag entdeckt wurde, bevor er Kapitän Robertval schaden konnte. Er ließ den verräterischen Buben festnehmen und wollte ihn bestrafen, wie er's verdiente. Das wäre auch geschehen, wäre nicht dessen Frau gewesen, die ihrem Mann durch alle Fährnisse übers Meer gefolgt war. Sie wollte ihn auch im Tode nicht verlassen und erwirkte mit Strömen von Tränen beim Kapitän und seinen Begleitern, daß sie, teils aus Mitleid, teils um der Dienste willen, die sie ihnen erwiesen hatte, ihrer Bitte stattgaben, die dahin lautete, Mann und Frau sollten auf einer Insel mitten im Meer ausgesetzt werden, auf der nur wilde Tiere hausten. Dies geschah, und es wurde ihnen gestattet, alles mitzunehmen, was sie zu ihres Lebens Notdurft brauchten.

Als sich die beiden unglücklichen Menschen ganz allein und rings von wilden, reißenden Bestien umgeben sahen, fanden sie ihre einzige Zuflucht in Gott, auf den die arme Frau seit jeher fest gebaut hatte. Und da sie einzig in Gott Trost fand, trug sie ständig als Schutz und Schirm, als Erquickung und Trost das Neue Testament bei sich, in dem sie unablässig las. Daneben aber arbeitete sie zusammen mit ihrem Mann schwer daran, eine bescheidene Behausung zu errichten; und wenn Löwen oder andere wilde Tiere in die Nähe kamen und sie fressen wollten, setzten sie sich, der Gatte mit seiner Arkebuse und sie mit Wackersteinen, so mutig zur Wehr, daß sich die Bestien nicht nur nicht heranwagten, sondern daß sie selbst zuweilen sogar ein paar erlegten, die eßbar waren und ihnen trefflich mundeten. Auf diese Weise fristeten sie mit solchem Fleisch und den Kräutern, die hier gediehen, geraume Zeit ihr Leben.

Als ihnen aber auf die Dauer das Brot ausging, konnte der Mann diese Kost nicht länger ertragen und wurde wegen des Wassers, das sie tranken, dermaßen aufgedunsen, daß er bald darauf starb, nur von seiner Frau gewartet und getröstet, die ihm als Arzt und Beichtiger diente, so daß er freudig aus dieser Einöde in die himmlische Heimat hinüberging. Die arme Frau blieb allein zurück und begrub ihn so tief in der Erde, wie es ihr nur möglich war. Gleichwohl witterten die Tiere sogleich die

Leiche und kamen heran, um das Fleisch des Toten zu fressen. Doch die arme Frau verhinderte von ihrem Häuschen aus mit Büchsenschüssen, daß der Leichnam ihres Gatten ein so grausiges Grab fand. So lebte sie, was ihren Leib betraf, ein tierisches Leben, hinsichtlich ihrer Seele aber fromm und rein wie ein Engel und verbrachte ihre Zeit mit Lesen, Beten, Andachten und frommen Betrachtungen und behielt ein frohes und zufriedenes Gemüt in einem abgezehrten und halb toten Leib.

Doch er, der die Seinen nie verläßt und, wenn alle verzweifeln möchten, seine Macht zeigt, ließ es nicht zu, daß die Tugend, die er dieser Frau verliehen hatte, den Menschen verborgen bleibe, sondern wollte, daß sie zu seinem Ruhm bekannt werde. So fügte er es, daß nach einiger Zeit eines der Schiffe, die Kapitän Robertval befehligte, an dieser Insel vorbeikam und die Leute, mit denen es besetzt war, Rauch aufsteigen sahen. Da erinnerten sie sich der beiden, die sie damals hier zurückgelassen hatten, und sie beschlossen nachzusehen, was nach Gottes Ratschluß aus ihnen geworden sein mochte.

Als die arme Frau das Schiff näher kommen sah, schleppte sie sich an das Gestade des Meeres, und dort fand die Mannschaft sie beim Anlegen. Nachdem sie Gott Lob und Preis gezollt hatte, führte sie die Schiffsleute zu ihrem armseligen Hüttchen und zeigte ihnen, wie sie während ihres Aufenthalts ihr Leben gefristet hatte. Das wäre ihnen schier unglaublich vorgekommen, hätten sie nicht gewußt, daß Gott auch in einer Wüste seine Diener ebenso zu ernähren vermag wie bei den üppigsten Festmählern der Welt. Da sie jedoch an einem solchen Ort nicht verweilen konnten, nahmen sie die arme Frau mit nach La Rochelle, wo sie nach langer Seefahrt eintrafen. Und nachdem sie den Einwohnern die Treue und Ausdauer der Frau gebührend vor Augen gehalten hatten, wurde sie von allen Damen mit großen Ehren empfangen, und man gab ihr gern die Töchter in Obhut, damit sie ihnen Lesen und Schreiben beibrachte.

Mit diesem ehrbaren Gewerbe verdiente sie sich ihren Lebensunterhalt für den Rest ihrer Tage und hatte nur den einen Wunsch, einen jeden zur Liebe und zum Vertrauen zu unserem Herrn im Himmel anzuhalten, indem sie sich auf Grund der großen Barmherzigkeit, die er ihr erzeigt hatte, als Beispiel hinstellte.

»Jetzt, meine Damen, könnt ihr doch wohl nicht sagen, ich zolle den Tugenden, die Gott in euch gelegt hat, nicht Lob genug - Tugenden, die sich als desto größer erweisen, je schwächer der Mensch ist, der sie besitzt.«

»Nein, wir sind keineswegs betrübt«, sagte Oisille, »daß Ihr die Gnade Gottes lobt, die in uns wirksam ist; denn wahrlich, alle Tugend kommt einzig von ihm. Doch müssen wir uns schuldig bekennen, daß Mann und Weib das Werk Gottes gleich wenig fördern; denn beide können, dank ihrer Anlage und ihrem Wollen, nur pflanzen, und Gott allein beschert das Wachstum.«

»Wenn Ihr die Heilige Schrift genau gelesen habt«, versetzte Saffredent, »dann wißt Ihr, daß Sankt Paulus sagt, Apollon habe gepflanzt und auch begossen; aber er sagt nichts davon, daß auch die Frauen ihre Hand an das Werk Gottes gelegt hätten.«

»Ihr möchtet«, widersprach Parlamente, »wohl der Meinung böswilliger Männer folgen, die die eine Stelle der Heiligen Schrift, die zu ihren Gunsten spricht, anführen, aber alles, was gegen sie ist, einfach weglassen? Wenn Ihr Sankt Paulus bis zu Ende gelesen habt, werdet Ihr finden, daß er sich den Frauen empfiehlt, die treulich mit ihm für das Evangelium gekämpft haben.«

»Wie dem auch sei«, meinte Longarine, »jedenfalls ist diese Frau allen Lobes wert, sowohl um der Liebe willen, die sie ihrem Mann entgegenbrachte, hat sie doch sogar ihr Leben für ihn gewagt, als auch wegen ihres Glaubens zu Gott, der sie, wie wir ja gesehen haben, auch nicht im Stich gelassen hat.«

»Ich bin, was das erste anbelangt, der Ansicht«, sagte

Ennasuitte, »daß keine unter uns ist, die nicht ebenso handelte, gälte es, das Leben ihres Gatten zu retten.«

»Es gibt meines Erachtens«, erklärte Parlamente, »Ehemänner, die sind solche Tiere, daß die Frauen, die mit ihnen leben müssen, es nicht sonderbar finden dürften, wenn sie unter ihresgleichen zu leben hätten.«

Ennasuitte griff diese Worte auf, als wären sie auf sie gemünzt, und entgegnete: »Wenn mich die Tiere nur nicht beißen, so ist mir ihre Gesellschaft angenehmer als die der Männer; denn die sind jähzornig und unverträglich. Aber ich bleibe dabei und sage noch einmal: wenn mein Gatte in solcher Gefahr schwebte, würde ich ihn nicht verlassen, und wenn ich sterben müßte.«

»Hütet Euch«, warnte Nomerfide, »ihn so sehr zu lieben. Zuviel Liebe täuscht ihn und auch Euch; denn überall ist der Mittelweg der beste. Und wird er nicht recht eingehalten, so entsteht aus Liebe oft Haß.«

»Mir scheint«, sagte Symontault, »Ihr habt das alles nicht so von ungefähr behauptet und wollt es durch ein Beispiel erhärten. Wenn Ihr also eines wißt, wohlan, so erzählt uns die Geschichte.«

»Gut denn«, erwiderte Nomerfide, »und sie soll, wie ihr's von mir gewöhnt seid, kurz und vergnüglich sein.«

S. Frudenberg Inv.   De Longueil Sculp.

## Achtundsechzigste Geschichte

*Die Frau eines Apothekers sieht, daß ihr Mann sich nicht mehr um sie kümmert, und wendet, damit er sie wieder mehr liebe, den Rat an, den er einer seiner Gevatterinnen erteilt hat, die am selben Übel krankte wie sie; doch schlägt es für sie nicht so gut aus, und sie erntet Haß statt Liebe*

In der Stadt Pau in Béarn lebte ein Apotheker, Meister Etienne genannt, der mit einer wackeren Frau und guten Hauswirtin vermählt war, die auch Schönheit genug besaß, um seinen Ansprüchen zu genügen. Doch wie er von unterschiedlichen Arzneien zu kosten pflegte, so liebte er's auch, mit verschiedenen Frauen zu kosen, um sich ein besseres Urteil über alle ihre mannigfachen Besonderheiten zu bilden. Das war die Frau so leid, daß ihr darob die Geduld riß; denn er machte sich herzlich wenig aus ihr, und höchstens in der heiligen Karwoche wohnte er ihr gleichsam als Buße bei.

Als der Apotheker eines Tages in seinem Laden weilte und seine Frau irgendwo im Hintergrund verborgen zuhörte, was er sagte, kam eine Frau, die Gevatterin des Apothekers, die am selben Übel litt wie seine Frau, und sagte unter Seufzen und Barmen zu ihm: »Ach weh, Gevatter, bester Freund, ich bin die unglücklichste Frau auf der ganzen Welt, denn ich liebe meinen Mann mehr als mich selber und habe nichts anderes im Sinn, als ihm zu dienen und zu gehorchen. Aber alle meine Mühe ist umsonst, weil er die nichtsnutzigste, gemeinste und schmutzigste Dirne der Stadt lieber hat als mich. Ich bitte Euch, Gevatter, wenn Ihr irgendein Tränklein wißt, das sein Verhalten ändern könnte, so gebt es mir doch bitte. Wenn er mich dann gut behandelt, verspreche ich Euch, es Euch nach Kräften zu vergelten.«

Um sie zu trösten, sagte ihr der Apotheker, er kenne schon ein Pülverchen, das sie ihrem Mann nur in einer Fleischbrühe oder auf einer gerösteten Brotschnitte als magenstärkendes Pulver* eingeben müsse; dann werde er wieder so zärtlich zu ihr sein, wie sie's nur wünsche. Die arme Frau, die solches Wunder gar zu gern erlebt hätte, fragte, was das denn für ein Pulver sei, und ob sie ein wenig davon bekommen könne. Er gab ihr zur Antwort, nichts sei da besser als Kantharidenpulver, von dem er einen großen Vorrat habe. Ehe sie aber voneinandergingen, nötigte sie ihn, ihr das Pulver zuzubereiten, und nahm mit, soviel sie brauchte. Später dankte sie es dem Apotheker zu wiederholten Malen; denn ihr Mann, der kräftig und leistungsfähig war und auch nicht zuviel davon nahm, fühlte sich danach wohlauf und munter.

Die Frau des Apothekers hörte alles mit an, was die beiden besprachen, und dachte bei sich selbst, sie hätte dieses Rezept ebenso nötig wie seine Gevatterin. Sie merkte sich den Ort, wo ihr Mann den Rest des Pulvers aufbewahrte, und nahm sich vor, ihn nutzbringend anzuwenden, sobald sich eine Gelegenheit böte. Noch ehe drei oder vier Tage um waren, verspürte ihr

* *Poudre de duc:* aus Staubzucker und Zimt gemischtes Magenmittel (Anmerkung des Übersetzers).

Gatte eine Erkältung des Magens und bat sie, ihm ein heilsames Süppchen zu kochen. Doch sie erwiderte ihm, eine geröstete Brotschnitte mit Magenpulver bestreut werde ihm weit zuträglicher sein. Er befahl, ihm doch sogleich eine zu bereiten und Kaneel und Zucker dazu in der Apotheke zu holen. Das tat sie und vergaß auch nicht den Rest des Pulvers, das er seiner Gevatterin gegeben hatte, hineinzutun, ohne auf die Dosis zu achten.

Der Gatte aß die Schnitte, und sie mundete ihm trefflich; doch bald spürte er die Wirkung und wollte sein Verlangen bei seiner Frau stillen. Das war aber schier unmöglich, denn das Zeug brannte ihn in seinen Eingeweiden so höllisch, daß er nicht wußte, wie er sich drehen und wenden sollte, und er sagte zu seiner Frau, sie habe ihn vergiftet, und er wolle wissen, was sie auf seine Röstschnitte getan habe. Da gestand sie ihm die Wahrheit und sagte auch, sie habe ein solches Rezept genauso nötig wie seine Gevatterin. Der arme Apotheker war so übel dran, daß er sie nur mit Schimpfreden mißhandeln konnte; er jagte sie fort und ließ den Apotheker der Königin von Navarra zu sich bitten. Der gab ihm alle nötigen Gegenmittel. Er hatte ihn auch in kurzer Zeit wiederhergestellt, tadelte ihn aber bitter, weil er so dumm sei, andern Leuten Arzneien anzuraten, die er selbst nicht einnehmen wolle. Seine Frau habe nichts Unrechtes getan, da sie den berechtigten Wunsch habe, seine Liebe wiederzuerwecken.

So mußte der arme Mann die Folgen seiner Torheit geduldig ertragen und anerkennen, er sei zu Recht bestraft, und der Schabernack, den er einem andern hatte spielen wollen, sei gerechterweise auf ihn zurückgefallen.

»Mich dünkt, meine Damen, die Liebe dieser Frau war nicht weniger zudringlich als groß.«

»Heißt Ihr das seinen Gatten lieben«, fragte Hircan, »wenn sie ihm Schmerzen zufügt um der Lust willen, die sie von ihm erhoffte?«

»Ich glaube«, entgegnete Longarine, »sie hatte keine andere Absicht dabei, als die Liebe ihres Gatten wiederzugewinnen, die ihrer Meinung nach auf Abwege geraten war. Für ein solches Glück tun die Frauen ja alles.«

»Trotzdem«, begehrte Geburon auf, »darf eine Frau, aus welchem Anlaß auch immer, ihrem Mann nichts zu essen oder zu trinken geben, wenn sie nicht aus eigner Erfahrung oder von gelehrten Leuten weiß, daß es ihm nicht schaden kann. Doch muß man Unwissenheit verzeihen. Diese Frau ist zu entschuldigen; denn die Leidenschaft, die am meisten blind macht, ist die Liebe, und das verblendetste Geschöpf ist die Frau, und sie hat nicht die Kraft, eine so schwere Bürde verständig zu tragen.«

»Geburon«, schalt Oisille, »Ihr brecht mit Eurer guten Gewohnheit und schließt Euch der Meinung Eurer Gefährten an. Gleichwohl gibt es aber Frauen, die Liebe und Eifersucht geduldig ertragen haben.«

»Gewiß«, meinte Hircan, »sogar recht lustig ertragen haben; denn am klügsten sind jene Frauen, die ebensoviel Kurzweil dabei finden, sich über die Streiche ihrer Ehegatten lustig zu machen, wie die Ehemänner Gefallen daran haben, sie hinter ihrem Rücken zu betrügen. Und wenn ihr mir jetzt das Wort geben wollt, damit Madame Oisille nach mir den Tag beschließen kann, dann will ich euch eine Geschichte erzählen, in der jeder von uns die Ehefrau wie auch den Gatten gekannt hat.«

»So fangt denn an«, sagte Nomerfide. Und lachend begann Hircan zu erzählen.

S Freudenberger inv. 1781. L. Halbou Sculp.

## Neunundsechzigste Geschichte

*Eine Dame trifft ihren Gatten, wie er im Gewand ihrer Magd das Mehl beutelt; er erwartet nämlich die Magd in der Hoffnung, von ihr zu erhalten, was er begehrt. Sie ist jedoch so klug, daß sie nur darüber lacht und sich über seine Torheit lustig macht*

Auf dem Schloß Odos in der Grafschaft Bigorra lebte ein Stallmeister des Königs namens Charles, ein Italiener, der mit einer überaus ehrbaren und sittsamen Frau vermählt war; aber sie hatte ihm mehrere Kinder geschenkt und war nicht mehr die jüngste. Auch er war nicht mehr jung und lebte mit ihr in Frieden und guter Freundschaft. Hin und wieder scherzte er mit ihren Zofen, aber seine kluge Frau verargte ihm das nicht, sondern entließ sie ohne viel Aufhebens, wenn sie sah, daß sie im Hause gar zu sehr Liebkind waren.

Eines Tages stellte sie eine Magd ein, die ein verständiges und gutherziges Mädchen war, und sagte ihr, was für Eigenheiten ihr Mann habe und welches ihre eigenen

Gewohnheiten seien, und schärfte ihr auch ein, daß sie ihre Mägde augenblicklich vor die Tür setze, sobald sie merke, daß sie liederlich und mannstoll seien. Die Magd gedachte aber, im Dienst ihrer Herrin zu bleiben und ihre Achtung zu bewahren, und beschloß also, sich musterhaft aufzuführen. Wennschon ihr Herr ihr öfters mit seinen Anträgen in den Ohren lag, wollte sie doch nichts davon wissen und erzählte alles ihrer Herrin, und beide hatten ihren Spaß an seiner Verliebtheit.

Als die Magd eines Tages in der hinteren Kammer Mehl beutelte und dazu, wie es dortzulande Brauch ist, ihren Kittel über den Kopf gezogen hatte, der wie eine Haube geschnitten ist, aber hinten den ganzen Oberkörper und die Schultern bedeckt, kam ihr Herr hinzu, und als er sie in diesem Aufzug sah, fing er an, sie recht hitzig zu bedrängen. Sie hätte zwar um ihr Leben nicht einen solchen Unfug begangen, tat aber, als wäre sie dafür zu haben; doch bat sie ihn um Erlaubnis, zuvor nachzusehen, ob ihre Herrin gerade in eine Arbeit vertieft sei, damit sie nicht etwa zusammen erwischt würden. Das gestand er ihr gerne zu. Da bat sie ihn, er solle ihren Kittel über den Kopf ziehen und das Mehl weiterbeuteln, während sie fort sei, damit ihre Herrin dauernd das Geräusch des Mehlsiebes höre. Das tat er voll Freude, hoffte er doch, endlich zu bekommen, wonach ihn verlangte.

Die Magd, die ein lustiges Blut war, lief auf der Stelle zu ihrer Herrin und sagte zu ihr: »Kommt geschwind und schaut Euch Euren guten Ehemann an! Ich habe ihn gelehrt, das Mehl zu beuteln, um ihn loszuwerden.« Die Frau ging eilends mit, um sich ihre neue Magd anzusehen, und als sie ihren Gatten mit der Schürze über dem Kopf und dem Mehlsieb in der Hand dastehen sah, mußte sie laut herauslachen und klatschte in die Hände und konnte nur mit Mühe hervorbringen: »Du Luder, wieviel Lohn verlangst du im Monat für deine Arbeit?« Als der Gatte ihre Stimme hörte und merkte, daß er angeführt worden war, warf er, was er anhatte und in Händen hielt, zu Boden und wollte der Magd auf den Pelz rücken, schalt sie auch tausendmal eine nichtswürdige Dirne, und hätte sich seine Frau ihm nicht entgegengestellt, er hätte ihr den Lohn ausgezahlt und sie zum Teufel gejagt. Doch wurde alles zur Zufriedenheit der Beteiligten beigelegt, und fortan lebten sie ohne allen Zwist.

»Was sagt ihr nun, meine Damen, zu dieser Frau? War es nicht klug von ihr, sich die Zeit mit dem Zeitvertreib ihres Gatten zu vertreiben?«

»Ein Zeitvertreib war es ja nicht gerade für den Gatten«, meinte Saffredent, »da ihm doch sein ganzer Anschlag fehlging.«

»Ich glaube«, sagte Ennasuitte, »es war kurzweiliger für ihn, mit seiner Frau darüber zu lachen, als sich in seinem Alter mit der Zofe zu Tode zu sündigen.«

»Gleichwohl würde es mich schwer verdrießen«, entgegnete Symontault, »wenn man mich mit einer solchen Schürze ertappte.«

»Ich habe gehört«, spottete Parlamente, »es habe nicht an Eurer Frau gelegen, daß sie Euch fast in demselben Aufputz erwischt hätte, wie schlau Ihr's auch angestellt habt, und seither finde sie keine Ruhe mehr.«

»Kehrt lieber vor Eurer eigenen Tür und laßt es dabei bewenden«, versetzte Symontault, »und kümmert Euch nicht um meine Angelegenheiten. Denn zum ersten hat meine Frau keinen Grund zur Klage; und wäre es auch so, wie Ihr sagt, würde sie dennoch nichts davon merken, geht ihr doch nichts ab, was sie zum Leben braucht.«

»Tugendhaften Frauen«, sagte Longarine, »tut nichts not als die Liebe ihrer Ehemänner, denn sie allein können ihnen Glück und Befriedigung verschaffen. Sucht sie aber eine tierische Befriedigung, wird sie die niemals dort finden, wo Zucht und Sitte walten.«

»Heißt Ihr es tierische Befriedigung«, fragte Geburon, »wenn eine Frau von ihrem Gatten verlangt, was ihr gebührt?«

Longarine gab ihm zur Antwort: »Ich meine, eine keusche Frau, deren Herz von echter Liebe erfüllt ist, findet größeres Glück im Bewußtsein, daß sie vollkommen geliebt wird, als in allen Lüsten, die ihre Sinnlichkeit begehren kann.«

»Ich bin ganz Eurer Ansicht«, erwiderte Dagoucin, »aber diese Herren hier wollen nichts davon wissen und es nicht wahrhaben. Ich meine, wenn gegenseitige Liebe eine Frau nicht zu beglücken vermag, wird auch der Gatte sie niemals allein befriedigen können. Denn wenn sie in solchem Falle in züchtiger Liebe lebt, wie es den Frauen geziemt, so muß sie wohl zuweilen in die Sinnengier der Tiere verfallen.«

»Fürwahr«, sprach da Oisille, »Ihr erinnert mich an eine Dame, eine schöne und glücklich verheiratete Frau, die aber, da sie nicht in solch ehrbarer Liebe lebte, sinnlicher wurde als die Schweine und blutrünstiger als die Löwen.«

»Ich bitte Euch, Madame«, sagte darauf Symontault, »erzählt uns diese Geschichte zum Abschluß unseres Tags.«

»Ich kann's nicht«, erwiderte Oisille, »aus zwei Gründen: zum ersten weil sie zu lang ist, und ferner weil sie sich nicht in unserer Zeit zugetragen hat. Zwar ist sie von einem Autor aufgeschrieben worden, der durchaus glaubwürdig ist, aber wir haben doch geschworen, nichts hier vorzubringen, was schon niedergeschrieben sei.«

»Das ist freilich wahr«, sagte Parlamente darauf; »da ich aber ahne, was für eine Geschichte das ist, so meine ich, sie ist in so altertümlicher Sprache aufgezeichnet, daß, glaube ich, außer uns zweien weder Mann noch Frau, die hier zugegen sind, je davon gehört haben. Daher mag sie ruhig für neu gelten.«

Auf ihre Worte hin bat die ganze Gesellschaft Oisille,

die Geschichte zu erzählen; sie möge auch wegen ihrer Länge keine Bedenken haben, denn sie könnten noch gut eine Stunde bis zur Vesper hier verweilen. Auf ihre Bitten begann Oisille also zu erzählen.

S. Freudenberger inv. 1781. L. Halbou. Sculp.

## Siebzigste Geschichte

*Die Herzogin von Burgund begnügt sich nicht mit der Liebe ihres Gatten und faßt eine tiefe Liebe zu einem jungen Edelmann. Da sie aber mit ihrem Mienenspiel und ihrem Liebäugeln nichts bei ihm ausrichten kann, erklärt sie ihm ihre Liebe mit Worten, was aber für sie übel ausschlägt*

Im Herzogtum Burgund lebte einst ein Herzog, ein ausnehmend ehrenhafter und schöner Fürst, der sich mit einer Frau vermählt hatte, deren Schönheit ihn so sehr beglückte, daß er alles andere darüber vergaß und einzig darauf bedacht war, ihr gefällig zu sein. Sie jedoch tat, als vergelte sie ihm das mit ebensolcher Liebe. Nun lebte aber im Hause des Herzogs ein Edelmann, der in allen Tugenden hervorragte, die man von einem Mann nur verlangen kann, so daß er von allen geliebt wurde, zumal vom Herzog, der ihn von Kindesbeinen an in seiner nächsten Umgebung auferzogen hatte. Als er sah, wie trefflich sich jener herausmachte, schloß er ihn in sein

Herz und verließ sich völlig auf ihn in allen Geschäften, die der Junker seinem Alter gemäß verstehen konnte.

Die Herzogin, die in ihrem Herzen keine tugendhafte Frau und Fürstin war, hatte nicht genug an der Liebe, die ihr Gemahl ihr entgegenbrachte, und fand kein Genügen in der zärtlichen Behandlung, die er ihr zuteil werden ließ. Deshalb hing sie mit ihren Blicken oft an dem jungen Edelmann und fand ihn so nach ihrem Sinn und Begehr, daß sie sich Hals über Kopf in ihn verliebte. Sie setzte auch unablässig alles daran, ihm das zu verstehen zu geben, teils durch traurig schmachtende Blicke, teils durch Seufzen und leidenschaftliches Gebaren.

Doch der Junker, der jederzeit nur nach der Tugend getrachtet hatte, konnte das unzüchtige Begehren bei einer Dame nicht erkennen, die so wenig Anlaß dazu hatte. So geschah es, daß die feurigen Blicke und das beredte Mienenspiel der unseligen Närrin keine andern Früchte zeitigten als eine wilde Verzweiflung, die sie eines Tages so weit trieb, völlig zu vergessen, daß sie eine Frau war, die zwar umworben werden konnte, sich aber verweigern mußte, eine Fürstin, die zwar angebetet werden konnte, die jedoch einen solchen Verehrer verschmähen mußte. Sie faßte sich also ein Herz gleich einem Mann, der seiner nicht mehr mächtig ist, um das Feuer loszuwerden, das unerträglich in ihr glühte.

Als nun ihr Gemahl einmal in die Ratssitzung ging, an der der Junker seiner Jugend wegen nicht teilnahm, winkte sie diesen zu sich heran, und er trat zu ihr im Glauben, sie habe ihm irgendeinen Auftrag zu erteilen. Doch sie stützte sich seufzend auf seinen Arm, als hätte sie zu lange geruht und wäre noch benommen und matt, und führte ihn in eine Galerie, wo sie mit ihm auf und ab ging. Dann sagte sie zu ihm: »Ich wundere mich über Euch. Wie habt Ihr, jung, schön und voll Anmut wie Ihr seid, in dieser Gesellschaft und inmitten all der holden Damen, die hier sind, leben können, ohne daß Ihr jemals in eine verliebt oder der Anbeter der einen oder andern gewesen seid?« Dann schaute sie ihn so liebreich an, wie sie nur konnte, und sprach nicht weiter, um ihm Zeit zu lassen, ihr zu antworten. Er aber sprach: »Madame, wäre ich würdig, daß Eure Hoheit sich so weit herablassen könnte, an mich zu denken, so wäre es eher ein Grund zum Staunen für Euch, wenn Ihr sähet, daß ein Mann, der so wenig wert ist wie ich, geliebt zu werden, seine Dienste anbietet und dafür nur Spott und Zurückweisung erführe.«

Als die Herzogin diese verständige Antwort hörte, liebte sie ihn nur noch heißer als zuvor und beteuerte ihm, am ganzen Hof gebe es keine Dame, die nicht überglücklich wäre, einen solchen Anbeter zu besitzen. Er möge nur getrost den Versuch wagen; denn er werde keine Gefahr laufen, sondern mit Ehre daraus hervorgehen.

Der Junker hielt noch immer die Augen niedergeschlagen und wagte nicht, zu ihr aufzusehen und ihren Blicken zu begegnen, die glühend genug waren, um das kälteste Eis zu schmelzen; aber als er sich eben herausreden wollte, ließ der Herzog seine Gemahlin um irgendeiner Angelegenheit willen, die sie betraf, in den Ratssaal entbieten, und sie begab sich, wenn auch höchst ungern, dorthin. Der Junker ließ sich jedoch nicht ein einziges Mal anmerken, daß er gehört habe, was sie zu ihm gesprochen hatte. Darüber war sie so verärgert und betroffen, daß sie nicht wußte, wem sie die Schuld an ihrem Verdruß geben sollte, es sei denn der törichten Scheu, an der ihrer Meinung nach der Junker allzusehr litt.

Einige Tage später, als sie sah, daß er ihre Sprache nicht verstand, beschloß sie, alle Furcht und Scham außer acht zu lassen und ihm ihre Neigung zu gestehen; denn sie war fest überzeugt, eine Schönheit wie die ihre könne nicht anders als mit Freuden angenommen werden. Doch hätte sie wohl gewünscht, er hätte ihr die Ehre angetan und um sie geworben. Nichtsdestoweniger schlug sie die Ehre in den Wind um der Lust willen, die sie sich versprach; und nachdem sie noch mehrmals versucht hatte, ihn ähnlich wie das erstemal ins Gespräch zu ziehen, und keine Antwort nach ihrem Sinn zu erhalten vermocht hatte, zupfte sie ihn eines Tags am Ärmel und sagte zu ihm, sie müsse über wichtige Angelegenheiten mit ihm sprechen. Der Junker trat mit all der Ehrfurcht und Ehrerbietung, die ihr gebührten, zu ihr in eine tiefe Fensternische, in die sie sich zurückgezogen hatte. Und als sie sicher war, daß niemand in dem Gemach sie sehen konnte, begann sie mit bebender Stimme, befangen in Verlangen und Furcht, ihm dieselben Dinge wiederzusagen wie schon beim erstenmal. Sie tadelte ihn, weil er noch keine Dame aus ihrem Gefolge erwählt habe, und versicherte ihm auch, wer die Erkorene immer sein möge, sie werde ihm helfen, daß er einer freundlichen Behandlung gewiß sein könne. Der Junker war über ihre Worte ebenso unwillig wie erstaunt und gab ihr zur Antwort: »Madame, mein Herz ist so stolz, daß ich, würde ich ein einziges Mal abgewiesen, nie wieder Freude auf dieser Welt fände. Ich weiß aber auch, daß ich hier so wenig zähle, daß keine Dame an diesem Hof sich herablassen würde, mein Werben zu erhören.« Die Herzogin errötete im Glauben, nun stehe ihrem Sieg nichts mehr im Wege, und schwor ihm, wenn er nur wolle, so wüßte sie die schönste Dame aus ihrer Gesellschaft, die ihn mit größter Freude erhören und ihm das höchste Glück gewähren würde. Doch er erwiderte: »Ach, Madame, ich glaube nicht, daß es in dieser Gesellschaft eine Frau gibt, die so unglücklich und so blind ist, daß sie mich nach ihrem Geschmack hat finden können!«

Als nun die Herzogin sah, daß er noch immer nicht begreifen wollte, ging sie daran, vor ihm den Schleier ihrer Leidenschaft zu lüften; doch da ihr vor der strengen Tugend des Edelmanns bange war, kleidete sie ihre Worte in eine Frage und sprach zu ihm: »Hätte Euch

Fortuna so begünstigt, daß ich es wäre, die Euch ihre Neigung antrüge, was würdet Ihr dazu sagen?«

Der Junker, der zu träumen wähnte, als er diese Worte hörte, beugte das Knie vor ihr und sagte: »Madame, erwiese mir Gott die Gnade, daß ich die Huld des Herzogs, meines Herrn, und die Eure genösse, ich würde mich für den glücklichsten Menschen auf der Welt schätzen; denn solchen Lohn erstrebe ich für meine treuen Dienste, bin ich doch mehr als jeder andere verpflichtet, mein Leben in euer beider Dienst einzusetzen. Ich bin gewiß, Madame, die Liebe, die Ihr für meinen Herrn fühlt, ist so keusch und groß, daß weder ich, der ich nur ein Erdenwurm bin, noch der höchstmögende Fürst und vollkommenste Mann, den man finden könnte, das Einvernehmen zwischen Euch und meinem Gebieter zu stören vermöchte. Was mich betrifft, so hat der Herzog mich von Kindesbeinen an erzogen und mich zu dem gemacht, was ich bin. Daher möchte ich, er habe nun Gattin, Tochter, Schwester oder Mutter, ihnen allen nur mit Gedanken nahen, wie sie ein treuer und ehrlicher Diener seinem Herrn schuldig ist.«

Die Herzogin ließ ihn nicht ausreden, und da sie sah, daß sie Gefahr lief, eine beschämende Zurückweisung hinnehmen zu müssen, schnitt sie ihm schroff das Wort ab und sprach: »O nichtswürdiger, ruhmrediger Tor! Wer bittet Euch schon darum? Glaubt Ihr denn, Eurer Schönheit wegen lieben Euch sogar die Fliegen, die umherschwirren? Wäret Ihr aber so vermessen, Euer Auge auf mich zu werfen, so würde ich Euch zeigen, daß ich nur meinen Gemahl liebe und keinen andern jemals lieben werde; und alles, was ich zu Euch gesagt habe, habe ich nur gesagt, um zu meiner Kurzweil von Euch zu erfahren, wie's um Euch steht, und um mich darüber lustig zu machen wie über alle verliebten Narren.«

»Madame«, sprach der Junker, »so habe ich es auch verstanden und verstehe es noch immer, wie Ihr's sagt.«

Darauf begab sie sich, ohne ihn weiter anzuhören,

hastig in ihre Gemächer, und da sie sah, daß ihre Damen ihr gefolgt waren, trat sie in ihr Kabinett. Dort aber härmte und quälte sie sich, daß es nicht zu beschreiben ist. Denn einesteils schuf ihr die Liebe, die ihr versagt blieb, tödlichen Gram, andernteils versetzte sie der Unwille sowohl gegen sich selbst, weil sie so törichte Reden geführt hatte, als auch gegen ihn, weil er so verständig darauf geantwortet hatte, in solche Wut, daß sie sich bald den Tod geben und bald weiterleben wollte, um sich an dem Junker zu rächen, den sie für ihren Todfeind ansah.

Nachdem sie lange geweint hatte, stellte sie sich krank, um nicht beim Nachtmahl des Herzogs erscheinen zu müssen, bei dem gewöhnlich der Junker aufwartete. Der Herzog, der seine Gemahlin mehr als sich selbst liebte, besuchte sie; aber um besser das Ziel zu erreichen, auf das sie lossteuerte, sagte sie ihm, sie glaube, sie sei schwanger, und im Gefolge ihrer Schwangerschaft habe sich bei ihr eine Erkältung eingestellt, die ihr auf die Augen geschlagen sei und ihr nun arge Schmerzen bereite. So vergingen zwei oder drei Tage; die Herzogin hütete das Bett und war in einer so traurigen und schwermütigen Verfassung, daß der Herzog vermutete, es müsse noch etwas anderes dahinterstecken als nur ihre Schwangerschaft.

Er suchte sie also nachts auf und schlief mit ihr; und als er sich eine gute Weile mit ihr ergötzt und ihr seine zärtliche Liebe auf alle erdenkliche Weise bewiesen hatte, dann aber erkennen mußte, daß er ihrem unablässigen Seufzen unmöglich ein Ende machen konnte, da sagte er zu ihr: »Liebste, Ihr wißt, daß ich Euch liebe wie mein eigenes Leben und daß, wenn Ihr sterben müßtet, ich auch nicht weiterleben könnte. Wollt Ihr darum meine Gesundheit erhalten, so sagt mir, ich bitte Euch, den Grund, weshalb Ihr so seufzt; denn ich kann nicht glauben, daß Euer bedenklicher Zustand allein von Eurer Schwangerschaft herrührt.«

Als die Herzogin ihren Gatten in der Stimmung sah,

die sie für ihre Zwecke brauchte, dachte sie, jetzt sei es an der Zeit, sich für ihre enttäuschte Liebe zu rächen, und sie umarmte ihren Gemahl, brach in Tränen aus und sprach zu ihm: »Ach, Herr, das größte Übel, an dem ich kranke, ist, mit ansehen zu müssen, wie Ihr gerade von denen hintergangen werdet, die insbesondere verpflichtet wären, Euer Gut und Eure Ehre zu wahren.« Als der Herzog diese Worte vernahm, wünschte er sehr, zu erfahren, weshalb sie ihm das sage, und er bat sie inständig, ihm ohne jede Furcht die Wahrheit zu gestehen. Nachdem sie ihm das mehrere Male verweigert hatte, sprach sie zu ihm: »Ich will mich nie wieder darüber wundern, Herr, daß Fremdlinge die Fürsten bekriegen, wenn jene Menschen, die ihnen am tiefsten zu Treue und Dank verpflichtet sind, es wagen, ihnen so grausam mitzuspielen, daß der Verlust an Hab und Gut damit verglichen nichts bedeutet. Das sage ich, Herr, im Hinblick auf den Edelmann« – und dabei nannte sie ihm den Namen des Verhaßten –, »den Ihr aufgezogen und eher als Verwandten und Sohn denn als Diener behandelt habt. Er hat sich unterfangen, etwas dermaßen Niederträchtiges und Hinterlistiges zu versuchen, wie es der Anschlag auf die Ehre und Tugend Eurer Gattin ist, in der auch die Ehre Eures Hauses und Eurer Kinder ruht. Und obwohl er mir seit langem schon verliebte Blicke zuwarf, um seine nichtswürdige Absicht besser ins Werk zu setzen, so konnte dennoch mein Herz, das einzig an Euch hängt, sein ruchloses Beginnen nicht erfassen, so daß er sich schließlich mit Worten erklärte. Darauf habe ich ihm die Antwort erteilt, die mein Stand und mein keuscher Sinn erheischten. Desungeachtet hege ich solchen Haß gegen ihn, daß ich ihn nicht mehr ansehen mag. Das ist der Grund, weshalb ich in meinen Gemächern geblieben bin und auf das Glück Eurer Gesellschaft verzichtet habe, und ich flehe Euch an, Herr, duldet eine solche Pest nicht länger in Eurer Nähe; denn nach einem solchen Vergehen könnte er wohl befürchten, ich werde es Euch sagen, und noch Ärgeres unternehmen. Dies, Herr, ist die Ursache meines Harms, der mir so berechtigt und auch würdig zu sein dünkt, daß Ihr ihm Abhilfe schaffen solltet.«

Der Herzog, der einerseits seine Gemahlin liebte und sich schwer beleidigt fühlte, andererseits aber seinem Diener gewogen war, da er so oft schon seine Treue erprobt hatte, konnte kaum glauben, daß diese Lüge wahr sei, und befand sich in arger Verlegenheit und Not und war voll Unmut. Er begab sich in sein Zimmer und ließ dem Junker bestellen, er möge ihm nie wieder unter die Augen kommen, sondern solle sich für einige Zeit in seine Wohnung zurückziehen. Der Edelmann, der den Anlaß seines Zorns nicht kannte, war darüber äußerst bekümmert, wußte er doch, daß er das gerade Gegenteil einer so üblen Behandlung verdient hatte. Da er sich jedoch seines Herzens und seiner Taten nicht zu schämen brauchte, sandte er einen seiner Freunde zum Herzog; der sollte ihm einen Brief überbringen und für ihn sprechen. In dem Brief bat er ihn flehentlich, wenn er ihn auf einen übelwollenden Bericht hin aus seiner Gegenwart verbannt habe, so möge er doch geruhen, sein Urteil aufzuheben, bis er von ihm selbst den wahren Tatbestand vernommen habe; er werde dann finden, daß er ihn in keiner Weise beleidigt habe.

Als der Herzog diesen Brief gelesen hatte, mäßigte er seinen Zorn ein wenig und ließ den Edelmann heimlich in sein Zimmer entbieten, wo er ihm mit scheinbar zorniger Miene sagte: »Nie hätte ich gedacht, daß sich all die Mühe, die ich darauf verwandt habe, Euch aufzuziehen wie mein eigen Kind, in Reue darüber verwandeln könnte, daß ich Euch so vorwärtsgeholfen habe; habt Ihr doch danach getrachtet, mir das anzutun, was mir abträglicher wäre als der Verlust meines Lebens und meiner Güter: Ihr habt an die Ehre der Frau rühren, die mein halbes Leben ist, und dadurch mein Haus und meine Nachkommenschaft für alle Zeit ehrlos machen wollen. Ihr könnt Euch denken, daß dieser Schimpf mich so tief in meinem Herzen getroffen hat, daß Ihr, wäre ich nicht im Zweifel, ob die Sache wahr ist oder nicht, längst schon auf dem Grunde des Wassers läget zur heimlichen Strafe für das Unrecht, das Ihr mir heimlicherweise habt antun wollen.«

Der Junker verlor bei diesen Worten mitnichten die Fassung, denn seine Unschuld verlieh ihm Selbstvertrauen und Festigkeit. So bat er den Herzog inständig, ihm doch zu sagen, wer ihn dieser Untat bezichtigt habe. Denn, sagte er, solch entehrende Nachrede müßte eher mit der Lanze in der Faust gerechtfertigt werden als mit bloßen Worten.

»Euer Ankläger«, sprach der Herzog darauf, »trägt keine andere Wehr als seine Keuschheit. Ich versichere Euch, kein anderer als meine Gemahlin selbst hat mir das berichtet und mich zugleich angefleht, sie an Euch zu rächen.«

Obwohl er die heillose Hinterlist der hohen Frau erkannte, wollte der arme Junker sie dennoch nicht beschuldigen, sondern gab zur Antwort: »Gnädigster Herr, Madame mag sagen, was ihr beliebt. Ihr kennt sie besser als ich und wißt, ob ich sie jemals gesehen habe, ohne daß Ihr dabei wart, außer einem einzigen Mal, als sie nur wenige Worte mit mir wechselte. Euer Urteil ist so unbestechlich wie das jedes andern Fürsten. Daher bitte ich Euch kniefällig, gnädiger Herr, urteilt nun selbst, ob Ihr jemals an mir ein Verhalten beobachtet habt, das Euern Argwohn erwecken konnte. Denn die Liebe ist ja ein Feuer, das nicht lange im verborgenen brennen kann, ohne daß es von denen entdeckt würde, die am selben Übel kranken. Ich flehe Euch an, Herr, glaubt mir zwei Dinge: erstens, daß ich Euch treu ergeben bin und daß, wäre Eure Frau Gemahlin auch die schönste Frau der Welt, die Liebe trotzdem nicht die Macht besäße, meine Ehre und Treue zu beflecken; und zum zweiten: wäre sie auch nicht Eure Gattin, so ist sie doch von allen Frauen, denen ich begegnet bin, diejenige, in die ich mich zuallerletzt verlieben könnte. Es gibt andere genug, denen ich viel eher mein Herz schenken möchte.«

Als der Herzog diese offenen Worte vernahm, legte sich allmählich seine Wut, und er sprach: »Ich kann Euch auch versichern, daß ich nicht daran geglaubt habe. Darum lebt weiter, wie Ihr's bisher getan habt, und seid gewiß, stellt sich, was Ihr gesagt habt, als wahr heraus, so will ich Euch in größerer Liebe zugetan sein, als ich es bisher gewesen bin; erweist sich aber das Gegenteil, so ist Euer Leben in meiner Hand.« Dafür dankte ihm der Junker und unterwarf sich jeglicher Strafe und Sühne, falls er für schuldig befunden werde.

Als die Herzogin sah, daß der Junker wie gewohnt wieder bei Tisch aufwartete, konnte sie es nicht geduldig hinnehmen, sondern sprach zu ihrem Gatten: »Es geschähe Euch ganz recht, Herr, wenn Ihr vergiftet würdet, da Ihr doch mehr Vertrauen zu Eueren Todfeinden habt als zu denen, die es gut mit Euch meinen.«

»Ich bitte Euch, Liebste, quält Euch nicht wegen dieser Sache; denn ich versichere Euch, stellt sich, was Ihr mir gesagt habt, als wahr heraus, so bleibt er keine vierundzwanzig Stunden länger am Leben. Aber er hat mir so hoch und heilig das Gegenteil geschworen, daß ich, zumal ich nie etwas bemerkt habe, nicht ohne triftigen Beweis daran glauben kann.«

»Fürwahr, Herr«, erwiderte sie darauf, »Eure Güte macht seine Böswilligkeit nur noch ärger. Wollt Ihr einen bündigeren Beweis, als daß ein Mann wie er niemals im Ruf gestanden hat, verliebt zu sein? Glaubt mir, Herr, ohne den vermessenen Plan, mein Liebhaber zu werden, wie er sich's in den Kopf gesetzt hat, hätte er nicht so lange gewartet, sich eine Geliebte zuzulegen; denn noch nie hat ein junger Mann so einsam und ohne Umgang in so guter Gesellschaft gelebt, wie er es tut, es sei denn, sein Herz sei so hohen Ortes gebunden, daß er sich mit eitlem Hoffen zufriedengäbe. Und da Ihr meint, er verhehle Euch die Wahrheit nicht, laßt ihn, ich bitte Euch darum, einen Eid schwören, ob und wen er liebt. Liebt er eine andere, so soll's mir recht sein, daß Ihr ihm Glauben schenkt, wo nicht, glaubt getrost, daß ich die Wahrheit gesprochen habe.«

Der Herzog fand die Gründe seiner Gattin sehr stichhaltig; er nahm den Junker einmal mit aufs Land und sprach zu ihm: »Meine Gemahlin versteift sich auf ihre Ansicht und führt mir einen Grund an, der mir schweren Verdacht gegen Euch erregt; nämlich daß man sich über Euch wundert, weil Ihr, ein so junger und ehrenhafter Mann, soviel man wenigstens weiß, noch nie geliebt habt. Das bringt mich auf den Gedanken, Ihr könntet, wie sie behauptet, diese vermessene Liebe hegen, und die eitle Hoffnung, erhört zu werden, möchte Euch so glücklich machen, daß Ihr an keine andere Frau denken mögt. Darum bitte ich Euch als Freund und befehle Euch als Euer Gebieter, sagt mir, ob Ihr keine Dame hierzulande liebt.«

Wiewohl der arme Junker seine geheime Neigung gern verschwiegen und lieber den Tod erlitten hätte, war er doch angesichts der Eifersucht seines Herrn gezwungen, ihm zu schwören, daß er in Wahrheit eine Dame liebe, deren Schönheit so unvergleichlich sei, daß neben ihr die Herzogin und ihr ganzes Gefolge häßlich erschienen; doch bat er ihn flehentlich, ihn nie zu zwingen, daß er ihren Namen nennen müsse. Denn es sei zwischen ihm und seiner Geliebten ausgemacht, daß der, der als erster ihren Bund verrate, ihn auch zerstören werde.

Der Herzog versprach ihm, ihn niemals dazu zu drängen, und war mit ihm so zufrieden, daß er ihn huldvoller behandelte als je zuvor. Das bemerkte die Herzogin sehr wohl und trachtete mit ihrer gewohnten Schlauheit, den Grund dafür zu erfahren. Der Herzog verschwieg ihn ihr auch nicht; und nun gesellte sich zu ihrem Rachedurst noch eine wilde Eifersucht, die sie veranlaßte, den Herzog anzuflehen, er möge dem Junker gebieten, ihm den Namen dieser Freundin zu nennen. Sie versicherte ihm, es sei alles Lüge, und das sei das einzige Mittel, ihn auf seine Worte festzunageln; wenn er ihm aber den Namen der Frau, die er für so wunderschön halte, nicht nennen wolle, so sei er, der Herzog, der tölpischste Fürst auf dem ganzen Erdenrund, sofern er dessen Wort vertraue.

Der unglückliche Herzog, dessen Geist seine Gemahlin zu lenken verstand, wie es ihr beliebte, erging sich allein mit dem Junker im Freien und sagte ihm, er sei jetzt in noch größerer Ungewißheit als vorher; denn er verdächtige ihn, nur eine Ausflucht vorgebracht zu haben, um zu verhindern, daß er die Wahrheit argwöhne, und das peinige ihn mehr denn je. Darum bitte er ihn von Herzen, ihm den Namen der Frau zu nennen, die er so sehr liebe. Der arme Junker flehte den Herzog an, er möge ihn nicht nötigen, sich so schwer gegen seine Geliebte vergehen zu müssen, daß er ihr das Gelübde breche, das er ihr abgelegt und so lange gehalten habe; er könne ihn doch nicht dahin bringen, daß er an einem Tage verliere, was er mehr als sieben Jahre bewahrt habe, und lieber wolle er den Tod erleiden, als jener Frau, die ihm so redlich die Treue halte, dieses Unrecht anzutun.

Als der Herzog sah, daß er ihm den Namen nicht mitteilen wollte, geriet er in solche Eifersucht, daß er mit wutverzerrtem Gesicht zu ihm sagte: »Gut denn, so wählt von zwei Dingen eines: entweder sagt Ihr mir den Namen der Frau, die Ihr über alles liebt, oder aber Ihr verlaßt als Verbannter die Länder, über die ich herrsche. Und finde ich Euch nach acht Tagen noch hier, sollt Ihr eines grausamen Todes sterben.«

Wenn sich jemals das Herz eines treuen Dieners vor Leid und Weh zusammenkrampfte, so war es das Herz des unglücklichen Junkers, der wohl von sich sagen konnte: »Angustiae sunt mihi undique.« Denn er sah ein, wenn er die Wahrheit sprach, verlor er seine Freundin, sobald sie erfuhr, daß er durch eigene Schuld sein Gelöbnis gebrochen habe; wenn er andrerseits die Wahrheit nicht bekannte, wurde er aus dem Lande, in dem sie wohnte, verbannt und hatte keine Möglichkeit mehr, sie zu sehen. Von beiden Seiten dergestalt in die Enge getrieben, trat kalter Schweiß auf seine Stirn, wie bei einem Menschen, der vor Traurigkeit dem Tode nahe ist. Als der Herzog sein Verhalten sah, kam er zu dem Schluß, er liebe keine andere Frau als die seine, und nur weil er keinen Namen zu nennen wisse, stehe er solche Qualen aus. Darum sprach er barsch zu ihm: »Wäre das wahr, was Ihr mir gesagt habt, würde es Euch nicht so schwerfallen, mir den Namen zu nennen. Aber ich glaube, Euer Unrecht quält Euch jetzt so.«

Da beschloß der Edelmann, von diesen Worten zutiefst getroffen und zudem von der Liebe zu seinem Herrn bewogen, ihm die Wahrheit zu gestehen; denn er baute darauf, der Herzog sei ehrenhaft genug, um sein Geheimnis auf keinen Fall weiterzusagen. Er sank vor ihm in die Knie und sprach mit gefalteten Händen zu ihm: »Gnädigster Herr, die Dankesschuld, die ich gegen Euch abzutragen habe, und die Liebe, die ich Euch entgegenbringe, zwingen mich mehr als die Angst vor dem Tode. Denn ich sehe, Ihr habt eine so falsche Meinung von mir und habt Euch so unsinnige Vorurteile in den Kopf gesetzt, daß ich entschlossen bin, Euch von dieser Pein zu erlösen und zu tun, was ich sonst selbst auf der Folter nicht getan hätte. Ich bitte Euch aber, Herr, bei Gottes Ehre, schwört mir, gebt mir Euer fürstliches Wort, gelobt mir als Christ, daß Ihr niemals das Geheimnis lüften werdet, das ich, weil Ihr es so wollt, nun gezwungen bin Euch anzuvertrauen.«

Alsogleich schwor ihm der Herzog die heiligsten Eide, daß er nie und nimmermehr irgendeinem Menschen auf Erden etwas verraten werde, weder mit Worten noch durch die Schrift noch durch sein Verhalten. Der junge Mann, der sich auf einen so tugendhaften Fürsten verlassen zu können glaubte, gab nun selbst den Anstoß zu seinem Unglück und sagte zum Herzog: »Vor mehr als sieben Jahren, Herr, lernte ich Eure Nichte, Madame de Vergy, kennen, und da sie Witwe und ohne Anwärter auf ihre Hand war, bewarb ich mich eifrig um ihre Huld. Da ich aber nicht von so hoher Abkunft bin, daß ich sie hätte heiraten können, begnügte ich mich damit, als ihr vertrauter Freund angenommen zu werden; und das war und blieb ich auch. Und Gott hat es gefügt, daß wir uns so vorsichtig trafen, daß nie ein Mensch, weder Mann noch Frau, außer ihr und mir darum wußte. Nun wißt auch Ihr es, Herr, und in Eure Hände lege ich mein Leben und meine Ehre, und ich flehe Euch an, das Geheimnis zu hüten und Eure Frau Nichte deswegen nicht geringer zu achten; denn ich glaube nicht, daß unterm Himmelszelt eine vollkommenere Frau zu finden ist.«

Dem Herzog fiel ein Stein vom Herzen. Denn er kannte die wundersame Schönheit seiner Nichte und zweifelte keinen Augenblick, daß sie dem Junker liebenswerter sein mochte als seine Gemahlin. Da er jedoch nicht verstehen konnte, wie ein solches Geheimnis ohne Mittelsmann gewahrt blieb, bat er ihn, ihm doch zu sagen, wie er es möglich gemacht habe, sie zu sehen. Da erzählte ihm der Junker, wie das Schlafgemach seiner Dame auf einen Garten hinausgehe; an dem Tag, an dem er zu ihr kommen solle, lasse man ein Pförtchen offen, und durch dieses trete er zu Fuß ein und warte, bis er ein Hündchen kläffen höre, das seine Freundin in den Garten hinauslasse, sobald ihre Zofen sich zurückgezogen hätten. Dann begebe er sich alsbald zu ihr und unterhalte sich die ganze Nacht mit ihr. Beim Abschied sage sie ihm dann, an welchem Tage er wiederkommen solle, und noch nie habe er ohne triftigen Grund die Abrede versäumt.

Nun war aber der Herzog über alle Maßen neugierig und hatte seinerzeit wacker der Liebe gefrönt, und so bat er den Junker, teils um seinen Argwohn vollends zu beseitigen, teils auch weil er diese seltsame Geschichte ergründen wollte, ihn das nächstemal, wenn er sich da hinbegebe, mitzunehmen, nicht als seinen Herrn und Gebieter, sondern als bloßen Gefährten. Da der Junker nun einmal so weit gegangen war, willigte er ein und sagte ihm, er habe sich gerade für diesen Abend verabredet. Darüber freute sich der Herzog mehr, als wenn er ein Königreich erobert hätte. Er schützte vor, sich in seinem Ankleidezimmer ausruhen zu wollen, ließ jedoch zwei Pferde für sich und den Junker satteln, und so ritten sie mitsammen die ganze Nacht von Argilly, wo der Herzog wohnte, bis nach Vergy. Sie ließen ihre Pferde draußen vor der Umzäunung, und dann führte der Edelmann den Herzog durch das Pförtchen in den Garten und bat ihn, sich hinter einem Nußbaum verborgen zu halten; von da aus könne er genau sehen, ob er die Wahrheit gesagt habe oder nicht. Er weilte noch nicht lange im Garten, siehe, so begann das Hündchen zu kläffen, und der Junker schritt auf den Turm zu, wo die Dame ihm entgegenkam, ihn begrüßte und umarmte und ihm sagte, es dünke sie, er sei tausend Jahre ferngeblieben; und darauf traten sie alsbald in ihr Gemach und schlossen die Tür hinter sich.

Als der Herzog das ganze Geheimnis mit angesehen hatte, hielt er sich für mehr als zufriedengestellt und brauchte auch nicht mehr allzulange zu warten; der Junker sagte nämlich seiner Dame, er sei genötigt, früher als gewöhnlich wieder wegzugehen, weil der Herzog schon früh um vier Uhr auf die Jagd reiten wolle, und er wage nicht, davon fernzubleiben. Die Dame, der mehr an ihrer Ehre gelegen war als an ihrer Lust, wollte ihn nicht abhalten, seine Pflicht zu tun; denn was ihr bei ihrem Liebesbund am meisten am Herzen lag, war, daß er vor allen Menschen geheimblieb.

So schied der Junker eine Stunde nach Mitternacht von ihr; und seine Geliebte gab ihm in Mantel und Haube das Geleit, allerdings nicht so weit, wie sie gerne gewollt hätte, denn er nötigte sie zur Umkehr, aus Furcht, sie könnte sonst den Herzog treffen. Dann schwangen sich beide auf ihre Rosse und kehrten nach Argilly zurück.

Unterwegs schwor der Herzog dem Junker immer und immer wieder, er werde eher sterben als sein Geheimnis verraten, und er faßte solches Vertrauen und so große Liebe zu ihm, daß am ganzen Hofe keiner bei ihm in höherer Gunst stand. Darob geriet die Herzogin außer sich vor Zorn. Doch der Herzog verbot ihr, je wieder mit ihren Anklagen anzufangen; er kenne jetzt die Wahrheit und sei vollauf beruhigt, denn die Dame, die der Junker liebe, sei wahrhaft liebenswerter als sie.

Diese Worte kränkten die Herzogin so schwer in ihrem Herzen, daß sie eine Krankheit, schlimmer als das hitzigste Fieber, befiel. Der Herzog besuchte sie und wollte sie trösten; aber sie wollte nicht auf ihn hören, solange er ihr nicht sage, wer die schöne, so heißgeliebte Dame sei. Sie setzte ihm so zudringlich mit ihren Bitten und Fragen zu, daß der Herzog zuletzt verärgert das Zimmer verließ und zu ihr sagte: »Wenn Ihr weiterhin so aufsässig mit mir sprecht, werden wir uns trennen müssen.« Diese Worte verschlimmerten die Krankheit der Herzogin. Sie gab vor, sie spüre, wie das Kind in ihrem Leib sich bewege; und das freute den Herzog so sehr, daß er mit ihr schlafen wollte. Doch sowie sie sah, daß er wieder verliebter in sie war, kehrte sie sich auf die andere Seite und sprach zu ihm: »Ich flehe Euch an, Herr, da Ihr weder für Eure Frau noch für Euer Kind Liebe empfindet, laßt uns beide sterben.« Und bei diesen Worten vergoß sie so viele Tränen und schrie so herzzerreißend, daß dem Herzog angst und bange wurde, sie könnte eine Fehlgeburt haben. Darum schloß er sie in seine Arme und bat sie, ihm doch zu sagen, was sie von ihm wolle; es gäbe nichts, was er nicht für sie täte.

»Ach, Herr«, antwortete sie ihm unter Tränen, »wie soll ich hoffen, Ihr würdet meinetwegen etwas Schwieriges tun, wenn Ihr doch nicht einmal das Einfachste und Vernünftigste tun wollt, nämlich mir die Geliebte des böswilligsten Dieners nennen, den Ihr jemals hattet? Ich meinte, Ihr und ich, wir hätten nur ein Herz und eine Seele und seien ein Fleisch. Jetzt aber sehe ich wohl, Ihr haltet mich für eine Fremde, da Ihr ja Eure Geheimnisse, die mir doch nicht verborgen bleiben dürften, vor mir verhehlt, als wäre ich eine fremde Frau. Ach, Herr, Ihr habt mir schon so wichtige und geheime Angelegenheiten anvertraut, über die Ihr mich nie habt sprechen hören, Ihr habt so oft erprobt, daß mein Wille auf das gleiche zielt wie der Eure, und da könnt Ihr noch zweifeln, daß ich nicht mehr nur für mich lebe, sondern ganz Euer eigen bin? Habt Ihr aber geschworen, das Geheimnis des Junkers keinem andern Menschen zu verraten, so verstoßt Ihr ja nicht gegen Euren Schwur, wenn Ihr es mir sagt; denn ich bin doch eins mit Euch und kann nie etwas anderes sein. Ich trage Euch in meinem Herzen, halte Euch in meinen Armen, ich trage ein Kind in meinem Leib, in dem Ihr lebt, und kann doch Euer Herz nicht besitzen, wie Ihr das meine besitzt: nein, je treuer und aufrichtiger ich zu Euch bin, desto grausamer und strenger behandelt Ihr mich. Daher wünsche ich tausendmal jeden Tag, durch einen jähen Tod Euer Kind von einem solchen Vater und mich von einem solchen Gatten zu befreien. Und ich hoffe, das wird bald der Fall sein, da Ihr doch einen ungetreuen Diener höher schätzt als eine Frau, wie ich es für Euch bin, und ihn dem Leben der Mutter Eures Kindes vorzieht, das zugrunde gehen wird, weil ich von Euch nicht erlangen kann, was ich zu wissen am meisten ersehne.«

Während sie das sagte, umarmte und küßte sie ihren Gatten und netzte sein Gesicht mit ihren Tränen und seufzte und schrie so kläglich, daß sich der gutherzige Fürst, der fürchtete, Weib und Kind auf einmal zu verlieren, entschloß, ihr die ganze Wahrheit zu sagen. Doch zuvor schwor er ihr, wenn sie jemals das Geheimnis irgendwem weitersage, werde sie von seiner Hand sterben müssen. Dieses Urteil nahm sie auf sich und hieß solche Strafe gut. Alsbald erzählte ihr der arme, betrogene Gatte alles, was er gesehen hatte, von Anfang bis zu Ende. Sie stellte sich, als wäre sie darüber sehr froh, doch in ihrem Herzen dachte sie ganz das Gegenteil, und nur aus Angst vor dem Herzog verhehlte sie, so gut sie konnte, ihre Leidenschaft.

An einem hohen Festtag, als der Herzog Hof hielt und alle Damen seines Landes dazu geladen hatte, darunter auch seine Nichte, begannen nach dem festlichen Empfang die Tänze, bei denen jeder sein Bestes tat. Doch die Herzogin, die angesichts der Schönheit und Anmut ihrer Nichte, der Madame de Vergy, bittere Qualen ausstand, konnte sich nicht freuen und auch nicht verhindern, daß man ihr die schlechte Laune ansah. Sie rief alle Damen zu sich und ließ sie rings um sich Platz nehmen; dann brachte sie das Gespräch auf die Liebe, und da sie sah, daß ihre Nichte sich nicht daran beteiligte, ging ihr das Herz vor Eifersucht über, und sie fragte: »Und Ihr, schöne Nichte, ist es möglich, daß Eure Schönheit keinen Freund und Verehrer gefunden hat?«

»Madame«, gab ihr Madame de Vergy zur Antwort, »meine Schönheit hat mir keinen Verehrer eingebracht; denn seit dem Tod meines Gatten habe ich keine anderen Freunde gesucht als seine Kinder, und sie genügen vollauf zu meinem Glück.«

»Schöne Nichte, schöne Nichte«, versetzte darauf die Herzogin in maßloser Wut, »keine Liebe ist so geheim, daß man sie nicht entdeckte, und kein Hündchen ist so gut abgerichtet und zahm, daß man sein Gekläff nicht hören könnte.«

»Ich überlasse es euch, meine Damen, euch auszumalen, welchen Schmerz Madame de Vergy in ihrem Herzen fühlte, als sie sah, daß ihre lang verborgene Liebe zu ihrer Schande nun ruchbar geworden war. Die Ehre, die sie so sorgsam gewahrt und jetzt so unglücklich verloren hatte, schuf ihr bittere Qual, mehr aber noch schmerzte sie der Verdacht, ihr Freund habe ihr sein Gelöbnis gebrochen. Nie hätte sie gedacht, daß er das tun könnte, es sei denn aus Liebe zu einer anderen, schöneren Frau, der er im Übermaß seiner Liebe ihr Geheimnis verraten haben mochte. Dennoch war ihre Selbstbeherrschung so groß, daß sie sich nichts anmerken ließ und der Herzogin lachend antwortete, sie verstehe sich nicht auf die Sprache der Tiere. Trotz dieser klugen Verstellung war aber ihr Herz so beklommen, daß sie aufstand und durch das Gemach der Herzogin in eine Kleiderkammer ging, wo der Herzog, der davor auf und ab spazierte, sie eintreten sah.

Als die bejammernswerte Dame sich an einem Ort sah, wo sie sich allein glaubte, sank sie, von Schwäche übermannt, auf ein Bett. Eine Zofe, die im Alkoven saß und ein Schläfchen hielt, erhob sich und blickte durch den Bettvorhang, wer da wohl sein mochte. Als sie aber sah, daß es Madame de Vergy war, die sich allein wähnte, wagte sie sie nicht anzusprechen und lauschte mäuschenstill. Da hob die arme Dame mit erstickter Stimme zu klagen an und sagte: »O ich Unselige! was habe ich hören müssen? Welches Todesurteil mußte ich vernehmen? Was für einen Schicksalsspruch, der mein Ende bedeutet, habe ich empfangen? O du, mein Geliebter, ich habe dich geliebt, wie noch nie ein Mann geliebt war, und das ist nun der Lohn für meine keusche, lautere und tugendhafte Liebe? O mein Herz, hast du so schlecht gewählt und dir für den Treuesten den Treulosesten, für den Wahrhaftesten den Verlogensten, für den Verschwiegensten den Schmähsüchtigsten erkoren? Ach, weh mir! Ist's möglich, daß das, was den Augen der ganzen Welt verborgen war, der Herzogin bekannt geworden ist? Ach, mein Hündchen, so gut erzogen und abgerichtet, du, der einzige Mittler meiner langen, tugendsamen Freundschaft, nicht du hast mich verraten, sondern der Mann, dessen Stimme lauter gellt als das Gebell der Hunde und der ein Herz voll Undank hat, wie es kein Tier haben kann. Er hat, entgegen seinem Schwur und seinem Versprechen, das glückliche Leben ans Licht gebracht, das wir lange Zeit zusammen geführt haben und das ja keinem Menschen zuleide war! O du, mein Freund, du einziger, zu dem Liebe in mein Herz Eingang gefunden hat, du meines Lebens Hort und Schild, soll jetzt, da ich dich als meinen Todfeind ansehen muß, meine Ehre den Winden preisgegeben sein, soll mein Leib in der Erde modern und meine Seele ins Jenseits eingehen für alle Ewigkeit? Ist denn die Schönheit der Herzogin so über alles Maß groß, daß sie Euch völlig zu verwandeln vermochte wie einstmals die Schönheit der Circe? Hat sie Euch aus einem edlen, wohlgesinnten Menschen zu einem lasterhaften gemacht, aus einem guten zu einem bösen, aus einem Menschen zu einem herzlosen Tier? O mein Geliebter, auch wenn du mir dein Gelöbnis gebrochen hast, will ich dir doch das meine halten und dich nie wiedersehen, nachdem du das Geheimnis unserer Liebe ausgebracht hast. Da ich aber auch nicht leben kann, wenn ich dich nicht mehr sehen darf, gebe ich mich willig dem tiefen Schmerz hin, den ich fühle, und will kein Mittel dagegen suchen, weder durch Vernunftgründe noch Arzneien; denn nur der Tod allein wird ihm ein Ende machen, und er wird mir weit willkommener sein, als weiter auf Erden zu leben ohne Freund, ohne Ehre und ohne Glück. Nicht Krieg und nicht Tod haben mir den Freund genommen, nicht Schuld noch Sünde haben mir die Ehre geraubt, nein, ein grausames Geschick hat den Mann, der mir am meisten zu Dank verpflichtet war, zum Undankbaren gemacht und will nun, daß ich das gerade Gegenteil dessen erlebe, was ich verdient hätte. Ja, Frau Herzogin, welche Wonne hat es Euch bereitet, als Ihr mir zum Hohn mein Hündchen vorhieltet! Nun erfreut Ihr Euch des Glücks, das mir allein gehörte! Nun spottet Ihr über mich, weil ich meinte, wenn ich mein Glück sorgsam geheimhielte und tugendhaft liebte, könnte ich dem Spott entgehen! Oh, wie hat dieses Wort mir das Herz zusammengeschnürt, wie bin ich vor Scham errötet, vor Eifersucht erbleicht! Ach, mein Herz, ich fühle wohl, du kannst es nicht länger tragen. Die Liebe, die man dir übel gelohnt hat, verbrennt dich, die Eifersucht wie auch das Unrecht, das man dir antut, erstarren dich zu Eis und machen dich fühllos, und Unwille und Reue erlauben mir nicht, dir Trost zu spenden. Ach, meine arme Seele, du hast ein irdisches Geschöpf zu sehr angebetet und darob den Schöpfer vergessen, nun mußt du in die Hände dessen zurückkehren, dem eitle Liebe dich entrissen hat. Fasse Vertrauen, o meine Seele, und glaube, du wirst in ihm einen besseren Vater finden, als du den, um des willen du ihn so oft vergessen hast, als einen guten Freund erfunden hast. O mein Gott, mein Schöpfer, du bist die wahre und vollkommene Liebe. Durch deine Gnade ist die Liebe, die ich für meinen Freund hegte, von keinem Makel befleckt worden, außer daß ich ihn zu sehr liebte. Ich flehe deine Barmherzigkeit an, mich, meine Seele und meinen Geist zu dir zu nehmen. Ich bereue es bitter, daß ich deinem ersten und gerechten Gebot ungehorsam war, und um des Erlösers willen, dessen Liebe unbegreiflich ist, vergib mir meine Sünde, die ich aus allzugroßer Liebe begangen habe! Denn in dir allein ruht mein ganzes Vertrauen. Und leb wohl, Freund, dessen Name, so gleichgültig er mir ist, mir das Herz zerreißt!«

Nach diesen Worten sank sie hintenüber auf das Bett hin. Ihr Antlitz wurde totenfahl, ihre Lippen wurden blau und die Gliedmaßen eisig kalt.

Im selben Augenblick betrat der Edelmann, den sie liebte, den Saal, und als er die Herzogin mit den Damen tanzen sah, schaute er sich überall um, wo seine Freundin sei. Da er sie aber nicht entdeckte, trat er in das Gemach der Herzogin und fand da den Herzog, der auf und ab wandelte; dieser erriet, was er suchte, und sagte ihm leise ins Ohr: »Sie ist in die Kammer dort gegangen.

Offenbar war ihr nicht gut.« Der Junker fragte, ob er ihm gestatte, zu ihr hineinzugehen, und der Herzog gab ihm freundlich die Erlaubnis. Wie er nun in die Kammer trat, fand er Madame de Vergy, die eben den letzten Schritt ihres Erdenwallens tat. Er schloß sie in seine Arme und fragte voll Angst: »Was ist Euch, Liebste? Wollt Ihr mich denn verlassen?«

Als die unglückliche Dame die Stimme vernahm, die ihr so wohlbekannt war, fand sie wieder ein wenig Kraft und schlug die Augen auf und blickte den Junker an, der an ihrem Tode schuld war. Doch bei diesem einen Blick wuchsen Liebe und Unwille so mächtig an, daß sie mit einem jammervollen Seufzer ihre Seele Gott befahl und verschied.

Der Junker war mehr tot als lebendig und fragte die Zofe, wie denn dieses Leiden über die Dame gekommen sei. Da erzählte sie ihm wörtlich, was sie sie alles hatte sagen hören. Sogleich wurde ihm klar, daß der Herzog seiner Gemahlin ihr Geheimnis verraten hatte. Er geriet in eine namenlose Wut und warf sich über die Leiche seiner Freundin, hielt sie lange in seinen Armen und netzte den Körper mit seinen Tränen. »O ich Frevler! Ich nichtswürdiger, unseliger Freund! Warum ist die Strafe für meinen Verrat nicht über mich gekommen, warum mußte sie, die unschuldig ist, ihn büßen? Warum hat mich nicht ein Blitz vom Himmel erschlagen, als meine Zunge unsere geheime und tugendhafte Liebe verriet? Warum hat sich die Erde nicht aufgetan und den Frevler an Treu und Glauben verschlungen? O meine Zunge, verdorren sollst du zur Strafe wie die Zunge des reichen Mannes in der Hölle! O mein Herz, das vor Tod und Verbannung zagte, von Adlern sollst du unablässig zerfleischt werden wie das Herz Ixions! Ach, weh mir, Liebste, das entsetzlichste Unglück, das unseligste Unheil, das jemals geschah, hat mich getroffen! Ich meinte dich mir zu erhalten und habe dich verloren! Ich glaubte dich noch lange, lange in ehrbarem und frohem Glück am Leben zu sehen, und nun umarme ich eine Tote und bin mit mir selbst zerfallen, entzweit mit meinem Herzen und mit meiner Zunge, daß ich nie wieder froh werden kann. O treuste und lauterste aller Frauen, die je gelebt haben! Ich bekenne mich schuldig, der treuloseste, unbeständigste, abtrünnigste aller Männer zu sein. Wie gerne möchte ich den Herzog anklagen! Auf sein Versprechen hin habe ich ihm alles anvertraut, weil ich hoffte, dadurch unser glückliches Leben weiterführen zu können. Doch, ach! ich hätte wissen müssen, daß niemand mein Geheimnis besser hüten konnte als ich selbst. Der Herzog hatte mehr Grund, sein Geheimnis seiner Gemahlin zu eröffnen, als ich hatte, ihn in das meine einzuweihen. Ich gebe nur mir allein die Schuld an der gemeinsten Niederträchtigkeit, die jemals unter Freunden begangen wurde. Ich hätte es hinnehmen müssen, daß er mich ins Wasser werfen ließ, wie er mir androhte. So hättest du, Liebste, als Witwe weiterleben können, und ich wäre eines ruhmreichen Todes gestorben, getreu dem Gesetz, das wahre Liebe gebietet. Nun aber, da ich es gebrochen habe, bleibe ich leben, und du, weil du makellos liebtest, bist tot; denn dein Herz, so rein und lauter, konnte das Wissen um die Verfehlung deines Freundes nicht überleben. O mein Gott! warum schufst du mich als einen Mann, dessen Liebe so leichtfertig und dessen Herz so dumpf und ahnungslos war? Warum hast du mich nicht als das Hündchen erschaffen, das seiner Herrin treu gedient hat? Ach, Hündchen, mein Freund, die Freude, die dein Kläffen mir bereitete, hat sich in Todestraurigkeit gewandelt, da ein anderer als wir zwei deine Stimme gehört hat. Trotzdem, Liebste, hat weder die Liebe der Herzogin noch irgendeiner andern Frau auf Erden meinen Sinn geändert, obschon mich die Böses Sinnende zu mehreren Malen darum gebeten und bedrängt hat. Doch Blindheit und Unverständnis haben mich bezwungen, glaubte ich doch, unsere Liebe für alle Zukunft sicher bewahren zu können. Aber war ich auch blind, so war ich doch nicht minder schuldig; denn ich habe das Geheimnis meiner Geliebten verraten, bin meinem Gelöbnis untreu geworden, und das ist der einzige Grund, weshalb ich sie jetzt tot vor mir liegen sehe. Ach, Liebste, mir wird der Tod nicht so grausam sein wie dir, denn deinem unschuldigen Leben hat er aus Liebe ein Ende gemacht. Ich glaube, er würde es verschmähen, an mein treuloses und unseliges Herz zu rühren; ein entehrtes Leben und die Erinnerung an den Verlust, den ich durch meine Schuld erlitten habe, sind unerträglicher als zehntausend Tode. Ach, Liebste, hätte jemand aus Mißgeschick oder Heimtücke dich zu töten gewagt, ich hätte dich ohne Zögern mit dem Degen in der Hand gerächt. Somit ist es Grund genug, daß ich dem Mörder nicht verzeihe, der deinen Tod durch eine nichtswürdigere Tat verschuldet hat, als wenn er dir einen Degenstich versetzt hätte. Wüßte ich einen gewissenloseren Henker als mich selber, ich würde ihn bitten, deinen treulosen Freund zu richten. O Liebe! durch mein weltfremdes Lieben habe ich dich beleidigt, und darum willst du mir nicht helfen, wie du ihr beigestanden bist, die alle deine Gebote gehalten hat. Das ist kein Grund, daß ich auf gleich ehrenhafte Art ende, aber Grund genug, daß es durch meine eigene Hand geschieht. Da ich mit meinen Tränen dein Antlitz genetzt und mit meiner Zunge dich um Verzeihung gebeten habe, bleibt mir nur noch übrig, mit eigener Hand meinen Leib dem deinen gleichzumachen und meine Seele dorthin zu senden, wohin auch die deine eingeht, in der Gewißheit, daß treue und ehrenhafte Liebe nie ein Ende nimmt, weder in dieser Welt noch in der andern.«

Und damit riß er sich von dem Leichnam hoch, zog wie rasend und seiner Sinne nicht mehr mächtig seinen Dolch und stieß ihn sich mit wildem Ungestüm ins Herz. Dann nahm er aufs neue seine Freundin in die Arme und küßte sie mit solcher Inbrunst, daß er eher von der Liebe als vom Tode getroffen schien.

Als die Zofe sah, wie er sich erstach, rannte sie zur Tür und schrie um Hilfe. Der Herzog hörte ihr Schreien und ahnte, daß den beiden, die er liebte, ein Unheil zugestoßen war, und er drang als erster in die Kleiderkammer ein. Als er aber das unselige Paar erblickte, versuchte er sie zu trennen, um wenn möglich dem Edelmann das Leben zu retten. Dieser hielt aber seine Geliebte so fest umschlungen, daß man sie nicht aus seinen Armen befreien konnte, bevor er tot war. Trotzdem hörte er noch, wie der Herzog zu ihm sagte: »Ach, wer ist an alledem denn schuld?« und er antwortete ihm mit einem wutglühenden Blick: »Meine Zunge und die Eure, Herr!« Damit verschied er, das Gesicht eng an das seiner Freundin geschmiegt.

Der Herzog, der mehr zu wissen begehrte, zwang die Zofe, ihm alles zu sagen, was sie gesehen und gehört hatte. Das tat sie ausführlich, ohne ihm etwas zu ersparen. Da erkannte der Herzog, daß er an dem ganzen Unheil schuld war, und warf sich über die beiden toten Liebenden hin, küßte sie immer wieder und bat sie unter Tränen und lautem Wehklagen um Verzeihung für seine Untat. Dann sprang er wütend auf, zog den Dolch aus der Brust des Edelmanns, und wie ein Eber, der, von einem Sauspieß durchbohrt, in wilder Wut gegen den anstürmt, der ihn verwundet hat, stürzte nun der Herzog davon, um die Frau zu suchen, die ihn in tiefster Seele verletzt hatte. Er fand sie beim Tanz im Saale und fröhlicher als sonst, weil sie sich gründlich an Madame de Vergy gerächt zu haben glaubte.

Mitten im Tanz faßte sie der Herzog am Arm und sprach zu ihr: »Ihr habt das Geheimnis mit Eurem Leben verbürgt, und mit Euerem Leben sollt Ihr es jetzt büßen!« Bei diesen Worten packte er sie an den Haaren und stieß ihr den Dolch in die Kehle. Die ganze Gesellschaft war darüber so entsetzt, daß man meinte, der Herzog habe den Verstand verloren. Als er aber vollbracht, was er sich vorgenommen hatte, rief er alle seine

Dienstleute im Saal zusammen und erzählte ihnen die tugendreiche und jammervolle Geschichte seiner Nichte und den schurkischen Streich, den seine Gemahlin ihr gespielt hatte; und alle, die das hörten, konnten sich der Tränen nicht erwehren.

Danach befahl der Herzog, daß seine Gattin in einer Abtei bestattet werde, die er stiftete, um wenigstens zum Teil die Sünde zu büßen, die er mit dem Mord an seiner Gemahlin begangen hatte; und ferner ließ er ein prachtvolles Grabmal errichten, in dem die Leichen seiner Nichte und des Edelmanns nebeneinander beigesetzt wurden, und eine Grabinschrift verkündete ihre tragische Geschichte.

Der Herzog aber unternahm einen Kriegszug gegen die Türken, und Gott stand ihm bei, so daß er Ehre und reiche Beute heimbrachte. Bei seiner Rückkunft fand er seinen ältesten Sohn herangewachsen, so daß er fähig war, sein Reich zu regieren. Er überließ ihm alles und trat als Mönch in das Kloster ein, in dem seine Gattin und das Liebespaar bestattet waren, und dort verbrachte er seine alten Tage in glücklichem Einvernehmen mit Gott.

»Das, meine Damen, ist die Geschichte, die ihr mich zu erzählen gebeten habt, und ich sehe an euren Augen, daß ihr sie nicht ohne Mitgefühl angehört habt. Mir will scheinen, ihr solltet euch ein Beispiel daran nehmen und euch hüten, euer Herz an die Männer zu hängen; denn wie achtbar und tugendhaft eure Liebe auch sein mag, zum Schluß kommt immer das bittere Ende hinterdrein und arger Verdruß. Und ihr seht ja, auch Sankt Paulus will nicht, daß selbst verheiratete Leute solch große Liebe zueinander haben. Denn je liebevoller unser Herz an irdischen Dingen hängt, desto mehr entfremdet es sich der himmlischen Liebe; und je achtbarer und tugendhafter unsere Liebe ist, um so schwieriger ist das Band zu lösen, das uns eint. Darum bitte ich euch, meine

Damen, betet zu Gott um seinen Heiligen Geist, durch den eure Liebe so sehr in Gottes himmlischer Liebe entflammt werden mag, daß ihr es im Sterben weniger schwer habt, das zurückzulassen, was ihr auf Erden allzusehr geliebt habt.«

»Wenn doch ihre Liebe so ehrenhaft war, wie Ihr sie uns geschildert habt«, meinte Geburon, »warum mußten sie dann solch ein Geheimnis daraus machen?«

»Weil«, erwiderte Parlamente, »die Bosheit der Menschen so maßlos ist, daß sie niemals glauben können, große Liebe vertrage sich mit Ehrbarkeit; denn sie halten Männer und Frauen für so lasterhaft, wie es ihre eignen Leidenschaften sind. Und darum ist es notwendig, daß eine Frau, die einen guten Freund außer ihren nächsten Anverwandten besitzt, mit ihm in aller Heimlichkeit Umgang pflege, wenn sie lange mit ihm verkehren will; denn die Ehre einer Frau wird gleichermaßen durchgehechelt, ob sie nun tugendhaft liebt oder sündig, dieweil man sich ja nur an das hält, was man sieht.«

»Aber«, wandte Geburon ein, »wird dieses Geheimnis einmal aufgedeckt, so denkt man nur desto Schlimmeres davon.«

»Das gebe ich zu«, erwiderte Longarine. »Darum ist es das allerbeste, man liebt überhaupt nicht.«

»Gegen diesen Spruch verwahren wir uns«, erklärte Dagoucin; »denn müßten wir denken, daß die Damen der Liebe entsagen, möchten wir Männer nicht länger leben. Ich meine jene Männer, die nur um der Liebe willen leben und die, selbst wenn sie leer ausgehen, die Hoffnung aufrecht erhält und tausend ehrenhafte Taten vollbringen läßt, bis das Alter diese ehrenwerten Leidenschaften in andere Leiden verwandelt. Wer aber glaubte, die Damen hätten der Liebe abgeschworen, der dürfte nicht länger das edle Waffenhandwerk betreiben, sondern müßte ein Krämer werden und, anstatt Ehre zu erwerben, nur noch daran denken, Geld zusammenzuraffen.«

»Sohin möchtet Ihr behaupten«, sagte Hircan, »wenn es keine Frauen gäbe, wären wir allesamt Memmen und Bösewichter? Als ob wir nur insoweit beherzt wären, als sie uns dazu machen! Ich bin aber ganz gegenteiliger Ansicht und meine, nichts schwächt Herz und Mut eines Mannes so sehr, wie wenn er die Frauen zu sehr liebt und allzu häufig mit ihnen umgeht. Aus diesem Anlaß verboten die Hebräer, daß ein Mann in dem Jahr, in dem er sich verheiratete, in den Krieg zog, weil sie fürchteten, die Liebe zu seiner Frau könnte ihn vor den Gefahren zurückschrecken lassen, die tapfere Männer eben suchen müssen.«

»Ich finde dieses Gesetz recht sinnlos«, meinte Saffredent; »denn es gibt doch nichts, was einen Mann eher aus seinem Hause forttreiben könnte als das Verheiratetsein, weil nämlich der Krieg draußen nicht unerträglicher ist als der häusliche Krieg. Ja, ich glaube, wollte man den Männern so recht Lust machen, in ferne Länder zu ziehen und nicht in ihren vier Wänden auf der Bärenhaut zu liegen, man müßte sie verheiraten.«

»Es ist wahr«, sagte Ennasuitte, »die Ehe nimmt ihnen die Sorge um ihr Haus ab, denn sie verlassen sich auf ihre Frauen und denken nur noch daran, Ehre zu erwerben, sind sie doch sicher, daß ihre Frauen schon auf ihren Nutzen bedacht sein werden.«

Da antwortete ihr Saffredent: »Wie dem auch immer sei, ich freue mich jedenfalls, daß Ihr meine Meinung teilt.«

»Aber«, warf Parlamente ein, »Ihr erwähnt gar nicht, was am beachtenswertesten ist: warum nämlich der Edelmann, der an all dem Unheil Schuld trug, nicht augenblicks vor Kummer starb wie sein unschuldiges Opfer.«

Nomerfide gab ihr darauf zur Antwort: »Weil Frauen eben tiefer lieben als Männer.«

»Nein«, erwiderte Symontault, »weil der Frauen Eifersucht und Verdruß sie umbringt, ohne daß sie wissen warum. Wohingegen die Klugheit der Männer diese veranlaßt, nach der Wahrheit zu forschen; und haben sie sie mit ihrem gesunden Verstand erkannt, beweisen sie ihr großes Herz, wie der Junker es tat, der, kaum hatte er erfahren, daß er das Unheil seiner Freundin verschuldet habe, zeigte, wie sehr er sie liebte, ohne dabei sein eigenes Leben zu schonen.«

»Jedenfalls starb sie aus wahrer Liebe«, sagte Ennasuitte; »denn ihr treues und aufrichtiges Herz konnte es nicht ertragen, so heimtückisch betrogen worden zu sein.«

»Ihre Eifersucht«, versetzte Symontault, »ließ ihre Vernunft nicht zu Worte kommen, und sie glaubte an das Schlechte, von dem ihr Freund doch wider ihren Verdacht frei war. Und somit war ihr Tod erzwungen, denn sie konnte nichts dagegen tun; er aber starb freiwillig, nachdem er sein Unrecht eingesehen hatte.«

»Die Liebe«, meinte Nomerfide, »muß doch groß sein, daß sie solchen Schmerz hervorrufen kann.«

»Nur keine Angst«, spottete Hircan, »Ihr werdet nicht an solchem Fieber sterben.«

»Ebensowenig«, gab ihm Nomerfide zurück, »wie Ihr Euch umbrächtet, nachdem Ihr Euer Unrecht erkannt hättet.«

Parlamente, die ahnte, daß der Zwist sie nahe anging, sagte lachend zu ihnen: »Es genügt, daß zwei aus Liebe gestorben sind, und es brauchen nicht noch zwei andere aus Liebe einander in die Haare zu geraten. Da höre ich auch schon die letzten Töne des Vespergeläutes, und wir müssen aufbrechen, ob's euch nun lieb ist oder nicht.«

Auf ihre Aufforderung hin erhoben sich alle und begaben sich in die Messe und vergaßen in ihren Gebeten auch nicht die Seelen der wahrhaft Liebenden, für welche die Mönche aus freien Stücken ein *De Profundis* sprachen.

Und solange das Nachtmahl währte, sprachen sie von nichts anderem als von Madame de Vergy. Nachdem sie sich darauf gemeinsam noch ein bißchen die Zeit vertrieben hatten, zog sich jeder in seine Kammer zurück, und so beschlossen sie den siebenten Tag.

# DER ACHTE TAG

*Am achten Tag wird von den größten und wahrhaftesten Narrheiten gesprochen, aus denen jeder lernen kann*

Als der Morgen anbrach, erkundigten sie sich, ob die Arbeit an ihrer Brücke munter voranginge, und erfuhren, daß sie in zwei oder drei Tagen vollendet sein könnte. Das hörten ein paar von der Gesellschaft nur ungern. Es wäre ihnen recht lieb gewesen, hätte die Arbeit noch länger gedauert; denn dann hätte das Glück ihres sorgenlosen Lebens länger gewährt. Da sie aber sahen, daß sie nur noch zwei oder drei Tage dieser glücklichen Zeit vor sich hatten, entschlossen sie sich, sie nicht ungenützt verstreichen zu lassen, und baten Madame Oisille, ihnen wie gewohnt ihre geistliche Nahrung zu spenden. Das tat sie, behielt aber die Gesellschaft länger zurück als zuvor; denn sie wollte, bevor sie voneinander Abschied nahmen, die erste Epistel des heiligen Johannes noch zu Ende auslegen. Das machte sie so vortrefflich, daß es war, als spräche der Heilige Geist voll Liebe und Sanftmut aus ihrem Munde.

Ganz entflammt von diesem Feuer, begaben sie sich alle in die Messe und gingen hernach zum Mittagsmahl, wo sie noch immer vom vergangenen Tag sprachen und nicht glauben konnten, daß sie einen ebenso schönen noch einmal erleben würden. Um ihr möglichstes zu tun, zogen sie sich alle in ihre Kammern zurück, bis zu der Stunde, da sie sich auf dem grünen Gras der Wiese zusammenfanden, wo sie auch die Mönche trafen, die bereits ihre Plätze eingenommen hatten.

Als sich alle hingesetzt hatten, fragten sie, wer beginnen solle, und Saffredent sprach: »Ihr habt mir die Ehre erwiesen, mich an zwei Tagen den Anfang machen zu lassen. Mir scheint darum, es geschähe den Damen Unrecht, wenn nicht auch eine von ihnen zweimal anfangen dürfte.«

»Dann müssen wir also«, entgegnete Madame Oisille, »noch lange hier verweilen, oder einer von euch oder eine von uns hat eben nie einen Tag beginnen können.«

»Was mich betrifft«, erklärte Dagoucin, »wäre ich erwählt worden, ich hätte meinen Platz Saffredent abgetreten.«

»Und ich«, sagte Nomerfide, »hätte den meinen Parlamente überlassen; denn ich bin es so gewöhnt zu dienen, daß ich nicht gebieten könnte.«

Damit war die ganze Gesellschaft einverstanden, und Parlamente hob an wie folgt: »Meine Damen, die vergangenen Tage waren mit so vielen weisen Geschichten angefüllt, daß ich euch bitten möchte, der heutige soll den größten und wahrhaftesten Narreteien gewidmet sein, die uns nur einfallen mögen. Um euch also recht in Gang zu bringen, will ich beginnen.«

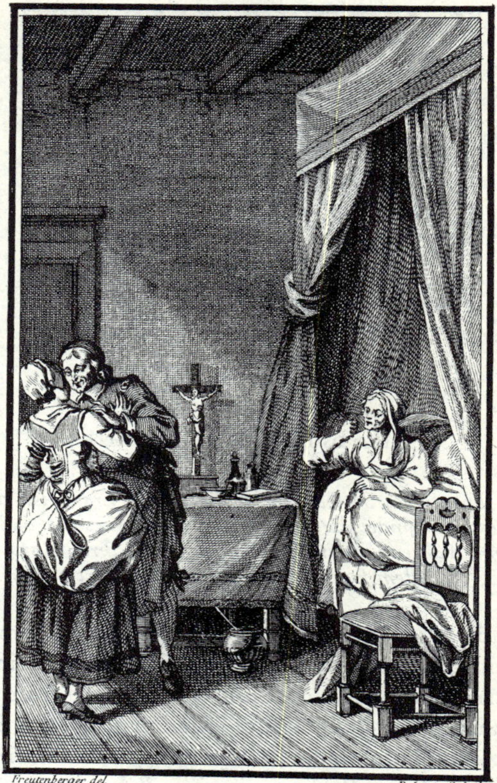

Freutenberger del　　　　De Longueil Sculp

## Einundsiebzigste Geschichte

*Die Frau eines Sattelmachers, die schwer krank ist, wird gesund und findet die Sprache wieder, als sie sieht, daß ihr Mann, während sie im Sterben liegt, mit ihrer Magd auf dem Bett allzu vertraulich schäkert*

In der Stadt Amboise lebte einst ein Sattelmacher namens Brimbaudier. Er war Sattler der Königin von Navarra, ein Mann, an dessen Gesichtsfarbe man schon erkennen konnte, wes Geistes Kind er war, und daß er eher zu den Dienern des Bacchus gehörte als zu den Priestern der Diana. Er war mit einer liebenswerten Frau vermählt, die seinen Haushalt klug und verständig führte, und er lebte mit ihr glücklich und zufrieden.

Eines Tages sagte man ihm, seine wackere Frau sei krank und in großer Gefahr, und darüber zeigte er sich höchlich bestürzt. Ungesäumt eilte er nach Hause, um ihr beizustehen, und fand die Ärmste so sterbenskrank, daß sie eher einen Beichtiger nötig hatte als einen Arzt. Darob brach er in klägliches Jammern aus. Doch wollte ich ihn euch recht lebendig vorstellen, so müßte ich noch mit der Zunge anstoßen wie er, und vor allem müßte ich sein Gesicht und seine Haltung nachmachen.

Nachdem er ihr alle Handreichungen geleistet hatte, die nur in seiner Macht standen, verlangte sie nach einem Kruzifix, das man ihr auch brachte.

Als der gute Mann das sah, warf er sich ganz verzweifelt auf ein Bett, schrie laut und lallte mit seiner ungelenken Zunge: »Ach, mein Gott! Ich verliere meine liebe arme Frau! Was fang ich nur an, ich Unglückseliger!« und andere solche Wehklagen mehr.

Als er zuletzt sah, daß niemand sonst in der Kammer war als eine junge Magd, ein recht hübsches und molliges Ding, rief er sie leise zu sich und sprach zu ihr: »Liebes Kind, es bringt mich fast um, es drückt mir schier das Herz ab, wenn ich sehen muß, wie deine Herrin stirbt! Ich weiß nicht, was ich tun, was ich sagen soll, ich kann mich nur noch auf dich verlassen und dich bitten, für mein Haus und meine Kinder zu sorgen. Da, nimm die Schlüssel an meiner Seite und kümmere dich um den Haushalt, denn ich weiß nicht mehr aus noch ein.« Das arme Mädchen hatte Erbarmen mit ihm und sprach ihm Trost zu, bat ihn auch, nicht zu verzweifeln, damit sie nicht auch noch ihren guten Herrn zusammen mit ihrer Herrin verliere. Er aber gab ihr zur Antwort: »Ach, Kind, es geht nicht, ich muß sterben. Sieh nur, wie kalt mein Gesicht ist, leg deine Wangen an die meinen und wärme sie mir.« Und während er das sagte, griff er ihr an die Brüste, und das wollte sie zuerst nicht leiden. Doch er bat sie, sich nicht zu ängstigen, denn sie müßten sich ein bißchen näher kennenlernen. Damit umfing er sie mit seinen Armen und warf sie auf das Bett.

Seine Frau, die nichts zu ihrer Gesellschaft hatte als das Kruzifix und das Weihwasser und auch seit zwei Tagen kein Wort mehr gesprochen hatte, begann mit ihrer schwachen Stimme, so laut sie konnte, zu schreien: »He! he! he! ich bin noch nicht tot!« Dann drohte sie ihnen mit der Faust und schrie abermals: »Du Schuft! Bösewicht! ich bin noch nicht gestorben!«

Als der Gatte und die Magd ihre Stimme hörten, fuhren sie vom Bett auf; aber sie war so ergrimmt, daß die Zorneshitze alle Feuchtigkeit ihres Katarrhs, der sie am Sprechen hinderte, zum Trocknen brachte, so daß sie ihnen alle Schimpfwörter an den Kopf warf, die ihr nur einfielen. Und von Stund an begann sie zu genesen, aber nicht ohne daß sie ihrem Gatten immer wieder die geringe Liebe vorhielt, die er ihr entgegenbrachte.

»Ihr seht, meine Damen, was für Heuchler die Männer sind und wie sie für ein bißchen Trost die Trauer um ihre Gattin völlig vergessen!«

»Was wißt Ihr schon?« wandte Hircan ein. »Vielleicht hatte er gehört, das sei das beste Mittel, seine Frau gesund zu machen. Denn wenn er sie nicht durch seine gute Behandlung kurieren konnte, so wollte er vielleicht versuchen, ob ihr das Gegenteil besser anschlage. Das hat er denn auch wirklich herausgebracht. Ich wundere mich nur, daß ihr, die ihr doch Frauen seid, die Natur eures Geschlechts so klar aufgezeigt habt, gesundet ihr doch eher durch Ärger und Zorn als durch Sanftmut.«

»Soviel ist sicher«, meinte Longarine, »solch ein Ärger würde mich nicht nur aus dem Bett aufjagen, sondern sogar aus einem Grabmal wie diesem da.«

»Und was tat er ihr denn eigentlich zuleide«, fragte Saffredent, »wenn er sich mit der andern tröstete? Er glaubte ja, sie sei gestorben. Man weiß doch, das Band der Ehe dauert nur so lange wie das Leben; nachher aber ist man frei und ungebunden.«

»Jawohl, ungebunden«, schalt Oisille, »frei von Eid und Pflichten! Aber ein edles Herz ist nie von den Pflichten der Liebe entbunden! Wie bald war doch die Trauer dieses Mannes vergessen, da er nicht einmal warten mochte, bis seine Frau verschieden war!«

»Was ich aber am sonderbarsten finde«, sagte Nomerfide, »ist, daß er doch den Tod und das Kruzifix vor Augen hatte und daß ihm gleichwohl nicht die Lust verging, sich gegen Gottes Gebote zu versündigen.«

»Fürwahr, ein einleuchtender Grund!« lachte Symontault. »Ihr würdet Euch also nicht wundern, wenn einer eine solche Sünde beginge, wofern es nur weit von Kirche und Gottesacker geschähe?«

»Macht Euch nur über mich lustig, soviel Ihr wollt«, versetzte Nomerfide, »es ist dennoch so, daß der Gedanke an den Tod ein Herz geziemend abkühlt, es mag noch so jung sein.«

»Ich würde Eure Meinung teilen«, erwiderte Dagoucin, »hätte ich nicht aus dem Munde einer Prinzessin das gerade Gegenteil vernommen.«

»Das heißt also«, sprach Parlamente, »daß sie darüber eine Geschichte wußte. Ist es so, dann gebe ich Euch meinen Platz, und Ihr erzählt sie uns.«

Dagoucin begann also wie folgt.

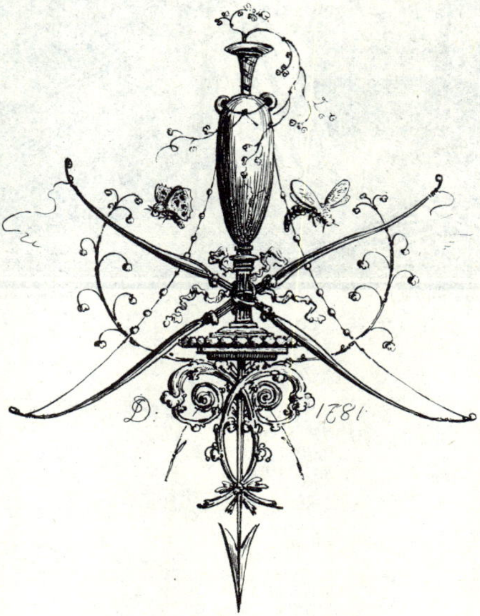

*Freutenberger del* — *De Longueil Sculp.*

## Zweiundsiebzigste Geschichte

*Während ein Mönch das letzte Werk der Barmherzigkeit vollbringt und einen Toten einsargt, verrichtet er mit einer Nonne das Werk der Fleischeslust und schwängert sie*

In einer der schönsten Städte Frankreichs, die nicht weit hinter Paris zurücksteht, gab es ein Spital, eine reiche Stiftung, bestehend aus einer Priorin und fünfzehn oder sechzehn Nonnen; und in einem anderen Flügel vorn lebten ein Prior und sieben oder acht Mönche, die täglich Gottesdienst abhielten und die Messe lasen. Die Nonnen dagegen beteten nur ihre Vaterunser und sprachen ihre Gebete zur Muttergottes, weil sie mit der Pflege der Kranken betraut waren.

Eines Tages lag ein armer Mann im Sterben, und alle Barmherzigen Schwestern versammelten sich an seinem Sterbebett. Nachdem sie umsonst alle Mittel an ihm versucht hatten, die ihm vielleicht noch Gesundung bringen konnten, ließen sie einen von den Mönchen rufen, damit er ihm die Beichte hörte. Als sie dann sahen, daß er schwächer und schwächer wurde, reichten sie ihm die Letzte Ölung, und er verlor nach und nach die Sprache.

Da es aber eine geraume Weile dauerte, bis er verschied, und er scheinbar immer noch hören konnte, sprachen sie ihm alle so tröstlich zu, wie sie nur konnten, bis sie es schließlich müde wurden. Denn da die Nacht einbrach und es allmählich spät wurde, gingen sie eine nach der andern zu Bett. Nur eine der jüngsten harrte aus, um den Toten in die Leichentücher zu hüllen; und mit ihr blieb ein Mönch zurück, den sie mehr fürchtete als den Prior oder sonstwen, weil er in seinen Worten und in seinem Wandel besonders streng war. Und nachdem sie dem Kranken recht laut und eindringlich ihr »Jesus!« ins Ohr geschrien hatten, erkannten sie, daß er hinübergegangen war. Darum hüllten sie ihn in die Leichentücher und legten ihn in den Sarg. Während sie nun zusammen dieses letzte Werk der Barmherzigkeit verrichteten, begann der Mönch vom Elend des Erdenlebens und von der Seligkeit des Sterbens zu sprechen; und mit solchen Reden ging die Mitternacht vorbei. Die arme Nonne hörte diesen frommen Worten andächtig zu und schaute ihn mit Tränen in den Augen dabei an. Das schuf ihm so große Wonne, daß er sie, während er vom Leben im Jenseits sprach, sanft in seine Arme nahm, als wollte er sie auf seinen Armen ins Paradies tragen.

Das arme Nönnlein hing an seinen Lippen, und da sie ihn für den frömmsten Mönch des ganzen Klosters hielt, wagte sie nicht, es ihm zu verweisen. Als der schurkische Mönch das sah, redete er unentwegt weiter von Gott und vollbrachte derweilen mit ihr das Werk, das ihnen der Teufel unversehens eingab; denn vorher hatten beide nicht daran gedacht. Währenddessen versicherte er ihr, eine heimliche Sünde werde vor Gott nicht angerechnet, und zwei Menschen, die durch nichts gebunden seien, könnten in einem solchen Fall keineswegs sündigen, wenn kein Ärgernis daraus entstünde. Darum müsse sie sich, um das zu vermeiden, wohlweislich hüten, es einem andern als ihm selbst zu beichten.

Somit trennten sie sich. Sie ging zuerst weg, und als sie durch eine der Kapellen der Kirche Unserer lieben Frau kam, wollte sie, wie es ihre Gewohnheit war, ihr Gebet verrichten. Und als sie anfing: »Heilige Jungfrau Maria!« fuhr ihr auf einmal durch den Sinn, daß sie jetzt den Namen Jungfrau für immer verloren habe, ohne Gewalt oder Liebe erlitten zu haben, sondern einzig aus dummer Angst. Darob brach sie in heftiges Weinen aus, als müßte ihr das Herz brechen.

Der Mönch, der von weitem dieses Seufzen und Schluchzen hörte, ahnte ihren Sinneswandel und fürchtete, er könnte fortan um seine Lust betrogen sein. Um das zu verhüten, kam er eilends herbei und fand sie auf den Knien vor dem Bild der Gottesmutter liegen. Er tadelte sie scharf und sagte ihr, wenn ihr Gewissen sie plage, brauche sie ihm nur zu beichten und es nicht wieder zu tun, wenn sie nicht wolle; denn das eine wie das andere stehe ihr frei, ohne daß es eine Sünde sei.

Die einfältige Nonne ging im Glauben, sie gehorche damit Gottes Gebot, zu ihm zur Beichte; doch statt ihr eine Buße aufzuerlegen, schwor er ihr, sie sündige mitnichten, wenn sie ihn liebe, und Weihwasser vermöge eine solch geringe Sünde ohne weiteres zu tilgen. Sie glaubte ihm mehr als Gottes Geboten und kehrte nach einiger Zeit zu ihm zurück und war ihm abermals zu Willen. So kam es, daß sie schwanger wurde; sie empfand aber so heftige Reue darüber, daß sie die Priorin anflehte, sie möchte doch diesen Mönch aus dem Kloster verjagen lassen, denn sie wisse, er sei so durchtrieben, daß er sie gewiß wieder verführen werde.

Die Äbtissin und der Prior, die ein Herz und eine Seele waren, lachten sie nur aus und sagten ihr, sie sei groß genug, um sich eines Mannes zu erwehren; und zudem sei der Angeschuldigte ein überaus tugendhafter Mann.

Zuletzt aber ließ ihr die Sache keine Ruhe mehr, und

ihr Gewissen plagte sie so sehr, daß sie um Erlaubnis bat, nach Rom pilgern zu dürfen; denn sie meinte, wenn sie ihre Sünde zu Füßen des Heiligen Vaters bekenne, könne sie dadurch ihre Jungfräulichkeit wiedererlangen. Das erlaubten ihr der Prior und die Priorin gerne, denn sie sahen es lieber, daß sie gegen die Ordensregel als Pilgerin nach Rom ginge, als daß sie im Kloster vergraben bliebe und dadurch in schwere Gewissensnöte geriete. Auch fürchteten sie, ihre Verzweiflung könnte sie am Ende gar dazu bringen, das Klosterleben aufzugeben; und so gaben sie ihr denn Geld, damit sie ihre Reise antreten konnte.

Aber Gott fügte es, daß sie eines Abends in Lyon nach der Vesper auf der Empore der Sankt-Johanniskirche stand, wo die Frau Herzogin von Alençon, die später Königin von Navarra wurde, mit drei oder vier ihrer Frauen insgeheim eine neuntägige Andacht abhielt. Während die Herzogin nun vor dem Kruzifix kniete, hörte sie jemanden heraufkommen und erkannte beim Schein der Lampe, daß es eine Nonne war. Da die Herzogin ihren Gebeten lauschen wollte, zog sie sich in die Ecke beim Altar zurück. Die Nonne, die sich allein wähnte, fiel auf die Knie, schlug sich an die Brust und begann so herzzerbrechend zu weinen und zu schluchzen, daß es ein Jammer war, und rief in einem fort: »Ach, mein Gott! erbarme dich der armen Sünderin!«

Die Herzogin wollte wissen, was das zu bedeuten hatte, trat zu ihr und fragte sie: »Mein Kind, was ist Euch, und wo kommt Ihr her? Was führt Euch an diesen Ort?« Die arme Nonne, die sie nicht kannte, antwortete ihr: »Ach weh, liebe Dame, mein Unglück ist so groß, daß ich nur noch zu Gott meine Zuflucht nehmen kann, und ich flehe zu ihm, daß er mir einen Weg zeige, wie ich mit der Frau Herzogin von Alençon sprechen kann; denn nur ihr allein werde ich meine Angelegenheit erzählen, bin ich doch gewiß, sie wird, wenn es überhaupt möglich ist, einen Ausweg finden.«

»Liebes Kind«, sprach die Herzogin zu ihr, »mit mir könnt Ihr sprechen wie zu ihr selbst, denn ich gehöre zu ihren vertrautesten Freundinnen.«

»Verübelt es mir nicht«, erwiderte die Nonne, »aber außer ihr darf niemand mein Geheimnis erfahren.«

Da sagte ihr die Herzogin, sie möge nur ganz offen zu ihr sprechen, denn sie sei die Gesuchte. Die arme Nonne warf sich ihr zu Füßen, weinte und jammerte lange und erzählte ihr dann, was ihr bereits von ihrer erbarmungswürdigen Geschichte gehört habt.

Die Herzogin tröstete sie so liebreich, daß sie ihr, ohne ihr jedoch die ewige Reue über ihre Sünde abzunehmen, die Reise nach Rom ausredete. Danach schickte sie die Ärmste in ihre Priorei zurück und gab ihr Briefe an den Bischof der Stadt mit, in denen sie Befehl gab, den anstößigen Mönch aus dem Kloster zu verjagen.

»Diese Geschichte habe ich von der Herzogin selbst gehört, und ihr könnt daraus ersehen, meine Damen, daß Nomerfides Rat nicht bei allen Menschen verfängt. Denn die beiden, die den Toten wuschen und in die Leichentücher hüllten, wurden gleichwohl von ihrer geilen Begierde befleckt.«

»Das ist ein Vorhaben«, meinte Hircan, »wie es wohl bis dahin noch kein Mann in die Tat umgesetzt hat: vom Tod sprechen und dabei die Werke des Lebens tun.«

»Sündigen ist kein Werk des Lebens«, sagte Oisille; »denn man weiß wohl, daß Sünde den Tod zeugt.«

»Glaubt mir«, sprach Saffredent, »diese armen Leute dachten mitnichten an diese ganze Theologenweisheit. Doch gleich wie die Töchter Lots ihren Vater betrunken machten, weil sie meinten, auf diese Weise könnten sie das Menschengeschlecht fortdauern lassen, so wollten auch diese beiden nur wiedergutmachen, was der Tod in diesem Toten zunichte gemacht hatte, indem sie einen ganz neuen Menschen zeugten. Darum sehe ich gar nichts Böses dabei außer den Tränen der armen Nonne, die in einem fort weinte und doch immer wieder zu dem zurückkehrte, der an diesen Tränen schuld war.«

»Ich habe ihrer zur Genüge gesehen«, sagte Hircan, »die gleichzeitig ihre Sünden beweinen und sich über ihre Lust freuen.«

»Mir schwant, auf wen Ihr damit abzielt«, sagte Parlamente. »Sein Lachen hat lange genug gewährt, und es wäre an der Zeit, daß das Weinen begänne.«

»Schweigt still«, versetzte Hircan, »das Trauerspiel, das mit Lachen angefangen hat, ist noch nicht zu Ende.«

»Sprechen wir von etwas anderem«, meinte Parlamente, »mir scheint, Dagoucin ist von unserem Beschluß abgekommen, der doch dahin lautete, daß wir nur lustige Geschichten erzählen wollten, über die man lachen könnte. Die seine war gar zu traurig.«

»Ihr habt gesagt«, erwiderte Dagoucin, »ihr wollt nur Narreteien erzählen, und mich dünkt, dagegen habe ich nicht verstoßen. Doch damit ihr eine vergnüglichere Begebenheit zu hören bekommt, gebe ich meine Stimme an Nomerfide weiter und hoffe, sie wird meinen Fehler wiedergutmachen.«

»Ich habe tatsächlich eine Geschichte zur Hand«, antwortete diese, »die würdig ist, auf die Eure zu folgen; sie handelt nämlich ebenfalls von Mönchen und vom Tod. Hört mir also gut zu, wenn ich bitten darf.«

Hier enden die Geschichten und Novellen
der weiland Königin von Navarra,
soweit man sie hat auffinden können

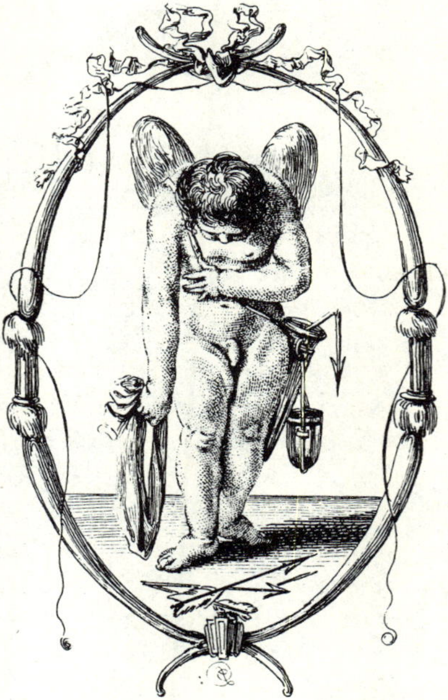

## NACHWORT

Als im Jahre 1494 der Heereszug Karls VIII. gegen Neapel die Franzosen zum erstenmal in großem Umfang mit der blühenden italienischen Renaissancekultur in Berührung brachte und damit für Frankreich ein neues Zeitalter eröffnete, war die Verfasserin des *Heptameron*, die an der Entwicklung dieser neuen Kultur in Frankreich später so großen Anteil haben sollte, gerade zwei Jahre alt. Sie wurde am 11. April 1492 im Schloß zu Angoulême im Südwesten Frankreichs als erstes von zwei Kindern des Grafen Charles d'Angoulême und seiner Gattin Louise de Savoie geboren und auf den Namen Marguerite getauft. (Ihre Titel, Herzogin von Alençon und Königin von Navarra, erwarb sie sich durch ihre beiden Heiraten. Der ihr durch Abstammung väterlicherseits zustehende Beiname »von Valois« ist für den heutigen Gebrauch recht ungeschickt, weil er häufig zu Verwechslungen mit ihrer gleichnamigen Großnichte und Frau ihres Enkels Henri IV. führt, die sich durch ihre lebendigen Memoiren gleichfalls literarischen Nachruhm erworben hat.)

Die Jugendjahre Marguerites standen unter einer ungeheuren Spannung, deren Ursache die Existenz ihres Bruders François war, der, 1494 geboren, durch besondere genealogische Umstände zum wohlbehüteten Mittelpunkt der Familie werden sollte. Als nämlich 1498 der Vetter des Grafen von Angoulême, Louis XII., zur Regierung kam, war für den Bruder Marguerites die Thronfolge in greifbare Nähe gerückt, falls – dies war die einzige Voraussetzung – auch aus der zweiten Ehe des Königs kein männlicher Erbe hervorginge. Auf dieser Hoffnung war die Erziehung der beiden Geschwister aufgebaut; und es war deshalb auch ganz natürlich, daß Marguerite im Schatten ihres Bruders aufwuchs, den sie dennoch zeitlebens innig verehrte und liebte, obwohl er in ihrem späteren Leben ihre Liebe oftmals mit Füßen trat.

Da Marguerites Vater schon bald nach der Geburt seines Sohnes gestorben war, lag die Erziehung der Kinder, wenigstens zunächst, völlig in Händen der Mutter. Die noch junge Louise de Savoie verzichtete auf eine durchaus mögliche zweite Heirat, um sich ganz ihrer hohen Aufgabe widmen zu können: »libris et liberis«, wie es ihre schöne Devise ausdrückt. Aber die Zukunft ihrer Kinder war, solange der König lebte und seine Frau gesund war, immer bedroht. Ihr Tagebuch verrät uns, mit welch bangen Gefühlen Louise jedem Kindbett der Königin entgegensah. Doch das gefürchtete Ereignis, die Geburt eines männlichen Erben, trat nicht ein, so daß sich der kränkliche König allmählich mit der Nachfolge François' abfand und sich sogar um seine Erziehung kümmerte. Er ließ Louise scharf überwachen und nahm ihr zeitweilig die Erziehung ihrer Kinder ganz aus der Hand.

Die für die Formung ihres Charakters und ihrer späteren Neigungen entscheidenden Jahre verbrachte Marguerite in Blois, wo sie in Blanche de Tournon eine verständnisvolle und liebenswürdige Gouvernante fand. Im Gegensatz zu ihrem Bruder, dessen joviale, dem Vergnügen ergebene Natur den Studien nur oberflächlich zugetan war, erwies sich Marguerite von Anfang an als eine sehr intelligente und wißbegierige Schülerin. Sie machte es ihren Lehrern nicht schwer, ihr eine gediegene Bildungsgrundlage zu vermitteln, an die sie in reiferen Jahren mit ihren eigenen Bemühungen anknüpfen konnte. Vor allem Robert Hurault und François de Rochefort, der Philosophie- und der Lateinlehrer, übten damals einen starken Einfluß auf sie aus. Hauptgegenstand des Unterrichts war das Latein, aber Philosophie und biblische Geschichte gehörten auch zum Programm ihrer Studien. Ihre Mutter brachte ihr Spanisch und das immer wichtiger werdende Italienisch bei. Für eigene Lektüre stand ihr im Schloß von Blois eine für damalige Verhältnisse sehr reichhaltige Bibliothek zur Verfügung, die noch durch einen Teil der Bibliothek ihrer Väter aus Cognac bereichert war. Zu ihren Lieblingsbüchern muß schon in dieser frühen Zeit die Bibel gezählt haben.

Mit sechzehn Jahren begleitete Marguerite ihren Bruder an den königlichen Hof, wo dessen Anwesenheit als zukünftiger Schwiegersohn des Königs – François heiratete 1514 die älteste Tochter des Königs – und möglicher Thronfolger erwünscht war. Ohne ihren Willen zu erkunden, bestimmte Louis XII. ihr den Herzog von Alençon zum Mann, nachdem einige frühere Heiratsprojekte gescheitert waren. Im Dezember 1509 wurde die Ehe geschlossen; eine jener vielen politischen Heiraten, die nur dazu dienten, politische Macht- und Besitzverhältnisse zu klären. Die erzwungene Heirat mit einem ungeliebten und um vieles älteren Mann war die erste große Enttäuschung im Leben Marguerites.

Sie zog nun mit ihrem Mann in dessen Residenz. Die Jahre, die sie bis zum Regierungsantritt ihres Bruders in der öden Provinzstadt Alençon verbrachte, gehören – abgesehen von den wenigen kurzen Aufenthalten am Hof – zu den langweiligsten ihres Lebens. Charles d'Alençon entsprach in keiner Weise dem Bild, das sie sich von ihrem künftigen Mann gemacht hatte. Sie, die in ihrem Innern den höchsten Begriff von Liebe hegte, mußte nun an der Seite eines Mannes leben, dem jeglicher Sinn für feinere Gefühle und geistige Betätigung fehlte. Er war lediglich ein guter Kriegsmann. Die aufgespeicherte Liebe, die sie ihrem Gatten nicht schenken konnte, übertrug sie in den Jahren ihrer ersten Ehe auf ihren Bruder.

Nach dem Tod Anne de Bretagnes im Jahre 1514 versuchte Louis XII. durch eine hastig geschlossene dritte Ehe mit der jungen, unverbrauchten Schwester des englischen Königs doch noch zu einem eigenen Thronerben zu gelangen. Aber noch bevor irgendein Anzeichen die

Erfüllung seines Wunsches verriet, erlag der sieche König in der Neujahrsnacht 1515 den Anstrengungen seiner späten Flitterwochen. Die große Stunde des Hauses Angoulême war gekommen.

Ein neuer Geist zog am französischen Hof ein. Man kann sich den plötzlichen Wandel, der jetzt vor sich ging, gar nicht kraß genug vorstellen. An die Stelle eines kränklichen, dem Althergebrachten verhafteten Monarchen war ein lebenslustiger, in jeder Beziehung genießerisch veranlagter junger Mann getreten, der dem gesellschaftlichen Leben in Frankreich durch seine jugendliche Verve neue Impulse gab. Der französische Hof schien aus einem Dornröschenschlaf erwacht.

Mit einem Schlage änderte sich nun auch das Leben Marguerites. Ihr Bruder holte sie samt ihrem Gatten an den Hof. In den kommenden Jahren hatte sie reiche Gelegenheit, die durch Veranlagung und Erziehung in sie gelegten Keime zu entfalten. Marguerite kümmerte sich von Anfang an besonders um Literatur und Kunst und um die Förderung der Wissenschaft. Selbst mit einer nicht geringen dichterischen Sensibilität begabt, suchte sie die Freundschaft der Dichter. Seit 1518 war Clément Marot, der bedeutendste Dichter der ersten französischen Renaissancegeneration, für einige Jahre als Kammerdiener in ihren Diensten. Künstler und Gelehrte warben um ihre Gunst. Durch den Zauber ihrer Persönlichkeit wurde sie bald die Erste Dame Frankreichs, noch vor der Königin, die nach der Etikette diesen Rang hätte einnehmen sollen.

Unter dem Eindruck der lutherischen Bewegung in Deutschland bildete sich seit 1521 um den Bischof von Meaux, Briçonnet, ein Kreis von Männern, denen die Erneuerung des Glaubens durch Besinnung auf das Evangelium am Herzen lag. Mit diesem Kreis, dem unter anderen Lefèvre d'Etaples, der berühmte Bibelübersetzer, angehörte, trat Marguerite in Verbindung. Ihr reger Briefwechsel mit Briçonnet erstreckt sich über vier Jahre.

Die Frucht dieser Begegnung war ihre verstärkte Hinwendung zu einer mystischen, im Gedanken der Liebe gipfelnden Frömmigkeit, die vor allem durch die Lektüre des Evangeliums genährt wurde. Ohne sich äußerlich von den Dogmen der katholischen Kirche zu trennen, stand sie fürderhin den Gedankengängen der Reformation offen und wohlwollend gegenüber. Das Evangelium wurde ihr die einzige Richtschnur gottgefälligen Lebens. Die göttliche Gnade hielt sie für notwendig, um das ewige Heil zu erlangen. Die Spuren ihrer besonders gefärbten Religiosität lassen sich noch in ihrem *Heptameron* nachweisen. Doch war sie auch gegenüber dogmatischen Erscheinungen auf seiten der Reformierten skeptisch. Als sich Calvin später immer mehr in seine fixe Idee von der Prädestination verrannte, wollte sie, die ihm in seinen Anfängen Schutz und Unterschlupf gewährt hatte, nichts mehr von ihm wissen. In diese erste Zeit besonders starker religiöser Besinnung fällt auch ihr erstes bekanntes Gedicht, ein Dialog in Form einer nächtlichen Vision (*Dialogue en forme de vision nocturne*, um 1525), in dem sie sich mit den sie quälenden religiösen Problemen herumschlug und dessen Form, die Terzine, sie von Dante, einem ihrer Lieblingsautoren, entlieh.

Aber auch auf anderen Gebieten war Marguerite in jener Zeit tätig. Ihr Bruder hielt viel von ihrer Meinung in politischen Fragen. Sie galt allgemein als seine Beraterin, zusammen mit ihrer Mutter. Als François I. nach der unglücklichen Schlacht von Pavia in die Hände Karls V. fiel und in Madrid gefangengehalten wurde, scheute sich Marguerite nicht, dort hinzureisen, um – wenn auch mit wenig Erfolg – direkt mit dem Kaiser zu verhandeln. Diese Reise trug ihr, trotz ihrer Erfolglosigkeit, in ganz Frankreich bei hoch und niedrig große Sympathien ein. Während der Gefangenschaft ihres Bruders war sie neben ihrer Mutter, der Regentin, die wichtigste politische Persönlichkeit des Königreichs. Sie empfing Gesandte und hatte das Recht, ihnen verbindliche Weisungen zu erteilen. Auch nach der Rückkehr des Königs spielte Marguerite politisch noch eine Rolle, obwohl ihr im Lauf der Zeit der Connétable de Montmorency den Rang als erster Berater ablief. Beim berühmten »Damenfrieden von Cambrai« im Jahre 1529, der den Konflikt zwischen Frankreich und Habsburg für einige Jahre beilegte, war sie, neben ihrer Mutter und der Tante Karls V., die Dritte im Bunde der verhandelnden Damen.

Eine weitere Folge der Schlacht von Pavia war der Tod ihres ersten Gatten, der sich bei der Flucht eine tödliche Rippenfellentzündung zugezogen hatte. Obwohl sie ihn nie sonderlich gemocht hatte, pflegte sie ihn in seinen letzten Tagen aufopfernd. Nach ihrer Rückkehr aus Spanien bahnte sich zwischen ihr und dem jungen König von Navarra, Henri d'Albret, eine echte Zuneigung an. Marguerite entschloß sich, ein zweites Mal zu heiraten. Aber auch diese Ehe führte nach kurzem Glück zu einer Enttäuschung, weil der von ihr geliebte Mann bald seine eigenen Wege ging und sie betrog. Sie stellte nun ihr Leben immer mehr in den Dienst ihres Bruders und der Erneuerung des religiösen Lebens. In Gedichten voll echter Empfindung, aber von holpriger Form tröstete sie sich über ihre Enttäuschungen hinweg. 1531 erschien ihr erster Band mit religiösen Gedichten, der *Miroir de l'Ame pécheresse*.

Die reformatorische Bewegung, die von Marguerite nach Kräften unterstützt wurde, hatte in den zwanziger Jahren immer mehr an Raum gewonnen. Die verlorene Schlacht von Pavia mit ihren Folgen: Gefangenschaft des Königs, Abwesenheit seiner Schwester von Paris brachte einen ersten Rückschlag. Die von orthodoxen Theologen beherrschte Sorbonne benützte die entstandene Verwirrung, um gegen den Kreis von Meaux vorzugehen. Briçonnet, der Freund Marguerites, wurde von den Pariser Franziskanern vor ein Tribunal geladen. Seine Freunde, Lefèvre d'Etaples und dessen Schüler Gérard Roussel, flohen nach Straßburg. Erst die Rückkehr des Königs nach Paris im März 1526 setzte den Prozessen ein Ende und gab den Geflüchteten Gelegenheit zurückzukehren. Aber Briçonnet war durch die Prozesse mit den Franziskanern für immer mit dem Verdacht der Häresie behaftet und dadurch mundtot gemacht. Lefèvre wurde von Marguerite als Bibliothekar und Prinzenerzieher im Schloß Blois untergebracht, wo er ungestört an seiner Bibelübersetzung weiterarbeiten konnte. Doch wie ein Keulenschlag wirkte 1529 die Nachricht, daß Louis de Berquin, ein lutherisch gesinnter Schützling Marguerites, den ihre Fürsprache zweimal aus dem Gefängnis befreit hatte, auf dem Scheiterhaufen verbrannt worden war. Dieser Vorfall machte Marguerite vorsichtig. Sie berief einige Zeit danach Lefèvre nach Nérac an ihren kleinen gaskognischen Musenhof, wo er außer Gefahr war.

Das Jahr 1531 brachte Marguerite, ein gutes halbes Jahr nach der Trauer um ihren als Säugling verstorbenen Sohn Jean, erneut einen herben Verlust. Im September sprengte der Tod ihrer Mutter die vielbewunderte königliche »Trinität« von Mutter, Sohn und Tochter. Ohne den Beistand ihrer Mutter hatte Marguerite von nun an viel mehr Mühe, den schwankenden Sinn ihres Bruders zu lenken. Das zeigten bereits die nächsten Jahre.

Die klärende Auseinandersetzung zwischen den Vertretern der dogmatisch verknöcherten Sorbonne-Theologie und den Anhängern einer von ihren Auswüchsen befreiten und sich in ihrer Lehre ausschließlich auf das Evangelium stützenden Theologie war mittlerweile nicht mehr aufzuhalten. Marguerite gab dazu in gewissem Sinne selbst den Anstoß. Sie ließ in der Fastenzeit 1533, während ihr Bruder in der Pikardie weilte, ihren Schützling Roussel im Louvre das Evangelium predigen. Der Zulauf war so stark, daß dreimal der Saal gewechselt werden mußte. Die Theologen der Sorbonne waren außer sich und bereiteten sofort einen Gegenfeldzug vor. In den Kirchen traten Gegenprediger auf; und Anfang Mai gab man eine Liste verdächtiger Äußerungen Roussels heraus, deretwegen man ihn unter Anklage stellen wollte. Die Wut der Parteien, von Béda, dem Syndikus der Sorbonne, vorzüglich geschürt, wuchs schließlich derart an, daß ein Volksaufstand zu befürchten war. Da griff der König endlich ein und verbannte, bevor die Frage der Häresie Roussels entschieden war, den Syndikus Béda wegen Anstiftung zum Aufruhr nach Mont-St. Michel. Aber die Theologen der Sorbonne gaben keine Ruhe. Im Oktober 1533 benützten sie die erneute Abwesenheit des Königs, um im Collège de Navarre eine wüste Farce aufführen zu lassen, in der, unter sehr durchsichtiger Maskierung, Marguerite und ihr Günstling Roussel verhöhnt wurden. Um dem lästerlichen Treiben Einhalt zu gebieten, mußte das Collège mit Brachialgewalt erstürmt werden. Der Gegenschlag der Sorbonne war die Aufnahme der im Frühjahr 1533 erschienenen erweiterten Neuauflage von Marguerites *Miroir de l'Ame pécheresse* (die erste Ausgabe von 1531 war übrigens völlig unbeanstandet geblieben!) in ihre Liste verbotener Bücher. In dieser kritischen Situation rief Marguerite wiederum ihren Bruder um Hilfe an, der diesmal energisch vorging und die Sorbonne zwang, das Buch seiner Schwester sofort aus der Liste suspekter Bücher zu streichen und sich zu entschuldigen. Ermutigt durch diesen Rückzieher der orthodoxen Theologen, konnte es der Rektor der Universität, Nicolas Cop, wagen, am 1. November zur Fakultätseröffnung eine großenteils von seinem jungen Freund Calvin verfaßte Rede über die christliche Philosophie zu halten, in der zwar leicht verblümt, aber dennoch deutlich einem evangelischen Christentum das Wort geredet wurde. Cop und Calvin, über ihren eigenen Mut erschrocken, flohen zunächst; aber das große Gewitter blieb aus, weil der König, der die politische Verbindung mit den deutschen Protestanten gegen seinen Erzfeind Karl V. suchte, noch nichts gegen die Reformierten unternehmen mochte. Marguerite wollte aus dieser günstigen Situation möglichst viel Kapital schlagen. Sie trug sich in dieser Zeit mit dem Gedanken, Melanchthon nach Frankreich zu holen, um durch ihn, den sie für einen besonnenen Mann hielt, eine vernünftige Reform der französischen Kirche in die Wege leiten zu lassen. Aber die an sich günstige Lage wurde über Nacht zerstört durch eine ausgesprochene Wahnsinnstat einiger Übereifriger. In der Nacht vom 17. zum 18. Oktober 1534 wurden in Paris, Blois, Tours, Orleans und sogar an der Tür des königlichen Schlafgemachs Plakate gegen die Messe und die katholische Kommunionspraxis angeschlagen. Durch diesen Vorfall ließ sich der bis dato neutrale König von der Gefährlichkeit der reformatorischen Bewegung überzeugen und ergriff drastische Maßnahmen. Verhaftungen wurden vorgenommen; Scheiterhaufen flammten auf. Eines der ersten Opfer war der Verleger von Marguerites *Miroir*, Antoine Augereau, den gerade die Herausgabe dieses Buches zu Fall brachte. Marguerite selbst hielt es für klüger, Paris in dieser Schreckenszeit den Rücken zu kehren. Auch mochte sie nicht der Hetzjagd beiwohnen auf jene Menschen, über die sie bis zuletzt ihre schützende Hand gehalten hatte. Sie begab sich in ihr eigenes Königreich.

Des Königs Wut war anfänglich durch nichts zu besänftigen. Im Januar 1535 ließ er sich sogar zu einem allgemeinen Verbot des Buchdrucks hinreißen, das er aber nicht lange aufrechterhalten konnte. Die Atmosphäre am Hof war auf lange Zeit vergiftet. Jetzt begannen jene Jahre, in denen der größte Dichter des Landes, Clément Marot, im Exil oder im fernsten Winkel des Landes leben mußte, weil es den Muckern in der Residenz gefiel, ihn zu verdächtigen.

Marguerite zog es vor, ihrem Bruder und dem Hof für einige Zeit fernzubleiben. Ihr Königreich im äußersten Südwesten Frankreichs wurde ein Refugium der Verfolgten. Calvin hielt sich hier kurze Zeit auf, bevor er in die Schweiz ging. Lefèvre verbrachte, wie wir sahen, bei der Königin von Navarra seine letzten Jahre.

Marot benützte den Hof in Nérac als Durchgangsstation auf der Flucht nach Italien. Und so noch mancher andere.

Der 1536 erneut ausbrechende Konflikt mit Habsburg führte die beiden königlichen Geschwister wieder einander zu. Bei einem Aufenthalt des Hofes in Lyon traf Marguerite nach längerer Zeit wieder ihren Bruder. In Lyon bewarb sich bei dieser Gelegenheit ein junger Dichter um eine Stelle in ihrem Haushalt und erhielt sie auch: Bonaventure Des Périers, ein Freigeist und gleich seiner Gönnerin Verfasser einer Novellensammlung – einer der vielen Literaten seiner Zeit, die sich nur in der Umgebung der toleranten Königin von Navarra völlig sicher fühlten.

Zwar begleitete Marguerite ihren Bruder zunächst ins Heerlager und beriet ihn bei seinen Verhandlungen mit Karl V., aber die sich häufenden Differenzen zwischen ihm und ihr brachten sie schließlich so weit, daß ihr statt der großen Politik ihre eigenen Belange wichtiger wurden. Sie begann die partikularistische Politik ihres Gemahls zu unterstützen, der auf eigene Faust mit Karl V. verhandelte, um eine Abgrenzung ihrer Interessen im Südwesten Frankreichs zu erreichen. Marguerites Ziel wurde es nun, ihrer Tochter Jeanne ihr Erbe ungeschmälert zu erhalten. Eine Zeitlang liebäugelte sie mit dem Plan, ihre einzige Tochter mit dem spanischen Infanten Philipp zu vermählen. Aber dieser Traum wurde jäh zerstört durch den unbeugsamen Entschluß ihres Bruders, seine Nichte mit dem Herzog von Cleve zu verbinden, um diesen Bundesgenossen im Kampf gegen Habsburg stärker an sich zu ketten. Am 14. Juni 1541 wurde die Hochzeit gegen den Willen Marguerites und der erst dreizehnjährigen Braut vollzogen.

Obwohl sich François I. in dieser Eheangelegenheit so rücksichtslos über den Willen seiner Schwester hinweggesetzt hatte, schien diese mehr als zuvor in seiner Gunst zu stehen. Anfänglich schluckte sie auch tapfer die schwere Kränkung ihres Mutterherzens hinunter, um weiterhin ihrem Bruder förderlich zu sein. Als sie aber fühlte, daß der Riß zwischen ihm und ihr auf die Dauer doch nicht mehr zu heilen war, kehrte sie endgültig in ihr Königreich Navarra zurück, um nur noch selten und dann für ganz kurze Zeit bei Hof zu erscheinen.

In ihren letzten Jahren führte Marguerite nun endlich ein völlig zurückgezogenes Dasein, wie sie es sich erträumt haben mochte: ganz den Musen und der Meditation geweiht. Ihr Leben spielte sich zwischen ihren Schlössern in Mont-de-Marsan, Pau und Nérac ab, gelegentlich unterbrochen durch kleine Reisen in den Süden Frankreichs. Meist lebte sie in ihrer Residenz in Nérac, wo sie einen Kreis gebildeter Menschen um sich versammelt hatte. Jeder ihrer Sekretäre und Kammerdiener hatte eigene literarische Leistungen aufzuweisen. Den begabtesten unter ihnen, Bonaventure Des Périers, verlor sie 1544 durch einen bis heute nicht geklärten Selbstmord.

Viele Übersetzungen wurden in diesen Jahren auf ihr Geheiß angefertigt. Dabei lagen ihr vor allem die Werke Platons und seiner italienischen Interpreten des 15. Jahrhunderts am Herzen. Die Übersetzung des *Dekameron*, die ihr Sekretär Antoine Le Maçon 1545 dem Druck übergab, hatte sie wahrscheinlich auf die Idee gebracht, mit Boccaccio auf ihre Weise zu wetteifern. Literarisch gesehen wurden diese letzten Jahre zur fruchtbarsten Zeit ihres Lebens. Etwa seit 1542 scheint sie begonnen zu haben, jene Geschichten zu verfassen, aus denen sie ihr Novellenbuch formte.

Als sich im Jahre 1545 das Verhältnis ihres Bruders zu seinem Bundesgenossen im Herzogtum Cleve abgekühlt hatte, konnte Marguerite mit Erfolg die Auflösung der erzwungenen Ehe ihrer Tochter betreiben. Aber die Freude über die zurückgekehrte Tochter sollte nur ein paar Jahre währen. Im Frühjahr 1547 starb ihr innig geliebter Bruder. Obwohl sie seit langem wußte, daß er krank war, und sie daher mit seinem Tod rechnen mußte, hielt man es für besser, ihr die traurige Nachricht vierzehn Tage zu verheimlichen. Ihr Schmerz kannte keine Grenzen. Monatelang zog sie sich in ein Kloster zurück, wo sie in religiöser Besinnung ihren Kummer zu bewältigen suchte. Die literarische Frucht ihrer Trauer um den Bruder war ein im Kloster Tusson verfaßtes, erst im vorigen Jahrhundert entdecktes Gedicht von beinahe fünfhundert Terzinen, in dem der verstorbene Bruder der Trauernden im Traum erscheint.

Von Henri II., dem Sohn ihres Bruders, hatte Marguerite nichts mehr zu erhoffen. Ihre Zeit war vorüber. Eine neue Generation trat ihren Lauf an. Zur Krönung des neuen Königs erschien sie gar nicht mehr. Sie hatte resigniert. Aber noch war das Maß ihrer Enttäuschungen nicht voll. Sie, die alles darangesetzt hatte, ihre Tochter aus ihrem ersten ehelichen Joch zu befreien, konnte nicht verhindern, daß der junge König, ohne sie als Mutter zu fragen, ihre Tochter – diesmal freilich mit Zustimmung der Braut! – mit Antoine de Bourbon vermählte, dessen Schwäche sie durchschaut hatte.

In ihrem letzten Lebensjahr unternahm Marguerite noch einmal eine Badereise nach Cauterets in den Pyrenäen, wo sie so oft geweilt hatte und das auch für die Rahmengeschichte ihrer Novellensammlung als Ausgangspunkt diente. Hier war sie für kurze Zeit wieder glücklich wie in den Tagen ihrer Jugend: ihre Tochter besuchte sie; und das Glück der jungen Ehefrau strahlte auf die Mutter zurück, die sich mit dem unerwünschten Schwiegersohn aussöhnte. Um so schwerer fiel ihr diesmal der Abschied; es war der letzte. Mutter und Tochter trösteten sich noch ein paar Wochen durch einen kleinen poetischen Briefwechsel über die Schmerzen der Trennung.

Im September 1549 zog sich Marguerite in das einsame Schlößchen Odos im Pyrenäenvorland zurück, wo sie sich gelassen auf den herannahenden Tod vorbereitete. Dieser ereilte sie am 21. Dezember 1549.

Marguerite d'Angoulême, Königin von Navarra, war eine der bedeutendsten und zugleich liebenswürdigsten Gestalten der französischen Frührenaissance. Als Schwester des Königs hatte sie die einzigartige Möglichkeit, schützend ihre Hände über das neue Geistesleben zu breiten und die Entwicklung neuer Ideen und Ideale durch ihre eigene Anteilnahme zu fördern. Vieles, was offiziell ihrem Bruder zugeschrieben wird, geht eigentlich auf ihre Anregungen zurück. Ihrem Bruder waren Literatur und Künste nur zusätzliche Mittel der Prachtentfaltung; ihr waren sie ein Herzensanliegen. Gerade in Krisenzeiten, in denen sich der schwankende Sinn des Königs besonders deutlich offenbarte, folgte sie unbeirrt ihrem einmal eingeschlagenen Weg. Ihr jedem Fanatismus und extremen Dogmatismus abholder Charakter machte sie zum objektiven Anwalt der Verfolgten. Ihre Toleranz, gepaart mit wirklicher Menschenliebe, erlaubte es ihr, auch ausgesprochenen Freigeistern Unterschlupf und Anstellung zu gewähren.

Einer ihrer Hauptwesenszüge von Jugend an war ein unersättlicher Wissensdurst. Sie war dauernd bemüht, die Grundlagen ihrer Bildung zu erweitern. Den in der Jugend erlernten Sprachen, Latein, Spanisch, Italienisch, fügte sie als schon ältere Frau noch eine gewisse Kenntnis des Griechischen hinzu. Auch in die Welt des Hebräischen ließ sie sich durch einen Humanisten einführen. Ihre Lektüre war noch stark mittelalterlich bestimmt, wie überhaupt im Frankreich des frühen 16. Jahrhunderts. Sie zeigt sich vertraut mit den altfranzösischen Ritterromanen (die sie vielleicht in modernisierten Bearbeitungen las) und vor allem mit dem *Rosenroman*, dessen Liebeskasuistik sie sich besonders zu eigen macht. Sie kennt Dante, obwohl sie bei der Lektüre der *Divina Commedia* wahrscheinlich im ersten Drittel des Inferno steckengeblieben ist. Gewisse Stellen in ihren Gedichten lassen vermuten, daß ihr auch verschiedene Schriften der deutschen Mystiker nicht unbekannt geblieben sind. Am leichtesten waren ihr Nikolaus von Cues und eventuell Seuse zugänglich.

Die beiden Hauptquellen aber, aus denen Marguerite immer wieder zur Entwicklung ihrer eigenen Gedankenwelt schöpfte, waren die Bibel und die Schriften Platons, freilich nicht der originale Platon, sondern ein christlich zurechtgestutzter, wie er von den italienischen Kommentatoren dargeboten wurde. Ihre Frömmigkeit, die im Laufe der Jahre so vielen Einflüssen unterworfen war, mündete gegen Ende ihres Lebens wieder in jenen ganz vom Gefühl gespeisten Mystizismus ein, zu dem sie einst schon Briçonnet hingeführt hatte und der vielleicht am meisten ihrer Veranlagung entsprach.

Die Spuren ihrer Geisteshaltung finden wir am besten in ihren Dichtungen wieder, die ihr ganzes Leben begleiten. Neben bedeutungslosen Gelegenheitsreimereien schrieb sie eine Reihe von Liebesgedichten, weltlichen und geistlichen Schauspielen und sogar Farcen. Aber ihre bedeutendste Leistung, abgesehen von ihrem *Heptameron*, stellen doch ihre religiösen Gedichte dar. Sie sind der Beginn der Gedankenlyrik in Frankreich. Völlig auf sich gestellt, machte sich Marguerite von den hemmenden dichterischen Konventionen ihrer gelehrten Vorgänger, der »Rhétoriqueurs«, frei, die unter rhetorischem Schwulst jede echte Empfindung erstickt hatten. Leider besaß Marguerite kein Formgefühl. Außerdem war sie als Dichterin reine Autodidaktin, so daß ihr das technische Rüstzeug fehlte. Ihre Gedichte, deren frischer und aufrichtiger Ton uns auch heute noch zu ergreifen vermag, stoßen oftmals durch ihre ungeschliffene Form ab. Trotzdem sind sie ein wichtiger Markstein in der Entwicklung der französischen Lyrik.

Marguerite hat ihr Dichten nie mit den Ambitionen eines Berufsliteraten betrieben. Deshalb hat sie von sich aus nur wenig veröffentlicht. Nach den schlechten Erfahrungen mit der Neuauflage ihres *Miroir de l'Ame pécheresse* von 1533 wurde sie doppelt vorsichtig. Die

1547 in Lyon erschienene Sammlung ihrer Dichtungen hat ihr Sekretär Jean de La Haye zusammengestellt und herausgegeben. Danach erschien zu ihren Lebzeiten nichts mehr. In ihren letzten Lebensjahren entstand noch eine ganze Reihe von Gedichten, darunter das gedanklich reifste: die *Prisons (Gefängnisse)*, eine Allegorie in drei Gesängen von nahezu sechstausend Versen, in der sie unter der Maske eines Mannes die Summe ihres Lebens zog. Die drei »Gefängnisse«, in denen sie sich nacheinander befand, waren die Liebe, der Ehrgeiz und die Wissenschaft. Diese und die anderen späten Dichtungen Marguerites schlummerten mehr als drei Jahrhunderte unerkannt und unbeachtet in einer Handschrift der Bibliothèque Nationale in Paris, bis sie von Abel Lefranc entdeckt und 1896 herausgegeben wurden. Anders sollte es ihrer Novellensammlung ergehen.

Im Jahr 1558 erschien in Paris unter dem Titel *Histoire des Amans fortunez* eine anonyme, ohne erkennbare Ordnung zusammengewürfelte Sammlung von siebenundsechzig Novellen, die trotz der Vermummung und Verstümmelung die erste Ausgabe der Novellen Marguerite de Navarres darstellt. Ein Jahr später und genau zehn Jahre nach dem Tod der Verfasserin brachte der Pariser Drukker Gruget eine *L'Heptaméron des Nouvelles . . . de Marguerite de Valois, Royne de Navarre* betitelte, erweiterte und korrigierte *(. . . remis en son vray ordre, confus auparavant en sa première impression . . .)* Ausgabe der Novellen heraus, die er Jeanne de Navarre, der Tochter der Verfasserin, widmete. Auch diese Ausgabe ist unvollständig, aber sie enthält den Rahmen mit der Tageseinteilung. Auf ihr beruhen alle späteren Ausgaben.

Die Tatsache, daß das Buch in seiner erhaltenen Form mit der Ankündigung einer neuen Novelle abbricht, und der Prolog mit dem Hinweis auf die hundert Novellen Boccaccios als Vorbild beweisen, daß das Buch eigentlich hundert Geschichten in einer Zehn-Tage-Einteilung umfassen sollte und daß der Titel *Heptameron*, Siebentagewerk, nur ein von den Herausgebern erfundener Verlegenheitstitel ist. Die Frage ist nur: hinterließ Marguerite ihr Werk bereits unvollständig, oder ging der letzte Teil erst nachträglich verloren? Diese Frage findet ihre Antwort, sobald man die Entstehungszeit des *Heptameron* (wie wir es der Einfachheit halber nennen wollen) erkundet. Einen Schlüssel hierzu liefern uns der Prolog mit seinen Anspielungen und einige Novellen, in denen zeitgenössische Ereignisse verarbeitet oder erwähnt werden. Die im Prolog gerühmte Boccaccio-Übersetzung, die die Anregung zum *Heptameron* gegeben haben soll, wurde 1545 veröffentlicht. Die einige Zeilen später genannten historischen Ereignisse fallen teilweise ins Jahr 1546. Da Marguerite 1546 zufälligerweise im September die Bäder von Cauterets besuchte, wie die vornehme Gesellschaft ihres *Heptameron,* spricht viel dafür, daß sie den Prolog noch 1546 verfaßte, aber auf keinen Fall früher. Die Erzählungen und Anekdoten, die sie in ihre Sammlung aufnahm, mögen zum größten Teil schon früher von ihr gesammelt und auch literarisch fixiert worden sein. Aber unter den Novellen ist zumindest eine, die erst in der allerletzten Zeit ihres Lebens abgefaßt worden sein kann, weil sie eine Episode schildert, die sich nach der zweiten Hochzeit ihrer Tochter, das heißt nach dem 20. Oktober 1548, abgespielt hat (66. Geschichte). Wahrscheinlich hat Marguerite bis in ihre letzten Tage an ihrer Novellensammlung gearbeitet. Es ist durchaus möglich, daß bei ihrem Tod die Rohmaterialien für den Rest des *Heptameron* schon bereitlagen, aber der Rahmen ist sicher nur bis zur 73. Geschichte gediehen. (Eine andere Version wäre die, daß Marguerite ihr Werk nicht mehr fertigstellen wollte, weil sie die Lust daran verlor.) Schon kurz nach dem Tod Marguerites kursierte ihre Novellensammlung in Abschriften. Keine dieser frühen Abschriften enthält mehr als die spätere Buchausgabe. Daß aber auch damals manche Leute glaubten, der Rest der Sammlung sei nur verschollen, zeigt das Beispiel der schönsten uns erhaltenen Handschrift, die glücklicherweise datiert ist (8. August 1553): diese Handschrift (BN Paris Ms. fr. 1524) trägt den Titel *Décaméron ... de Marguerite de France ...* und enthält am Schluß achtundzwanzig leere Blätter, die die restlichen achtundzwanzig Novellen nach ihrer Auffindung aufnehmen sollten.

Die Zweifel, die man an der Verfasserschaft Marguerites gehegt hat, sind so unbegründet, daß man sie mit wenigen Worten abtun kann. Sowohl die Ausgabe von 1559 als auch alle wichtigen früheren Handschriften des *Heptameron* nennen Marguerite de Navarre als Verfasserin. Den Rahmen der Sammlung, in dem Personen aus der nächsten Umgebung der Königin, sie selbst mit eingeschlossen, porträtiert sind, konnte nur ein mit den Verhältnissen genau Vertrauter geschrieben haben. Daß dieser Jemand sie selbst war, zeigen einige Novellen, in denen eigene Erlebnisse wiedergegeben sind (vergleiche die Geschichten 22, 28, 62, 66, 72).

Im Prolog des *Heptameron* wird ganz offen ausgesprochen, wo das Vorbild für die Komposition dieser Novellensammlung zu suchen ist. Marguerite wollte wie Boccaccio ein Zehntagewerk schreiben, aber mit ganz anderen Absichten. Ein Vergleich zwischen beiden ist bloß sinnvoll, wenn er ihre Unterschiede hervorhebt, denn gemeinsam haben sie nur zwei Äußerlichkeiten: die Hundertzahl der Novellen und die Idee des Rahmens. Und gerade die Funktion des Rahmens bei beiden zeigt am besten ihre grundsätzlich verschiedenen Absichten. Bei Boccaccio, der – wie er selbst sagt – mit seinen Novellen nur Grillen und Melancholie vertreiben will, hat der Rahmen nur den Zweck, seinen Novellen eine gefällige Verklammerung zu geben. Im übrigen interessieren ihn ausschließlich künstlerische Probleme. Marguerite kann sich – das muß man von vornherein sagen – als Erzählerin mit Boccaccios Eleganz nicht messen. Aber sie tritt, was »Kunstfertigkeit« und »rhetorische Schönheiten« betrifft, auch gar nicht mit ihm in Wettbewerb. Man wird ihrem Werk nur gerecht, wenn man die außerordentliche Bedeutung des Rahmens im *Heptameron* begreift.

Während es im allgemeinen so ist, daß die Schale dem Kern dient, ist es hier umgekehrt: der Rahmen enthält die Thesen, zu denen die Novellen die Beispiele liefern. Das *Heptameron* ist im Grunde nichts anderes als Marguerites Beitrag zu der in ihrer Generation heiß diskutierten Frage nach dem Wesen der echten Liebe. (In den vierziger Jahren des 16. Jahrhunderts entbrannte ein poetischer Krieg um die Frage, wer die »parfaite amie« sei: die Kurtisane oder die platonische Geliebte?) Marguerite vertritt den platonischen Standpunkt. Aber da sie keinen einseitigen Traktat schreiben will, greift sie zu der literarischen Fiktion der geschichtenerzählenden Gesellschaft. Durch die Diskussionen mit Rede und Gegenrede erweckt sie viel eher das Interesse des Lesers an diesen liebeskasuistischen Fragen, als es ein Traktat vermocht hätte.

Wer durch den Prolog in das Werk eintritt, erhält zunächst wie bei Boccaccio den Eindruck, als handle es sich bei dem nun folgenden Geschichtenerzählen um einen reinen Zeitvertreib ohne tiefere Absichten. Lediglich der Vorschlag der ältesten Teilnehmerin, Oisille, die Zeit durch Bibellektüre zu kürzen, schlägt einen etwas ernsthafteren Ton an. Diese Irreführung geschieht bewußt. Sie entspricht einem alten Grundsatz, lehrhafte oder moralische Tendenzen in gefälligem Gewande anzubieten. Marguerite ist darauf bedacht, sich nie den Vorwurf der Pedanterie zuzuziehen. Sie weiß genau, daß man dem Leser oder Zuhörer nie zuviel Ernst zumuten darf. Daher der (nicht streng eingehaltene) Wechsel zwischen ernsten und heiteren Novellen. Nur so sind auch die gelegentlich eingestreuten unflätigen Geschichten (zum Beispiel die 11. Geschichte) zu erklären. Wer der Verfasserin wegen des oft ziemlich freien Tons ihres Buches einen Vorwurf machen will, sollte vorher bedenken, daß gerade das 16. Jahrhundert in diesen Dingen noch viel unbefangener und weitherziger war als wir. Mit dem Wandel der Konventionen muß man rechnen. Außerdem lag es in der Absicht des Buches, durch individuelle Charakterisierung der Erzähler einen weiten Spielraum von Meinungen zu erhalten, was sich natürlich auch auf die Auswahl und Tonart der Erzählungen auswirkte.

Das *Heptameron* ist eine psychologische Studie des Themas »Liebe und Ehe« in allen seinen Variationen. Diese besondere Perspektive mußte auch die Erzähltechnik beeinflussen. Im Gegensatz zu anderen Novellisten ihrer Zeit räumt Marguerite der Schilderung ihrer Schauplätze auffallend wenig Platz ein. Selbst im Prolog, wo eine Landschaftsschilderung am ehesten zu erwarten wäre, umgeht sie diese durch den Hinweis, zu einer wahrheitsgemäßen Beschreibung bedürfe es eines Boccaccio. Auch in den Novellen sind alle nicht für die Handlung wesentlichen äußeren Details meist unterdrückt. Dafür ist dem Dialog und der Analyse innerer Vorgänge große Beachtung geschenkt. Entstehung und Wandlung menschlicher Leidenschaften beanspruchen die Aufmerksamkeit des Erzählers.

Im Prolog des *Heptameron* wird als einzige Bedingung von den Geschichtenerzählern verlangt, daß ihre Geschichten wahr seien. Nun darf man solchen Äußerungen gerade in Prologen nie ohne weiteres trauen, weil es sich oft um dichtungstheoretische Topoi handelt, an die sich in Wirklichkeit niemand hält. In Frankreich war es zum Beispiel schon seit den *Cent Nouvelles nouvelles* im 15. Jahrhundert üblich, Boccaccio den Mißbrauch des Wortes »Novelle« für seine erfundenen Geschichten vorzuhalten, indem man »Novelle« etymologisch als »unerhörte Neuheit« auffaßte und sich gleichzeitig durch die Beteuerung der Wahrheit der eigenen, meist ebenso erfundenen Novellen gegenüber dem genialeren Vorgänger einen Vorsprung sichern wollte. Aber bei Marguerite de Navarre wird dieser Wahrheitsanspruch beinahe vor jeder Erzählung erneut betont. Dies hängt wiederum mit der Absicht des ganzen Werkes zusammen. Um als Stütze einer

Behauptung stichhaltig zu sein, mußte eine exemplarische Novelle unbedingt wahr sein. Die Auffassung ihrer Novellen als »exempla« ist einer der mittelalterlichen Züge bei Marguerite de Navarre.

Wie viele der Novellen des *Heptameron* erweisen sich auch nach kritischer Prüfung als wirklich »wahr« und von literarischen Vorbildern unabhängig? Diese Frage hat schon manchen literarischen Detektiv beschäftigt. Aber große Überraschungen gab es dabei nicht. Abgesehen von der altfranzösischen Vorlage der 70. Geschichte, die im *Heptameron* selbst genannt wird, hat man wenig direkte Vorlagen gefunden. Da die Zahl der Grundsituationen – komischer wie tragischer –, die es zwischen Mann und Frau gibt, sehr begrenzt ist, ist es nicht verwunderlich, wenn in der Novellistik immer wieder dieselben erotischen Themen und Motive behandelt werden. Manches schon früher behandelte Thema kann Marguerite durchaus auf mündlichem Wege von irgendeinem ihrer gelehrten Diener aufgeschnappt haben, der es irgendwo gelesen hatte. Auf jeden Fall hat sie bei keinem ihrer Vorgänger bewußt abgeschrieben, am allerwenigsten bei Boccaccio, dessen Stoffe jedermann bekannt waren. In den Fällen, in denen nachweisliche Übereinstimmungen mit anderen Novellen bestehen, hat sie ihre eigenen Bearbeitungen immer mit einem so echten zeitgenössischen Kolorit versehen, daß sie für neu gelten konnten. Eine ganze Reihe von Novellen beruht aber auf eigenen Beobachtungen und Erlebnissen der Verfasserin oder ihrer Umgebung (zum Beispiel die Geschichten 1, 4, 17, 21, 22, 25, 40, 42, 43, 61, 66, 67). In der 25. und in der 42. Geschichte werden Liebesabenteuer ihres Bruders erzählt. Die 12. Geschichte verarbeitet ein Ereignis aus der jüngstvergangenen Geschichte. Diese zeitliche und räumliche Nähe der meisten Novellen zum Lebensraum der Verfasserin macht – selbst wo sie fingiert ist – den Reiz und kulturgeschichtlichen Wert dieser Erzählungen aus.

Eine viel kostbarere Wahrheit als in den einzelnen Novellen liegt jedoch in der Gestaltung des Rahmens. Hier zeigt sich Marguerite als kluge Psychologin, die ihre Umgebung realistisch wiederzugeben vermag. Dieser Realismus ist freilich nicht auf die Wiedergabe der äußeren Erscheinung gerichtet, sondern erweist sich in der psychologischen Charakterisierung ihrer Personen. Hinter den Decknamen der zehn zum Geschichtenerzählen versammelten Damen und Herren stecken lebendige Menschen, deren Inkognito man inzwischen gelüftet hat. Parlamente ist Marguerite selbst, Oisille (in der Schreibung Osyle ein Anagramm für Loyse) ihre Mutter Louise de Savoi. Henri d'Albret, der zweite Gemahl Marguerites, verbirgt sich hinter dem Namen Hircan, einem Anagramm von Hanric, der gaskognischen Form seines Vornamens. Die übrigen Personen stammen alle aus dem Kreis um Marguerite, darunter die Eltern (Ennasuitte und Symontault) des Verfassers der berühmtesten Klatschgeschichten des 16. Jahrhunderts, Brantôme, dem wir manche Auflösungen von Anspielungen im *Heptameron* verdanken.

Marguerite ließ jeden der zehn Beteiligten in den Diskussionen seine eigene Meinung vertreten, so daß ein äußerst buntes Bild entstand. Die Gruppe Parlamente, Oisille und Dagoucin vertritt die platonisch-idealistische Auffassung der Liebe. Diese Auffassung sollte sich im Laufe der zehn Tage wahrscheinlich durchsetzen. Aber auch zwischen den Vertretern dieser Meinung gibt es noch Unterschiede. Dagoucin zum Beispiel ist der reinste Platoniker unter den dreien; bei ihm führt charakteristischerweise beinahe jede Liebe zum Tod. Parlamente repräsentiert die vernünftige Mitte. Ihre Definition der vollkommenen Liebe in der Diskussion nach der 19. Geschichte enthält die Quintessenz des *Heptameron*. Zu diesem Ideal möchte Parlamente-Marguerite ihre noch etwas ungehobelten Gefährten hinführen. Der zynische Saffredent, der durch Enttäuschungen ernüchterte Symontault und der realistische Hircan bilden eine Gegengruppe. Welche Art Geschichten sie als Beispiel heranziehen, läßt sich erraten.

Etwa in der Mitte zwischen den extremen Gruppen stehen Ennasuitte und Geburon. Nomerfide, die jüngste im Kreis der zehn, und Longarine sind oberflächliche Geschöpfe, die zur philosophischen Diskussion wenig beitragen.

Eine Nebenabsicht verfolgt das *Heptameron* wie so viele Novellensammlungen der Renaissance: die Satire auf die Kleriker. Diese Absicht zeigt sich hauptsächlich in den Novellen, vor allem in denen des dritten und vierten Tags, aber auch in den daran anschließenden Diskussionen. Wer sich mit dem Leben Marguerites beschäftigt, wird viele persönliche Gründe für diese Abneigung finden, die sich hauptsächlich gegen die Franziskaner richtet (siehe die letzten Sätze vor Beginn der 44. Geschichte). Neben der Kritik an den Klerikern treffen wir aber auch Spuren der Bemühung um religiöse Erneuerung im *Heptameron*. Die tägliche Schriftlesung Oisilles gehört dazu und manche Äußerung in den Diskussionen (siehe vor allem die Bemerkungen Parlamentes über die göttliche Gnade nach der 55. Geschichte).

Das *Heptameron* ist die erste französische Novellensammlung, die sich nach italienischen Vorbildern eines geschlossenen Rahmens zur Verzahnung der Novellen bedient. Gleichzeitig geht sie aber über ihre Vorbilder hinaus, indem sie dem Rahmen größere Bedeutung verleiht als den Novellen selbst und ihn zum Gefäß moralisch-philosophischer Erörterungen macht. In der Umkehrung der Funktionen von Rahmenhandlung und Novellen erwies sie ihre geistige Unabhängigkeit von der italienischen Renaissancenovellistik. Das *Heptameron* erfüllt so, beinahe spielerisch, eine doppelte Aufgabe: die ernsthafte der Unterweisung und die ebenso ernsthafte der Unterhaltung. Der künstlerische Wert des Buches liegt vor allem in der lebendigen Gestaltung des Rahmens. Marguerites nur mittelmäßige Erzählkunst wird durch die Frische und Natürlichkeit ihrer Rahmendialoge fast ausgeglichen. Wenn dem Leser der Inhalt der einzelnen Novellen bereits entschwunden sein wird, bleibt ihm doch das Bild einer Gesellschaft im Gedächtnis, die unter freiem Himmel die Probleme der Liebe diskutiert und die die glückliche erste Generation der französischen Renaissance repräsentiert.

Das *Heptameron* ist eines der wenigen französischen Bücher aus dem 16. Jahrhundert, das in allen nachfolgenden Jahrhunderten aufgelegt und gelesen wurde. Während sich die Leser des 17. Jahrhunderts vor allem durch den Rahmen angezogen fühlten, war das 18. Jahrhundert mehr durch die freie Behandlung erotischer Themen fasziniert. Aber gerade die derbe Behandlung erotischer Sujets in einigen der Novellen hatte schon im 16. Jahrhundert Zweifel an der Verfasserschaft der frommen Königin von Navarra aufkommen lassen, weil niemand ihre Absichten verstand. Im 17. Jahrhundert nahm ein fanatischer Katholik wie Charles Sorel vor allem an der Verhöhnung der Kleriker Anstoß und vermutete einen Hugenotten als Verfasser. Die Zweifel konnten erst im vorigen Jahrhundert endgültig zerstreut werden.

Im 18. Jahrhundert fand das Buch in Dunker und Freudenberg[er] zwei geistreiche Illustratoren, deren Stiche der vorliegenden Ausgabe beigegeben sind. Durch die in Bern 1780–81 erschienene dreibändige illustrierte Ausgabe wurde man auch in deutschsprachigen Landen auf das *Heptameron* aufmerksam. Ein Jahrzehnt nach dem letzten Band der französischen Berner Ausgabe erschien der erste Band einer deutschen Übersetzung ebenfalls in Bern. Seither erlebte das *Heptameron* auch in Deutschland zahlreiche Auflagen.

Aber bei uns hat man die Novellensammlung der Marguerite de Navarre zu oft mit dem *Dekameron* Boccaccios verglichen, verführt durch die Ähnlichkeit der Titel und des Rahmens. Dieser Vergleich hat dem Buch nur geschadet, weil er den Blick zu sehr auf die Novellen und zu wenig auf den Rahmen lenkte. Man glaubte das *Heptameron* schmackhafter zu machen, wenn man es ohne oder mit gekürztem Rahmen abdruckte. Als Kunstwerk hatte man es dadurch zerstört. Nur eine unverstümmelte Ausgabe – wie übrigens bei jedem literarischen Werk von Bedeutung – kann dem Leser einen befriedigenden Genuß verschaffen. Beim *Heptameron* ist es gerade der so oft vernachlässigte Rahmen, der uns durch seine sorgfältige Ausführung erst den Sinn der ganzen Novellensammlung offenbart: Spiegelbild zu sein einer sich zu höheren Formen entwickelnden Gesellschaft.

Peter Amelung

## INHALT

## Der dritte Tag

## Der vierte Tag



## Der fünfte Tag

## Der sechste Tag

## Der siebente Tag



## Der achte Tag